dtv

W0302915

53 bis 40 vor Christus: Cassius, Soldat und berühmter Dichter, verliebt sich in die erst sechzehnjährige Patrizierin Tacita. Nach einer kurzen und heimlichen Affäre trennt sich Tacita von Cassius, denn ihre Liebe ist nicht standesgemäß und sie fürchtet um ihrer beider Leben, sollte ihr Vater dahinterkommen. Weshalb Tacita jedoch auf ihren eigenen Wunsch hin einen alten Richter und Freund ihres Vaters heiratet, bleibt auch ihren Eltern ein Rätsel. Erst als sie dreizehn Jahre später, eingeschlossen in der belagerten Stadt Perusia, Cassius zu Hilfe rufen muß, erzählt sie ihm während einer letzten schicksalhaften Begegnung von ihrem großen Geheimnis. 70er und 80er Jahre des 20. Jahrhunderts: Die junge Engländerin und Archäologin Antonia ist seit ihrer Kindheit fasziniert von dem römischen Dichter Cassius und dem Rätsel, das seine Gedichte aufgeben. Schon als kleines Mädchen entdeckte sie in den Pyrenäen eine kleine Höhle, von der man nur weiß, daß sie während der Römerzeit eine heilige Stätte war, nicht aber, ob Cassius je dort gewesen ist. Als Antonia sich während eines Ausgrabungssommers in Patrick, den besten Kumpel ihres Freundes Myles verliebt, beginnt auf den Spuren von Cassius eine neue Liebesgeschichte mit vielen dramatischen Verwicklungen.
Ein faszinierender und bewegender Liebesroman, in dem zwei Geschichten kunstvoll miteinander verbunden werden und eine Kluft von 2000 Jahren überwinden.

Michelle Paver, geboren 1960 im heutigen Malawi, arbeitete bis 1998 als Patentanwältin in London. Sie geht gern auf lange Reisen, liebt alte Spielfilme und ihren kleinen Garten in Wimbledon bei London, wo sie auch lebt. Ebenfalls auf Deutsch erschienen: ›Und wäre die Liebe nicht‹ (2000) sowie ›Sophies Versprechen‹ (2003). Wer mehr über Michelle Paver erfahren will, kann sie im Internet unter www.michellepaver.com besuchen.

Michelle Paver

Ein Ort in den Bergen

Roman

Aus dem Englischen
von Chris Hirte

Deutscher Taschenbuch Verlag

Ungekürzte Ausgabe
August 2003
Deutscher Taschenbuch Verlag GmbH & Co. KG,
München
www.dtv.de
© 2001 Michelle Paver
Titel der englischen Originalausgabe:
›A Place in the Hills‹
(Corgi Books, published by Transworld Publishers, London 2001)
© 2002 der deutschsprachigen Ausgabe:
Deutscher Taschenbuch Verlag GmbH & Co. KG,
München
Umschlagkonzept: Balk & Brumshagen
Umschlaggestaltung: Stephanie Weischer unter Verwendung
eines Gemäldes von Roger Keiflin
Satz: Fotosatz Reinhard Amann, Aichstetten
Druck und Bindung: Druckerei C. H. Beck, Nördlingen
Gedruckt auf säurefreiem, chlorfrei gebleichtem Papier
Printed in Germany · ISBN 3-423-20647-0

Erster Teil

1

Rom, 24. März 53 v. Chr.

Am Bluttag sah er sie zum ersten Mal.

Die Prozession näherte sich dem Hauseingang, in dem Cassius mit Plautius stand. Über den Köpfen der Menge tauchte, von Priestern getragen, die schwankende Statue der Großen Mutter auf.

Ganz Rom war in Festtagsstimmung. In den engen Gassen drängte sich das Volk, Fenster und Balkone waren dicht besetzt. Den Gebildeten bot das Getümmel willkommenen Anlaß, über den Sinn des Glaubens zu debattieren und sich über derartige Narrheiten erhaben zu dünken. Und wann hatte man schon einen so guten Blick auf den heulenden Mob, der sich, betrunken und von frommen Ekstasen berauscht, durch die Straßen wälzte?

Erst hinterher staunte Cassius, daß er sie in dem Gewühl überhaupt entdeckt hatte. In späteren Jahren sollte er noch oft daran denken. Sein Leben wäre anders verlaufen, hätte er nicht zufällig in ihre Richtung geschaut.

Er spielte gedankenverloren mit einer Tonscherbe, die er vom Gehsteig aufgelesen hatte, weil sie von einem Gebetslämpchen stammte, wie sie die Bauern daheim in Gallien zu Hunderten an die Pilger verkauften. Zu dieser Jahreszeit standen zahlreiche dieser Lämpchen im Heiligtum der Göttin, so daß er nachts von seinem Garten aus den schwachen Lichtschein sehen konnte: ein Auge am Berghang, hoch oben über der Schlucht.

Bei diesem Gedanken packte ihn wie immer das Heimweh. Und dann sah er sie.

Sie stand in einem Hauseingang auf der anderen Straßenseite, hielt ebenfalls eine Scherbe in der Hand und studierte das Muster mit anmutig gekrauster Stirn.

»Hübsch ist sie«, sagte Plautius, der seinem Blick gefolgt war.

»Nein, sie ist schön wie sonst keine«, erwiderte Cassius. »Wohl weil sie den ganzen Tag faulenzen kann und immer genug zu essen hat.«

Sie war jung und mittelgroß, mit glattem dunklem Haar, kräftigen Brauen, einem fein gezeichneten Mund. An ihrer Haartracht, einem einfachen Pferdeschwanz, erkannte er, daß sie noch ledig war – sicher eine Patrizierin, die vom Palatin heruntergekommen war, um sich einen Nervenkitzel zu verschaffen.

Neben ihr stand ein kräftig gebautes Sklavenmädchen mit derbem Gesicht in einer braunen Wolltunika, das offensichtlich dazu da war, der Herrin den Sonnenschirm zu halten. Wenn die junge Dame genug von der barbarischen Prozession hatte, würde eine Sänfte aus der Seitengasse kommen und sie nach Hause befördern.

Alles an ihrer Erscheinung sprach für eine edle Herkunft. Ihr Kleid aus einem dünnen blaugrünen Material war an der Taille und unter dem Busen mit je einer Goldkordel gegürtet, darüber trug sie einen blendendweißen Kapuzenmantel, auch er fleckenlos und glatt wie Seide. Wahrscheinlich aber handelte es sich um feines Leinen, denn Seide kam für ein anständiges Mädchen nicht in Frage.

Allerdings irrte er sich möglicherweise auch gründlich. Vielleicht war sie eine naiv tuende Edelkurtisane oder eine reiche Geschiedene, die sich zum Zeitvertreib der Hurerei widmete. In Rom war das nicht leicht zu entscheiden. Und er war so lange im Felde gewesen, daß er das Gespür für die feinen Unterschiede verloren hatte.

Das Kleid mochte also echtes ägyptisches Leinen oder eine billige Imitation sein, ihr Ohrschmuck aus persischen Smaragden und indischen Perlen bestehen oder aus gefärbtem Glas. Aber die Halskette hatte den unverkennbaren Glanz echten Goldes, und an ihr hing ein Amulett, das seine Aufmerksamkeit fesselte. Eine kleine Mondsichel. War sie eine Anhängerin der Göttin?

Gewiß nicht. Sie wirkte keineswegs entrückt und studierte die

Scherbe in ihrer Hand mit kritischer Miene. Das Amulett lag in ihrer zarten Halsgrube.

Als er ihr ins Gesicht blickte, stellte er erschrocken fest, daß sie ihn beobachtete. Ihre dunklen Augen gaben ihm zu verstehen, daß sie seine Neugier entschieden mißbilligte.

Er hielt dem Blick eine Weile stand, um zu zeigen, daß er sich nicht verunsichern ließ, dann wandte er sich der Prozession zu und verbannte das Mädchen aus seinem Kopf. Der Tag gehörte Plautius, seinem besten und ältesten Freund. Davon konnte ihn kein noch so aufreizendes Geschöpf abbringen.

Schon war die Prozession da, und das Mädchen verschwand hinter dem lärmenden Getümmel der Eunuchenpriester. Flöten schrillten, Zimbeln schepperten, Trompeten dröhnten. Die hoch aufragende Silbergestalt der Mutter glitzerte in der Sonne. Sie thronte in einer safranfarbenen Sänfte, ihr blickloses Antlitz aus rissigem schwarzem Stein war auf eine Welt gerichtet, die den Sterblichen verschlossen war.

»Platz da für die Mutter!« brüllten die Gläubigen in lateinischen, phrygischen, phönizischen und griechischen Dialekten. Sie umschwärmten ihre Göttin und stanken zum Himmel. Blutbefleckte Gewänder, zerzauste Haare, dürre Glieder, die sich rötlich verfärbten, wenn Feuerwerkskörper zischend verbrannten.

Die Straßenschlucht war heiß wie der Hades. Die Sonne stach, der Lärm war ohrenbetäubend, in der Luft hing der Geruch von Balsam und zertretenen Rosenblüten mit einem metallischem Beigeschmack von Blut.

Cassius spürte, daß Plautius unter der Hitze litt. »Hältst du es noch aus?« rief er dem alten Mann ins Ohr. »Wenn du möchtest, gehen wir...«

Plautius schüttelte energisch den Kopf, doch er stützte sich dankbar auf Cassius' dargebotenen Arm.

»Bist du sicher, daß du noch bleiben willst?« beharrte Cassius.

»Ganz sicher.« Plautius amüsierte sich gewaltig. Aus dieser Nähe hatte er den syrischen Kult seit Jahren nicht erlebt. Obwohl die Sonne für den März viel zu heiß war und sie unbedingt reichlich Pfefferminztee trinken mußten, sobald sie zurück ins Haus kamen. Vielleicht sollte er Cassius eine Pastille anbieten – Wildgurke und gestoßene Hundegalle, genau das richtige gegen entzündete Augen und bei diesem Staub gewiß angebracht.

Er habe bereits vorm Weggehen eine genommen, versicherte ihm Cassius eilig.

»Sehr vernünftig«, sagte Plautius. Sein Atem roch nach dem Anis, den er jeden Morgen kaute, um die Zahnschmerzen zu lindern.

Die Sänfte der Göttin bewegte sich weiter, und der Hohepriester in ihrem Gefolge taumelte vorbei. Er preßte ein silbernes Bildnis der Göttin an die Brust, bei jedem Schritt kasteite er sich mit einer knotigen Geißel.

Cassius fragte sich, welche Pose der Priester unter dem Altar einnahm, wenn sich das frische Blut des Opferstiers über ihn ergoß. Hielt er die Augen beim Ritual geöffnet? Fing er das reinigende Blut mit aufgesperrtem Rachen auf?

Von einer Pose konnte man natürlich nicht sprechen. Nichts war hier Pose. Man mußte diesen Fanatikern nur ins Gesicht sehen, dann wußte man, daß sie die lachenden, gaffenden Zuschauer überhaupt nicht bemerkten. Cassius beneidete sie um ihre blinde Gläubigkeit.

Der Hohepriester warf sein langes Haar zurück und bespritzte eine Gruppe von vornehmen Zuschauerinnen mit Blut, daß sie kokett aufschrien. Vielleicht hatten sie lange kein zerfetztes Männerfleisch gesehen.

Der Bluttag lockte stets die Oberklassen an. Wer wollte es ihnen verübeln? Verglichen mit Jupiter, dem Großen und Allmächtigen in seiner unendlichen Ödigkeit, war dies hier echte Religion. Inbrunst, Qualen, dampfende Körper. Natürlich gab es ausreichend Militär für den Fall, daß es zu Unruhen kam. Soldaten waren stets scharf auf Frauen. Und so manche Patrizierin war für ein kleines Abenteuer immer zu haben. Cassius konnte ein Lied davon singen.

Mit achtzehn war er nach Rom gekommen, und anfangs hatte er sich im Elysium geglaubt. Doch bald merkte er zu seiner Enttäuschung, daß die Römerinnen ziemlich fad waren. Ein kurzer Austausch von amourösen Floskeln nach dem immergleichen Muster; ein paar hitzige Paarungen auf einer muffigen Bettstatt, während die Magd draußen Wache stand; jede Menge Ärger wegen der zunehmend kostspieligen Geschenke – bis es schließlich und unvermeidlich zum Hinauswurf kam.

Da konnte man gleich zu den Huren gehen. Die boten einem dasselbe ohne Risiko und ohne alles Getue. Das war der Grund, weshalb die Liebe bisher in seinen Gedichten nicht vorgekommen war.

»Weißt du was?« riß ihn Plautius aus seinen Träumereien. »Ich glaube, ich begreife jetzt, was an dem syrischen Kult dran ist. Das Blut reinigt die Gläubigen von der Sünde und vereint sie mit der Gottheit. Die Selbstkastration hilft vermutlich dabei. Hm. Interessante Idee. Erleuchtung durch Leiden.«

Cassius verkniff sich ein Lächeln. Der Alte war wieder in seinem Element: Er beobachtete, analysierte und erfreute sich seines scharfen Verstandes.

Aber was hatte er, Cassius, hier zu suchen? Warum ging er jedes Jahr zu dieser Prozession, obwohl er nicht gläubig war – oder meinte, es nicht zu sein? Hoffte er, vielleicht diesmal jenes Höhere zu empfinden, das alle Vernunft überstieg?

Aber wie sollte das möglich sein, wenn es doch nur Unsinn war, ein bäuerlicher Aberglaube, den er längst überwunden hatte? Er hatte schließlich die Universität besucht und Griechisch studiert. Woher also das Gefühl, daß ihm dabei irgend etwas abhanden gekommen war?

Jetzt war die Prozession vorüber, das Gedränge lichtete sich, das Mädchen auf der anderen Straßenseite wurde wieder sichtbar.

Hat sie noch nicht genug gesehen? fragte sich Cassius verwundert.

»Sie ist eine Tochter«, bemerkte Plautius.

»Das ganz gewiß«, erwiderte Cassius trocken.

»Nein, ich meine, sie ist von Familie.«

»Hm. Sieht ganz so aus. Ist mit ihrer Magd auf Abenteuer aus. Aber bevor es brenzlig wird, ist sie über alle Berge.« Er schüttelte sich, als wollte er einen unangenehmen Gedanken loswerden. »Na, komm, alter Freund. Gehen wir.«

»Schon?« fragte Plautius, ohne seine Erleichterung zu verhehlen.

»Ich könnte einen Tropfen vertragen. Und du?«

»Mein Knabe, du kannst wahrlich Gedanken lesen.« Plautius lächelte dünn.

Cassius lachte. »Ich bin dreiunddreißig!«

»Für mich bleibst du ein Knabe. Derselbe, den ich in Massilia Rhetorik gelehrt habe. Doch es dauerte nicht lange, da hast du mich übertroffen.«

»Nur wenn du mich ließest.«

»Aber du warst so raffiniert, das Spiel zu durchschauen. Und so klug, es mir durchgehen zu lassen.«

Sie wandten sich zum Gehen.

Aus unerfindlichen Gründen ärgerte sich Cassius über sich selbst. Warum nur? fragte er sich. Weil mich dieses junge Ding beim Gaffen erwischt hat? Plautius hat recht, ich habe zu lange in der Sonne gestanden und brauche einen guten Trunk.

»Erste These«, hatte Tacitas Philosophielehrer an jenem Morgen diktiert: »Die Götter nehmen keinen Anteil an der Welt und üben keine Wirkung auf sie aus; folglich ist es sinnlos, ihnen zu huldigen. Zweite These: Die Götter lenken alle Geschicke, folglich gibt es keine Willensfreiheit, folglich sind gut und böse Begriffe ohne jeden Inhalt. Vergleiche beide Thesen und arbeite die Gegensätze heraus – unter besonderer Berücksichtigung der barbarischen Prozession, an der dir so sehr gelegen ist.«

Eine Welt, in der nur der Zufall regierte, oder eine, in der es keine Willensfreiheit gab. Tacita sah die verzückten Gesichter der Gläubigen und fragte sich, ob es nicht doch etwas dazwischen gab. Was sonst brachte einen Mann wie diesen Priester dazu, sich mit dem Messer seiner Männlichkeit zu berauben und sich mit einer Geißel zu kasteien. Wer so etwas tat, mußte einen starken Glauben haben. Oder?

Und sie, Tacita, warum war sie hier? Um Beobachtungen für ihre nächste Philosophiestunde anzustellen? Oder weil sie den Priester um seinen Glauben beneidete und ein klein wenig daran teilhaben wollte? Oder wenigstens verstehen wollte, was hier geschah?

»Nicht übel für einen Legionär«, sagte ihre Sklavin Albia und stieß sie an.

Unauffällig musterte Tacita den großen bärtigen Offizier auf der anderen Straßenseite. Sie mußte nicht befürchten, beim Gaffen ertappt zu werden, seine ganze Aufmerksamkeit galt der herannahenden Prozession, doch es war nicht zu erkennen, ob ihn das Treiben auf der Straße amüsierte oder faszinierte. Vielleicht glaubte er an die Göttin. Bei den Soldaten war der Glaube weit verbreitet, bei den Offizieren allerdings weniger. Ihr geübtes Auge hatte bereits registriert, daß er den goldenen Ring der Reiter trug und unter dem Umhang aus feinem weißem Tuch einen verzinnten Bronzeharnisch mit vergoldetem Leder.

Er war hochgewachsen, hatte dichtes, dunkelblondes Haar und einen kurzen, ungekräuselten Bart, der sein energisches Kinn betonte. In Rom sah man das selten; vielleicht ließ er den Bart, wie bei Offizieren manchmal üblich, aus Bequemlichkeit stehen. Dazu paßte der Umstand, daß er seinen Helm zu Hause gelassen hatte. Am Prunk war ihm also nicht gelegen.

Aber Albia hatte recht; ein hübscher Kerl war er. Hohe, intelligente Stirn, vielleicht eine Spur zu ernst. Oder litt er unter Schmerzen? Sein rechter Arm war bandagiert.

Und der Alte, der neben dem Offizier stand, war das nicht der Advokat Lucius Faenius Plautius, ein Freund ihres Vaters? Oder vielmehr sein hochrespektierter Gegenspieler bei Gericht?

»Achtung«, zischte Albia. »Er sieht her.« Die Sklavin bückte sich flink, las eine Scherbe auf und drückte sie der Herrin in die Hand.

»Was soll ich damit?« fragte Tacita unwirsch.

»Einfach draufschauen. Ganz schüchtern und verführerisch. Glaub mir. Ich weiß Bescheid.«

»Weißt du nicht.«

»Höre, Herrin, du wolltest das Leben kennenlernen. Und da drüben steht es. Schlank und rank, kräftig gebaut und mit Kriegsnarben bedeckt – wenn auch nicht zu sehr. Zudem hat er diesen nachdenklichen Ausdruck, den du so magst.«

»Das hab' ich nie gesagt.«

»Jedenfalls sieht er nicht aus wie ein Landsknecht, das ist sicher.«

»Aber er ist ein Plebejer. Daran ist nicht zu rütteln.«

»Verglichen mit dir ist jeder ein Plebejer.«

»Und er ist braungebrannt.« Tacita schüttelte sich. »Wie vulgär! Braun wie ein Bauer oder ein Sklave.«

»Bei diesen Schultern ist das ganz egal. Oh, wenn er mich doch so anschauen würde wie dich! Ich hab' seit zwei Wochen nicht ...«

»Das reicht, Albia«, ermahnte sie Tacita. Seufzend studierte sie die Scherbe in ihrer Hand. Manchmal war es besser, die Spielchen ihrer Sklavin mitzumachen. Und sei es nur, damit sie schneller Ruhe gab.

Außerdem war die Scherbe wirklich interessant. Sie mußte von einem *kántharos* oder Trinkgefäß stammen und zeigte ein fein gearbeitetes Relief. Tacita erkannte Herkules im Löwenfell – eine Tatze hing ihm über die muskelstrotzende Schulter –, aber es war nicht zu sehen, welche Tat er vollbrachte. Sicher war es nicht die Tötung des Nemeischen Löwen, denn dessen Fell trug er bereits.

Das ohrenbetäubende Scheppern der Zymbeln schreckte sie auf. Der Offizier auf der anderen Straßenseite schaute noch immer herüber. Zu ihrem Ärger merkte sie, daß sie rot wurde, und erwiderte nun erst recht seinen Blick. Hatte der Kerl denn kein Benehmen, daß er Höherstehende schamlos begaffte? Langsam wandte sie sich ab und verfolgte die Prozession.

Als sie wieder hinübersah, war der Offizier verschwunden. Sie kam sich mißachtet vor und ärgerte sich sogleich über dieses Gefühl. Das also war die stoische Reserviertheit, die sie in den vergangenen Wochen eingeübt hatte.

Auf dem Heimweg lief Albia fortwährend weg, um nach dem Offizier zu suchen, dann kam sie zurückgehastet, um nach ihrer Herrin zu sehen – als wäre die ein Hündchen, das zum ersten Mal von der Leine gelassen wird. Als sie in die Straße zum Siegesberg einbogen und sich an den langen Aufstieg machten, stieß Albia einen Triumphschrei aus und verschwand in einer Seitengasse.

Sekunden später kam Plautius mit dem Offizier aus der entgegengesetzten Seitengasse. Der Alte sah Tacita mit dem Fuß aufstampfen und vergeblich nach Albia rufen. Er erkannte sie wieder und rannte in ritterlicher Absicht und völliger Verkennung der Situation los, um die entwichene Sklavin zu suchen. Genau das hatte Albia beabsichtigt. Und da kein Offizier ein junges Mädchen von gehobenem Stand allein auf einer belebten Straße stehenließ, war Tacita gezwungen, mit ihm zu warten, bis Albia geruhte, wieder aufzutauchen. Daß sie entgegen den Warnungen der Mutter auf die Sänfte verzichtet hatte, wuchs sich zu einem kapitalen Fehler aus.

Der Flavia werde ich das Fell gerben, wenn ich sie erwische, dachte sie, doch sie biß die Zähne zusammen und ließ sich nichts anmerken. Das war schwierig genug, denn sie standen an einer belebten Ecke und mußten ständig ausweichen, um Passanten durchzulassen. Tacita fühlte sich eingekesselt – hinter ihrem Rücken die Werkstatt des Schuhmachers mit dem unangenehm bohrenden Blick, rechts von ihr der Offizier und links eine große und beängstigend wacklige Amphore mit Sesamöl.

Zu ihrer Verwunderung brachte der Offizier kein einziges Wort heraus. Was waren das für Manieren?

»Na?« begann sie schnippisch, »wie lange bleibst du in Rom?«

»Das hängt von meinen Befehlen ab«, erwiderte er. »Aber mindestens ein paar Monate.« Immerhin, er sprach gebildet und akzentfrei. Doch mit seinen blonden Haaren war er gewiß ein Gallier, ob er nun zu den Reitern gehörte oder nicht.

»Du willst dir also ein bißchen Stadtluft um die Nase wehen lassen«, schlußfolgerte sie mit einer Andeutung von Spott. »Das ist sicher lustiger, als gegen die Germanen zu kämpfen.«

Schon hörte sie die Mutter mahnen: *Tacita, Tacita! Halt deine Zunge im Zaum. Du mußt nicht alles ausplappern, was dir in den Sinn kommt!*

»Germanien ist schon gut getroffen. Darf ich das Spiel fortsetzen und raten, was dich hierher geführt hat?« Er musterte sie von der Seite. »Ich würde vermuten, du kommst vom Palatin und wolltest dich bei den syrischen Orgien amüsieren. Aus sicherem Abstand natürlich. Und an der kurzen Leine gehalten.«

»Was soll das heißen?«

Er zuckte die Schulter. »Ich nehme an, du hast einen strengen Papa. Obwohl ich staune, daß du noch ledig bist. Wie alt bist du? Siebzehn?«

»Sechzehn.« Das tat weh. Die meisten ihrer Freundinnen waren schon seit Jahren verheiratet. Aber es war gewiß nicht ihre Schuld, wenn der Vater keinen Bräutigam fand, der reinblütig genug für seine einzige Tochter war. »Und was ist mit dir?« fragte sie zurück. »Du mußt ja – doppelt so alt sein wie ich. Wahrscheinlich hast du Weib und Kinder und bewohnst ein nettes Quartier am Fleischmarkt.«

Das schien ihn zu amüsieren. »Ich bin nicht verheiratet. Ich bin Soldat.«

»Das sehe ich.«

»Und du bist ...«

»Kein Soldat.«

Er verzog die Mundwinkel. Er hatte einen schönen Mund, aber als Lächeln konnte man das kaum bezeichnen. Er sah nicht aus wie eine Frohnatur.

Die Prozession entfernte sich in Richtung Porta Capena. Der Gesang und der Lärm der Zymbeln wurden leiser, die Etruskische Straße kehrte wieder zum Alltag zurück, die Händler setzten erneut ihren Ehrgeiz daran, die höchsten Preise von ganz Rom zu erzielen – »aber so gute Ware gibt es nirgends sonst, junge Dame.«

Es stank nach Urin, nach Rosen und saurem Wein, unter den Sohlen knirschten die Scherben der winzigen Zimtampullen, die man kaufte und gegen die Wand warf, um kleine Duftexplosionen zu erzeugen.

Tacita scharrte mit der Sandale im Staub. Albia führte den armen Plautius ganz schön an der Nase herum. Wo steckte sie nur?

Endlich sagte der Offizier etwas. »Also hatte ich recht? Du wolltest die Bräuche der Syrier kennenlernen?«

»So etwa.«

»Und wie ist dein Eindruck? Haben sich deine Erwartungen bestätigt?«

Tacita zog die Stirn kraus. Wo war ihre Schlagfertigkeit geblieben? »Ich weiß nicht«, sagte sie. »Keine Ahnung, was ich dort wollte.«

Auf einmal war sie den Tränen nahe. Wie kam dieser Offizier dazu, ihr solche seltsamen Fragen zu stellen? Warum fiel ihr nichts ein? »Du bist Linkshänder«, sagte sie aufs Geratewohl. Er hatte Tintenflecken an den Fingern seiner gesunden Hand.

»Dann war es mein Glück, daß ich mir die rechte Hand verrenkt habe, nicht wahr?«

»Ich staune, daß du überhaupt Tinte an den Fingern hast. Haben denn Soldaten Zeit zum Schreiben?«

»Ich bin Dichter.«

»Du sagtest, du bist Soldat.«

»Kann man nicht beides sein?«

Endlich war sie in ihrem Element. Eine Gelegenheit zum Spotten ließ sie sich nie entgehen. »Aber natürlich kann man das«, sagte sie mit gespieltem Ernst. »Zumindest kann man es versuchen. Du wärst nicht der einzige. In jeder Offiziersmesse gibt es ein paar hoffnungsvolle Poeten. Die Sorte kenne ich von den Gelagen meines Vaters. Du hast also – wie soll ich sagen? – literarische Ambitionen?« Sie sprach die Worte langsam und genüßlich, um jeden Tropfen Sarkasmus auszukosten. »Dann laß uns sehen. Ich kann erraten, wo du herkommst, ohne daß du etwas sagst. Du bist einer von den Neuen Männern, stimmt's? Dein Vater war ein Bürger – und das auch noch nicht sehr lange –, der in den Provinzen zu Wohlstand gekommen ist. Vielleicht irgendwo im narbonesischen Gallien?«

Er nickte, ohne die Miene zu verziehen.

»Hab' ich mir gedacht. Und der liebe Papa hat seinem Sohn die beste Bildung angedeihen lassen, die er sich leisten konnte, natürlich zum Sonderpreis. Gute Provinzschule, annehmbare Provinzuniversität. Vielleicht sogar ein Billigkurs Griechisch.«

»Ganz recht. Die Bildungsreise nach Athen konnten wir uns nicht leisten.«

»Ach nein? Wie schade! Du weißt nicht, was du versäumt hast.«

»Im Gegenteil. Ich glaube, das weiß ich sehr gut.«

Jetzt hatte er sie beschämt. Aber da sie angefangen hatte, mußte sie weitermachen. Das mit der kurzen Leine mußte sie ihm heimzahlen. »Und nun, da du in Rom bist, dachtest du, du könntest ein bißchen Lokalkolorit aufschnappen. Dir ein paar Anregungen für das nächste Meisterwerk holen.«

»Das war nicht meine ursprüngliche Absicht.«

»Aber jetzt ist sie es?«

Zum ersten Mal sah er ihr direkt in die Augen. In aller Ruhe. Sie spürte die Hitze in ihren Wangen aufsteigen.

»Stimmt«, sagte er sanft. »Ich bekomme gerade die besten Anregungen.«

»Das ist gemein und unverschämt«, schimpfte sie los. »Ganz und gar nicht poetisch.«

»Wie auch? Ich bin schließlich Soldat.«

»Ich dachte, du wärst Dichter?«

»Und ich dachte, du wärst eine Dame. Anscheinend haben wir uns beide geirrt.«

In diesem Moment kam Plautius mit einer völlig reuelosen Albia herbeigeeilt und überschüttete Tacita mit seinen kurzatmigen Begrüßungsfloskeln. Dann ging er dazu über, ihr eine gewundene Grußbotschaft an den Vater aufzutragen. Doch als er den Namen des Offiziers nannte, erstarrte sie wie vom Donner gerührt.

Ich bin Dichter, hatte der Offizier auf seine beiläufige Art gesagt. Hätte sie gewußt, mit wem sie da sprach, hätte sie geantwortet: Du bist nicht *irgendein* Dichter, du bist *der* Dichter. Du bist Gajus Cassius Vitalis. Jede Zeile von dir kennen wir auswendig. Du brichst alle Regeln der Poesie, du scheust dich nicht, deine innersten Gefühle preiszugeben, in Worten, die uns beflügeln wie junger Wein.

Nein. Sie hätte nichts dergleichen gesagt. Sie hätte kein Wort herausgebracht. Sie wäre viel zu ehrfurchtsvoll gewesen, um auch nur den Mund aufzumachen. Und diesen Mann hatte sie beleidigt bis aufs Blut!

»Ich weiß nicht, was ich sagen soll«, stieß sie hervor.

»Das ist mir neu«, erwiderte er.

»Ich ... ich habe dich nicht erkannt. Ich meine, ich habe dich nie zuvor gesehen. Ich hatte nie Gelegenheit, dich lesen zu hören.«

»Das tue ich selten. Und ich bin selten in Rom. – Wohl zu sehr damit beschäftigt, gegen die Germanen zu kämpfen«, fügte er an.

Sie nickte langsam und empfing die gerechte Strafe.

»Kennst du meine Sachen?« fragte er.

Wieder nickte sie. Sie preßte die Lippen zusammen, damit ihr keine neuen Ungehörigkeiten entschlüpften.

»Und? Irgendwelche Kommentare? Sind die – äh – literarischen Ambitionen gerechtfertigt?«

Er sprach ohne Ironie, aber sie ließ sich nicht aufs Glatteis führen. Ein Wort des Lobs, und sie wäre geliefert – leichte Beute für eins seiner ätzenden Epigramme, verewigt als eingebildetes Patriziertöchterchen, das sich besonders witzig dünkt.

»Ich sage lieber nicht, was ich denke. Es hat keinen Zweck, die ganze Erfahrung eines Mannes in wenige Worte zu fassen, wenn es dich Jahre gekostet hat, sie in Versen niederzulegen. Was könnte ich daran noch verbessern?« Sie kam sich aufgeblasen und unlogisch vor, doch zu ihrer Verwunderung lächelte er nur.

»Das wäre mal eine neue Art von Kritik. Aber ich will dich nicht beschämen. Ich möchte nur deine Meinung wissen.«

Es klang ganz aufrichtig, und für einen Moment wirkte er genauso überrascht wie sie.

Zum ersten Mal erwiderte sie seinen Blick.

Seine Augen waren von einem überraschend hellen Grau mit einem bläulichen Schimmer um die Iris. Es war, als könnte man ihm direkt in die Seele schauen. Ihr stockte der Atem. Der Lärm der Straße war plötzlich weit weg.

Irgendwie merkte sie, daß Albia langsam ungeduldig wurde. Der alte Plautius tippte seinem jungen Freund auf die Schulter. Sie aber stand wie angewurzelt.

Wie lange blieb sie so stehen? Sie wußte es nicht. Wieder tippte Plautius den Dichter an und murmelte etwas von Hitze und stechender Sonne.

Gajus Cassius Vitalis schien nichts zu hören. Sein Lächeln war verschwunden. Sie wußte, daß es ihm genauso erging wie ihr. Sie wußte es einfach.

»Gajus«, sagte der Alte, »wir sollten jetzt wirklich gehen.«

Gajus riß sich von ihrem Anblick los. Er wollte etwas sagen und räusperte sich. »Sehe ich dich«, brachte er schließlich hervor, »sehe ich dich nächste Woche bei den Spielen?«

Das kam so überraschend, daß sie nicht wußte, wie sie reagieren sollte, und ihre Antwort fiel schnippischer aus als beabsichtigt: »Das hängt davon ab, ob sie mich von der Leine lassen.«

Er nahm es schweigend und mit Fassung auf. Aber es war keine beiläufige Frage gewesen, sie hatte ihn Überwindung gekostet. Tacita wäre am liebsten im Boden versunken.

Als sie sich gefangen hatte, war er schon mit dem Alten davongegangen. »Ich weiß nicht«, rief sie ihm nach. »Vielleicht. Ich versuche es.« Aber er war schon weit weg. Zu weit, um sie noch zu hören.

»Cassius, laß die Finger davon«, sagte Plautius.

»Warum?«

»Du weißt, warum. Sie ist Patrizierin, und du nicht.«

»Ich sehe nicht, wieso ...«

»Weißt du, wer ihr Vater ist? Publius Tacitus Silanus, um Himmels willen! Du hast ihn bei Gericht erlebt, du weißt, wie er ist. Und so ist die ganze Familie. Eine der ältesten in Rom, und das läßt er keinen vergessen. Erst zuschlagen, dann nachdenken und das Begräbnis bezahlen. Das ist sein Motto, wenn es um die Familienehre geht.«

Cassius hörte seinen Freund reden, aber er verstand nichts. Er spürte die Pflastersteine unter den Sohlen, den Wind in den Haaren, die Sonne im Gesicht, der Rosenduft und Blutgeruch stach ihm in die Nase, intensiver als je zuvor, doch nie war ihm das alles so seltsam und unbegreiflich vorgekommen.

»Cassius, laß es sein. Ich will nicht, daß du Schaden nimmst.«

Cassius blickte über die Schulter und sah sie zum Palatin hinaufgehen. Sie ging sehr aufrecht und schaute sich nicht um. Aber sie hatte versprochen, sie würde versuchen, zu den Spielen zu kommen.

»Wir sehen uns dort wieder«, rief er ihr nach, obwohl sie zu weit weg war, um ihn noch zu hören.

2

Gorges de Sarac, südöstliche Pyrenäen, Juli 1972

Typisch Toni, einfach von der Reitstunde fortzulaufen, dachte ihr Vater wütend, als er in der glühenden Hitze den Berg hinaufstieg.

Alle kleinen Mädchen sind vernarrt in Pferde. Aber Toni? Keine Spur. Toni stand auf Kriegsfuß mit den Pferden.

»Es hat mich gebissen!« hatte sie geschrien, ihr Gnomengesicht war rot vor Empörung. »Blödes Pony!«

Dann hatte sie das Pony auf die Nase geboxt. Nicht nur so zur Warnung, sondern richtig, mit aller Kraft.

Mutter und Schwester standen starr, die Dorfbewohner fanden es riesig komisch, und das stämmige Bergpony zuckte kaum mit der Wimper. Sicher hatte es schon Schlimmeres abbekommen.

Hatte Charles Hunt das nötig? Mit staubiger Kehle, schweißdurchtränkt, vom Lärm der Zikaden betäubt schürfte er sich an diesem blendendweißen Geröll die Knie auf, um Gott weiß wohin zu kommen. Nur weil seine achtjährige Tochter nicht reiten wollte.

Der Weg gabelte sich. Rechts führte er zum Rand der Schlucht hinauf, gut sechzig Meter über dem Fluß. Links wand er sich an einer schmalen Rebenterrasse vorbei, bevor er sich im zerklüfteten, ausgedörrten Buschland der Garrigues verlor. Auf der Terrasse war ein alter Mann mit schmutzigem Overall dabei, Brombeergestrüpp zu verbrennen.

Charles Hunt verabscheute die Franzosen. Aber der Eifer, auch den winzigsten Flecken Erde zum Weinanbau zu nutzen, rührte selbst ihn.

»*Excusez-moi*«, rief er und erschrak vor seinem dicken englischen Akzent. »*Avez-vous vu une petite fille par ici?*«

Der Alte nahm sich Zeit, bis er reagierte, dann kam er an den Rand der Terrasse geschlendert. Er war jünger, als er anfangs gewirkt hatte, vielleicht fünfzig, aus seinem sonnengegerbten Gesicht schauten auffallend blaue Augen heraus. Er spuckte kräftig aus und antwortete mit einem unverständlichen Französisch auf die barsche Frage. Zumindest vermutete Hunt, daß es sich um Französisch handelte. Es hätte aber genausogut Spanisch, Katalanisch oder Chinesisch sein können. Seine Frau wäre natürlich klüger gewesen. »Ich meine, alles, was westlich von Nizza liegt, ist praktisch schon Spanien, Liebling. Was erwartest du da in den Ausläufern der Pyrenäen?«

Nur soviel begriff Hunt, daß der Mann aus unerfindlichen Gründen fragte, ob er Deutscher sei. Entrüstet verneinte er. Der Bauer nickte zufrieden, dann wies er mit dem Kopf auf den Pfad, der nach rechts führte, knurrte »La Sourça« und wandte sich wieder seiner Arbeit zu.

Hunt brauchte einen Moment, bis er begriff, daß es sich um die Quelle handelte, die seiner Michelin-Karte zufolge in einer Kalksteinhöhle zwei Kilometer weiter oben entsprang. Ihr richtiger Name war La Fontaine del bon Christia – Die Quelle zum guten Christus.

»Guter Christus, lieber Gott!« stöhnte er, biß die Zähne zusammen und stieg weiter den Berghang hinauf. Zwei Kilometer? Na, warte, Toni! Er rieb sich die Schläfen. Dieser Zikadenlärm machte ihm Kopfschmerzen.

Eine halbe Stunde später gelangte er zur Höhle, einem düsteren, halbkreisförmigen Loch, das von massigem, schwarzgestreiftem Fels überragt war.

Von seiner Tochter keine Spur. Wenn sie sich da drinnen verlaufen hatte, konnte sie was erleben. Erschöpft und schweißgebadet zwängte er sich an einer verkrüppelten Eiche vorbei, die den Höhleneingang verstellte. Sein Herz stolperte, jeden Moment konnte er einen Anfall bekommen.

Und was jetzt? fragte er sich. Soll ich ein Stoßgebet an den Geist dieser Höhle richten und aufs Beste hoffen? Sonnenflecken tanzten vor seinen Augen, aus dem Dunkel drang das Murmeln der Quelle. Sein Archäologenverstand identifizierte die Höhle automatisch als idealen Hort der Muttergottheit. Sicher entsprang die Quelle aus einer Felsspalte, die von den römischen Kolonisatoren als *mundus* bezeichnet worden war, als Verbindungstür zwischen der Welt der Lebenden und der Toten.

Eine weniger rationale Instanz seines Bewußtseins war überzeugt, daß es sich tatsächlich so verhielt, daß er sich im Schrein für die Schutzheilige der Wildnis befand, daß die Höhle einen Durchschlupf in die Welt der Toten barg. Was natürlich absolut lachhaft war. Trotzdem schauderte er bei dem Gedanken.

»Daddy!« tönte eine vertraute Stimme aus dem Dunkel und rief ihn in die Gegenwart zurück. »Bis hierher bist du mir nachgekommen!«

Und da stand sie vor ihm, ihr glattes Gesichtchen verschmiert von Schmutz und Tränen, aber strahlend wie ein Christbaum. Ihre molligen Knie waren voller Schlamm, ihr T-Shirt sah aus, als hätte sie es durch ein Dornengestrüpp geschleift. Evelyn konnte sich freuen. Es war ein T-Shirt von Lacoste.

»Toni!« brüllte er los. »Das ist jetzt wirklich der Gipfel!«

Verlegen bohrte sie mit den nackten Zehen im Sand. Sie hatte die Tennisschuhe an den Schnürsenkeln zusammengeknotet und um den Hals gehängt, was ihm unsäglich vulgär vorkam. Er nahm ihr die Schuhe ab und begann den Knoten zu lösen.

»Tut mir leid, Daddy«, sagte sie zerknirscht, »ich will wirklich nicht reiten.«

»Du gehst reiten, und damit basta.«

»Bitte, Daddy! Ich finde Ponys schrecklich.«

»Ponys sind nicht schrecklich. Außerdem will deine Mutter, daß du reitest – und ich auch«, fügte er ein wenig zu spät hinzu.

Im stillen fragte er sich, ob die Reitstunden, der Tennisunterricht und die Ballettausbildung überhaupt Sinn hatten. »Damit sie mehr aus sich herausgeht«, meinte Evelyn immer. Ohne zu merken, daß sie auf diese Weise das Selbstvertrauen des Kindes untergrub.

Aber Gott sei Dank betraf ihn das nicht wirklich. Für die Mädchen war Evelyn zuständig. Darauf hatten sie sich von Anfang an geeinigt. Um so empörender, daß er in seinem Urlaub mit diesem Mädchenkram belästigt wurde.

»Aber Daddy, ich *will* nicht reiten lernen!«

»Warum denn nicht? Alle Mädchen mögen Pferde. Ich glaube, bei dir stimmt was nicht.«

Sie zog ein Gesicht, ihre Unterlippe schob sich vor.

Wäre sie älter, sagte er sich, könnte sie ihre Gefühle besser zum Ausdruck bringen, und dann würde sie erwidern: Mein Problem ist, daß ich dick und schüchtern bin, außerdem ein Bücherwurm. Und daß Mummy Caroline vorzieht.

Was hätte er dazu sagen sollen? Nichts. Denn genauso verhielt es sich. Er selbst zog Caroline ebenfalls vor. Seine ältere Tochter war hübsch, anschmiegsam, pflegeleicht. Eine Elfjährige, die keine Probleme machte.

Eigentlich hätte Toni ein Junge werden sollen, sagte Evelyn immer. Und wenn er seine Tochter so ansah, mußte er zugeben, daß sie recht hatte. Sie war zu groß und zu kompakt für ein Mädchen, die dicken Brillengläser verwandelten ihre Augen in Schweinsäuglein. Kaum vorstellbar, daß sie die Tochter einer so schönen Frau wie Evelyn und eines so schlanken und gutaussehenden Mannes wie er war. Gar keine Frage: Irgend jemand mußte Antonia in der Wiege vertauscht haben. Und das Schlimme daran war, daß sie es selbst wußte.

Das war ihm etwas peinlich, und manchmal tat sie ihm leid, aber heute war er einfach nur sauer auf sie. Ohne ein Wort drehte er sich um und machte sich auf den Rückweg. Er hörte sie in die Tennisschuhe schlüpfen, dann näherten sich ihre Schritte, und schon war sie neben ihm.

Sie streckte den Arm aus, damit er sie bei der Hand nahm, aber er bohrte die Fäuste tief in die Taschen seiner Shorts. Sollte er sie für ihre Extratouren auch noch belohnen?

Stumm ließ sie die Hand sinken, ihr Gesicht verriet keine Regung. Sie mußte doppelt so schnell laufen, um mit ihm Schritt zu halten. Schließlich verlangsamte er sein Tempo ein wenig.

»Kaufen wir nun das Haus am Fluß?« fragte sie schüchtern. »Das früher mal eine Mühle war?«

Das »Wir« war ja nun putzig. Sie wußte genauso gut wie er, daß das ganze Geld Evelyn gehörte oder vielmehr aus dem Vermögen des lieben Onkel Gerald stammte, das bei Lloyd sicher aufgehoben war und sich von Minute zu Minute vermehrte.

»Vielleicht«, murmelte er. »Dort könnte ich in den großen Ferien gut arbeiten. Und es liegt im richtigen Tal.«

»Du meinst im Tal von Cassius.«

»Hm.« Es ärgerte ihn, daß sie so geläufig über sein Lieblingsprojekt sprach. Heute ärgerte ihn alles an ihr.

»Bist du sicher, daß er hier gelebt hat, Daddy? Genau in diesem Tal?«

»Natürlich bin ich sicher.«

»Und warum?«

»Darum!« Konnte sie nicht einfach glauben, was er sagte? Die ewige Fragerei im Institut nervte ihn schon genug. Nun auch noch seine eigene Tochter. Er wußte, daß er ungerecht war. Hätte Caroline dieselbe Frage gestellt, wäre er überglücklich gewesen, weil sie sich für sein Fach interessierte. Warum regte ihn Toni so auf? Es war doch nicht ihre Schuld, daß sie einen skeptischen Verstand hatte. Eigentlich eine wertvolle Eigenschaft. Er hätte stolz sein können auf ihr selbständiges Denken, ihre frühreife, wache Intelligenz.

Woher rührte diese impulsive Ablehnung? War er etwa neidisch auf ein achtjähriges Mädchen? Absurd. Und seinen Frust ließ man nicht an den Kindern aus. Daran zeigte sich nur, wie tief er gesunken war.

Charles Hunt, der Amateurarchäologe, über den das Institut lachte und den man nur wegen seiner Beziehungen hielt (»Schließlich brauchen wir Sponsoren.«) – und wegen seiner schönen Frau, die jede Versammlung mit einem Hauch von Klasse adelte.

»Daddy?«

»Was denn.«

»Warum glaubst du, daß Cass ...«

»Toni, dazu hab' ich jetzt keine Lust! Es ist bullenheiß, und ich bin fix und fertig, kurz vorm Verdursten. Sehen wir einfach zu, daß wir weiterkommen.«

Ihr Vater hatte gefragt, warum sie nicht reiten wollte, aber die Antwort mochte er nicht hören. Und wenn sie ihm trotzdem antwortete, machte sie ihn nur noch wütender.

Ihr Abzeichen vom Dinosaurier-Klub sei ein bißchen kindisch, hatte Caroline am Morgen zu ihr gesagt, auf ihre nette Art und ohne sie verletzen zu wollen. Und es würde sich mit dem T-Shirt beißen. Ob sie es wirklich zur Reitstunde tragen wolle.

Toni wußte nicht, was sie mit »beißen« meinte, nur daß es etwas mit Farben zu tun hatte. Aber Caroline mußte recht haben, in solchen Dingen kannte sie sich aus. Blöd war nur, daß Toni das Abzeichen extra angesteckt hatte, um sich gegen die Ponys zu schützen.

So stand sie vor der Wahl, die Ponys mit einem Abzeichen zu schrecken, das sich »biß« (was immer das bedeutete), oder es zu Hause zu lassen und sich ungeschützt den Ponys auszuliefern. Am Ende entschied sie sich für letzteres, und ihre Ängste wurden voll bestätigt. Anstelle des Abzeichens biß das Pony. Nicht so sehr, daß es blutete, aber es tat weh, und auf ihrem Oberarm prangte ein großer blauer Fleck, der bewies, daß sie recht hatte. Die Ponys konnten sie nicht leiden, und deshalb hatte sie Angst vor ihnen.

Aber ihr Vater würde das nie verstehen. Mach dich nicht lächerlich, würde er sagen. Aus dem Dinosaurier-Alter bist du längst heraus.

Cassius hätte sie verstanden. Er verstand alles. Obwohl er ein Erwachsener war und ein Römer. Er ließ sich nicht davon abhalten, Gedichte über Seeungeheuer und fliegende Pferde zu schreiben. Und niemand sagte ihm, daß er aus dem Pegasus-Alter heraus war. Seltsam: Wenn Cassius bei ihr war, hatte sie keine Angst vor dem Pferd Pegasus. Als sie ihm in der Höhle von dem Dinosaurier-Abzeichen erzählte, versprach ihr Cassius, ein Gedicht über einen Triceratops zu schreiben. Sie sehnte sich in die Höhle zurück, wo er auf sie wartete. Cassius war der einzige, dem sie alles anvertrauen konnte. Nie lachte er sie aus, nie gab er ihr unrecht.

Sie liebte die Höhle. Seit sie zu ihr vorgestoßen war, fühlte sie sich sicher und geborgen wie nie zuvor. Selbst ihr Schluckauf verschwand. Und sie wußte sofort, daß die Höhle ein verwunschener Ort war. Deshalb zog sie immer die Turnschuhe aus, wenn sie hineinstieg.

Dort im Dunklen war es wunderbar kühl, der Staub fühlte sich weich wie Talkumpuder zwischen den Zehen an. Und wenn sie die Hand in den Felsspalt steckte, um ein wenig Wasser aufzufangen, war es eiskalt und schmeckte köstlich.

Als sie zum Ausgang zurücklief, huschte eine kleine grüne Eidechse vor ihrem Fuß vorbei, drehte sich um und blickte sie an. Die Eidechse war so nah, daß Toni die atmenden Flanken sehen konnte, ihre glänzende Haut, die gekörnt war wie eine Fruchtpastille. Da wußte sie, daß Cassius hiergewesen war.

»*Ich weiß mir eine Stelle in den Bergen, da die Götter auf der Erde wandeln*«, begann eine ihrer Lieblingspassagen in dem Buch, das im Arbeitszimmer ihres Vaters stand. »*Eine Stelle, da alles Getier – die smaragdne Eidechse, die hängeohrige Ziege, der kreisende Falke – dich still betrachtet ohne Furcht. Denn dort, im Angesicht der höheren Macht, bist du ihnen fast gleichgestellt.*«

»Was hast du da in der Hand?«

Die Frage ihres Vaters ließ sie zusammenzucken. Sie schluckte. »Das hab' ich in der Höhle gefunden.« Verschämt hielt sie ihm die Scherbe hin. »Ich glaube, es ist eine römische. Rot und glänzend. Vielleicht beweist sie, daß Cassius die Höhle besucht hat.«

Aber zu ihrem Entsetzen explodierte der Vater, als er das Fundstück in ihrer Hand sah. »Ach, Toni, das ist mal wieder typisch!«

Vor Schreck blieb ihr der Mund offen.

»Wo hast du das her? Na?«

»Aus der Höh ...«

»Du weißt doch ganz genau, daß du nichts anfassen darfst, wenn du etwas Altes findest!«

Ihr wurde heiß. Jeden Moment konnte der Schluckauf wieder losgehen.

»Du hörst mir nie zu. Du sagst, du willst was lernen, dann machst du solche Sachen. Benimmst dich wie ein verblödeter Tourist, der es nicht besser weiß.«

»Ich ... ich kann sie ja zurücklegen.«

»Nein, kannst du nicht. Nicht so, wie sie vorher dagelegen hat. Jetzt ist der Schaden perfekt. Was uns diese Scherbe hätte sagen können, ist für immer zerstört. Durch deine Schuld.«

Ihr wurde schlecht.

Stumm liefen sie weiter. Als sie kurz vor der Mühle waren, versuchte der Vater, sie aufzumuntern. Seine Stimme klang wie immer, wenn er wußte, daß er zu weit gegangen war.

Sie schluckte und atmete tief durch. »Tut mir leid wegen der Scherbe, Daddy.«

»Nicht so schlimm«, murmelte er. »Die Scherbe ist aus Samos. Die gibt es wie Sand am Meer. Die hat uns nichts zu sagen.«

»Du meinst, sie bedeutet nicht, daß er ...?«

»Ein Cassius wäre dort nicht hochgestiegen, Toni. Das war höchstens ein kleiner Schrein für die Bauern der Umgebung. Wenn überhaupt.«

Sie biß sich auf die Lippe. Ganz bestimmt lag er falsch, aber sie wollte keinen neuen Wutausbruch provozieren oder gar riskieren, daß er nicht mehr von seiner Arbeit sprach. Von Cassius erzählte er so gut wie nie, und jetzt, da er ein wenig gesprächiger wurde, wünschte sie sich, der Fußweg würde nie zu Ende sein. Aber mehr sagte er nicht, und sein Schweigen wurde lang und länger.

Es war alles ihre Schuld. Sie machte ihn wütend, und jetzt hatte sie es geschafft, daß er gar nichts mehr erzählte.

Antonia hatte immer gewußt, daß Caroline der Liebling ihrer Mutter war, und geglaubt, zum Ausgleich müsse sie das Lieblingskind ihres Vaters sein. Nun begriff sie, daß es nicht so einfach war.

»Wie findest du das?« begann ihr Vater schließlich. »Wenn du groß bist, kannst du auch Archäologie studieren und mir helfen, das Rätsel des Cassius zu lösen. Dann werden wir berühmt. Wir reisen zusammen auf Kongresse und erzählen allen, wie wir das gemacht haben.«

Und dann wirst du mich genauso lieben wie Caroline, dachte Antonia. Sie blickte zu ihm auf und fragte: »Was muß man tun, um Archäologe zu werden?«

3

Samstag, 3. September 1988

»Scheiß-Archäologie«, hatte Myles am Vorabend geschimpft, als er Patrick anrief. Patrick merkte sofort, daß er wieder Speed eingeworfen hatte. Er sprach schnell und abgehackt, mit langen Atempausen dazwischen, und wie immer vergaß er die Telefonkosten. Geld war kein Thema für ihn. Um diese Dinge kümmerte sich seine Mutter.

»Die Ausgrabung läuft wohl nicht so gut?« hatte Patrick nachgefragt.

»Mir egal. Ich war eine Woche nicht da. Wozu auch? Ich bin Volontär. Und in acht Wochen haben wir nicht das geringste gefunden.«

»Wie? Überhaupt nichts?«

»Ein paar Scherben von alten Blumentöpfen.«

»Hatten die Römer Blumentöpfe?«

»Woher soll ich das wissen? Du kannst ja den bekloppten Grabungsleiter fragen, wenn es dich interessiert.«

»Stimmt.«

»Mein Gott, sei doch nicht so!«

»Wie bin ich denn?«

»So verdammt selbstgerecht. Wie ein Amerikaner.«

»Ich bin nicht selbstgerecht.«

»Doch, bist du.«

»Ich möchte nur wissen, warum du mich dorthin bestellst, wenn die Grabung überhaupt nichts bringt.«

»Wozu brauchst du einen Grund? Ich brauche keinen.«

Weil Myles eben Myles war, saß Patrick nun im Flugzeug nach Toulouse und fragte sich, worauf er sich da eingelassen hatte. Und weil Myles samt seinen unberechenbaren Launen, seinem verschrobenen Snobismus Patricks bester Freund war. Myles hatte ihm als einziger aus der Patsche geholfen, als sein Stipendium ausblieb. Das war in Oxford gewesen, in der schrecklichen ersten Woche am College, als sich die anderen Frischlinge (natürlich hatten diese Engländer für alles ihre speziellen Namen) zu Grüppchen und Cliquen zusammentaten und alle Außenseiter abblitzen ließen.

Kennengelernt hatten sie sich mitten auf einer Kreuzung, als Myles ihn mit seinem verdreckten Golf beinahe überrollte, weil er mit seinem Fahrrad auf der falschen Seite fuhr. Nach ein paar saftigen Flüchen schlug er ihm vor, auf ein Curry zum Inder zu gehen. Dort besoff sich Myles bis zum Stehkragen und meinte: »Hör mal, Paddy, oder wie dein verdammter Name ist. Im Internat kannst du nicht bleiben. Gräßlich! Das ist kein Umgang für dich. In meinem Haus ist noch ein Zimmer frei.«

Also zog Patrick zu Myles.

Es war tatsächlich sein Haus. Und was für eins. Seine Mutter, eine Art Staranwältin, hatte es ihm zur Belohnung gekauft, als er beim dritten Anlauf gerade so durch die Aufnahmeprüfung geschrammt war. Und jetzt flog Patrick nach Südfrankreich zum »Wochenendsitz« der Mutter, nachdem er zwei Monate lang Pferde dressiert hatte, um die Reisekosten zusammenzusparen.

Mrs. Passmore hatte er noch nie gesehen. Er war auch nicht scharf darauf, denn am Telefon klang sie ziemlich furchterregend. Weder sie noch Myles' Stiefvater würde er in La Bastide treffen.

In den drei Jahren, die Patrick mit Myles in Oxford verbrachte, hatte Mrs. Passmore ihren Sohn kein einziges Mal besucht, auch sein Vater nicht, der Chirurg war, geschweige denn sein Stiefvater, ein Richter. Myles meinte, das sei ihm egal, aber Patrick sah ihm an, daß es nicht stimmte, und litt unter seinem schlechten Gewissen, weil er froh war, daß sich die Angehörigen von Myles niemals blicken ließen. Es war ihm peinlich, die Großzügigkeit seines Freundes auszunutzen, denn Myles weigerte sich beharrlich, Miete von ihm anzunehmen. Schließlich überwies Patrick von Zeit zu Zeit einen Betrag, den er für angemessen hielt, auf ein Konto, um sein Gewissen zu beruhigen. Irgendwann würde Myles Gelegenheit finden, das Geld auszugeben. Für Drogen wahrscheinlich.

Sein Freund Myles. Noch immer kam es Patrick seltsam vor, daß er einen Freund hatte. Nachdem seine Mutter fortgezogen war, hatte er keinen Sinn in Freundschaften mehr gesehen. Wozu sich binden? Das endete nur in Trennungen. Aber irgendwie war Myles durchs Sieb geschlüpft.

Vielleicht weil sie beide ein paar Jahre älter als die anderen waren – Patrick hatte sich seine Schulausbildung und die Aufnahmeprüfungen selbst erarbeiten müssen, Myles war mehrmals durchgerauscht, doch er erzählte allen, er sei in Hongkong gewesen, um Berufserfahrung zu sammeln.

Und irgendwie kamen sie gut miteinander zurecht. Sie gingen auf Partys, wo Myles sich betrank und Patrick auslachte, weil er nüchtern blieb, sie schleppten Mädchen ab, sie studierten und belegten Prüfungen, die Patrick bestand und Myles verpatzte. Dafür brachte er Patrick die »Essentials« bei: welche Sorte Kragenstäbchen die richtige war, daß die Küche im Sommer ruhig stinken durfte, daß man niemals die Ärmel hochkrempelte, um nicht auszusehen wie ein Schüler von der Grammar School, was aus irgendwelchen Gründen unmöglich war.

Und noch etwas hatte Myles ihm verraten: »Dr. Hunt ist ein Arschloch. Ohne Wenn und Aber. Ein kapitales Riesenarschloch.«

Patrick konnte darüber nur lachen. Für Myles war praktisch jeder ein Arschloch. Auch Myles selbst. »Ist doch schnurzegal, Myles. Du wirst sowieso kein Archäologe, sondern Chef der BBC.«

»Und du, Paddy-Boy, wirst mein persönlicher Therapeut, wenn mir beim Versuch, diesen Laden umzukrempeln, die Sicherungen durchbrennen.«

»Großartige Funde scheinst du nicht von der Ausgrabung zu erwarten. Welche Frau ist es denn?« hatte ihn Patrick am Telefon gefragt.

»Na, endlich fällt der Groschen, alter Knabe. Die vestalische Jungfrau ist es. Zucker, kann ich dir sagen!«

Es machte *Ping*, und die Aufforderung zum Anlegen der Sitzgurte ertönte. Patrick blickte hinaus in den wolkenlosen Himmel. Nach allem, was Myles ihm erzählt hatte, konnte ihn Antonia Hunt wenig reizen. Diese eingebildeten Engländerinnen regten ihn maßlos auf. Wenn sie hörten, daß er aus Wyoming stammte, wurden sie sofort herablassend: »Kommen da nicht die Cowboys her? Und Flicka? Wie heißt das Kaff? Dju-Boys? Soll das eine Stadt sein?« Er wußte, daß er überempfindlich war, aber sie verwandelten ihn binnen fünf Minuten in einen vertrottelten Hinterwäldler.

Und Antonia Hunt war außerdem noch intelligent, ihr konnte er schon gar nichts entgegensetzen.

»Und mit Miranda ist es aus?« hatte er Myles gefragt.

»Du meinst Nerissa.«

»Also gut, Nerissa.«

Myles kicherte. »Mein Gott, seid ihr Yankees altmodisch! Ich bin ja echt gerührt!«

»Du willst damit sagen, daß du mit Nerissa nicht Schluß gemacht hast, vermute ich.«

»Warum soll ich sie nicht beide ins Rennen schicken? Die kleine Toni hat keine Ahnung. Was sie nicht weiß, macht sie nicht heiß, und Nissa ist es sowieso egal.«

Auch Nerissa kam ihm wenig sympathisch vor. Nach Myles' Beschreibung war sie das perfekte Ebenbild der jungen Brigitte Bardot, absolute Spitzenklasse. Und außerdem war sie zufällig seine Stiefschwester – die Tochter des Richters aus früherer Ehe.

Mist! Sein Magen krampfte sich zusammen. Er hatte dasselbe Panikgefühl wie an seinem ersten Tag in London, als er aus der U-Bahn stieg und plötzlich von zahllosen uralten und wunderschönen Gebäuden umgeben war. So viele hatte er in seinem ganzen Leben noch nicht gesehen. Und die Londoner benutzten sie mit olympischer Gelassenheit als Imbißstuben und »Aufbaukassen«, was immer das sein mochte.

Und jetzt war er auf dem Weg nach Südfrankreich. *Südfrankreich!* Grace Kelly und Cary Grant, Playboys, Jachten, Croupiers und englische Klassegirls mit kaltem, abschätzigem Blick.

Mist! Reiß dich zusammen, ermahnte er sich. Nimm dir mehr vor, als du dir zutraust, und du wirst es schaffen.

Das hatte er im *Reader's Digest* gelesen, als er neun Jahre alt war, am Tag nach dem Weggang seiner Mutter. Er hatte die Schule geschwänzt, im Drugstore in den Illustrierten geblättert und sich den Kopf darüber zerbrochen, was er ihr getan hatte, daß sie ihn verließ. *Nimm dir mehr vor, als du dir zutraust.*

Aber was will ich überhaupt, hatte sich der neunjährige Patrick gefragt. Und dann fiel ihm die Antwort ein: Er wollte das genaue Gegenteil seines Vaters werden und nicht als Säufer in einem verrotteten Campingmobil enden. Immer wenn er an den Vater dachte, kam der alte Schmerz wieder hoch.

Der arme Kerl wollte nur, daß er stolz auf mich sein konnte. Und was hab' ich getan? Ich hab' ihn umgebracht. Egal, was die Ärzte sagten. Ich weiß es besser. Ich habe ihm das Herz gebrochen. Und nun muß ich damit leben.

Die Stewardeß riß ihn aus seinen Gedanken. »Noch einen Drink, Sir? Die letzte Gelegenheit.« Sie schenkte ihm ein strahlendes Lächeln. »Darf es etwas Kräftiges sein oder wieder nur Coke?«

Höflich lehnte er ab.

Mit unverändertem Lächeln beugte sie sich herüber und räumte sein Tablett ab. Sie hatte wunderschöne Zähne. Ja, sie war rundum perfekt. Mitte zwanzig, etwa sein Alter. Und sie war schon zweimal extra zu ihm gekommen. Er mußte sich nur einen kleinen Ruck geben, dann konnte er sie zu einem Kaffee ins Flughafenrestaurant einladen, und hinterher war sie sicherlich bereit zu einem kleinen Abenteuer, das bei ihm und Myles »Teflonsex« hieß. Ein paar Stunden des Vergnügens, keine Intimitäten, Adios, und das war's. So hatte Patrick es am liebsten.

Obwohl natürlich heute keine Gelegenheit dazu war. Myles würde ihn am Flughafen erwarten.

Fehlanzeige. Kein Myles weit und breit. Patrick stand etwa eine Stunde in der Ankunftshalle herum, es war heiß und stickig wie in einem überheizten Badezimmer. Dann versuchte er zwanzig Minuten lang, in La Bastide anzurufen. Als er endlich durchkam, nahm niemand ab.

Jetzt packte ihn ein nagender Hunger. Er forschte nach dem kleinsten und billigsten Gebäck, das im Flughafencafé zu finden war, und zahlte mit zusammengebissenen Zähnen, weil es unsinnig teuer war. Mein Gott, was kostete es hier, wenn man eine Runde werfen wollte? Oder war das in Südfrankreich nicht üblich? Vielleicht verkaufte man das eine oder andere Organ und trank den Champagner mit dem Strohhalm.

Eine weitere Stunde verstrich. Er erwog, mit dem Bus nach Toulouse zu fahren und dort einen Zuganschluß zu suchen, doch das würde wahrscheinlich seinen ganzen Etat von siebenundfünfzig Pfund und fünfzig Pence auffressen. Langsam dämmerte ihm, daß er ohne französische Sprachkenntnisse Schwierigkeiten bekommen würde, denn sein Schulspanisch machte auf die Franzosen wenig Eindruck.

Warum hatte er in der Schule Latein statt Französisch gelernt? »Mit Latein hast du die meisten europäischen Sprachen schon fast in der Tasche«, hatte ihm seine Mutter einmal erklärt, und er hatte es geglaubt, so wie er alles glaubte, was sie sagte.

Auch das war wohl nur eine der kulturellen Daumenschrauben britischer Herkunft gewesen, die sie ihrem einzigen Sohn und dem armen Trottel von Ehemann anlegte. Der war in seinem ganzen Leben nie über Lander hinausgekommen, nicht einmal bei seinem Begräbnis.

Danke, Mom, wo immer du stecken magst.

Myles Cantellow fuhr mit einem Ruck aus dem Schlaf und fragte sich wie immer, wo er war und wer neben ihm lag.

Ach ja. Toni und ihre Mühle. Alles in Ordnung.

Ihr Zimmer war genauso schäbig wie das ganze Haus. Aber er fand das bezaubernd. Ihre Mutter – die alternde Debütantin, wie sie von ihm genannt wurde – kam schon seit Jahren nicht mehr nach La Bastide, und weder Toni noch ihr Vater legten großen Wert auf Komfort und Gemütlichkeit.

Myles war das nur recht. Ihm gefiel das Schlafzimmer so, wie es war – mit den vergilbten Tapeten, dem welligen Linoleum und dem fleckigen Spiegel. Das Bett quietschte ordentlich, wenn man es in Schwung brachte – sehr zum Ärger von Tonis Vater, dessen Arbeitszimmer genau darunter lag. Selbst zur Mittagszeit war es hier im Schatten des Felsmassivs kühl und dämmerig, und das Rauschen des Flusses war ein gutes Beruhigungsmittel gegen das ewige Raspeln der Zikaden.

Toni wandte ihm den Rücken zu, aber an ihrem Atem merkte er, daß sie wach war.

Ihr hatte der Sex keinen Spaß gemacht. Das hatte sie zwar nicht gesagt – sie äußerte sich selten –, aber er spürte es. Er hingegen kam langsam aus dem siebten Himmel zurück. Wozu sollte er ihr das erzählen?

»Ich weiß nicht, wie es für dich war«, sagte er, »aber für mich war es nicht so toll.« Sie drehte sich um, stützte sich auf den Ellbogen und blickte ihn an. »Ich glaube, ich bin besser bei Frauen, die ich nicht mag«, fügte er hinzu.

Sie verzog keine Miene, wie immer, wenn er sie verletzte. »Kann sein«, sagte sie schließlich.

»Das Problem mit dir ist, daß du nie sagst, was du fühlst. Dir fehlt das Selbstvertrauen.«

»Das Problem mit dir ist, daß du es sofort gegen mich verwenden würdest«, erwiderte sie ruhig.

Er grinste. »Das nenne ich Paranoia.«

»Ja, mein Machiavelli.«

Er war nicht sicher, was sie damit meinte, aber es klang wie ein Kompliment, also ließ er es durchgehen.

Er konnte nicht genug darüber staunen, daß ein Mädchen wie sie, das den Professoren furchtlos widersprach und einen Grabungstrupp kommandierte wie ein Viersternegeneral, ausgerechnet auf ihn verfallen war. Myles Cantellow, der Spitzenversager und glückliche Empfänger eines Gnadendiploms, während sie ein Sehr gut in Klassik hatte, außerdem den Doktortitel und beste Aussichten auf eine Dozentur in Cambridge.

Was zur Hölle fand sie ausgerechnet an ihm? Er an ihrer Stelle hätte einen Kerl wie ihn nicht einmal eines Blickes gewürdigt. Aber jetzt waren sie schon zwei Monate zusammen, und das war doppelt so lange wie alles, was er vorher gekannt hatte.

Manchmal fragte er sich, ob es an ihrer Familie lag. Die alternde Debütantin mußte genauso anstrengend sein wie Dr. Hunt, das Arschloch, der immer noch in den unteren Rängen seiner tristen

Provinzuniversität dahindümpelte. Dann war da noch die phantastische dumm-blonde Schwester, die es offenbar geschafft hatte, Toni zum häßlichen Entlein zu machen, im Bett aber, wie sich Myles persönlich überzeugt hatte, überraschend fade war.

Bei so einer Familie war es kein Wunder, daß die arme Toni die Flucht nach Oxford wie eine Befreiung empfand. In einem Anfall von Freimütigkeit hatte sie ihm erzählt, wie sie im ersten Semester Mut schöpfte, sich Kontaktlinsen, neue Kleidung und ein bißchen Make-up zulegte. Und da sie zum Essen kaum noch Zeit fand, verschwand der Babyspeck von selbst.

Myles fand das nicht weiter bemerkenswert, aber ihr schien es extrem wichtig zu sein. Frauen waren so empfindlich, was ihr Aussehen betraf. Selbst die intelligenten. Die besonders. Sollte er sich darüber beklagen? Hieß es doch, daß sie weder die Zeit noch den Mut hatte, sich einen Freund zuzulegen. Myles, du alter Glückspilz! Aber manchmal tat sie ihm direkt leid, weil sie ausgerechnet an ihn geraten war, und das bei ihrem ersten Versuch.

Er hätte ihr gleich sagen können, daß es Zeitverschwendung war. Niemand hielt einen Myles Cantellow lange aus. Es kam immer ganz schnell zum Krach, und dann war Schluß.

Wenn er daran dachte, daß Toni mit ihm Schluß machen konnte, wurde ihm ganz elend zumute, und er bekam ein hohles Gefühl in der Brust. Um den Gedanken abzuschütteln, sprang er aus dem Bett und ging nackt zur Kommode. Im Spiegel verfolgte er, wie sie ihm nachschaute. Sie sah so verdammt gut aus. Das lange, schwarze Kräuselhaar. Die blasse Haut, die einfach nicht braun werden wollte.

Er studierte sein Gesicht. Schön war es nicht, aber das schien die Frauen nicht zu stören, also war es ihm auch egal. Was ihn ärgerte, war seine Größe. Er war knapp *unter* einsachtzig, hatte einen kleinen, mädchenhaften Mund und dünnes blondes Haar, wo doch jeder wußte, daß nur dunkelhaarige Männer wie Patrick ernstgenommen wurden.

Aber wenigstens seine Augenbrauen waren gelungen. Braun und buschig, provokant geschwungen. Ihr-könnt-mich-mal-Augenbrauen.

In seinem Mundwinkel zeigte sich ein rotes Bläschen. Mist! Mit dreizehn hatte er sich bei einem holländischen Mädchen Herpes geholt, da war ihm der Spaß am Küssen für immer vergangen. Bei Toni machte er eine Tugend daraus, indem er vorgab, sie vor einer Ansteckung schützen zu wollen. Sie glaubte ihm wie immer, und er wußte nicht, ob er sie dafür verachten oder bedauern sollte.

Gott, wie er die Weiber haßte! Es gab Zeiten, wo er am liebsten alle Frauen der Welt gevögelt hätte.

»Ich weiß nicht«, sagte er zu Tonis Spiegelbild. »Könnte sein, daß du frigide bist.«

Sie ließ sich die Kränkung nicht anmerken.

»Vielleicht sollten wir nicht mehr miteinander schlafen«, fügte er hinzu.

»Wenn du meinst.«

Das hatte gesessen. Jetzt konnte sie darüber nachgrübeln, während er nach Toulouse fuhr, und er war dieses hohle Gefühl für eine Weile los. »Ich muß los«, sagte er.

»Das mußtest du schon vor einer Stunde, als du gekommen bist. Du solltest längst am Flughafen sein.«

»Patrick kann warten. Es bleibt ihm gar nichts anderes übrig. Er weiß ja nicht, wohin.« Mit kurzem Zögern sagte er: »Vielleicht nehme ich Nerissa mit.«

»Dann mußt du auch Simon mitnehmen«, erwiderte sie tonlos, »und soviel Platz ist nicht in deinem Jeep.«

»Keine Sorge. Simon ist schmal wie ein Hering, Nerissa ist auch nur eine halbe Portion.« Damit trieb er das Spiel auf die Spitze, aber die Versuchung war einfach zu groß. Er brauchte Nerissa nur zu erwähnen, schon war Toni erledigt. Vielleicht war es das, was Patrick gemeint hatte, als er sagte, er würde mit Nerissa schlafen, um seine Unabhängigkeit von Toni zu wahren. Erzähl keinen Scheiß, hatte er geantwortet, um seine Freude zu verbergen. Denn er liebte es, von Patrick analysiert zu werden.

Doch Toni verstand nicht, wieso es wichtig war, einen Freund mehrere Stunden lang hängenzulassen. Daß sich ein Myles Cantellow brav an den Ausgang stellte und wartete, ging natürlich nicht an. Er hatte schließlich die Public School besucht, besaß ein

Haus in Oxford und eine Villa in Südfrankreich, und Patrick war nur ein armer Schlucker, ein Yankee aus dem tiefsten Mittelwesten.

»Also, was meinst du?« Er zog seine abgeschnittenen Jeans und sein Lieblingshemd von Gieves & Hawkes mit dem Rückenschlitz an. »Soll ich Nerissa mitnehmen oder nur Modge?«

»Mach, was du denkst.«

»Willst du nicht mitkommen?«

Sie schüttelte den Kopf. »Ich hab zu tun.«

»Dein Arbeitseifer nervt mich total.«

Sie zuckte die Schultern. »Den werde ich nicht aufgeben. Nicht einmal für dich.«

Natürlich meinte sie es ernst. Das fand er ja gerade so aufregend an ihr. Von Sex hatte sie zwar keine Ahnung, aber es steckte etwas in ihr, eine tiefsitzende Leidenschaft, die ihm ein völliges Rätsel war.

Er stopfte sein Geld in die Gesäßtasche, auch die Kreditkarte und die römische Münze, die ihm seine Mutter zur Immatrikulation geschenkt hatte. »Fast hätte ich's vergessen. Ich komme nicht mehr zur Quelle, und die anderen auch nicht.«

Sie fuhr hoch. »Warum nicht?«

»Dein Vater hat uns abkommandiert. Weißt du das nicht?«

»Waas?«

»Er sagt, es hat keinen Zweck, dort oben weiterzumachen. Wir haben nur noch drei Wochen Zeit, er braucht alle Kräfte für die Hauptgrabung. Überhaupt hat die Quelle nichts mit deinem Römer zu tun, und für deine Kinderphantasien sind ihm seine Leute zu schade. Ja. So etwa hat er's gesagt.«

Er beobachtete ihre Reaktion. Wie erwartet, warf sie einen Blick auf den Nachtschrank, in dem ihr kleiner Schatz versteckt war – ihre eigene Übersetzung der Gedichte von Cassius, ein Tagebuch mit ihren verstiegenen Theorien über den Dichter. Die waren natürlich ketzerisch, höchst intim und streng geheim. Zumindest glaubte sie das. Arme Toni. Damit konnte er sie aufziehen, wann immer er Lust hatte.

»Manchmal glaube ich, er will mir nur Knüppel zwischen die Beine werfen.«

»Na endlich, Toni. Gratuliere zu dieser Erkenntnis. Eltern versauen einem alles. Hast du das nicht gewußt?«

Sie blickte ihn fragend an. Es war köstlich. Sie kapierte einfach nichts.

In der Tür blieb er kurz stehen. »Ich dachte, ich nehme den Jeep und nicht den Panda.« Der Jeep gehörte ihrem Vater und war viel cooler als der Panda seiner Mutter.

»Ist mir egal«, sagte sie.

»Ach, und übrigens: das mit dem Sex. Vielleicht versuchen wir's noch mal.«

Wenn Myles recht hatte, kam jetzt eine Menge Mehrarbeit auf sie zu. Antonia streifte die Shorts und ihre peruanische Bluse über und tappte die Treppe hinunter. Sie mußte mindestens zwei Stunden früher aufstehen, um an der Quelle zu graben, bevor sie sich der Hauptgrabung anschloß.

Einfach aufzugeben kam ihr nicht in den Sinn. Die Quelle war ihr persönliches Projekt. Sie finanzierte es aus ihren Ersparnissen, sie hatte beim Landeigentümer die Genehmigung ausgehandelt und den Grabungsplan eigenhändig entworfen. Nach Jahren des Hoffens und Harrens konnte sie endlich den Beweis für ihre Hypothese antreten, die der Vater noch immer als Unsinn abtat – daß Cassius im Tal der Sarac gelebt hatte, daß die Quelle sein Ort der Einkehr war.

Sie tat es nicht, um ihren Vater ins Unrecht zu setzen, wie er zu glauben schien. Ganz im Gegenteil. Indem sie Cassius näherkam, wollte sie auch der Lösung des Rätsels näherkommen und damit den Pakt erfüllen, den sie sechzehn Jahre zuvor mit ihrem Vater geschlossen hatte. Zusammen würden sie das Geheimnis lüften und berühmt werden. Nur zusammen. Und dann würde auch alles andere ins Lot kommen.

Die Küche war eine kühle, dunkle Höhle, es war keiner da. Alle arbeiteten an der Grabung oder im Schuppen auf dem Hof. Viele waren sie ohnehin nicht. Nach allen üblichen Maßstäben war das Team entschieden unterbesetzt. Außer ihr und ihrem Vater gab es nur Myles und Nerissa (wenn sie Lust hatten), Simon (weil er einen Schein für seinen Abschluß brauchte) und die stets treue Modge. Ein Team konnte man das kaum nennen.

Vielleicht hatte ihr Vater recht, was die Quelle betraf. Vielleicht sollten sie sich auf das eigentliche Grabungsprogramm konzentrieren und stur an der Stelle über dem Fluß weitergraben, die auf den Luftaufnahmen so vielversprechend aussah – wie der Standort einer römischen Villa.

Am Durcheinander auf dem Küchentisch erkannte sie, daß ihr Vater schon gegessen hatte. Zwei schmutzige Teller, eine Schale mit zerlaufener Butter, in der ein paar tote Fliegen lagen, ein Stück halbflüssiger Brie und ein halbes *pain de campagne*, das bereits austrocknete.

Antonia brach ein Stück Brot ab. Wenn sie sich beeilte, war sie in drei Minuten an der Grabung. Vielleicht merkte ihr Vater gar nicht, daß sie über zwei Stunden weggewesen war.

Und es spielte auch gar keine Rolle. Sie war vierundzwanzig und konnte tun, was sie wollte, zum Teufel noch mal. Warum schaffte er es noch immer, ihr ein schlechtes Gewissen zu machen?

Als sie in die Abwaschküche hinauslief, stolperte sie fast über Modge. Das kleine Pummelchen zuckte schuldbewußt zusammen. Sie hatte ihr Gesicht im Spiegel über dem Waschbecken studiert. Nach ihrer Miene zu schließen, war sie mit dem Resultat nicht zufrieden.

»Myles sagt, ich darf mit zum Flughafen kommen, Patrick abholen«, plapperte sie los. »Er holt nur noch den Jeep.« Und wie um sicherzugehen, daß ihr Halbbruder sie nicht im Stich ließ, fügte sie hinzu: »Er hat es gestern abend versprochen.«

Gestern abend. Folglich war seine Überlegung, statt Modge Nerissa mitzunehmen, der reine Unsinn gewesen. Diese Spielchen, die er mit ihr trieb! Schon der Gedanke daran machte sie müde. Also nicht daran denken, nahm sie sich vor. Und erst recht nicht daran, daß er sie als frigide bezeichnet hatte. Auch das war so ein Spielchen.

Oder nicht?

Am Anfang war es wunderbar gewesen mit Myles. Sie kannte ihn flüchtig von der Universität, aber gesprochen hatten sie nie miteinander. Myles Cantellow gehörte zu der scharfen Clique, die harte Drogen nahm, er war viel zu cool, um irgendeine Arbeit anzufassen, und Frauen wie sie waren einfach Luft für ihn.

Als sie begriff, daß er mit ihr schlafen wollte, konnte sie es kaum fassen. Und er war überraschend nett geblieben, als er hörte, daß sie beschämenderweise noch Jungfrau war.

Aber das war schon Ende Juni gewesen, als er immer noch um seinen Abschluß dritter Klasse bangte. Ihr kam es wie Jahre vor. Na gut, sagte sie sich. Wenn er dir nur Ärger macht, kannst du jederzeit Schluß machen. Keiner zwingt dich, und du bist selber schuld. Doch wenn sie daran dachte, ihn abzuschaffen, fing ihre Haut an zu prickeln, und ihr wurde fast übel. Das war seltsam, weil sie ihn gar nicht liebte, und er liebte sie erst recht nicht. Aber er brauchte sie, und das war es vielleicht. Sie fand es so gut, gebraucht zu werden.

Modge war den Tränen nahe, weil sie es nicht schaffte, ihren Pferdeschwanz mit einer leuchtendgrünen Plastikspange zu bändigen. Ihr dunkles Haar war zu dünn und fettig, die Spange rutschte jedesmal ab und fiel klappernd auf den Fliesenboden.

Ihr grellgrünes T-Shirt hatte sie in die engen dunkelroten Shorts gesteckt, die ihren molligen Bauch einschnürten. Gekrönt wurde ihre Erscheinung durch einen *Star-Trek*-Rucksack, der eine seltsame Beule zwischen ihren Schulterblättern bildete. Als sie sah, daß Antonia den Rucksack beäugte, streifte sie ihn mit einer Schulterbewegung ab und ließ ihn auf den Boden fallen. »Myles sagt, nur Kleinkinder tragen Rucksäcke«, murmelte sie, »aber ich brauche ihn. Für meine Sonnenbrille, den Comic, die Taschentücher und die Wasserflasche.«

Antonia sah das bleiche, bekümmerte Mädchengesicht und ärgerte sich. Was für eine Gemeinheit. Es war doch wirklich egal, wie ein achtjähriges Mädchen sich anzog.

Ohne Patrick McMullan zu kennen, war sie auch auf ihn schon böse, weil er soviel Aufregung provozierte. Wahrscheinlich entpuppte er sich ebenfalls als eiskalter Manipulator, dem es Spaß machte, anderen weh zu tun – genauso wie Myles.

»Manchmal könnte ich Myles verdreschen«, sagte Antonia.

Modge starrte sie mit offenem Mund an.

»Manchmal denke ich, er ist gar kein menschliches Wesen, sondern ein Roboter, ein Alien aus dem Weltall. Ein Android.«

Modge blinzelte verwirrt, dann fing sie an zu kichern, weil Antonia es wagte, sich über ihren Halbbruder lustig zu machen.

»Komm mal her«, sagte Antonia und strich ihr über die Schulter. Modge fühlte sich warm und zerbrechlich an wie eine Katze. »Weißt du was? Du siehst besser aus, wenn du das T-Shirt über den Shorts trägst. So. Und wenn du mit dem Rucksack nicht wie ein Kleinkind aussehen willst, häng ihn einfach über die eine Schulter. So. Jetzt siehst du verschärft aus.«

Modge blieb mißtrauisch. »Meinst du wirklich?«

»Klar. Das ist absolut cool. Und wie wär's, wenn du diese Spange vergißt und die andere nimmst? Wo steckt die? In deinem Rucksack? Hier. Die sitzt wenigstens fest. Jetzt peppen wir dich noch ein bißchen auf. Was meinst du?« Sie zog die Gummibänder aus ihrem eigenen Pferdeschwanz und streifte sie über die Spange. »*Et voilà*. Ein Schmuck aus Saphirblau und Silber. Wenn ich mich recht entsinne, sind das die Farben der Vereinten Föderation der Planeten.

Modge färbte sich rosa. »Echt verschärft«, sagte sie.

4

Modge saß stocksteif auf dem Beifahrersitz des Jeeps und ließ sich nicht anmerken, welche Angst sie ausstand. Einmal hätte Myles beinahe einen Lastwagen gestreift. Und als der Jeep in einer Kurve bedrohlich ins Schleudern geriet, biß sie sich auf die Lippen, um nicht loszuschreien.

Schon bei der Abfahrt vom Mühlenhof hatte Myles irgendwie die Gänge verwechselt, der Jeep war rückwärts gefahren statt vorwärts und hätte fast die Mauer gerammt. Antonia stand auf der Veranda und lachte. Modge kicherte ebenfalls, und Myles hätte sie um ein Haar aus dem Auto geworfen.

Er war sogar fähig, sie an irgendeiner Tankstelle auf die Straße zu setzen und weiterzufahren. Myles war zu allem fähig. Ein richtiger Tunichtgut. Sie hätte so gern seine Bewunderung erregt.

Wenn er sie nur nicht immer so quälen würde! Erwachsene sagten immer »Ist doch nur Spaß«, wenn sie einen ärgern wollten, ohne einen richtigen Krach anzufangen. Simon Toynbee machte das ständig so. Einmal im Schuppen hatte er die Tinte umgeworfen, mit der sie die Scherben beschrifteten, und das Fundprotokoll versaut. Als Dr. Hunt hereinkam und zu fluchen begann, schob er es auf Alfonse, den Mühlenkater. Modge war empört. Sie war drauf und dran, Alfonse in Schutz zu nehmen, aber Dr. Hunt tat ihm nichts und knurrte nur, deshalb hielt sie sich zurück. Sie hatte schon begriffen, daß es nur Ärger gab, wenn sie einen Erwachsenen am Zeug flickte. »War doch nur Spaß«, sagte Simon, als er ihren bösen Blick auffing.

Simon Toynbee war genauso, wie sein Name vermuten ließ: Mager, miesepetrig und außerdem eine Petze. Namen waren wichtig für Modge, weil sie ihren eigenen Namen haßte, besonders ihren Rufnamen. Antonia hatte ihr ein Namenbuch geliehen, sie hatte alle Namen nachgeschlagen und war kein bißchen erstaunt, daß ihre Schwester Nerissa, die geradezu erschreckend gut aussah, nach einer Meeresnymphe benannt war. Auch nicht darüber, daß ihr eigener Name gar nichts bedeutete, sondern ein falsch verstandener Name aus einem Theaterstück war. Selbst das stand zu bezweifeln, denn einmal hatte sie ihre Mutter zu einer Freundin sagen hören, sie sei ein »Unfall« gewesen. *Modge-Podge* – wie ein aus Teigresten zusammengekneteter Keks.

Sie könne später ihren Namen ändern, hatte Patrick gesagt. Aber es sei ein schöner Name, es gebe keinen Grund, ihn zu ändern. Sie fragte sich, ob er das wirklich meinte oder sie nur trösten wollte.

»Hat dir die Katze die Zunge gemaust, Modge-Podge?« fragte Myles. Sie klammerte sich an den Sitz und überlegte, wie er das meinte. Es klang nicht sonderlich freundlich. Alfonse würde niemals so etwas tun.

»Nein«, sagte sie vorsichtig.

»Bist wohl nervös, weil dein Freund zu Besuch kommt?«

»Er ist nicht mein Freund.«

»Kein Grund, gleich einzuschnappen.«

Modge krallte sich fester an den Sitz. »Bin ich gar nicht«, schmollte sie. »Er ist nur nicht mein Freund.«

»Warum hast du dich dann so aufgetakelt? Glöckchen an den Füßen und Schleifchen im Haar.«

Ihr Magen zog sich zusammen. Da Myles die Gummis entdeckt hatte, wollte sie die Dinger loswerden, denn wenn er sich mit Patrick darüber lustig machte, würde sie sterben. Aber wenn sie die Gummis abnahm, mußte Antonia gekränkt sein, also saß sie in der Zwickmühle. In ihrer Beliebtheitsskala stand Antonia ganz oben, gleich nach Patrick — und Myles, wenn er sich nicht eklig benahm – und natürlich nach Mummy.

»Keine Sorge«, sagte Myles. »Ich verrate Patrick nichts.«

Sie funkelte ihn böse an. Den Spruch kannte sie zur Genüge.

Android, sagte sie sich, und schon war ihr besser. Sie lehnte sich zurück und dachte an Patrick. Den hatte sie erst ein einziges Mal gesehen, an jenem unvergeßlichen Sonntag, als er und Myles unverhofft in ihrem Internat aufgetaucht waren und sie zum Tee mitgenommen hatten. Die anderen Mädchen wurden gelb vor Neid. Zwei tolle Typen – und der eine ein richtiger Ami.

Danach hatte sie den Mädchen von Patrick vorgeschwärmt, daß er etwas Kompliziertes studierte, was von den Falltüren in den Köpfen handelte und daß er sehr behutsam die Spinnweben aus den Oberstübchen entfernte. Genau hatte sie das nicht verstanden, aber es war so schön, wenn ein Erwachsener mit ihr redete wie mit einer Erwachsenen. Und sie dachte, daß Patrick genau der Richtige war, um Spinnweben aus den Oberstübchen zu entfernen.

Vor ihnen tauchte der Flughafen auf. Sie hatte Angst vor Flughäfen, aber das ließ sie Myles nicht merken. Der Asphalt auf dem Parkplatz war von der Hitze aufgeweicht und gab unter den Sandalen nach, die automatischen Türen zischten entsetzlich. Sie wollte, daß Myles sie bei der Hand nahm, als sie ins Flughafengebäude eintraten, aber er lief zu schnell. Also hielt sie sich an ihrem Rucksack fest und rannte ihm nach.

»Wie spät ist es denn?« fragte er, als sie sich durch die Menge schoben. Er trug grundsätzlich keine Uhr.

Modge hob das Handgelenk und befragte ihren Vulcan Time Scanner. »Sechs Minuten vor drei.«

»O Mann, diesmal hab ich den Bogen überspannt. Selbst für meine Verhältnisse. Der arme Kerl ist um zwölf hier angekommen.«

Modge starrte ihn fassungslos an. Sollte das heißen, daß Patrick seit drei Stunden wartete? Ihr wurde elend. Patrick mußte eine Mordswut haben. Wenn er nicht schon nach England zurückgeflogen war.

Dann plötzlich stand er vor ihnen, noch schöner, als sie ihn in Erinnerung hatte, Lanzelot, Cassius und Luke Skywalker in einer Person. Und sah kein bißchen wütend aus. Er lachte und boxte Myles in den Bauch, wie es Jungs machen, wenn sie sich wiedertreffen, nur war er wohl ein bißchen heftig, denn Myles schnappte nach Luft und krümmte sich. Aber als er wieder zu Atem kam, lachte er auch, und Modge sah ihm an, daß er seine Wiedersehensfreude kaum verbergen konnte.

Bescheiden wartete sie mit dem Rucksack in der Hand und hätte am liebsten geheult vor Glück. Dann nahm Patrick seinen großen Rucksack und hängte ihn über die Schulter, genauso wie Antonia es ihr gezeigt hatte. Modge machte dasselbe und hoffte, daß Myles sie ihn Ruhe ließ. Bis jetzt hatte er nichts über die Gummis gesagt, auf keinen Fall wollte sie seine Aufmerksamkeit provozieren. Patrick strahlte, als würde er sich wirklich freuen. »Hallo, Imogen«, sagte er.

Kurz vor dem Dorf La Bastide hatte Patrick seinen Freund Myles, die Briten und Frankreich schon satt, am meisten aber Myles.

»Warum bist du auch so blöd, nach Toulouse statt nach Perpignan zu fliegen«, hatte Myles schon am Flughafen gesagt, als er Patricks Rucksack in den Jeep wuchtete. »Perpignan ist viel näher, praktisch um die Ecke.«

»British Airways ist einfach doppelt so teuer wie Air Express«, erklärte ihm Patrick trocken.

Myles verdrehte die Augen. »Schon wieder das Geld! Hast du denn nichts anderes im Kopf?«

Patrick – hungrig, müde, verschwitzt – beschloß, die Bemerkung zu überhören. Anderenfalls hätte er Myles auf der Stelle erschlagen müssen. Auf dem Heimweg fuhr Myles noch rücksichtsloser, weil er wußte, daß er sich danebenbenommen hatte. Modge saß hinten und hielt sich fest, so gut es ging, Patrick konzentrierte sich auf die Landschaft.

Südfrankreich war ganz anders, als er es erwartet hatte. Ihm schwebte so etwas wie Beverly Hills vor, mit Palmen, Country Clubs und blauen Swimmingpools, statt dessen fand er sich in einer kargen, einsamen Landschaft aus blendendweißen Felsen und staubigen Dornbüschen, einem Labyrinth aus wilden Schluchten, ragenden Gipfeln und ausgedörrten Plateaus.

»*Die Fenouillèdes*«, erklärte der Führer, den er in Oxford aus der Bibliothek entliehen hatte, »*sind das letzte Vorgebirge der Pyrenäen. In vieler Hinsicht sind sie noch einsamer und unerschlossener als ihr großes Vorbild.*«

Jetzt verstand er auch den Grund. Die Straßen waren selbst für europäische Verhältnisse lächerlich schmal und gewunden, und in den wenigen Dörfern, die sie passierten, mußten sich die Fußgänger in die Hauseingänge flüchten, um nicht vom Jeep erfaßt zu werden. Nicht, daß es dort viele Menschen gab. Die Dörfer wirkten wie ausgestorben.

Fast jeder Berggipfel war von einer malerischen Burgruine gekrönt. Auch darüber hatte er gelesen. Vor Hunderten von Jahren war hier die Grenze zwischen Frankreich und Spanien verlaufen, hatten hier blutige Fehden stattgefunden. Aber daß es hier von den Dingern nur so wimmelte, hatte er nicht geahnt. Nur eins erinnerte ihn an Wyoming: Auch hier waren die Verkehrsschilder von Schrotladungen durchlöchert.

Nach anderthalb Stunden führte eine Brücke über einen wild schäumenden Fluß, der aus einer engen und steilen Schlucht herausschoß. Den Eingang zur Schlucht flankierten zwei bedrohlich schiefe Felstürme, die sicher an die hundert Meter hoch waren. Mitten auf der Brücke bremste Myles. »La Bastide. Wir sind da.«

Die Straße machte einen scharfen Knick und wand sich einen steilen Hang hinauf, an dem spanisch aussehende Häuser mit weißgekalkten Wänden und winzigen Fensterläden klebten. Jeder freie Meter dazwischen war mit Terrassen eingefaßt und mit Ölbäumen und Wein bepflanzt. Eine kleine Kirche duckte sich neben einem von Zypressen gezierten Friedhof, und das Ganze wurde von der obligatorischen Burgruine überragt. Ein geschwungener Felskamm führte von der Burg bis zum östlichen Rand der Schlucht.

»Unser Haus liegt direkt unterhalb der Burg. Les Limoniers.« Myles zeigte auf eine große weiße Villa mit himmelblauen Markisen, etlichen Terrassen und einem Garten mit Bougainvilleen und Zitronenbäumen. »Die Aussicht ist berauschend. Die beste des ganzes Dorfes.«

Das ist die Hauptsache, dachte Patrick und war entschlossen, sich nicht beeindrucken zu lassen. Als der Motor verstummte, umfingen ihn die Geräusche der Umgebung, das Donnern des Flusses, das Zirpen der Zikaden, das quietschende Scharnier eines Fensterladens. In der Luft hing der scharfe Geruch von Holzrauch, untermischt mit einem Hauch Salbei.

Patrick zeigte auf den Hang jenseits der Brücke, wo unterhalb des Dorfes eine Fläche von der Größe dreier Tennisfelder freigelegt und in Quadrate unterteilt war. »Dort ist wohl die Grabungsstelle?«

»Auf Anhieb erraten«, sagte Myles. »Der dürre Bock, der den Kopf schüttelt, ist unser geschätzter Grabungsleiter Dr. Hunt. Der rothaarige Zappler mit dem Pferdeschwanz ist Simon. Und bei der blonden Faulenzerin im Schatten handelt es sich um die knackige Nissa.«

Die junge Brigitte Bardot, dachte Patrick. Auch das noch. Außer der Sonnenbrille kaum was auf dem Leibe.

»Weißt du was?« Myles trommelte mit den Fingern auf dem Lenkrad. »Du steigst hier mit Modge-Podge aus, sagst allen Guten Tag, und ich bringe deinen Rucksack ins Haus.«

Patrick wollte widersprechen, aber Myles schnitt ihm das Wort ab. »Heute muß die Glocke werden, nun mach schon – bitte.«

Patrick nahm seinen Freund ins Visier. Er hatte dunkle Ringe unter den Augen und wirkte fahrig, auf der Oberlippe glänzte ein dünner Schweißfilm. Er brauchte dringend eine Dosis. Ob er noch auf Speed stand oder schon auf Kokain umgestiegen war? Bei Myles war alles möglich, solange seine kleine Schwester nicht merkte, daß er Drogen nahm. Er hatte keine Hemmungen, in ihrer Gegenwart zu fluchen, sich sinnlos zu betrinken, bis in die Puppen durchzufeiern, aber bei Drogen hielt er sich an strikte Regeln.

Patrick nickte kurz und stieg aus dem Jeep. »Wir sehen uns später. Komm, Imogen.«

Dr. Hunt hatte graue Augen und einen vom Tabak verfärbten Schnurrbart, der seine griesgrämige Miene betonte. Er wechselte kein Wort mit Patrick und stellte ihn nicht vor, gönnte ihm nur einen flüchtigen Händedruck und schickte ihn zu seiner Tochter, die ihm den Lageplan und die Liste der Verhaltensmaßregeln überreichen sollte.

»Das wäre dann Dr. Hunt junior?« fragte Patrick.

Die dünnen Lippen preßten sich noch fester zusammen. Klar, hier gab es nur einen Dr. Hunt.

Pack dich, dachte Patrick und schaute ihm nach. Langsam verließ ihn die Geduld. »Jetzt hab ich wohl den Herrn Professor beleidigt«, sagte er laut zu der Blondine, die herüberkam, um ihn zu beäugen.

»Nicht so schlimm«, sagte sie. »Er ist bloß sauer, weil er Krach mit Toni hatte.« Sie nahm die Sonnenbrille ab und zeigte ein kühles Lächeln. »Außerdem ist er kein Professor. Ich weiß, bei euch Amis ist jeder Professor, aber hier ist das nicht üblich.«

Patrick nickte ernst.

Sie war eine wirkliche Schönheit mit katzenhaften, graugrünen Augen und einer wundervoll honigfarbenen Bräunung. Der weite Strohhut und das kurze, lose flatternde Kleid mit dem Blumenmuster paßten ganz und gar nicht zu einer Ausgrabungsstätte, aber ihr standen sie ausgezeichnet.

Aus ihrem entspannt taxierenden Blick schloß er, daß sie leicht zu haben war, wenn er nur wollte, aber er wollte nicht. Wenn sie miteinander schliefen, würde sie ihn merken lassen, daß sie ihm damit einen gewaltigen Gefallen tat. Außerdem schlief sie schon mit Myles und war für ihn tabu.

Nun kam auch der rothaarige Typ angeschlendert. War der nicht der Freund von Nerissa? Oder hinter ihr her? Myles hatte so etwas angedeutet. Er schien aber ihre Gunst zu genießen, also konnte er aufhören, so zu gucken, als hätte er eine Zitrone verschluckt.

»Du bist also Amerikaner«, stellte Simon Toynbee fest. »Heißt das, du kannst nicht französisch?«

»Ich weiß zwar nicht, ob das eine amerikanische Eigenschaft ist, aber es stimmt«, sagte er beherrscht.

Simon versuchte, seine Genugtuung zu verbergen. »Da wirst du Probleme kriegen.«

»Keine Angst, wir kümmern uns um dich«, versicherte Nerissa.

»Danke«, sagte Patrick. »Deine Schwester hat sich damit schon sehr hervorgetan.«

»Halbschwester, bitte«, korrigierte sie ihn mit einem Seitenblick auf Modge. »Derselbe Vater, verschiedene Mütter.«

Modge, die neben Patrick stand, lief rot an.

Patrick verkniff sich eine Bemerkung. »Es wird langsam spät. Ich glaube, wir lassen euch in Ruhe und ziehen mal weiter.«

»Gute Idee«, sagte Simon. »Toni ist bestimmt in der Mühle, ihr könnt ja mal hingehen.«

Schüchtern nahm Modge Patricks Hand. »Komm. Ich zeig dir den Weg.«

Sie ließen Simon und Nerissa stehen und gingen zurück zur Brücke. Hinter sich hörten sie Nerissa zu Simon sagen: »Das ist also der Hinterwäldlerfreund von Myles. Hätte ich gar nicht erwartet. Sieht eher aus wie Grammar School. Meinst du nicht?«

»Absolut«, sagte Simon.

»Aber gute Schultern.«

Sie waren zu weit weg, um Simons Antwort zu hören.

»Patrick, was ist Grammar School?« fragte Modge.

»Das Gegenteil von Myles«, erwiderte Patrick grimmig.

»Ah, das muß was Gutes sein.«

Patrick lachte und zupfte an ihrem Haargummi.

Kurz vor der Brücke zog sie ihn auf einen Seitenweg, den er gar nicht gesehen hatte, weil er sich steil hinabsenkte. Sie stiegen zwischen Kiefern, Zypressen und Eichen nach unten, bis sie vor einer efeuüberwucherten Ruine am Flußufer standen.

Moulin de Sarac mußte einem reichen Müller gehört haben, denn zum Anwesen gehörte ein weitläufiger Hof, den man durch einen imposanten Torbogen befahren konnte. Vor vierhundert Jahren hatte die Mühle sicher einen prachtvollen Anblick geboten, doch seitdem war sie ein wenig heruntergekommen. Das Dach war ein Durcheinander aus Moos und zerbrochenen Ziegeln, die halbe Außenwand verschwand hinter dem Efeudickicht, die andere Hälfte war ins Wasser abgesackt. Das verfallene Gemäuer mit den winzigen Fensterläden ließ Patrick an Grimms Märchen denken, und die Umgebung änderte nichts daran. Die Mühle wurde überragt vom östlichen Felsturm der Schlucht, den Modge als Roc de St. Pastou bezeichnete und der aussah, als könnte er die Mühle jeden Moment unter sich begraben.

Widerstrebend folgte er Modge zum Torbogen. Er hatte keine Lust, Antonia Hunt zu begegnen. Von hochnäsigen Engländerinnen hatte er für heute genug.

Die Gorges de Sarac, beschloß er für sich, waren ein gruseliger Ort. Der schwärzliche Felsturm hoch über ihm hielt die Sonne fern. An den Ufern des Flusses türmten sich Geröll und umgestürzte Bäume, von denen ein säuerlicher Fäulnisgeruch aufstieg. Wenn es hier Vögel gab, ließen sie sich nicht blicken. Und hören erst recht nicht, weil das hohl dröhnende Donnern des Flusses alle anderen Geräusche übertönte. Man konnte hier ermordet werden, und keiner würde die Schreie hören.

»He, Modge«, sagte er kurzentschlossen. »Ich glaube, Antonia ist nicht wild auf uns, wenn sie Krach mit ihrem Vater hatte. Was hältst du davon, wenn wir die Mühle auslassen, und du zeigst mir die Höhle mit der Quelle, die du so toll findest?«

Zum Teufel mit Dr. Hunt junior.

Der Fahrweg, der vom Mühlenweg abzweigte, schlängelte sich am Felshang hoch, der mit sonnengebleichten Disteln und ein paar kümmerlichen Ölbäumen bewachsen war. Der Aufstieg war anstrengend, aber nach zehn Minuten hatten sie den Felsturm umrundet und La Bastide hinter sich gelassen.

Plötzlich fand sich Patrick in einer anderen Gegend – rauher, wilder, von aller Welt abgeschnitten. Europa hatte er sich immer übervölkert vorgestellt, aber wenn er sich jetzt umsah, entdeckte er kein einziges Haus, keine Spuren menschlicher Einwirkung. Soweit man schaute, nichts als zerklüftete Berggipfel vor dem Hintergrund des leuchtendweißen Pyrenäenmassivs.

Nach knapp zwei Kilometern kamen sie an ein Aluminiumgatter, das mit einem Stein offengehalten wurde, und dort teilte sich der Weg. Nach links ging es, wie Modge ihm erklärte, zum Gehöft le Figarol, wo Monsieur Panabière mit seiner gelähmten Frau wohnte. Ihm gehörte auch die Quelle und die schmale Rebenterrasse, die vor ihnen lag.

»Du sprichst doch nicht deutsch, oder?« fragte Modge ängstlich.

Patrick verneinte.

»Puh, ein Glück!« Modge erzählte ihm, daß Monsieur Panabière im Krieg Schlimmes erlebt hatte und keine Deutschen auf seinem Land duldete. Er hatte sogar schon Warnschüsse auf Wanderer abgegeben, die ihm deutsch vorkamen, und wenn er einen schlechten Tag hatte, reichte es schon aus, daß jemand blond war, um ihn in Rage zu bringen.

Sie schlugen den Weg nach rechts ein. Es wurde immer schwüler, die Luft war gesättigt vom Duft des wilden Thymians. Die Zikaden machten einen ohrenbetäubenden Lärm.

Nach ein paar hundert Metern verengte sich der Weg zu einem schmalen Pfad. Die Felsen strahlten die Hitze ab wie riesige Glutöfen, und Patrick ärgerte sich, daß er seinen Rucksack nicht dabei hatte. Jetzt hätte er kurze Hosen brauchen können. Am Morgen in Oxford war es »für die Jahreszeit zu kühl« gewesen – so beliebte der Wetterbericht das lausige englische Sommerwetter zu nennen. Und er trug nun Jeans und ein dickes Polohemd, die ihm durchnäßt am Körper klebten. Eine rostige Brücke führte über eine kleine Nebenschlucht, auf der anderen Seite gabelte sich der Pfad erneut.

»Das ist der Ravin de Verdura«, sagte Modge mit beneidenswert guter Aussprache. »Da steig lieber nicht runter. Myles hat es einmal gewagt, und er ist auf den Garrigues gelandet. Die kann man von hier nicht sehen, aber da gibt es nur Felsen und kein Wasser. Er hatte Glück, daß er da lebendig rausgekommen ist.«

»Heiliger Strohsack«, sagte Patrick.

Langsam machte er sich Vorwürfe, daß er Modge hier hinaufschleppte. Auch nachdem er ihr den Rucksack abgenommen hatte, blieb ihr ulkiges kleines Gesicht rot wie eine reife Pflaume. Aber als er ihr vorschlug, im Schatten eines Ölbaums auf ihn zu warten, sah sie so enttäuscht aus, daß er den Gedanken aufgab. Die Quelle sei verwunschen, sagte sie, aber sie wäre sehr gern dort. Ihm würde sie auch gefallen.

Er verkniff sich die Bemerkung, daß ihm die Quelle ziemlich egal war, wenn er nur in Ruhe seine Gedanken sortieren konnte.

Sie kletterten weiter über der Schlucht in die Höhe, er ging ein wenig langsamer, damit Modge Schritt halten konnte. Unter ihren Füßen löste sich Gestein und kullerte in die Tiefe. Patrick achtete darauf, daß Modge dem Felsrand nicht zu nahekam.

Während er gleichmäßig ausschritt, fielen die Ärgernisse des Tages langsam von ihm ab. Auf diesem Pfad waren die Pilger schon vor Tausenden von Jahren entlanggezogen, weil sie sich vom

Quellwasser Heilung erhofften. Das hatte er im Flugzeug gelesen. Und der Name *Fontaine del Bon Christia* war nach europäischen Maßstäben ziemlich jung, eine Schöpfung der mittelalterlichen Christen, die bemüht waren, die letzten Reste des Heidentums auszurotten. Der alte Name, den die Bauern noch heute benutzten, wie ihm Modge versicherte, lautete *La Source du Cheval* – Roßquelle. Seltsam, dachte Patrick. Hier oben gab es doch keine Pferde, höchstens Bergziegen.

Im Gehen befiel ihm das seltsame Gefühl, daß sie nicht allein waren. Er war schon öfter an einsamen Orten gewesen, aber nie zuvor hatte er so deutlich gespürt, daß es ringsum von versteckten Lebewesen wimmelte.

In den Kiefernwipfeln krächzten Raben. Schwalben schossen an den Felsklippen entlang. Dann die Mücken, die Zikaden, die Bienen. Sie alle gehörten dazu, ein endloser Strom des Lebens, der sich durch die Zeiten bewegte.

Eine Eidechse erstarrte auf einer Baumwurzel, um seinem Blick zu entgehen. Ein großer Vogel floh mit rauschendem Flügelschlag ins Salbeigestrüpp. Er hörte Ziegenglocken, dissonant und arkadisch. Plötzlich sah er eine Ziege unter einem Ölbaum am Hang über ihnen. Sie war kohlschwarz, hatte gelbe Bocksaugen und ließ die Ohren hängen. Die Ziege beäugte ihn stumm, und für einen Moment packte ihn ein abergläubischer Schauder. Die Ziege erhob sich auf die zarten Hinterhufe und begann Blätter zu knabbern.

Sie kamen zum Ende des Weges. Vor ihnen erhob sich ein massiger Felsüberhang, darunter gähnte ein halbkreisförmiges Loch.

»Guck, die Höhle sieht aus wie ein Hufeisen«, rief Modge atemlos. »Antonia hat mir erzählt, warum. Zu Ostern hatte der Teufel mit dem heiligen Pastou gerungen. Als der Teufel den Kampf verlor, sprang er auf sein Pferd, galoppierte durch die Schlucht – und der heilige Pastou hinterher. Genau hier machte das Pferd des Teufels einen gewaltigen Sprung und hinterließ seinen Hufabdruck im Felsen. Dann hat der heilige Pastou eine Quelle aus dem Fels geschlagen, um ihn sauberzuwaschen. Das heißt, die Höhle ist eigentlich ein riesiger Hufabdruck«, wiederholte Modge, um ihre Geschichte zu bekräftigen.

Die Höhle lag aber mindestens zwölf Meter unter dem Felsrand. »Was hat denn der Teufel hier unten gesucht?« murmelte Patrick. »Eine Fußstütze?«

»Eine Hufstütze«, korrigierte Modge grinsend.

Patrick ging auf die Höhle zu und blieb stehen, als ihm ein kalter Hauch entgegenwehte. Eine seltsame Scheu hielt ihn davon ab, hineinzusteigen. Er kam sich vor wie ein Eindringling. Er spähte ins Dunkel und sah, daß sie vielleicht fünfzehn Meter tief war, von oben hingen Stalaktiten herab, die der Höhle ein abenteuerliches Aussehen gaben.

Als sich seine Augen an die Dunkelheit gewöhnten, sah er einen dünnen Wasserstrahl, der aus einer Felsspalte in eine natürliche Mulde rieselte. Das Wasser lief über den Rand der Mulde und verschwand im Boden der Höhle. Patrick stand vor dem dunklen Höhlenschlund und dachte an das Gedicht, das er im Flugzeug gelesen hatte: »*Ich weiß mir eine Stelle in den Bergen, da die Götter auf der Erde wandeln.*«

Hinter ihm fuhr der Wind durchs Gesträuch und ließ die vertrockneten Samenkapseln klappern, die Eiche vor dem Höhleneingang wisperte sanft, in der Kiefer am Wegrand rauschte es. Der heidnische Glaube, in jeder Pflanze wohne ein anderer Geist, hat seine Berechtigung, dachte Patrick. Die Raben dort oben waren tatsächlich Götterboten, die Zypressen ragten in den Himmel, und die schwarze Ziege unter dem Ölbaum war die älteste aller Gottheiten.

Aus der Tiefe der Höhle tönte das sibyllinische Gemurmel der Quelle.

»Bitte bleiben Sie draußen, wenn es Ihnen nichts ausmacht«, ließ sich eine Stimme aus der Dunkelheit vernehmen.

Patrick zuckte zusammen.

»Tut mir leid, wenn ich Sie erschreckt habe.« Es war eine Mädchenstimme. »Aber hier finden Vermessungen statt, und Sie könnten etwas zertreten.«

Patrick stand wie vom Donner gerührt. Einen Moment lang hatte er geglaubt, das Orakel würde zu ihm sprechen. Er räusperte sich. »Sie sind Dr. Hunt junior, nehme ich an.«

»Ja. Entschuldigung, ich war in der Seitenkammer und hatte

schon die Gaslampe ausgemacht. Modge, kannst du mir bitte die Sachen abnehmen?«

Antonia kam heraus und überreichte Modge einen Spatel, ein Klemmbrett und ein paar Plastikbeutel mit Geröllbrocken, während sie in einem abgeschabten Nylonrucksack kramte. Sie streckte Patrick beiläufig die Hand entgegen, doch der war noch zu erschrocken. Als er endlich reagierte, griff er ins Leere.

Sie wirkte auffallend nervös. Patrick verfolgte, wie sie sich den Schmutz von den Händen wischte, den Rucksack absetzte, sich bückte und ihn wieder hochnahm, um in ebenfalls abzustauben. Dann bemerkte sie, daß ihre Hände wieder schmutzig wurden, sie wischte sie am Hosenboden ab, bevor sie ihm ein zweites Mal den Händedruck anbot. Diesmal reagierte er rechtzeitig.

Sie warf den Pferdeschwanz zurück und maß Patrick mit einem scheuen Blick, ohne ihm in die Augen zu sehen.

Warum ist dieses Mädchen so nervös? dachte er verwundert. Myles hatte sie als vestalische Jungfrau bezeichnet, aber das war falsch. Sie sah nicht römisch, sondern minoisch aus. Er konnte sich vorstellen, wie sie die rituellen Karrenräder über den Rücken des Stiers rollte. Aber vorher würde sie sich wahrscheinlich beim Stier entschuldigen.

Sie war nur ein paar Zentimeter kleiner als er, hatte breite Schultern, eine schmale Taille, ausladende Hüften und einen gut entwickelten Busen. Ihre Haut war von eindrucksvoller Blässe, dazu dunkle Augen und langes dunkles Haar mit einem rötlichen Schimmer, einen kräftigen Mund und eine schlanke griechische Nase.

Die Hohepriesterin, dachte er benommen.

Und wie bei einer Priesterin leuchteten ihre Farben in der Spätnachmittagssonne – weinrote Shorts und eine ärmellose Bluse mit einem Zickzackmuster in den Farben von Smaragden, Saphiren, Topasen und Rubinen. Ihr Haar war mit safranfarbenen und sattgrünen Bändern zusammengehalten, winzige bunte Papageien schaukelten an ihren Ohren. Nach dem Gang durch die ausgedörrte Felslandschaft flimmerte ihm diese Farbenpracht vor den Augen.

Ihm wurde bewußt, daß er den Rucksack von Modge noch immer

in der Hand hielt. Er mußte aussehen wie ein Idiot. Aber Antonia Hunt schien es nicht zu bemerken. Sie nahm Modge die Beutel mit den Funden ab und verstaute sie in ihrem Rucksack. »Myles sagt, du kommst aus Wyoming«, warf sie über die Schulter.

Patrick machte sich auf eine spöttische Bemerkung gefaßt, aber sie überraschte ihn mit der Frage, ob er dann in der Schule spanisch gelernt habe.

»Hm, ja«, erwiderte er zögernd.

»Du Glücklicher«, sagte sie mit Emphase. »Dann kommst du besser mit den Einheimischen zurecht als wir mit unserem Pariser Französisch. Ich muß mir alles dreimal sagen lassen. Dieser katalanische Dialekt ist nicht zu verstehen.«

»Du kannst spanisch?« fragte Modge und blickte bewundernd zu ihm auf.

Verlegen nahm er Antonia den Rucksack ab, die vergebens protestierte, sie käme schon zurecht, und zusammen machten sie sich auf den Rückweg.

»Tut mir leid, daß du hier hinaufkraxeln mußtest, um mich zu finden«, sagte sie und blickte an ihm vorbei in die Landschaft.

»Eigentlich wollte ich nur...«

»Ich hoffe, du wirst dich hier nicht langweilen. Diese Ausgrabungen, mußt du wissen, sind längst nicht so spannend, wie viele glauben, wenigstens nicht auf Anhieb. Und ich fürchte, diesmal haben wir Pech. Wir suchen nach den Spuren der römischen Besatzer, aber das wird wohl eine Riesenenttäuschung.«

»Macht nichts«, wandte er ein, als sie kurz verschnaufte. »Ich bin zwar kein Archäologe, aber ein paar Ausgrabungen habe ich erlebt. Ich weiß also, was ich zu erwarten habe.«

»Wirklich? Das ist ja toll! Warum hat mir Myles nichts davon gesagt? Wir suchen händeringend nach qualifizierten Helfern.«

»Das war eigentlich nicht meine ...«

»Du glaubst nicht, wie schwer es ist, hier irgendwelche Hilfskräfte zu finden.«

Modge lief vor ihnen her, das Klemmbrett unter dem Arm, und schaute sich strahlend zu ihnen um.

Patrick wußte nicht, was er sagen sollte. Ihm war, als hätte ihm jemand die Sprache geraubt. Zum Glück redete Antonia für zwei.

Sie erzählte von den beiden Grabungsorten, und er bemerkte, daß sie sich auffallend selbstkritisch gab, ihren Vater aber ins günstigste Licht setzte. Sie verteidigte sogar seine Entscheidung, alle Helfer von der Grabung in der Höhle abzuziehen, die ihr so wichtig war.

Aber als sie auf den römischen Dichter Cassius zu sprechen kam, ging eine deutliche Veränderung in ihr vor. Mit klaren Worten und überhaupt nicht schüchtern erklärte sie, daß er die Höhle vermutlich gekannt hatte. Ohne Rücksicht darauf, daß Patrick kein Altertumsforscher war. Wenn er nicht verstand, was sie meinte, konnte er ja fragen.

Patrick gefiel diese Haltung. Das war mal etwas anderes, als immer wie ein Hinterwäldler behandelt zu werden. Aber viele Fragen stellte er nicht. Eigentlich gar keine. Sie war ganz anders, als er erwartet hatte.

Was in aller Welt wollte Myles mit so einer Frau anfangen? Warum hielt er sich nicht an seinesgleichen, an Mädchen wie Nerissa?

»Was sagst du nun zu der Quelle?« fragte Antonia und riß ihn aus seinen Gedanken.

»Zu der Quelle …« wiederholte er konsterniert.

»Entschuldige, ich meine die Höhle. Die heißt bei uns so.«

Er wußte nicht, wie er reagieren sollte. Normalerweise hätte er die Sache mit einem Scherz abgetan, aber bei dieser Frau ging das nicht. Zum ersten Mal schaute sie ihm in Gesicht. Sie blickte ihn mit gespannter Erwartung an, als wäre ihr an seiner Meinung viel gelegen.

Er dachte an ihren griesgrämigen Vater und an das, was Myles ihm von Antonia erzählt hatte. »*Unsere vestalische Jungfrau … Und keine Sorge wegen Nerissa. Was die kleine Toni nicht weiß, macht sie nicht heiß.*«

Patrick spürte den Impuls, sie vor Myles in Schutz zu nehmen. »Ich glaube, ›verwunschen‹ ist nicht der rechte Ausdruck für diesen Ort«, begann er tastend. »Man hat das Gefühl, als wäre er belebt. Oder belebt gewesen.« Er schüttelte den Kopf und wurde rot. »Nein, falsch. Ich glaube, ich will damit sagen, man fühlt sich dort der Vergangenheit sehr nahe.«

Sie strahlte. »Genau! Das ist prima formuliert.«

Ihr Lächeln war nicht mehr scheu und mißtrauisch wie vor der Höhle, sondern so offen und aufrichtig, daß es ihm die Sprache verschlug.

»Kommt endlich, ihr beide!« rief ihnen Modge zu, die schon ein ganzes Stück weiter war.

»Wir kommen!« rief Antonia und eilte los.

Patrick spürte die Sonne nicht, die ihm im Nacken brannte, nicht den Duft des wilden Thymians und auch nicht die milde Brise, die seine Füße umfächelte. Langsam lief er weiter und schaute Antonia nach.

Zu seiner Erleichterung merkte Myles nichts, als er mit Modge in der Villa eintraf. Von Antonia hatte er sich an der Mühle verabschiedet.

Myles war zu gut gelaunt, um überhaupt etwas merken. Erholt, erfrischt und fast übermütig empfing er ihn, um ihm sein Zimmer zu zeigen. Es war geräumig und luftig, blendend weiß gekalkt, der Boden war mit angenehm kühlen blauen Fliesen belegt, vor den Fenstern ein atemberaubendes Panorama mit dem Blick auf den Roc de St. Pastou.

Für seine Verhältnisse hatte sich Myles größte Mühe gegeben, seinem Freund eine gemütliche Bleibe einzurichten, er hatte saubere Bettwäsche und ein Kissen gefunden und sogar einen Bougainvillea-Zweig im Marmeladenglas aufs Fensterbrett gestellt, der allerdings in der Sonne verwelkt war und seine Blütenblätter verstreute.

Er ließ Patrick auspacken und holte den kaltgestellten Champagner, die *tarte tatin*, die er beim Dorfbäcker besorgt hatte, und die *pâté de sanglier*, die sie ohne Brot essen mußten, da er vergessen hatte, welches zu kaufen.

Patrick, der frisch geduscht, in Shorts und T-Shirt auf die Terrasse trat, fühlte sich durch das fehlende Brot merkwürdig irritiert. Sofort war sein Unmut wieder da.

Er saß in einem Metallsessel, blickte auf die Berge und hörte dem Geplänkel von Myles und Modge zu, die in der Küche das Essen vorbereiteten. Nach einer Weile stand er auf und lehnte sich übers Geländer.

Er wurde von einem übermächtigen Vorgefühl der Gefahr gepackt, wie er es noch nie erlebt hatte. Nicht einmal annähernd. Es war, als hätte ihm jemand die Haut abgezogen und sein rohes Fleisch der sengenden Sonne ausgesetzt. Tief atmete er den würzigen Zitronenduft ein. Ein paar Verse von Cassius kamen ihm in den Sinn.

Wird dieser Lümmel niemals müde, uns mit tückischen Pfeilen zu beschießen?
Welch öder Zeitvertreib für Götter, die Sterblichen zu jagen!
Uns bleibt nicht Flucht noch Gegenwehr; wir sind getroffen bis ins Blut
Wird dieser Lümmel niemals müde?

Ich muß hier weg, durchfuhr es Patrick. Irgendeine Ausrede brauche ich, eine Krankheit, ganz egal. Hauptsache weg von hier, zurück nach England. Myles wird wütend sein, aber was soll er machen?

Denn welche Wahl habe ich? Soll ich bleiben und meinem besten Freund die Freundin wegnehmen? Soll ich bleiben und mit ansehen, wie er sie kaputt macht?

Welche Alternative!

Nein, ich muß weg, so schnell es geht.

5

Rom, 31. März 53 v. Chr.

Die ganze Woche lang hatte Cassius üble Laune. In der Gesellschaft von Plautius versuchte er, sich nichts anmerken zu lassen, aber der Alte war viel zu hellsichtig, um sich lange narren zu lassen, und arrangierte zwei kleine Gastmahle, einen musikalischen Abend und etliche Dispute über Philosophie, Astronomie und Ethik, um seinem »jungen Freund« Zerstreuung zu bieten. Cassius tat, als würde er sich amüsieren.

Aber dann kam der Abend, als Plautius ein wenig zuviel Rosinenwein trank und den Fehler beging, Cassius für seine »ehrenhafte« Entscheidung zu loben. Er habe recht daran getan, ein weiteres Zusammentreffen mit der Tochter des Publius Tacitus Silanus zu vermeiden.

»Rom ist voll von schönen Mädchen!« rief er mit der Munterkeit eines Achtundsechzigjährigen, der über solche Narrheiten erhaben ist. »Du hast das Rechte getan, mein Junge. Du hast dich ehrenhaft verhalten. Ich bin stolz auf dich.«

Cassius verkniff sich eine Erwiderung und rief ungeduldig nach dem Freien, um seinen Weinbecher auffüllen zu lassen.

Daß Plautius ihm richtiges Handeln bescheinigte, war wirklich überflüssig. Als hätte er eine Wahl gehabt! Ein Blick auf das Haus ihres Vaters, und er wußte, alles andere wäre Wahnsinn gewesen.

Drei Tage nach der Prozession war er auf den Palatin hinaufgegangen und hatte das Haus gesucht. Sein Dienst war vorüber, es dämmerte schon, und verglichen mit dem Lärm der Kaserne herrschte auf dem Hügel des Palatin Grabesstille. Die Straße, in der das Haus lag, gehörte zu den ruhigsten und vornehmsten und war kaum behelligt von den üblen Gerüchen, die vom Tiber herüberwehten. Jeder Backstein, jede Kachel verriet diskreten, althergebrachten Reichtum. *Wir brauchen nicht zu protzen,* schienen die Mauern zu sagen. *Das überlassen wir den Plebejern und Emporkömmlingen.*

Die fensterlose Straßenfront war ohne jeden Schmuck und in schlichtem etruskischem Rot gestrichen, die Türschwelle bestand aus gelbem nubischem Marmor, die Tür aus beschlagener Buche.

Nur keinen Prunk, flüsterte das Haus. *Wir verstecken unseren Luxus hinter Mauern – die Springbrunnen und Fresken, die Blumengärten und Mosaikböden.*

Natürlich war es richtig gewesen, auf eine neue Begegnung zu verzichten, sich in seine Pflichten zu vergraben und das Mädchen zu vergessen. Um so ärgerlicher die aufdringliche Beifallsbekundung von Plautius. Aber da es nun einmal geschehen war und Cassius ungehalten reagiert hatte, fühlte er sich nun zur Wiedergutmachung verpflichtet und erbot sich, statt seiner zum Dichterabend zu gehen, denn Plautius hatte sich beim Verlassen des Bades den Fuß verstaucht.

Welch übermütiger Streich der Götter! Wer hätte geahnt, daß ihm ausgerechnet Plautius zum Verhängnis werden würde?

Die Dichterlesung fand in einem entlegenen Viertel statt und erwies sich, wie Cassius bereits befürchtet hatte, als quälend langweilig. Gastgeber war ein alter Gerichtskollege von Plautius, der seine Freunde mit dem ungekürzten »poetischen Diskurs« über die »Legende der Meere« erfreute. Plautius hatte den Text bereits im voraus erhalten und ihn großzügig als »aufschlußreiches Traktat über ein gröblich vernachlässigtes Thema« bezeichnet.

Nicht vernachlässigt genug, dachte Cassius angeödet und unterdrückte ein Gähnen. Wäre er doch nur bei dem Alten geblieben. Dann hätte er nicht diese lästige Toga anstelle der vertrauten Uniform anlegen müssen und sich ordentlich betrinken können.

Er hatte Plautius auf der Terrasse seines Hauses zurückgelassen, dort ruhte er nun auf einer Couch, vergnügte sich mit einer Flasche Wein und beaufsichtigte die Sklaven bei seinem Lieblingssport – einer nächtlichen Schneckenjagd im Gemüsegarten. »Hierher, Solon! Daß mir diese kleinen Biester nicht an die Broccoli gehen!«

Der gute alte Plautius, dachte Cassius ein wenig schuldbewußt. Hat er einen so undankbaren Freund wie mich verdient? Mit verstohlenem Gähnen begann er die Zuschauer zu zählen.

Sie saß drei Reihen vor ihm, auf der anderen Seite des Mittelgangs, sehr gerade, sehr still, und starrte intensiv vor sich hin. Also hatte sie ihn bereits entdeckt, schlußfolgerte er.

Sie trug ein ärmelloses Gewand in der Farbe des Himmels kurz vor Einbruch der Nacht, Perlenschmuck an den Ohren, eine goldene Mondsichel an der Brust und nur einen Siegelring am kleinen Finger, den er erblickte, als sie eine Strähne ihres dunklen Haars zurückstrich.

Erstaunlicherweise war sie nicht verlobt – zu dumm, daß er das jetzt erst sah. Sie hatte weder Wangenrot noch Wimperntusche oder Bleiweiß aufgelegt, das hatte sie nicht nötig. Das tiefblaue Gewand kontrastierte aufs lieblichste mit ihrem rosigem Gesicht.

Dann war die Lesung zu Ende, der Gastgeber erntete müden Applaus, man stand auf, räkelte sich und begab sich schwatzend ins Eßzimmer.

Cassius sah, daß sie sich zu einem beleibten jungen Mann – ihrem Bruder? – umdrehte, der neben ihr saß. Sie fächelte sich Luft zu und schien zu sagen: *Es ist heiß. Darf ich ein wenig hinaus an die frische Luft?*

Nach kurzem Zögern nickte der Bruder zustimmend. Wahrscheinlich war er in Gedanken schon beim Essen. Was konnte ihr in einer so erlesenen Runde auch passieren?

Sie erhob sich und schwebte, sich Luft zufächelnd, hinaus auf die Terrasse.

Was mache ich jetzt? dachte Cassius in Panik. Sein Herz raste. Es gab nur eine vernünftige Antwort: Er mußte sich schleunigst von seinem Gastgeber verabschieden und auf der Stelle verschwinden. Aber das war nun wirklich die jämmerlichste Alternative, und grausam war sie auch, von der Unhöflichkeit ganz zu schweigen. Das Mindeste war, daß er sich entschuldigte, weil er sie am Tag der Prozession zum Narren gehalten hatte.

Dummkopf! höhnte eine kleine Stimme in seinem Kopf. *Du glaubst doch nicht im Ernst, daß du's aus Höflichkeit tust!*

Der Garten des Richters bestand aus Rosmarin- und Buchsbaumhecken, die geharkten Sandwege waren von Fackeln und vom Mondlicht erleuchtet, doch unter den Obstbäumen gab es genügend dunkle Eckchen.

Er fand sie am Ende einer Arkade aus Maulbeerbäumen. Sie schien kein bißchen erstaunt, daß er ihr gefolgt war und zog sich lediglich in den Schatten zurück, so daß Beobachter glauben mußten, er sei allein.

»Du bist nicht zu den Wettkämpfen gekommen«, sagte sie leise.

Sie kam direkt zum Thema, ohne Umschweife. Das fand er mutig. »Ich hatte Verpflichtungen«, log er.

»Du hast gesagt, du würdest kommen.«

»Ja.«

»Und doch bist du nicht gekommen.«

»... Nein.«

»Du hast mich veralbert.«

»Nein, nein!«

Ihr Gesicht war ernst, er sah, daß sie zitterte. Mit den Händen umklammerte sie ihr Gewand an den Hüften. »Ich habe dich beleidigt«, stieß sie hervor.

»Waas?« Das hatte er zuallerletzt erwartet.

»Als wir uns trafen. Ich war gemein zu dir. Ich habe mich über dich lustig gemacht.« Sie reckte die Nase in die Höhe. »Es tut mir leid.«

»Nein«, wandte er hastig ein. »Ich muß mich entschuldigen. Ich hätte mich vorstellen müssen. Dich im unklaren zu lassen, war rücksichtslos von mir. Deshalb bin ich hergekommen. Um mich zu entschuldigen.« Wieder eine Lüge. Er wurde rot vor Scham und hoffte, daß man es im Mondlicht nicht sah. »Ich hatte keine Ahnung, daß du hier sein würdest«, korrigierte er sich. »Hätte ich es gewußt, wäre ich nicht gekommen.« Das klang auch wieder nicht gut, er errötete von neuem.

Ihre Oberlippe kräuselte sich. »Manchmal läßt mich mein Vater aus dem Haus – wenn mein Bruder auch mitkommt und wenn die Veranstaltung lehrhaft und langweilig genug ist. Ich glaube, meine Liebe zur Dichtung wird toleriert, damit ich keine anderen Dummheiten mache.«

Jetzt schwiegen beide und dachten darüber nach, wie ihr Satz geklungen hatte.

Sie senkte den Kopf. »Du wolltest mir aus dem Weg gehen, stimmt's?«

»Ja«, sagte er leise.

»Warum?«

»Das weißt du selbst.«

Sie hob den Kopf und blickte ihm in die Augen. Ihm wurde schwindlig.

»Es ist zu gefährlich. Für dich und mich. Du weißt es. Geh jetzt wieder hinein. Such deinen Bruder und laß dich nach Hause bringen. Ich warte hier, bis du gegangen bist.«

Er trat beiseite, um sie passieren zu lassen, aber sie bewegte sich nicht. Ihr Gesicht wurde bleich, und es brach ihm das Herz, als er sah, mit welchem Stolz sie ihre Verletzung verbarg. Aber dann lief ihr eine Träne über ihre Wange.

»Nein«, sagte er. »Du darfst nicht weinen.«

Unwillkürlich streckte er die Hand aus und wischte ihr die Träne ab.

Sie verzog keine Miene, als er sie berührte, und drehte sich abrupt weg, damit er sie nicht weinen sah, mit einer stolzen Wendung des Körpers, die ihm für immer im Gedächtnis bleiben würde.

Im Mondlicht sah ihr Haar aus wie ein schwarzes fließendes Band, das ihren bleichen Hals noch bleicher erscheinen ließ. Er stemmte die Fäuste in die Hüften und sah am Beben ihrer Schultern, daß sie weinte.

Endlich drehte er sie sanft um und nahm sie in die Arme.

6

Sonntag, 18. September 1988

Samstags übernachtete Antonia immer bei Myles in der Villa. Sonntags morgens stand sie früh auf, zog ihren Kimono über und ging auf die Terrasse, um den Sonnenaufgang zu genießen. Aber seit zwei Wochen schämte sie sich, im Kimono herumzulaufen. Es war ihr peinlich, mit Patrick zusammenzustoßen, nachdem sie mit Myles geschlafen hatte.

Das ist lächerlich, beschwor sie sich. Ich kann schlafen, mit wem ich will. Aber vergeblich. Nachts lag sie wach und fragte sich, ob Patrick etwas hörte, wenn sie mit Myles im Bett war. Das war kaum anzunehmen, da sein Zimmer weit entfernt lag. Aber neuerdings machte Myles einen Heidenlärm. Als wollte er, daß Patrick etwas mitbekam.

An diesem Sonntagmorgen blieb sie länger im Bett als gewöhnlich. Ihr Gesicht war starr vor Müdigkeit. Die doppelte Arbeit, sowohl an der Quelle als auch an der Hauptgrabung, forderte ihren Preis. Und letzte Nacht war es für alle sehr spät geworden. Myles und Nerissa hatten darauf bestanden, ins vierzig Kilometer entfernte Sainte Eulalie-les-Thermes zu fahren und in einem Dreisternerestaurant zu essen, und da sich Antonias Vater weigerte, auf Modge aufzupassen, kam auch sie mit. Modge verbrachte den Abend schlafend auf dem Rücksitz des Panda, und Antonia verbrachte den Abend damit, in kurzen Abständen nach ihr zu sehen.

Es war schon nach zwei Uhr, als sie nach La Bastide zurückkamen. Sie setzten Simon und Nerissa an der Mühle ab und fuhren zur Villa hoch. Myles beschloß, die Eröffnungszeremonie der Olympiade im Fernsehen zu verfolgen, Patrick brachte die schlafende Modge in seinem Zimmer unter und setzte sich zu Myles ins Wohnzimmer, Antonia ging zu Bett.

Jetzt sah sie dem Spiel der Sonnenkringel an der Zimmerdecke zu, während Myles neben ihr ins Kissen schnaufte. Das Schöne an gestern nacht war, dachte sie, daß ich schon schlief, als er reinkam, und wir nicht miteinander geschlafen haben. Dann fiel ihr auf, daß es seltsam war, so über ihren Freund zu denken. Vielleicht hatte Myles recht, und sie war wirklich frigide. Oder sie paßten einfach nicht zusammen.

Sie war zu müde und zu durcheinander, um sich weiter mit dieser Frage zu beschäftigen, jetzt brauchte sie dringend eine Tasse Kaffee. Sie stand auf, zog Shorts, BH und T-Shirt über, flocht ihr Haar zum Zopf und tappte barfuß die Treppe hinab.

Durch das Fenster sah sie Modge und Patrick auf der Terrasse frühstücken. Modge goß Patrick mit ungelenken Bewegungen Kaffee ein. Sein Gesicht blieb ohne Regung, während sich die Achtjährige mit dem Kaffeetopf abmühte. Einen Teil des Kaffees hatte sie schon verschüttet, er sah darüber hinweg, griff aber schnell zu, als auch seine Tasse überzulaufen drohte. Er bedankte sich höflich, und sie kniff den Mund zusammen, um sich ihre Freude nicht anmerken zu lassen.

Antonia verfolgte die kleine Scharade und wünschte sich, Patrick würde sie so mögen, wie er Modge zu mögen schien. Oder auch nur ein bißchen. Aber seit seiner Ankunft mied er sie, wo er nur konnte. Bei der Grabung hörte er sich höflich ihre Instruktionen an und wandte sich weg, sobald es ging. Nie kam es zu einer Plauderei, zu Witzeleien. Nie nannte er sie Toni. Sie mochte die Abkürzung ihres Namens auch nicht, aber trotzdem, es ärgerte sie. »Antonia« klang so hochherrschaftlich, man konnte es gar nicht ohne Ironie aussprechen.

Ich hab' die Sache von Anfang an verkorkst, sagte sie sich. Am ersten Tag, oben an der Quelle, als ich ihn behandelt habe wie einen Schuljungen. »Das hast du prima formuliert!« Wer würde sich nicht davon abgestoßen fühlen?

Seitdem war es nur schlimmer geworden. Wenn Patrick in der

Nähe war, wurde sie unsicher, und schon sagte sie wieder genau das Falsche. Wie neulich beim Mittagessen, als er endlich mal nach Cassius fragte, und sie hatte eine Stelle in seinem Gedichtband angestrichen, um ihm klarzumachen, was sie meinte. Da hatte er sie gebeten, das nicht zu tun, weil das Buch aus der Bibliothek sei. »Oh, tut mir leid. Natürlich!« hatte sie erwidert. Dann fiel ihr auf, wie das geklungen haben mußte. Natürlich ist es aus der Bibliothek. Natürlich kannst du dir keine eigenen Bücher leisten. Natürlich, natürlich, natürlich.

Man konnte ihm kaum verübeln, daß er sie nicht leiden konnte.

Aber warum hatte sie manchmal das Gefühl, daß er sie in Schutz nahm? Wie gestern abend, als sie zehn Stunden lang gegraben hatten und Myles sich besonders albern benahm und ihr Vater zu allem Überfluß einen Streit mit ihr anfing – da war Patrick gekommen, hatte die beiden abgelenkt und ihr die ersehnte Ruhe verschafft.

Es war nicht zu begreifen. *Er* war nicht zu begreifen.

Myles meinte, Patrick sei sehr von sich überzeugt: »Kein Wunder. Stell dir vor, du kommst aus Wyoming und schaffst es nach Oxford.« Aber manchmal zweifelte Antonia auch daran.

Zum Beispiel am Abend zuvor in der Küche der Villa. Myles war zur Mühle gegangen, um den Jeep zu holen, damit sie mit zwei Autos zum Restaurant fahren konnten. Wie immer war er gereizt, wenn sie »ausessen« wollten, und seine Bemerkung über ihr Kleid war ihr in die Glieder gefahren. »Du bist viel zu groß für diesen knallgrünen Fetzen. Wie ein Papagei siehst du aus!« Darauf ging sie nach unten in die Küche und fand Patrick vor, der aus dem Fenster schaute. Er hatte sie nicht kommen gehört.

Er trug ein einfaches weißes Baumwollhemd, steingraue Flanellhosen und Segelschuhe. Myles hatte ihm ein Paar goldene Manschettenknöpfe geliehen, aber vielleicht war er nicht mit ihnen zurechtgekommen. Er hatte einfach die Ärmel hochgekrempelt, und die Manschettenknöpfe lagen unbenutzt auf dem Tisch.

Nach zwei Wochen Sonne war er braungebrannt, sein Haar hatte einen kastanienfarbenen Schimmer angenommen. Antonia fand ihn betörend schön, und sie kam sich noch mehr wie ein Papagei vor. Im selben Moment hupte es unten auf der Straße, Patrick lehnte sich hinaus und rief Myles zu, sie würden kommen. Zu ihrer Überraschung hatte er einen Moment innegehalten, die Schultern gereckt, das Kinn gehoben und ein paarmal durchgeatmet wie ein Schauspieler vor dem Auftritt.

Warum ist er so nervös? dachte sie. Kann einer wie er überhaupt nervös werden?

Zum ersten Mal versuchte sie, die Villa les Limoniers mit Patricks Augen zu sehen. Mit den Augen eines vierundzwanzigjährigen Amerikaners, dessen Vater ein Leben lang in einer Fabrik für Fußballschuhe gearbeitet hatte. Mit den Augen eines jungen Mannes, der so sehr davor zurückschreckte, auf Kosten seines reichen Freundes zu leben, daß Myles wahre Kunststücke vollbringen mußte, ihn vor dem finanziellen Ruin zu bewahren.

Sie mußte sich nur diese Designerküche mit den Marmorfliesen und den Arbeitsflächen aus Granit ansehen. Oder das Restaurant in Sainte Eulalie, wo Myles einen Tisch bestellt hatte, ohne an die Preise zu denken. Er hatte Patrick erklären müssen, was die Michelin-Sterne bedeuteten, da es so etwas in Wyoming nicht gab.

Während dieser Erklärung drehte sich Patrick um und begegnete ihrem Blick. Er hatte klare, leuchtendblaue Augen, die sie von Anfang an aufregend gefunden hatte. Sie versuchte zu lächeln, aber er lächelte nicht zurück. Vielleicht glaubte er, sie hätte ihn beobachtet.

Und jetzt am Morgen konnte er wieder zu diesem Eindruck kommen, wenn er nur aufblickte. Schnell trat sie hinaus auf die sonnige Terrasse. »Guten Morgen«, rief sie fröhlich und setzte sich ihm gegenüber an den Tisch.

»Hallo, Antonia«, erwiderte er gleichmütig.

Diesmal, nahm sie sich vor, wird alles anders. Ich werde mein Bestes tun.

Aufmerksam verfolgte sie, wie er dicken Berghonig auf sein Brötchen strich. Er trug staubige Jeans und ein verblichenes Navy-T-Shirt. Bläuliche Schatten unter den Augen ließen ihn ein wenig ramponiert wirken.

Sie nahm ein Brötchen aus dem Korb. »Myles schläft noch«, sagte sie.

Er nickte langsam.

Bravo, dachte Antonia. Volle Punktzahl. Als könnte er sich das nicht denken. Und obendrein mache ich ihn zum Zaungast.

Sie nahm einen neuen Anlauf und fragte ihn nach dem gestrigen Ausflug ins Restaurant.

»Das war okay. Hat sich nur ein bißchen in die Länge gezogen, fürchte ich.«

»Du sagst es. Eine Stunde früher nach Hause wäre genau richtig gewesen.«

Wieder nickte er.

»Ich habe die ganze Zeit geschlafen«, sagte Modge, goß Antonia eine Tasse Kaffee ein und stellte sie an ihren Platz.

»Ich weiß«, sagte Patrick lächelnd. Er hatte so ein nettes Lächeln. Wenn er es nur öfter zeigen würde, dachte Antonia.

Langsam wurde es heiß in der Sonne. Patrick stand auf und drückte auf den Schalter für die Markise.

»Patrick«, begann Modge mit vollem Mund, »Myles sagt, daß du nicht trinkst. Aber es stimmt nicht. Du hast getrunken. Ich hab' es gesehen.«

Patrick lachte. »Er meinte, ich trinke keinen Alkohol.«

»Aha«, sagte Modge.

Antonia hatte sich schon nach den Gründen gefragt. Sie raffte ihren Mut zusammen. »Warum nicht?« fragte sie. »Schmeckt er dir nicht?«

Er schüttelte den Kopf. »Mein Dad war Alkoholiker. Das hat mich davon abgebracht.«

Sie blinzelte verdutzt.

»Was ist ein Alkoholiker?« fragte Modge.

»Jemand, der zuviel trinkt und nicht aufhören kann«, erklärte Patrick.

Modge starrte ihn mit Kulleraugen an.

»Das muß ja bitter gewesen sein«, sagte Antonia.

Er dachte kurz nach, dann erwiderte er: »Mein Dad war in Ordnung.«

»Entschuldige«, sagte sie hastig. »Ich wollte damit nicht behaupten ...«

»Ich weiß«, sagte er mit einem matten Lächeln.

Es entstand ein peinliches Schweigen.
»Patrick«, begann Modge erneut.
»Hm?«
»Wer war dein bester Freund, als du acht Jahre alt warst?«
»Ich hatte eine Menge Freunde«, sagte er, ohne aufzuschauen.
»Und keinen *besten* Freund?«
»Nein.«
Modge wandte sich an Antonia. »Und wie war es bei dir?«
Das kam überraschend. »Ich ... ich hatte eine Art Phantasiefreund«, sagte sie und fing einen verwunderten Blick von Patrick auf.
»Und wer?« fragte Modge weiter.
»Wie bitte?«
»Wer war dein Phantasiefreund?«
»Äh ... das weiß ich nicht mehr.«
»Ich wette, das weißt du noch«, flüsterte Modge. »Du willst es nur nicht sagen.«
Antonia goß sich Kaffee nach. Ob Patrick wußte, um wen es sich handelte? Wahrscheinlich. Myles zog sie ständig wegen Cassius auf. Ist ja wunderbar, dachte sie. Jetzt glaubt er, ich bin eingebildet und außerdem noch verrückt.
Plötzlich wünschte sie sich weit fort, irgendwohin. Sie wollte allein sein, egal wo, nur nicht hier mit Patrick und Modge zusammen.
Im Wohnzimmer polterte es, eine Lampe fiel um, es folgte ein saftiger Fluch. Myles trat auf die Terrasse und rieb sich gähnend den Ellbogen. Er ließ sich in einen Liegestuhl sinken, räkelte sich und gähnte erneut. »Modge-Podge, rette mir das Leben. Kaffee, keine Milch, viiiel Zucker ... ah, du bist ein Engel.«
Modge wurde rot.
»Wißt ihr was? Ich bin noch so besoffen, daß ich nicht geradeaus gucken kann. Auf den Kater kann ich mich jetzt schon freuen.« Er legte den Arm um Antonias Taille.
»Laß mich, ich hab' zu tun«, sagte sie und wollte sich freimachen.
»Was gibt es denn sonntags um halb zehn zu tun?«
»Ich muß zur Quelle«, sagte sie, weil ihr nichts Besseres einfiel.

Er verdrehte die Augen. »Weißt du, Paddy, manchmal ist es verdammt langweilig mit einer vestalischen Jungfrau.«

»Ich heiße Antonia«, sagte sie. »Oder Toni. Vielleicht versuchst du es mal damit.«

»Und ich heiße Imogen«, schloß sich Modge beherzt an.

Myles kicherte. »Hallo! Was ist denn in euch gefahren?«

Antonia versuchte, sich von seinem Arm zu befreien.

»Ich hab' eine tolle Idee«, sagte er und verstärkte seinen Griff. »Wir fahren nach Antibes an den Strand, nehmen ein paar Drinks, dann gehen wir nach alter gallischer Sitte irgendwo essen, wo es richtig gut ist.«

»Igitt«, sagte Modge tapfer. »Das letzte Mal hab' ich mich an einer Qualle verbrannt. Ich bleibe hier.«

»Ich auch«, sagte Antonia.

»Mein Gott! Ihr könnt ja wirklich nerven!« rief Myles.

»Ich hab' für heute das Magnetometer«, sagte Antonia. »Das nehme ich mit zur Quelle hoch.«

»Hör doch auf zu schmollen! Nur weil ich dich vestalische Jungfrau genannt habe.«

»Ich schmolle nicht. Ich will nur ...«

»Doch, du schmollst.«

»Ich war noch nie in Antibes«, sagte Patrick. »Es könnte doch Spaß machen, oder?«

»Jetzt hast du's endgültig versaut«, sagte Myles zu ihm. »Denn vestalische Jungfrauen und Spaß, das geht nicht zusammen. Die hier rennt laut schreiend davon, wenn sie das Wort nur hört. Trinkt nicht, tanzt nicht, fluchen tut sie auch nicht. Immer ein bißchen verkrampft. Nicht wahr, Schätzchen? Und eine gewaltige Angst vor Pferden. Als wir mit Modge zum Ponyreiten gegangen sind, wollte Toni das arme Vieh nicht mal von weitem ...«

»Halt die Klappe, Myles«, fuhr sie ihn an.

Patrick stand auf. »Ich geh' mal mit Imogen zur Bäckerei oder wie ihr das nennt.«

»*Depôt de pain*«, warf Modge ein.

»Stimmt. Wir holen etwas zu essen, zum Mitnehmen an den Strand, für den Fall, daß wir kein Restaurant finden, das ›wirklich gut‹ ist.«

Modge schoß von ihrem Stuhl hoch. »Kann ich *pain au chocolat* haben und *tarte tatin*?«

»Klar, kannst du das«, sagte Patrick.

Myles lachte. »Paddy, du bist ein Künstler. Du rettest den Familienfrieden und fütterst uns dekadente Europäer mit Kuchen. Zwei Fliegen mit einer Klappe.«

»Verzieh dich«, sagte Patrick gelassen.

»Wohin, Patrokles?« erwiderte Myles lächelnd. »Das ist doch meine Terrasse, oder?«

»Da hast du recht.« Patrick wurde rot.

»Patrokles?« Antonia schnaubte verächtlich. »Da muß ich nicht lange raten, wer Achilles sein soll. Auch wenn er schon ein bißchen kahl wird.«

Das Grinsen in Myles' Gesicht gefror.

Das würde er ihr heimzahlen, aber ihr war es egal. Er hatte es nicht anders verdient.

Myles verschränkte die Arme hinter dem Kopf und lehnte sich zurück. »Achilles, der Wunderknabe. Das bin ich. Sein Leben war kurz, aber ruhmvoll.«

»Denkst du«, sagte Patrick trocken. »Aber treib den Vergleich nicht zu weit, mein Guter. Die beiden haben miteinander geschlafen.«

»Du Wichser!« Myles bewarf ihn mit einem Brötchen.

Patrick lachte und warf es zurück.

Myles wich ihm geschickt aus und stand auf, reckte sich und ging ins Haus zurück. »Tonilein«, rief er über die Schulter. »Wenn du fertig bist, komm doch noch ein bißchen ins Bett. Die Liebe ruft.«

»Ich sagte, ich gehe zur Quelle hoch.«

»Mach, was du willst!«

Antonia zog die Füße auf den Sitz. Modge rannte los, um ihre Sandalen zu suchen. Patrick blieb in der Tür stehen. »Hör zu«, sagte er unvermittelt. »Wenn ich dir helfen kann, das Magnetding zur Höhle hinaufzuschleppen, dann machen wir das, bevor wir losfahren.«

Sie starrte ihn an. Hilfe hatte er ihr noch nie angeboten. »Schon gut«, sagte sie mechanisch. »Ich nehme den Jeep.«

»Aber den restlichen Weg mußt du das Ding tragen.«

»So schwer ist es nicht.«

Er musterte sie mit einem Blick, den sie nicht deuten konnte. Konnte es sein, daß er mit ihr zur Quelle gehen *wollte*? »Tut mir leid«, sagte sie hastig. »Ich will dich nicht davon abhalten, wenn du gern möchtest.«

»Schon gut. Wir fahren wohl jetzt besser nach Antibes.«

Sie nickte.

Er wandte sich zum Gehen.

»Patrick«, sagte sie plötzlich. Sie fühlte sich rot werden, weil sie ihn selten mit seinem Namen ansprach. »Das mit deinem Vater...«

Er wartete mit unbewegter Miene.

»Als ich sagte, es wäre bitter für dich, ich meine, daß er ein Alkoholiker war ... Ich wollte nicht aufdringlich sein oder so.«

»Ich weiß.«

»Jedenfalls, es tut mir leid.«

»Du entschuldigst dich immerzu«, sagte er. »Es gibt gar keinen Grund dafür.«

Bevor sie etwas erwidern konnte, war er verschwunden. Ein paar Minuten später erschien er unten auf der Straße. Sie sah ihm nach, wie er den Berg hinablief. Modge umtollte ihn wie ein junger Hund.

Manchmal zog ihn Myles wegen seines leichten Hinkens auf, das er von einer Footballverletzung in der Schule zurückbehalten hatte. Myles hatte ihr erklärt, es sei ein Schaden im Knie, den man leicht operieren könne, aber Patrick habe sich bislang nicht dazu durchgerungen.

Antonia konnte nicht die Spur eines Hinkens an ihm entdecken. Im Gegenteil: Er lief mit einer gebändigten Energie – als würde er jeden Moment explodieren, wenn er sich nicht so gut im Griff hätte. Ihr gefiel es, wie er sich bewegte. Sie mochte ihn. Und sie wollte, daß er ihr Gefühl erwiderte.

Myles hatte Modge versprochen, daß sie spätestens um sieben aus Antibes zurück sein würden – zum gemeinsamen Abendessen auf der Terrasse mit Champagner für die Erwachsenen und mit *dia-*

bolo menthe für sie – ihrem Lieblingsgetränk, das er speziell für sie zurechtmixte.

Um neun Uhr abends waren sie noch immer nicht da. Antonia kochte für Modge ein Ei, machte ihr ein paar Schnitten zurecht und legte sie in der Gästekammer der Mühle schlafen. Modge war enttäuscht, aber nicht sonderlich bedrückt. Sie war es gewohnt, vergessen zu werden.

Antonia aß mit ihrem Vater in der Küche, ohne viele Worte zu wechseln, dann trennten sich ihre Wege. Er ging in sein Arbeitszimmer, sie schloß ihren Nachtschrank auf und verbrachte ein paar Stunden über ihren Notizen. Um Mitternacht ging sie ins Bett.

Gegen zwei wurde sie vom Lärm auf dem Mühlenhof geweckt. Ihr Vater schimpfte laut, eine Tür knallte, ein Mädchen lachte, eine Autohupe quakte. Dann ein Wutschrei von Alfonse. Der Kater schlief immer auf der Türschwelle, und ihr Vater trat ihm immer auf den Schwanz.

Schlaftrunken zog Antonia den Kimono über und stolperte die Treppe hinab. Ihr Vater stand im Pyjama an der Hoftür und blinzelte, weil das Licht der Veranda ihn blendete. Myles, Simon und Nerissa hingen schlaff im Panda, während Patrick aufrecht am Steuer saß und unendlich müde aussah. »Modge, komm her!« brüllte Myles. Entweder war er sehr betrunken oder sehr bedröhnt oder beides.

»Das ist deine Angelegenheit«, knurrte Hunt seiner Tochter zu und verschwand wieder im Haus. Einen Moment später knallte seine Tür, daß das ganze Haus erbebte.

Antonia rieb sich die Augen und unterdrückte ein Gähnen. »Myles, fahr nach Hause. Es ist zwei Uhr morgens.«

»Wo ist Modge?« brüllte er. »Ich will meine Schwester abholen.«

»Myles, komm schon«, sagte Patrick. »Das war Blödsinn. Wir fahren jetzt nach Hause.«

»Verpiß dich, Paddy. Ich will Modge abholen!«

»Kommt gar nicht in Frage«, fuhr ihn Antonia an. »Verzieh dich. Simon und Nerissa auch. Wenn ihr nicht zu einer menschlichen Zeit zurückkommt, könnt ihr bei Myles übernachten. Und jetzt verschwindet!«

Alle vier starrten ihr stumm entgegen.

Welches Bild gab sie nur ab! Sie sah sich dastehen, nicht im kurzen grünen Kimono, sondern als keifende Hausfrau in einem billigen Küchendrama. Die Spielverderberin, die Meckerliese mit Lockenwicklern im Haar und Nachtcreme im Gesicht, die ihren schmuddligen Bademantel über der Brust zusammenrafft. Immer nur meckern, mehr bringst du nicht zustande.

Wenn du dich ausgeschlossen fühlst, ist es deine eigene Schuld, sagte sie sich wütend. Du hättest mit nach Antibes fahren können, keiner hat dich daran gehindert. Aber Myles hat recht. Ich bin viel zu verkrampft, um das Leben zu genießen.

Patrick startete den Motor, und Myles blickte demonstrativ zur Seite. Morgen würde es einen schönen Ärger geben.

Simons Gesicht klebte an der Scheibe, er war eingeschlafen. Nerissa saß vorn neben Patrick, kicherte hilflos, hatte seinen Hals umschlungen und streichelte seine Brust.

Patrick wendete den Wagen und blickte im Vorbeifahren zu Antonia auf. »Tut mir leid, das wollte ich nicht.«

Sie gab keine Antwort.

Der Panda heulte auf, warf eine Kiesfontäne hinter sich und fuhr vom Hof. Sie schaute dem Scheinwerferlicht nach, das sich den Berg hinauftastete.

»Mir tut es auch leid«, sagte sie.

7

»Was mach' ich nur mit Toni? Sie war ganz schön sauer«, sagte Myles, ließ von Nerissa ab und rollte sich zur Seite.

Nerissa blickte gähnend auf ihre Uhr. Drei Uhr morgens. Verdammt. Wenn sie jetzt nicht ein bißchen Schlaf kriegte, würde sie morgen zum Fürchten aussehen.

»Was weiß ich?« murmelte sie. »Solche Frauen sind ein Buch mit sieben Siegeln.«

»Wozu lesen«, schnaubte er.

Sie verstand nicht, wie er das meinte, aber hatte keine Lust zu fragen. Sie fühlte sich beschissen. Genaugenommen fühlte sie sich extrem beschissen. Der Tag hatte mit der Fahrt nach Antibes so gut angefangen, und sie hatte sich schon auf eine lange, erholsame, sexfreie Nacht in der Mühle gefreut, auf den Schlaf im Doppelbett, das sie mit Simon teilte. Simon hätte sie nicht belästigt. Er hätte ganz brav in seiner Hälfte gelegen, so wie er jetzt in einem Gästezimmer der Villa lag. Aber der Krach mit Toni hatte alles verdorben. Da lag sie nun mit diesem verschwitzten Kerl in einem Bett, das alles andere als frisch bezogen war.

»Eine Sonderausschüttung«, hatte Myles gesagt.

Bring's hinter dich, dachte Nerissa.

Nicht daß sie ein Sexmuffel war. Manchmal machte es ihr direkt Spaß, besonders das Ausziehen und Streicheln vorher. Aber nicht jede Nacht.

Deshalb wohnte sie auch mit Simon in der Mühle. Mit dem kam sie glänzend zurecht, und er war unglaublich dankbar, wenn sie mal ja sagte. Das Beste daran war, daß er alles glaubte, was sie sagte, auch ihre Behauptung, daß sie »da unten ein bißchen eng«

sei, weshalb es nicht so oft ginge und er äußerst behutsam sein müsse. Männern wie Simon konnte man das erzählen. Dann kamen sie sich großartig vor, wie männliche Beschützer. Bei anderen war das schwieriger. Eine erstaunliche Zahl von Männern – Myles eingeschlossen – war scharf darauf, Frauen weh zu tun.

Sie schwenkte die Beine aus dem Bett und stand auf. »Ich hole mir 'ne Coke.«

»Mm«, brummelte Myles ins Kissen. Wenn sie Glück hatte, schlief er bei ihrer Rückkehr, oder er hing vor dem Fernseher, um die Olympiade zu sehen.

Sie lief nackt in ihr Zimmer, das sie selten benutzte, seit sie mit Simon schlief. Sie nahm ein Unterkleid aus schwerem Satin aus der Schublade, streifte es über und genoß die seidige Kühle. Mädchen, die in alten T-Shirts schliefen, konnte sie nicht verstehen. Nerissa besaß nicht einmal ein T-Shirt. Oder ein Männerhemd, geschweige denn Jeans.

Vor dem Gehen überprüfte sie ihr Aussehen im Spiegel. *Nerissa Passmore hat üppiges rotblondes Haar, ihr Körper ist zart, aber fest wie dünnes Porzellan, ihre Augen haben einen achatfarbenen Schimmer...* So etwa würde die Kritik zu ihrem ersten Film beginnen.

Der Vergleich mit Porzellan und Achat war nicht erfunden. Ihr Kunstlehrer hatte ihr etwas dergleichen ins Ohr geflüstert, als sie vierzehn war und er ihr in der Materialkammer die Unschuld nahm. Der arme Hund. Ein zitterndes Bündel Torschlußpanik, das von einer Vereinigung der Seelen faselte. Vielleicht hatte er das geglaubt, sie aber keine Sekunde.

Ohne Zweifel ist sie der Liebling der Kamera, würde die Kritik fortfahren. In aller Welt würden die Menschen ihre strahlende Schönheit bewundern.

Die Küche, ein kleines Reich aus kühlem Marmor, war vom blauen Schimmer des Insektengrills erhellt. Myles sollte sich wirklich eine Haushaltshilfe leisten, dachte sie. Der Ausguß war mal wieder verstopft. Igitt. Typisch Mann.

Sie nahm eine Diet-Coke aus dem Kühlschrank, der mit Weißwein und Heidsieck angefüllt war. Dann setzte sie sich auf die Bank am offenen Fenster und zog die Beine an. Sie war schon beim nächsten Satz ihrer imaginären Filmkritik, als Patrick eintrat. Er trug abgeschnittene Jeans und sonst nichts, und er sah sie erst, als er die Coladose aus dem Kühlschrank genommen und geöffnet hatte.

»Oh. Hallo«, sagte er mit ausdruckslosem Gesicht.

Das war nun fast die Höhe, denn sie sah unter Garantie umwerfend aus: herrlich geformte, glatte Beine und ein Träger, der verführerisch von der Schulter rutschte. Sie prostete ihm mit der Dose zu. »Kannst du auch nicht schlafen?«

Er lehnte am Kühlschrank, schüttelte stumm den Kopf und drückte die Dose an die Brust. Sie schien überhaupt keinen Eindruck auf ihn zu machen, aber das störte sie nicht. Eigentlich war es sogar angenehm und beruhigend. Er hielt Distanz zu ihr, weil sie mit seinem besten Freund schlief, und vorerst war das ganz gut so. Sie konnte ihn ganz entspannt betrachten.

»Du hast eine gute Figur«, sagte sie.

»Danke«, erwiderte er kühl.

So lange Beine, das kam bei Männern ziemlich selten vor, dazu die kräftige, filigrane Muskulatur. Im Film würde das super aussehen. Und sie zusammen – das reinste Traumpaar. Die Blondine aus zerbrechlichem Porzellan und der große, dunkle Typ mit dem finsteren Blick. Am besten in Schwarzweiß. Das würde seine Wangenknochen, seinen scharf geschnittenen Mund betonen und sie noch zarter und verletzlicher wirken lassen. Eine neuzeitliche Titania mit ihrem etwas ungeschliffenen Oberon.

»Nerissa?« fragte er nach einer Weile.

»Hm?«

»Warum nimmst du an der Grabung teil?«

Ihre Augen weiteten sich. Diese Frage hatte sie zuallerletzt erwartet. »Warum?« fragte sie verdutzt.

»Ja, warum. Ist es wegen Myles?«

»Wegen Myles? Wie meinst du das?«

Er zuckte die Schultern.

»Oh, ich habe nichts Festes mit ihm, wenn du das meinst.« Sie lächelte. »Ich dachte bloß, es könnte Spaß machen.«

»Und? Macht es Spaß?«

Um ehrlich zu sein, hatte sie den Spaß langsam satt. Die Grabung selbst war todlangweilig, und neuerdings wollte Myles ständig mit ihr schlafen. Selbst Simon wurde so zudringlich, daß es nicht mehr schön war. Wenn er das mit Myles rauskriegte, würde es Randale geben. Und Randale war das letzte, was sie wollte.

Nein, bei Licht besehen machte es keinen Spaß. »Als du kamst, wurde es viel besser«, versicherte sie treuherzig.

Er blickte sie ungläubig an.

Myles kam in die Küche. Er trug ein orangerotes T-Shirt, das über dem Bauch zerrissen war, sonst nichts. Nerissa ekelte sich vor seinem Anblick.

Er öffnete eine Flasche Côtes de Roussillon und suchte in der Schublade nach einem Joint. »Flirtest du mit meiner Stiefschwester, Patrokles?«

»Nein«, sagte Patrick. »Eher sie mit mir.«

Myles grinste. »Nimm's ihr nicht übel. Das kleine Flittchen kann nicht anders.«

Nerissa nahm die Beine von der Bank und stand auf. »Da seid ihr beide auf dem Holzweg.« Sie streckte sich, obwohl ihr Unterkleid dafür zu kurz war, und beide schauten sie an. Sollten sie doch. Mehr war bei ihr nicht zu holen um diese Nachtzeit.

Myles gab ihr einen deftigen Klaps auf den Po. »Verschwinde, du kleine Nutte. Ich komme gleich nach. Erst muß ich mit Patrokles reden.«

Laß dir nur Zeit, dachte sie und rieb sich das Hinterteil. Sie würde schlafen oder wenigstens so tun, wenn er wieder ins Bett gekrochen kam.

»Okay, mein Goldjunge«, sagte Patrick und folgte Myles auf die Terrasse. »Was hast du auf dem Herzen?«

Myles setzte sich mit einem Bein auf die Tischkante, ließ den Fuß baumeln und stellte das Weinglas auf dem Oberschenkel ab. Er zog an seinem Joint und reichte ihn an Patrick weiter. »Ich wollte dich dasselbe fragen. Dein vorwurfsvoller Blick, den ganzen Abend lang. Ich dachte, wenn ich mal wieder 'ne Gardinenpredigt verdiene, dann lieber gleich.«

Patrick blies einen Rauchring in die Nacht und gab den Joint zurück. »Tut mir leid. Damit kann ich nicht dienen.«

Es war eine wunderschöne Nacht, fast Vollmond, und überall blinkten Sterne. Patrick nahm sie ohne Freude wahr. Er war todmüde, aber schlafen konnte er trotzdem nicht. Ständig sah er Antonia vor sich, wie sie im Licht der Scheinwerfer vor der Mühle stand. Mein Gott, dachte er. Warum bin ich nicht hart geblieben und sofort abgereist?

Der Grund war einfach. Als er Myles zwei Wochen zuvor angekündigt hatte, abreisen zu wollen, war der nicht wütend, sondern traurig geworden. »Du willst dich also davonmachen«, sagte er leise. Dann holte er seine römische Münze aus der Tasche und drehte sie in den Fingern. »Ich wußte, daß es so kommen würde.«

»Laß gut sein«, sagte Patrick. »Die Dinge sind so schon kompliziert genug, mit Nerissa und Antonia und so weiter, da bin ich nur das fünfte Rad am Wagen.«

Zu seiner Überraschung war Myles enorm erleichtert. »Warum hast du das nicht gleich gesagt? Wenn du Nerissa willst, bitte sehr. Du kannst sie sofort haben, kein Problem. Du bist mir viel wichtiger als sie.«

Und wie er das gesagt hatte, mit dieser Offenherzigkeit, mit dieser Hoffnung. Da wußte Patrick, daß er nicht abreisen konnte.

Myles, der in die Nacht hinausblickte, drehte sich plötzlich zu ihm um. »Es ist wegen Toni, stimmt's?«

Patricks Herz machte einen Sprung. Ein Glück, daß Myles sein Gesicht im Dunklen nicht sehen konnte.

»Hör zu, das ist nicht meine Schuld«, sagte Myles. »Toni hat nie Zeit für mich, und Nissa ist immer zur Hand. Mein Gott, hast du sie nicht gesehen? Wie soll man das aushalten?«

Dazu fiel Patrick nichts ein.

»Wenn du's wissen willst, hab' ich vor, die Sache ins Lot zu bringen.«

»Und wie?«

»Ich stoße Nissa ab und mache Ernst mit Toni. Das erwartest du doch von mir, oder?«

Patrick schwieg.

»Das ist noch nicht alles«, redete Myles weiter. »Diesmal will ich auch mit den Drogen Schluß machen und mit dem Saufen kürzer treten.«

»Find' ich toll.«

»Nein, ich meine es ernst! Diesmal wirklich.« Er überlegte kurz. »Ich muß mein Leben in Ordnung bringen, Patrick. Toni ist schon der Anfang. Sie hält mich bei der Stange.« Er nahm einen kräftigen Schluck aus der Flasche. »Aber deine Hilfe brauche ich auch.«

Patrick zog den Kopf ein.

»Du mußt mir Nissa abnehmen«, sagte Myles.

Patrick starrte ihn an. »Mein Gott, was redest du da?«

»Wieso? Wo ist das Problem? Sie mag dich. Und du würdest mir einen Gefallen tun.« Er nahm wieder einen Schluck. Patrick sah, daß seine Hände zitterten. »Wenn Nissa aus dem Weg ist, kann ich mich auf Toni konzentrieren. Das könnte klappen. Dann kriege ich die Kurve. Ich weiß es.«

Patrick raufte sich gequält die Haare. »Nein, Myles. So läuft das nicht. Du hast dir die Suppe eingebrockt, nun mußt du sie auch auslöffeln.«

Myles stieß einen tiefen Seufzer aus. »Hab' ich mir gedacht, daß du so reagierst.« Er schien zu grübeln. »Na gut. Dann sag mir, wie ich es anstellen soll.«

»Was anstellen?«

»Wie ich mit Toni ins reine komme.«

Patrick blickte in die Sterne und wünschte sich Millionen Lichtjahre weit weg.

»Ich weiß, was du von mir willst«, meinte Myles. »Du willst, daß ich ihr die Geschichte mit Nissa beichte.«

Beteigeuze, dachte Patrick. Was immer das sein mag. Polaris klingt auch nicht schlecht.

»Hey, Paddy, du bist nicht zu gebrauchen! Was soll das bringen, wenn ich Toni alles beichte? Was sie nicht weiß, macht sie nicht heiß.«

»Und wenn sie es wüßte?«

»Was kann ich dafür, daß sie so verdammt selbstbezogen ist? Das ist nun wirklich ihre Schuld.«

»Ich dachte, gerade das fandest du so reizvoll an ihr.«

»Du Mistkerl!«

Passiert das jetzt wirklich? dachte Patrick. Ihm war schwindlig, als würde er durch den Kosmos treiben. »Ich glaube ehrlich, du hast die besten Chancen bei Toni, wenn du ihr reinen Wein einschenkst«, sagte er schließlich. »Wenn du es ihr selbst sagst, verzeiht sie dir bestimmt.«

Myles nahm einen neuen Schluck. »Niemals. Ich kenne sie.«

Patrick zuckte zusammen.

»In vieler Hinsicht ist sie erschreckend naiv«, redete Myles weiter. »Aber in ihr steckt ein harter Kern, da traut man sich besser nicht ran.«

Patrick war überrascht, denselben Eindruck hatte er auch.

»Nein, Paddy. Sie ist nicht der Typ, der einem verzeiht. Nichts da. Njet. No way, José.«

Patrick stöhnte. »Also, was willst du nun? Erwartest du von mir, daß ich dichthalte, damit du deine Freundin weiter betrügen kannst?«

Myles zuckte die Schulter. »Was soll ich denn machen, wenn du mir Nissa nicht abnimmst? Ich dachte ja, zumindest das würdest du für mich tun.«

Patrick schwieg. Myles sagte es nie direkt, aber manchmal ließ er deutlich spüren, daß Patrick in seiner Schuld stand.

»Du scheinst dir sehr sicher zu sein, daß ich da mitspiele«, sagte Patrick.

Myles grinste. »So sicher wie das Amen in der Kirche, Paddy-Boy.«

»Warum? Ich könnte Antonia jederzeit alles erzählen. Ich könnte morgen zu ihr hingehen und sagen ...«

»Aber das machst du nicht.«

»Und warum nicht?«

»Du bist mein bester Freund.«

Patrick trat an die Brüstung. »Du glaubst doch sowieso nicht an Freundschaft, Loyalität und all diesen Kram«, sagte er über die Schulter.

»Nein. Aber du.«

Patrick erwiderte nichts.

Myles stand plötzlich neben ihn. »Du erzählst Toni nichts«, sagte er leise. »Eher würdest du dir die Zunge abbeißen.«

Patrick sah das anders. Er hatte schon daran gedacht, ihr alles zu sagen. Eigentlich hatte er in den vergangenen zwei Wochen an nichts anderes gedacht. Einfach zu ihr gehen und sagen: *Hör mal, Antonia. Myles kannst du vergessen. Der betrügt dich seit Monaten mit Nerissa.*

Was ihn davon abhielt, war nicht die Rücksicht auf Myles, sondern die Angst um Antonia. Denn Patrick kannte seinen Freund nur zu gut. Wenn Antonia mit ihm Schluß machte, würde er sich an ihr rächen. Er würde Mittel und Wege finden, ihr zu schaden. Und Menschen zu verletzen war sein einziges großes Talent.

Nicht daß es schwierig war, Antonia zu verletzen. Sie nahm die Dinge sehr schwer, das machte sie zum idealen Opfer. Und sie bot Myles jede Menge Angriffspunkte. Er würde ganze Arbeit leisten.

Patrick musterte seinen Freund. Was, zum Teufel, fand sie an ihm? Nein, lieber nicht daran denken, wie sie mit Myles ... Es war nur eine Frage der Zeit, daß Myles anfing, über ihre Qualitäten im Bett zu reden. Und dann würde er ihm zwangsläufig eins in die Fresse hauen.

»Mach reinen Tisch mit Antonia, das ist die einzige Möglichkeit«, sagte er.

»Nein.«

»Warum nicht?«

Myles schnipste den Rest des Joints in den Garten, sie schauten dem roten Funken nach, bis er vom Dunkel verschluckt war. »Weil ich nicht du bin, Patrokles. Manchmal wäre ich's gern. Aber ich bin's nicht.«

Charles Hunt saß im Pyjama am Schreibtisch und stützte das Kinn in die Hände. Er war zu müde zum Arbeiten und zu aufgeregt zum Schlafen. Genau davor hatten ihn die Ärzte gewarnt, und er spürte schon die bedrohlichen Anzeichen. Kein richtiger Schmerz, aber das Gefühl, daß sich in seiner Brust etwas zusammenzog.

Er schaltete die Schreibtischlampe aus und ließ den Mond ins Arbeitszimmer scheinen. Vielleicht wurde es dann besser.

Das unheimliche Glitzern des Flusses. Es gab da eine Stelle, die seinen Blick immer von neuem anzog. Die Stelle zwischen den zwei Felsen, wo das Wasser beständig schäumte. Der weiße Schaum. Er verging und entstand unablässig neu. Das fand er faszinierend. Eine so vergängliche Erscheinung, und doch würde sie bleiben. Auch wenn die Grabung vorbei war. Auch wenn er längst tot war.

Er massierte seine Schläfen. Noch zwei Wochen, und es würde zur Gewißheit, womit er sich insgeheim schon abgefunden hatte: Diese Grabung, die erste und letzte, die je unter seiner Leitung stattfand, war ein totaler Reinfall.

Er hörte schon die Kollegen in der Fakultät: *Na, Pech gehabt, Charlie? Ist ja zum Heulen. Wo du dir soviel Mühe gegeben hast!* Und wenn sie erst hörten, daß die römische Villa, von deren Vorhandensein er felsenfest überzeugt war, sich gar nicht an der Grabungsstelle befand, sondern unter dem neuen Haus direkt nebenan, einem hübschen Landhaus mit Natursteinterrasse. Der Besitzer kam nur für ein paar Wochen im Jahr und war so freundlich gewesen, ihn auf dem angrenzenden Brachland graben zu lassen.

Dieses Haus! Es gehörte dort nicht hin, es stand genau auf der Fundstätte, die ihm endlich ein wenig Ruhm gebracht hätte. Und schlimmer war, daß die wenigen Funde, die er gemacht hatte, seine ärgsten Befürchtungen bestätigten: Die römische Villa befand sich genau unter dem Haus, und damit war sie für immer blockiert. Das bewiesen auch die paar Zentimeter Mosaik, die Toni vor ein paar Tagen unter dem Fundament der Terrasse freigelegt hatte.

»Habt ihr schon den neuesten Streich von Charlie Hunt gehört? Unbezahlbar, der Junge. Endlich hat er seine eigene Grabung, und was macht er? Er buddelt sich direkt neben seiner römischen Villa in die Erde ein.«

Er würde zur Lachnummer des Instituts werden.

Mach dir nichts vor, sagte er sich. Das bist du doch schon längst. Selbst für deine eigene Familie. Selbst für Toni.

Na gut, sie hatte einen Riecher dafür, wo man graben mußte. Manchmal beneidete er sie darum. So wie er sie um ihren Optimismus beneidete, ihre sture Beharrlichkeit. Tag für Tag ging sie hoch zur Quelle und zweifelte keinen Moment, daß sie in diesem gottverlassenen Tal irgendeinen Hinweis auf Cassius finden würde.

Und tatsächlich war sie erfolgreicher als er. Sie war einfach zum alten Panabière gegangen und hatte sich die Erlaubnis zum Graben geholt. Noch nie hatte der Bauer Grabungen an der Quelle erlaubt. Ihm nicht und anderen nicht. Seit Generationen im Familienbesitz, hatte er gemeint. Da habe keiner was zu suchen. Dann war Toni zu ihm gegangen, hatte »einfach gefragt«, wie sie behauptete, und der Alte war weich geworden. Vielleicht hatte er gespürt, daß sie noch sturer war als er.

Und zu denken, daß diese komplizierte junge Frau seine eigene Tochter war! Ihm fiel das schreiende Bündel ein, das sie gewesen war, das er kaum anzufassen wagte, aus Angst, sie zu zerbrechen. Jeden ihrer herrischen Wünsche hatte er erfüllt. Wie war es nur möglich, daß er und Evelyn, das langweiligste Pärchen der Welt, ein so temperamentvolles Wesen hervorgebracht hatten?

Wenn sie nun tatsächlich fündig wurde? Das wäre der Gipfel der Demütigung! »*Habt ihr schon gehört? Der arme Charlie hat nichts gefunden, aber seine Tochter hat einen Volltreffer gelandet.*«

Ihn befiel ein nervöses Kribbeln. Wie lächerlich, die eigene Tochter zu beneiden! Und noch verrückter war es, daß er ihr den Erfolg wünschte. Daß er seine eigene Demütigung herbeiwünschte. Er würde so stolz auf Antonia sein.

Antonia, die im Zwischengeschoß vor ihrem Zimmer am Schreibtisch saß, hörte ihren Vater aus dem Arbeitszimmer kommen, sein Schatten huschte an der Wand vorüber. Von unten konnte er nicht sehen, was auf ihrem Schreibtisch lag, trotzdem breitete sie ein Blatt Papier über ihre Aufzeichnungen.

»Kannst du nicht schlafen?« rief er leise hinauf, um Modge nicht zu wecken.

»Bis jetzt nicht«, flüsterte sie zurück. »Ein bißchen Arbeit hilft vielleicht.«

»Toni, es ist fast vier. Nun mach aber Schluß.«

»Ja doch. Gleich.«

Er antwortete nicht. Vielleicht nahm er es wieder als Hinweis, daß sie fleißiger war als er. In letzter Zeit war er so empfindlich, was das betraf.

Sie wartete, bis er in sein Schlafzimmer hinaufgegangen war, dann nahm sie sich wieder das Tagebuch vor. Als einsame Studentin hatte sie damit angefangen. Es war ihre geheime Zuflucht, ihre Verbindung zu Cassius, ein Ort, an dem sie ihren Gedanken freien Lauf lassen konnte. Seit sie Myles kannte, war ihr das Tagebuch zur Notwendigkeit geworden.

Am Tage, wenn sie sich mit Myles' Launen und den Gereiztheiten ihres Vaters herumschlug, mußte sie nur an Cassius denken, und schon war die Welt in Ordnung. Die Vergangenheit – seine Vergangenheit – kam ihr vor wie ein buntes Märchenbuch.

Heute nacht brauchte sie Cassius mehr denn je. Sie brauchte ihn, damit sie nicht fortwährend an Patrick dachte. »Das hab' ich nicht gewollt«, hatte er gesagt, bevor er mit dem Panda vom Hof fuhr.

Was hatte er nicht gewollt? Daß er sie nachts um zwei geweckt hatte, oder meinte er das, was zwischen ihm und Nerissa war? Als sie noch geglaubt hatte, er würde sich nicht für sie interessieren, war alles leichter gewesen. Aber was sollte sie jetzt über ihn denken? Über sein Angebot, ihr an der Quelle zu helfen, über seinen Satz auf der Terrasse: »Du entschuldigst dich immerzu, und es gibt gar keinen Grund dafür.« Vielleicht ist es meine verletzte Eitelkeit, sagte sie sich. Er schneidet mich seit vierzehn Tagen. Kein Wunder, daß er mir nicht mehr aus dem Kopf geht.

Dann fiel ihr Myles ein, und sie kam sich schlecht vor. Er war unmöglich, er war unberechenbar, aber er brauchte sie. Das hatte er nicht verdient, daß sie ein Sexmuffel war und heimlich an seinen besten Freund dachte.

Warum war nur alles so kompliziert? An der Universität, als sie noch allein war, hatte es diese Verwicklungen nicht gegeben. Sie schob die Gedanken beiseite und wandte sich dem Gedicht zu, über dem sie gebrütet hatte.

Die Seite war ein wüstes Durcheinander aus Streichungen und eingeschobenen Ergänzungen. Um sich wieder hineinzufinden, blätterte sie zur Einführung zurück, die sie vor Wochen begonnen hatte.

»Gajus Cassius Vitalis wurde vor über zweitausend Jahren geboren, im Jahr 86 v. Chr. Der Sohn eines reichen Landbesitzers in der römischen Provinz Gallia Narbonensis wuchs auf einem Landgut in den südöstlichen Ausläufern der Pyrenäen auf – einer Landschaft, die er später in seinen Gedichten verewigte und bei der es sich vermutlich um das Tal des Sarac handelt. Leider sind alle Versuche, sein Wohnhaus oder den in seinen Gedichten erwähnten Schrein zu finden, bis jetzt gescheitert.«

Hier brach der Text ab, und den Rest der Seite hatte sie freigelassen, in der optimistischen Erwartung, daß sie die Ergebnisse ihrer Grabung später nachtragen würde. Aber noch immer lautete das letzte Wort »gescheitert«. Selbst die Lokalisierung im Tal des Sarac war eine bloße Behauptung. Niemand wußte genau, wo Cassius wirklich aufgewachsen war.

Antonia lehnte sich zurück und las die nächste Seite.

Vom vierzehnten bis zum achtzehnten Lebensjahr besuchte er die Universität von Marseille, wo er den durch seine Tagebücher bekannt gewordenen Lucius Faenius Plautius traf. Mit diesem verband ihn eine lebenslange Freundschaft, und er wurde zur wichtigsten biographischen Quelle für die Nachwelt. Der junge Cassius trat nach dem Studium in die Armee ein und diente dreizehn Jahre lang erst unter Pompejus in Syrien und Anatolien, dann unter Cäsar in Gallien, Britannien und Germanien. Er nahm einen schnellen Aufstieg und erhielt zahlreiche militärische Ehrungen.

Während des anatolischen Feldzugs begann er Gedichte zu schreiben und machte sich bald einen Namen als Mitbegrün-

der der Neoteriker oder Neutöner, die der erstarrten Dichtkunst neues Leben einhauchten. Für Catull, Properz und deren Nachfolger war Cassius der Standartenträger, der erste Dichter der Antike, der sein Liebesleben zum Gegenstand der Lyrik machte und offen bekannte, daß eine Frau sein Leben grundlegend beeinflußt hatte. Diese Frau, mit der ihn im Alter von dreiunddreißig Jahren eine kurze, leidenschaftliche Liebe verband, ist uns als »Lycaris« aus seinen Gedichten überliefert.

Für die meisten ihrer Kollegen war das die reinste Ketzerei. Es stand im Widerspruch zu allem, was sie an der Universität gelernt hatte, und machte alle Altphilologen, die sie kannte, zu ihren Gegnern. Denn niemand glaubte, daß es sich bei Lycaris um eine reale Person handelte. Nach allgemeiner Auffassung war Lycaris eine literarische Erfindung, genauso wie Ovids Cynthia und viele andere imaginäre Geliebte.

Aber sie irrten sich alle.

In den vergangenen Jahren hatte Antonia diesen Streit schon mehrfach mit ihren Freunden, Kollegen und Lehrern ausgefochten, auch mit ihrem Vater. »Warum soll er sie erfunden haben?« schrie sie ihn an. »Er hat sein wirkliches Leben beschrieben und nichts Ausgedachtes! Lycaris – ob sie nun tatsächlich so hieß oder nicht – war eine Frau aus Fleisch und Blut! Er hat sie geliebt, obwohl sie ihn unglücklich gemacht hat. Er hat ein Leben lang versucht, sich von dieser Liebe zu befreien, die ihn fast zerrissen hat. Das ist alles bekannt. Es steht in seinen Gedichten!«

Die Antwort war immer dieselbe: »Das mag ja sein, Antonia. Aber wo sind die Beweise? Was du da sagst, ist unwissenschaftlich, die reinste Träumerei. Nur weil du daran glaubst, ist es noch lange keine Tatsache.«

Natürlich hatte sie keine Beweise. Aber ihre Gewißheit war unerschütterlich, auch wenn sie sich zu einem guten Teil auf ihre Kindheitserinnerungen an einen unsichtbaren Freund stützte, wie sie zugeben mußte, wenn sie ganz ehrlich war.

Trotzdem hielt sie daran fest, trotz des strengen Empirismus, in dem sie erzogen war. Und gleichzeitig nagte an ihr der Ärger, daß man die Existenz der Lycaris leugnete und damit Cassius zu einem talentierten Schreiberling abwertete, der sich eine Frau aus Worten zusammengebastelt und sich dann in seine eigene Schöpfung verliebt hatte.

Sie las weiter.

Über sein weiteres Leben wissen wir enttäuschend wenig. Bekannt ist nur, daß seine Liebe unglücklich endete. Meist werden die einschlägigen Passagen so interpretiert, daß er von seiner Muse verlassen wurde und unter einer Schreibblockade litt. Wie dem auch sei: Er verließ Rom im Jahre 53 v. Chr. und kehrte nie mehr zurück.

Dreizehn Jahre später fiel er dem blutigen Terror zum Opfer, der die letzten Zuckungen der Republik begleitete. Aus ungeklärten Gründen zog er sich den Zorn Oktavians zu und wurde auf sein Gut in Südostgallien verbannt. Dort nahm er sich das Leben, um dem demütigenden Ritual eines Schauprozesses zu entgehen.

Sein Freund Plautius war bei ihm, als er starb, und der Brief, in dem er den Tod des Cassius beschrieb, ist zu Recht berühmt geworden. »Nach meinem Ableben sollst du der Göttin ein Trankopfer darbringen«, hatte Cassius seinen Freund gebeten. »Ein Trankopfer für mich und Lycaris, damit sich unsere Seelen im Tod vereinen.« Plautius wandte ein, er müsse den wahren Namen der Lycaris kennen, die Göttin würde das Gebet sonst nicht erhören. Doch statt ihren Namen zu enthüllen, gab Cassius seinem alten Freund ein Rätsel auf. »In poculo veritas«, *sagte er, »die Wahrheit ist im Becher«.*

Nach allgemeiner Auffassung hat dieses Rätsel, das den Gelehrten über Jahrhunderte Kopfzerbrechen bereitete, eine einfache Lösung: Der Dichter möge seine Inspiration im Wein suchen. Dies war eine weitverbreitete Maxime der antiken Welt, der bekanntermaßen auch Cassius anhing. Dem Rätsel wird also folgende Deutung gegeben: »Ich suche die wahre Lycaris im Trunk – so trinke denn auch.«

Antonia reckte sich und rieb sich den Nacken. Eine Fledermaus huschte vor dem Fenster vorbei und zog ihre dunkle Spur über den Sternenhimmel. Cassius hat sicher ähnlich in die Nacht hinausgeblickt, als er sich das Rätsel ausdachte, sagte sie sich.

Wenn man nach der »allgemeinen Auffassung« ging, war es nicht viel mehr als ein ironisches Wortspiel. »Du mußt dich betrinken, um die wahre Lycaris zu finden«, besagte es. »Denn sie hat nie existiert.«

Nein, nein, nein! Die »allgemeine Auffassung« war falsch. Cassius war nicht der Mann, der sich mit frivolen Scherzen aus dem Leben verabschiedete. Hinter dem Rätsel mußte mehr stecken. Lycaris hatte es wirklich gegeben, und Cassius hatte sie von Herzen geliebt.

Der Beweis dafür war das Gedicht, das er unter dem Eindruck der frischen Verliebtheit geschrieben hatte.

Ein langer Blick, und ich war besiegt.
Sie wohnte schon in meinem Herzen,
als ich noch unbesiegt mich wähnte.
Doch als wir uns dann wiedersahn,
flossen uns im Mondenschein
die Worte von den Lippen,
und der Nachtwind trug sie mit sich fort.
Bis dann ihr Atem mit meinem verströmte
und wir in Feuer entbrannten.
Nun durchjage ich wie Pegasus die Sterne,
ich wandle auf dem zauberischen Mond.
Das Roß der Nacht durchtrabt die Himmel
und ich, unsterblich, bin sein Reiter.
In meinem Arm schläft sie nun.
Bleich wie frisch behauener Marmor
ruht ihr Gesicht an meiner Brust.

Antonia legte den Stift hin und starrte in die Dunkelheit. Was war ihre nervöse, ungesunde Anhänglichkeit an Myles, verglichen mit dieser Liebe? Wie konnte sie überhaupt an Myles denken, in einer solchen Nacht?

Nein. Nicht Myles und auch nicht Patrick. Ganz bestimmt nicht Patrick.

»Ab ins Bett«, sagte sie mißmutig und raffte ihre Papiere zusammen. In zwei Wochen würde die Grabung beendet sein, dann würden sich ihre Wege trennen. Sie mußte nicht mehr mit ansehen, daß sich Patrick und Nerissa umrundeten wie ein Katzenpärchen, während sie mit Myles hinter den Kulissen ihre trüben Machtspielchen veranstaltete.

Zwei Wochen noch, und sie würde Patrick nie wiedersehen.

8

Eine Familiengruft in Rom, unweit der Porta Capena,
25. Juni 53 v. Chr.

Mit Mühe erkannte Cassius den dunklen Umriß von Albia. Sie saß auf einer Bank, im Gärtchen, das die Gruft umgab. Er näherte sich mit Faenio, seinem Sklaven, auf dem von Zypressen gesäumten Pfad. Obwohl der Mond noch im ersten Viertel stand, kannten sie ihren Weg genau. Nach drei Monaten war ihnen jeder Stein vertraut.

Faenio gesellte sich zu Albia, um mit ihr Wache zu halten, und Cassius betrat die Gruft, aus der ein matter, flackernder Lichtschein drang.

Albia hatte ihn so seltsam angeschaut, und während er sich noch darüber wunderte, knallte etwas Hartes dicht neben seinem Kopf gegen den Türpfosten. Er konnte sich gerade noch ducken, bevor ein weiteres Geschoß an seinem Kopf vorbeizischte.

Er richtete sich auf und streifte ein paar Tonscherben von den Schultern. Der Geruch von Olivenöl vermischte sich mit dem warmen Hauch der Nacht, und er mußte lächeln. Sie hatte ihn mit Lampen beworfen. »Eine mußt du übrigbehalten«, sagte er. »Damit du besser zielen kannst.«

»Du Schuft!« rief sie ihm aus dem Dunkel entgegen. »Was kümmert's dich noch, ob ich treffe?«

»Wo steckst du? Es ist so dunkel hier.«

»Was kümmert's dich noch, wo ich bin?«

»Tacita, was soll das?«

»Als wüßtest du nicht genau!«

»Nein, ich weiß wirklich nicht, wieso ...«

»Wann wolltest du mir eigentlich verraten, daß du nach Gallien zurückmußt?«

Das war es also. »Heute«, sagte er mit ruhiger Stimme.

»Lügner!«

»Nein. Es ist wahr. Heute wollte ich es dir sagen. Ich habe es auch erst gestern gehört.«

Sie hatte den Umhang abgeworfen und lief in der dunkelsten Ecke der Grabkammer auf und ab wie eine Löwin im Käfig. Er war hingerissen von ihrem Anblick.

»Tacita«, sagte er. »Du wußtest doch, daß ich wieder fortmuß.«

»Nein, das wußte ich nicht, weil du mir kein Wort gesagt hast. Ausgerechnet von Albias neuem Verehrer mußte ich es hören. Einem Fischhändler!«

Er verkniff sich ein Lächeln und fragte sich, was sie am meisten ärgerte: daß er es nicht früher gesagt hatte oder daß sie es von einem Fischhändler erfahren hatte. »Früher oder später mußte es kommen. Ich bin schon länger in Rom, als ich eigentlich dürfte.«

»Ich fühle mich zutiefst geschmeichelt.«

»Man braucht mich im Kriegsgebiet. Ich kenne mich dort aus.«

»Kein Wunder. Du bist ja kaum besser als ein Bauer.«

Er nahm sie bei den Schultern. Zu seiner Überraschung zitterte sie. Sie schlang die Arme um ihn und vergrub ihr Gesicht an seiner Brust.

»Ich bleibe höchstens sechs Monate fort«, flüsterte er ihr ins Ohr.

»Nein«, sagte sie mit erstickter Stimme. »Vielleicht kommst du nie zurück. Diese Wilden in den Bergen schlitzen dir die Kehle auf und werfen dich den Vögeln zum Fraß vor. Ich habe gehört, wie leichtsinnig du bist.«

Er lachte leise.

»Was ist daran so lustig?«

»Du bist lustig. Du schimpfst über meinen Leichtsinn und wirfst mir Lampen an den Kopf.«

»Bitte keine Witze, Gajus. Nicht heute abend.«

Er hielt sie im Arm und streichelte ihren Rücken. Allmählich beruhigte sie sich.

»Wann mußt du abreisen?«

»In einer Woche. Vielleicht auch erst in zwei.«

Er sog den Duft ihres Haars ein. Pfefferminz und Mandelöl – die Tinktur, die ihr Haar so glänzend machte.

Sie öffnete seine Toga, schob ihm die Tunika von der Schulter, schon spürte er ihren warmen Atem auf der Haut. Ihre zarten Lippen tasteten sich an seinem Schlüsselbein entlang, und plötzlich biß sie kräftig zu.

Mit einem Aufschrei stieß er sie von sich, so daß sie rückwärts gegen die Wand taumelte.

»Mach das nie wieder!« rief er. »Hab' ich dir weh getan? Du hast Glück, daß du nicht gefallen bist.«

Bebend wischte sie sich mit dem Handrücken den Mund ab. »Dir kann es doch egal sein!«

Das war typisch Tacita. Erst zärtlich wie eine Frischverliebte, und im nächsten Moment grob wie ein Straßenmädchen. Gerade das reizte ihn an ihr. Er betastete die Wunde. Seine Finger waren rot von Blut. »Warum?« fragte er.

Sie reckte das Kinn in die Höhe. »Ein Andenken, damit du mich auf deinem Feldzug nicht vergißt.«

»Nie würde ich dich vergessen.« Er packte sie beim Nacken und bog ihren Kopf zurück. »Vielleicht sollte ich dir dasselbe antun.«

Sie hielt still, ohne zu zucken. »Na los! Wenn du's wagst?«

Er vertiefte sich in die Betrachtung ihrer weißen Kehle, dann seufzte er und küßte ihre pulsende Schlagader. »Das würde ich nie tun«, flüsterte er.

Sie entzog sich seinem Griff. »Feigling! Ich hätte dich brandmarken sollen. Das macht man doch mit Feiglingen, oder?« Sie zog ihren Siegelring vom Finger. »Ich hätte ihn im Feuer erhitzen und dich brandmarken sollen.« Sie warf den Ring zu Boden und wandte sich ab.

Er nahm sie bei den Schultern. »Du wirst mich nicht verlieren«, sagte er.

»So? Und wenn du umkommst?«

»Ich werde nicht … und wenn, wäre ich trotzdem bei dir.« Er legte ihr die Hand auf die Brust. »Da drinnen.«

»Darauf kann nur ein Dichter kommen. Was nützt du mir da drinnen?«

Er erwiderte nichts. Sie war in einer seltsamen Stimmung, launisch, gekränkt, reizbar. Und er war schuld daran. Diese Lügen, diese Heimlichtuerei mußten ja mit der Zeit Folgen haben. Ausgerechnet den Friedhof als Treffpunkt auszusuchen, war auch nicht sehr klug gewesen. Sie war viel zu jung, um auf Schritt und Tritt mit dem Tod konfrontiert zu werden.

»Verzeih mir«, sagte er. »Ich hätte dich niemals hierherbringen dürfen.«

»Du hast mich nicht hierhergebracht. Ich bin aus eigenem Antrieb gekommen.«

»Nächstes Mal suche ich uns einen anderen Treffpunkt. Und bald haben wir das nicht mehr nötig. Wenn wir erst verheiratet sind, brauchen wir uns nicht mehr in dunklen Ecken herumzudrücken.«

Er spürte ihre Schultern ein wenig sinken. »Und wie willst du das anstellen, wenn ich fragen darf?«

»Laß das meine Sorge sein.«

Schnell, damit er es nicht merkte, wischte sie sich über die Augen und berührte die Urne, die ihr am nächsten stand, als wäre sie ein Talisman.

Die Familiengruft war ein protziger Bau, was ihm schon öfter ihren Spott eingebracht hatte. Das Giebelportal war von den Reliefs düster blickender Ahnen gesäumt, in Nischen aus gallig grünem Porphyr standen Urnen aufgereiht, die mit den Porträts der Toten versehen waren. Auch die Namen und Lebensdaten der Verblichenen waren säuberlich vermerkt.

Die Urne, die Tacita berührte, war die letzte Ruhestätte einer Frau namens Procula Secunda. Ihrem Bild nach zu urteilen, war sie von berückender Häßlichkeit gewesen – das Haar hochgebunden zu einem strickartigen Knoten, und ein dazu passendes Gesicht. Ihre Urne war prunkvoll verziert und mit Familienemblemen geschmückt. Sicher hatte ihr Gatte, der ihr ein paar Jahre später gefolgt war, zu den Neureichen gehört.

»Das sieht dir ähnlich, mich hierherzulocken«, sagte sie. »Du hast nicht mal genug Geschmack, eine schönere Gruft auszusuchen.«

Er lächelte. »Da hast du's. Immer zieht es mich zu meinen bäuerlichen Wurzeln.« Er dachte kurz nach. »Wenn du's wissen willst, habe ich diese Gruft ausgesucht, weil sie mich an dich erinnert.«

»Das finde ich nicht witzig.«

»*Eine vorbildliche Frau*«, las er von der Inschrift ab, »*von den Göttern mit allen Tugenden versehen. Gehorsam, duldsam, sparsam, lenksam ...*«

Sie unterdrückte ein Prusten.

»*Nie verfehlte sie die Wünsche ihres Gatten, nie verlor sie die Beherrschung, nie erhob sie die Stimme gegen ihn.*«

»Schon gut, hör auf!« rief sie und drehte sich zu ihm um. Er war beglückt, sie lachen zu sehen.

»Ist mir vergeben?« fragte er.

»Davon hab' ich nichts gesagt. Nur nichts überstürzen.«

Er senkte zustimmend den Kopf, und sie küßten sich.

Nach einer Weile berührte sie die Bißwunde an seiner Schulter. »Tut es weh?«

»Ja.«

Langsam und mit Bedacht kratzte sie das getrocknete Blut mit dem Fingernagel ab, um die Wunde von neuem zu öffnen.

»Jetzt tut es noch mehr weh.«

»Gut. Das geschieht dir recht.« Mit zwei Fingern spreizte sie die Wunde. »Nur ruhig«, flüsterte sie, »du zuckst ja wie ein Hengst.« Sanft blies sie auf die Wunde, drückte sie zusammen und besiegelte sie mit ihrer Zunge.

Es fühlte sich an, als hätte ihn ein kleiner nächtlicher Blutsauger mit scharfen Zähnen angefallen.

»So«, flüsterte sie. »Jetzt steckt ein Stück von meiner Seele für immer in dir.« Sie bedeckte die Wunde mit der Hand. »Das wird eine schöne Narbe. Ein Halbmond, genauso wie mein Amulett. Und du trägst mich mit dir, wohin du auch gehst.«

»Das tue ich auch ohne Narbe.«

»Alles nur Worte, Dichter. Aber diese Narbe hat Bestand.«

Er blickte sie besorgt an. »Was ist mit dir? Es ist nicht nur, weil ich nach Gallien muß ...«

Sie schaute ihn an, und plötzlich sah sie sehr jung aus. »Gajus, ich habe Angst.«

»Wovor?«

»Ich weiß nicht. Deshalb hab' ich ja Angst.«

»Tacita, bitte. Was soll das? Sag es mir.«

Sie drehte sich zur Urne der Procula um. »*Oppius, mein Gatte*«, las sie mit zitternder Stimme, »*sorg dich nicht, daß ich dich verlassen hab'. Ich erwarte dich im Bett der Ewigkeit.*«

»Und? Ich verstehe nicht.«

Auf die Steinplatten vor der Urne hatte jemand eine Kachel mit der üblichen Opfergabe aus Korn und Salz gelegt, dazu einen in Wein getränkten Brotkanten. Tacita kniete sich hin, brach ein Stück von dem Brot ab und roch daran. Sie rümpfte die Nase. »Der Wein ist sauer.«

Kniend blickte sie zu ihm auf. »Glaubst du wirklich, daß sie uns zusammen alt werden lassen? So wie diese beiden? Procula und Oppius?«

Er erwiderte nichts.

»Glaubst du«, fuhr sie fort, »daß unsere Kinder unsere Asche in einer Urne vereinen werden, wenn unsere Zeit gekommen ist?«

»Tacita ...«

»Und die vorgeschriebenen Worte sprechen, damit unsere Seelen in Ewigkeit zusammenbleiben?«

»Ja«, sagte er. »Das glaube ich.«

»Dann bist du ein Bauer!« platzte sie heraus. »Du sagst, du glaubst nicht an Wunder. Aber tief im Inneren tust du es doch.«

»Vielleicht.«

»Wie soll denn das möglich sein, Gajus? Willst du meinen Vater mit deinen Dichtungen behexen? Willst du das Unmögliche erreichen, daß er einen Provinzler von niederer Geburt als Schwiegersohn akzeptiert?«

Er zuckte zusammen. »Das ist schon öfter vorgekommen.«

»Nicht in meiner Familie.«

Er kniete sich neben sie. »Es wird geschehen«, sagte er. »Dafür sorge ich.«

Eine Biene hatte sich in die Gruft verirrt. Sie hörten das zornige Brummen, mit dem sie gegen die Wände anflog. »Ein gutes Zeichen«, sagte er lächelnd. »Das kannst du nicht bestreiten.«

»Versuch nicht, mich zu beschwichtigen.«

»Verzeih.«

Sie zupfte ihr Gewand zurecht. »Was erwartest du von mir, während du fort bist?« fragte sie leise.

»Ich erwarte, daß du auf mich wartest.«

»Und du glaubst, das werde ich tun?«

»Ich weiß es. Genauso wie ich weiß, daß ich mit deiner Familie verhandeln werde, wenn ich aus Gallien zurück bin. Und dann heiraten wir.«

Sie nickte. Sie wollte es so gern glauben. Genauso gern wie er.

»Versprich mir, daß du auf mich wartest, Tacita.«

Sie warf ihm einen zweifelnden Blick zu. »Warum willst du mein Versprechen?«

»Damit ich den gallischen Feldzug durchstehe.«

»Nun, wenn es so ist«, sagte sie trocken. »Wenn es dir dann leichter fällt, dich am Ende der Welt mit all diesen behosten Barbaren herumzuschlagen.« Sie schauderte, und er wußte, daß das Schlimmste vorüber war. »Gut«, sagte sie, »ich verspreche es.«

Er küßte sie sanft auf die Lippen.

»Komm lebend zurück«, sagte sie unter seinem Kuß. »Als Asche nützt du mir nichts.«

»Ich komme lebend zurück.«

9

Donnerstag, 22. September 1988

Sie wird denken, ich bin verrückt, sagte sich Patrick, als er zur Mühle hinablief. Sich in aller Herrgottsfrühe für etwas zu entschuldigen, was sie längst vergessen hatte!

Aber seine Selbstvorwürfe brachten ihn nicht weiter. Der nächtliche Vorfall auf dem Mühlenhof lag schon zwei Tage zurück, aber ihr Gesicht sah er immer noch vor sich.

Wenn Antonia gekränkt war, hatte sie einen ganz besonderen Ausdruck, einen abwesenden, unnahbaren Blick, als wäre sie ganz woanders, an einem Ort, wo niemand ihr etwas anhaben konnte. Wenn sie so aussah, wollte er sie am liebsten in die Arme nehmen, damit Myles und Dr. Hunt und Nerissa ihr nichts mehr anhaben konnten.

Aber was sollte er ihr sagen? *Hör mal, denk nur nicht, daß ich mit Nerissa schlafe, nur weil sie in der Nacht ihre kleine Show abgezogen hat. Du irrst dich sehr, das wollte ich dich nur wissen lassen.*

Ja, gut. Aber *wozu?*

Hinter ihm zerriß ein häßliches Motorengeräusch die Morgenstille. Der Panda kam die schmale Straße herunter.

»Ich weiß, ich weiß, du traust deinen Augen nicht«, sagte Myles und hielt neben ihm. »Ein Cantellow gekämmt und gewaschen vor morgens um acht, das ist wie ein Wunder, stimmt's?«

Patrick zuckte die Schultern.

»Hör zu, Paddy. Ich brauch' deine Hilfe. Kümmerst du dich den Tag über um Modge?«

»Warum?«

Myles wies mit dem Kopf auf die Rückbank, auf der das achtjährige Mädchen zusammengerollt lag und schlief. Sie hatte noch ihren Pyjama an. Myles mußte sie aus dem Bett geholt haben, wie sie war, mit dem Stofftier im Arm.

»Myles, ich kann nicht. Nicht jetzt.«

»Das Problem ist, ich muß in die Stadt.«

»Welche Stadt?«

Myles grinste verlegen. »Paris.«

»*Paris?*« Patrick mußte nicht fragen, was er dort wollte, er wußte schon Bescheid. Es gab nur eine Sache, die Myles vor dem Mittag aus dem Bett trieb und zu überstürzten Reisen nach Paris veranlaßte. »Ich dachte, du wolltest dich von dem Zeug verabschieden?«

»Genau deshalb muß ich doch hin. Ein letzter Trip, um die Sache loszuwerden.«

»Myles ...«

»Mach schon. Sei kein Frosch. Kümmer dich um Modge.«

Patrick zögerte.

Ein dünner Rauchfaden stieg aus dem Schornstein der Mühle. Das war sicher Dr. Hunt, der sein Frühstück zubereitete, denn Antonia stand jeden Morgen als erste auf, um zur Quelle hinaufzugehen. Um diese Zeit sortierte sie im Schuppen ihre Funde. Noch eine halbe Stunde, dann würde auch Dr. Hunt in den Schuppen gehen.

Er biß sich auf die Lippe. Wenn er Myles' Bitte erfüllte, mußte er Modge wecken und mitnehmen. Doch er mußte Antonia unbedingt allein sprechen.

Andererseits sah sein Freund furchtbar aus. Sein Gesicht glänzte vor Schweiß, sein Blick flackerte.

Patrick seufzte. »Ich hab' eine bessere Idee. Wir lassen Modge bei Antonia, und ich komme mit nach Paris.«

»Sei nicht albern.«

»Du kannst nicht allein fahren. In deinem Zustand fährst du den Wagen zu Bruch.«

»Wieso Zustand?«

Modge auf dem Rücksitz wurde wach. Myles warf ihr einen Blick zu. »Armes Tierchen. Womit hat sie mich verdient?«

»Myles, tu's nicht. Du mußt nicht nach Paris. Du kannst das Zeug aufgeben. Jetzt sofort.«

»Kümmer dich um sie, Paddy. Mehr verlange ich nicht.«

Antonia war allein, genau, wie er vermutet hatte.

Den langen Schuppen auf der anderen Seite des Mühlenhofs hatten die Hunts mit Lampen ausgestattet, die von den Dachbalken hingen. Drei alte Steintröge an der Längswand dienten zum Spülen und Entsalzen der Funde, vier große Arbeitsplatten auf Böcken standen in der Mitte und waren bedeckt mit Trockengestellen, Spülschüsseln, Bürsten, Fundbehältern und Sortierkartons. Die Wände waren mit farbigen Plänen und Notiztafeln behängt.

Antonia saß am hinteren Tisch in der Sonne und klebte Scherben zusammen. Sie trug grüne Shorts und eine ärmellose indische Bluse in Blau mit roten Rändern. Ihre Haarbänder waren himbeerfarben und blaßgrün.

Wie ein Paradiesvogel, dachte Patrick. Sein Herz klopfte. *Was zum Teufel hast du vor?* rief die Stimme der Vernunft in seinem Kopf.

»Antonia, guck mal, ich bin im Pyjama«, rief Modge, die nun hellwach war. »Und das ist Star Rabbit, mein Betthase.«

Antonia hob den Kopf und erblickte Patrick.

Mich hast du hier wohl nicht erwartet, sagte Patrick stumm.

»Hallo, Patrick«, rief sie. »Myles ist nicht da, fürchte ich.«

»Ich weiß«, erwiderte er verwirrt. »Ich habe ihn gerade wegfahren sehen.«

»Wenn du meinen Vater sprechen willst, er ist in der ...«

»Nein. Eigentlich wollte ich zu dir.«

Sie starrte ihn an.

Patrick ging auf sie zu. *Sag deinen Satz und verschwinde.* Doch statt dessen fragte er, ob er ihr helfen könne.

Wieder starrte sie ihn an.

Er wiederholte sein Angebot. *Du Idiot, was soll das?*

Sie blickte ihn verwirrt an. »Äh ... na gut. Danke. Wenn du möchtest, kannst du diese Scherben dort signieren.«

»Au ja«, rief Modge. »Das mach' ich gern.« Sie holte ein Tablett, einen Stapel Fundprotokolle, das Fundregister und ein Glas mit weißer Tinte. Patrick zog zwei Hocker heran.

Er zwang sich zur Konzentration, während Modge ihm zeigte, wie man die Nummer der Fundstelle auf die Scherben pinselte, und ihn davor warnte, die Nummern zu dicht an den Rand zu schreiben, weil die Scherbe dort am ehesten bröckelte, und wenn die Nummer verlorenging, dann gute Nacht.

Antonia widmete sich ihrer Klebearbeit, ihrem Gesicht war anzumerken, daß sie sich beobachtet fühlte. Ihre Gesten waren sparsam und genau, Patrick fand sie hinreißend. Sorgfältig staubte sie eine Scherbe mit dem weichen Pinsel ab. Dann bestrich sie die Bruchflächen behutsam mit einer dünnen Schicht Kleber und fügte die Scherbe in die passende Lücke ein. Das Gefäß ruhte auf einem Häufchen Sand. Zum Schluß glättete sie die Klebestelle mit den Fingerspitzen und blies das letzte Stäubchen weg.

Patrick schaute ihr gebannt zu. Um den Zauber zu brechen, fragte er sie nach dem Gefäß, das sie bearbeitete.

Sie warf ihm einen irritierten Blick zu, als würde sie an seinem Interesse zweifeln.

»Ich möchte es wirklich wissen«, sagte er.

»Es ist eine Lampe.«

»Und die hast du an der Quelle gefunden?«

»Ja.«

In Büchern hatte er schon solche Lampen gesehen. Ein flaches rundes Gefäß für das Öl und eine kurze Tülle für die Flamme. Die Lampe, an der Antonia arbeitete, mußte sehr klein gewesen sein, sie würde bequem in ihre Hand passen, wenn sie fertig geklebt war. Bei diesem Gedanken fing sein Herz wieder an zu klopfen.

»Ich glaube, das ist eine Göttin«, sagte sie. Sie hielt ihm eine Scherbe hin und zeichnete mit dem Finger ein Frauenprofil nach. Patrick sah eine griechisch geformte Nase, krauses Haar und ein verträumt antikes Lächeln.

»Sieht ganz so aus«, sagte er heiser. »Welche Göttin ist es?«

Sie zog die Stirn kraus. »Ich bin mir nicht sicher. Wahrscheinlich Kybele, die Große Mutter. Oder irgendeine Kombination zwischen ihr und der Mondgöttin. Die waren beide ziemlich beliebt hier in Südgallien. Oder es könnte eine dreifache Mondgöttin sein, wegen der drei Zweige, die sie hält.«

Modge beugte sich über seine Schulter, und er zuckte zusammen. »Das bedeutet, drei Göttinnen in einer«, sagte Modge. Ihr Atem roch nach dem *pain au chocolat*, das sie zum Frühstück mitgebracht hatte. »Antonia hat es mir erklärt. Die Frühlingsjungfer, die Sommernymphe und die Winterhexe. Verstehst du? Der Neumond, der Vollmond, der abnehmende Mond. Was ist eine Jungfer?«

»Äh ... eine junge Frau, die noch nicht verheiratet ist«, sagte Patrick.

»Aha. So was wie ich und Antonia.«

Antonia warf ihm einen Blick zu und lächelte. Es war nicht das übliche Höflichkeitslächeln, sondern ihr echtes, berückendes Strahlen, mit dem sie ihm am ersten Tag oben an der Quelle begegnet war. Am liebsten hätte er seinen Kopf an der sanften Kurve ihres Halses vergraben.

Sie legte die Scherbe hin und ging an den Spültrog, um sich die Hände zu waschen. Ihre nackten Füße machten ein leises Geräusch im Staub. Wie ein Rieseln, das ihm den Rücken hinablief.

Es war wirklich Zeit zu gehen, sich eine Ausrede einfallen zu lassen und schleunigst zu verschwinden.

Er räusperte sich. »Und ... was hast du noch dort oben gefunden?«

»Nicht viel«, sagte sie über die Schulter. »Eine Menge Obstkerne, hauptsächlich von Birnen. Der Mondgöttin wurden Wildbirnen zum Opfer gebracht, wegen der weißen Birnenblüte. Solche Opfer konnten sich die Bauern dieser Gegend leisten. Ach, und Körperteile.«

»Körperteile?«

»Keine richtigen. Aus Ton.«

»Antonia hat ein Ohr und ein Stück von einem Fuß gefunden«, sagte Modge. »Wenn man in der Römerzeit einen schlimmen Fuß hatte, warf man einen aus Ton in den Brunnen, und die Göttin heilte dann den richtigen Fuß.«

»Verstehe«, sagte Patrick.

Sie schwiegen.

»Und wo wollte Myles hin?« fragte Antonia, die noch am Trog stand.

Patricks Kopf ruckte hoch.

»Du sagtest, du hättest ihn wegfahren sehen. Wo ist er hin?«

»Nach Paris.«

Sie drehte sich um. »Nach Paris also.«

»Er ... äh ... will dort jemanden wegen irgendeiner Sache treffen.«

Sie nahm es mit Fassung und setzte sich wieder an ihren Platz. »Du mußt es nicht für mich kaschieren«, sagte sie.

Er wurde rot.

»Ich weiß Bescheid über...« – sie warf einen Seitenblick auf Modge – »über die Substanzen.«

»Welche Substanzen?« fragte Modge.

»Champagner«, sagte Patrick.

Modge schaute ihn ungläubig an.

»Das ist doch der Grund, oder?« fragte Antonia. »Er will damit aufhören und denkt, eine letzte Ladung erleichtert ihm den Ausstieg.«

Er seufzte. Dann sagte er leise: »Bleibst du deshalb bei ihm? Damit er es schafft?«

Sie hob den Kopf und blickte ihn an. »Ich weiß nicht.« Mit leiser Stimme fügte sie hinzu: »Manchmal frage ich mich, warum er bei *mir* bleibt. Ich meine, wir haben kaum Gemeinsamkeiten. Und ich hab' kein Talent, mich gehen zu lassen, da hat er recht.« Sie nahm eine neue Scherbe und bestrich sie mit Klebstoff. Diesmal war ihr Mund zusammengepreßt, als müßte sie sich mit Gewalt beherrschen.

Dieser Hund, dachte er. Mein Gott, was findet sie nur an ihm? Wenn Myles dagewesen wäre, hätte er ihn beim Kragen gepackt und zu Brei geschlagen.

»Ich hab' sie auch probiert ... die Substanzen«, sagte sie und setzte die Scherbe ein. »Ein bißchen von jeder Sorte. Damit ich ihm sagen konnte, daß sie nichts wert sind. Damit ich ihm helfen konnte, aufzuhören.« Sie dachte kurz nach. »Ich glaube, das war ein bißchen naiv.«

»Das war nicht naiv«, sagte Patrick scharf. »Das war blöd. Richtig blöd.«

Modge ließ den Unterkiefer sinken.

Antonia wurde rot. »Nein, das war es nicht. Ich bin nicht süchtig geworden. Keine Gefahr. Mir wurde schlecht von dem Zeug.«

Er spürte die Wut in sich hochsteigen. »Du hättest es gar nicht probieren dürfen! Weder für Myles noch für sonst wen!«

»Patrick, hör auf«, sagte Modge erschrocken.

»Warum denn nicht?« fragte Antonia zurück. »Bin ich nicht ›cool‹ genug dafür? Ich wette, Nerissa nimmt das Zeug ständig, und ihr sagst du nicht, daß sie ›richtig blöd‹ ist.«

Er schwieg.

»Weißt du«, sagte sie leise, »manchmal hasse ich die Rolle, die ich spielen muß. Das brave Mädchen. Die Langweilige, die allen zeigt, wie es richtig ist.«

Es war nicht schwer zu verstehen, was sie meinte. Im Lauf der Jahre hatte sie sich verschanzt, sie war eine vorbildliche Archäologin geworden, viel zu tief in ihre Arbeit vergraben, um noch Freude am Leben zu haben. Vielleicht hatte sie gehofft, mit Hilfe von Myles aus der Isolierung herauszukommen, aber durch ihn war es nur schlimmer geworden. Vielleicht hatte Myles ihr demonstriert, wie sehr sie sich von ihm unterschied, der für den Augenblick lebte und nach Paris fuhr, wenn ihm so war. Und seine Freundin mit einer anderen betrog.

Er staunte nur, daß sie so offen zu ihm war und ihre Unsicherheiten offenbarte wie ein Kind.

Jetzt aufzustehen und zu gehen war nicht mehr möglich. Nicht, solange sie in dieser gedrückten Stimmung war, die er selbst mit herbeigeführt hatte.

Alfonse, der Kater, kam zur Tür herein. »Modge«, sagte Patrick, »Alfonse sieht irgendwie hungrig aus. Wie wär's, wenn du ihn in die Küche bringst und ihm ein kleines Frühstück machst?«

Modge schnaubte verächtlich, um anzudeuten, daß sie sich nichts vormachen ließ, aber sie nahm den Kater auf den Arm und schlurfte davon. Als sie gegangen war, senkte sich die Stille herab wie eine Schicht aus Staub. Antonia starrte auf ihre Scherben und sah aus, als würde sie jeden Moment zu weinen anfangen.

Er rückte seinen Hocker näher heran. »Du bist nicht langweilig«, sagte er leise. »Und du sollst dir keine Vorwürfe machen, wenn andere Leute sich wie Idioten benehmen.«

Sie erwiderte nichts.

»Und noch etwas«, sagte er. »Nerissa kannst du vergessen.«

»Waas?«

»Vergiß sie einfach. Sie ist die Langweilige. Du nicht.«

Bevor ihr eine Antwort einfiel, war er schon aufgestanden und begann die signierten Scherben in die Sortierkästen zu räumen.

Wenn ich Nerissa wäre, dachte sie, während sie seinen Rücken betrachtete, würde ich ihn fragen, was er gerade denkt. Es ist ganz einfach. Dann würde ich ihn bitten, zu bleiben. Patrick, würde ich sagen, ich will nicht, daß du gehst. Ich will, daß du mit mir redest. Über dich. Ich will alles wissen.

Also, warum fragst du nicht? Weil du feige bist, deshalb. Und wegen Myles. Sie arbeitete weiter. Aber zu ihrer Überraschung ging er nicht, als er alles weggeräumt hatte, sondern kam mit neuen Scherben zurück und setzte sich ihr gegenüber, mit einem aufsässigen Blick im Gesicht.

Fünf Minuten lang arbeiteten sie in beklommenem Schweigen. Dann atmete sie tief durch und fragte ihn, warum er sich zum Studium in Oxford beworben hatte.

Er blickte überrascht auf.

»Du mußt es nicht sagen, wenn du nicht willst«, ergänzte sie hastig und fühlte sich rot werden. »Ich war nur neugierig. Also dachte ich, ich frage einfach.«

Da hatte er den Salat. Was war nun so kompliziert daran? Er überlegte kurz. »Ich habe abends auf einem Reiterhof gearbeitet und kam mit einem Gast ins Gespräch. Er war Vertreter für Klimaanlagen. Seine Frau war Lehrerin. Sie erzählte mir von einem Stipendium, und ich sagte, warum nicht? Man kann es ja versuchen. Ein Stipendium für Oxford. Ich dachte, sie meinte Oxford in Connecticut.« Er klang verlegen, als wäre er nicht gewöhnt, über sich zu sprechen. »Es war schon seltsam, weil ich überhaupt nicht auf die Idee gekommen war, aufs College zu gehen, geschweige denn nach England. Aber sie ließ nicht locker, bis ich mir sagte, also los, versuch ich es einfach.«

Sie nickte langsam und riskierte den nächsten Satz. »Ich wette, dein Vater war stolz auf dich.«

Er starrte auf die Scherben in seiner Hand. »Er hat es nicht erfahren. Er war schon tot, als ich die Zulassung bekam.«

»Tut mir leid, das hab' ich nicht gewußt.«

»Schon gut. Er wußte, daß ich mich beworben hatte, und ich schätze, darauf war er stolz.« Sein Blick schweifte ab. »Ja, ich glaube wirklich. Er hat mir sogar ein Geschenk gemacht. Mir! Wir haben uns nie etwas geschenkt. Ein paar Tage, nachdem ich es ihm erzählt hatte, kam er mit einem Paar Fußballschuhe von der Arbeit nach Hause. Die besten, die es gibt, sagte er.« Patrick schüttelte den Kopf. »Der Arme. Er hat es wirklich geglaubt. Er dachte, sie wären der Gipfel von cool.«

»Und? Waren sie das nicht?«

»Nicht annähernd. Ich konnte sie nicht mal zum Training anziehen, weil dann alle über ihn gelacht hätten.« Er blickte sie an. »Verstehst du? Über ihn. Was mich betraf, war es mir egal. Sie hätten sich über ihn lustig gemacht. Ihre Väter waren meistens Ärzte und Ingenieure. Das lag an der Schule. Ich war auch dort Stipendiat.« Er stockte. »Sie wußten, daß er Trinker war und am Fließband arbeitete. Billigturnschuhe für Leute, die sich Nike nicht leisten konnten. Das fanden sie komisch. Ich wollte ihnen nicht noch mehr Anlaß zum Lachen geben.«

»Und was passierte dann?«

»Nichts weiter. Als er mal in die Stadt kam, sah er mich auf dem Fußballfeld mit den alten Schuhen und war gekränkt. Gesagt hat er nichts, aber ich weiß es.« Er zuckte die Schultern. »Das war's.«

Sie legte die Scherbe hin, die sie mit Klebstoff bestrichen hatte. »Aber ... hast du's ihm erklärt?«

»Was sollte ich ihm erklären? Daß er wertlosen Kram produzierte?«

»Nein, daß du ihn schützen wolltest.«

»Das hab' ich ihm nicht gesagt.« Er überlegte. »Dafür war es dann zu spät.«

»Wie meinst du das?«

»Ein paar Tage später bekam er beim Schlangestehen in der

Kantine einen Herzinfarkt. Aus und vorbei.« Er zwang sich ein Lächeln ab. »Die Moral der Geschichte: Versöhnung soll man nicht aufschieben.«

»Es war nicht deine Schuld«, sagte sie.

»Das haben die Ärzte auch gemeint.«

»Ich bin sicher, sie hatten recht.«

»Klar.«

Sie sah ihm bei der Arbeit zu. Er legte vorsichtig eine Scherbe ab, nahm sich die nächste vor und begann die Nummer mit dem Pinsel aufzutragen. Seine Hände waren braungebrannt und von der Buddelei zerkratzt. Den Pinsel hielt er ein wenig ungelenk, so wie es Linkshänder beim Schreiben oder Malen öfter tun.

Als er sich ein wenig drehte, fiel die Sonne auf die dicke Vene, die sich an seinem Arm hochschlängelte. Das ist sein Leben, dachte sie, das Blut, das unter seiner Haut pulsiert. Die Ader sah so verletzlich aus. Am liebsten hätte sie die Hand daraufgelegt, um sie zu schützen und die glatte, elastische Haut zu spüren.

Sie blickte zu ihm auf und stellte mit Schrecken fest, daß er sie ansah. Seine Augen waren leuchtendblau.

»Antonia«, rief Modge und kam zur Tür herein. Beide zuckten zusammen. »Wann gehen wir zur Quelle?«

Antonia drehte sich um und musterte die Achtjährige mit leerem Blick.

Patrick stand auf. »Ich gehe jetzt besser.«

Sie blickte ihn an. »Ja«, sagte sie schließlich.

Aber er blieb, wo er war, und blickte sie betreten an. »Hör mal«, sagte er. »Kannst du dort oben Hilfe gebrauchen?«

Ihr Mund klappte auf und wieder zu.

»O bitte!« rief Modge. »Er kann uns wirklich helfen. Wir müssen noch das ganze Stück an der hinteren Wand schaffen.«

Antonia biß sich auf die Lippe. Das ist keine gute Idee, dachte sie. Dann nickte sie. Hilfe konnte sie immer gebrauchen. »Allerdings ... ich werde wohl besser hierbleiben«, wandte sie ein wenig zu spät ein. »Mein Vater ... und überhaupt.«

»Ja. Wird wohl besser sein.«

»Ich kann dich aber mit dem Jeep hochfahren.«

»Darf ich auch mitkommen?« fragte Modge.

»Klar«, sagte Patrick, ohne sie anzusehen.

»Cool«, rief sie.

Antonia wischte sich die Hände ab und blickte um sich, als hätte sie den Schuppen noch nie gesehen. »Du brauchst ein paar Fundprotokolle«, sagte sie wie benommen.

»Stimmt.« Patrick nahm sich einen Stapel, ein Sieb und eine Wasserkanne und ging zum Jeep hinaus.

Acht Stunden später. Antonia reckte sich auf ihrem Hocker und sagte sich zum hundertsten Mal, daß sie nicht zur Quelle hinaufgehen würde, um zu sehen, wie Patrick vorankam.

Den ganzen Tag hatte sie im Schuppen gesessen und verbissen an der Tonlampe gearbeitet. An der war nun nichts mehr zu machen, und sie hatte die Fummelei gründlich satt. Sie suchte ihre Espadrilles unter dem Tisch und ging hinaus an die frische Luft.

Der Mühlenhof lag verlassen da. Simon und Nerissa waren vor einer Stunde mit dem Jeep nach Mazerans gefahren, um sich das Städtchen anzusehen und irgendwo in Ruhe zu essen. An den Geräuschen, die aus der Küche kamen, erkannte sie, daß ihr Vater schon dabei war, sich einen Drink zu mixen. Ihn wollte sie jetzt nicht sehen. Er würde sich nach Myles erkundigen, und sie hatte keine Lust, ihm etwas vorzuschwindeln.

Von Patrick keine Spur. Entweder war er noch an der Quelle, oder er hatte schon Schluß gemacht, sich in der Villa geduscht und freute sich nun auf einen geruhsamen Feierabend.

Sie schlenderte zum Fluß hinab. Alfonse lag faul auf einem Stein und schaute den Schwalben nach. Als sie näherkam, hob er den Kopf um einen Zentimeter und zuckte mit dem Schwanz wie ein Miniaturlöwe. Sie setzte sich auf einen Felsen und warf Steinchen in die Strömung.

Er hat einfach Mitleid mit mir, sagte sie sich. Deshalb hat er mir gesagt, daß er nichts mit Nerissa hat. Deshalb ist er oben an der Quelle. Nur aus Mitleid.

Sie umfaßte ihre Knie und schloß die Augen. Konnte sie nicht ein bißchen wie Nerissa sein? Nerissa war nicht langweilig. Das hatte er nur gesagt, um sie zu trösten. Nerissa war schön, aufregend, sexy. Nerissa hätte ihm tief in die Augen geschaut, und dann wäre es zur Sache gegangen.

Aber zwischen Myles und Nerissa ist nichts, beruhigte sie sich. Myles ist in Paris, warum auch immer. Myles braucht mich.

O Gott, was für ein Durcheinander.

Sie hörte Schritte im Uferkies und drehte sich um. Modge wand sich zwischen den Steinen durch und kam auf sie zu. Ihre Fingernägel waren schwarz, auf ihrer Nase prangte ein Schmutzfleck. Antonia seufzte. Sie hatte jetzt keine Lust auf Modge. Sie hatte auf niemanden Lust.

Modge setzte sich neben sie und kitzelte Alfonses Pfoten mit einem Grashalm. Nach einer Weile sagte sie: »Ich habe Hunger. Darf ich gucken, was du im Kühlschrank hast?«

»Darfst du.«

Aber Modge machte keine Anstalten zu gehen. Offenbar wollte sie, daß Antonia mitkam.

Antonia rührte sich nicht vom Fleck, und Modge sah ein, daß es zwecklos war. Sie stand auf und klopfte sich den Staub von den Shorts. »Patrick sagt, du sollst so bald wie möglich zur Quelle kommen.«

Antonia starrte sie an. »Was? Heißt das, er ist noch oben?«

Modge nickte.

»Aber … ist er nicht mit dir zurückgekommen? Er kann dich doch nicht allein zurücklaufen lassen.«

Modge schüttelte den Kopf. »Ein Stück ist er mit mir gegangen, dann traf er Monsieur Panabière mit seinem komischen Traktor, und der hat mich mitgenommen. Patrick ist an die Quelle zurückgegangen. Monsieur Panabière ist in der Küche und trinkt ein Glas mit Dr. Hunt.«

»Weißt du, was Patrick von mir will?«

Modge zog übertrieben die Schultern hoch. »Er hat nur gesagt, du sollst so bald wie möglich kommen. Warum, weiß ich nicht.«

Antonia überlegte. Er mußte einen verdammt guten Grund haben, ihr abends um sechs diese Bergtour zuzumuten. Aber welchen? Vielleicht wollte er sie nur sehen? Ihr Herz begann zu pochen. Wenn es so war, warum kam er nicht einfach zur Mühle herunter?

Vierzig Minuten später erreichte sie die Quelle. Er war nicht zu sehen. Sie stieg in die Höhle und fand ihn an der Hinterwand des Hauptraums. Er kratzte mit dem Spatel an einer Stelle in der hinteren Ecke, und es sah aus, als wäre er schon seit Stunden damit beschäftigt. Sein schweißbedeckter Rücken glänzte im blauen Licht der Gaslampe, das Haar klebte ihm an der Stirn.

Er blickte nicht auf, als sie näherkam. »Ich glaube, wir sind auf etwas gestoßen«, sagte er.

10

Hinterher kam es Patrick seltsam vor, daß ihm die Entdeckung, die sein ganzes Leben verändern sollte, wie durch Zufall unterlaufen war.

Als er mit dem Spatel auf Widerstand stieß, störte ihn das kaum aus seinen Gedanken auf. Er hatte sich etwa zwanzig Zentimeter in den Höhlenboden vorgearbeitet und fragte sich gerade, was Myles wohl in Paris trieb. Ein Stein, dachte er abwesend. Die Höhle war voll von Gletscherschutt. Oder vielleicht ein steinzeitliches Werkzeug? Antonia hatte schon ein paar ausgegraben, und in seinem Reiseführer war zu lesen, daß die Höhlendecke einmal bemalt gewesen war – bis im 18. Jahrhundert ein Pfarrer an der Darstellung kopulierender Pferde Anstoß genommen hatte und die Stelle übermalen ließ, bis nichts mehr zu sehen war.

Egal, dachte Patrick und pfiff durch die Zähne. Endlich mal was anderes als immer nur Lehmbrocken. Dann merkte er, daß der schwere rote Lehm durch eine Schicht senffarbenen Sands abgelöst wurde, der leicht war und unter den Fingern zerbröckelte wie Zucker.

Seltsam, dachte er, und zog die Lampe näher. Irgendein isoliertes Gletschersediment? Nein, dafür war es *zu* isoliert, nur etwa so groß wie ein Bierkasten.

Konnte der Sand von Menschenhand hierhergebracht worden sein? Bei diesem Gedanken hörte er auf zu pfeifen, und das Adrenalin schoß ihm ins Blut. Er holte den Pinsel heraus und legte eine glatte Oberfläche frei. Ein rostfarbener Stein kam unter dem gelben Sand zum Vorschein. Sein Herz begann heftig zu klopfen.

Sein Drang, mit den Händen nachzugraben und das Ding zu

heben, war fast unbezwingbar, aber er wußte, daß er großen Ärger bekommen würde. Die genaue Lagebeschreibung des Dings, was immer es war, und die Lage der umgebenden Fundstücke, wie klein sie auch sein mochten, konnte entscheidend für die Interpretation sein. Wenn er jetzt pfuschte, konnte alles für immer verloren sein. Antonia würde ihm nie verzeihen.

Es kostete ihn physische Anstrengung, sich zu beherrschen, Schritt für Schritt vorzugehen, zwischendurch alles im Fundprotokoll festzuhalten. Er kam quälend langsam voran. Der Pinsel rutschte ihm ständig aus den Fingern, ringsum lagen die Protokolle verstreut.

Er schaute auf die Uhr. Fünf Uhr durch. Zum Glück war Modge hinausgegangen, um sich auszuruhen, und hatte keine Ahnung von dem Fund. Irgendein Instinkt hielt ihn davon ab, sie zu rufen. Was immer es war, Antonia sollte das Ding zuerst sehen. Aber er brauchte Modge, damit sie die Nachricht überbrachte.

Eine halbe Stunde später hatte er Modge bei Monsieur Panabière abgeliefert und ihr aufgetragen, Antonia zur Quelle hinaufzuschicken. Dann war er zurück an die Arbeit gegangen.

Allmählich kam eine runde Form zum Vorschein, ein Gefäß wie ein großes Whiskyglas, das aus einem harten, glatten Halbedelstein bestand, vielleicht Achat, Kalzedon oder Karneol. Und wie er anfangs vermutet hatte, war es von Menschenhand vergraben: Es lag in einem Bett aus Sand, genau in ost-westlicher Richtung, und war mit dem gleichen Sand bedeckt worden.

Es dauerte eine weitere Ewigkeit, bis er das Gefäß so weit freigelegt hatte, daß seine Form erkennbar war. Es war ein Kelch, der auf der Seite lag. Die graziöse Rundung in einem kurzen Stiel mit einem kleinen Fuß wurde ergänzt durch zwei elegant geschwungene Henkel.

Er wagte kaum zu atmen. Das war das schönste Fundstück, das er je gesehen hatte. Mit zitternden Fingern hielt er den Pinsel und wischte an einer Sandkruste, die sich auf der Oberfläche festgesetzt hatte. Endlich war der Sand entfernt. Er hielt den Atem an.

Er erblickte das zarte Relief eines Jünglings, der in majestätischer Haltung schritt. Seine Lippen zeigten ein feierliches Lächeln, und er hob die rechte Handfläche zu einem uralten Zeichen der

Freundschaft. Er sah aus, als würde er jemanden begrüßen, der auf der anderen Seite des Kelchs verewigt war, auf der Seite, die noch im Sand vergraben war.

Patrick starrte auf das stolze Jünglingsgesicht, das vielleicht zweitausend Jahre unberührt in der Erde gelegen hatte. Ein Schweißtropfen fiel auf die Schulterpartie des Jünglings und lief zu der Stelle hinab, wo die *toga virilis* seinen Bizeps freigab. Der Tropfen glitzerte wie frisches Blut.

Patrick richtete sich auf, und erst jetzt spürte er den Schmerz in den Schultern. Er hatte stundenlang in gebückter Haltung gearbeitet. Draußen war der Himmel zu einem durchsichtigen Malvenrosa verblaßt. Die Zikaden hatten schon ihr Abendkonzert begonnen, das schwermütiger und musikalischer klang als der mittägliche Gesang. Und im dunklen Felsspalt hinter ihm murmelte die Quelle – ein beständiges, geheimnisvolles Raunen, das man beinahe zu verstehen meinte.

Irgendwo über der Felsspalte regte sich etwas Schwarzes. Patrick erschrak. Eine Fledermaus, sagte er sich, nur eine Fledermaus. Kein Heimkehrer aus der Welt der Toten.

Er schüttelte sich, um den Schmerz in den Schultern loszuwerden. Reiß dich zusammen, Patrick, sagte er sich. Hier gibt es nur Fledermäuse und sonst nichts. Er machte sich wieder an die Arbeit.

Eine halbe Stunde später, als er den Kelch schon fast unterhöhlt hatte, kam Antonia. Er legte den Pinsel weg und wischte sich die Stirn mit dem Handrücken ab.

Als sie den Kelch erblickte, öffnete sie den Mund, aber es folgten keine Worte. Stumm sank sie in die Knie. Sie streckte die Hand aus und zog sie wieder zurück. Im bläulichen Licht der Lampe fehlte ihrem Gesicht alle Farbe, ihre Lippen sahen aus wie in Marmor gehauen. Der Anblick erinnerte ihn an die Göttin auf der Tonlampe. Er mußte den Blick abwenden.

Er stand auf und ging mit eingezogenem Kopf an die Quelle, die Höhlendecke dort war niedrig und voller Stalaktiten. Er bespritzte sich mit dem Wasser, das eiskalt war und ein wenig metallisch schmeckte. Eine Heilquelle, dachte er.

Antonia starrte reglos auf den Fund. Neben ihr kam er sich

plump und fehl am Platz vor. Wie ein Eindringling. Dieser Ort war für Göttinnen und Hohepriesterinnen bestimmt, nicht für Männer.

»Ich glaube, es ist eine Art Kelch«, sagte er leise, um die Stille nicht zu stören.

»Es ist ein *kántharos*«, erwiderte sie, ohne den Blick von dem Gefäß abzuwenden. Auch sie flüsterte wie aus Ehrfurcht vor dem Fund. »Ein griechischer Weinkelch. Die Römer haben den Stil am Ende der Republik kopiert.« Sie holte tief Atem. »Das lateinische Wort ist *cantharus*. Aber ich ziehe das griechische vor.«

»Sollen wir ihn ausgraben oder warten, bis es hell ist?«

»Wir machen es jetzt.« Sie blickte zu ihm auf und lächelte verhalten. »Ich arbeite die ganze Nacht, wenn ich so etwas aus der Erde holen kann.«

Das war anzunehmen. Manchmal konnte sie einfach nicht aufhören. Auch das gefiel ihm an ihr. Er fragte, ob sie den Rest übernehmen wollte, aber sie schüttelte den Kopf.

»Das machst du. Ich führe Protokoll.«

»Bist du sicher? Es ist deine Grabung.«

»Absolut. Ich wage noch nicht, den Kelch anzufassen.«

Am Ende dauerte es nicht die ganze Nacht, sondern weniger als drei Stunden. Allmählich unterhöhlte Patrick den Kelch, bis er aus dem Sandbett gehoben werden konnte. Er warf einen Blick über die Schulter. »Gibt es eine bestimmte Methode, den Fund zu heben?«

»Nein, nur vorsichtig anheben. Und nicht den Sand herausfallen lassen. Es könnten noch mehr Funde darinstecken. Ich schaue mir den Inhalt unten in der Mühle an.«

Er zögerte immer noch. »Bist du sicher? Wenn ich es falsch mache, kann er zerbrechen.«

»Ich glaube nicht. Er ist wahrscheinlich aus Sardonyx. Hart wie Stahl.«

»Sardonyx?«

Sie nickte. »Die Römer haben den Stein für Siegelringe verwendet. Ein Kelch aus diesem Material ist äußerst selten. Ich hab' erst einen gesehen. In Paris, im Museum.« Sie beugte sich hinab. »Ja. Das ist Sardonyx, ich bin mir sicher.«

Auf ihrem Gesicht zeigte sich ein seltsamer Ausdruck, als wäre ihr eine Idee gekommen. Er blickte sie fragend an, aber sie schüttelte nur den Kopf. Offensichtlich war sie noch nicht soweit.

Der *kántharos* löste sich mit einer Leichtigkeit aus dem Sand, die ihn erschreckte. Er war unbeschädigt und in jeder Hinsicht makellos. Patrick hielt ihn mit beiden Händen und setzte ihn auf der Kiste mit dem Magnetometer ab. Antonia holte die Lampe näher und hängte sie an einen Haken an der Höhlendecke.

Die Unterseite des Kelchs war noch mit Sand verkrustet. Vorsichtig entfernte Patrick ihn mit dem Pinsel. Antonia hockte neben ihm und stützte die Hände auf die Knie. Er spürte ihre Körperwärme dicht neben sich und sog den schwachen Minzegeruch ihres Haars ein.

Allmählich zeigten sich die Umrisse eines Pferdes. Ein muskulöser Hals, stramm gerundete Hinterbacken, feingliedrige Füße. Der Hengst trabte ausgelassen über ein Feld aus wogenden Akanthen, mit erhobenem Kopf und aufgestellten Ohren, als würde er freudig auf den Jüngling zueilen.

Dann sah Patrick die halb entfalteten Schwingen auf dem Pferderücken. »Antonia, sieh mal! Pegasus!«

Sie zog scharf die Luft ein, und plötzlich fröstelte ihn. Er spürte eine atemlose Spannung, eine Atmosphäre der Erwartung und Ehrfurcht, als wäre eine unsichtbare Kraft aus jahrtausendelangem Schlaf erwacht.

»Hieß die Höhle nicht Roßquelle?« fragte er.

An ihrer Miene erkannte er, daß sie dasselbe dachte. »Pferde waren der Mondgöttin heilig, wegen der halbmondförmigen Hufe. Und Pegasus wurde auch von den neun Musen verehrt. In Griechenland schlug er ihnen eine Quelle, indem er mit dem Huf gegen einen Felsen trat.« Aufgeregt schob sie sich eine Strähne hinters Ohr. »Der Felsen über uns heißt Roc du Sabot. Das bedeutet ›Hufeisenfelsen‹.«

Patrick schluckte. »Dann ist die Legende von St. Pastou nur eine spätere Zugabe?«

Sie nickte. »Die Christen wollten einen antiken Mythos mit einem Märchen abtöten.«

Er zeigte auf die Quelle im Hintergrund der Höhle. »Wie soll denn Pegasus mit seinem Huf bis dorthin gekommen sein?« fragte er, um seine Beklommenheit zu zerstreuen.

Sie hob die Schultern. »Vielleicht, weil er zaubern konnte.«

Das hätte sie nicht zu sagen brauchen. In dieser alten Höhle waren solche Dinge eben möglich. Er hörte fast das Flügelrauschen, das Schnauben des Mondpferds, er sah die Funken stieben, als es mit dem Huf gegen den Felsen schlug.

Vielleicht spürte Antonia seine seltsame Stimmung, denn unvermittelt sprach sie wieder mit ihrer normalen Archäologenstimme. »Laß uns sehen, was auf der Unterseite steht.«

Er räusperte sich. »Gute Idee.«

»Ich hebe den Kelch hoch, und du schaust nach.«

»Soll ich ihn nicht lieber hochheben?«

»Nein, schau du nach. Ich bin zu enttäuscht, wenn ich nichts finde«, sagte sie.

Wieder musterte er sie. Ihr Gesicht gab nichts preis. Er stellte die Lampe auf den Höhlenboden, legte sich hin und wischte den Sand von der Unterseite des Kelchs.

Seine Hand erstarrte. Dort standen drei Wörter, eingraviert mit gebieterischen römischen Majuskeln. »Woher wußtest du?« fragte er heiser.

»Es war nur eine Vermutung, mehr nicht. Was steht dort?«

Langsam und stockend las er das ungewohnte Latein. »*Gai sum peculiaris.*«

Sie blieb stumm und starrte ihn an.

Vielleicht hatte sie nicht verstanden. Er buchstabierte ihr die Wörter vor.

Zitternd stellte sie den Kelch auf die Kiste zurück. Dann sank sie in die Knie, ihr Blick war in weite Ferne gerichtet. »O Gott, es stimmt. Ja, es stimmt.«

»Was bedeuten die Wörter?«

»Was sie bedeuten?« Jetzt blickte sie ihn an, in ihren Augen glitzerten Tränen. »Sie bedeuten ›Ich gehöre Gajus‹. «

Ihm lief es kalt über den Rücken. »*Göttin*«, begann er mit leiser Stimme zu rezitieren, »*ich stehe vor deinem Heiligtum und biete den süßen kalenischen Wein zum Opfer dir. Aus dem blutroten Sardonyx fließt der blutrote Wein: eine angemessene Gabe, wie mich dünkt. Und um meinen Becher trabt dein Lieblingsroß, das geflügelte.«*

Patricks Blick wechselte zwischen Antonia und dem Kelch.

Ich gehöre Gajus.

Gajus Cassius Vitalis.

»Mein Gott«, sagte er. »Es ist sein Kelch.«

Antonia stand im Höhleneingang und sah den Mond über der Schlucht aufgehen. Er hatte seine eigene Farbe: weder silbern noch golden, sondern mondfarben.

Seltsam, daß sie der plötzliche Anblick des Mondes noch immer erschreckte. Sie rechnete nicht mit seinem Auftauchen, und auf einmal war er einfach da.

Hinter ihr lief Patrick durch die Höhle, er suchte Verpackungsmaterial für den Fund, damit sie ihn sicher zur Mühle bringen konnten. Die Diskussion, ob sie ihn dort lassen oder mitnehmen sollten, hatte nur zwei Minuten gedauert. Klar, in der Dunkelheit konnte man leicht stolpern und fallen, dann war es um den Kelch geschehen. Aber weder er noch Antonia ertrugen den Gedanken, ihn unbeaufsichtigt in der Höhle stehen zu lassen, und sei es nur für die paar Stunden bis zum Morgen.

Ich kann es nicht glauben, sagte sie sich schon zum hundertsten Mal. Sie hatte einen Kloß im Hals.

Patrick hatte den *kántharos* in eine Plastiktüte gewickelt, damit der Inhalt nicht verlorenging, mit der Polsterung des Magnetometers umhüllt, und jetzt stopfte er die sperrige Rolle in seinen Rucksack. Er war in seine Arbeit vertieft, ohne zu merken, daß sie ihm zuschaute. Sein Gesicht im Schein der Gaslampe war ernst und nachdenklich. Ein Gesicht voller Jugend und Selbstgewißheit – wie der Jüngling auf dem Kelch.

Am Anfang, als der Pegasus zum Vorschein kam, war er nicht so selbstbewußt gewesen, sondern geradezu verstört. Das gefiel ihr so an ihm. Er versuchte, seine Gefühle zu verbergen, aber das gelang ihm nicht, weil sie dasselbe fühlte. Etwas Befreites, Losgelassenes, das durch die Höhle wehte.

Sie wollte ihm sagen, wie froh sie war, daß ausgerechnet er den

Kelch gefunden hatte. Cassius hätte sich auch darüber gefreut, dachte sie.

Sie wandte sich wieder dem Mond zu, der Himmel war tief dunkelblau, von glitzernden Sternen übersät, und die Felsgipfel glänzten wie Stahl. Ein heißer Wind, durchsetzt von Thymianduft, blies aus der Schlucht herauf.

Patrick kam heraus ins Freie. Er ließ den Rucksack und die Lampe neben der Eiche liegen und stellte sich neben Antonia. »Ich bin froh, daß es vorbei ist«, sagte er. »Es klingt vielleicht blöd, aber mir war da drinnen nicht ganz geheuer. Ich glaube, sie hat was gegen Männer.«

»Wer?«

Er wies mit dem Kopf auf den Mond. »Die Mondgöttin, Kybele. Artemis. Egal, wie sie heißt.«

Sie lächelte. »Oh, ich weiß nicht. Sie ist die Göttin der kleinen Kinder, also auch der kleinen Jungen. Und des Kindbetts, glaube ich.«

»Ja, auch der Keuschheit und des plötzlichen Todes. Und hat sie nicht die Angewohnheit, ihre Bewunderer mit Pfeilen zu spicken?«

Sie wußte, worauf er abzielte. Er wollte sie zum Reden bringen, wollte sie aus der Reserve locken.

»Alles in Ordnung?« fragte er.

»Ja, gleich. Es war ein bißchen viel für mich. Ich hab' mir das immer gewünscht. Seit ich so alt war wie Modge.«

»Ich weiß.«

Sie wischte sich über die Augen. »Tut mir leid. Gleich bin ich soweit.«

»Schon gut. Laß dir Zeit.«

Nach einer Weile fragte er sie: »Was ist das für ein Stern dort drüben? Der helle, der so tief steht?«

Sie schniefte. »Hm. Die Venus, glaube ich. Ein Planet, um korrekt zu sein. Tut mir leid, das weißt du bestimmt selbst.«

Er scharrte im Staub. »Du meinst, weil ich vom Land komme?« Er lächelte. »Dort habe ich nicht viel gelernt.«

»Komischerweise hat es mir meine Mutter beigebracht.«

»Wieso komischerweise?«

»Weil man nicht vermuten würde, daß es zu ihr paßt.«

»Was paßt denn zu ihr?«

»Oh. Tee bei Fortnum's. Maniküre bei Harvey Nicks.« Für einen Moment bereute sie, was sie gesagt hatte, dann merkte sie, daß es egal war. Sie hatte keine Angst mehr, daß er sie für eingebildet, snobistisch, besserwisserisch hielt. Und es war erstaunlich, wie gut es sich mit ihm im Dunklen reden ließ.

Plötzlich hatte sie eine Idee. »Schau mal, dort«, sagte sie, berührte seinen Arm und blickte nach Südosten. Das dunkle Massiv des Roc du Sabot türmte sich über ihnen. »Siehst du den hellen Stern, direkt über den Bäumen?«

»Nein ... doch, jetzt hab' ich ihn.«

»Das ist die Wega. Und nun mußt du nach links sehen, eine Handbreit, bei ausgestrecktem Arm. Direkt über dem Felsen, rechts neben dem einzelnen Baum. Siehst du das Viereck aus vier Sternen? Der oben rechts ist ziemlich hell, aber die anderen sind sehr blaß, du mußt genau hinschauen.«

Nach einer Weile sagte er: »Jetzt hab' ich's.«

»Das ist das Sternbild des Pegasus. Das Viereck ist der Körper, aber er hat auch Beine und einen Kopf, glaube ich. Die anderen Sterne kann man mit bloßem Auge nicht sehen.«

»Was ist mit den Flügeln?«

Sie zog die Stirn kraus. »Ich fürchte, er hat keine.«

»Dann müssen wir sie uns dazudenken. Wie soll er sonst dort hinaufgekommen sein?«

»Da hast du recht.« Sie lachte. »Mir fällt gerade ein, daß jetzt die günstigste Jahreszeit ist. In ein paar Wochen verschwindet er hinter dem Horizont.«

Er stand stumm neben ihr.

»Ist das nicht wunderbar«, flüsterte sie, »daß du den Kelch genau um diese Jahreszeit gefunden hast, wo ...?«

Er küßte sie.

Er nahm sie bei den Schultern und gab ihr einen betörenden Kuß. Sein Mund war warm und kräftig und unglaublich zärtlich, er schmeckte nach Quellwasser und salzigem Schweiß. Sie öffnete die Augen und sah sein ernstes Gesicht, seine zusammengezogenen Brauen.

Als das erste Staunen vorbei war, schlang sie die Arme um seinen Hals und küßte ihn zurück.

Sie lösten sich voneinander, und ihre Blicke begegneten sich. *Willst du das? Möchtest du mich?*

Mit dem Finger folgte sie seiner Brauenwölbung. Dann streckte sie sich und küßte ihn auf den Mund. *Ja, ich will dich.*

Es war so leicht und so selbstverständlich, ihn zurückzuküssen. Sie spürte keine Hemmung, keine Angst, das Falsche zu tun. Dieser Kuß konnte nicht falsch sein. Denn sie küßte Patrick.

Er schob sie gegen die Felswand, und sie zuckte zusammen, weil sie sich an einem Vorsprung stieß. Er drehte sie um, so daß er mit dem Rücken zum Felsen stand, und drückte den Mund auf die wunde Stelle an ihrer Schulter.

Im selben Moment fuhren sie auseinander.

Er schloß die Augen und schüttelte langsam den Kopf. Sie drückte die Stirn gegen seine Brust. Ihr Herz schlug wie rasend. »Es ist wegen Myles, stimmt's?« sagte sie leise.

Er holte tief Luft. »Ja ... So verrückt es klingt, aber wir müssen es ihm erst sagen.«

»Ich weiß.«

»Er ist mein bester Freund. Ich wohne in seinem Haus, ich kann das nicht hinter seinem Rücken machen. O Gott, wenn ich's nur könnte!«

»Ich weiß. Mir geht's genauso.«

Während sie sprachen, führten ihre Hände einen eigenen Dialog. Sie streichelten, besänftigten, ertasteten einander.

Er nahm ihren Kopf zwischen seine Hände und küßte sie noch einmal. »Komm, gehen wir«, sagte er. »Sonst vergesse ich noch, was ich eben gesagt habe.«

Auf dem langen Abstieg sprachen sie kaum, und wenn, dann nur flüsternd. Irgendwie schien ihnen das geboten. Die Nacht war still, nur die Zikaden sangen, der warme Wind strich durch den Salbei, ab und zu scheuchte Patrick mit seiner Taschenlampe Eidechsen auf, die hastig davoneilten.

Vor ein paar Stunden noch, dachte Antonia, bin ich voller Zweifel und Befürchtungen den Berg hinaufgestiegen. Und jetzt, beim Abstieg, ist alles anders. Ich bin nicht mehr allein.

An der Brücke über den Ravin de Verdura machten sie kurz Pause. Patricks Knie taten weh nach der langen Arbeit in der Hocke. Schulter an Schulter beugten sie sich übers Geländer und blickten auf den Fluß hinab, der tief unten im Mondlicht glitzerte.

Antonia spürte seinen warmen Arm an ihrer Seite, den beständigen Rhythmus seines Atems. Ich liebe dich, sagte sie stumm zu ihm, ich liebe dich.

Patrick brach als erster das Schweigen. »Wir sagen es Myles, sobald er aus Paris zurückkommt.«

»Sicher kommt er heute abend noch«, sagte sie. »Wahrscheinlich will er gleich in der Mühle bleiben. Ich sage es ihm, sobald er auftaucht.«

»Nein. Das möchte ich lieber tun.«

Sie drehte sich zu ihm um. »Und warum?«

»Er ... könnte es an dir auslassen.«

»Er wird nicht brutal, wenn du das meinst. So ist er nicht.«

»Trotzdem. Es ist besser, wenn ich da bin.« Er schaute sie an. »Und wenn wir's ihm gesagt haben, machen wir einen Wochenendausflug. Wir nehmen den Jeep und fahren einfach drauflos. Nichts wie weg von hier.«

»Au ja, das machen wir.«

Er fuhr mit den Fingern über ihren Nacken und ihre Schulter, ganz zart, als wäre sie aus Glas. »So ein Blödsinn«, sagte er. »Ich kann's nicht glauben, daß wir uns wegen Myles zurückhalten. Wenn es andersherum wäre, würde er keinen Moment zögern.«

Wie sich seine Oberlippe nach vorn schob, wenn er sich ärgerte! Antonia liebte ihn allein schon dafür. Sie stellte sich auf die Zehenspitzen und küßte ihn auf den Mund. »Nur noch einen Tag.«

»Nur noch einen Tag«, bestätigte er.

11

Um fünf Uhr nachmittags war der *kántharos* von innen und außen gesäubert, und Antonia saß im Schuppen und tat ihr Bestes, um Skizzen von dem Relief anzufertigen. Vorher hatte sie den Inhalt des Kelchs sorgfältig gesiebt und die Adresse der französischen Behörde herausgesucht, wo der Fund gemeldet werden mußte.

Aber nichts ging ihr so recht von der Hand. Wo steckte Myles? Er mußte längst zurück sein. Mit Patrick hatte sie verabredet, daß sie sich aus dem Weg gehen würden, um nicht vor Nerissa und den anderen Theater spielen zu müssen. Aber mit länger als ein paar Stunden hatten sie nicht gerechnet. Nun warteten sie schon fast den ganzen Tag, und Antonia wurde allmählich nervös. Sie sah Myles eingeklemmt in den Trümmern des Panda oder bewußtlos in irgendeinem Klinikbett. Vielleicht hatte er unterschwellig geahnt, daß sich etwas zwischen ihr und Patrick tat, und beschlossen, ein paar Tage zu verschwinden, um ihr Angst zu machen.

Patricks Stimme draußen auf dem Mühlenhof riß sie aus ihren Grübeleien. Sie ging zur Tür. Er stand auf den Stufen zur Küche und sprach mit ihrem Vater. Er trug sein verwaschenes Navy-T-Shirt und schmutzige Jeans und blickte ernst auf ihren Vater hinab, es ging um irgendein Problem bei der Grabung. Sie mußte daran denken, wie er sich angefühlt hatte, als sie unversehens mit den Fingern unter sein T-Shirt geriet und über seine glatten heißen Rückenwirbel strich.

Bevor sie das erste Mal mit Myles schlief, hatte sie tagelang überlegt, ob es nicht vielleicht falsch war, ob er das Licht anlassen würde, ob sie gut genug für ihn aussah. Es war wie vor einer Prüfung, die sie unmöglich bestehen konnte.

Bei Patrick spürte sie nichts davon. Sie wollte einfach mit ihm zusammen sein. Aber wo war Myles? Wenn ihm etwas passiert war, würde sie sich das nie verzeihen. Hätte sie gewußt, daß er so lange wegblieb, wäre die vergangene Nacht anders verlaufen.

Nachts um zwei waren sie in der Mühle angekommen, und er hatte sie an der Küchentür zurückgelassen, ihr den Rucksack wortlos übergeben, die Hand an ihre Wange gelegt und war gegangen, ohne sich noch einmal umzudrehen.

Kaum hatte sie Licht in der Küche gemacht, holte die ernüchternde Realität sie ein. Wie immer stand schmutziges Geschirr im Ausguß, wie immer herrschte Durcheinander auf dem Tisch. Eine fettige Zeitung, die jemand als Unterlage für das Abendessen benutzt hatte, drei verklebte Teelöffel, ein blutiges Heftpflaster.

Ihr war es egal. Sie war nicht mehr allein.

Am Kühlschrank hing eine vorwurfsvolle Nachricht von ihrem Vater. *Da du nicht gekommen bist, habe ich dem Kind ein Brot gemacht und es im Gästezimmer schlafen gelegt. Solltest du doch noch kommen, versuch bitte, mich nicht zu wecken.*

Offensichtlich hat er Probleme, dachte sie schon im Halbschlaf, zerknüllte den Zettel und warf ihn in den Müll. Sie ging ins Bett, legte Patricks Rucksack neben sich und schlief erschöpft ein.

Am nächsten Morgen rief sie ihren Vater, Modge, Simon und Nerissa in die Küche und zeigte ihnen den Kelch.

Überraschenderweise zeigte nur Simon unverhohlene Begeisterung. Nerissa sagte gelangweilt: »Der ist aber hübsch. Sieht der Mann nicht aus wie Patrick?« Modge war anfangs sprachlos vor Staunen, aber als sie hörte, wo Antonia und Patrick den Kelch gefunden hatten, schob sie beleidigt die Unterlippe vor. Offenbar fühlte sie sich ausgeschlossen. Antonias Vater sagte überhaupt nichts. Er ging auf die Knie und betrachtete stumm das Fundstück. Dann streckte er die Hand danach aus und zog sie wieder zurück. Er hielt sich den Mund zu, und man sah, daß seine Finger zitterten. »Großartig«, murmelte er, aber seine Augen blinzelten wütend. Er tat ihr so leid wie nie zuvor.

Schließlich gab er sich einen Ruck und verkündete, daß von dem Relief unbedingt Videoaufnahmen gemacht werden müßten, nur so könne die Bedeutung des Fundes publik gemacht werden. Er würde sofort nach Toulouse fahren und sich von seinem Freund an der Universität, Professor Meriot, einen Camcorder leihen.

Antonia stimmte ihm eifrig zu. Sie stritten sich kurz um den Jeep, aber da er ein paar Tage bleiben wollte, entschied sie den Streit für sich. Nicht einmal er konnte sie so lange ohne Auto lassen. Dann fuhr sie ihn zum Bahnhof von Foix. Mit Erleichterung und Trauer sah sie ihn davontrotten.

Sie legte den Bleistift hin und rieb sich den Nacken. Nein, so ging es nicht. Wenn Patrick in der Nähe war, konnte sie sich nicht auf das Zeichnen konzentrieren. Und Myles war auf unerklärliche, empörende Weise verschwunden. Sie schob die Zeichnung fort und vertiefte sich in die fließenden Umrisse des *kántharos*. Ein Sonnenstrahl, der durchs Dachfenster fiel, ließ ihn rot leuchten wie frisches Blut.

Etwas Ehrfurchtgebietendes ging von ihm aus. Ihr war aufgefallen, daß weder Simon, ihr Vater, Modge oder Nerissa gewagt hatten, ihn zu berühren. Vielleicht war es die Vollkommenheit seiner Form, die Klarheit der Linien.

Die Reliefs waren mit erstaunlicher Kunstfertigkeit in den Stein eingegraben und machten sich dessen natürliche Färbungen zunutze. Die Mähne des Pegasus zeigte Streifen von der Farbe dunklen Bernsteins und schien im Wind zu wehen. Bellerophons Toga war maulbeerfarben geströmt und betonte in ihrer Linie den ungestümen Vorwärtsdrang des Jünglings.

Ohne Zweifel handelte es sich um ein Meisterwerk, das auch zur Zeit des Cassius von unschätzbarem Wert gewesen war. Wenn er es in Auftrag gegeben hatte, mußte es ihn ein Vermögen gekostet haben. Und das war schon ein Rätsel, denn ein Cassius hätte wohl kaum Hab und Gut für einen solchen Schatz eingetauscht. Er legte sicher keinen großen Wert auf materielle Dinge; in seinen Gedichten sparte er nicht mit boshaften Seitenhieben auf die Eitelkeit älterer Sammler und die Habsucht der Städterinnen, die ständig auf der Suche nach reichen Wohltätern waren. Was hatte ihn also dazu getrieben, ein so kostbares Stück in Auftrag zu geben? Und wie war es in das bäuerliche Heiligtum in den Bergen gelangt?

War es denkbar, daß Plautius den Kelch nach dem Tod seines

Freundes vergraben hatte? Vielleicht hatte er vergeblich versucht, das Rätsel zu lösen, und aus Verzweiflung das Nächstliegende getan und den Kelch des Dichters seiner Göttin zum Geschenk gebracht.

Das Rätsel. Alles lief auf das Rätsel hinaus. *In pocula veritas.* Die Wahrheit ist im Kelch.

Vielleicht bedeutete der Sinnspruch doch nicht das, was alle glaubten, sondern war wörtlich zu nehmen: Der Kelch des Cassius verrät die Wahrheit.

»Die Wahrheit ist im Kelch«, murmelte sie und fuhr mit dem Finger über den Rand. Sie stellte sich vor, daß Cassius aus diesem Gefäß, das sie gerade berührte, getrunken hatte. *Gai sum peculiaris*: »Ich gehöre Gajus.« Sie sah das Gesicht vor sich, das sie von der Marmorbüste im Römischen Nationalmuseum kannte. Eine hohe, nachdenkliche Stirn, die ein wenig angestrengt wirkte, als wäre er in komplizierte Erwägungen vertieft. Sie sah ihn an der Quelle stehen und einen Opfertrank aus blutrotem Wein vergießen.

Ein nervöser Schauder durchfuhr sie. Es war nicht nur die Ungewißheit, es war auch Angst, die sie spürte.

Aber wovor?

Sie versuchte, das Gefühl abzuschütteln.

Vielleicht ist es das, was die Leute mit dem Wort »überdreht« meinen, dachte sie. Auf einmal ist so viel passiert, daß ich es nicht verkraften kann. Wie sollte ich auch, mit nur zwei Stunden Schlaf?

Doch das war nicht die ganze Erklärung.

›Wenn wir lieben‹, hieß ein Gedicht, das Cassius vor zweitausend Jahren geschrieben hatte.

Furcht und Hoffnung halten sich die Waage.
Schrecklich ist's zu lieben mit dem Wissen
daß Liebe einmal enden wird.
Drum erhöre meine Bitte, Göttin,
angstvoll flehe ich dich an.
Schenk uns Zeit, ein wenig Zeit.
Lycaris ist jung wie ich,

– zu jung, um von Erinnerung zu leben.
Was bedeutet dir, du Unsterbliche,
ein Jahr, ein ganzes Jahr oder zwei – oder zehn?

Die Tür knarrte, und plötzlich stand Patrick vor ihr. Er sah genauso übernächtigt aus, wie sie sich fühlte, mit dunklen Schatten unter den Augen.

»Hallo«, sagte er.

»Hallo.«

»Wie geht's? Du bist blaß.«

Sie verschränkte die Arme. »Es ist nichts. Ein Gespenst ist über mein Grab gelaufen.«

»Du meinst eine Gans.«

»Wie bitte?«

»So lautet die Redensart.«

»Ach so.«

Sie wechselten einen vorsichtigen Blick.

Er stützte sich auf den Tisch und nahm den Kelch in Augenschein. »Hat etwas darin gesteckt?«

Sie schüttelte den Kopf. »Nur Sand. Soviel zu dem Wahlspruch ›Die Wahrheit ist im Kelch‹.«

Er blickte sie fragend an.

»Das Rätsel des Cassius«, erklärte sie. »Zumindest vermute ich, daß es so zu deuten ist.«

Sie wollte ihn so gern berühren, und er sah aus, als wollte er es auch, aber zwischen ihnen stand der Tisch, und er strich mit den Fingerspitzen über die Maserung des Holzes.

»Myles ist noch nicht zurück«, sagte sie.

»Ich weiß.«

»Was ist passiert? Er müßte längst da sein. Heute morgen hat er angerufen, von irgendeiner Raststätte. Spätestens gegen Mittag würde er kommen, hat er gesagt. Und jetzt ist es fünf durch.«

»Er wird schon noch eintrudeln«, sagte er. »Wenn etwas passiert wäre, hätte er angerufen. Bei einem Unfall wären wir benachrichtigt worden. Wahrscheinlich ist das eins seiner Spielchen. Du kennst ihn ja.« Aber ganz überzeugt klang er nicht, sie sah ihm an, daß er sich ebenfalls Sorgen machte.

Er fragte, was Myles am Telefon gesagt hatte.

»Nur, daß er gegen Mittag kommen würde.« Was er noch gesagt hatte, verschwieg sie ihm lieber.

Es war ein hastiger Anruf von der Tankstelle gewesen, denn wie üblich hatte er nicht genügend *jetons* bei sich. Atemlos und merkwürdig jung hatte er geklungen. »Tut mir leid, ich bin so ein Arschloch. Ich wollte dir nur sagen, du bist nicht frigide. Und ich fahr' richtig auf dich ab.« An seinem flachen Atem merkte sie, daß er unter Drogen stand. Dann sagte er abrupt: »Ich glaube langsam, ich kann nicht ohne dich leben«, und legte auf.

Der Gedanke an ihn tat weh. Doch Patrick sollte davon nichts merken. Er blickte sie mit einem Ausdruck an, den sie nicht deuten konnte, und sie fragte sich, ob er spürte, daß sie ihm etwas verschwieg. Sie stand auf und ging zu ihm.

»Ich bleibe hier und warte mit dir«, sagte er sanft.

»Nein. Geh lieber hoch in die Villa. Wenn du hierbleibst, will ich dich die ganze Zeit berühren.«

Er biß sich auf die Lippe. »Mach dir nicht so viele Sorgen. Er wird schon kommen. Und versprich mir, daß du mich anrufst, *bevor* du ihm etwas sagst. Verstanden?«

Sie nickte.

»Ehrenwort?«

»Ehrenwort.«

Sie berührte sein Handgelenk mit dem Finger. Dann folgte sie der dicken Vene, die sich an seinem Arm hinaufschlängelte.

Er legte die Hand in ihren Nacken und küßte sie. Mit geschlossenen Augen gab sie sich seinen heißen Lippen hin und sog seinen herben Duft ein.

Abrupt drehte er sich weg und ging hinaus.

Lange blieb sie an der Stelle stehen, dann nahm sie die Zeichnung, rollte sie zusammen, steckte sie in den Kelch und stellte beides in den einzigen verschließbaren Schrank, schloß auch den Schuppen ab, hängte sich beide Schlüssel um den Hals und ging über den Hof, um sich etwas zu trinken zu machen und auf Myles zu warten.

Der ganze Freitag war eine Folter für Patrick. Um sieben war er aus einem Traum, der von Antonia handelte, erwacht und hatte gemerkt, daß er allein in der Villa war. Von Myles keine Spur. Er fluchte vor sich hin, duschte mit eiskaltem Wasser und machte einen Kaffee, der ihm nicht schmeckte. Dann versuchte er, so gut es ging, nicht an Antonia zu denken. Wozu überhaupt aufstehen, wenn er nicht bei ihr sein durfte? Das konnte ein verdammt langer Tag werden.

Außer, dachte er hoffnungsvoll, Myles kommt gleich am Vormittag, und wir können alles offen austragen, eine größere Katastrophe vermeiden – und dann nichts wie weg.

Doch um Mittag war Myles noch immer nicht da, und Patrick fing an, sich Sorgen zu machen. Um die Zeit totzuschlagen, stürzte er sich in die Arbeit und schuftete an der Hauptgrabung, was das Zeug hielt. Eine wahre Quälerei. Gegen vier, wenn die Hitze normalerweise ein wenig erträglicher wurde, schien es an diesem Tag erst richtig heiß zu werden. Die Frau in der Bäckerei meinte, es werde ein Gewitter geben, und bis dahin werde es sehr *étouffant* sein – ein Wort, das Patrick mit »verdammt heiß« übersetzte.

Er sah Antonia nur das eine Mal um fünf im Schuppen. Ihre Lippen sahen ein wenig wund und gerötet aus, und er fing den milchigen Duft ihrer Haut aus mehreren Metern Entfernung auf. Er hatte eine Sehnsucht nach ihr, daß es schon weh tat. Konnten sie nicht Myles einfach zur Hölle schicken und das tun, wonach es sie verlangte?

Er hatte den ganzen Tag Zeit, darüber nachzudenken, und die Antwort war immer dieselbe. Es ging nicht nur um Loyalität gegenüber dem Freund, es ging um mehr. Was immer aus ihm und Antonia werden würde, es sollte von Anfang an richtig sein. Keine Lügen, keine Heimlichkeiten hinter dem Rücken seines besten Freundes. Von seinen Eltern wußte er, wie leicht es zwischen zwei Menschen schiefgehen konnte. Jahrelang hatten sie sich gegenseitig zermürbt. Und doch war sein Vater am Boden zerstört, als sie schließlich ging. »Sie hat mir das Herz aus dem Leib gerissen«, sagte er zu seinem Sohn – wieder und wieder, bis aus der Klage eine Warnung und auch eine Drohung wurde.

So weit wollte er es nicht kommen lassen. Mit Antonia würde alles anders werden. Patrick war überrascht, wie fest er daran glaubte.

Er dachte an den unglaublichen Moment, als er sie in die Arme nahm und küßte. Sie war kurz erstarrt, dann hatte sie seinen Kuß erwidert. Dieser Moment des Staunens und des Glücks, daß sie dasselbe für ihn empfand.

Jetzt war es sechs, und der Abend dehnte sich vor ihm wie eine Wüste. In der Villa zu bleiben und zu warten, das ging nicht. Zur Mühle zu gehen, ging erst recht nicht. Also ließ er sich, um die Zeit totzuschlagen, in Monsieur Panabières *camionette* nach Sainte Eulalie-les-Thermes mitnehmen und mietete sich mit allem Geld, das er noch hatte, fürs Wochenende im Michelin-Dreisternehotel ein.

Er wußte, daß es lächerlich war. Ein Bett mit vier hohen Pfosten. Aber trotzdem. Nicht weil er Antonia beeindrucken wollte – wie konnte er? –, sondern weil er ein spürbares Zeichen setzten mußte, daß vor der Höhle etwas Wichtiges passiert war.

Die Frau an der Rezeption war eine magere Blondine mit rötlichem Gesicht, die fassungslos den Mund aufsperrte, als er mit Monsieur Panabière in das wunderschöne Marmorfoyer eintrat. Patrick in schmutzigen Levi's, zerrissenem T-Shirt und Segelschuhen, die mit Bindfaden zusammengehalten wurden, Monsieur Panabière in einem uralten blauen Overall, einer grell magentafarbenen Strickjacke, die seine Frau gestrickt hatte, und mit seiner abscheulichen olivgrünen Nylonperücke.

Er habe schon als Dreißigjähriger eine Glatze bekommen, erzählte er Patrick, und seine Frau habe die Perücke beim Versandhaus bestellt, damit er im Winter nicht frieren müsse. Anfangs habe er sie nur seiner Frau zuliebe getragen, im Lauf der Jahre sei sie zu diesem grünen Farbton verblichen, und dann habe es ihm Spaß gemacht, die Leute damit zu erschrecken.

Er mochte Patrick, weil er spanisch konnte und seit langem der erste war, den die Perücke nicht aus der Fassung brachte. Patrick verkniff sich die Bemerkung, daß er weit seltsamere Gestalten im Schnapsladen von Dubois gesehen hatte, wenn er samstags abends auf der Suche nach seinem Vater war.

»*Ça a l'air d'une boche, ce phenomène-là*«, grummelte der Alte und fixierte die Concierge. Mit Begeisterung und zum Amüsement der Gäste auf der Terrasse spielte er den Dolmetscher und bohrte bei jedem Wort den knorrigen Finger in die Luft. Als die Concierge Vorauszahlung verlangte, zog Patrick sein Bündel speckiger Geldscheine aus der Tasche, und der Alte lachte so laut, daß er beinahe sein Gebiß verlor. Er wollte Patrick gleich auf einen Pastis zu seinem Freund, dem *pharmacien* mitnehmen, und Patrick mußte ihn daran erinnern, daß er losgefahren war, um ein Ersatzteil für den Traktor zu besorgen. Also fuhren sie statt dessen zum *garagiste*.

Gegen halb neun waren sie zurück in La Bastide. Die Villa lag im Dunklen, kein Panda stand in der Garage. Entweder war Myles noch nicht zurück, oder er war in der Mühle. Als Patrick daran dachte, durchfuhr ihn die Eifersucht wie ein Nadelstich.

Er rief in der Mühle an, und Antonia nahm beim zweiten Klingeln ab. »Er ist nicht da«, sagte sie beklommen.

»Mist.«

»Ich halte das nicht mehr aus.«

»Ich auch nicht.«

»Ich sage mir ständig, daß er schon öfter tagelang verschwunden ist, trotzdem fürchte ich das Schlimmste.«

Dem hatte er nichts hinzuzufügen, aber einfach auflegen, das ging auch nicht. Also fragte er, was sie am Abend vorhabe. Es klang wie eine plumpe Anmache, und beide lachten nervös.

»Simon, Nerissa, Modge und ich, wir essen gerade in der Küche. Willst du nicht kommen?«

Er sah sich ihr gegenübersitzen, unter den wachsamen Blicken Simons, der Stiefschwester und der Halbschwester von Myles. »Nein«, sagte er mit zusammengebissenen Zähnen. »Das will ich ganz bestimmt nicht.«

»Hab' ich mir gedacht.«

Er erzählte ihr von dem Hotelzimmer in Sainte Eulalie. »Ich frage mich jetzt, wozu ich das gemacht habe. So, wie mir jetzt zumute ist, schaffen wir es niemals bis dorthin. Wir enden an irgendeinem Parkplatz und werden wegen Erregung öffentlichen Ärgernisses verhaftet.«

Sie lachte. »In Frankreich gibt es das nicht. Da kriegt man für so etwas einen Orden.«

Nachdem er mit ihr gesprochen hatte, fühlte er sich viel besser. Es war neun, aber er hatte nicht den geringsten Appetit, also ging er noch einmal unter die Dusche, dann holte er sich eine Coke aus dem Kühlschrank und setzte sich auf die Terrasse. Es war drükkend schwül, noch schlimmer als schon am Tage. Wann kam endlich das Gewitter?

Er sank in den Liegestuhl und blickte in den Nachthimmel, auf der Suche nach dem Sternbild des Pegasus. Stundenlang blieb er so sitzen, aber den Pegasus fand er nicht.

Modge konnte nicht schlafen. Sie lag mit weit aufgesperrten Augen im Gästezimmer der Mühle und starrte die grünen Leuchtziffern des Weckers an, den Antonia ihr hereingestellt hatte. Sie wartete sehnlichst auf Myles, damit sie wieder in ihr Zimmer in der Villa zurückkonnte.

Den ganzen Tag hatte sie sich schrecklich alleingelassen gefühlt, und als sie ins Bett ging, wurde es noch schlimmer. Sie kam sich vor wie der letzte Mensch auf Erden, wie der kleine Prinz im Bilderbuch, der allein auf einer winzigen Erdkugel durchs dunkle Weltall treibt.

Patrick und Antonia hatten sich verändert. Wie und warum, konnte sie nicht sagen, nur daß sie anders waren. Selbst wenn sie direkt vor ihr standen, waren sie weit weg und hatten irgendeine Gemeinsamkeit, von der sie ausgeschlossen war.

Natürlich, nett waren sie trotzdem. Sie warteten höflich ab, wenn sie etwas sagte, und gaben sich sogar Mühe, ihr zu antworten. Aber sie hörten ihr nicht wirklich zu.

Sie schob es auf dieses schreckliche Ding, das Patrick in der Höhle ausgebuddelt hatte. Erst war es ihr wie ein Wunder vorgekommen, so ein schöner Kelch mit Cassius' Namen drauf. Aber als Antonia ihr erzählte, sie hätte ihn zusammen mit Patrick in der Höhle gefunden, fühlte sie sich von beiden hintergangen. Es war einfach gemein. Den ganzen Tag war sie mit Patrick in der Höhle gewesen, dann hatte er sie weggeschickt, ohne ein Wort von dem Fund zu sagen, und statt dessen Antonia kommen lassen. Sie selbst war aus dem Spiel, und das alles nur wegen diesem blöden Kelch. Der hatte sie beide verhext, und sie haßte dieses Ding, das dort im Schuppen auf dem Tisch stand, alle Blicke auf sich zog und leuchtete wie Blut. Sie konnte nicht glauben, daß der Kelch irgendwas mit Cassius zu tun haben sollte. Dazu war er viel zu ekelhaft.

Den ganzen Tag war sie schlecht gelaunt und ziellos zwischen der Hauptgrabung und dem Schuppen hin und her gelaufen und hatte den anderen im Weg gestanden. Nicht einmal Alfonse ließ sich blicken. Schließlich hatte sie heißes Wasser ins Spülbecken gelassen und ihren Betthasen gebadet, aber selbst das erwies sich als verhängnisvoller Fehler, denn zu ihrem Schrecken wurde Star Rabbit davon nicht sauber und kuschlig, sondern ganz grau und klumpig – ein deprimierender Hinweis darauf, daß er gar nicht aus dem Weltall kam, sondern ein ganz gewöhnliches Stofftier war. Sie hatte ihn in ein Handtuch gewickelt und sich mit ihm in die Sonne gesetzt, damit er sich nicht erkältete.

Jetzt lag sie im Bett und sah, wie der heiße Wind die Vorhänge bewegte. Wann wurde es endlich ein bißchen kühler, damit sie schlafen konnte?

Etwas später wurde sie von Stimmen geweckt. Eine Tür knallte laut. Sie rannte ans Fenster und sah gerade noch die Scheinwerfer des Panda ausgehen. Endlich war Myles wieder da. Vielleicht wurde jetzt alles wieder wie vorher.

Aber irgendwas stimmte nicht. Das hörte sie am aufgeregten Flüstern von Antonia und an dem Gepolter auf der Treppe. Sie stand auf und blieb mitten im Zimmer stehen, ihr Herz klopfte laut. Als sie es nicht länger aushielt, öffnete sie die Tür.

Aus Antonias Zimmer am anderen Ende des Flurs kam ein schwacher Lichtschein. Modge lief darauf zu. Als sie die Tür erreichte, blieb sie wie angewurzelt stehen.

Myles, ihr böser großer Bruder, lag zusammengekrümmt auf Antonias Bett, hatte den Kopf auf ihrem Schoß und weinte wie ein kleines Baby. Und er war splitternackt. Modge sah seinen Pimmel, der klein und bleich war wie der von Jason Pershaw in der Schule, als ihm die Älteren die Hose runtergezogen und ihn mit dem Schlauch naßgespritzt hatten.

Ihr stockte der Atem. Was war hier los? Irgendwas lief hier schrecklich falsch. Sie wollte sich an Star Rabbit festhalten, aber der hing noch draußen auf der Leine, wo Antonia ihn zum Trocknen festgeklammert hatte. Myles sah im Licht der Lampe verschwitzt und leichenblaß aus, selbst seine Lippen waren weiß, und er japste und keuchte, als bekäme er keine Luft. »Mein Gott, hilf mir doch, Toni, ich glaub, ich krepiere, mein Herz rast wie verrückt, mein Gott, mein Gott, mein Gott ...«

Und Antonia redete auf ihn ein, mit leiser, sanfter Stimme. Sie streichelte seinen Arm und hielt ihm eine Papiertüte vor den Mund. »Du wirst nicht sterben, es wird alles gut. Atme einfach in die Tüte, wie es uns die Schwester letztes Mal gezeigt hat. Einfach atmen.«

Mogde war erleichtert. Wenigstens wußte Antonia, was zu tun war. Während sich die Tüte knisternd füllte und leerte, beruhigte sich Myles allmählich und sein Zittern verlor sich in gelegentlichen Zuckungen. Antonia deckte ihn zu und lehnte sich zurück, sein Kopf lag noch immer auf ihrem Schoß, sie streichelte weiter seinen Arm.

»Mein Gott, Toni«, flüsterte Myles. »Ich brauch' dich so sehr, du darfst mich nie verlassen.«

So hatte ihn Modge noch nicht erlebt, und das erschreckte sie noch mehr, denn sie spürte deutlich, daß er es ernst meinte. Und an Antonias Blick erkannte sie, daß auch sie ihn ernst nahm.

12

Rom, 25. Juli 53 v. Chr., Familiengruft an der Porta Capena

Sie hätte es ihm gleich sagen müssen, als sie sich in dieser Nacht trafen, aber sie brachte es nicht über sich. Sie mußte ein letztes Mal mit ihm schlafen, bevor es für immer zu Ende war.

Wenigstens sie machte sich darüber keine Illusionen mehr, nachdem sie sich in den letzten Wochen über so vieles hinweggetäuscht hatte. O ja, sie hatte in einem schönen Traum gelebt. Das begriff sie jetzt. Immer in der Hoffnung, daß die Zeit eine Lösung bringen würde, ihm ermöglichen würde, durch ein Wunder, durch Ruhm oder höheren Beistand zum standesgemäßen Freier zu werden.

Aber die Zeit hatte sich nicht als Helfer erwiesen, sondern als ihr größter Feind. Sie hatte gelauert wie ein Dieb auf der Gasse, um ihr mit einem Schlag alles zu nehmen. Und diese Nacht, die letzte Nacht vor seiner Abreise nach Gallien, würde die letzte Nacht für immer sein.

Sie stützte sich auf den Ellbogen und schaute ihn an. Er schlief auf dem Rücken, den Kopf ihr zugewandt und in seine Armbeuge gebettet. Sein Gesicht war entspannt und jugendlich, seine Lider bebten im Traum.

Die Nacht war schwül, sie lagen ohne Decke, im Lampenlicht glänzte seine Haut wie polierte Bronze. Sie kannte alle seine Narben – wie sie aussahen, sich anfühlten und woher sie stammten. Zum Spaß war sie mit dem Finger auf ihm herumgefahren wie auf einer Landkarte: Syrien, der Euphrat, Britannien, Anatolien.

Die Beule am rechten Handgelenk markierte einen schlecht verheilten Bruch. Eine Narbe an der Brust erinnerte an den Rippenbruch, den er sich beim Sturz von einer Palisade zugezogen hatte, dann gab es da die Schramme von einem syrischen Schwerthieb, die am linken Hüftknochen ansetzte und unter der Brustwarze endete, und schließlich die lange, noch immer nicht völlig verheilte Speerwunde an seinem Innenschenkel.

Die hatte er zum Spaß mit der Wunde des Odysseus verglichen, an der ihn Helena trotz seiner Verkleidung wiedererkannte, als er sich nach Troja einschlich. »Was hatte Helena denn mit ihm vor?« rief sie mit gespielter Entrüstung. »Die Frau sollte ihm die Füße waschen, nicht seine Schenkel besichtigen! Aber so war er, der Odysseus. Man wusch ihm die Füße, und ehe man sich versah ...« Sie zuckte mit den Schultern. »Da ist man als Frau machtlos.«

Das hatte ihn zum Lachen gebracht. Er lachte viel, wenn er bei ihr war. Sie machte ihn glücklich, er machte sie glücklich. Wenn es doch nur so einfach gewesen wäre!

Und nun mußte sie ihm die größte Wunde von allen zufügen. Einen Dolchstich mitten durch seine Seele, der niemals heilen würde. Sie wußte, was sie ihm antat, denn ihr erging es nicht besser. Sie konnte sich nicht vorstellen, wie sie ohne ihn leben sollte. Er würde morgen davonreiten auf der langen beschwerlichen Straße nach Gallien, und nicht verstehen, warum sie mit ihm Schluß gemacht hatte. Das würde er nie verstehen. Denn sie konnte ihm nicht die Wahrheit sagen. Das war eine Gewißheit, an die sie sich klammerte. Wenn sie es ihm sagte, würde er versuchen, sie von ihrem Schritt abzuhalten, und dabei umkommen.

Vielleicht halfen ihm die Götter über den größten Kummer hinweg. Sollte sie eine besondere Fürbitte für ihn einlegen? Würde sie erhört werden? Sie wußte nicht, was vernünftig und richtig war.

Einmal hatte er gesagt, mit Bitten an die Götter müsse man vorsichtig sein, denn manchmal taten sie aus Mutwillen das genaue Gegenteil. Sie war nicht sicher, ob er es ernst meinte, ob er überhaupt an die Götter glaubte. Diese Seite an ihm war schwer zu ergründen. Wenn sie ihn danach fragte, antwortete er mit einem Lächeln und sagte etwa: »Ich glaube, sie existieren nur, um uns zu ihren Spielzeugen zu machen. Doch ich frage mich oft, wozu überhaupt. Denn wir können uns ja kaum wehren.« Dann gab es Momente, wo sie einen felsenfesten Götterglauben an ihm wahrnahm, der weit tiefer reichte als sein Verstand. Dieser Glaube mußte ihm nun über das Schlimmste hinweghelfen.

Sie tupfte mit dem Finger auf die frische, halbmondförmige Narbe an seiner Schulter, die sie ihm einen Monat zuvor beigebracht hatte. Hatte sie da schon geahnt, daß es so enden würde? Hatte sie ihm deshalb das Wahrzeichen der Göttin aufgeprägt, damit die über ihn wachte, wenn sie nicht mehr bei ihm war? Oder war es nur ihre feige Art, sich ins Unvermeidliche zu schicken?

Ihre Finger umkreisten die rote Narbe. Sie durfte nicht weinen. Jetzt nicht. Dazu war später Zeit. Ein ganzes Leben lang.

Ohne die Augen zu öffnen, hielt er ihre Finger fest.

»Du willst nicht, daß ich sie berühre«, sagte sie.

Er lächelte, noch immer mit geschlossenen Augen, und schüttelte den Kopf. »Im Gegenteil. Aber jetzt bin ich zu müde, um zu reagieren.«

Sie schmiegte sich an seine Brust und lauschte auf seinen Herzschlag. Er spielte träge mit ihrem Haar und zog ihre Locken durch die Finger.

»Gajus ...«

»Hm?«

Sie schluckte. Nein, es ging nicht. Noch ein Weilchen warten. »Warum hast du diesen Treffpunkt ausgesucht?«

»Wie meinst du?«

»Die Gruft. Warum diese Gruft?«

Er lachte. »Ich weiß nicht. Vielleicht hat mich die Verbindung von Liebe und Tod gereizt. Dichter haben eine Vorliebe dafür.«

Er sagte es leichthin, aber wahrscheinlich meinte er es ernst. Oft machte er sich gerade über die ernsten Dinge lustig.

»Manchmal ist mir, als würdest du deine wahren Gefühle nur in deinen Gedichten offenbaren«, sagte sie.

Er hob den Kopf und blickte sie an, seine Heiterkeit war plötzlich verflogen. »Und dir offenbare ich meine Gefühle auch.«

Sie konnte ihm nicht in die Augen sehen. Flink sprang sie auf, raffte ihr Unterkleid von den Fliesen und streifte es über. Mit zitternden Fingern zog sie den Gürtel zu. Dann stellte sie sich in den Eingang und blickte auf die Straße hinaus. Es war Neumond, und die marmornen Grabstätten an der Via Appia waren nur schwach vom Sternenlicht erhellt. Sehr klug von Albia, daß sie mehr Lampen eingesteckt hat, dachte sie. Auf dem Heimweg werden wir sie brauchen.

Der Heimweg. Der Gedanke daran lastete wie ein Stein auf ihr. Wie immer spürte Gajus ihre Stimmung. Er stand auf, zog sich an und kam zu ihr ans Portal der Gruft. Er legte ihr die Hände auf die Schultern. »In drei Monaten bin ich wieder da.«

Sie drehte sich um, und er nahm sie fest in die Arme, denn jetzt hatte sie es nötig. Sie preßte das Gesicht an seine Brust, um ihr Schluchzen zu unterdrücken, sein Brustbein stieß hart gegen ihre Stirn. Ein schwacher Weingeruch ging von seiner Haut aus; der kam von dem Weinstein, den er für seine Tinte verwendete. Die Fingerspitzen seiner linken Hand waren immer rotgefleckt. Sie schloß die Augen und ließ sich wiegen wie ein Kind.

Nur ein paar Worte von mir, und alles, was mir bleibt, ist die Erinnerung, dachte sie. Ein paar Worte, die alles entscheiden. Ich halte es nicht aus.

Sie löste sich von ihm, trat einen Schritt zurück und sagte: »Ich werde Lucius Cornelius Verus heiraten.«

Sein Gesicht erstarrte.

Von jetzt an ist nichts mehr so, wie es war, dachte sie. Alles, was uns verbunden hat, ist vorbei. Für immer und ewig.

»Nein«, sagte er ruhig. Er klang ganz gelassen, als hätte sie sich nur geirrt, als wäre es eine andere Tacita, die Lucius Cornelius Verus heiraten würde. Nicht sie. Nicht seine Tacita.

»Doch«, sagte sie. »Es ist alles arrangiert.«

Er schaute sie an, als hätte er nicht recht gehört. Ihr war kalt, ihre Zähne begannen zu klappern. »Lucius Cornelius Verus«, wiederholte sie. »Der Advokat.«

»Nein.«

»Die Verlobungszeremonie war gestern. Nächste Woche ist die Hochzeit.«

Sein Gesicht war starr vor Schreck. Seine Arme hingen hilflos herab. »Ich werde nicht …«, begann er und brach ab. Langsam schüttelte er den Kopf. »Vor zwei Wochen hast du versprochen, auf mich zu warten.«

»Die Hochzeit ist nächste Woche«, wiederholte sie zaghaft.

Ihr Vater war überglücklich gewesen, weil sie der Heirat so schnell zugestimmt hatte. Erstaunt und voller Freude hatte er ihre Einwilligung entgegengenommen und dabei ganz vergessen, daß sie selbst den Vorschlag unterbreitet hatte. Was scherten ihn ihre Gründe, wenn sie einen Mann aus der Familie der Cornelii heiratete?

»Tacita! Warum?«

Diese innere Kälte, die ihr in den Gliedern steckte. »Mein Vater hat Verdacht geschöpft, daß ich einen Geliebten habe.«

Er nahm sie bei den Schultern. »Schau mich an. Mir in die Augen ... Du lügst.«

»Nein.«

»Doch. Du siehst mich nicht an.«

Er hatte recht. Ihr Vater ahnte nichts von der Liebschaft. Aber er würde es merken, wenn sie nicht schnell handelte.

»Ich tue es, um dein Leben zu schützen«, sagte sie. Das war die Wahrheit, denn wenn ihr Vater und ihre Brüder Wind von der Sache bekamen, war er des Todes. Und sie wahrscheinlich auch.

Er glaubte ihr nicht. »Du hast Angst. Das ist es, nicht wahr? Du hast Angst, weil ich dich verlasse.«

»Ich habe Angst um dich.«

Er lief in der Grabkammer auf und ab. »Komm mit mir nach Gallien.« Das war es, was ihn zu einem guten Krieger machte: Das Problem bei den Hörnern packen und eine kühne Wendung herbeiführen, die keiner erwartet hat.

»Das geht nicht«, sagte sie.

»Doch, es geht. Gleich heute nacht.«

»Sie werden uns verfolgen. Seine Leute spüren uns auf. Sie schneiden dir die Kehle durch. Vor meinen Augen.« An seinem entmutigten Blick sah sie, daß sie recht hatte.

»Tu's nicht, Tacita. Warte auf mich, wie du's versprochen hast. Du hast versprochen zu warten. Drei Monate! Was sind drei Monate? Ich komme zurück, und dann wirst du sehen. Bitte, tu's nicht!«

»Zu spät. Hast du nicht gehört? Nächste Woche ist die Hochzeit.«

Wieder lief er auf und ab, diesmal wie ein gefangenes Tier. Sie sah, wie sich seine Wut langsam Bahn brach. Vielleicht half ihm die Wut leichter darüber hinweg.

»Das kannst du nicht machen«, flüsterte er.

»Gajus, ich ...«

»Cornelius? Der Mann ist über fünfzig! Er hat falsche Zähne und eine kahle Stelle, die ihm sein Barbier mit Kräutern färbt. Nein, unmöglich. Absurd. Denk doch mal an dein Leben!«

»Das ist mir egal.«

Er blieb stehen und fixierte sie wie eine Fremde.

Sie zuckte zurück.

Er schüttelte den Kopf. »Das lasse ich nicht geschehen.«

»Du kannst meinen Entschluß nicht ändern.«

»Dann flehe ich dich an«, sagte er.

»Nein.«

»O doch. Das ist der Vorteil, wenn man Bauernblut in sich hat, wie du es nennst. Wir haben keinen Stolz, siehst du? Überhaupt keinen Stolz. Ich flehe dich an, Tacita. Heirate nicht diesen Mann. Selbst wenn du mich nie wiedersiehst. Zerstöre nicht dein Leben. Bitte, tu's nicht!«

»Sie bringen dich um, wenn ich's nicht tue«, rief sie ihm entgegen. »Hasse mich, wenn es sein muß, hasse mich für den Rest deines Lebens. Aber sie dürfen dich nicht umbringen.«

Sie lief zum Liebeslager, wo sein zerknautschtes Gewand noch ausgebreitet lag und das ihre zum Kissen zusammengerollt war. Sie hängte es über ihre Schulter. »Vergib mir«, sagte sie schon im Gehen.

»Wie kann ich dir vergeben? Du zerstörst unser Leben ...«

»Ich habe keine Wahl.«

»... und sagst nicht einmal, warum.«

»Keine Zeit, Gajus.« Ihre Stimme brach. »Es ist zu spät.«

Sie rannte hinaus in die Dunkelheit.

13

La Bastide, Samstag, 24. September 1988

»Patrick?«

»Antonia, bist du's? Wie spät ist es?«

»Sieben Uhr morgens. Hab' ich dich geweckt? Tut mir leid.«

»Ich ... Mist, ich hab' verschlafen. Ich war die ganze Nacht wach.«

»Ich auch.«

»Ist Myles ...?«

»Er ist gestern gekommen, spät nachts.«

»Ich bin gleich bei dir.«

»Nein. Tu's nicht. Deshalb rufe ich an.«

»Warum? Was ist passiert?«

»Nichts. Es ist nur ... Ich hab's ihm noch nicht gesagt.«

»Gut. Ich komme runter, und wir sagen's ihm zusammen.«

»Patrick, hör zu. Es ist ziemlich kompliziert. Er war in einer schlimmen Verfassung, als er ankam. Wirklich schlimm. Eine Panikattacke. Ich hab' die ganze Nacht gebraucht, um ihn zu beruhigen.«

»Mein Gott. Geht es ihm besser?«

»Jetzt, ja.«

»Und was ist mit dir?«

»Alles in Ordnung. Ich bin ein bißchen müde. Aber es war furchtbar. Er sagte immer, er muß sterben. An einem Punkt dachte ich, es stimmt.«

»Warum hast du nicht angerufen?«

»Du hättest nichts tun können. Ich kannte das schon, es war

nicht das erste Mal. Jedenfalls geht's ihm jetzt besser, und er schläft. Das wollte ich dir sagen. Er wird noch ein paar Stunden schlafen, und dann, wenn er wieder auf dem Dampfer ist ...«

»Machst du Scherze? Myles auf dem Dampfer?«

»Ich weiß, das ist ein blöder Ausdruck ...«

»Das klingt wie eine Ausflucht. Wir müssen ihn wecken und mit ihm reden.«

»Wenn du ihn letzte Nacht gesehen hättest, würdest du das nicht sagen. Er war so verletzlich. Ich kam mir vor wie eine Verbrecherin.«

»Antonia! Du solltest dich mal hören.«

»Ich will damit nur sagen, wir müssen noch ein bißchen warten. Nur ein paar Stunden, bis er wach ist und sich besser fühlt. Bitte, Patrick. Ich kann ihn nicht treten, wenn er am Boden liegt. Es geht einfach nicht.«

»He, tut mir leid. Ich wollte dich nicht anschreien ... Antonia, bist du noch da?«

»Sei nicht böse, ich bin nur ein bißchen fertig.«

»Laß dir Zeit. Ich will dich nicht unter Druck setzen. Wenn du meinst, es ist besser zu warten, dann warten wir.«

»Danke.«

»Also: Wie lange wird er noch etwa schlafen?«

»Bis zum Nachmittag, denke ich.«

»Nachmittag. Hm ... Und was machst du bis dahin?«

»Weiß ich nicht. Zur Grabung gehen. Es klingt lächerlich, aber ...«

»... aber die Zeit vergeht schneller. Ja, ich komme auch. Wir sehen uns dort.«

Als Myles erwachte, wußte er ohne die Augen aufzumachen, daß er in Tonis Bett lag. Er erkannte es am Knarren des Gestells, am Pfefferminzgeruch ihres Shampoos, den das Kopfkissen ausströmte, und durch das offene Fenster drang das Rauschen des Flusses.

Mann, bin ich fertig, dachte er. Für diesen Zustand müßte man ein neues Wort erfinden. Plattgewalzt. Ausgespuckt. Als er sich auf die Seite rollte, knisterte ein Stück Papier unter seiner Wange. *Bin zur Grabung, komme gegen Mittag zurück. Orangensaft usw. im Kühlschrank. Bedien dich. Hoffe, es geht dir bald besser. Toni.*

Ihre Handschrift verkörperte all das, was er nicht hatte: Schwung, Kraft, Geradlinigkeit und praktischen Verstand.

Und Gutherzigkeit. Daran hatte er nie gedacht, aber jetzt wurde ihm klar, wie sehr das zutraf. Toni war gutherzig. Er ließ sich wieder ins Kissen sinken und starrte die Decke an. Er kam sich so mies und wertlos vor, daß plötzlich seine Tränen flossen. Wie damals im Internat.

Was war er denn, Myles Sebastian Cantellow, im Vergleich zu Toni? Er war ein Nichts. Alles, was er konnte, war anderen Leuten ins Leben zu pfuschen. Da lag er nun und kam nicht hoch, weil er nicht mal eine Linie Kokain hinkriegte, ohne alles zu verschütten. Und seine Freundin schuftete draußen in der heißen Sonne, um noch mehr epochale Entdeckungen zu machen.

In der Nacht hatte sie ihm vom Fund an der Quelle erzählt, mit sanfter, tiefer Stimme, während er halb bewußtlos in ihrem Schoß lag – wie ein Kind, das mit Märchen eingeschläfert wurde. Er hatte sich noch nie so friedlich und geborgen gefühlt.

Ein Glück, daß er sie hatte.

Sein nächster Gedanke war, was aus ihm werden sollte, wenn sie ihn verließ. Und sofort trat ihm der Angstschweiß auf die Stirn. Er tastete nach seiner Halsschlagader und fühlte den Puls. Viel zu schnell. Er hielt Ausschau nach der braunen Tüte. Erleichtert stellte er fest, daß Toni sie gut sichtbar auf den Nachttisch gelegt hatte.

Nur keine Panik. Sie wird dich nicht verlassen. Wie sie letzte Nacht gesagt hatte: Das Schlimmste ist vorüber. Du faßt das Zeug nie wieder an. Und diesmal machst du wirklich Ernst. Sie wird dich nicht verlassen. Alles wird gut.

Wenig später wachte er auf und fühlte sich schon viel besser. Ein Blick auf die Uhr sagte ihm, daß es zehn war. Er hatte nur eine Viertelstunde geschlafen. Aber was für ein Unterschied!

Die Tür ging auf, und Nissa schaute herein. In dem weiten Kleid, das fast die ganze Länge ihrer knackigen braunen Schenkel zeigte, sah sie verdammt gut aus.

»Hallo Krankenschwester«, sagte er matt. »Bringst du mir den morgendlichen Blowjob?«

»Das möchtest du wohl gern«, erwiderte sie fröhlich und streckte den Busen heraus wie ein frühreifes Schulmädchen. »Ich höre, du hast es in Paris mal wieder übertrieben. Selbst für deine Verhältnisse. Du siehst wirklich übel aus.«

Er hörte die Bewunderung in ihrer Stimme und mußte grinsen. Von Minute zu Minute fühlte er sich besser.

Sie neigte kokett den Kopf zur Seite. »Aber wenn mich der Patient ganz lieb bittet, könnte ich's ihm ausnahmsweise mit der Hand machen, um die Genesung zu beschleunigen.«

Das war wirklich entgegenkommend. Normalerweise war ihr das zu eklig. Er traute seinen Ohren nicht, als er sich nein sagen hörte. An Sex war jetzt nicht zu denken. Erst mußte sein Herz wieder Tritt fassen. Wieder fühlte er seinen Puls. Gar nicht so schlecht. »Aber einen Drink könnte ich brauchen«, sagte er, um Nerissa nicht zu enttäuschen.

Sie strahlte. »Warum hast du das nicht gleich gesagt?« Hinter ihrem Rücken hatte sie eine Flasche Côtes de Roussillon, zwei Gläser und den Korkenzieher versteckt.

»O Nissa, Darling, du bist ein Engel!«

Wirklich ein edler Tropfen. Und Alkohol war gut fürs Herz, oder?

Nerissa schenkte ein, stellte die Flasche auf den Nachttisch und legte sich bäuchlings neben Myles. Der Anblick ihres Hinterteils brachte seinen Puls wieder auf Touren, sicher war es klüger, sie wegzuschicken. Andererseits wurde er mit ihr spielend fertig. Und ihm wurde mit jedem Augenblick besser.

Er stellte das Glas auf der Brust ab, schob ihren Slip nach unten und streichelte ihren strammen Po.

»Mm«, ächzte sie. »Das ist gut.« Sie räkelte sich lüstern, auf jeder Pobacke erschien ein Grübchen.

»In deinem früheren Leben mußt du eine Katze gewesen sein«, sagte er und schob seine Hand weiter vor.

»Ganz bestimmt. Das könnte ich den ganzen Tag machen.«

»Du machst doch überhaupt nichts.«

»Das ist es ja gerade.«

Nach einer Weile gab er ihr einen gelangweilten Klaps. »Verzieh dich, Stiefschwester. Ich will duschen.«

Aber sie drehte sich auf den Rücken und knöpfte ihr Kleid auf. »Jetzt von vorn.«

Er spritzte Wein auf ihre Brüste. »Das ist mir zu riskant, du Flittchen. Toni kann jeden Augenblick kommen.«

Sie schnaubte verächtlich. »Die hat momentan gar keinen Blick dafür, und wenn wir das ganze Kamasutra durchackern.«

Er nahm einen genüßlichen Schluck. »Was soll das jetzt wieder heißen?«

»Stimmt ja. Du warst ein paar Tage weg und hast es gar nicht mitgekriegt.

»Was denn?«

»Erst streichel mich von vorn, dann erzähl' ich's dir.«

Er kniff sie in die Brustwarze, daß sie aufschrie. »Hör auf zu schäkern und spuck's aus.«

»Hier schäkern ganz andere«, sagte sie schmollend, setzte sich auf und knöpfte ihr Kleid zu. Da er schwieg, fügte sie hinzu: »Es mußte ja passieren, früher oder später. Eine Sensation ist es nicht gerade.«

»Was ist keine Sensation?«

»Toni und Patrick.«

Er erstarrte wie vom Schlag getroffen. »Das ist eine verdammte Lüge.«

»Warum soll ich so was erfinden? Ich hab' sie gestern im Schuppen turteln sehen.«

Er preßte die Finger an den Hals. Sein Puls raste. Toni und Patrick. Toni und Patrick. Nein, nein, nein, nein.

»Das muß losgegangen sein, als du in Paris warst. Vorher hab' ich nichts gemerkt. Und ich hab' einen Blick dafür.«

Ihm war heiß und kalt zugleich. Er kam sich vor, als würde er mit tausend glühenden Nadeln gestochen. Ihm wurde schlecht.

»Du siehst zum Fürchten aus«, stellte Nerissa fest. »Bleich wie ein Fisch. Soll ich Toni rufen?« Sie wollte aufstehen, aber er packte ihr Handgelenk so fest, daß sie aufschrie.

Armer Patrokles, sagte er sich. Er hat keine Schuld, er würde seinen Freund niemals hintergehen. Sie hat ihn 'rumgekriegt.

Ist doch logisch. Reiche Engländerin, clever, talentiert, gutaussehend. Da hat so ein Hinterwäldler keine Chance. O Toni! Wie konntest du mir das antun!

Hinter seinem Rücken hatte sie seinen besten Freund verführt. Nun hatte er sie verloren, und Patrokles auch.

»Welcher Patrokles?« fragte Nerissa. Hatte er denn laut gesprochen?

Er überhörte ihre Frage und dachte an die Nacht. Er hatte bei Toni gelegen und gefleht und gewimmert, sie solle ihn niemals verlassen. Und dabei hatte sie ihn schon verlassen. Er wäre am liebsten im Boden versunken.

Nein, unmöglich. Er mußte sie zurückholen. Er mußte sie an die Kette legen. Jawohl, an die Kette legen.

Er füllte sein Glas nach und trank es in einem Zug aus. Der Wein belebte ihn wie Quecksilber. Oder wie hieß das Zeug, das die Götter statt Blut in den Adern hatten? Ichor. Jawohl, Ichor. Wahrscheinlich hatte auch Achilles, der ja ein Halbgott war, dieses spezielle Blut.

Du bist Achilles, der Goldene, sagte er sich. In deinen Adern fließt Götterblut, deine Kräfte nehmen sprunghaft zu.

Erleichtert stellte er fest, daß sein Puls kräftig und regelmäßig schlug. Ein bißchen schnell, aber was machte das schon? Ein gleichmäßig und kraftvoll dahinjagender Puls. Wie ein Expreßzug.

Jawohl, er mußte sie schleunigst an die Kette legen. Sie mußte wieder spüren, wer hier der Boß war. Und er wußte schon, wie er es anstellen würde. »Wo ist Modge?« fragte er.

Nerissa schmollte noch und antwortete nicht.

»Sag schon, wo ist sie?« Er verstärkte seinen Klammergriff. Nicht um ihr weh zu tun. Nur um ihr zu zeigen, daß er es konnte, wenn er wollte.

»Was weiß ich? Ich glaube, sie war in der Küche und hat sich wieder vollgestopft.«

Gut. Jetzt brauchte er seine kleine Schwester. Sie konnte Dinge tun, die er nicht konnte.

Er musterte Nerissa. Nach Sex war ihm noch immer nicht, aber das war nicht der Punkt. Der Punkt war, daß er es sich schuldig war, sie zu ficken, hier in Tonis Bett – um sich zu beweisen, daß Toni keine Macht über ihn hatte.

Außerdem war Sex so etwas wie ein Ritual. Krieger machten es, bevor sie in die Schlacht zogen. »Du kannst das Kleid wieder aufknöpfen«, sagte er.

»Lieber nicht. Ich dachte, ich helfe Simon mal wieder bei der Grabung.«

Ohne sie loszulassen, fuhr er mit der anderen Hand an ihrem Schenkel hoch. »Später.«

»Myles, ich will wirklich nicht. Und dir tut es auch nicht gut. Du siehst furchtbar aus.«

Seine Hand schob sich unter ihr Kleid, und er wälzte sich auf sie. »Geht ganz schnell.«

»Ich will aber nicht«, protestierte sie. Dann seufzte sie. »Na gut. Aber beeil dich.«

Fünf Minuten später zog er sich gedemütigt zurück. »Ich kann nicht«, jammerte er und rollte sich zusammen.

»Das hätte ich dir gleich sagen können«, sagte Nerissa beleidigt. »Wie du aussiehst! Wie kurz vor dem Herzinfarkt.«

Sie ließ ihn als schluchzendes Bündel auf dem Bett zurück, er verfluchte Toni und Patrick und sich am allermeisten.

Um halb zwölf stieg Patrick aus dem glühendheißen Graben, in dem er stundenlang gearbeitet hatte. »Ich habe die Nase voll von diesem Unsinn«, sagte er zu Antonia und hockte sich neben sie. Sie erwiderte nichts. Sie sah erschöpft aus, ihre Augen waren umschattet und riesengroß. So konnte man die Dinge einfach nicht schleifen lassen. »Ich gehe jetzt hoch in die Villa, dusche mich, packe ein paar Sachen ein und treffe dich hinter der Mühle. Egal, ob er wach ist oder nicht – wir hauen ab.«

Sie nickte.

Daran mußte er später oft denken. Wie anders alles gekommen wäre, wenn sie rechtzeitig das Weite gesucht hätten.

Es war kurz nach zwölf, als er zur Mühle kam. Die Hitze war drückend wie nie. Das Land lag still unter dem zinnfarbenen Himmel, niedergedrückt von einer gnadenlosen Sonne.

Der Mühlenhof war leer, und er spürte sofort, daß etwas nicht stimmte. Die Küchentür stand einen Spalt offen. Er ging hinein und legte den Rucksack ab. »Myles? Antonia?«

Nichts zu hören. Nicht einmal die Katze.

Er stieg die Treppe zu Antonias Zimmer hinauf. Es war leer wie die anderen Zimmer auch.

Er war nie in ihrem Zimmer gewesen, aber er erkannte es an dem bunten Kleiderhaufen auf dem Stuhl und dem Gewirr aus verschiedenfarbigen Haarbändern auf der Kommode. Ihr Bett war ein Durcheinander aus buntgeblümten Kissen und Decken. Das wollte er nicht sehen. Dort hatte sie mit Myles ... Nein. Bloß keinen Gedanken daran verschwenden.

Dann sah er, daß ihr Nachttisch offenstand. Myles hatte ihm erzählt, daß sie ihr Tagebuch im Nachttisch aufbewahrte, ihr großes Geheimnis. Er hatte das rührend gefunden, eine unerwartete Seite ihres Charakters. Jetzt sah er mit Erschrecken, daß die Tür mit Gewalt aufgebrochen war. Der Nachttisch war leer.

Verdammt. Wenn Myles sich an ihrem Tagebuch verging, würde sie durchdrehen.

Er fand sie im Schuppen. Hektisch stöberte sie in den Regalen. Ihr Haar war zerzaust, ihr Gesicht verbissen. Sie sah aus wie eine Mänade. Im ersten Moment zweifelte er, ob sie es wirklich war.

»Er hat alles mitgenommen«, sagte sie dumpf.

Patrick stand wortlos da.

»Alle Fundprotokolle. Von beiden Grabungen. Und alle meine – äh – Aufzeichnungen.« Sie preßte die Hand vor den Mund. Sie hatte ihm noch nichts von ihrem Tagebuch erzählt.

»Er hat eine Nachricht hinterlassen.« Zitternd reichte sie ihm den Zettel.

Selbst für Myles war die Handschrift fürchterlich. Irgend etwas stand da von einer Schnitzeljagd, an deren Ende ein Preis winken würde.

Ein gräßlicher Gedanke durchfuhr ihn. »Der Kelch. Er hat ihn doch nicht etwa ...«

»Doch«, sagte sie. »Den hat er auch mitgenommen.«

14

Die Spur, die Myles ausgelegt hatte, war unübersehbar. Fundprotokolle und Seiten aus Antonias Tagebuch waren weithin sichtbar auf dem Weg zur Höhle verstreut. Manche waren mit Reißzwecken an Bäumen befestigt, andere mit Zwirn an Büsche gebunden oder einfach auf den Stacheldraht von Monsieur Panabière gespießt.

Er möchte, daß wir den Weg finden, dachte Antonia. Das heißt wahrscheinlich, daß er den Kelch irgendwo versteckt hat.

Der Kelch! Sie wagte nicht daran zu denken. Wenn ihm nun etwas passierte? Wenn er hinunterfiel und in tausend Scherben zerbrach? Bei dem Gedanken drehte sich ihr Magen um.

»Wir nehmen den Jeep«, sagte Patrick mit zusammengebissenen Zähnen. »Du fährst, ich steige aus und sammle die Papiere ein.«

»Nein«, erwiderte sie schnell.

»Warum nicht?«

»Das mache ich.« Nicht auszudenken, wenn er ihre Übersetzungen sah oder gar ihre Einführung, die pathetische, überzogene und viel zu persönliche Theorie über Cassius, Lycaris und das Rätsel des Sinnspruchs.

»Dieser Mistkerl«, fluchte sie zehn Minuten später, als sie schwitzend einen halsbrecherischen Ziegenpfad hinabkletterte, der am Rand der Schlucht entlangführte. »Wie konnte ich nur glauben, daß er nichts merken würde?«

Myles hatte sich selbst übertroffen. Fundprotokolle von der Hauptgrabung waren mit denen von der Höhle vermischt, Seiten ihres Tagebuchs waren zu Pfeilen gefaltet, die den Weg wiesen.

Deshalb also hatte er den Panda an der Mühle stehenlassen. Nur wenn man zu Fuß ging, kam man auf solche Ideen.

»Ob er wohl weiß, was er damit anrichtet?« fragte Patrick, als sie zum Jeep zurückkehrte.

Sie erwiderte nichts. Natürlich wußte er es. Wenn auch nur ein paar Fundprotokolle verlorengingen, war die ganze Grabung wertlos. Zwölf Wochen Schufterei vergebens. Ganz zu schweigen von den verschwendeten Geldern und den Vorwürfen, die ihren Vater an der Fakultät erwarteten.

Er war zum Glück in Toulouse. Zufällig hatte er angerufen, als sie gerade losfahren wollten, und nach einem bestimmten Protokoll gefragt. Sie hatte gelogen, sie müsse erst den Schlüssel zum Schuppen suchen und würde später zurückrufen.

Sie warf Patrick, der mit versteinertem Blick nach vorn schaute und den Jeep in Bewegung setzte, einen Blick zu. Hoffentlich dreht er nicht durch, wenn er Myles zu fassen kriegt, dachte sie. Wenn der Kelch erst wieder in Sicherheit ist, bleibt immer noch genug Zeit für die Abrechnung. Dann konnte er auch seine Wut rauslassen. Aber im Moment war ihr das viel zu gefährlich.

Nach anderthalb Stunden hatten sie alle Fundprotokolle beisammen. Der Knoten in ihrem Magen lockerte sich ein wenig, sie faßte wieder Hoffnung. Wenigstens eine Katastrophe war abgewendet.

Patrick stoppte den Jeep. Sie hatten eben die Abzweigung nach Le Figarol passiert, und der Weg zur Höhle war zu eng für das Fahrzeug. Von hier mußten sie zu Fuß weitergehen. Aber statt auszusteigen, blieb er sitzen und trommelte mit den Fingern auf dem Lenkrad.

»Kommst du?« fragte sie.

»Warum? Wir haben die Protokolle und fast alle deine Aufzeichnungen.«

»Aber der Kelch …«

»Ich denke, wir wenden und fahren zurück.«

Sie starrte ihn fassungslos an. »Was soll das?«

»Antonia, so kommen wir nicht an den Kelch heran.«

»Wieso nicht?«

Er blickte ihr in die Augen. »Glaubst du wirklich, daß der Kelch in der Höhle auf uns wartet wie der Schatz am Ende des Regenbogens?«

Sie schluckte.

»Er hat uns auf diesen verdammten Berg gelockt, Antonia, und läßt uns umherkrabbeln wie die Ameisen. Er ist wütend und verletzt, weil er – Gott weiß, woher – etwas mitgekriegt hat, und er will uns auch verletzen.«

»Was sollen wir also tun?«

»Zurückfahren und warten.«

»Aber...«

»Wir müssen ihm zeigen, daß wir nicht nach seiner Pfeife tanzen. Wenn er das begreift, gibt er uns das verdammte Ding zurück.«

Er hatte recht. Aber sein Vorschlag war unannehmbar. »Das kann ich nicht«, sagte sie. »Ich muß zur Quelle. Ich brauche Gewißheit.«

Er blickte sie prüfend an und nickte, wendete den Jeep und parkte ihn an der gewohnten Stelle. Antonia legte die Fundprotokolle auf den Beifahrersitz und beschwerte sie mit einem Stein.

»Hier.« Patrick warf ihr die Schlüssel zu. »Paß gut auf sie auf.«

Sie blickte ihn zweifelnd an. »Du wirst dich doch nicht prügeln, oder?«

»Wer, ich?« Er verzog die Mundwinkel. »Ich komme nur mit, um sicherzugehen, daß du ihm nicht die Augen auskratzt.«

Plötzlich kam ihr das ganze Unternehmen absurd vor. »Ich bin eben nicht zu halten«, murmelte sie zerknirscht.

Sie bogen um eine Ecke und fanden drei weitere Seiten ihrer Einführung an einem Schlehenbusch befestigt – und Modge. Sie kam wütend den Pfad heruntergestapft, mit ihrem roten Gesicht sah sie aus wie ein Gnom. Antonia bekam ein schlechtes Gewissen. An Modge hatte sie in der ganzen Aufregung gar nicht gedacht. »Was ist passiert?« fragte sie. »Wo ist dein Bruder?«

Modge warf ihr einen vernichtenden Blick zu. »Er hat gesagt, ich soll mich *verpissen*. Erst durfte ich ihm helfen, dann ist er eklig geworden. Ist doch nur Spaß, hat er gesagt. Aber er macht das nur, um mich zu ärgern. Also bin ich gegangen.«

So also war Myles in den Schuppen gelangt, ohne die Tür aufzubrechen. Das Oberlicht war zu klein für einen erwachsenen Mann, aber groß genug für ein Kind. Sie fragte Modge, ob Myles den Kelch zur Höhle gebracht hatte.

Modge schaute trotzig zu Boden.

»Schon gut«, sagte Antonia. »Du bist nicht schuld an der Sache. Aber wir müssen den Kelch finden. Den steinernen Kelch. Er hat ihn doch mitgenommen, oder?«

»Wir haben eine Schnitzeljagd gemacht«, beharrte Modge.

Patrick warf Antonia einen mahnenden Blick zu. »Hör mal, Modge«, sagte er. »Dieser Kelch ist nichts Besonderes, nur ein Fundstück unter vielen. Wir gehen jetzt zur Höhle, okay? Willst du mitkommen?«

Ihr Blick wechselte zwischen Antonia und Patrick. Sie war den Tränen nahe. Dann schüttelte sie den Kopf. »Ihr haltet ja sowieso zusammen«, murmelte sie und lief entschlossen weiter.

Patrick wollte hinter ihr her, aber Antonia hielt ihn zurück. »Laß sie. Wir holen sie auf dem Rückweg ein.«

»Warte beim Jeep auf uns«, rief ihr Patrick nach. Aber sie drehte sich nicht um.

Antonia und Patrick stiegen weiter den Pfad hinauf. Obwohl es mitten am Tage war, verdunkelte sich der Himmel, das Gewitter nahte, ein glühendheißer Wind wehte durch die Schlucht. Wieder fanden sie Zettel mit Antonias Aufzeichnungen. Offensichtlich war es Myles langweilig geworden, immer nur Pfeile zu falten – jetzt stießen sie auf Narrenhüte, Doppelspiralen, Fächer. Wäre es nicht um den Kelch gegangen, hätten sie darüber gelacht.

Selbst Myles wird es nicht wagen, den Kelch in Gefahr zu bringen, sagte sich Antonia.

»Er wird ihn schon nicht kaputtmachen«, sagte Patrick, als hätte er ihre Gedanken erraten. »So weit geht nicht einmal er.«

Es wird alles gut, es wird alles gut, beruhigte sie sich.

Sie bogen um einen Felsen, und da sahen sie ihn. Er hockte am Hang über ihnen, rauchte eine Montecristo und trank aus einer Flasche Veuve Clicquot.

»Heil, mein Bruder, wohin des Wegs?« rief er Patrick entgegen und prostete ihm mit der Flasche zu. »Habt ihr euch in dieser Hitze auf den Weg gemacht? So ein schönes Pärchen! Ich muß ja blind gewesen sein!«

Antonia blieb stehen und holte Luft. »Hör auf, Myles. Gib uns den Kelch.«

»Immer sagt sie, ich soll aufhören«, erwiderte er. »›Hör auf, hör auf, du tust mir weh!‹ Da vergeht einem der ganze Spaß am Ficken. Aber da sag' ich dir ja nichts Neues, Paddy.«

Seine Augen waren rot und verquollen. Ob er geweint hat? fragte sich Antonia.

Patrick blickte zu seinem Freund auf. »Tut mir leid, Mann«, sagte er ruhig. »Ich hab' nicht gewollt, daß es so kommt.«

In Myles' Gesicht arbeitete es. Dann schnipste er mit den Fingern. »*De nada!* Freunde teilen alles, auch die Weiber.«

Antonia sah Patrick zusammenzucken. »Myles«, rief sie. »Sag uns, wo der Kelch ist. Dann können wir alle nach Hause gehen.«

»Verpiß dich«, knurrte Myles.

»Gib's auf, Antonia. Das ist reine Zeitverschwendung. Komm, gehen wir.«

»Nicht ohne den Kelch.«

»Antonia. Bitte komm!«

»Das sag' ich ihr auch immer«, bemerkte Myles. »Nun komm endlich, ich will abspritzen, ich hab' keine Lust mehr zu warten. Aber hört sie auf mich? Nicht im Leben!« Er nahm einen neuen Schluck. »Na, letzte Nacht mußte ich nicht lange betteln, da hast du dich durchficken lassen, daß deine Möse geraucht hat!«

»Hör nicht auf ihn, er spinnt«, sagte sie zu Patrick. »Myles, sei kein Idiot und sag uns, wo du den Kelch versteckt hast.«

Statt zu antworten, hob Myles die Flasche und deklamierte: »*Ein Becher Wein am Nachmittag. Und haltet mir den Wasserkrug fern. Unverdünnt fließe der Bacchus aus diesen Kellern!*« Dann leerte er die Flasche und warf sie über ihre Köpfe hinweg in die Schlucht.

»Ich gehe jetzt zur Höhle«, sagte Antonia zu Patrick.

»Tu's nicht. Genau das will er«, beschwor er sie mit versteinertem Gesicht.

»Ist mir egal.«

»Aber mir nicht.«

»Patrick ...«

»Mein Gott, Antonia!« brüllte er los. »Mach endlich die Augen auf! Siehst du nicht, daß du ihm in die Hände arbeitest? Er spielt mit dir, wie er's die ganze Zeit gemacht hat!«

»Nicht die ganze Zeit, Patrokles«, warf Myles ein. »Du weißt doch. Zwischendurch hatte ich auch ...«

»Ach, richtig!« Patrick schlug sich vor die Stirn. »Du hast es auch mit Nerissa getrieben. Das hab' ich ganz vergessen.«

Antonia erstarrte.

»Du hast das doch gewußt, Antonia, oder?« Patrick war jetzt wütend. »Du mußt dich doch gefragt haben, warum er nur an bestimmten Tagen mit dir schläft. Weil er an den anderen Tagen mit ihr gepennt hat! Und weißt du, warum? Weil ihn dieser ganze Rummel um den Cassius langweilt. Guck mich nicht so an. Denkst du, ich habe erst heute von deinem Tagebuch erfahren? Deinem großen Geheimnis? Er hat es mir erzählt, Antonia. Mir und dem ganzen Dorf hat er es erzählt. Wach endlich auf, Antonia!«

Sie stand wie betäubt in der schwülen Hitze, während er auf sie einhämmerte. Ihre Augen waren groß und dunkel, alle Farbe war aus ihr gewichen.

Patrick hatte sich in Rage geredet und konnte nicht mehr aufhören. Er war maßlos wütend – auf Myles, auf sie und am meisten auf sich selbst, weil er es so weit hatte kommen lassen. Weil sie nicht abgehauen waren, als sie es noch konnten. Weil er sentimentale Rücksichten auf seinen Freund Myles genommen hatte. Doch unter all seiner Wut lauerte die düstere Befürchtung, daß Myles mit seiner Behauptung nicht gelogen hatte.

Das ist lachhaft, beschwor er sich. Sie hat nicht mit ihm geschlafen.

Wirklich nicht? flüsterte eine böse Stimme in seinem Kopf. *Sie ist nicht besser als die anderen. Warum war ihre Bettwäsche so zerwühlt, wenn sie friedlich geschlafen hat? Wer weiß, ob sie ernsthaft mit Myles Schluß machen wollte. Schließlich schwimmt er im Geld und gehört zur britischen Oberklasse. Was hast du dagegen zu bieten?*

Schluß jetzt, beschwor sich Patrick. Ich lasse mir meine Gefühle nicht vergiften. Ein paar Schritte neben ihm stand Antonia und knetete auf ihren zusammengerollten Zetteln herum. »Es tut mir leid«, sagte er zu ihr.

Sie antwortete mit einem gequälten Lächeln. Es fiel ihr sichtlich schwer, die Fassung zu bewahren. »Schon gut«, sagte sie. »Das spielt keine Rolle.«

»Doch. Ich bin wütend geworden. Ich hab' mich gehen lassen. Es tut mir leid.« Er wollte noch mehr sagen, aber Myles hörte zu und weidete sich an der Verwirrung, die er angerichtet hatte. Noch eine Gelegenheit, über sie zu lachen, sollte er nicht bekommen. Er mußte sofort weg von hier. Noch ein Wort von Myles, und er würde ihn zu Brei schlagen.

Antonia mußte es bemerkt haben, denn sie gab ihm einen kleinen Schubs und sagte: »Geh, kümmer dich um Modge.«

»Nur, wenn du mitkommst.«

»Ich komme gleich. Erst muß ich zur Höhle. Bitte! Ich muß es einfach tun. Du kümmer dich um Modge.«

Sie strich über seine Hand und lächelte. Diesmal war das Lächeln echt. Es wird alles gut, dachte er. Wir werden diesen Schlamassel durchstehen. Und heute nacht schlafen wir in dem großen Himmelbett in Sainte Eulalie, genau wie geplant.

Als Patrick gegangen war, kam Myles den Abhang herunter, setzte sich unter einen Olivenbaum und stützte den Kopf auf die Knie. Wäre nicht der Kelch gewesen, hätte sie ihn bedauert.

»Du hast noch mal Schwein gehabt, Achilles«, sagte sie zu ihm. »Noch ein Wort, und Patrokles hätte dir den Schädel eingeschlagen.«

»Verpiß dich«, knurrte er, ohne den Kopf zu heben.

Sie ließ ihn sitzen und kletterte die restlichen paar hundert Meter zur Höhle hinauf. Patrick hatte recht. Der Kelch war nicht zu finden. Es blieb ihr nichts übrig, als zum Jeep zurückzugehen und nach Hause zu fahren, in der Hoffnung, daß Myles mürbe werden und den Kelch freiwillig zurückgeben würde.

Er saß noch immer unter dem Olivenbaum, und sie ging wortlos an ihm vorbei. Ein paar Minuten später holte er sie ein und stapfte verdrossen hinter ihr her.

Geschieht dir ganz recht, dachte sie. Ich wünsche dir den schlimmsten Kater deines Lebens.

Ihre Knie zitterten vor Erschöpfung, ihre Augen brannten vor Müdigkeit. Und trotzdem gingen ihr immer dieselben Gedanken durch den Kopf. Nerissa. Der Kelch. Der »ganze Rummel um Cassius«. Ob Patrick genauso darüber dachte wie Myles?

Nein, er hat es nicht so gemeint, beruhigte sie sich. Er ist nur erschöpft. Wir beide sind fix und fertig. Es wird alles gut.

Als sie zum Jeep kamen, waren weder Patrick noch Modge zu sehen, und irgendwer hatte das neue Aluminiumgatter von Monsieur Panabière geschlossen. Der Jeep stand fahrbereit da, aber ein dickes Vorhängeschloß versperrte ihm den Weg.

Monsieur Panabière schützt sich vor imaginären Eindringlingen, dachte sie genervt. Das hatte gerade noch gefehlt. Nun mußte sie den langen Weg zu Fuß laufen, einen nörgelnden Myles im Schlepptau. Und ohne den Kelch.

Myles rannte am Jeep vorbei und rüttelte heftig am Tor. »Das war die letzte Rettung! Was machen wir jetzt?«

Antonia schnaubte. »Das ist doch klar. Wir klettern drüber und laufen.«

»Du kannst ja laufen. Ich fahre.«

»Ach, ja? Und wie kriegst du das Tor auf?«

»Indem du zur Farm rennst und dem alten Knacker den Schlüssel abbettelst.«

Antonia starrte ihn an. »Das sind über drei Kilometer! Und warum ich? Ohne dich wäre ich gar nicht hier. Außerdem ist er nicht da. Samstags fährt er nach Mazerans und spielt *boules.*«

»Dann brechen wir ein und holen uns den Schlüssel.«

»Kommt gar nicht in Frage.«

In seinen Augen glitzerte es bedrohlich. »Okay. Ich fahre zu der bekackten Farm. Schlüssel her!«

»Mach dich nicht lächerlich! Der Weg wimmelt von Schlaglöchern. Du ruinierst den Jeep, wenn du da lang ...«

»Schlüssel her, du blöde Zicke, sonst hol ich sie mir!«

»Na gut«, knirschte sie und wühlte in ihrer Tasche. Sie warf ihm die Schlüssel hin, er fing sie mit einer Hand auf. Sie drehte sich auf dem Absatz und lief zum Tor.

Hinter sich hörte sie den Anlasser aufjaulen und die Schaltung krachen. »Nicht mit Gewalt, du Idiot!« brüllte sie über die Schulter. »Du machst das Getriebe kaputt!«

Ohne aufzuschauen, zeigte er ihr den Mittelfinger.

Er stieß ruckend zurück und warf das Lenkrad herum, um zu wenden. Das Getriebe kreischte, als er den Gang einlegte. Wieder brüllte sie ihm zu, er solle vorsichtig schalten.

»Verzieh dich!« brüllte er zurück und gab Gas. Doch statt vorwärts zu fahren, blieb der Jeep im Rückwärtsgang. Mit einem Satz schoß er auf den Rand der Schlucht zu.

Der Schrei erstickte in ihrer Kehle. Fassungslos sah sie das eine Hinterrad über den Abgrund ragen, dann auch das zweite.

Myles hob den Kopf und begegnete ihrem Blick.

Sein Gesicht war leer, vollkommen leer. Und der Blick, den sie wechselten, dauerte eine halbe Ewigkeit. Dann kippte der Jeep ganz langsam ab und verschwand in der Schlucht.

Ihre Kehle war zugeschnürt. Sie hörte ein wenig Geröll nachrieseln, der heiße Wind blies ihr ins Gesicht. Dort, wo der Jeep verschwunden war, flatterten die Zettel davon. Sie sahen blendendweiß und gänzlich harmlos aus. Wie weiße Tauben am bleiernen Himmel.

Irgendwo hinter ihr fing Modge an zu schreien. Ein spitzes Schreien, das nicht aufhören wollte. Patrick kam gerannt, sprang mit einem Satz übers Tor, packte sie so fest bei der Schulter, daß es weh tat und brüllte ihr zu, sie solle bei Modge bleiben. Dann hastete er den Ziegenpfad hinab, der so steil war, daß sie aus Leibeskräften »Halt!« rief. Aber er war schon verschwunden.

Von weit unten kam ein fürchterlicher Donnerschlag, dann ein lautes Prasseln. Wenig später stieg ein schwarzer Rauchpilz in die Höhe. Dicker, öliger, schwarzer Rauch.

Und überall die Fundprotokolle. Blendendweiß und unschuldig wie Tauben flatterten sie über der Schlucht.

15

Belgravia, Wilton Row 17, Montag, den 24. Oktober 1988

Am Morgen des Gerichtstermins frühstückten die Passmores früher als gewöhnlich, und Patrick war der letzte, der von oben herunterkam.

Er hatte schlecht geschlafen. Seit dem Unglück litt er an Schlaflosigkeit und war ständig müde. Müde und schlapp. War das die Trauer? Es fühlte sich nicht wie Trauer an, eher wie die tiefverwurzelte Ungewißheit, ob er wachte oder träumte.

Die Mutter und der Stiefvater von Myles saßen schon mit Modge am Tisch des in Blau und Weiß gehaltenen Frühstücksraums und lächelten ihm entgegen. Modge ging in die Küche, um Nadja Bescheid zu sagen.

»Du siehst ziemlich schlecht aus, mein Guter«, sagte Julian Passmore. »Machen dir die Verbrennungen zu schaffen?«

»Danke, es geht«, sagte Patrick. Er setzte sich und goß sich den Kaffee unbeholfen mit der rechten Hand ein. Heute fühlte er sich noch unbehaglicher, weil er in Anzug und Krawatte war. Die hatte er seit den Prüfungen nicht mehr getragen. Er kam sich vor wie in einer Zwangsjacke.

»Vielleicht sollte sich Dr. Foster deine Hand noch einmal ansehen«, sagte Debra Passmore.

Patrick warf ihr einen Blick zu. »Ist nicht nötig. Danke.«

»Es macht uns keine Mühe. Nadja kann dir einen Termin besorgen.«

Patrick bedankte sich, sie setzten ihr Frühstück fort. Er nahm einen Schluck Kaffee und sah, daß Mrs. Passmore eine Scheibe

Toast mit Butter bestrich und zu den beiden anderen Scheiben auf ihrem Teller legte, die sie bereits vergessen hatte. Er wechselte einen Blick mit Julian Passmore. Ein kantiges, kluges, sorgenvolles Gesicht.

Debra Passmore schob den Teller beiseite und blätterte die Faxe durch, die ihre Sekretärin über Nacht geschickt hatte.

Myles hatte seine Mutter als »Königin von Saba« bezeichnet – ein treffender Ausdruck, wie Patrick nun fand. Ihr fein geschnittenes Gesicht war von großen dunklen Augen beherrscht, und wenn sie sprach, konnte er das Spiel ihrer Kiefermuskeln verfolgen.

Ihr Aussehen ließ erkennen, daß sie auf ihre Erscheinung keinen großen Wert legte, aber alles Nötige tat, um ihrer Umgebung zu entsprechen. Ihr kastanienbraunes Haar war zu einer praktischen Bubifrisur geschnitten, ihr Make-up war sparsam, ihr Schmuck beschränkte sich auf einfache Perlenclips. Wie immer trug sie ein maßgeschneidertes Kostüm und eine etwas männlich wirkende gestreifte Bluse mit passender Schleife. Modge hatte Patrick erzählt, daß sie ein Dutzend solche Kostüme und doppelt so viele gestreifte Blusen und Binder besaß.

Aus dem Wenigen, was Myles von seiner Mutter erzählt hatte, schloß Patrick, daß er sie verehrt und respektiert haben mußte. Das konnte er verstehen. Ihm ging es genauso.

Und sie war auf herzliche Weise nett zu ihm, genauso ihr Mann. Viel netter, als er verdiente. Als er drei Tage zuvor eingetroffen war, hatte er ein ganzes Stockwerk für sich allein bekommen.

Wilton Row Nummer 17, London SW1. Eine unscheinbare Adresse. Daß es sich um eine prachtvolle Villa in nächster Nähe des Buckingham Palace handelte, hatte er nicht ahnen können. Sein Zimmer war mit dicken dunkelblauen Teppichen, gesteppten Tagesdecken und überlangen Vorhängen ausgestattet. Dazu gehörte ein palastartiges, dunkelblau gekacheltes Badezimmer, ein Arbeitszimmer und ein Salon, in dem er einen Fernseher mit Flachbildschirm und Videogerät sowie eine Stereoanlage von Bang & Olufsen vorfand.

Ein ganzes Stockwerk für sich allein. Als würde er nicht nur bis morgen bleiben, sondern für immer hier wohnen.

Julian Passmore warf einen Blick in die *Times*, die auf dem Frühstückstisch lag. Er sieht gar nicht aus wie ein Richter, dachte Patrick. Aber wie sah ein Richter aus?

Jetzt hätte ihm Nerissa einmal Rückhalt geben können. Aber sie war mit Simon in Paris und würde erst zur Beerdigung kommen – wahrscheinlich aus Ärger darüber, daß sie nicht zum Gerichtstermin geladen worden war, wie Julian Passmore ihm mit überraschender Schärfe mitgeteilt hatte.

Da hat sie aber Glück, dachte Patrick.

Wenn er sich Myles' Eltern so ansah, kam er sich wie ein Hochstapler vor. Nein, Hochstapler war nicht das richtige Wort. Er war ein *Usurpator*. Er hatte hier nichts zu suchen. Das alles stand ihm nicht zu.

Wieder dieser Zweifel, ob er wachte oder träumte. Wie war er hierhergeraten?

Er erinnerte sich an das kleine Polizeirevier von Mazerans, in dem er seine Aussage unterschrieben hatte. Das mußte ein, zwei Tage nach der Entlassung aus dem Krankenhaus gewesen sein und drei oder vier Tage nach dem Unglück.

Er stand unter einer Platane, als ihm bewußt wurde, daß er außer ein paar Münzen kein Geld mehr hatte. Seine letzte Reserve hatte er für das Hotelzimmer in Sainte Eulalie verbraucht. Nun stand er mitten in Mazerans und wußte nicht, wie er nach La Bastide kommen sollte. Myles' Eltern hatten ihn hier abgesetzt und waren nach Perpignan weitergefahren, um die Überführung nach London zu regeln. Antonia war mit ihren Eltern bereits nach England abgereist, Simon und Nerissa hatten sich auf den Weg nach Paris gemacht.

Aber die Passmores hätte er nicht um Geld gebeten, selbst wenn sie neben ihm gestanden hätten. Sie waren so reich, daß Geld für sie keine Rolle spielte, und hätten ihm geschenkt, was er benötigte, aber keinesfalls geliehen. Außerdem waren sie die Eltern von Myles.

Er war zum Marktplatz gelaufen und hatte dort Madame Merou getroffen, die Bäckersfrau, die ihn nach La Bastide mitnahm, dafür mußte er ihr ein paar beiläufige, aber dennoch schmerzhafte Fragen nach dem Unfall beantworten. Im Dorf stieß er auf Monsieur Panabière, der ihm hundert Francs lieh. Patrick hatte keine Schwierigkeiten, den Alten anzupumpen, der ihm das Geld ohne Umschweife gab und selbstverständlich erwartete, es zurückzubekommen.

Darauf ging Patrick in die Villa hinauf, packte seinen Rucksack und lief hinunter zur Chaussee, wo er den Bus nach Toulouse nahm. Alles ging einfach und mit einer traumhaften Selbstverständlichkeit – mit der Einschränkung, daß der Bus auf der Autobahn in einen Stau geriet und er sein Flugzeug verpaßte, ohne sich auch nur einen Hamburger leisten zu können. So dauerte es denn mehrere Tage, bis er wieder in Oxford war.

Nachdem er von Dover getrampt und in einem Wartehäuschen an der M 40 übernachtet hatte, stand er plötzlich im Haus von Myles und atmete wieder den vertrauten Geruch seiner Schweißsocken. Ohne Myles kam er sich hier wie ein Eindringling vor. Überall waren die Sachen seines Freundes verstreut. Sein Rugbyhemd hing über dem Geländer, seine CDs lagen auf dem Fußboden verstreut, seine Snoopy-Tasse stand mit einem eingetrockneten Teerest auf der Treppe, daneben ein Exemplar der *Kurzen Geschichte der Zeit,* das Myles gekauft hatte, als das Buch in den Bestsellerlisten stand, ohne es je gelesen zu haben.

»Myles, du bist so ein Blender! Das Buch liest du doch nie im Leben!« hatte Patrick gespottet. Myles hatte ihm lachend die Bierbüchse an den Kopf geworfen.

Zwanzig Minuten später stand Patrick mit seinen Siebensachen wieder auf der Straße, und mit Hilfe eines sündhaft teuren Darlehens zahlte er den Mietvorschuß für ein winziges Zimmer in Jericho. Zwar verfügte er noch über das Guthaben, das sich als »Miete« für Myles angesammelt hatte, aber der Gedanke daran war ihm unerträglich. Er würde es für wohltätige Zwecke spenden.

Dann saß er auf dem durchgelegenen Bett in Jericho und dachte an Antonia. Den Zettel mit ihrer Adresse hatte er verloren. Und es gab Hunderte Hunts im Telefonbuch.

Sollte er überhaupt den Kontakt zu ihr suchen? Hatte er das Recht dazu, nach allem, was passiert war?

Zwei Tage später bekam er unerwarteten Besuch von Mr. Passmore (»Nennen Sie mich Julian, mein Guter. ›Mr. Passmore‹ klingt so amtlich.«). Wie Mr. Passmore seine Adresse herausgefunden hatte, blieb ihm ein Rätsel. Modge begleitete ihn, und als sie Patrick sah, stieß sie einen kleinen Schrei aus und umarmte ihn wie einen verlorengeglaubten Bruder.

Mr. Passmore fragte nicht, wo Patrick die ganze Zeit gesteckt hatte, und akzeptierte großmütig, daß er darauf verzichtete, weiterhin und »beliebig lange« in Norham Gardens zu wohnen. Im Gegenzug bot ihm Patrick an, Myles' Hinterlassenschaften zu ordnen.

Diese Aufgabe war komplizierter, als er angenommen hatte, denn zum Erstaunen aller hatte Myles in all den Jahren nichts weggeworfen. Neben uralten Einladungen zu Geburtstagsfeiern fanden sich seine Schulzeugnisse und Prüfungsarbeiten, was Patrick seltsam berührte, da Myles die Schule immer gehaßt hatte.

Patrick saß am Frühstückstisch und rechnete nach. Wie lange war das alles her? Erst eine gute Woche? Tatsächlich.

Modge brachte ihm Orangensaft und fragte ihre Mutter leise, ob sie den Tisch verlassen durfte. Mrs. Passmore erlaubte es mit verkniffenem Mund. Sie wollte auch Modge zum Gericht mitnehmen, obwohl der Arzt dringend davon abgeraten hatte. Ausnahmsweise widersprach Mr. Passmore seiner Frau und bestand darauf, daß Modge bei der Haushälterin bleiben sollte.

Es kostete ihn einige Überredungskraft. Mrs. Passmore schien nicht einzusehen, warum ihrer Tochter der Anblick des Toten erspart bleiben sollte, wenn sie selbst sich dieser Zumutung zu unterziehen hatte.

Für Debra Passmore war die Trauer ein ärgerliches Geschäft. Ihr Ärger schwelte tief innerlich und trat selten an die Oberfläche; trotzdem schien das ganze Haus von einer unterschwelligen Spannung belastet. Und nun war Patrick im Begriff, alles noch schlimmer zu machen.

»Ist es euch recht«, fragte er vorsichtig, »wenn ich erst kurz vor dem Termin ins Gericht komme? Ich habe mich mit Antonia und ihrer Mutter auf eine Tasse Kaffee verabredet.«

Debra blickte von ihren Faxnachrichten auf und sagte genau

das Gegenteil von dem, was sie dachte. »Aber natürlich. Eine gute Idee.«

»Um welche Zeit hast du dich verabredet?« fragte Julian mit jovialem Lächeln, ohne seine Frau aus den Augen zu lassen.

»Um halb neun«, erwiderte Patrick.

»Das paßt gut«, sagte Debra. »Der Termin ist um zehn, da hast du reichlich Zeit. Wir sehen uns dann im Gericht um, sagen wir, Viertel vor zehn. Ist das recht?«

»Sehr recht«, sagte Patrick.

»Gut.« Debra lächelte ihm kurz zu, um zu demonstrieren, daß sie ihm das Treffen mit Antonia nicht übel nahm.

Warum stellt sie sich so vehement gegen Antonia, aber nicht gegen mich? fragte er sich verwirrt. Gleich am Morgen nach dem Unfall, als sie mit ihrem Mann aus dem gemieteten BMW stieg, hatte sie begonnen, Antonia mit einem lebhaften, unerbittlichen und völlig unbegründeten Haß zu verfolgen.

Diese Person – so nannte sie Antonia, als ihre eiserne Beherrschung nach mehreren Gläsern Wein nachließ. »Hätte *diese Person* ihm nicht die Schlüssel gegeben, obwohl er offenkundig fahrunfähig war, wäre er noch am Leben!«

Patrick ertrug es nicht, sie so reden zu hören, und wünschte sich den Mut, ihr zu sagen: Okay, Debra, Antonia hat ihm die Schlüssel gegeben. Aber sie wollte nicht, daß ihm etwas passiert. Sie hat nicht die geringste Schuld. Und wenn du ihr etwas vorwirfst, warum dann nicht mir? Ich war sein Freund, und habe sein Vertrauen mißbraucht, seine Gastfreundschaft. Ich habe ihm die Freundin ausgespannt. Deshalb hat er sich betrunken. Deshalb kam er mit dem Jeep nicht zurecht. Und deshalb ist er verunglückt. Hast du je daran gedacht? Ich schon. Ich denke Tag und Nacht daran.

Aber wie konnte er das zu einer Frau sagen, deren Sohn in eine Schlucht gestürzt und bis zur Unkenntlichkeit verbrannt war? Die damit nur fertig wurde, indem sie ihre Wut auf Antonia richtete?

Und wie er sich nach Antonia sehnte! Seit dem Unfall hatte er sie kaum gesehen und kein einziges Mal allein. Sie war zu ihrer Mutter nach Suffolk gefahren, und von dort hatte sie steife Telefongespräche mit ihm geführt. Es gehe ihr gut, hatte sie auf ihre unnachahmlich englische Art gesagt. Und das konnte alles bedeuten – von »wunderbar« bis »hart am Rande des Nervenzusammenbruchs«. Ihre Stimme hatte so flach und unbeteiligt geklungen, daß er Beruhigungsmittel vermutete, aber sie stritt es ab, und er glaubte ihr. Wahrscheinlich klang seine Stimme auch nicht viel anders.

Doch auch diese Anrufe waren spärlich geblieben. Anfangs hatte ihn das verstört, dann begann er es zu akzeptieren. Vielleicht mußte es so sein. Nach dem, was passiert war, konnte er nicht einfach mit der Freundin seines Freundes davonziehen, als wäre nichts gewesen.

Debra rollte ihre Faxe zusammen und schob sie unter den Arm. »Ich muß in der Kanzlei anrufen.«

Julian blickte von der Zeitung auf. »Meinst du wirklich, Liebling? Es ist so schon schwer genug für dich.«

»Es ist viel schwerer, wenn sie dort Unsinn machen, und ich muß es hinterher ausbaden.«

Patrick sah ihr die Anspannung an. Vielleicht tat es ihr gut, sich in die Arbeit zu stürzen.

»Ach, Patrick«, sagte sie. »Fast hätte ich's vergessen. Wir sind am Mittwoch um drei in der Kirche verabredet, um die Musik für die Trauerfeier durchzusprechen. Du kommst doch, oder?«

Patrick starrte sie verdattert an. Heute war Montag, morgen wollte er nach Oxford zurück. Zwar erwartete ihn dort nichts, aber vielleicht konnte er sich auf Jobsuche machen. Und zur Beerdigung, wann immer die stattfand, würde er nach London zurückfahren. Er war sich sicher, daß er die Passmores über seine Absichten informiert hatte.

Debra nutzte sein Schweigen. »Du bleibst doch noch ein paar Wochen, hoffe ich.«

»Sag doch ja«, bekräftigte Julian. »Wir brauchen dich hier. Besonders Modge.« Er versüßte seine Bemerkung mit einem Lächeln, aber er klang vollkommen ehrlich.

Patricks Blick wechselte unschlüssig zwischen den beiden hin und her. Er versuchte, das Lächeln zu erwidern, aber sein Gesicht war wie zu einer Maske erstarrt. Vielleicht lag das an den Verbrennungen. »Danke«, sagte er. »Ihr seid sehr freundlich.«

Bevor er das Haus verließ, stieg er ins Dachgeschoß, um sich von Modge zu verabschieden.

Sie hockte vor dem Kamin an einem kleinen Tisch, auf dem zwei Barbie-Puppen in einen wüsten Ringkampf verstrickt waren. Neben ihnen, gefährlich dicht am Tischrand, stand ein Spielzeugjeep. Ein Papierröllchen ragte aus der geöffneten Kofferklappe, als hätten die Puppen gerade einen neuen Teppich gekauft.

»Nein, fahr du!« murmelte Modge und stieß die Puppen mit den Köpfen zusammen. Sie wirkte verbissen und ängstlich. Das Spiel machte ihr keinen Spaß.

»Hallo«, rief Patrick und zog einen Stuhl heran.

»Hallo«, erwiderte sie leise, ohne aufzuschauen.

Er zeigte auf die Puppen. »Die sind ganz schön wütend aufeinander.«

Modge kniff die Lippen zusammen. »Schon gut. Die vertragen sich wieder.«

»Klar. Nicht so schlimm, daß sie eine Weile sauer sind. Freunde bleiben sie trotzdem.«

Besonders feinfühlig fand er seine Bemerkung nicht, aber Modge schien sie zu akzeptieren, jedenfalls widersprach sie nicht.

In den Tagen nach dem Unglück war sie anhänglich wie eine Fünfjährige gewesen, und nachts hatte sie schreckliche Alpträume. Eine Woche später war es plötzlich besser geworden. »Sie ist darüber hinweg«, hatte Debra mit unverhohlener Erleichterung gesagt. Jetzt verbrachte sie die Zeit meistens allein mit ihren Puppen. Debra sprach davon, sie auf ein anderes Internat zu schicken, damit sie auf andere Gedanken kam. Vielleicht eins, wo sie das Pony halten durfte, das sie sich seit langem wünschte.

»Kinder sind erstaunlich anpassungsfähig«, hatte ihn Debra ein wenig brüsk belehrt, als er einwandte, Modge hätte den Tod ihres Bruder möglicherweise nur verdrängt und nicht wirklich verwunden. Wahrscheinlich hatte Debra recht. Schließlich war sie die Mutter. Und was verstand er schon von Kindern?

Eine der Puppen saß nun am Steuer des Jeeps, der gefährlich über den Tischrand ragte, die andere Puppe hielt das Auto mit ausgestrecktem Arm auf und schob es auf den Tisch zurück. Die

Papierrolle rutschte heraus und fiel auf den Teppich. »Ladung über Bord«, sagte Patrick und wollte die Rolle aufheben.

»Nein«, schrie Modge und hielt seine Hand fest. Ihr Griff war fest und fiebrig. War es ihr toter Bruder, den sie mit dieser Rolle verband?

Er gab sie zurück. »Hier. Gesund und unversehrt.«

Aber sie nahm sie nicht.

Er drehte sie in den Fingern und sah eine kleine Bleistiftnotiz: »AEH/88«.

Antonia Elizabeth Hunt.

Stutzig geworden, streifte er das Gummiband ab und breitete das Blatt auf dem Tisch aus. Es war Antonias halbfertige Skizze des *kántharos*-Reliefs. Pegasus trabte fröhlich auf einen unerreichbaren Bellerophon zu.

Ihm wurde schwindlig. Wie lange war es her, daß er ehrfürchtig vor dem Relief des Jünglings verstummt war? Eine Million Jahre. War es Traum oder Wirklichkeit?

Mit heiserer Stimme fragte er Modge, wo sie die Zeichnung gefunden hatte.

Sie antwortete nicht und schob den Jeep langsam über den Teppich, ihr Gesicht war blaß und verschlossen.

Vorsichtig fragte er, ob Myles ihr die Zeichnung gegeben hatte.

Der Jeep fuhr einmal im Kreis, dann nickte sie kaum merklich.

»Also hat er – äh – deine Hilfe gebraucht, um den Kelch herauszuholen. Und die anderen Sachen auch.«

Wieder ein langes Schweigen. Dann nickte sie erneut.

Myles, wie konntest du deine kleine Schwester in so etwas hineinziehen? dachte er. Die Fundprotokolle sind eine Sache, aber der Kelch?

»Hast du eine Ahnung, wo er sein könnte?« fragte er behutsam. »Ich meine den Kelch?«

Vehementes Kopfschütteln.

»Weißt du, Imogen, er wird gesucht. Dr. Hunt hat alles auf den Kopf gestellt, aber er findet ihn nicht. Er braucht ihn dringend, Antonia auch. Er ist ihnen sehr wichtig. Es wäre toll, wenn du ihnen helfen könntest.« Wahrscheinlich sollte er es dabei belassen. Auf keinen Fall wollte er sie unter Druck setzen. Dann dachte er an Antonia.

Ein wenig beschämt machte er einen neuen Versuch. »Weißt du wirklich nicht, wo er ist?«

»Ich schwöre hiermit Stein und Bein. Wer lügt, der soll verloren sein.«

Er erschrak vor dem gräßlichen Schulmädchenschwur. »Schon gut, ich glaube dir. Ist nicht so wichtig.«

Der Jeep drehte eine weitere Runde. »Patrick?«

»Ja?«

»Bitte verpetz mich nicht.«

»Weswegen denn?«

»Weil ich Myles geholfen hab', das Ding zu klauen.«

»Das ist doch nicht deine Schuld! Keiner wird dir das vorwerfen.«

»Wenn du was verrätst, kommt die Polizei und holt mich ab.«

»Niemals. Die Polizei verhaftet keine kleinen Mädchen. Das schwöre ich dir.«

Sie blickte ihn mit großen Augen an. »Doch«, sagte sie tonlos. »Sie verhören mich, und dann kriegen sie's raus.«

»Was kriegen sie raus?«

Drucksend sagte sie nach langem Schweigen: »Ich war böse auf ihn.«

Ihm fiel ein, wie sie ihnen auf dem Weg zur Höhle wütend entgegengestapft kam. Es war leicht zu begreifen, was in ihr vorging. Sie hatte Streit mit ihrem Bruder, worauf er verunglückte. Also war es ihre Schuld.

Patrick kannte sich in diesen Dingen aus. Er mußte an den Abend denken, bevor seine Mutter ihn verließ. Er hatte Krach mit ihr gehabt, weil er irgendeine dumme Sendung sehen wollte und sie ihn ins Bett geschickt hatte. Er hatte wachgelegen und sich die gemeinsten Flüche ausgedacht. Als er am nächsten Tag aus der Schule kam, war sie weg. Sie ist nach England zurück, hatte sein Vater gesagt. Er sah sie nie wieder. Und noch Jahre später war er überzeugt, er hätte sie mit seinen Flüchen aus dem Haus getrieben.

Er erzählte Modge davon und erklärte ihr, so gut es ging, daß man mit bösen Gedanken niemandem etwas antun konnte.

Sie schien ihn gar nicht zu hören. Vielleicht war er doch nicht der geborene Psychotherapeut.

Einen Erfolg erzielte er aber doch, als er die Zeichnung zusammenrollte und in die Tasche steckte. »Ich will sie sicher aufbewahren«, sagte er. »Einverstanden?«

Sie nickte und schien erleichtert, daß ihr wenigstens diese Last genommen war. Jetzt erinnerte sie wieder lebhaft an einen Gnom. »Versprich mir, daß du mich beim Richter nicht verrätst.«

»Aber Modge! Das ist doch kein Prozeß, nur eine Anhörung. Wenn jemand bei einem Unfall ums Leben kommt, werden die Zeugen befragt, damit geklärt werden kann, was passiert ist. Niemand wird dort beschuldigt. Und über dich werde ich gar nichts sagen, weil das alles keine Rolle spielt. Sie wollen nur wissen, wie sich der Unfall zugetragen hat.«

Sie ließ nicht locker. »Versprich mir, daß du nichts verrätst.«

»Gut, ich verspreche es, wenn dir dann wohler ist.«

Der Jeep fuhr wieder, aber er hatte sich in ein Krankenauto verwandelt. »Tatütata!« machte Modge.

Was hatte er sich nur dabei gedacht, das achtjährige Mädchen allein zurücklaufen zu lassen? Sicher hätte er sie irgendwie vor dem schrecklichen Anblick bewahren können.

Aber ihr war nichts erspart geblieben. Sie hatte mit ansehen müssen, wie der Jeep in die Tiefe stürzte.

Er schloß die Augen.

Der Rauch verstopfte ihm Nase, Mund und Kehle, die Backofenhitze erreichte ihn in Wellen, versengte sein Haar, drohte seine Augen, seine Ohren, sein Gesicht zu verbrennen. Seine Lunge schwoll bis zum Bersten, in letzter Sekunde wich er vor der Hitze zurück und gestand sich ein, was er von Anfang an gewußt hatte – daß es keine Hoffnung mehr gab. An Myles, der in dem brennenden Wrack steckte, würde er nicht herankommen.

Ohnmächtig stand er davor, geblendet von den Flammen, als ihn der süßliche Geruch verbrannten Fleisches erreichte. Dieser Geruch würde ihm für immer bleiben.

Endlich brach das Gewitter los. Dicke Tropfen klatschten ihm ins Gesicht, aber sie konnten das Feuer nicht löschen. Die dunklen Wolken hatten zuviel versprochen.

Seine Augen waren schon fast zugeschwollen von der Hitze, als er es aufgab und einen Weg nach unten suchte. Hilfe holen, schnell. Das Prasseln der Flammen übertönte den rauschenden Fluß, Blitze tauchten die Felsen für Sekunden in ein gespenstisches Weiß.

Als er die Mühle erreichte, brannten seine Hände, sein Gesicht und Hals wie Feuer. Hechelnd, mit zusammengebissen Zähnen eilte er in die Küche und tastete nach dem Telefon. Seine rechte Hand glühte vor Schmerz, seine Linke war wohltuend taub. Als er am Jeep angekommen war, hatte er versucht, die Tür aufzureißen und Myles zu retten. Dabei verbrannte er sich die Finger, und eine Scherbe schnitt tief in seine Handfläche ein. Er warf einen Blick auf die blutverschmierte Wunde. Nicht drandenken. Das war nicht seine Hand. Schnell telefonieren.

Aber wie lautete die Notrufnummer in Frankreich? War es die 911 wie in den USA oder gab es getrennte Nummern für Feuerwehr, Rettungswagen, Polizeinotruf? Egal, irgendeine Nummer!

Dann stand plötzlich Antonia neben ihm, mit aschgrauem Gesicht, sie nahm ihm den Hörer weg, wählte die Nummer und sprach hastig in den Hörer. Ihre Stimme kam von weit weg, Modge hatte sich an sie geklammert und wimmerte wie ein kleines Kind.

Seine Augen schwollen zu, und er sah nichts mehr, nun war er allein mit dem Aufruhr in seinem Kopf und dem würgenden Brandgeschmack in seinem Mund. Antonia schob ihn auf einen Stuhl und umwickelte seinen Kopf mit nassen Tüchern. Sie spülte ihm die Hände ab und schob etwas Knisterndes darüber, was sich anfühlte wie Plastiktüten.

Währenddessen redete sie mit leiser, zitternder Stimme auf ihn ein und versprach ihm, es würde alles gut werden. Er klammerte sich an das beruhigende Raunen und wußte doch, ohne den Gedanken zu Ende zu denken, daß von nun an nichts mehr gut werden würde.

Vier Wochen später hatte er noch immer den Brandgeruch mit dem süßlichen Beigeschmack im Mund. Er hing in seinen Kleidern, er klebte an seiner Haut, an seinen Haaren, er hatte sich in seinem Gedächtnis festgefressen.

Und nun glaubte Modge in ihrer kindlichen Einfalt, sie hätte ihren Bruder auf dem Gewissen. Sie war wütend auf ihn gewesen, und er war in den Abgrund gestürzt. Also war sie eine Mörderin.

Er kam sich plump, unbeholfen und nutzlos vor.

Myles hatte ihn gebeten, sich um Modge zu kümmern, und er hatte zugelassen, daß sie genau zur richtigen Zeit am richtigen Ort war, um ihren Bruder in die Tiefe stürzen und verbrennen zu sehen.

Er stand auf und ging langsam die Treppe hinab, das Schuldgefühl schnürte ihn ein wie eine Zwangsjacke.

Als Patrick gegangen war, stellte Modge den Jeep auf den Tisch zurück und fing von vorne an.

Die blonde Puppe im Jeep war ihr Bruder, die dunkelhaarige Puppe war sie selbst. Sie war die Retterin, die nur nette Sachen über ihren Bruder sagte und nur Gutes über ihn dachte, sie öffnete das Tor, damit der Jeep auf die Straße fahren konnte, statt rückwärts über den Felsrand zu stürzen.

Patrick hatte gesagt, mit Gedanken könne man niemandem etwas zuleide tun, aber da irrte er sich. Sie wußte es besser. Sie war wütend auf ihren Bruder gewesen. Sie hatte sich ausgemalt, wie er über das Tor klettern würde, wie er hinfliegen und sich das Knie aufschlagen würde, wie dann alle endlich einmal über *ihn* lachen würden. Und dann war es passiert.

Unten auf der Straße klappte eine Autotür. Modge zuckte erschrocken zusammen. Sie preßte die Hand vor die Brust, damit sich das Herzklopfen beruhigte.

Böse Autos.

Zum Glück fuhren sie nur auf den Straßen herum und kamen nicht die Treppe herauf. Wenn sie einfach oben blieb, konnte ihr nichts passieren. Solange sie sich von den Autos fernhielt, war sie in Sicherheit.

Ihr Herz wurde langsamer, sie konnte weitermachen. Die Schwester, der Bruder und der Jeep.

Und immer daran denken: Es war alles ganz anders: Die Schwester denkt nur Gutes über ihn, sie rettet den Bruder, sie öffnet ihm das Tor.

16

»Du findest mich bestimmt altmodisch«, sagte Evelyn Hunt, während sie Antonias Haar zu einem dicken Zopf flocht. »Aber ich kann mir nicht helfen: Die alten Sitten haben manchmal ihren Sinn. Als ich klein war, hat man Trauer getragen, wenn jemand in der Familie starb. Es gab lauter komplizierte Regeln, was man anziehen durfte und was nicht, und an die hatte man sich zu halten. Sinn der Sache war es natürlich, die Trauernden abzulenken, aber nicht nur das. Die Trauerkleidung zeigt den Leuten auf der Straße und den Bekannten, daß man Schweres durchzumachen hat. Sie verhalten sich rücksichtsvoller, und allen Beteiligten werden Peinlichkeiten erspart. Heutzutage trägt man Abzeichen für alles mögliche. Für Aidshilfe und Brustkrebsvorsorge und was nicht noch alles – nur die einfache Trauer wird nicht mehr gezeigt. «

Einfache Trauer. Trauer um Myles. Es war absurd. Und alles andere als einfach.

Antonia gab sich geschlagen. Sie saß in ihrem Zimmer in der Montpelier Street und verfolgte im Spiegel, wie ihre Mutter den Zopf befestigte. Die einfachsten Dinge wurden ihr zuviel. Sie fühlte sich benommen, ihr war ein wenig übel. Und ständig fror sie. Aber zu tieferen Gefühlen wie Kummer, Mitleid, Trauer war sie nicht fähig. Sie spürte nichts davon. Nicht einmal weinen konnte sie. Sie kam sich vor wie eine Schlafwandlerin.

Trotzdem staunte sie, wie wohltuend es war, sich von der Mutter herumkommandieren zu lassen. Evelyn Hunt war am Tag nach dem Unglück angereist und hatte alles Weitere in die Wege geleitet. Sie hatte die Grabungsarbeiten beendet, den fassungslosen und verwirrten Simon ausgezahlt und zu Bekannten nach

Paris geschickt. Dann hatte sie die Mühle geschlossen und war mit Mann und Tochter nach England zurückgeflogen. Sie nahm Antonia mit nach Suffolk, ihren Mann brachte sie bei Caroline in Gloucestershire unter, wo er auch nach der Kündigung seiner Stelle blieb.

Er war nicht zum Gerichtstermin vorgeladen worden und verließ sein Schlupfloch nicht, obwohl Antonia seine moralische Unterstützung hätte gebrauchen können. Er fühlte sich nicht gesund genug, hatte er seiner Frau erklärt, und sie akzeptierte seine Ausrede mit der üblichen, leicht ungeduldigen Nachsicht.

Aber Antonia machte sich keine Illusionen. Seit dem Unglück hatte er kaum ein Wort mit ihr gesprochen. Er machte sie für das Scheitern seiner Karriere verantwortlich. »Ich gebe ihr ja nicht die Schuld«, hatte er sich am Telefon bei seiner Frau beklagt, »aber von der Sache her hat sie die Verantwortung. Es war mal wieder typisch für sie. Ich fahre weg, um ein paar Tage auszuspannen, überlasse ihr die Oberaufsicht, und schon passiert es.«

Seltsamerweise war es nicht der Tod von Myles oder das Scheitern der Grabung, was ihm am meisten zu schaffen machte, sondern der Verlust des Kelchs. Im nachhinein hatte er ihn zu seinem eigenen Fund gemacht, der ihm einen großen Namen verschafft hätte – wäre er nicht durch die Nachlässigkeit seiner Tochter verlorengegangen.

»Wer hat denn vorhin angerufen?« fragte sie ihre Mutter erneut, die sich um eine Antwort zu drücken schien. »Wieder die Polizei?«

»Wer hätte gedacht, daß die Franzosen so gründlich sind?« erwiderte die Mutter schließlich. »Aber mach dir keine Sorgen, Liebling. Sie hatten nur eine Rückfrage zu seiner Aussage. Ich habe ihnen gesagt, du meldest dich nach der Anhörung vor Gericht.«

Der *kántharos* hatte alle Aussichten, zu einem nationalen Heiligtum zu werden, denn bei den Franzosen war Cassius sehr beliebt, und die Behörden setzten alles daran, den vermißten Kelch aufzufinden. Ihr Vater hatte den Fund in Toulouse gemeldet, und als das kostbare Stück am folgenden Tag verschwand, reagierten sie mit einem Mißtrauen, das nur zu verständlich war.

Die Polizisten hatten Antonia versichert, daß der Verdacht natürlich nicht auf sie falle. Aber sie meinten wenigstens einen Hinweis darauf erwarten zu dürfen, wo sie suchen sollten. Bei der Befragung kam sie sich vor wie eine Verbrecherin.

Patrick hatte sie nichts davon erzählt. Ihm ging es schon schlecht genug. Und irgendwann würde Gras über die Geschichte wachsen.

»Dein junger Mann hat angerufen, als du im Bad warst«, sagte die Mutter, befestigte den Zopf mit einer schwarzen Samtschleife und prüfte ihr Werk mit kritischem Blick. »Er wollte dich nicht stören, nur sichergehen, daß wir nicht ins falsche Café gehen. Ich muß sagen, er klingt nett. Der Akzent ist gar nicht so schlimm, wie ich dachte.«

Antonia fing den Blick ihrer Mutter im Spiegel auf und rang sich das erwartete Lächeln ab.

»Ich finde es sehr sympathisch, daß er dich Antonia nennt und nicht Toni.«

»Ich auch«, sagte Antonia überrascht.

»Endlich!« Ihre Mutter verdrehte theatralisch die Augen. »Ich habe mich immer gefragt, warum du auf diesem schrecklichen Kosenamen bestehst.«

»Wieso? Ich habe ihn nie leiden können.«

»Aber Liebling! Du hast ihn doch ausgesucht. Erinnerst du dich nicht?«

Antonia schüttelte den Kopf.

»Als du fünf warst, hast du eines Tages verkündet: ›Ich heiße Toni. Keiner darf mich anders nennen.‹ So, jetzt weißt du's.«

»Ich kann mich nicht erinnern.«

»Glaub mir, so war es. Du konntest deinen Namen nicht ausstehen. Und den ganzen ›Mädchenkram‹ auch nicht. Puppen, Kleider, und – Gott behüte! – Puffärmel. All die Sachen, die Caroline hatte, kamen für dich nicht in Frage.« Sie schüttelte den Kopf. »Du warst mir immer ein Rätsel. Bis heute. Mit Caroline hatte ich nie Probleme.«

Und doch bist du meine Tochter, schien ihr Gesichtsausdruck zu sagen. Du brauchst mich, also bin ich für dich da.

Antonias Mutter war eine große, schlanke, dunkelhaarige Frau, die sich geradehielt wie ein Stock und für ihre zweiundfünfzig Jahre recht gut aussah. Aus Anlaß des Gerichtstermins trug sie einen ihrer geliebten Hosenanzüge von Margaret Howell: eine gerade geschnittene blaue Kammgarnjacke mit weiter Hose, die ihre zierlichen Knöchel frei ließ, dazu ein rohseidenes T-Shirt mit zartlila und dunkelblauen Tupfen, ihr Lieblingshalstuch von Theo Fennell und Ohrringe. Die Goldkette paßte genau in ihren Ausschnitt und vertrug sich gut mit den Goldschnallen ihrer Ferragamo-Slipper.

Für einen Gerichtstermin war das natürlich übertrieben, aber das störte sie nicht im geringsten. Evelyn Hunt war in Benenden zur Schule gegangen; den »letzten Schliff« hatte sie in der Schweiz erhalten. (»Zu meiner Zeit gingen die Mädchen nach Genf oder Lausanne. Oxford und Cambridge kamen überhaupt nicht in Frage.«) Zumindest sie kleidete sich für alle Anlässe »angemessen«, und auch ein Gerichtstermin war ein solcher Anlaß.

Aus demselben Grund hatte sie ihrer Tochter einen eleganten anthrazitfarbenen Hosenanzug von Gérard Darel aus feiner Schurwolle gekauft, dazu eine nilblaue Seidenbluse mit Schalkragen und schmale schwarze Slipper von Galliano. Unerbittlich hatte sie auf einem »anständigen« Make-up und einem Besuch des Nagelstudios bestanden.

Antonia hatte sich nach kurzem Widerstand gefügt, und jetzt war sie selbst überrascht, daß sie sich »ordentlich zurechtgemacht« tatsächlich viel besser fühlte. Als sie es ihrer Mutter sagte, erntete sie ein herbes Lächeln. »Allerdings, meine Liebe. Man braucht wirklich keinen Oxford-Abschluß, um zu begreifen, daß es die Moral hebt, wenn man sich ein bißchen herausputzt. Im Gegenteil, der stört eher. Findest du nicht?«

Mrs. Hunt schaute besorgt auf die Uhr. »Es ist schon fast acht. Wir müssen uns beeilen.«

Antonia stand auf, in ihrem Magen kribbelte es gewaltig. In einer halben Stunde würde sie Patrick wiedersehen.

In den Wochen nach dem Unglück war sie wie betäubt gewesen. Stimmen, Gesichter, ihre Gedanken, von allem war sie wie durch eine Milchglasscheibe getrennt. Nur wenn sie mit Patrick sprach, nahm die Welt wieder Gestalt an – die Farben kehrten zurück, die

Bilder belebten sich. Sie klammerte sich an den Gedanken, daß sie eines Tages, wenn all das Schreckliche vorüber war, zusammenfinden würden.

Die zwei Wochen, in denen er unerreichbar für sie war, hatte sie als ihre schlimmsten in Erinnerung. Sie hatte geglaubt, er wäre für immer aus ihrem Leben verschwunden – einfach aus der Welt gefallen wie Myles. Selbst jetzt rief er nicht immer zurück, wenn sie ihn in der Wilton Row zu erreichen versuchte. Zuerst hatte sie geglaubt, daß er den Kontakt mied, aber dann kam ihr der Verdacht, daß Mrs. Passmore nicht alle ihre Anrufe ausrichtete. Und das fand ihr volles Verständnis. Denn schließlich hatte sie den Sohn von Debra Passmore auf dem Gewissen.

Einmal, als Patrick am Telefon gesprächiger war, hatte er ihr erzählt, daß er mit der U-Bahn bis St. James Park gefahren war, um einen Blick auf das Gericht zu werfen. »Eine ziemlich schräge Umgebung«, hatte er gesagt. »Du läufst durch diese seltsame Einkaufspassage im Stil der vierziger Jahre, und plötzlich stehst du vor dem neuen Scotland Yard. Unweigerlich fühlst du dich wie ein Verbrecher.«

Er hat recht, dachte sie, als sie mit ihrer Mutter ein paar Straßen vom Café entfernt aus dem Taxi stieg. Den Rest des Weges wollten sie zu Fuß gehen, um ein bißchen Luft zu schnappen. Es war wirklich eine merkwürdige Gegend. »Weder Fisch noch Fleisch«, befand ihre Mutter.

Antonia nahm es gelassen, sie hatte andere Sorgen. Für Oktober war es kalt, und seit den frühen Morgenstunden nieselte es. Sie überquerten eine Straße mit Verkaufsbuden, die eben erst aufgebaut wurden, trübsinnig flappten die Regenplanen im Wind. Dann kam ein schlankes Bürohaus mit Glitzerfassade und gläsernen Fahrstühlen, danach ein Waschsalon, eine heruntergekommene »Klinik für Familienplanung« und ein paar hübsche Reihenhäuser der Jahrhundertwende, die von einem massigen Bürobau aus dem Betonzeitalter schier erdrückt wurden.

Myles hätte sich maßlos ereifert, dachte Antonia. Besonders über die Klinik. *Wie spießig, wie entsetzlich!* Und automatisch stellte sich der Gedanke ein, daß sie ihm nachher davon erzählen würde.

Sie wartete mit der Mutter in der italienischen Kaffeebar, die ihr Patrick am Telefon beschrieben hatte. Es war ein helles, freundliches Lokal mit messinggerahmten Spiegeln, glänzenden grünen Kacheln und hübschen kleinen Marmortischen. Draußen auf der Horseferry Road rauschten die Busse und Taxis vorbei. Auf dem Bürgersteig breitete ein Bäumchen die kahlen Äste über einen Berg von schwarzen Müllsäcken.

Plötzlich stand Patrick am Tisch. Ihre Mutter blickte lächelnd zu ihm auf, stellte sich vor und »empfahl sich«, um im Gerichtsgebäude zu warten.

Dieses Licht in seinen Augen und das unglaubliche Blau! Wie konnte ich das vergessen? fragte sich Antonia.

Er trug keinen Kopfverband mehr, sein Gesicht war nur ein wenig gerötet wie nach einem Sonnenbrand, doch sein Lächeln wirkte etwas schief, als würden ihm die Verbrennungen oder die Erinnerung daran noch immer Schmerzen bereiten. Sein Haar war kurzgeschoren, seine Brauen und Wimpern sahen aber nicht mehr versengt aus. Die rechte Hand hatte dieselbe Bräune wie sein Gesicht, doch die linke steckte noch immer in einem dicken Verband. Er müsse mit einer Hauttransplantation rechnen, hatten die Ärzte gesagt, und wahrscheinlich neu schreiben lernen. »Lassen wir das«, schnitt er Antonias Fragen ab.

Als er zur Theke ging, um den Kaffee zu holen, fiel ihr auf, daß er einen schlichten dunklen Anzug trug. Sicher sein Prüfungsanzug, dachte sie. Er wirkte darin viel größer, schlanker und trotz des schlecht gebügelten Hemds beängstigend elegant.

Irgendwas war mit seinen Schuhen gewesen, fiel ihr ein. Myles hatte ihr eine Geschichte erzählt – richtig, da war sie wieder: Vor der Prüfung hatte Myles ihn bei der Wahl der passenden Schuhe beraten und darauf bestanden, daß nur die derben Halbschuhe von Church in Frage kamen. Aber Patrick hatte gemeint, er sei doch nicht verrückt, sechzig Pfund für ein Paar Schuhe auszugeben, und brachte Stunden später einen Fund vom Schnäppchenmarkt nach Hause. Myles war entsetzt gewesen, daß sein Freund im Begriff war, seinen Ruf mit einem Schlag zu ruinieren. »Du kannst doch keine schwarzen Wildlederschuhe zu einem Anzug tragen! Ehrlich, Paddy! Hat man dir überhaupt nichts beigebracht?«

Patrick kam mit dem Kaffee und nahm ihr gegenüber Platz. »Du siehst umwerfend aus«, sagte er geradeheraus. »Schwarz steht dir gut.«

»Dir auch.«

Sie rührten in ihrem Kaffee, das kräftige Aroma schlug ihr auf den Magen. Verzweifelt suchte sie nach einem Gesprächsthema. »Bist du allein gekommen?« begann sie. »Ich meine, kommt jemand von deiner Familie zur Verhandlung?«

Er blickte sie fragend an.

»Ich dachte, weil deine Mutter in England lebt, kommt sie vielleicht. Oder hast du noch andere Verwandte?«

Er schüttelte den Kopf. »Meine Mutter ist vor ein paar Jahren gestorben. Irgendwo in den Midlands habe ich eine Tante. Die hab' ich einmal angerufen, als ich nach England kam, aber ...« Er zuckte die Schultern.

Sie erkundigte sich nach Modge.

»Ihr geht's gut, vermute ich. Zumindest ...« Er brach den Satz ab. »Ich weiß nicht. Ich weiß nicht mal, wie es mir geht. Es ist alles so unwirklich.«

Sie saßen da und schwiegen. Nach einer Weile streckte er seine gesunde Hand aus und strich ihr über den Handrücken. »Du fehlst mir«, sagte er, ohne sie anzuschauen.

»Du mir auch.«

»Weißt du, es ist wirklich verrückt. Ich hab' richtige Angst vor dieser Anhörung und weiß nicht, warum. Ich meine, wir müssen nur die Wahrheit sagen. Aber ich fühle mich wie vor der Abschlußprüfung.«

»Ich weiß. Mir geht's genauso.«

»Wenn wir's nur schon hinter uns hätten. Aber vor unserer Verhandlung findet noch eine andere statt.«

»Er als zweiter. Das hätte ihn geärgert.« Sie schluckte.

»Aber der ganze Rummel hätte ihm schon gefallen, meinst du nicht?« Er lächelte gequält.

Plötzlich konnte sie ihn nicht mehr ansehen. Sie beugte sich über ihre Tasse, ihre Kehle schnürte sich zu, aber die Tränen wollten nicht kommen.

So war es seit dem Unglück. Sie konnte nicht weinen. Vielleicht war ihr deshalb die ganze Zeit übel.

»Ich sehe immer nur sein Gesicht vor mir«, sagte sie mit erstickter Stimme. »Im Moment, als der Jeep nach hinten kippte. Davon träume ich jede Nacht. Dieser fassungslose Ausdruck.« Sie rang nach Luft. »Dann, als der Jeep weg war, dauerte es ewig, bis er auf die Felsen aufschlug. Diese endlose Stille, bis es krachte. Und die ganze Zeit hat er gewußt, daß er sterben muß.«

Sie bekam keine Luft, und der Kaffee war viel zu heiß. »Ich frage mich ständig, wann er das Bewußtsein verloren hat. Ob es gleich passierte, als er aufschlug? Das müßte eigentlich so sein, oder? Sofortige Bewußtlosigkeit. Er hat sicher nichts mehr gespürt ... als es dann brannte.«

Er erwiderte nichts und strich ihr sanft über den Handrücken. Sie saß mit gesenktem Kopf da und versuchte, mit ihrem Kummer fertig zu werden.

Nach einer Weile richtete sie sich auf und rieb sich die trockenen Augen. Schweigend saßen sie beisammen, während Büroangestellte auf einen Cappuccino und ein Muffin hereinkamen und draußen die Busse vorbeirumpelten.

»Deine Mutter scheint nett zu sein«, sagte Patrick schließlich.

Es klang so absurd, daß sie verunsichert auflachte. »Das ist sie auch, wie mir jetzt erst auffällt.«

Er warf einen Blick auf die Uhr. Zwanzig vor zehn. »Ich glaube, wir müssen los.«

Sie stand auf. »Bringen wir's hinter uns.«

Auf der Treppe zum Gericht verabschiedeten sie sich. Die Passmores würden ihn drinnen erwarten, und beide wußten sie, daß eine weitere Unterhaltung in Gegenwart von Debra Passmore nicht ratsam war. Er hielt ihr die Tür auf.

»Können wir uns nach der Verhandlung sehen? Was meinst du?« fragte sie.

Er blickte auf sie hinab und wollte lächeln, aber es gelang ihm nicht.

»Ich ... ich meine«, stammelte sie. »Wenn du noch möchtest.«

Er setzte zu einer Antwort an, zögerte und sagte schließlich: »Ja, ich möchte.« Dann griff er in die Brusttasche und reichte ihr einen zusammengefalteten Zettel – so hastig, als befürchtete er, seinen Entschluß noch einmal rückgängig zu machen. Auf dem Zettel standen seine Adresse in Oxford, seine Telefonnummer und eine Wegbeschreibung. Er hatte die Angaben mit der Schreibmaschine tippen müssen, weil seine linke Hand bandagiert war. Sie sah ihn vor sich, wie er sich über die Schreibmaschine beugte und mit einem Finger tippte.

Zitternd faltete sie den Zettel zusammen und steckte ihn in die Tasche. »Ich rufe dich nach der Verhandlung an«, sagte sie

»Nach der Verhandlung. Gut.«

Erst später, als sie mit ihrer Mutter vorm Gerichtssaal wartete, fiel ihr auf, daß seine Antwort mehrdeutig gewesen war.

»Ich möchte dich sehen«, hatte er gesagt. Nicht: »Wir können uns noch sehen.«

17

Vor dem Treffen hatte Patrick die Umgebung erkundet und auch das Gerichtsgebäude bestaunt.

Er hatte etwas amtlich Strenges erwartet, doch dann stand er vor einem hübschen viktorianischen Gebäude mit Ziergesimsen und Märchenzinnen und einem farbenfrohen Wappen über dem Portal. Ein Schild informierte ihn, daß dies kein städtisches Gericht sei, sondern Ihrer Majestät unterstehe.

Drinnen kam er sich vor wie in einer anderen Welt: polierte Mahagonibalustraden, zitronengelbe Wände mit weißlackierten Paneelen. Die Treppen waren mit dicken, waldgrünen Läufern belegt und von goldgerahmten Porträts gütig dreinblickender Würdenträger geziert.

Im ersten Stock befand sich ein kleines Wartezimmer, doch die Wartenden hielten sich sämtlich im Treppenhaus auf: Die Passmores, zu denen sich Patrick gesellte, standen in betontem Abstand zu Antonia und ihrer Mutter, denen er nur knapp zunickte. Außer ihnen hatten sich ein Feuerwehrmann, zwei Polizisten und drei Zivilisten eingefunden, die offenbar zur vorangehenden Verhandlung wollten. Diese drei sahen so bedrückt aus, wie Patrick sich fühlte. Zwei beleibte Frauen mittleren Alters mit Motorradhelmen zu ihren Füßen und eine vergrämt dreinblickende Frau mit schwarzen Leggings und hochhackigen Schuhen. Alle drei rauchten eine Zigarette nach der anderen und machten sich mit geflüsterten Scherzen Mut. Aus dem Augenwinkel sah Patrick, daß sich Antonia einen Weg zwischen den Motorradhelmen zum Fenster bahnte. Sie lächelte der Frau in den Leggings zu und erntete ein gequältes Grinsen.

Nach etwa zehn Minuten öffnete eine dicke junge Blondine mit schwarzem Rock und weißer Bluse die Flügeltür zum Gerichtssaal, und alle folgten ihr hinein. Es hätte auch ein viktorianischer Rauchsalon sein können: burgunderroter Teppich, cremefarbene Wände mit Ölgemälden, ein hübsch geschwungenes Dachfenster, auf das der Regen trommelte, und ein bombastischer Kamin mit olivgrüner Porzellaneinfassung. An die eigentliche Bestimmung des Raums erinnerten nur die fünf Sitzreihen aus Mahagoni mit burgunderfarbenen Plastikkissen und das Richterpult, das auf einem flachen Podest stand.

Alles wirkte schrecklich ehrwürdig und englisch, was Patrick nach drei Jahren Oxford nicht weiter hätte beunruhigen dürfen, aber als er sich neben Debra Passmore in die zweite Reihe setzte, stellte er beschämt fest, daß seine Hände zitterten.

Er kannte Gerichtssäle nur aus Filmen und fühlte sich durch die befremdliche Salonatmosphäre verunsichert. Wie hatte Myles immer gesagt: »In England ticken die Uhren anders, alter Junge. Du bist hier nicht in Amerika.«

Das war das Problem. Myles zuliebe wollte er alles richtig machen. Aber wie sollte er, wenn er die Spielregeln nicht kannte?

Das Warten zog sich hin, und sein Herzklopfen nahm zu. Dann kam die dicke Blonde aus einer Seitentür neben dem Pult und forderte die Versammlung auf, sich für den Richter Ihrer Majestät zu erheben.

Der Richter war ein munterer, freundlich wirkender Mittfünfziger mit Kräuselhaar und Hornbrille. Er trug einen schwarzgrauen Zweireiher, ein weißes Hemd und eine gepunktete, burgunderfarbene Krawatte, ein passendes Seidentuch schaute keck aus der Brusttasche hervor. Er nahm am Pult Platz – so schnell jedoch, daß Patrick seine Schuhe nicht sah. Aber er hätte wetten können, daß es sich um Halbschuhe von Church handelte.

»Die erste Anhörung betrifft den Todesfall Joseph Phillip Younger aus …« eröffnete der Richter die Verhandlung und verlas mit ruhiger, melodiöser Stimme die Daten des Verstorbenen. Ab und zu blätterte er in einer Akte, ohne seinen Redefluß zu unterbrechen, er sprach langsam und deutlich, damit die Schreiberin, die vor dem Pult saß, alles in ihren Laptop eintippen konnte.

Dem Richter machte seine geschliffene Darbietung sichtlichen Spaß, und wenn das Seidentuch in seiner Brusttasche auf eine gewisse Eitelkeit schließen ließ, so war die sicher wohlbegründet.

Patrick versuchte, sich auf den Tod des Joseph Phillip Younger zu konzentrieren – alles andere wäre ungehörig gewesen –, aber es wollte ihm nicht gelingen. Debra saß sehr gerade und hatte die Hände im Schoß zu Fäusten geballt. Antonia konnte er nicht sehen, sie saß auf der anderen Seite. Was hatte er hier neben Debra zu suchen? Warum hatte sie sich neben ihn gesetzt? Aber war es tatsächlich so? Sie hatte nichts gesagt oder unternommen, um ihn auf ihre Seite zu ziehen. Er war es selbst, der sich dazu verpflichtet fühlte.

Ein Polizist machte seine Aussage. Patrick hatte einen Zeugenstand erwartet, aber den gab es nicht, nur ein kleines gesondertes Podest neben dem Richterpult. Der Stuhl auf diesem Podest schien nur symbolische Funktion zu haben, denn der Zeuge hatte seine Aussage im Stehen zu machen.

Im Rechtslexikon, das sich Patrick bei Debra geborgt hatte, stand unter dem Stichwort »Coroner's Inquest« zu lesen: »Eine solche Anhörung stellt keine strafrechtlichen Verantwortlichkeiten fest, sondern dient lediglich der Ermittlung von Todesursachen bei nicht natürlichen Todesfällen und nach Möglichkeit der zukünftigen Vermeidung vergleichbarer Todesarten.«

Hier geht es nicht um Schuld, beschwichtigte er sich. Schuld und Verursachung sind zwei verschiedene Dinge.

Die Anhörung zum Todesfall Younger strebte zügig ihrem Ende zu. Mr. Younger, ein fünfundsiebzigjähriger Alkoholiker, geschieden und kränkelnd, hatte sich aus Lebensüberdruß erhängt. Seine Hinterbliebenen griffen nach ihren Sturzhelmen und verließen sichtlich erleichtert den Saal. Damit war der Fall Younger erledigt.

Der Richter setzte sich bedeutungsvoll zurecht, und Patricks Herz begann erneut zu klopfen.

»Und nun« – der Richter konsultierte die nächste Akte – »der Todesfall Myles Sebastian Cantellow, zuletzt wohnhaft Wilton Row 17, London SW1. Der Todesfall ereignete sich in Frankreich, unterliegt aber unserer Gerichtsbarkeit, da die Leiche diesem Gerichtsbezirk überstellt wurde.«

Die Adreßangabe berührte Patrick seltsam, hatte Myles sich in den vergangenen Jahren doch kaum je unter dem Dach seiner Mutter aufgehalten. Befremdend auch der Name Cantellow. Nach der Wiederheirat seiner Mutter hatte Myles den Namen seines leiblichen Vaters behalten, nicht aus Zuneigung zu ihm, sondern nur, um seinen Stiefvater Julian Passmore zu ärgern, den er noch weniger leiden konnte als den eigenen Vater. Offenbar war es um dessen väterliche Zuneigung auch nicht besser bestellt, denn er hatte die Anreise aus Edinburgh gescheut und war nicht zur Anhörung erschienen. Debra zufolge hatte er um »Aufklärung über das Ergebnis« gebeten und seine Teilnahme an der Beerdigung in Aussicht gestellt.

In Aussicht gestellt? Armer Myles, dachte Patrick.

»... sollen acht Aussagen für die Anhörung zugelassen werden«, verkündete der Richter. »Die Aussagen von Monsieur Clovis Panabière, Landwirt, die Aussage des französischen Polizisten der zum Unfallort gerufen wurde, das Protokoll der zuständigen Unfallbehörde, das Protokoll des Pathologen Dr. Roger Gilbert, die Aussagen von Dr. Antonia Hunt, Patrick McMullan und Nerissa Passmore. Werden dagegen Einwände erhoben?«

Debra wand sich auf ihrem Stuhl. Die passive Zuschauerrolle schien ihr nicht zu behagen.

»Also nicht«, befand der Richter und warf Debra einen verwunderten Blick zu. »Dann kommen wir zur Aussage von Mr. McMullan.«

Patrick erhob sich, und die Gerichtsassistentin erklärte ihm die Eidformel. Das wenigstens war genauso wie im Fernsehen, und er war froh, daß seine Stimme fest blieb, als er den Text von der Karte ablas. Aber es störte ihn, daß er bei »Gott dem Allmächtigen« schwören mußte, da er nicht gläubig war. Schon kam er sich wie ein Lügner vor, dabei war er noch gar nicht zu Wort gekommen.

Der Richter verlas seinen Namen und seine neue Adresse in Oxford, Patrick bestätigte die Richtigkeit.

»Bevor wir zum eigentlichen Thema kommen, wollen wir eine technische Frage klären«, begann der Richter. »Wie ich sehe, waren Sie zwischen dem 29. September und dem 12. Oktober für eine ergänzende Zeugenaussage nicht erreichbar. Können Sie mir den Grund nennen?«

Die Frage kam völlig unerwartet. Hatte er das nicht schon der britischen Polizei erklärt? »Äh, ja, Sir. Ich war auf dem Weg nach Hause, das heißt nach England.«

Der Richter hob die buschigen Augenbrauen und wartete auf eine Erläuterung.

»Ich habe meinen Flug verpaßt und habe länger für die Rückreise gebraucht als geplant.«

»Sie haben zwei Wochen auf den nächsten Flug gewartet?«

»Nein, Sir.« Der Kerl war ja verdammt gründlich. Patrick hatte gehofft, sich die peinlichen Einzelheiten ersparen zu können. »Ich konnte keinen anderen Flug buchen, weil ich kein Geld mehr hatte. Also habe ich in Toulouse als Nachtpförtner gearbeitet, bis ich das Geld für die Fähre beisammen hatte. Dann bin ich getrampt.«

Die Augenbrauen des Richters wanderten noch ein Stück höher. Vielleicht verstand er nicht, was Trampen war.

»Das heißt, ich habe mich von Autos mitnehmen lassen.«

»Ja, ich weiß, was Trampen ist«, versicherte der Richter mit einem matten Lächeln.

Patrick sah, daß Debra und Julian fassungslos den Kopf schüttelten. *Wenn wir das gewußt hätten! Wir hätten doch dem armen Jungen das Geld auslegen können. Warum ist er denn nicht mit uns gefahren, um Himmels willen!*

Genau das war das Problem, aber wie sollte er das den beiden begreiflich machen?

»Nun, das scheint in Ordnung«, fuhr der Richter unbeeindruckt fort. »Wenden wir uns der Identitätsfeststellung zu. Die wird uns nicht lange aufhalten, aber ich muß Ihnen zwei Fragen stellen, da die Identifizierung des Gebisses nicht eindeutig war. Wie ich sehe, Mr. McMullan, waren Sie als erster am Unglücksort, nachdem Sie gesehen hatten, wie der Jeep mit dem Verstorbenen am Steuer in die Schlucht stürzte.«

»Ja, Sir.«

»Dann rannten Sie also ein Stück zurück, um sich davon zu überzeugen, daß Dr. Hunt nichts passiert war, und sind an der steilen Felswand hinabgeklettert, um zu dem abgestürzten Fahrzeug zu gelangen. Dort versuchten Sie, den Verstorbenen zu retten, wurden aber durch die Hitze daran gehindert und zogen sich bei dem Rettungsversuch Verletzungen zu.« Er warf einen kurzen Blick auf Patricks verbundene Hand. »Ist das eine zutreffende Zusammenfassung des Geschehens?«

Eine zutreffende Zusammenfassung?

Patrick konnte nur mit Mühe folgen. Die Beschreibung des Richters hatte so wenig mit seinem Erleben zu tun, daß er es in dessen Worten kaum wiedererkannte.

In Wirklichkeit bestand seine Erinnerung nur aus einzelnen Bruchstücken und Fetzen. Der abstürzende Jeep. Die flatternden Zettel vor dem Hintergrund des bleigrauen Himmels. Dann sein halsbrecherischer Abstieg zum Grund der Schlucht. Das Knirschen der Glassplitter unter seinen Sohlen. Der dicke schwarze Qualm und die gelben Flammen. Verbogenes Blech und geschmolzenes Plexiglas. Der Gestank.

Der Jeep war mit dem Heck aufgeschlagen und geschrumpft wie eine Ziehharmonika. Er hatte am Türgriff gezogen, und der Hitzeschwall hatte ihn zurückgetrieben. Dann teilte der Wind den Rauchvorhang, und für einen Moment sah er etwas Schwärzliches, Glänzendes hinter dem Steuer des Wracks. Das Bild hatte sich unvergeßlich in seine Netzhaut eingebrannt. Er sah es, wenn er die Augen schloß. Er sah es in seinen Träumen. Er sah es jetzt. *Ist das eine zutreffende Zusammenfassung des Geschehens?*

Alles wartete auf seine Antwort. »Ja, Sir«, sagte er schließlich. »So war es.«

Der Richter nickte.

Dafür kriege ich die volle Punktzahl, dachte Patrick sarkastisch und fing an, den Richter zu hassen, nur weil er gründlich vorging und Vergnügen an seinem schaurigen Beruf zu haben schien.

Der Richter übergab der Assistentin einen Stapel Papiere, von dem Patrick zwei Bögen mit je zwei Fotos überreicht bekam. »Wir wollen diese Fotos diskret behandeln«, sagte der Richter und betrachtete die Bilder, die vor ihm lagen. »Wer sie sehen möchte, hat die Möglichkeit dazu, aber die Angehörigen des Verstorbenen könnten sie als schockierend empfinden. Nun, Mr. McMullan«, fuhr er fort, ohne den Kopf zu heben. »Dies sind Polizeifotos, die nach den Löscharbeiten aufgenommen wurden. Wie ersichtlich, ist der Verstorbene bis zur Unkenntlichkeit verbrannt. Aber entsprechen die Bilder dem Zustand, den Sie beim Eintreffen an der Unfallstelle vorgefunden haben?«

Patrick blickte auf die Bilder und versuchte, gefaßt zu bleiben. Er erkannte die Tür des Jeeps und dahinter etwas am Steuerrad. Das Etwas war noch stärker verkohlt, als er es in Erinnerung hatte. Und es glänzte nicht mehr. Es sah aus wie verbranntes Papier, das vom nächsten Windstoß fortgeweht werden konnte.

Er nickte.

»Bitte geben Sie etwas zu Protokoll, Mr. McMullan«, sagte der Richter.

»Ja, Sir. Das ist es, was ich gesehen habe.« Vielleicht hätte er nicht *es*, sondern *er* sagen sollen. Aber das Etwas, das er auf den Fotos sah, war eindeutig kein Mensch mehr.

»Sehr gut«, sagte der Richter, was Patrick absurd vorkam. »Fassen wir also zusammen. Sie haben den Jeep mit dem Verstorbenen am Steuer abstürzen sehen, und sie haben ihn im Jeep gesehen, als Sie an die Absturzstelle gelangten.«

Patrick bejahte.

Der Richter nickte. »Ich glaube, das reicht für die Identifizierung. Die Bilder können zurück.«

Es gab ein allgemeines Aufatmen, als die dicke, blonde Assistentin die Bilder einsammelte. Außer ihm hatte sich nur der Polizist von der ersten Verhandlung die Fotos geben lassen – vielleicht aus beruflicher Neugier –, und zwei kränklich wirkende junge Männer in der letzten Reihe, in denen Patrick Reporter vermutete.

Er blickte zu Antonia hinüber. In Schwarz und mit dem strengen Zopf sah sie sehr befremdlich aus, aber sie fing seinen Blick auf und lächelte ein wenig. Und obwohl er nicht zurücklächelte, wußte sie sicher, daß er es getan hätte, wenn es ihm möglich gewesen wäre. Plötzlich fühlte er sich nicht mehr ganz so allein.

»Kommen wir zur Todesursache«, sagte der Richter und blätterte in der Akte. »Obwohl der Bericht der Pathologie wenig Zweifel läßt, bleibt doch zu bedenken, daß der Verstorbene ein junger

Mann von vierundzwanzig Jahren und guter Gesundheit war, sehen wir einmal davon ab, daß die Überreste der Leber Hinweise auf Alkoholmißbrauch ergeben haben ...«

Die Leber. Mein Gott, mußte der das so ausdrücken? Patrick sah, daß Debra bei dem Satz zusammenzuckte. Da hatten sie also Myles auf ein Tablett gelegt und in Scheiben geschnitten wie einen verkohlten Braten.

»... Blutalkohol konnte nicht genau ermittelt werden«, las der Richter aus der Akte vor, »lag aber beträchtlich über dem gesetzlichen Höchstwert von Null Komma acht Promille.« Er zog ein strenges Gesicht. Offensichtlich bekam Myles jetzt Minuspunkte für schlechtes Verhalten. »Mr. McMullan.« Der Richter blickte auf und richtete seine ernsten braunen Augen auf Patrick. »Etwa eine halbe Stunde vor dem Unfall haben Sie beobachtet, daß der Verstorbene eine ganze Flasche Champagner getrunken hat.«

»Ja.«

»Und Ms. Passmore stellt in ihrer Aussage fest, daß er am Morgen desselben Tages bereits den Großteil einer Flasche Wein getrunken hatte. Zudem wissen wir aus der Aussage von Dr. Hunt, daß der Verstorbene in der vorangegangenen Nacht eine beträchtliche Menge Kokain konsumiert hatte. Hat der Verstorbene Ihres Wissens des öfteren von illegalen Drogen Gebrauch gemacht?«

Patrick schaute verlegen zu Boden. Er spürte den Blick von Debra auf sich. »Ja«, sagte er zögernd.

»Und hat er diese Drogen immer mit Unmengen von Alkohol kombiniert, oder war das eher die Ausnahme?«

Patrick räusperte sich. »Es war nicht die Ausnahme. Obwohl er sich erst kürzlich entschlossen hatte, Schluß zu machen mit der ...«

»Bleiben Sie bei meiner Frage, Mr. McMullan.«

Patrick spürte, daß er rot wurde.

»Hatten Sie ihn in diesem Zustand jemals Auto fahren sehen?«

»Ja, Sir.«

»Oft?«

»Ein paarmal, vermute ich.« Und ich habe ihn nicht daran gehindert. Ich dachte, es hat keinen Zweck, er hört sowieso nicht auf mich. Ja, und damit muß ich nun auch leben.

»Wohin führt uns das nun?« fragte der Richter mit einem Anflug von Dramatik. »Wir wissen, daß sich der Verstorbene in stark alkoholisiertem Zustand ans Steuer gesetzt hat. Wir wissen, daß er ein Stück rückwärts gefahren ist, um zu wenden, und dann vorwärts fahren wollte, aber die Schaltung falsch betätigt hat und statt dessen im Rückwärtsgang über die Felskante gestürzt ist. Stimmt es, daß ihm mit diesem Fahrzeug ein ähnlicher Fehler schon einmal unterlaufen ist?«

»Ja, Sir. Die Schaltung hakte ein wenig. Das hab' ich beim Fahren selbst bemerkt.«

Und in ihrer ersten Trauer hatte Debra stundenlang geschrien, sie werde die Hunts verklagen, weil sie ihren Sohn mit einem defekten Jeep herumfahren ließen. Erst Tage später war es dem unermüdlichen Julian gelungen, sie davon abzubringen.

»Könnte man sagen, der Verstorbene hat einen früheren Fehler wiederholt, weil seine Fahrtauglichkeit durch Alkohol und Kokain stark beeinträchtigt war?«

»Ja, Sir«, flüsterte Patrick.

»Nun, das scheint so weit in Ordnung. Kommen wir also zum letzten Punkt, der medizinischen Beweislage. Haupttodesursache ist ohne Zweifel das Trauma des Aufpralls, aber es muß nicht die einzige Ursache gewesen sein.« Er blätterte wieder in der Akte, und Patrick hatte den Eindruck, daß ihm das Aufspüren von Hinweisen Spaß machte. »Ach, ja. Ich würde gern klären, ob der Verstorbene, als Sie den brennenden Jeep erreichten, noch am Leben war.«

»W-wie bitte?« stammelte Patrick.

»Sehen Sie«, fuhr der Richter ungerührt fort, »bei der Autopsie wurden Spuren von Kohlenmonoxid und Cyaniden im Gewebe festgestellt, die besagen, daß der Verstorbene noch am Leben war, als der Brand ausbrach.«

Unter ihm begann der Boden zu wanken. In den Sitzreihen entstand Bewegung, Laute des Entsetzens wurden hörbar.

Der Richter schien nichts zu bemerken, er blätterte weiter in der Akte. Als sich Patricks Schweigen in die Länge zog, warf er ihm einen ungeduldigen Blick zu.

»Nein, Sir«, sagte Patrick mechanisch. »Ich habe keine Anzeichen bemerkt, daß er noch am Leben war.«

»Danke.«

Patrick seufzte gequält.

»Kommen wir zu den Begleitumständen«, sagte der Richter. »Nämlich zur Frage, wie der Verstorbene dazu kam, in seinem Zustand auf einem gefährlichen Gebirgsweg Auto zu fahren. Wieder fasse ich die Aussagen zusammen, und Sie sagen mir bitte, ob ich etwas Wesentliches übersehen habe. Sie und Dr. Hunt, die Freundin des Verstorbenen, hatten kurz zuvor eine Beziehung angeknüpft« – bei dem Wort zuckte Patrick zusammen –, »was der Verstorbene, wir wissen nicht, wie, erfahren hatte, und was ihn dazu veranlaßte, sich an Dr. Hunt zu rächen, indem er am Gebirgsweg eine Spur von Zetteln auslegte. Und dort ist es dann zu einer Auseinandersetzung gekommen. Ist das so weit zutreffend?«

»Ja«, sagte Patrick.

»Nach der Auseinandersetzung wurden Sie von Dr. Hunt gebeten, nach der achtjährigen Schwester des Verstorbenen zu suchen, die sich zur fraglichen Zeit ebenfalls in der Nähe befand. Und das haben Sie getan.«

»Ja.«

»Auf Ihrem Weg sind Sie an dem Jeep vorbeigekommen und haben bemerkt, daß ein Tor, das vorher offengestanden hatte, nun verschlossen war und dem Jeep die Ausfahrt versperrte.«

»Ja.«

»Nun möchte ich folgendes wissen: Warum haben Sie und Dr. Hunt den Jeep innerhalb des Tors abgestellt, wenn Sie damit riskierten, daß er eingeschlossen wurde?«

Patrick stutzte. »Es gab keine andere Möglichkeit, Sir. Dort haben wir immer geparkt. Es war die einzige Stelle, wo genug Platz war, so daß Monsieur Panabière mit seinem Traktor … Monsieur Panabière ist der Bauer, der …«

»Ich weiß. Seine Aussage liegt vor.«

»… so daß er mit seinem Traktor durchkam.«

»Verstehe. Und bevor Sie den Jeep abstellten, haben Sie ihn gewendet. Haben Sie das immer so gemacht?«

»Nein«, erwiderte er beklommen. »Ich glaube, das war das erste Mal.« Klang das nicht verdächtig? Als hätte er es mit Absicht getan.

»Und warum haben Sie es dieses eine Mal so gemacht?« Der Richter wirkte nicht mehr freundlich.

»Weil ich wußte, daß wir auf dem Rückweg müde sein würden. In der Nacht zuvor hatten wir alle wenig geschlafen.« Mein Gott, wie das wieder klingt! dachte er. »Also hielt ich es für sicherer, wenn wir gleich wenden würden und nicht erst auf dem Rückweg.«

Es war still im Saal, weil alle darüber nachdachten, und Patrick wünschte sich inständig, er hätte das Wort »sicherer« nicht gebraucht.

»Zurück zum Tor. Kam es Ihnen seltsam vor, daß es mit einem Vorhängeschloß versperrt war?«

»Ein bißchen schon. Aber es war nicht das erste Mal. Das Schloß war neu. Aber geschlossen war das Tor schon ein- oder zweimal.«

»Monsieur Panabière hält aber in seiner Aussage fest, daß er das Tor weder geschlossen noch mit einem Vorhängeschloß versehen hat, als er gegen zwei Uhr mit seiner Frau vorbeifuhr. Er vermutet, daß es Touristen getan haben könnten – ein Streich. Das sei schon einmal vorgekommen. Haben Sie am Tag des Unfalls Touristen gesehen?«

»Nicht, daß ich wüßte.«

»Haben Sie eine Vermutung, wer das Tor verschlossen haben könnte?«

»Nein, Sir.«

Der Richter nickte. »Lassen wir es dabei bewenden. Ich sehe keinerlei Hinweise auf eine Straftat.« Er vertiefte sich in seine Papiere. »Sie sind also über das Tor geklettert und haben die Schwester des Verstorbenen ein Stück weiter eingeholt. Dort haben Sie sich zufällig umgedreht und den Verstorbenen zusammen mit Dr. Hunt gesehen.«

»Ja, Sir.«

»Dr. Hunt hatte nach eigener Aussage eine weitere Auseinandersetzung mit dem Verstorbenen, der von ihr die Schlüssel für den Jeep forderte. Sind Sie Zeuge dieser Auseinandersetzung geworden?«

»Ich konnte Antonia – ich meine Dr. Hunt – nicht sehen. Aber Myles habe ich gesehen.«

»Sie haben ausgesagt, Sie hätten gesehen, wie sie die Schlüssel übergeben hat.«

»Nur, wie er sie aufgefangen hat. Sie selbst habe ich nicht gesehen. Sie war durch Büsche verdeckt.«

»Ja, stimmt.« Der Richter verglich die Aussagen. »Sie sagt, daß sie dem Verstorbenen die Schlüssel zugeworfen hat.«

Aus dem Augenwinkel sah Patrick, daß Debra erstarrte. »Das wird so sein«, bestätigte er zögernd. »Anderenfalls hätte er sich die Schlüssel selber ...«

Der Richter brachte ihn mit einem drohenden Blick zum Schweigen. »Dann haben Sie den Verstorbenen in den Jeep steigen sehen.«

»Ja.«

»Und der Jeep stürzte ab.«

»Ja.«

»Damit wären wir wieder am Ausgangspunkt. Sehr gut.«

Patrick schwankte. Vom langen Stehen tat ihm der Rücken weh, der Schmerz in seiner linken Hand pochte. Wenn der Richter noch einmal »sehr gut« sagte, konnte er nicht mehr für sich garantieren. Er war drauf und dran, nach vorn zu gehen und ihn zusammenzuschlagen.

»Ich komme zum Schluß, Mr. McMullan«, sagte der Richter so liebenswürdig, daß sich Patrick für seine Wut schämte. »Aber ich muß Sie fragen, und ich bitte Sie, genau zu überlegen: Wirkte der Verstorbene zu irgendeiner Zeit besonders bedrückt oder erregt über Ihre Beziehung zu Dr. Hunt?«

»Wie meinen Sie das, Sir?«

»Bedrückt oder erregt in einem Maße, daß er sich das Leben nahm oder so leichtsinnig wurde, daß er sich in Lebensgefahr begab?«

Debra hielt die Hand vor den Mund.

Was sollte er darauf antworten? Er setzte zum Reden an, aber er brachte kein Wort heraus. »Myles war ...« Er schluckte. »Myles war von Natur aus leichtsinnig. Aber das bedeutet nicht, daß er ... Er hätte niemals versucht, sich umzubringen. Er hing viel zu sehr am Leben.«

Plötzlich sah er Myles vor sich, wie er sich über diese Redensart belustigte. *Er hing zu sehr am Leben? Meine Güte, Patrokles! In welcher Seifenoper hast du den Spruch aufgeschnappt?* Dann hätten sie zusammen darüber gelacht. Und erneut traf es ihn wie ein Schlag, daß er nie wieder mit Myles lachen würde. In seinen Ohren rauschte es, der Gerichtssaal versank im Nebel. »Ich kannte ihn«, flüsterte er mit versagender Stimme. »Er hätte sich nie umgebracht. Er war mein bester Freund.«

Diesmal rief ihn der Richter nicht zur Ordnung. Er musterte ihn stumm, offenbar beeindruckt von der Trauerbekundung. »Eine letzte Frage: Die Schwester des Verstorbenen wurde ebenfalls Zeuge des Geschehens. Da wir sie nicht mit einer Vernehmung belasten wollen, frage ich Sie, ob von ihrer Seite Gesichtpunkte zu erwarten wären, die bisher nicht gewürdigt wurden.«

Patrick dachte nach. Er dachte daran, daß Myles sie für seine Racheaktion eingespannt hatte, er dachte an ihr verkniffenes Gesicht, als sie das Unglück mit ihren Puppen nachstellte, er dachte an das Versprechen, sie nicht zu »verpetzen« und an die Bitte von Myles, sich um seine kleine Schwester zu kümmern. »Nein, Sir«, sagte er. »Sie könnte keine anderen Gesichtspunkte beisteuern.«

»Danke, Mr. McMullan. Das ist dann alles.«

Erst als er sich hingesetzt, die Augen geschlossen und ein paarmal tief durchgeatmet hatte, bemerkte er, daß in seiner Jackentasche etwas knisterte. Er griff hinein und hielt Antonias Zeichnung in der Hand. Aus irgendeinem Grund hatte er im Café vergessen, ihr den Zettel zu übergeben.

Jetzt fragte er sich aber doch, ob es richtig gewesen war, Modge zu schützen. Bis jetzt war der vermißte Kelch mit keinem Wort erwähnt worden. War das nicht seltsam? Sollte er nicht doch etwas dazu sagen?

Aber wozu sollte das gut sein? Außer einer Menge Fragen für die arme Modge würde nichts dabei herauskommen. Sie wußte nicht, wo Myles den verflixten Kelch versteckt hatte, also war es sinnlos.

Er blickte an die Decke und sah das Regenwasser am Dachfenster herunterlaufen. So entmutigt hatte er sich noch nie gefühlt.

Cassius, der rätselhafte Wahlspruch, der Kelch. War das überhaupt noch wichtig?

Er stopfte den Zettel zurück in die Tasche.

Antonia mußte dieselben Fragen beantworten, nur ging es diesmal schneller. Sie schlug sich wacker, aber konnte den Ausführungen des Richters nicht immer folgen und mußte zurückfragen. Wahrscheinlich fand er sie unkooperativ, wenn nicht gar aufsässig. Aber das konnte sie nicht ändern. Sie hatte nur einen Gedanken im Kopf: daß Myles noch gelebt hatte, als das Feuer ausbrach.

Sicher war er bewußtlos geworden. Oder war das nur eine der kleinen Selbstbeschwichtigungen, die man brauchte, um ruhig zu schlafen? *Wenigstens hat er nicht gelitten. Er war sofort tot. Er hat nichts mehr gespürt.*

Der Richter fragte sie nach den Zetteln, die Myles als Spur ausgelegt hatte. Sie entschuldigte sich und bat ihn, die Frage zu wiederholen. Mit bemühter Geduld stellte er die Frage noch einmal.

»Ja«, sagte sie. »Als ich mit Patrick zur Weggabelung kam, hatten wir schon alle Fundprotokolle eingesammelt.«

Ihre Stimme klang unbeteiligt, als würde sie übers Wetter reden. Ihr war klar, welchen Eindruck sie vermittelte. Die eiskalte Karrierefrau, die eine wunderbare Männerfreundschaft zerstört hatte, ihren Vater schamlos belog und ihrem sitzengelassenen und stockbetrunkenen Exfreund eine Szene machte, die Schlüssel hinwarf und dann ungerührt zusah, wie er sich ins Unglück stürzte, während sein bester Freund Kopf und Kragen riskierte, um ihn zu retten. Kein Wunder, daß die zwei Reporter in der letzten Reihe eifrig mitschrieben.

Und kein Wunder, daß Debra Passmore sie mit ihrem Basiliskenblick durchbohrte.

»Warum«, fuhr der Richter fort, »sind Sie überhaupt aus dem Jeep gestiegen und haben die Suche zu Fuß fortgesetzt, wenn Sie alle Papiere schon gefunden hatten? Warum sind Sie nicht einfach zurückgefahren?«

Sie starrte ihn verständnislos an. »Warum?«

»Ja. Warum?« Es gelang ihm immer weniger, seine Ungeduld zu verbergen.

»Weil wir noch den *kántharos* finden mußten.«

»Den was?« Der Richter blätterte in seinen Papieren. »Ich kann mich nicht daran erinnern, daß davon etwas in der Akte steht. Bitte erklären Sie.«

Was soll das jetzt? fragte sie sich genervt. »Ein Fundstück. Ein römischer Kelch aus Halbedelstein. Patrick hatte ihn ein paar Tage vorher gefunden.«

»Ein römischer Fund, sagen Sie? War er wertvoll?«

»O ja. Wegen seiner Implikationen kann man sagen, er war von unschätzbarem Wert.«

Die zwei Reporter reckten die Hälse und tauschten bedeutsame Blicke.

»Warum haben Sie nach dem Fundstück gesucht?«

»Äh, weil Myles es entwendet hatte.«

Empörung bei den Passmores.

»Dr. Hunt«, sagte der Richter im Ton eines tadelnden Vorgesetzten, »in Ihrer Aussage steht kein Wort über einen solchen Fund, sei er nun römisch oder nicht.«

»Wirklich? Das tut mir leid. Vielleicht bin ich nicht gefragt worden. Die Polizei wollte nur erfahren, wie der Unfall verlaufen ist.«

Es war schon verwirrend genug gewesen. Die örtliche Gendarmerie hatte sie mehrfach nach allen Details des Unfallgeschehens ausgefragt, und das französische Amt für Bodenfunde war nur am Verbleib des *kántharos* interessiert gewesen. Sie war davon ausgegangen, daß sich die beiden Behörden untereinander verständigt hatten.

Der Richter setzte eine nachdenklich Miene auf. »Sehr gut«, sagte er schließlich. »Sie sagen also, der Verstorbene hat den Gegenstand entwendet. Woher wußten Sie das? Hat er es zugegeben?«

»Nein, nicht direkt. Aber wir wußten es trotzdem.« Sie blickte zu Patrick hinüber, der angestrengt zu Boden schaute. »Das war nicht zu bezweifeln.«

»Das ist eine Frechheit!« rief Debra. »Diese Frau lügt! Sie benutzt meinen Sohn dazu, ihre eigene Nachlässigkeit zu bemänteln! Weil er tot ist und sich nicht mehr verteidigen kann. Mein Sohn war kein Dieb!«

»Mrs. Passmore«, sagte der Richter mit Nachdruck. »Ausgerechnet Sie muß ich doch nicht belehren, daß die Störung der Verhandlung mit einer Ordnungsstrafe belegt werden kann.«

»Aber sie bezeichnet meinen Sohn als Dieb! Wo sind die Beweise?«

»Dazu werden wir kommen.«

»Ich habe nicht gesagt, er ist ein Dieb!« widersprach Antonia trotzig. »Und ich lüge nicht. Ich sage nur, er hat ihn entwendet, und deshalb sind wir nicht umgekehrt, als wir die Fundprotokolle hatten. Wir hätten umkehren müssen. Jetzt ist mir das klar. Aber wir sind weitergegangen, weil er den Kelch hatte. Natürlich wollte er ihn zurückgeben. Er war kein Dieb. Aber er hat ihn genommen. Da bin ich mir sicher.«

Nach dem Wutausbruch der Mutter des Toten hatte der Richter kurz erwogen, den Saal räumen zu lassen. So eine häßliche Störung! Warum entzündete sich die Aufregung an einem so nebensächlichen Punkt? Aber wenn die Sache stimmte, ließ sich erklären, warum sich diese überspannten jungen Menschen in den Bergen herumtrieben, statt wie normale Leute nach Hause zu gehen, bevor etwas passierte. Aber seit wann benahmen sich Menschen normal, wenn Liebe im Spiel war?

Er nahm die Brille ab, putzte sie mit dem Taschentuch und dachte ans Mittagessen.

Die ewige Dreiecksgeschichte, dachte er gelangweilt und versuchte, seine Gedanken zu ordnen.

Da stand diese junge Frau nun, starr und trotzig, ihr Gesicht ein wenig zu verbissen, um wirklich schön zu sein. Aber attraktiv war sie ohne Zweifel. Nur schien ihr das selbst gar nicht bewußt zu sein.

Auffällig schön dagegen war der junge Mann. Dem Richter, glücklich verheiratet, war ein wenig unwohl bei dem Gedanken, einen Mann schön zu finden, aber so verhielt es sich nun einmal. Der Mann hatte eine irritierende magnetische Wirkung, die auf beide Geschlechter wirkte. Kein Wunder, daß er so erschöpft aussah.

Die ewige Dreiecksgeschichte. Es fiel nicht schwer, sich vorzustellen, wie die Sache entstanden war. Drei intelligente, verwöhnte und sich selbst überlassene junge Menschen mitten im

Sommer in einer entlegenen Ecke Südfrankreichs. Alkohol, Drogen, Sex. Es war immer dasselbe, und in neun von zehn Fällen ging alles glimpflich aus.

Aber in diesem Fall hatte eine Kette von harmlosen Irrtümern und Fehlentscheidungen zu einem tödlichen Unfall geführt. Nun wollte die Mutter des Opfers Blut sehen, die Presseleute gierten wahrscheinlich danach, den Unfall mit einer Diebstahlsgeschichte anzureichern. Und dann hatte die junge Frau nichts mehr zu lachen.

Doch selbst wenn der Verunglückte dieses Fundstück tatsächlich gestohlen hatte, konnte man niemanden für seinen Tod verantwortlich machen. Es war ein Unfall, weiter nichts.

Wie ärgerlich! Die Anhörung war so gut gelaufen. Aber er konnte die Akte nicht einfach schließen, ohne diese lästige Diebstahlsgeschichte zu behandeln. Das war er seinem Ruf als gründlicher Beamter schuldig. Außerdem bereiteten ihm ungeklärte Fragen Bauchschmerzen.

Noch immer mit dem Gefühl, aus der Mücke einen Elefanten zu machen, beschloß er, den jungen Mann erneut in den Zeugenstand zu rufen. Während die Gerichtsassistentin ihn ein zweites Mal vereidigte, nahm er sich vor, die Angehörigen des Toten auf keinen Fall zu fragen, ob die Zeugen ins Kreuzverhör genommen werden sollten. Auf eine Frau wie Mrs. Passmore würde ein solches Angebot wie ein rotes Tuch wirken. Er hoffte nur, daß sie zu erregt war, um selbst auf die Idee zu kommen.

Die junge Frau nahm Platz, und der Zeuge Patrick McMullan ging nach vorn. Er schien verwirrt von der überraschenden Wendung der Dinge. Der Richter hatte das schon viele Male erlebt. Der Zeuge ist nach der ersten Vernehmung erleichtert, alles überstanden zu haben, und denkt nicht im Traum daran, daß er noch einmal nach vorn muß.

»Also, Mr. McMullan«, begann der Richter und erfreute sich an seinem väterlich strengen Tonfall, der den Zeugen sichtlich beeindruckte. »Verschaffen Sie uns bitte Klarheit über diesen nebensächlichen Punkt. Haben Sie aus irgendwelchen Äußerungen oder Handlungen des Verstorbenen entnommen, daß er dieses Fundstück entwendet hat?«

Patrick blickte angestrengt auf einen imaginären Punkt zu Füßen des Richterpults. Er zog die Stirn kraus und griff sich ans Kinn. »Nein, Sir. Das habe ich nicht.«

Der Richter sah, wie Antonia bleich wurde. Sie wirkte, als hätte sie einen Schlag ins Gesicht bekommen. Patrick warf ihr einen Blick zu und ergänzte: »Ich meine damit, daß ich nicht weiß, ob er es entwendet hat.«

»Das heißt, sie können das nicht bestätigen?«

»Nein, Sir, das kann ich nicht.«

Der Richter wunderte sich. Warum log dieser Mann plötzlich, nachdem er so auffallend ehrlich gewesen war? Er hatte sich bemüht, kein Detail auszulassen, und nun, da es um eine unwichtige Nebensache ging, drückte er sich um die Wahrheit herum. Vielleicht brachte er es nicht über sich, seinen Freund, nach allem, was passiert war, auch noch als Dieb zu brandmarken. Strenggenommen war das Meineid. Aber nach fünfundzwanzig Jahren im Dienst ihrer Majestät hatte der Richter gelernt, harmlose Schwindeleien zu tolerieren. In diesem Fall hatte er seine Pflichten ordnungsgemäß erfüllt, und am Ergebnis der Anhörung würde sich nichts ändern.

Es war Zeit, zum Schluß zu kommen und essen zu gehen. Er ordnete seine Papier und formulierte seinen Urteilsspruch. Unfalltod verursacht durch Trauma, Verbrennung und Rauchvergiftung.

Den trauernden Hinterbliebenen half das gar nichts. Sie würden das Gericht verlassen wie schon so viele vor ihnen: Voller Vorwürfe gegen sich und andere, verzweifelt bemüht, dem Sinnlosen einen Sinn abzugewinnen. Er unterdrückte ein Gähnen.

Seltsam war nur die Lüge am Ende. Was hatte diesen sympathischen jungen Mann dazu getrieben?

18

Upper Missenden, Suffolk, fünf Tage später

Antonia zog sich gerade zum fünften Mal um, als ihr die Autogeräusche sagten, daß Patrick gekommen war.

Voller Panik starrte sie auf den Kleiderhaufen, der auf ihrem Bett lag und fluchte leise. Es war wirklich egal, was sie trug, sie hatte ganz andere Sorgen.

Sie griff nach dem obersten Pullover, einem kratzigen, betonfarbenen mit rundem Ausschnitt, der sie an die Schule erinnerte. Er war beim Waschen eingegangen und reichte gerade bis zum Bund ihrer Jeans. Unter dem Bett angelte sie nach ihren Schuhen, sie suchte ihr Haarband, fand es nicht und begnügte sich mit einem Schnappgummi.

Das Herz schlug ihr bis zum Hals, als sie das Zimmer verließ. Da sah sie ihn durch das Fenster im Flur und erschrak. Abgemagert, mit dunklen Augenhöhlen in einem kalkweißen Gesicht, starrte er zu ihr hinauf. *Wie Pißlöcher im Schnee*, hätte Myles dazu gesagt.

»Sie können also nicht bestätigen, daß er das Fundstück entwendet hat?« hatte der Richter gefragt.

»Nein, Sir, das kann ich nicht«, hatte Patrick geantwortet.

Sie konnte es noch immer nicht glauben. Immer von neuem durchlebte sie diesen Augenblick, als er sie im Gerichtssaal anblickte, und die Lüge knisterte wie eine Hochspannungsleitung.

Das Verrückte war, daß alle ihm glaubten und nicht ihr. Alle hielten *sie* für die Lügnerin. »Was das vermißte Fundstück betrifft«, hatte der Richter in seinem Schlußwort verkündet, »bin ich keineswegs überzeugt, daß wir die ganze Wahrheit gehört haben. Doch will ich es dabei belassen, weil das Unfallgeschehen, das zum Absturz des Verstorbenen führte, nicht davon berührt wird.« Der Richter hatte dabei niemanden angesehen, aber Antonia war überzeugt, daß alle Blicke auf sie gerichtet waren.

Warum stand sie nun als Lügnerin da? War es eine Frage des Aussehens, des Auftretens? War Patrick glaubwürdiger, weil er seine Gefühle zeigen konnte und sie nicht? Doch die eigentliche Frage summte ihr im Kopf wie eine zornige Wespe: Warum hat er es getan?

Es mußte einen Grund geben, den sie übersehen hatte. Er würde ihn nennen, sobald sie die Tür öffnete. Er würde sie in die Arme nehmen und sich entschuldigen. Er würde versprechen, die Sache aufzuklären. Und sie würde sagen: Aber klar, jetzt verstehe ich. Jetzt wird alles gut.

Als sie die Tür öffnete, kehrte er ihr den Rücken zu und blickte auf die Einfahrt. Er drehte sich um und sagte »Hallo«, machte aber keine Anstalten, sie zu küssen. Nicht einmal ihren Arm berührte er.

»Hallo«, erwiderte sie.

Er trug Jeans, eine Skijacke, Wanderstiefel und ein dunkelblaues Baumwollhemd, das sie nicht kannte. Ob es ein Geschenk von Debra Passmore war?

»Hast du gleich hergefunden?« fragte sie.

»Ich wußte nicht genau, ob es die richtige Adresse ist. Der Taxifahrer sagte, es gibt Holt Place und Holt Grange. Ich war mir nicht sicher, was richtig war.«

»Holt Grange ist eine umgebaute Scheune am anderen Ende des Ortes. Wir sind Holt Place. Aber das weißt du ja jetzt, schließlich bist du hier und nicht dort.« Sie redete zu viel und zu schnell, aber sie konnte sich nicht bremsen. Auch sie hatte nicht den Mut, ihn zu berühren.

Er blickte an dem alten Haus hinauf. »Schön hast du's hier.«

»Ja, wirklich? Hm. Kann sein«, erwiderte sie.

Das blaue Hemd machte seine Augen kobaltfarben. Sie wollte ihn umarmen, ihn fest an sich drücken. Aber er ging keinen Schritt auf sie zu, und sie brachte es auch nicht über sich. Wenn er ihr auswich, würde sie es nicht ertragen. In ihrem Magen breitete sich ein lähmendes Gefühl aus.

Sie trat in den Hausflur, er folgte ihr, und sie schloß die Tür. »Das Haus ist ein bißchen dunkel an Tagen wie diesem«, sagte sie und kam sich gleich wie eine Museumsführerin vor. »Deshalb dachte ich, wir gehen in den Garten, solange das Wetter hält.«

Sie nahm eine Wetterjacke vom Garderobenständer und führte ihn durch den hallenden Korridor in den Salon und von dort auf die Terrasse. Er blickte stumm und wachsam umher wie immer, wenn er sich unsicher fühlte, und ihr wurde klar, daß es falsch gewesen war, ihn nach Holt Place einzuladen.

Er folgte ihr durch den Rosengarten, durch den Heidegarten, dann die Treppe hinab und über die Wiese bis zum Fluß. Die Hände in den Jackentaschen, lief er neben ihr her, und zum ersten Mal bemerkte sie das leichte Hinken, mit dem ihn Myles in Frankreich aufgezogen hatte.

»Danke, daß du den langen Weg auf dich genommen hast«, sagte sie unbeholfen.

Er warf ihr einen Blick zu. »Ich wollte dich sehen.«

Sie schluckte. »Ich dachte, es wäre besser, wenn wir von Angesicht zu Angesicht miteinander reden. Das Telefon ist furchtbar. Und Mrs. Passmore legt einfach auf, wenn ich dran bin.« Sie blickte ihn an, um zu sehen, wie er das aufnahm, aber sein Gesicht blieb unbewegt. »In London halte ich's im Moment nicht aus«, fügte sie hinzu. »Dieses Haus ist mein Schlupfloch geworden.«

»Ein wunderschönes Schlupfloch«, sagte er leise.

Verzweifelt ließ sie den Blick über das Anwesen schweifen, den Stolz und die Freude ihrer Mutter. Am Tag zuvor waren die Gärtner dagewesen, kein Halm und kein Blatt tanzte aus der Reihe. Der Rasen war von einem übernatürlichen Grün, der freistehende Trompetenbaum leuchtete golden vor dem dunkelgrauen, von einzelnen Sonnenstrahlen durchwirkten Himmel. Jenseits des Gartens glühte die wellige Heide in der Nachmittagssonne, Regentropfen glitzerten auf den Rosensträuchern. In diesem honigfarbenen Licht sah das alte Feldsteinhaus besonders stattlich aus.

Selbst der Fluß hatte sich gegen sie verschworen. Unter den

Uferweiden trieb Geoffrey, der asthmatische alte Schwan, gerade in dem Moment vorbei, als sie näherkamen, und krümmte den Hals mit majestätischem Spott.

Wie konnte sie Patrick ausgerechnet an so einen Ort bestellen? *Die Prinzessin geruht, um drei Uhr eine Audienz zu geben. Die Untertanen werden um pünktliches Erscheinen gebeten.*

»Meine Mutter ist nicht da«, sagte sie, um den Schaden zu begrenzen. »Sie ist mit meinem Vater in die Stadt gefahren, wir haben das ganze Haus für uns.« Sie wurde rot. Das klang wie eine Aufforderung. Oder schlimmer noch, es klang herablassend. »Sie sind bei einem Herzspezialisten. Meinem Vater geht es nicht gut«, fügte sie hinzu.

»Ach, wirklich.«

»Erst dachte ich, er macht nur Theater, aber er ist wirklich krank. Eine Art Herzschwäche.« Sie biß sich auf die Lippe. »Wir machen uns Sorgen.«

Er nickte langsam.

Daß er nicht einmal ein wenig Mitleid mit ihrem Vater vortäuschte, gab ihr einen Stich. Am liebsten hätte sie ihn geschüttelt, aber statt dessen führte sie eine peinliche, einseitige Unterhaltung und haßte sich dafür, daß sie blindlings drauflos plapperte, obwohl er doch die Distanz zwischen ihnen hergestellt hatte. »Du hast sicher gelesen, was über uns in der Zeitung stand«, sagte sie.

Er drehte sich um. »Was?«

Endlich mal eine Reaktion, dachte sie ein wenig giftig. »Die *Daily Mail* von heute. Unsere Putzfrau hat sie mitgebracht. Nur ein kurzer Artikel. ›Das Treiben der *Jeunesse dorée* an der Riviera.‹ In der Art. Wilde Entstellungen natürlich, aber ganz unterhaltsam. Solange man nicht selber vorkommt.«

»Antonia, ich ...«

»Mich haben sie dargestellt wie eine Kreuzung aus Medea und Lady Macbeth. Skrupellose Schatzsucherin unterschlägt wertvollen Fund, um ihn privat zu verkaufen ...«

»Was? Sie schreiben, du hast ihn gestohlen?«

»O nein, mit keinem Wort. Aber du weißt ja, wie sie einem so etwas unterstellen. – Sie glauben wohl, ich habe ihn gestohlen und dann Myles bezichtigt, weil er tot ist.«

»Mein Gott.«

»Du bist ganz gut weggekommen. Als eine Art Gary Cooper, der die Ehre seines toten Freundes rettet, indem er die Wahrheit verkündet.«

Patrick zuckte zusammen.

»Man kann das auch ironisch verstehen, meinst du nicht?«

»Antonia, hör zu. Ich habe nie erwartet ...«

»Diesen Quatsch nimmt natürlich keiner ernst. Aber du merkst genau, was sie denken. Kein Rauch ohne Feuer. Irgendwas wird schon dran sein. Als Tatsache bleibt, daß der verdammte Kelch verschwunden ist und ich beide Grabungen gründlich versaut habe. Daran läßt sich nicht rütteln.«

»Myles hat die Grabungen versaut, nicht du.«

»Ich hatte die Verantwortung, und das zählt.« Sie brach einen Zweig von einer Weide und pellte die scharf duftende Rinde ab. »Und die Stelle in Cambridge habe ich auch nicht bekommen, sondern jemand anders.«

»Was? Ich dachte, die hättest du in der Tasche!«

»Das dachte ich auch, bis all das passierte.« Sie warf den Zweig ins Wasser und sah, wie er langsam davontrieb. »Das spielt aber keine Rolle. Ich habe schon was anderes gefunden.« Sie verschwieg ihm, daß es sich um einen Handlangerjob für einen verdächtig unbekannten Lehrstuhlanwärter aus Tucson, Arizona, handelte, der sich auf die Erforschung neolithischer Muschelhaufen gestürzt hatte. »Klingt nicht sehr römisch«, hatte die Mutter bemerkt, und damit war so ziemlich alles gesagt.

»Es tut mir so leid«, sagte Patrick tonlos. »Ich hatte keine Ahnung, daß so etwas passieren würde.«

Sie bearbeitete einen neuen Zweig. »Du kannst dir nicht vorstellen, wie das ist, wenn du Lügen über dich in der Zeitung liest. Und weißt du, was das Schreckliche ist? Daß mich das so fertigmacht. Daß ich mir um mich Sorgen mache, um meinen Vater, unsere lächerliche Karriere, wo Myles noch nicht einmal unter der Erde ist.«

»Antonia ...«

»Ich komme mir so gemein und schäbig vor. So schmutzig.« Und plötzlich brach es aus ihr hervor. »Jetzt sag mir aber, warum!«

»Was warum?«

»Warum hast du gelogen?«

Seine Miene versteinerte. »Ich habe nicht gelogen.«

Sie starrte ihn mit offenem Mund an. »Patrick! Weißt du denn, mit wem du sprichst?«

»Mit keiner Silbe hat Myles gesagt, daß er den Kelch genommen hat. Mit keiner Silbe.« Es klang, als hätte er den Satz Tag und Nacht in seinem Kopf gewälzt.

»Aber...«

»Du warst dabei, Antonia. Du weißt es genausogut wie ich.«

»Wie kannst du so etwas sagen! Alles, was er gesagt und nicht gesagt hat, sein ganzes Verhalten sprach eindeutig dafür, daß er den Kelch hatte!« Sie wandte sich ab und starrte auf den Fluß. »Patrick, bitte!« Nur mit Mühe wahrte sie die Beherrschung. »Dein Wort steht gegen meins, und sie glauben dir. Schließlich hatte ich gute Gründe, zu lügen, oder? So zumindest sieht es aus. Ich hatte die Verantwortung für den verdammten Kelch, und weil er verschwunden ist, mußte ich mir eine Geschichte ausdenken, also hab' ich die Schuld auf Myles geschoben. Wenn man's sich überlegt, steckt tatsächlich eine kaputte Logik drin. Kannst du dir denken, wie mir zumute ist?«

Er scharrte mit dem Absatz im toten Laub und schwieg. Endlich sagte er: »Ich hatte wirklich keine Ahnung, daß es so kommen würde. Aber ich mußte an Modge denken.«

»Modge? Was hat die denn damit zu tun?«

Er zog die Stirn kraus. »Stell dir vor, was passiert wäre, wenn ich dem Richter erzählt hätte, daß Modge den Kelch genommen hat.«

Sie blickte ihn verdutzt an und schwieg.

»Sie wären über sie hergefallen. Die Polizei, die Presse. Vielleicht sogar ihre Eltern. ›Also hat die Kleine ihrem Bruder geholfen, das Ding zu stehlen? Na, dann wollen wir sie mal befragen! Und wenn sie noch mehr traumatisiert wird, ist das bedauerlich, aber wir tun schließlich nur unsere Pflicht.‹ Und wozu das, Antonia? Welchen Sinn hätte das? Sie weiß nicht, wo der Kelch ist.«

»Das ist nicht der Punkt.«

»Aber was, um Himmels willen, ist der Punkt? Was soll ich denn tun?«

»Die Wahrheit sagen.«

»Die Wahrheit, die Wahrheit. Jesus Maria! Sie ist erst acht Jahre alt! Die Wahrheit ist das letzte, was sie im Augenblick verträgt.«

»Und was ist mit mir?«

Er seufzte. Dann drehte er sich um und blickte ihr in die Augen. »Es tut mir leid«, sagte er. »Ich mußte ihm versprechen, mich um Modge zu kümmern. Das kann ich nicht in den Wind schlagen. Nicht einmal für dich.«

Trotz der wärmenden Sonne wurde ihr kalt. Hinter ihm strömte der Fluß vorüber und verlieh seinen Augen einen grünlichen Schimmer. Ihr war, als würde er mit den silbrigen Weidenblättern davontreiben, immer weiter weg von ihr. Sie hatte ihn verloren.

»Du bist nicht wegen Modge gekommen«, sagte sie leise. »Oder wegen deiner Aussage vor Gericht. Du bist gekommen, um dich zu verabschieden. Wegen Myles.«

Sein Gesicht war düster.

»Patrick, es war ein Unfall! Es war nicht deine Schuld!« rief sie verzweifelt.

Es sah sie nicht an. »Wäre das mit uns nicht gewesen, wäre er noch am Leben.«

»Aber ...«

»Es tut mir leid, Antonia ... Es tut mir leid.«

Trotz der Sonne fror sie bis auf die Knochen. Ihre Zähne begannen zu klappern.

»Ich gehe jetzt lieber«, sagte er leise. »Sonst verpasse ich den Zug.«

Sie stand da und blickte zu ihm auf. Er sah traurig, entmutigt und hilflos aus, sie wollte etwas sagen, irgend etwas Begütigendes, aber es gab nichts mehr zu sagen.

Stumm liefen sie über die Wiese zurück, durch den Heidegarten und die Rosen, vorbei am Swimmingpool und am Tennisplatz und durch den Küchengarten am Haus vorbei zur Einfahrt.

»Ich vermute, du kommst am Dienstag «, flüsterte er. »Zur Beerdigung.«

Um das Händeschütteln zu umgehen, steckte sie die Fäuste in

die Hosentaschen. »Nein«, sagte sie. »Mrs. Passmore hat mir geschrieben. Ich soll nicht kommen.«

»Was?« Er wandte sich zu ihr um.

»Sie will mich nicht sehen. Sie ist sehr deutlich geworden.«

Er schüttelte den Kopf. »Das meint sie nicht so. Sie ist nicht recht bei sich, sie weiß nicht, was sie ...«

»O bitte!« schrie sie, weil sie es nicht länger aushielt. »Spar dir deine Entschuldigungen für Debra Passmore! Ich will nicht kommen, verstehst du? Ich will nicht mit einer dunklen Sonnenbrille herumschleichen, um der *Daily Mail* zu entgehen. Ich will nicht zu spät kommen und vorzeitig verschwinden, damit es nicht zum Zusammenstoß mit dieser fürchterlichen Frau kommt. Und vor allem, Patrick, will ich nicht dasitzen und zuschauen, wie du dich in ihren Ersatzsohn verwandelst.«

Er zuckte zusammen, als hätte sie ihn geschlagen.

Es fing an zu regnen, ein leichtes Tröpfeln, ein kaum hörbares Rascheln in den Büschen am Rand der Einfahrt.

»Es tut mir leid«, sagte sie. »Das hätte ich nicht sagen sollen. Ich kann einfach nicht kommen. Das ist alles.«

Er wollte etwas sagen, aber er gab es auf. Dann warf er einen Blick auf das große Haus. »Ich muß los.«

Ihr war schlecht. »Ich bringe dich zum Bahnhof.«

»Nein, schon gut. Ich gehe zu Fuß.«

»Das sind sechs Kilometer!«

Er zwang sich zu einem Lächeln, um seine Ablehnung zu entschärfen. »Danke, ich komme schon zurecht.«

Der Regen wurde heftig, die Rhododendronblätter zuckten unter dem Aufprall der Tropfen.

Sie preßte die Lippen zusammen und nickte. »Ich bringe dich hinaus.«

Auf halbem Weg drehte er sich um. »Geh zurück ins Haus. Du zitterst ja.«

Sie schüttelte den Kopf und biß die Zähne zusammen, damit sie nicht klapperten.

»Geh schon«, beharrte er. Er legte die Hand auf ihre Schulter und gab ihr einen kleinen Schubs. »Geh zurück ins Haus. Du wirst ganz naß.«

Ungläubig sah sie ihn davongehen. Sie schaute ihm nach, bis er nicht mehr zu sehen war. Er drehte sich nicht um.

Sechs Uhr an einem trüben Dienstagnachmittag in Belgravia.

Irgend jemand, dachte Patrick, müßte ein Buch darüber schreiben, wie man sich nach einer Beerdigung verhält. Das ist die schlimmste Zeit. Wenn alle Formalitäten erledigt sind und es nichts mehr zu tun gibt. *Der absolute Totalfrust*, hätte Myles gesagt.

Man kann nicht lesen, man kann nicht fernsehen, man kann sich nicht mal aufwärmen. Wenn man spazieren geht, kommt man sich vor wie ein Marsmensch. Es bleibt nur eins: Im »Gästezimmer« sitzen und die Wand anstarren. Und sich deprimiert fühlen. Abgrundtief deprimiert.

Also, wie verhält man sich nach einer Beerdigung?

Jetzt wäre die ideale Gelegenheit, Antonia anzurufen. Ein prächtiger Vorwand. Er könnte ihr von der Trauerfeier erzählen, von der riesigen, hallenden Kirche, der routinierten Heuchelei der Trauerreden, einschließlich der eigenen. Von der jämmerlich kleinen Schar der Trauergäste, die sich herbemüht hatten. Von der ernüchternden Erkenntnis, daß er Myles' erster und einziger Freund gewesen war.

»Hast du das nicht gewußt?« hatte ihn Nerissa beim Empfang kaltschnäuzig gefragt. Sie war erst am Morgen eingetroffen und trug etwas Neues, Schwarzes, das sie offensichtlich in Paris aufgegabelt hatte.

»Nein«, antwortete er und hielt ein Glas mit Champagner in der Hand, den er nicht wollte, aber er fühlte sich zum Anstoßen verpflichtet. Im Gedenken an Myles.

Alles in allem eine gute Gelegenheit, Antonia anzurufen. Und wenn er ihr von der Beerdigung berichtet hatte, konnte er sie fragen, warum sie nicht doch noch gekommen war.

Während der Feier hatte er sich ständig umgedreht, um zu sehen, ob sie da war. Er hoffte weiter, bis die Trauergemeinde sich auf dem regengepeitschten Friedhof sammelte, dann war ihm unausweichlich klar, daß sie nicht kommen würde.

Nicht, daß er ihr das vorwerfen konnte – nach allem, was sie ihm von den Zeitungsberichten erzählt hatte, nach Debras Brief, nach seinem blamablen Auftritt in Suffolk.

Der Ersatzsohn. Und wie sie das gesagt hatte!

Er sprang auf und lief im Zimmer auf und ab. Sie dachte doch nicht etwa, daß er sich bei den Passmores durchfüttern ließ? Doch, wahrscheinlich dachte sie genau das. Bei ihrem Hintergrund war so etwas sicher nichts Seltenes.

Nein, es war gut, daß er sie nicht angerufen hatte, und er durfte nicht schwach werden. Ein klarer Trennungsstrich, das war jetzt vonnöten. Etwas anderes hatte er nicht verdient. Er ging ans Fenster und blickte auf die Straße hinab.

Jetzt bist du frei, sagte er sich und reckte die Schultern. Frei, deine Pläne zu verfolgen. Welche Pläne auch immer. Laß dir mal schnell was einfallen, mein Junge. Als Therapeut machst du keine gute Figur. Andern Leuten zu helfen scheint nicht deine Stärke zu sein.

Wie sie ihn angesehen hatte, als er sich wegdrehte und ging! O verdammt! Kannst du nicht aufhören, ständig daran zu denken? Es ist vorbei. Es gibt kein Zurück. Bring diesen ganzen Schlamassel hinter dich und fang von vorne an.

Ein Drink, er brauchte dringend einen Drink. Eine ganze Galerie von Drinks, einen nach dem anderen, bis er betrunken war, besinnungslos betrunken. Wie hätte Myles dazu gesagt? *Voll wie 'ne Haubitze*. Ja, das wollte er sein. *Voll wie 'ne Haubitze*.

Es klopfte, und er fuhr zusammen.

»Darf ich reinkommen?« fragte Debra. »Beim Sortieren von Myles' Sachen habe ich etwas gefunden, was ich dir geben möchte.«

Sie trug eine ihrer gestreiften Blusen, dazu brandneue Armani-Jeans. Gleich nach der Rückkehr von der Beerdigung hatte sie sich umgezogen. Die Bitte ihres Mannes, sich eine Weile hinzulegen, hatte sie geflissentlich überhört.

Sie gönnte sich nie Ruhe. Patrick fragte sich, wann sie jemals schlief. Ihr ganzes Leben bestand aus Arbeit. Wenn er oder Julian ihr Hilfe anboten, reagierte sie mit ihrem feinen, schlafwandlerischen Lächeln und machte weiter, als hätte sie nicht gehört.

Kaum hatte sie die Hand geöffnet, sah er, was es war, und sein Magen krampfte sich zusammen.

Es war die römische Münze, die sie Myles zum Studienbeginn in Oxford geschenkt hatte. Ein makelloser *denarius* aus Silber, mit dem Profil Konstantins auf der einen Seite, einer schwimmenden Trireme auf der anderen. Myles hatte sie stolz auf seinem Schreibtisch plaziert, weil er »intellektuelle Sachen« liebte. Und obwohl er sich nie dazu geäußert hatte, war er sichtlich geschmeichelt gewesen, daß ihm seine Mutter zutraute, ein solches Geschenk würdigen zu können.

Einmal hatte er mit Patrick die Randbeschriftung entziffert. *Fel. Temp. Reparatio.* Eine Rückkehr in glückliche Zeiten. Patrick wurde vom Grusel gepackt. Vielleicht konnte Debra nicht Latein. Oder sie hatte die Münze nie genau in Augenschein genommen.

Er räusperte sich. »Es tut mir leid. Das kann ich nicht annehmen.«

»Bitte. Ich bestehe darauf.«

»Nein, es geht wirklich nicht.«

»Ich möchte, daß du sie behältst.« Er sah, wie ihr Kinn sich verhärtete. »Als Belohnung für deine Aussage vor Gericht. Du hast ihn in Schutz genommen. Du hast allen klargemacht, daß er kein Dieb war.«

Patrick starrte auf die Münze. *Felix Temporum Reparatio. Nimm diesen Talisman, sagte die böse Hexe, und ich mache dich zu meinem Günstling. Ich werde dir Reichtümer ohne Ende schenken ...*

Wenn Antonia ihn jetzt sehen würde, hätte sie allen Grund zu triumphieren. Ich hab's dir ja gesagt! Der Ersatzsohn wird für seine Lügen belohnt. Dafür, daß er Antonia verraten hat.

Er blickte Debra in die Augen. Die Fältchen um ihre Augen waren tiefer geworden, ihr Lippenstift war zu einem matten Lila verblaßt. Sie war nicht die böse Hexe und auch keine Ersatzmutter. Sie war nur eine zerbrechliche Frau, deren Panzer nicht dick genug war, um ihren Schmerz zu verbergen.

Sie sah erschöpft aus. Vielleicht machte sie sich Vorwürfe wie alle anderen. *Wenn ich ihm nur mehr Zeit gewidmet hätte. Wenn ich ihn nur besser gekannt hätte. Wenn, wenn, wenn ...*

Was soll's, dachte Patrick. So laufen die Dinge nun mal. Ich kann es nicht ändern. Ich kann nichts rückgängig machen und einfach von vorn anfangen. Myles ist tot. Und damit muß ich leben.

Er nahm die Münze, sie fühlte sich heiß an und lag schwer in seiner Hand. »Danke, Debra«, sagte er.

Am Tag der Beerdigung, um achtzehn Uhr, war Antonia mit dem Ausräumen ihres Zimmers in Upper Missenden fertig.

Sie schleppte einen großen Pappkarton mit Papieren zum Verbrennungsofen hinter den Rhabarberstauden, dann holte sie Streichhölzer und ein Kännchen Grillzünder, in der anderen Hand trug sie die halbe Flasche Pinot Grigio, die sie geöffnet hatte, als in London die Trauerfeier für Myles begann.

Sie wollte gerade das Feuer anzünden und tastete nach den Streichhölzern, da tauchte ihre Mutter auf. Mrs. Hunt warf einen Blick auf die Weinflasche, verkniff sich jedoch einen Kommentar. »Schmollst du immer noch wegen deiner Schwester?« fragte sie nur.

Antonia grinste unsicher. »Nicht die Spur. Als Caroline mich das letzte Mal geschafft hat, da war ich acht.«

»Na gut. Wenn du damit fertig bist, den Gemüsegarten zu verstänkern, brauche ich deine Hilfe beim Abendbrot. Dein Neffe ist mal wieder nicht zu bändigen, und du bist die einzige, auf die er hört.«

Antonia nahm einen Schluck aus der Flasche. »Weil ich ihn sonst verdresche, deshalb.«

»Bitte. Tu dir keinen Zwang an. Unseren Segen hast du. Hauptsache, du kommst bald.«

»In einer Minute bin ich fertig.«

Kurz nach fünf war Caroline unangemeldet mit ihren drei Kindern zu Besuch gekommen, die erschreckend ungezogen waren und mit unflätigen Ausdrücken um sich warfen. »Total verdorben«, hatte Mrs. Hunt schulterzuckend geseufzt und sich daran gemacht, den Kühlschrank auszuräumen.

In dem Moment war Caroline in die Küche gekommen und hatte Antonia darüber belehrt, daß sie zur Beerdigung hätte gehen müssen, um die »Ablösung von Myles« zu vollziehen. »Du mußt *Trauerarbeit* leisten, Toni. So etwas kommt nicht von allein.«

Hinter Carolines Rücken hatte Antonia einen verständnisinnigen Blick mit ihrer neunjährigen Nichte gewechselt und sich zwei Finger in den Rachen gesteckt – peinlicherweise, denn Caroline hatte es bemerkt.

Und Caroline war eindeutig auf dem Holzweg, obwohl sie gerade einen Dreiwochenkursus »Konfliktberatung – Assistenz zur Lebenshilfe« hinter sich hatte. Der Besuch der Beerdigung hätte Antonia einen öffentlichen Zusammenstoß mit Mrs. Passmore eingebracht, aber ganz bestimmt keine »Ablösung«, was immer das bedeutete. Obwohl sie zugeben mußte, daß es ganz nett klang. Ablösung. Das hatte etwas Erleichterndes an sich. Wie die Befreiung von einer lästigen Pflicht.

»So ein Quatsch«, murmelte sie, während sie im Gras nach den Streichhölzern suchte. »Dafür ist es noch viel zu früh.« Sie wollte sich nicht von Myles ablösen, sie wollte ihn am liebsten erwürgen, weil er ihr diesen Schlamassel eingebrockt hatte.

Armer, egoistischer, dummer Myles. Jetzt konnte sie ihn nicht mehr fragen, warum er hinter ihrem Rücken mit Nerissa geschlafen hatte, statt es ihr offen und ehrlich zu sagen. Sie hätte es ihm kaum verübelt, denn die Wahrheit war, daß sie für ihn nicht einen Bruchteil von dem empfand, was sie für Patrick empfand – oder empfunden hatte.

Armer Myles. Wenn er gewußt hätte ... Aber vielleicht war es besser, daß er nichts gewußt hatte. Mein Gott, war das ein Durcheinander!

Sie nahm wieder einen Schluck aus der Flasche. »Nein«, erklärte sie dem Rhabarber entschlossen, »wenn Caroline eine richtige Ablösung sehen will, muß sie rauskommen und sich das angucken: den letzten Akt der Verwandlung der Antonia Hunt. Stufe eins: Alle Klamotten in den Müllsack und der Wohlfahrt gespendet. Stufe zwei: Ein unterwürfiger Brief an den amerikanischen Hilfsprofessor mit der Bitte, den armseligen Job antreten zu dürfen. Stufe drei, das große Finale: Den ganzen Cassius-Krempel zusammenraffen, in den Garten schleppen, mit geeignetem Zündstoff versehen, einen Schritt zurücktreten – und weg damit.«

Sie kippte den Inhalt des Kartons in den Verbrennungsofen. Bücher und Manuskripte purzelten heraus. Erst das berühmte Cassius-Manuskript einschließlich Kopien und Disketten, dann ihre ganze Sammlung der englischen Nachdichtungen – zwölf im ganzen, die Frucht ihrer jahrelangen Suche in unzähligen Antiquariaten.

Verbrennen. Den ganzen Krempel verbrennen.

Ein Feuer, ein schönes wärmendes Feuer. Das tat jetzt not. Sie fror, ihre Zähne klapperten schon wieder. Ihr war, als hätte sie seit dem Abschied von Patrick nicht mehr aufgehört zu frieren.

In jenem Moment war ihr die Bedeutung des Wortes »Herzschmerz« aufgegangen. Es war, als hätte ihr jemand zwei Stahlklammern ins Brustbein gerammt, die langsam ihren Brustkorb aufbrachen und ihr Herz der Kälte preisgaben. Dieses Gefühl hatte sie seit Tagen, und sie hatte es auch jetzt. Die Kälte, das Frösteln, ließ sie nicht mehr los.

Aber in der letzten Nacht, im Traum, war ihr die Lösung zugeflogen. Sie war auf einem weißen Pferd über eine schneebedeckte Anhöhe geritten, was ziemlich seltsam war, weil sie eigentlich Angst vor Pferden hatte. Sie sah sich davonreiten, immer kleiner werden, und der Schnee legte sich langsam über ihr Gesicht wie eine sanfte, beruhigende Decke.

Als sie erwachte, wußte sie, was sie zu tun hatte.

Ein kahler, schneebedeckter Hügel. Ein sauberer Neuanfang. Das ist es. Befrei dich von dem alten Müll und fang von vorne an.

Endlich fand sie die Streichhölzer unter einem Rübenblatt. Sie klemmte sich die Weinflasche unter den Arm, goß den Grillzünder in den Verbrennungsofen, zündete ein Streichholz an und warf es hinterher. Eine helle Stichflamme schoß empor und hätte ihr fast die Brauen versengt.

»Juhu!« schrie sie und wich einen Schritt zurück. »Es lebe die neue Antonia Hunt!«

Sie kniete sich ins Gras und schaute dem Freudenfeuer zu. Eine wohlige Hitze schlug ihr entgegen. Auch der Geruch des feuchten Grases, des brennenden Papiers tat ihr gut. Sie stieß mit der Hand an eine Nessel, das Brennen kam ihr reinigend und läuternd vor, auch das ein angenehmes Gefühl; das Gift der Nessel ätzte die alte Antonia Hunt hinweg.

Ein Glück, daß sie der Versuchung, Patrick anzurufen, widerstanden hatte. Es gab nichts mehr zu sagen. Welchen Sinn hatte es, an ihn zu denken, wenn sich Myles ständig dazwischenschob, ihr Vater, Cassius und der *kántharos* und so weiter und so weiter, bis sie am Ende vielleicht wieder bei Patrick landete?

Er hatte sich entschieden. Er hatte die Passmores über sie gestellt. Da gab es nichts mehr zu sagen. Und bei Lichte besehen, war das Ganze doch nichts weiter als eine pubertäre Verknalltheit gewesen. Okay, mit vierundzwanzig war sie ein bißchen alt dafür, aber sie war nun einmal ein Spätzünder, daran gab es nichts zu rütteln.

Also in den sauren Apfel beißen und der Wahrheit ins Auge schauen. Sie war wild auf die Liebe gewesen, sie hatte es wissen wollen, der arme Myles hatte sie frigide gemacht, bis sie sich ganz wertlos vorkam und es nicht mehr aushielt. Sie hätte den nächsten besten genommen, da kommt ihr dieser hübsche Ami in die Quere, und Wunder über Wunder, er schenkt ihr tatsächlich Beachtung – und rums!, da war es passiert. Immerhin. Aber das hieß noch lange nicht, daß es die große Liebe war.

»Egal. Vorbei ist vorbei«, murmelte sie und schwenkte die Flasche in Richtung Feuer. »Hiermit überantworte ich dich, Patrick McMullan, den Flammen.«

Sie nahm einen etwas zu großen Schluck und mußte husten.

Vorbei. Ab jetzt hieß es arbeiten, das war ihre neue Devise, ihr Leitstern. Und wie im Anfang, so soll es immer sein, von Ewigkeit zu Ewigkeit, Amen.

Sie sah die hellen Flammen durch die Fugen und Ritzen des Verbrennungsofens. »Ja! Jetzt heißt es arbeiten. Wenn du immer dranbleibst, kannst du nichts falsch machen.«

Sie trank den letzten Schluck und warf die Flasche ebenfalls ins Feuer.

Zu ihrer Enttäuschung platzte sie nicht, sondern plumpste nur auf die brennenden Bücher, wo sie vor sich hin zischte wie ein Blindgänger.

Das Feuer erlosch so plötzlich, wie es begonnen hatte. Die

Aschenglut strömte eine matte Wärme aus, dann wurde sie grau und zerflatterte allmählich im Wind.

Sie hockte sich auf die Fersen. Die Stahlklammern in ihrer Brust verschoben sich schmerzhaft. Ihre Schultern sackten nach unten, ihr Kopf sank nach vorn.

Endlich, nach fünf Wochen, brach der Damm. Gewaltige Schluchzer schüttelten sie. Mit den Fäusten schlug sie auf die Erde ein. Sie zerrte an den Brennesseln.

Und die ganze Zeit bohrten sich die Stahlklammern tiefer in ihre Brust. Würde das je ein Ende nehmen?

Zweiter Teil

19

Perusia, Februar des Jahres 40 v. Chr.

Tacita erwachte in der Kälte des frühen Morgens und hüllte sich fester in ihr säuerlich riechendes Wollgewand. Ihre Glieder schmerzten vom Steinfußboden des etruskischen Turms. Sie fror erbärmlich und war so schwach vor Hunger, daß ihr das Blut in den Ohren rauschte, als sie sich am Fenstersims hochzog, um auf die Beine zu kommen.

Die ganze Nacht hatte der Nordwind um die belagerte Stadt gepfiffen, das Geheul der Wölfe hallte von den Hügeln wider. Die ganze Nacht hatte Tacita um ein Zeichen ihrer Göttin gebeten. Sollte sie versuchen, eine Botschaft an Gajus im feindlichen Lager zu schicken und ihn um Hilfe anflehen? Oder sollte sie den Stolz wahren, selbst wenn sie sich und ihre Familie damit zum Tode verurteilte?

Aber es war hochriskant, ihn um Hilfe anzugehen. Dreizehn Jahre lang hatten sie nicht miteinander gesprochen. Und jetzt gehörte er zu den Feinden.

Sie zog den Schemel ans Fenster und blickte hinaus. Unter ihr schlief die Stadt Perusia einen unruhigen Schlaf, der frisch gefallene Schnee leuchtete fahl in der Morgendämmerung. Ihre Gemächer befanden sich im Nordturm des Estruskischen Tors, vier Stockwerke hoch, die Fenster blickten ostwärts über die von den Bergen überragte Ebene. Das Tal des Tiber, dreihundert Meter tiefer gelegen, war in blauen Morgennebel gehüllt. Und dort warteten die Feinde darauf, daß sich Perusia ergab.

Sie war nicht überrascht, daß sich Gajus unter den Belagerern befand. Ja, sie hatte sogar erwartet, daß sie sich eines Tages als

Feinde gegenüberstehen würden – er als Gegner der alten Republik und Verfechter einer neuen Ordnung; sie – oder vielmehr ihr Gatte – als Anhänger der Republikaner. Was sie viel eher überraschte, war der Umstand, daß dreizehn Jahre seit ihrer stürmischen Affäre vergangen waren.

Also was sollte sie tun? Hilfe suchen oder verhungern?

Wäre es nur um sie gegangen, hätte sich die Frage nicht gestellt. Aber sie mußte auch an andere denken. Das war das Dilemma. Und inzwischen rannte ihr die Zeit davon. Vor zwei Tagen war der schmale Vorrat an Gerste zu Ende gegangen, und sie hatte ihre letzten Perlen gegen ein Paar Stierhörner getauscht, um eine Brühe zu kochen. Und damit hatte sie noch einen guten Fang gemacht, denn nach fünf Monaten Belagerung war alles, was Nährwert hatte, und sei es noch so ungenießbar, kostbar wie Rubine. Aber sie hatte in sich ein Talent zum Feilschen entdeckt, sehr zum Abscheu ihres Gatten, der sich sogar geweigert hatte, den klebrigen Sud zu essen, bis sie ihn anfuhr wie ein Fischweib.

Noch zwei Tage, dann war auch die Suppe zu Ende. Und sie hatte nichts mehr zu verkaufen. Jedesmal, wenn sie daran dachte, Gajus um Hilfe zu bitten, wurde sie rot vor Scham. Im besten Fall, so überlegte sie, war es eine demütigende Zeitverschwendung, im schlimmsten Fall – die Katastrophe.

Was war von ihm zu erwarten, wenn er erfuhr, daß sie sich in der Stadt befand? Aus seinen Gedichten wußte sie, daß er ihr nicht verziehen hatte. Nun hatte er eine perfekte Gelegenheit, sich zu rächen. Zwar glaubte sie nicht, daß er zu einer solchen Grausamkeit fähig war, aber in dreizehn Jahren konnte sich ein Mann gewaltig ändern. Und das Leben ihrer Familie durfte sie nicht leichtfertig aufs Spiel setzen.

Außerdem: Warum sollte er ihr helfen, wenn er sich dabei selbst in Gefahr brachte? Einen solchen Verrat würde der Feldherr Oktavian nicht dulden. Besonders dann nicht, wenn der Erfolg des Feldzugs von der Eroberung Perusias abhing.

Doch wenn sich einer aus einer Klemme herausreden konnte, dann war es Gajus. Und Oktavian war als glühender Bewunderer seiner Verse bekannt. Vielleicht also ließ er ihm diese Verfehlung durchgehen.

Es wurde langsam hell. Im rosigen Frühlicht sah die wehrhafte Bergstadt fast friedfertig aus, die alten Mauern nahmen eine rötliche Tönung an, das Gewirr der Dächer war dick überschneit. Dank der gewaltigen Mauern aus etruskischem Fels war die Stadt nicht zu erstürmen, und das wußte Oktavian. Er wußte aber auch, daß er nur abwarten mußte. Es konnte nicht mehr lange dauern. Ein paar Wochen noch, und die Überlebenden würden zu schwach sein, um ihn auch nur anzuspucken. Schon sprachen die Leute vom »Perusinischen Krieg«, was ihm nicht schlecht gefiel. Ein Krieg, das klang viel heroischer als das tatenlose Abwarten, bis ein paar hundert Männer, Frauen, Kinder langsam verhungerten.

Tief unten im Dunst erahnte Tacita die feindlichen Befestigungen: Eine tödliche Umklammerung aus Palisaden, bewehrten Türmen und Gräben voller Spieße, die sich im Kreis um die Stadt zogen. Wie sollte ein Brief an Gajus durch diese Absperrungen gelangen? Sie war verzweifelt. Kleon, ihr Sklave, behauptete, er hätte einen Schleichweg ausspioniert. Aber war das überhaupt möglich?

Die Sonne gewann an Kraft. Jetzt mußte sich Tacita entscheiden. Kleon brauchte den Morgennebel als Deckung, wenn er ins feindliche Lager vordringen wollte. Das war ein wahnwitziges Unterfangen, aber wenn es jemandem gelingen konnte, dann ihm. Er war mit dem Soldatenleben vertraut und konnte sich als verirrter Legionär ausgeben. Und er war ohne Zögern bereit, sein Leben für Tacita zu opfern.

Wenn sie sich doch nur entschließen konnte! Aber die Göttin versagte ihr immer noch den Beistand, und wenn Tacita dort draußen nach einem Omen Ausschau hielt, sah sie nur Nebel und Sonnenlicht, Klarheit und Ungewißheit in gleicher Verteilung.

Vielleicht war die Göttin über das jämmerliche Opfer gekränkt, eine Handvoll getrocknete Kleeblätter, zwei verschrumpelte schwarze Oliven und ein paar Tropfen Posca. Sie hatte nicht einmal Öl für die Gebetslampe. Und wenn, wurde es für den Verzehr verwendet, aber nicht für eine Lampe.

Sehnsüchtig dachte sie an die unglaublich üppigen Mahlzeiten in Rom zurück. Wie lange war das her! Der Seebarsch, wie ihr Gatte ihn liebte, dazu eine spezielle Sauce mit geriebenem Käse,

Hühnerleber und Kümmel. Das Obst aus ihren Gärten: große Schalen mit Maulbeeren, Feigen und Granatäpfeln. Mit den kosmetischen Packungen, die sie sich ins Gesicht geschmiert hatte, hätte man eine ganze Familie ernähren können. Milch und Honig und Mandelöl, die Körner aus Meersalz, mit denen Albia die Schultern ihrer Herrin einreiben mußte.

Ja, vielleicht war die Göttin angesichts der schäbigen Opfergaben gekränkt. Aber was konnte sie nach fünf Monaten Belagerung erwarten?

Schon bald nach ihrer Heirat war sie erstaunt gewesen, wie schnell ihr die Tröstungen des Gottesdienstes zum Bedürfnis wurden, hatte sie doch in ihrer Jugend ernstlich am Sinn dieser Übungen gezweifelt. Doch dann begriff sie, daß es eine Frage der bittersten Notwendigkeit war. Irgend etwas brauchte sie, um die Leere zu füllen.

Nicht daß sie unter ihrem Gatten zu leiden hatte. Er war nicht *wirklich* schlimm. Auf beschränkte Weise gerissen, phantasielos, furchtbar pedantisch und, wenn es sein mußte, auch verlogen. Kurz und knapp: ein Jurist.

Aber wenigstens hatte er sie nach der Geburt der Zwillinge in Ruhe gelassen und war so vernünftig gewesen, sich eine Freie zur Konkubine zu nehmen. In letzter Zeit hatte er häufig mit dem unbefleckten Ruf seiner Gattin geprahlt, was in seinen Kreisen tatsächlich eine Seltenheit war. Ihr Bruder hatte sich schon über sie lustig gemacht: Die junge Frau eines ältlichen Gatten, die nie den Verlockungen des Fleisches nachgab. Er ahnte nicht, wie wenig ihr diese Verlockungen bedeuteten.

Nein, ihr Gatte war kein schlechter Mensch. Nur einer, der in seinem blindem Ehrgeiz aufs falsche Pferd gesetzt und damit seine Familie in größte Gefahr gebracht hatte. Sie, Tacita, hatte das Verhängnis kommen sehen und die Zwillinge zu ihrem Bruder geschickt.

Ihre Gedanken schweiften ab. Warum konnte sie keinen klaren Gedanken fassen? Sie ging an den Tisch, goß sich zwei Fingerbreit Posca ein, tat eine Handvoll Schnee vom Fenstersims dazu, um den Essiggeschmack zu vertreiben, und kippte sich den Matsch mit geübtem Ruck in den Rachen.

Leise setzte sie den Becher ab, um ihren Gatten im Nachbarraum nicht zu wecken. Mit seinen fünfundsechzig Jahren hörte er wie ein Luchs, und seit die Steuern sein Geld auffraßen, waren Geiz und Habgier seine hervorstechenden Eigenschaften. So war es kein Zufall, daß sich Tacita in letzter Zeit stärker an ihren Bruder band, der in politischen Dingen viel beweglicher als ihr Gatte war.

Ob Gajus wußte, daß sie sich in der Stadt aufhielt? Wie es hieß, waren die Spione des Oktavius überall. Und Gajus hatte es inzwischen bis zum General gebracht. Sicherlich war ihm seit Monaten bekannt, daß sie hier festsaß, und vielleicht erfüllte ihn das mit Genugtuung. Vielleicht sah er darin die gerechte Strafe für das, was sie ihm angetan hatte.

Sie jedoch hatte erst vier Tage zuvor erfahren, daß er zu den Belagerern gehörte. Kleon brachte die Neuigkeit von einem Späher mit, der gerade von der Via Flaminia gekommen war. Zum Glück war Kleon klug genug, seine Herrin unter vier Augen zu informieren, statt es in Gegenwart ihres Gatten auszuplaudern. Sie wunderte sich, daß er ihr Geheimnis zu kennen schien. Später stellte sich heraus, daß Albia ihn kurz vor ihrem Tod eingeweiht hatte.

In all den Jahren hatte sie Gajus nur ein einziges Mal getroffen, bei einer Lesung in Rom, die nun schon sieben Jahre zurücklag. Ihre Zwillinge waren gerade sechs Monate alt gewesen; eine trostlose Zeit für sie. Sie hatte nur dagelegen, die Wände angestarrt und keinen Sinn mehr in ihrem Leben gesehen.

Dann, an einem bleiernen Februarnachmittag, hielt sie es nicht mehr aus und nahm sich kurzentschlossen vor, die Lesung zu besuchen. Sie informierte ihren Gatten – es wäre dumm gewesen, dies zu unterlassen –, aber wahrscheinlich hatte er nicht zugehört, denn er war gerade in die Vorbereitung eines schwierigen Plädoyers vertieft. Und was war schon Besonderes daran? Für eine Patrizierin war es völlig akzeptabel, daß sie Zerstreuung bei einer Dichterlesung suchte. Und natürlich mußte es der beste Dichter sein, den Rom zu bieten hatte.

Sie verbarg sich hinter einem dichten Schleier, damit Gajus sie nicht erkennen konnte. Er war nicht gealtert, aber seine Züge hatten sich verhärtet, Sonne und Soldatenleben seine Gesichtshaut gebräunt und gegerbt. Um so lebendiger leuchteten seine hellgrauen Augen – es fiel ihr schwer, diesem Blick über längere Zeit standzuhalten.

Ihr fiel auf, daß er sich nicht mehr mit der leichtfüßigen Grazie bewegte, die sie so an ihm geliebt hatte. Ein paarmal zog er die linke Schulter hoch, als müßte er sie lockern, und als er zum Pult schritt, sah sie, daß er hinkte. Offenbar machte ihm die alte Verwundung noch immer Schwierigkeiten.

Während der Lesung lächelte er nicht ein einziges Mal. Nicht einmal, als sich die Zuhörer bei seinem kleinen Gedicht über den Gladiator und den Lüstling vor Lachen bogen.

Aber es war wunderbar, ihn wiederzusehen. Seine Stimme hatte sich nicht im geringsten verändert. Er besaß noch immer die Fähigkeit, sich in den Worten zu verlieren und seine Empfindungen hervortreten zu lassen.

Kurz vor dem Ende trug er ein neues Gedicht vor, das noch nicht veröffentlicht war. Und plötzlich lösten sich all die anderen Zuhörer in Luft auf – Tacita hatte das Gefühl, daß er zu ihr ganz allein sprach. Sie lag wieder bei ihm, versteckt in der nächtlichen Gruft an der Porta Capena.

Trost und Linderung erfleht ich von den Göttern,
doch ihre Antwort war Gelächter.
»Willst du uns den Spaß verderben?
Dir, Cassius, frommt dein Kummer geradeso wie uns.
Was wären deine Verse ohne Lycaris?
Wer verliehe dir Unsterblichkeit?
Gesteh, Dichter: Sie war dir zweierlei,
der Gipfel und der Abgrund deines Lebens.«
Wie konnt ich ihnen widersprechen?
Doch seltsam ist's, daß vergebens ich mit Dichtung
sie aus meinem Herzen zu verbannen trachte.
Obgleich ich Jahre drauf verwandt,
es will mir nicht gelingen.
Ich bin gezeichnet. Sie ist mir eingebrannt
in diesen störrisch pulsenden Muskel.
Diese Liebe: Ich werde sie nicht los.

Die Tränen liefen ihr über die Wangen. War es denn möglich, daß er sie noch immer liebte? Nach all den Jahren? Nach allem, was sie ihm angetan hatte?

Sein letztes Gedicht zog das alles wieder in Zweifel: ein brillantes und herrlich boshaftes Sittenbild, das die Hochzeitsnacht eines jungen Patriziermädchens mit einem zahnlosen Greis schilderte. Vielleicht bezogen sich die Verse doch nur auf einen vergangenen Liebeskummer?

Und doch, selbst wenn es sich so verhielt, war der Schmerz in seinen Gedichten nicht zu überhören. Jahr für Jahr hatte sie verfolgt, wie er sich durch Wut, Verachtung und Haß hindurchgearbeitet hatte, bis am Ende nur noch der Schmerz geblieben war. Er verstand einfach nicht, warum sie ihn verlassen hatte. Das hätte sie bedenken müssen. Für einen Mann wie ihn war das Nichtverstehen wie eine schleichende Folter.

Diesen Gedanken ertrug sie nicht länger, und am nächsten Tag schrieb sie ihm einen Brief. Den ganzen Vormittag verbrachte sie mit immer neuen Entwürfen, bis sie endlich eine anmutig formulierte Bitte um ein Gespräch zu Papier gebracht hatte. Natürlich durfte der Brief nichts von ihrem eigentlichen Ansinnen preisgeben, denn er konnte ja in falsche Hände gelangen. Nach außen hin enthielt er nichts als die respektvolle Huldigung an einen berühmten Dichter, die einer jeden gebildeten Römerin gut zu Gesicht gestanden hätte.

Der Brief kam am selben Nachmittag zurück, mit unverletztem Siegel.

Sie war untröstlich. Wochenlang lag sie in ihrem Gemach und starrte ins Leere. Sie aß nicht, schlief nicht, fand keinen Trost in ihren Kindern. Ihr Gatte sah darin die typischen melancholischen Anwandlungen einer jungen Mutter und schickte sie zur Erholung aufs Land. Albia begleitete sie und bereitete ihr Schlaftrünke aus weißem Mohn.

Sie konnte sich nicht einmal einreden, daß er den Brief ohne Kenntnis des Absenders zurückgeschickt hatte, denn sie hatte ihn mit ihrem Siegelring gekennzeichnet. Den kannte er nur zu gut. Oft hatte er ihr den Ring vom Finger gezogen, damit sie ihn mit Küssen zurückkaufte.

Sie trug ihn noch immer. Den Ring und das kleine Mondamulett, das ihr die Mutter aus Anlaß ihrer Mannbarkeit geschenkt hatte. Alles andere war verloren. Und in ein paar Tagen würde auch das verloren sein.

»Ich sollte mich lieber mit dem Brief beeilen«, flüsterte sie. »Sonst habe ich nichts mehr, um ihn ordentlich zu versiegeln.«

Hm. Also hatte sie sich unbemerkt zum Schreiben entschlossen. Vielleicht hatte ihr der Posca neuen Mut eingeflößt. Oder die Göttin hatte endlich gesprochen.

Sie zog den Schemel an den Tisch, dann holte sie die kleine Schilfschatulle mit Schreibutensilien unter der Matratze hervor. Diesmal konnte sie sich nicht mit Entwürfen aufhalten, denn sie besaß nur ein Stück Papier, und das war von jämmerlicher Qualität, gerade mal gut zum Einwickeln von Fischen. So kam es ihr ganz passend vor, daß der schleimige Tintenrest am Boden des Glases nach Tintenfisch statt nach Wein roch.

Sie beschnitt die Feder mit dem Messer. Im harten Licht der Morgensonne sahen ihre Hände rot und rissig aus wie Dörrfleisch. Neunundzwanzig Jahre alt, und schon die Hände einer Greisin.

Erschrocken legte sie die Feder hin. Was sollte Gajus denken, wenn er sie so sah? Wenn Kleon wie durch ein Wunder bis zu ihm gelangte, wenn Gajus wie durch ein noch größeres Wunder den Brief zu öffnen geruhte, wenn ihn das Mitleid bewog, sie und ihre Familie aus der Stadt herauszulotsen? Würde er sie überhaupt erkennen? Würde sie sein Entsetzen ertragen, wenn er in diesem abgehärmten Wrack seine geliebte Lycaris erkannte?

Vor der Belagerung war sie noch stolz auf ihr Aussehen gewesen. Schlank trotz ihrer Niederkünfte, im Besitz aller Zähne und mit fülligem schwarzen Haar. Und jetzt? Die Kleider schlotterten ihr am Leib. Ihr Haar war stumpf und strähnig wie Hanf. Ihre Haut hatte die Farbe schmutzigen Schnees.

»Hör auf damit!« beschwor sie sich flüsternd. »Du schreibst ihm nicht, um ihn mit deiner Schönheit zu beglücken. Es geht hier überhaupt nicht um dich, du albernes Ding!«

Kurzentschlossen goß sie sich noch einen halben Becher Posca ein. Zwei Tropfen verspritzte sie für die Göttin, den Rest schüttete sie in einem Schluck herunter wie ein hartgesottener Legionär. Ein Lieblingsvers kam ihr in den Sinn. »*Dann und wann jagt das geflügelte Roß durch meine Träume – und nicht nur im Rausche. Doch schießt der Wein durch meine Adern, dann solltet ihr Pegasus fliegen sehn!*«

»Jetzt kommt die Inspiration«, murmelte sie, als der Posca ihr zu Kopf stieg. »Noch bist du nicht am Ende, meine Gute. Also an die Arbeit. Und wenn du fertig bist, darfst du zur Belohnung baden. Das bringt dich durch den Tag. Eine kräftige, belebende Abreibung mit einem ganzen Eimer voll Schnee.« Zum Ärger ihres Gatten war sie im Umgang mit Schneebädern schon genauso geschickt wie beim Feilschen.

Sie tunkte die Feder in den Tintenrest und fing an zu schreiben. Schnell, bevor der Posca seine Wirkung verlor und sie sich anders besann.

20

Chalk Farm, Anfang Februar

Antonia saß bei einer Tasse Kaffee in der winzigen Küche ihrer besten Freundin und versuchte das wütende Getuschel auf dem Flur zu überhören.

»Ich will kein Frühstück, wenn die da ist«, zischte Kates neunjährige Tochter Emma. »Mit ihren schwarzen Sachen sieht die aus wie eine alte Hexe!«

»Sei nicht albern«, rief die Mutter. »Emma, komm zurück. Komm sofort zurück!«

Das Poltern von Kinderstiefeln auf der Treppe.

Phil, der Antonia gegenübersaß, grinste verlegen. Sie antwortete mit einem gezwungenen Lächeln. Immer hoffte sie, daß Kinder sie mochten, aber das kam selten vor, und auch Emma machte keine Ausnahme. Antonia wohnte schon seit fünf Tagen bei ihrer Freundin in Erica Gardens – seit ein Rohrbruch ihre eigene Bude unbewohnbar gemacht hatte. Und Emma hatte in ihrer Gegenwart noch keinen einzigen Happen gegessen.

Langsam drehte sie die Tasse in den Händen. *Es war einmal eine alte Hexe, die wohnte ganz allein in einem schrecklich heruntergekommenen Haus und war schwarz gekleidet. Nie hatte sie genug Geld oder eine anständige Arbeit, und ohne es zu wollen, war sie der Schrecken aller Kinder.*

An jedem anderen Tag hätte sie darüber gelacht und sich ermahnt, nicht in Selbstmitleid zu zerfließen. Aber an diesem Morgen, mit dem ungeöffneten Brief auf dem Tisch, fühlte sie sich elend und niedergeschlagen.

Sie schaute sich in der orangefarbenen Küche um, die mit Alltagsdingen vollgestopft war: ein schwankender Aktenstapel, eine normannische Burg aus Klopapierrollen – Emmas neuestes »Projekt« –, der mit Einkaufszetteln und Sauriermagneten gespickte Kühlschrank, die Notizzettel, die sich Kate und Phil hinlegten, wenn sie Überstunden machten, was der Normalfall war.

Antonia umklammerte ihre Tasse.

Kate kam in die Küche zurück, noch rot im Gesicht vom aussichtslosen Kampf mit ihrer Tochter, und sah den Brief, der vor Antonia auf dem Tisch lag. »Willst du ihn nicht aufmachen?«

»Hm«, erwiderte Antonia.

Am Poststempel hatten beide erkannt, worum es sich handelte: Es war der Bescheid des Notars, der Antonia mitteilte, wieviel sie von ihrer Mutter geerbt hatte.

Bestenfalls bekam sie den halben Anteil der Wohnung in Tooting, mehr war nach der Bankpleite bei Lloyd nicht geblieben. Das war nicht viel, aber trotzdem ein Gottesgeschenk. Da die Versicherungen die Reparaturkosten nicht übernommen hatten, besaß sie noch die siebenhundert Pfund, die sie für ihr Alter gespart hatte, und war arbeitslos, seit die Monographie über antike Gefäße, die sie für den alten Professor Edgeware geschrieben hatte, fertiggestellt war.

Dennoch zögerte sie. Sie schämte sich für ihre Neugier. Immerhin handelte es sich um ihre Mutter, ihre einzige Verbindung zur Vergangenheit. Ein nüchterner weißer Briefumschlag auf einem Teller.

»Mach schon«, drängte Kate sanft.

Antonia nahm den Brief in die Hand, öffnete ihn und überflog den Inhalt. Draußen starteten Autos, Kinder knallten Gartenpforten zu, der Jack Russell von Mrs. Wrigley bellte wie jeden Morgen den Postboten an.

Antonia legte die Hand an den Hals.

»Was ist?« fragten Kate und Phil wie aus einem Munde.

»Sie ... sie hat die Wohnung meiner Schwester vermacht.«

»Waas?« rief Kate. »Die ganze Wohnung für Caroline?«

Antonia nickte.

»Mein Gott!« hauchte Kate. »Das heißt Eulen nach Athen tragen.« Antonias Schwester war mit einem Bauunternehmer verheiratet, der in den achtziger Jahren ein Vermögen mit der Häusersanierung gemacht hatte, ohne es in den Jahren der Rezession zu verlieren.

»Es kommt noch schlimmer.« Antonia legte den Brief hin und stützte den Kopf in die Hände. »Ich erbe die Mühle in La Bastide.«

In der Küche herrschte Stille.

Die Mühle? Was hatte sich ihre Mutter dabei gedacht? Caroline bekam die Wohnung, die sie nicht brauchte, und sie das heruntergekommene Anwesen in Südfrankreich. Andersherum hätte die Sache einen Sinn gehabt. Und überhaupt: Wie kam es, daß die Mutter die Mühle noch besaß, nachdem die Bankenpleite ihr ganzes Vermögen aufgezehrt hatte? Steckte vielleicht eine Auslandsfirma dahinter, an die sie nicht herankamen?

Schon schämte sie sich für ihre Überlegungen. Wahrscheinlich hatte sich ihre arme Mutter überhaupt nichts gedacht, sondern war von ihren Krebsmedikamenten benebelt gewesen. Wahrscheinlich wollte sie das Testament so schnell wie möglich hinter sich bringen und hatte die Namen ihrer Töchter verwechselt.

Und außerdem, sagte sie sich, schuldet mir Mummy überhaupt nichts. Du warst diejenige, die nach Arizona abgehauen ist, ohne den Kontakt zu halten. Nicht mal zu Daddys Beerdigung bist du gekommen. Woher sollte Mummy wissen, daß du nicht das Geld für den Flug hattest, wenn du auf deinen Postkarten nur »Es geht mir gut« geschrieben hast?

Die Mühle. Ausgerechnet die Mühle.

Die mußt du sofort verkaufen, sagte sie sich. Gar nicht erst hinfahren. Auf keinen Fall.

»Was ist daran so schlimm?« fragte Kate. »Ein Platz an der Sonne.«

»Es ist Januar«, murmelte Antonia. »Da gibt es keine Sonne.«

»So? Ein netter, ruhiger Ort. Keine Touristen.«

»Nein, nicht mal im Hochsommer. Nur wenn sie sich verlaufen.«

»Überleg doch mal«, sagte Kate mit einem heimlichen Seitenblick auf Phil. »In den Schulferien können wir dich dort überfallen. Wenn du die Mühle bis dahin nicht verkauft hast.«

Antonia sah plötzlich das handgemalte Schild *à vendre* vor sich, das im Fenster des Fleischers hing, solange sie zurückdenken konnte. »Wenn ich es *nächstes* Jahr verkaufe, habe ich schon großes Glück«, sagte sie. »Ihr könnt dort jederzeit hinfahren. Aber bitte ohne mich.«

»Dich zieht es also nicht dorthin?«

Antonia schüttelte den Kopf.

Kate wirkte erleichtert, was Antonia dann doch irritierte.

»Jetzt der nächste Schritt«, sagte Kate forsch. »Du brauchst einen Anwalt. Kennst du einen guten *notaire?*«

»Nein. Aber ich kenne einen, der einen kennt.« Jetzt konnte sich ihr Schwager einmal nützlich machen.

Kate schob ihr das Telefon hin. »Dann mal los. Was du heute kannst besorgen ...«

Antonia warf ihr einen skeptischen Blick zu. Die liebe Kate. Immer fürsorglich, immer streng. Vor ihr lag ein Stapel Faxe, die dringend bearbeitet werden mußten, aber sie zeigte keine Ungeduld und würde böse werden, wenn Antonia abwinkte. Wär' ich doch nur halb so hilfsbereit und stabil wie Kate, dachte Antonia.

Sie hatten sich in Arizona kennengelernt, als Antonia dringend jemanden brauchte, der sie aus ihrem Tief herausholte. Kate, die blutjunge TV-Rechercheurin, hatte die Ärmel hochgekrempelt und sich an die Arbeit gemacht.

Manchmal fragte sich Antonia, ob Kate ihre Ähnlichkeit mit einem Igel absichtlich forcierte. Sie hatte eine rundliche Figur, dunkle Knopfaugen und eine kurze, spitze Nase, dazu trug sie einen kurzen Borstenschnitt, der ihre Erscheinung prägnant abrundete. Vielleicht half ihr das bei der Arbeit, vielleicht lenkte das die Leute ab, und sie ließen sich leichter kommandieren.

Kate liebte es, Menschen zu kommandieren. Und das war sogar verständlich bei einem Ehemann wie Phil, der manchmal seine Insulinspritze vergaß und dann in seinem Labor zusammensackte. Vielleicht war sie von der Sorge beherrscht, daß alle Menschen zu hilflosen Bündeln wurden, wenn sie ihnen nicht sagte, was gut für sie war.

Eine halbe Stunde später hatte sie Emma zur Schule gefahren, Phil ins Labor geschickt, die dringendsten Faxe erledigt und kam gerade in die Küche gestürmt, als Antonia den Hörer aufknallte und beschloß, ihre Schwester umzubringen. »Das ist zuviel«, knirschte Antonia.

Kate zog den Hocker heran.

»Ich muß dorthin fahren«, sagte Antonia.

»Was? Zur Mühle? Das ist aber blöd. Wieso denn?«

Antonia stand auf und lief in der Küche umher. »Ich kann diese Bruchbude nicht von hier aus verkaufen, weil sie mit Familienkram vollgestopft ist, den ich rausholen muß.«

»Ich dachte, es sei keiner mehr hingefahren, seit ...«

»Dachte ich auch. Und jetzt höre ich, daß Mummy und Caroline vor sieben Jahren auf die alberne Idee kamen, die Mühle aufzumöbeln und zu vermieten. Also brachten sie ein paar Möbel rüber, die noch ›halbwegs gut‹ waren. Dann kam die Lloyd-Pleite, Mummy wurde krank und zog zu Caroline. Die hatte alle Hände voll zu tun – das hat sie natürlich mit einfließen lassen, daß sie ganz allein damit zurechtkommen mußte, während ich in Arizona war. Ganz allein! Daß ich nicht lache. Sie hatte eine ganze Kompanie Krankenschwestern zu ihrer Verfügung ...«

»Antonia?«

»... aber natürlich war sie so schrecklich überlastet, daß sie es nicht schaffte, das Zeug zurückzuholen. In Wirklichkeit hatte sie keine Lust, weil die Möbel sowieso nichts taugten. Doch jetzt handelt es sich plötzlich um unbezahlbare Antiquitäten, die ich unbedingt retten muß. Das ist mal wieder typisch Caroline!«

»Wieso? Kann sie die nicht selber holen?«

»Aber Liebste, wo denkst du hin?« flötete sie im Stil einer höheren Tochter. Sie wußte, daß sie übertrieb, doch es war ihr egal. »Sie ist ganz und gar unabkömmlich, wo sie doch zwei Au-pair-Mädchen und einen Butler zu beaufsichtigen hat. Ganz zu schweigen vom Herrn Gatten, der eine Krise kriegt, wenn sie ihn fünf Minuten allein läßt. Aber das wirst du nicht verstehen, meine liebe Toni, du bist ja ledig, kinderlos und gehst nicht arbeiten, und außerdem ...«

»Antonia, hör endlich auf«, sagte Kate energisch. »Sonst platzt dir noch 'ne Ader.«

Antonia blieb mitten in der Küche stehen. »Tut mir leid. Ist das nicht Wahnsinn? Sie schafft mich jedesmal.«

Manche Dinge änderten sich nie. Die alten Muster, in Urzeiten festgelegt und ewig wiederholt. Die Hausfrau wetzt die Krallen an ihrer Schwester, der »Karrierefrau« – und umgekehrt. *»Halte du erst mal ein riesiges Landhaus mit Mann und drei Kindern in Schuß!« – »Mach du erst mal einen Doktor in Oxford und lern einen Beruf!«* Spielte es da noch eine Rolle, daß sie beruflich am Boden lag und keine Aussicht hatte, je wieder auf die Beine zu kommen? Es war der alte Streit, und er schnurrte immer nach demselben Muster ab – wie ein Uhrwerk.

Antonia schluckte ihren Ärger herunter und entschuldigte sich ein weiteres Mal.

Kate setzte den Wasserkocher auf.

»Vergiß den Kaffee«, sagte Antonia. »Du mußt zu deiner Versammlung.«

»Vergiß die Versammlung«, erwiderte Kate.

Sie machten sich frischen Kaffee.

»Eigentlich habe ich Caroline nichts vorzuwerfen«, begann Antonia. »Ihr ging es immer gut, also kann sie gar nicht wissen, wie es ist, ohne Geld zu sein.«

Kate warf ihr einen argwöhnischen Blick zu. »Gib dir keine Mühe. Toleranz war nie deine Stärke.«

»Stimmt. Meine Schwester ist eine blöde Kuh.«

»Das klingt schon besser.«

Antonia massierte ihre Schläfen. »Aber es hilft alles nichts. Ich muß hin.«

»Wie willst du das durchhalten?«

»Irgendwie. Ich komme schon zurecht. Mein Geld reicht für einen Billigflug und einen Mietwagen. Vier Tage, höchstens fünf.«

Kates Igelgesicht wurde ernst. »Ich meinte nicht die Kosten. Nach dem Unfall bist du nicht mehr dortgewesen.«

Antonia starrte sie an. »Mein Gott, Kate! Das ist doch nicht das Problem! Ich rede von den Kosten.«

»Wirklich?«

»Hör mal! Das ist alles zwölf Jahre her. Ich bin längst ein anderer Mensch.«

Kate musterte sie stumm.

»Kein Problem«, wiederholte sie. »Vielleicht kann ich sogar ein paar Tage Arbeit einschieben, wenn ich schon mal dort bin. Außerdem«, fügte sie listig hinzu, »bleiben mir die Anrufe von Simon erspart.«

Das saß, und Kate spitzte gekränkt das Mündchen. Sie mochte Simon Toynbee auch nicht, fand aber, er würde gut zu Antonia passen, und machte kein Geheimnis daraus. Klar, in einem unbedachten Moment hatte Kate zugegeben, daß er nicht gerade ihr Traummann sei, aber das tat nichts zur Sache. Sie hatte Phil mit knapp über zwanzig geheiratet und war noch jung genug gewesen, um die Dinge für sich zu entscheiden. Aber Antonia mit ihren sechsunddreißig sollte lieber schnell zugreifen, bevor es eine andere tat.

Antonia gab sich einen Ruck. Warum war sie nur so übel drauf? Wenn selbst Kate sie nervte, wurde es Zeit, daß etwas geschah.

Sie nahm den Hörer auf und rief die Flugbörse an. Fünf Minuten später hatte sie einen Flug nach Toulouse für den Freitagmorgen gebucht.

»Aber das ist ja schon übermorgen«, sagte Kate.

Antonia lächelte dünn. »Um so früher bin ich zurück.«

Der Flug war ein Alptraum, aber Antonia war so froh über ihren entschlossenen Schritt, daß sie darüber nur lachte. Als sie im Morgengrauen am Flughafen Gatwick ankam, wurde ihr klar, daß sie nicht an die Skisaison gedacht hatte. Die Abflughalle war verstopft von jugendlichen Reisegruppen und ältlichen Paaren, die sich ängstlich an ihr Handgepäck klammerten.

Wie gewöhnlich waren alle bis auf sie in Begleitung, oder sie telefonierten nach Hause oder kauften Mitbringsel für ihre Angehörigen. Bis vor ein paar Jahren hatte sie das noch bedrückt. Sie nannte das Gefühl »Flughafeneinsamkeit«, wenn sie in eine Abflughalle kam und sich unter all den geschäftigen Leuten wie ein Marsmensch vorkam. Jetzt machte es ihr nichts mehr aus.

Nach einer fast zweistündigen Verspätung wurde endlich ihr Flug aufgerufen, und als sie sich durch die Business Class zwängte, goß ihr ein Kleinkind absichtlich Saft über die Jeans. Die

Mutter, eine Prada-gekleidete Französin mit lederartigem Teint, strafte Antonia mit einem verächtlichen Blick, aber Antonia ignorierte die Mutter und starrte das Kind böse an, das rot anlief und zu schreien begann. Antonia ging weiter. Manchmal hatten ätzende Kinder auch etwas Tröstliches.

Die Fluglinie mußte ein paar zusätzliche Sitzreihen eingebaut haben, denn sie konnte nur sitzen, indem sie die Knie zur Seite streckte. Aber das störte sie nicht. Sie nahm das Fachblatt für Töpferei und einen Textmarker aus der Reisetasche und machte sich an die Arbeit.

Normalerweise konnte sie überall arbeiten, doch jetzt kam ihr ständig die Mühle in den Sinn. Um den lästigen Gedanken zu vertreiben, zückte sie das Notizbuch und fertigte eine Liste an: *Auto abholen, Brot, Butter, Käse, Eier, Äpfel, Tee, Kaffee, H-Milch, Waschpulver, Klopapier, Wein. Bett beziehen, baden, essen, schlafen. Morgen früh: Liste machen.* Sie mußte lächeln, als sie »Liste machen« auf die Liste schrieb. Listen halfen ihr, konzentriert und zielstrebig vorzugehen.

Denk daran, daß du nur fünf Tage bleiben kannst, sagte sie sich. Und wer weiß, vielleicht hast du bis dahin einen Käufer aufgetrieben.

Der vertrauenswürdig klingende Notar hatte bereits das Nötige veranlaßt, so daß der Verkauf in wenigen Wochen abgewickelt werden konnte. *»Il faut se depêcher, Monsieur«*, hatte sie ihn gedrängt, *»j'ai fort besoin de l'argent.«* Das gallische Schulterzucken am anderen Ende der Leitung konnte sie sich lebhaft vorstellen – das französische Äquivalent für: »Tut mir leid, meine Dame. Erst muß sich ein Idiot finden, der diesen Schutthaufen kauft.«

Ein Pärchen von Mitte zwanzig stand im Gang und blickte hoffnungsvoll auf sie herab. Ob sie wohl die Sitze tauschen könnten? Sie raffte seufzend ihre Papiere zusammen und rutschte ans Fenster durch. Das Mädchen rollte sich auf dem Nachbarsitz zusammen, legte den Kopf an die Schulter ihres Freundes und drückte die nackten Füße gegen Antonias saftbefeuchteten Schenkel. Sie hatte nichts dagegen, weil die Füße sauber waren, mit apfelgrün lackierten Nägeln. Aber sie fragte sich, warum das

Mädchen im Januar offene Sandalen trug. Vielleicht dachte sie, in Südfrankreich wäre immer Sommer.

Endlich erhob sich das Flugzeug in die Lüfte, die Stewardeß kam mit dem Getränkewagen, das Pärchen knackte den Plastikverschluß des bulgarischen Kefirs und konnte die Blicke nicht voneinander lösen. Der Junge sah nicht schlecht aus auf seine robuste Art, aber das Mädchen wirkte aufgedunsen und bleich und zog ständig den Pullover über ihr massiges Hinterteil.

Antonia dachte daran, daß sie sich auch einmal ihrer Figur geschämt hatte. Als Teenager hatte sie alle Diäten versucht, die in den Zeitungen zu finden waren. Sogar Essig hatte sie getrunken, weil sich Madame Bovary auf diese Weise schlank gehalten hatte. Nach dem zwanzigsten Lebensjahr kamen noch mehr Komplexe hinzu: zu naiv, zu bildungsbeflissen, zu ernst. Und der arme Myles hatte daran nichts geändert. Als der Dreißigste näherrückte und sie ein bißchen Selbstvertrauen gewann, war es ihr schon nicht mehr wichtig. Ist das nicht lachhaft? dachte sie. Da kämpfst du all die Jahre um ein bißchen Selbstbewußtsein, und wenn du es endlich hast, brauchst du es nicht mehr.

Der Junge strich dem Mädchen mit dicken Fingern durchs Haar, und ein paar Strähnen fielen auf ihre Zeitschrift. Antonia zog die Zeitschrift weg und fühlte sich hundert Jahre alt. Ihr fiel ein, daß es drei Jahre her war, seit ein Mann sie so berührt hatte wie dieser Dicke seine Freundin, daß ein Mann sie überhaupt berührt hatte – außer dem Arzt und dem Friseur.

Der Gedanke amüsierte sie so sehr, daß sie die Stewardeß zurückrief und eine Bloody Mary bestellte.

Nach der Landung in Toulouse wendeten sich die Dinge zum Besseren. Eine gute Fee hatte ihr eingegeben, den Mietwagen im voraus zu bestellen, und unter den neidischen Blicken der zu kurz Gekommenen erbeutete sie den letzten Renault Clio. Sie entschied sich gegen die Autobahn und fuhr auf der Route Nationale nach Süden. Es war ein klarer, sonniger Tag, und ihre Laune besserte sich zusehends. Sie hatte schon vergessen, wie es war, wenn plötzlich die Pyrenäen am Horizont aufragten – eben war sie noch durch die Gassen von Vernet gefahren und hatte auf die Ampeln geachtet, und auf einmal erhoben sich die Berge vor ihr – majestätisch und strahlend weiß.

Die Römer, fiel ihr ein, hatten die Berge gehaßt. Was ihnen zusagte, war die gezähmte Natur: Gärten, Weinberge, hübsche Teiche. Keine wilden Gebirge, die schwer zu bezwingen waren und den Rebellen Unterschlupf boten. Die Pyrenäen waren den Römern so unheimlich, daß sie sich nie für deren geographische Lage interessierten und glaubten, sie verliefen von Nord nach Süd – und nicht von Ost nach West.

Seltsam. Daran hatte sie seit Jahren nicht gedacht.

Im Rückspiegel sah sie einen ganzen Pulk von Skitouristen nach Andorra abbiegen, und plötzlich war sie allein auf der Straße. Die Landschaft wurde karger. Alles war, wie sie es aus ihrer Kindheit kannte. Die weißen Roussillon-Rinder, die terrassierten Weinberge. Die winzigen, einsamen Dörfer, die wie Schwalbennester an den zerklüfteten Bergwänden klebten.

Es war alles so vertraut und doch, da sie zum ersten Mal im Winter herkam, merkwürdig fremd. Der Boden kahl, die Weinstöcke zu bizarr verrenkten Stummeln geschrumpft, die an ein Gemälde von van Gogh erinnerten. Sie war ein wenig erschrocken.

Als sie vorm Supermarkt am Stadtrand von Quillan hielt, wußte sie, daß sie in Katalonien angekommen war. Der gutaussehende Assistent am Ausgang begrüßte sie mit einem melodischen *bonjura* und trug den Karton mit den Einkäufen zum Auto. Er hatte die samtenen Augenbrauen, den intensiven, schokoladenfarbenen Blick eines Spaniers, und als sie ihn anlächelte, errötete er wie eine Nektarine. O ja. Mehr war nicht nötig, um die Laune einer Sechsundreißigjährigen zu heben.

Gegen zwei kam sie in La Bastide an. Sie hielt an der Brücke und stieg aus. Ein eisiger Nordwind schlug ihr entgegen, doch als sie das Aroma von Holzrauch in sich aufnahm, kamen ihr die Tränen, so vertraut war ihr der Geruch aus der Kindheit.

Alles war, wie sie es in Erinnerung hatte. Kleiner natürlich und grauer, denn der katalanische Himmel war wolkenverhangen. Dort auf dem Berg stand die massige kleine Kirche, in der einmal im Monat die Messe von einem reisenden Pfarrer gelesen wurde. Und hoch über dem Dorf thronte Castel Sarac – als Kind hatte sie geglaubt, daß dort Elfen hausten. Unten auf der Hauptstraße sah sie schon den Wegweiser zum *Depôt de pain*, zu dem sie als versponnene Achtjährige gepilgert war, um Baguettes zu holen.

Eine andere Achtjährige schob sich in ihre Erinnerungen. Modge in engen gelben Shorts. Wie ein junger Hund war sie um Patrick herumgetollt, als sie die Straße zum Dorf hinabgegangen waren. Energisch schnitt sie den Gedanken ab. Sie bestieg ihr weißes Roß und jagte davon, quer über die schneebedeckten Gipfel.

Behutsam ließ sie den Wagen zur Mühle hinunterrollen. Am Tag nach dem Unfall, als die Mutter sie zum Flughafen brachte, war sie das letzte Mal hier entlanggefahren, noch unter Schock und wie betäubt.

Deshalb hatte sie so gut wie keine Erinnerungen mehr daran, wie sie erleichtert feststellte. Sie stieß einen tiefen Seufzer aus und merkte, daß sie die Luft angehalten hatte.

Die Macht der Vergangenheit ist nicht von dieser Welt, sagte sie sich. Das hatte sie beim Friseur in einer Zeitschrift gelesen. Also mußte was dran sein.

Im Mühlenhof stieg sie aus und fand den Schlüssel unter dem Stein, wie Monsieur Merou, der *gardien*, es angekündigt hatte. Sie betrat das Haus und sog die abgestandene, feuchtkalte Luft ein. Es roch nach Moder und Spinnweben. Gott sei Dank. Die Mühle war frei von Gespenstern.

Es war die tote Atmosphäre eines Hauses, das seit Jahren leer stand – und es herrschte Dunkelheit. Sie hatte vergessen, wie klein die Fenster waren, die weniger dazu gedacht waren, Licht hereinzulassen, als die Hitze fernzuhalten. Im Hochsommer hatte das nicht gestört, im Gegenteil, die Kühle war allen willkommen gewesen. Jetzt war das Haus wie eine Gruft.

Eine kalte Gruft. Der umsichtige Monsieur Merou hatte schon am Vortag den Generator und den uralten Boiler in Gang gesetzt, aber die Heizkörper waren kaum handwarm. Sie machte sich am Thermostat zu schaffen, und in den unergründlichen Tiefen des Kellers begann es bedrohlich zu rattern. Monsieur Merou hatte sie am Telefon vor dem Geräusch gewarnt. Wenn es nur fünf Minuten dauerte, sei alles in Ordnung, hatte er gesagt. Aber er hatte verschwiegen, was passierte, wenn es länger dauerte.

Die Küche war deprimierend. Graue Mullvorhänge rotteten vor sich hin, das braune Linoleum war fleckig, die Vierzigwattbirne spendete ein trübes Licht. Der Küchentisch hatte ein Bein verloren und stand bedenklich schief, unter ihm hatte sich irgendein Lebewesen zur letzten Ruhe gebettet. Antonia dachte an Alfonse und bereute es sogleich. Sie kehrte die ausgedörrten Reste in eine alte Zeitung und trug sie in den Hof.

Du hast schon schlechter gewohnt, sagte sie sich, also hör auf, dich zu beklagen. Aber sie verkürzte vorsorglich ihren Aufenthalt auf drei Tage.

Kein Wunder, daß ihre Mutter und ihre Schwester den Mut verloren hatten. Es hätte mindestens fünfzigtausend Pfund und etliche Jahre Nervenstreß gekostet, diese verkommene Ruine zu sanieren. Und wer hätte sie dann gewollt? Den Gedanken an einen schnellen Verkauf konnte sie sich abschminken.

Sie drehte den Wasserhahn auf, um sich die Hände zu waschen. Nach langem Röcheln spuckte die Leitung schließlich eine rostbraune Brühe aus. Antonia wartete, bis sauberes Wasser kam, spülte sich die Hände ab und holte den Karton mit den Einkäufen aus dem Auto. Der Kühlschrank erwachte aus seinem Dornröschenschlaf und rüttelte sich. Ob er durchhielt, war ungewiß. Wenn nicht, konnte sie sich auch von französischem Toast ernähren.

Sie ging die Treppe hinauf und stellte ihre Tasche in das Gästezimmer. Ihr eigenes Zimmer barg zu viele Erinnerungen an Myles. Klar, sie glaubte nicht an Gespenster. Aber darauf ankommen lassen wollte sie es nicht.

Sie packte den Laptop aus und bereitete ihr Bett, indem sie den mitgebrachten Schlafsack aufschüttelte. Sie zog sich etwas Warmes über, kehrte in die Küche zurück und goß Wein aus dem Supermarkt in eine alte Star-Trek-Tasse, die sie im Spülschrank fand. Okay, jetzt war es halb drei, in England folglich erst halb zwei, da konnte der Wein als Mittagstrunk durchgehen.

Er schmeckte so ordinär, daß sie würgen mußte. Sie nahm das

Etikett in Augenschein. Verdammt, sie hatte das billigste Zeug erwischt und war nun stolze Besitzerin zweier Literflaschen eines sirupartigen Gesöffs, das sich *vin doux* nannte, mit einem roten Schraubdeckel und einem schamlos verlogenen Etikett versehen war. Wenn das *naturel* war, war Bhopal eine Limonadenfabrik. Kein Wunder, daß er nur zehn Francs gekostet hatte.

Mit der Tasse in der Hand inspizierte sie die von Caroline erwähnten »guten Stücke«. Es handelte sich um zwei Seitentische aus Mahagoni und eine Kommode mit Intarsien im Eßzimmer sowie einen Schreibtisch im nachgemachten Tudorstil. Der Rücktransport würde mehr kosten, als der ganze Krempel wert war. Fahr zur Hölle, Caroline!

Es war erst zwanzig vor drei. Ein weiterer Schluck vom süßen Zaubertrank verlieh ihr frischen Mut. Sie beschloß, den Stier bei den Hörnern zu packen und zur Quelle hinaufzugehen.

»*La Sourça, la Sourça*«, sang sie, als sie den Aufstieg in Angriff nahm. Aber er war steiler, als sie in Erinnerung hatte. Bald fehlte ihr die Luft zum Singen, und sie konzentrierte sich auf den Weg.

Das Rauschen des Flusses blieb hinter ihr zurück, jetzt hörte sie nur noch ihre Schritte. Den Wegrand säumten frostgeschwärzte Hagebutten, kahle Brombeerbüsche, verdorrter Salbei. Ringsum war es still – bis auf das unheimliche Rascheln des vorjährigen Laubs in den Eichen. Sie sah weder Vögel noch Eidechsen, auch der würzige Kräuterduft fehlte. Die ganze Natur lag im tiefen Winterschlaf.

Mit Beklemmung dachte sie daran, daß sie den Weg seit dem Unfall nicht mehr gegangen war. Aber auch hier gab es keine Gespenster. Die Vergangenheit war einer anderen Antonia widerfahren. Sie kam sich vor wie eine Touristin, die die Schauplätze einer lange zurückliegenden Begebenheit aufsucht.

Hier an dieser Wegbiegung war es einst zu einem tödlichen Unfall gekommen, und an der schmalen Brücke über die Seitenschlucht hatten ein junger Mann und ein Mädchen Schulter an Schulter im Mondlicht gestanden und von einer gemeinsamen Zukunft geträumt. Und hier, vor dem Eingang der Höhle, hatte der junge Mann das Mädchen in die Arme genommen und zum ersten Mal geküßt.

Ein Blick in die Höhle überzeugte sie davon, daß es auch dort nicht spukte. Es roch schwach nach Urin, auf dem Boden lagen zertretene Bierbüchsen und Kondome. Das Plätschern der Quelle erinnerte an eine undichte Toilettenspülung.

»Keine Gespenster da«, sagte sie laut. Kaum zu glauben, daß sie die Quelle einmal für einen verwunschenen Ort gehalten hatte. Unmöglich, sich auszumalen, daß der römische Dichter Cassius hier seiner Göttin gehuldigt hatte. Ganz und gar unvorstellbar, daß ihr das einmal ungeheuer viel bedeutet hatte.

Der Aufstieg hatte länger gedauert als erwartet, und als sie gegen fünf in die Mühle zurückkam, wurde es schon dunkel. Sie trat ein und wurde von der Grabesstille des Hauses umfangen. Die Heizung gab her, was sie konnte, trotzdem konnte Antonia ihren Atem sehen.

Sie beschloß, den Kamin im Wohnzimmer zu heizen, holte Scheite von einem alten Holzstoß hinter dem Schuppen und getrocknete Reben zum Anheizen. Das Feuer flackerte kurz auf, doch statt zu wärmen, entwickelte es einen beißenden Rauch, der die Luft verpestete, bis es von selbst erlosch.

Sie öffnete die Fenster, schloß die Türen und floh in die Küche. Entweder frieren oder ersticken, dachte sie. Mit brummendem Kopf überlegte sie, ob sie jetzt essen sollte, und entschied sich statt dessen für einen weiteren Schluck Sirupwein. Jetzt mußte sie wirklich an die Arbeit gehen, sonst würden die drei Tage nicht reichen.

Die Küchenschränke enthielten nichts, was es wert war, vor der Müllkippe gerettet zu werden. Dasselbe traf auf den Flur und das Eßzimmer zu. Im Verschlag unter der Treppe fand sie einen Vorkriegsstaubsauger, eine verstaubte Kiste mit leeren Weinflaschen, Berge von Mäusedreck und zwei Kartons, die ihr Vater säuberlich beschriftet hatte. Auf dem größeren stand *Funde der Hauptgrabung, Abschnitte A035 bis Z728,* auf dem kleineren *Antonias Sachen.*

Antonias Sachen?

Sie hatte nichts zurückgelassen. Oder doch? Die Tage nach dem Unfall waren ein einziger Nebel. Vielleicht hatte sie etwas beim Packen vergessen? Stirnrunzelnd trug sie den Karton in die Küche und nahm ihn in Augenschein. Das Rätsel klärte sich auf, als sie

Mut faßte und den Deckel öffnete. Vor ihr lagen, sorgfältig in Watte gepackt, die Funde aus der Höhle. Die hatte sie vollständig vergessen. Tonscherben, zweitausend Jahre alte Obstkerne gallischer Bauern, ein paar frühsteinzeitliche Axtkeile und in einer gesonderten Schachtel die kleine Kybele-Lampe.

Ihre Augen wurden feucht. Ihr Vater mußte das alles eingepackt haben, nachdem er zurückgekehrt war, um ein letztes Mal nach dem vermißten *kántharos* zu suchen. Zusätzlich hatte er ein handgeschriebenes Fundverzeichnis unter den Kartondeckel geklebt.

»O Daddy«, flüsterte sie. »Wenn ich das gewußt hätte.«

Sie dachte ungern an ihn zurück. Nach dem Unfall hatte sie ihn aus dem Bewußtsein verbannt und sich vorgenommen, eines Tages Frieden mit ihm zu schließen. Doch im Frühling ihres vierten Jahrs in Arizona hatte sein Herz versagt, als er in der Waterloo Station einen abfahrenden Zug erwischen wollte. Wenn sie überhaupt an ihn dachte, dann mit einem nagenden Schuldgefühl. Es war eine Schuld, die nie mehr gutzumachen war.

Am Boden des Kartons fand sie eine rote Papphülle mit der Aufschrift *Cassius – Notizen.*

Ihr stockte der Atem.

Das hatte sie doch alles verbrannt! Hinter den Rhabarberstauden, im Verbrennungsofen. Und hier war eine ganze Mappe von Papieren, sorgfältig beschriftet von ihrem Vater. Verwirrt setzte sie sich auf einen wackligen Küchenstuhl und fing an zu blättern.

Ihr Puls beruhigte sich. Alles harmlose Sachen. Ein lateinisches Taschenwörterbuch, eine zerlesene Paperback-Ausgabe der Gedichte, ein Stapel Notizen zur Ausgrabung, aus dem noch Erde rieselte, und eine A4-Seite mit der pompösen Überschrift »Überlegungen zum Rätsel des Cassius« – die hatte sie mit vierundzwanzig Jahren geschrieben.

Das Rätsel des Cassius.

In poculo veritas.

Daran hatte sie seit Jahren nicht gedacht.

»Die Wahrheit ist im Kelch«, sagte sie laut und prostete sich mit der Tasse zu. »Cassius, du hast nie ein wahreres Wort gesprochen.«

Anstelle der Antwort fiel eine Postkarte auf den Fußboden, und plötzlich blickte Cassius zu ihr auf.

Mit einem kleinen Aufschrei nahm sie die Füße hoch, als könnte die Postkarte Beine bekommen und sich selbständig machen.

Der kalte Schweiß brach ihr aus. Das Gesicht hatte sie seit zwölf Jahren nicht gesehen, und da war es nun, auf einer Postkarte – wie ein Gruß aus der Unterwelt, den ein boshafter Dämon ihr zukommen ließ.

Mit klopfendem Herzen begegnete sie den nachdenklichen Marmoraugen.

Es war das Foto der Büste, die Plautius im Todesjahr seines Freundes in Auftrag gegeben hatte und die jetzt im Römischen Nationalmuseum stand. Sie war im republikanischen Stil gehalten – ein genaues Abbild also, keine Idealisierung.

Er hatte eine breite, klare Stirn, leicht gefurcht, einen fest geschlossenen breiten Mund, kräftige Kiefer. Das Gesicht war wunderbar modelliert und gab einen Ausdruck intensiver Konzentration wieder. Man sah, daß er Soldat gewesen war. Haar und Bart waren kurzgeschoren, Hals und Schultern kräftig und muskulös.

Wie bei den Porträts jener Zeit üblich, war er nach Art eines griechischen Redners gekleidet: Das Gewand bedeckte nur eine Schulter, die andere war frei und zeigte direkt unter dem Schlüsselbein ein kleines, halbmondförmiges Mal, das schon so manche Debatte unter den Gelehrten ausgelöst hatte. War es eine rituelle Narbe, vielleicht zu Ehren der Göttin Luna oder Kybele? War es eine Kriegsverletzung, ein Geburtsmal?

Antonia hockte wie gebannt auf ihrem Stuhl und starrte die Postkarte an. Dann bückte sie sich und hob sie auf und drehte sie um. Auf die Rückseite hatte sie damals zwei lateinische Verse geschrieben.

ossa tibi iuro per matris et ossa parentis ...
me tibi ad extremas mansurum, vita, tenebras.

Jahrelang hatte sie nicht an seine Gedichte gedacht. Doch es reichte nur ein kurzer Blick, und sie hatte die Übersetzung parat.

Bei den Gebeinen meiner Eltern will ich schwören,
ich bin dein mein Leben lang, bis ewige Nacht mich umfängt.

Am liebsten hätte sie die Postkarte in tausend Stücke gerissen. »Welcher Teufel hat dich geritten, das darauf zu schreiben?« Ihre Stimme hallte in der leeren Küche wider. »Du hast doch diesen Unsinn nicht etwa geglaubt? Wie kann man nur so blöd sein!«

Sie legte die Karte umgedreht auf den Papierstapel und schob alles in die Hülle zurück, die sie wieder am Boden des Kartons mit »Antonias Sachen« versenkte. Den Karton brachte sie zurück in den Verschlag unter der Treppe, und sie knallte die Tür zu.

21

Am nächsten Morgen erwachte sie mit hämmernden Kopfschmerzen und dem starken Verlangen, Kate anzurufen.

Sie war noch nicht munter genug, mit der Dusche zu kämpfen, also spritzte sie sich Rostwasser ins Gesicht, zog den Fellmantel über und machte sich auf den Weg zur Telefonzelle auf der Place de la Mairie.

In der Nacht hatte es geregnet. Das Dorf war von Wolken verhangen, in den Spinnweben am Holzstapel glitzerten Tautröpfchen.

Als sie an der ehemaligen Grabungsstelle vorbeikam, sah sie, daß das Haus, an dem die Hoffnungen ihres Vaters gescheitert waren, den Besitzer gewechselt hatte. Anstelle der Rüschengardinen und schmiedeeisernen Fenstergitter sah sie jetzt elegante weiße Fensterläden, die Haustür war flankiert von zwei hübsch beschnittenen Lorbeerstauden. Auch der schwarzglänzende Landrover Discovery sprach für Geschmack und Reichtum.

Für Einheimische ist das zu schick, überlegte sie. Hier haben sich Leute aus Bordeaux oder Nizza einen Wochenendsitz eingerichtet. Ihre Hoffnung, die Mühle verkaufen zu können, flackerte kurz auf. Vielleicht hatten die Besitzer reiche, dumme Freunde, die ihr Geld unbedingt in eine Ruine stecken wollten.

Sie lief weiter, vorbei an kahlen Gärten, an knorrigen Rebstöcken, an den grauen Skeletten des vorjährigen Fenchels. Ein aschfarbenes Pferd hob den Kopf und warf ihr einen melancholischen Blick zu.

Die engen Straßen von La Bastide waren menschenleer und abweisend, alle Fenster fest verschlossen. Hinter ihr knarrte ein

Fensterladen und wurde klappernd verriegelt. Die katalanische Variante des Spionierens durch die Gardinen.

Mit gelindem Schrecken stellte sie fest, daß sie am Flughafen vergessen hatte, eine Telefonkarte zu kaufen. Ein Grund mehr, sich aufs Neue mit den Einheimischen bekanntzumachen.

Die Bar-Tabac in der Rue Bayadère wurde noch immer von der Familie Vassals betrieben und hatte sich kaum verändert. Dieselben Regale mit verstaubtem Plastikspielzeug und ältlichen Illustrierten, derselbe Kaffee- und Zigarettendunst.

In der Ecke saßen zwei Frauen und lasen Illustrierte, am Tisch beim Fenster hielten sich drei alte Männer in blauen Jacken an ihren Rotweingläsern fest und rauchten Selbstgedrehte. Als Antonia eintrat, wandten sich die Männer steif zu ihr um und musterten sie mit feuchten, phlegmatischen Blicken. »Bonjour Messieurs«, murmelte sie und erntete ein kaum wahrnehmbares Nicken.

Die Regeln haben sich also nicht geändert, dachte sie belustigt. Der Fremde muß den ersten Schritt machen.

Hinter der Theke stand der Sohn des Hauses, ein rundschultriger Mann, mit dem sie einmal auf dem Friedhof Verstecken gespielt hatte, als sie beide zehn waren. Auf seinem Gesicht zeichnete sich erstauntes Wiedererkennen ab, aber er sagte nichts. Beklommen schweigend kaufte sie ihre Telefonkarte.

Zum ersten Mal fragte sie sich, was man im Dorf über sie dachte. Würde man sie als Tochter eines einst regelmäßigen Besuchers willkommen heißen? Oder hatte der Unfall alles verändert? Welche Schauermärchen mochten hier über sie kursieren? Und die Passmores waren stets spendabler und daher beliebter gewesen als die Hunts.

Sie verscheuchte die paranoiden Gedanken. Wahrscheinlich scherte sich hier niemand um sie.

Die zwei Frauen starrten sie plötzlich an. Verärgert wollte sie die aufdringlichen Blicke erwidern und sah sich mit den fassungslosen Gesichtern von Nerissa und Debra Passmore konfrontiert.

Nerissa erholte sich zuerst. »Antonia? Antonia Hunt?«

Antonia stand mitten im Laden und klappte verdutzt mit den Lidern.

Nerissa stand auf, legte ihr mit einem knappen Lächeln die Hand auf den Arm und gab ihr einen Wangenkuß.

»Nerissa«, sagte Antonia wie betäubt. »Und, äh, Mrs. Passmore. Wie geht es Ihnen? Und dir?«

»Mein Gott«, sagte Mrs. Passmore. »Wie seltsam.«

Antonia fiel keine Erwiderung ein. Ohne zu wissen warum, fühlte sie sich ertappt. Die drei Männer am Fenster schauten herüber und genossen das Schauspiel. Ich bin wahrscheinlich das Spitzenereignis dieses Winters, dachte sie verzagt.

»Bist du schon lange hier?« fragte Nerissa. Sie klang wie bei einer Cocktailparty.

»Seit gestern. Und du?«

»Auch. Wir sind gestern abend gekommen. Schrecklich spät.« Sie wollte noch mehr sagen, besann sich jedoch eines besseren und setzte ein breites Lächeln auf. »Ist ja super, dich hier zu treffen. Du hast dich kein bißchen verändert.«

Antonia fiel nichts dazu ein, denn es war offenkundig gelogen, während es auf Nerissa peinlich genau zutraf.

»Wohnen Sie in der Mühle?« fragte Mrs. Passmore. Sie sprach noch immer mit zusammengebissenen Zähnen, Antonia fühlte sich an frühere Zeiten erinnert.

»Nur für ein paar Tage«, erwiderte sie heiser. »Ich bin nur da, um das Grundstück zu verkaufen.«

»Ach, wirklich?« Der Mund von Mrs. Passmore verlor ein wenig von seiner Spannung. »Ich bin sicher, daß Sie sofort einen Käufer finden. So eine herrliche Lage.«

Antonia zwang sich zu einem Lächeln. »Das haben Sie nett gesagt. Ich glaube, im günstigsten Fall kann man die Mühle als malerische Ruine bezeichnen.«

»Ich habe gehört, du warst in den Staaten«, sagte Nerissa.

Antonia bestätigte, daß sie dort elf Jahre gearbeitet hatte und nun zurückgekehrt war, und ließ sich erleichtert auf einen Vergleich zwischen Arizona und England ein.

Seit dem Unfall hatte sie Nerissa nicht wiedergesehen, aber sie war völlig unverändert. Abgesehen von den Spuren, die Sonne, Streß und der monatliche Hormonzyklus hinterlassen hatten, war ihre Haut noch immer glatt und honigfarben, und sie strahlte noch immer die gelassene Selbstsicherheit aus, auf die Antonia einmal so neidisch gewesen war.

Vielleicht hing der Eindruck auch mit dem Verlobungsring zusammen, der von einem auffälligen Brillanten geziert war. Antonia war gelinde überrascht, daß Nerissa so lange gebraucht hatte, eine Partie zu machen, aber nach der Größe des Steins zu urteilen, hatte sich das Warten gelohnt.

Mrs. Passmore dagegen hatte sich gewaltig verändert. Alles Weiche war aus ihrer Erscheinung verschwunden. Die bleiche Haut spannte sich wie Pergament über ihre Gesichtsknochen und den messerscharfen Nasenrücken. Antonia fiel das Foto in der National Geographic ein, das sie als Kind fasziniert hatte – die gut erhaltene, ehrfurchtgebietende Mumie einer einst schönen Pharaonin.

Nerissa fragte, ob Antonia jemals Simon Toynbee wiedergetroffen hätte, und sie bestätigte ihr, daß sie in Tucson zusammengearbeitet hatten, nachdem er die Archäologie aufgegeben hatte und Fernsehjournalist geworden war. Weil sie keinen Grund sah, es zu verschweigen, fügte sie an, daß sie ein Jahr lang mit ihm zusammengewesen war, bis sie ihn satt hatte.

»Ach, wirklich?« Nerissa hob die Augenbrauen. Es war unklar, ob sich ihr Staunen auf die Affäre bezog oder darauf, daß sie Schluß mit ihm gemacht hatte.

»Ja, wirklich«, bekräftigte Antonia.

»Simon war immer ein bißchen intensiv«, stellte Nerissa fest.

Antonia nickte weise, überlegte kurz, was Nerissa wohl damit meinte, und fragte sie, was sie in den Jahren getrieben hatte.

»Alles mögliche«, sagte Nerissa. »Fürs Fernsehen und dergleichen.«

Antonia nickte höflich. »Das hab' ich voriges Jahr auch gemacht. Aber nur eine Sendung für Schulen. Nichts Besonderes.«

Nerissa schaute sie forschend an.

»Also«, sagte Mrs. Passmore entschlossen. »Wir müssen jetzt los. Zum Lunch in Sainte Eulalie. Die sind dort so ungnädig, wenn man nicht pünktlich erscheint.« Wieder das verbissene Lächeln, aber schon ein wenig freundlicher. »Ist ja famos, Sie hier zu sehen, Antonia. Wirklich famos. Und viel Glück mit der Mühle!«

Es klang überraschend ehrlich. Antonia war gerührt von so viel Bemühen um Freundlichkeit.

Um sich von ihnen abzusetzen, blieb sie im Laden und kaufte eine Zeitung. Als sie auf die Straße hinaustrat, wurde Castel Sarac gerade von den Wolken verschluckt, und schon begann es zu regnen. Die Begegnung mit Debra Passmore hatte sie aus dem Gleichgewicht gebracht, aber merkwürdigerweise bestärkt. Es stimmte also, was sie Kate versichert hatte: Die Rückkehr nach La Bastide konnte ihr nichts anhaben, dieses Zusammentreffen war der Beweis. Sie hatte sich ganz freundlich und zivilisiert mit Debra Passmore unterhalten.

Vielleicht hatte sich ihre Mutter doch etwas dabei gedacht, ausgerechnet ihr die Mühle zu vererben? Wollte sie ihr etwa demonstrieren, daß die Vergangenheit keine Macht mehr über sie hatte? Gut, dann hatte sie es geschafft. Die Vergangenheit hatte keine Macht mehr über sie.

Wenn ich mit Debra Passmore fertig werde, werde ich mit allem fertig, sagte sie sich – und stand Patrick gegenüber.

Unter ihr tat sich der Boden auf, und sie fand sich in der Vergangenheit wieder. Es war 1988, und sie war nur eben von der Grabung weg zum Bäcker gelaufen, um Brot zu holen, da kam er ihr entgegen.

»Hallo, Antonia«, sagte er ruhig.

Es war unglaublich, aber er sah noch genauso aus wie früher. Das dunkle Haar dicht und glänzend, die blauen Augen voller Licht. Selbst die dunklen Schatten unter den Augen hatten sich gehalten. Und er schien sich gar nicht zu wundern. Als würden sie sich alle Naselang in die Arme laufen.

Sie machte den Mund auf, aber es kam kein Laut. Sie räusperte sich und versuchte es erneut. »Was ... was machst du denn hier?«

Welche Frage! Er schüttelte kurz den Kopf. »Ich habe hier ein Wochenendhaus. Das erste am Dorfeingang. Unten bei der Brücke.«

O Gott. Sie waren Nachbarn. Wenigstens für die nächsten paar Tage. »Dann bist du der neue Besitzer?« Sie schnappte nach Luft. »Ich ... ich hab' es gerade bewundert. Sieht aus, als hättest du es zu was gebracht.«

»Das war Nerissa, nicht ich.«

Nerissa. Dieses Gefühl in der Magengrube. Nerissa. Natürlich. Der Verlobungsring. Klar, daß er nicht überrascht war, sie zu treffen. Nerissa hatte ihn vorgewarnt. Nett von ihr, daß sie ihr nichts gesagt hatte.

Sie preßte sich ein Lächeln ab. »Nun, gratuliere. Wann ist die Hochzeit?«

»Hat sie's dir nicht gesagt?«

»Wir haben uns nur kurz gesprochen.«

Er nickte.

»Nun«, sagte sie erneut. »Sie hat es schön gemacht – ich meine das Haus. Das hat sich gewaltig verbessert.«

»Danke.« Er musterte sie mit einem merkwürdig distanzierten Blick, der ihr schlagartig bewußt machte, daß sie nicht geschminkt war und ihr ungewaschenes Haar einfach mit einem Haarband zusammengerafft hatte.

»Du mußt aber selbst auch gut vorangekommen sein«, sagte sie im Gedanken an das Wochenendhaus und den Ring mit dem Solitär.

Er hob knapp die Schultern. »Ich bin jetzt Anwalt.«

»Anwalt?«

Er wagte ein knappes Lächeln. »Ist das nicht verrückt? Ich und ein Büro in Hammond's Inn.«

Hammond's Inn. Das war die Anwaltskanzlei von Debra Passmore.

Er bemerkte ihre Reaktion, und für einen Moment verzog er das Gesicht.

»Und welche Sorte Anwalt?«

»Prozeßanwalt für Personenschäden.«

Sie nickte, aber es fiel ihr nichts dazu ein.

Er sah tatsächlich wie ein Anwalt aus. Der schlaksige Typ von damals hatte sich in eine gediegene Persönlichkeit von zwangloser Eleganz verwandelt. Eine teure Skijacke und Kordhosen, aus dem Sportpullover schaute der gestreifte Kragen eines Anzughemds hervor, das sie aus irgendeinem Grund an Myles erinnerte.

»Und du?« fragte er. »Bist du immer noch ...«

»Archäologin. O ja.« Sie bohrte mit dem Stiefelabsatz im Kopfsteinpflaster. »Aber freiberuflich. Ich komme gerade so hin. Deshalb bin ich auch hier. Ich verkaufe die Mühle, weil ich das Geld brauche.«

Mehr sollte er über ihre Arbeit nicht erfahren, nahm sie sich vor. Im Vergleich zu einem »Prozeßanwalt« hatte sie herzlich wenig zu bieten. Drei Jahre Wühlerei in den Muschelhaufen, zwei Semester als Lehramtsanwärterin ohne anschließende Anstellung, zehn Jahre hatte sie für andere Leute gegraben, Forschungsberichte geschrieben und gelangweilten Touristen Vorträge gehalten. Erst kürzlich hatte Kate sie gedrängt, weiter fürs Fernsehen zu arbeiten, aber Antonia war nicht interessiert. Sie wollten eine Sendung über die Hadriansmauer haben, und römische Geschichte war für sie tabu. Außerdem war sie auf eine Festanstellung aus. Sie wollte endlich ein sicheres Dach über dem Kopf.

Nichts hatte sie mit dem smarten jungen Anwalt gemein, der da vor ihr stand. Er war nicht an ihr interessiert. Er hatte nicht mal das Naheliegende gefragt: Was ist aus eurem Vermögen geworden? Klar, er hatte keinen Grund, sie so etwas zu fragen, aber dieser Mangel an Neugier ärgerte sie.

Unten an der Brücke hupte ein Auto. Er drehte sich um und hob die Hand. Das war sicher Nerissa im Landrover, die ihn zum »Lunch in Sainte Eulalie« erwartete.

Sainte Eulalie. Mein Gott. Warum gerade dort?

»Ich muß los«, sagte er.

»Klar.« Sie hob die Schultern und sagte, was auch Debra Passmore gesagt hatte: »Patrick, das war wirklich famos, dich wiederzusehen.«

Er nickte ernst. »Mach's gut, Antonia.«

»Ein großes Glas Wein«, murmelte sie, als sie zur Mühle zurückkehrte. »Ein großes Glas. Und dann an die Arbeit. Je schneller du hier rauskommst, um so besser.«

Den Gedanken, mit Kate zu telefonieren, hatte sie aufgegeben. Kate würde ihr sofort anmerken, daß etwas passiert war, und den nächsten Flug nach Toulouse nehmen. Kate haßte Patrick. Sie hatte ihn zwar noch nie gesehen, aber das änderte nichts an ihrer Ablehnung.

Wie absurd! Sie war immer der Meinung gewesen, daß die Passmores die Villa nach dem Unfall verkauft hatten. Aber nein. Sie tummelten sich hier und spielten glückliche Familie. Mit Patrick als Ersatzsohn.

Der verträumte Junge, der einmal Therapeut werden wollte, um anderen zu helfen, hatte sich in einen Anwalt verwandelt. Sie war sich nicht sicher, was »Personenschäden« bedeuteten, aber es hatte ganz bestimmt nichts mit dem Eintreten für die Belange der Benachteiligten zu tun. Zumindest nicht, wenn man bei Hammond's Inn arbeitete.

Kaum zu glauben, daß so ein Mann ganze Passagen aus Cassius' Gedichten auswendig gekonnt hatte und voll abergläubischer Ehrfurcht gewesen war, als er einen steinernen Kelch in einer Höhle fand. *»Ich glaube, die Göttin hat was gegen Männer.«*

Jahrelang hatte sie nicht daran gedacht. Und jetzt machte es sie traurig. Wie sich die Menschen verändern konnten. Keine Gedichte mehr, kein *kántharos*. Ein Prozeßanwalt.

Aber was war daran schon Besonderes? Sie hatte viele Männer gesehen, die den gleichen Weg gegangen waren. In jungen Jahren voller Gefühl und Romantik, dann kam der Ernst des Lebens. Aufstieg und Karriere.

Nur, von Patrick hatte sie das nicht erwartet.

Als sie ins Haus eintrat, schlug ihr ein eisiger Hauch entgegen. Sie berührte einen Heizkörper. Kalt. Fluchend holte sie Taschenlampe und Kellerschlüssel und stieg die halsbrecherisch steile Treppe hinab, um den Heizkessel zu suchen.

Da ihr Vater den Keller immer abgeschlossen hatte, befiel sie auch jetzt das kindliche Gefühl, etwas Verbotenes zu tun. Der Keller war ein weitläufiges Labyrinth voller zerbrochener Flaschen und alter Gerätschaften.

Zum Glück mußte sie nicht lange suchen. Der Heizkessel befand sich direkt am Fuß der Treppe, ein kupfernes Ungetüm von der Form eines kleinen U-Boots, das bedrohlich still war – wie eine Bombe kurz vor der Explosion. Da der Kessel lauwarm war, konnte die Panne nicht lange zurückliegen, aber sie wagte nicht, irgendwelche Wiederbelebungsversuche anzustellen.

Sie richtete die Taschenlampe auf ihre Uhr. Viertel nach zwölf. Es war sinnlos, jetzt zur Telefonzelle zu laufen und einen Klempner zu rufen, das ging frühestens um drei. Kein Katalane, der sein Geld wert war, würde während der Siesta ans Telefon gehen.

Sie stand in der kalten Finsternis und dachte daran, daß Patrick und Nerissa beim Lunch in Sainte Eulalie saßen und hinterher in ihr hübsches, hell beleuchtetes und gut geheiztes Haus zurückkehren würden.

»Laß den Unsinn!« ermahnte sie sich wütend. »Hol Holz, heiz den Küchenherd, brüh dir Kaffee, und alles ist gut.« Ihre Stimme klang dünn und zittrig. Wenn sie damit versuchte hatte, sich Mut zuzusprechen, war ihr das gründlich mißlungen.

Sie hatte gerade einen Arm voller Rebenknorren vom Holzstapel hinterm Schuppen genommen, als sie auf einen Rechen trat, der gegen eine alte Gießkanne stieß und ein Ungeheuer aufscheuchte, das sich im Schuppen verbarg. Sie schrie auf, das Ungeheuer brüllte, sie stolperte, und die Holzknorren flogen durch die Gegend. Von dem fliehenden Ungeheuer sah sie wirbelnde Hufe, eine zerzauste Mähne und ein schreckliches rötliches Loch anstelle eines Auges. Und schon war es vom Hof galoppiert.

Antonia saß im Dreck, der Hintern tat ihr weh, sie kämpfte mit den Tränen. Erst Cassius, dann Patrick und jetzt das. Ein Pferd, das sich im Schuppen versteckte.

Sie kniff die Augen zusammen und atmete tief durch. *Hör auf! Das Flennen nützt dir gar nichts!*

»Sind Sie wohlauf?« ließ sich eine Stimme in gepflegtem Englisch vernehmen.

Sie blickte hoch und sah Julian Passmore, der sich besorgt über sie beugte.

»Nicht so richtig«, erwiderte sie. »Ich wurde gerade von einem tollwütigen Pferd angegriffen.«

Lächelnd reichte er ihr die Hand und half ihr auf die Beine. »Ich glaube nicht, daß Pferde Tollwut bekommen. Das war Hippolyte, Monsieur Panabières Kutschpferd. Vor dem müssen Sie keine Angst haben. Es hatte letztes Jahr Streit mit dem großen Ackergaul, daher das Auge, beziehungsweise das fehlende Auge. Und seitdem ist es ein bißchen eigen.«

»Ein bißchen eigen? Es kam direkt auf mich zu!«

»Der arme Kerl war nur erschrocken. Aber ich werde Ihnen mal das Holz reintragen, bevor es naß wird.«

Sie schniefte und war merkwürdig froh über sein Auftauchen. Myles' Stiefvater hatte sie immer gemocht. Früher war er manchmal auf eine Flasche Wein in die Mühle gekommen und hatte ihrem Vater interessante Fragen gestellt. Und selbst in den schrecklichen Tagen nach dem Unfall war er immer nett zu ihr gewesen.

Für einen Richter ist er viel zu nett, dachte sie, während er das Holz auflas. Aber wahrscheinlich ist er jetzt pensioniert.

In der richtigen Annahme, daß sie nicht bei den Pfadfinderinnen gewesen war, bot er sich an, für sie Feuer zu machen. Und sie stimmte gnädig zu. Sie erlaubte ihm sogar, einen Blick auf den Heizkessel im Keller zu werfen. »Das müssen Sie mir schon gestatten, meine Liebe. Wir hatten früher auch so ein Ding. Ich kenne alle Mucken.« Als er ihn in beschämend kurzer Zeit in Gang gesetzt hatte, schlug er vor, Teewasser zu kochen, und auch damit war sie einverstanden.

»Das ist unglaublich nett von Ihnen«, sagte sie, hielt die heiße Tasse mit beiden Händen und kam sich wieder vor wie zwölf.

Er lächelte. »Sie sahen aus, als könnten Sie Hilfe gebrauchen. Außerdem« – er zögerte kurz – »war es sicher ein Schock für Sie, hier auf Debra zu stoßen.«

Diese Direktheit hatte sie schon als Kind an ihm gemocht. »Für sie war es auch ein Schock, kann ich mir vorstellen.«

Er schlürfte schweigend seinen Tee.

»Ich hatte ja keine Ahnung, daß Sie noch hierherkommen«, sagte sie vorsichtig. »Eigentlich dachte ich, Sie würden diesen Ort meiden.«

Sein Gesicht wurde ernst. »Im Gegenteil. Wir sind immer hier, wenn es geht. Debra hat sich ein Büro eingerichtet. Komplett mit Computern, Scannern, Faxmaschinen. Ich glaube, hier ist der Ort, wo …« Er suchte nach Worten. »… wo sie sich ihm am nächsten fühlt.«

Antonia starrte in ihren Tee. Sie saß in ihrer eigenen Küche und kam sich trotzdem wie ein Eindringling vor. »Daran hatte ich nicht gedacht.«

Er stellte die Tasse ab und legte die Hände auf den Tisch. Es waren große Hände mit kräftigen, kurzen Fingern. Gut zum Streicheln von Labradors, zum Besänftigen scheuender Pferde. »Ich habe ein ziemlich heikles Anliegen «, sagte er.

Sie wartete gespannt auf das Kommende.

»Jedes Jahr um diese Zeit geben wir eine kleine Party für das Dorf. Eine Art nachträgliche Weihnachtsfeier. Es sind alle eingeladen, und es kommen auch sehr viele. Morgen um sieben.«

Erschrocken suchte sie nach einer Ausrede.

Er hob die Hand, um ihr zuvorzukommen. »Bitte hören Sie mir zu, bevor Sie nein sagen. Erstens sind alle eingeladen, und da wäre es schon seltsam, bei Ihnen eine Ausnahme zu machen. Zweitens wird es so voll sein, daß Sie keine Verhöre zu befürchten brauchen. Die Passmores verlieren sich in der Menge.« Sein aufrichtiges Lächeln paßte so gar nicht in ihr Bild von einem strengen Juristen. »Drittens und, um ehrlich zu sein, der einzige Grund, der wirklich zählt – Es würde Modge sehr helfen, Sie wiederzusehen.«

»Modge«, wiederholte sie tonlos.

»Imogen. Unsere Tochter.«

»Ja. Ich erinnere mich natürlich. Aber ich weiß nicht, wieso ...« Sie verlor den Faden.

Plötzlich wirkte sein Lächeln müde und gequält. Er war zehn Jahre älter als seine Frau, mußte also Mitte bis Ende sechzig sein, und jetzt sah sie ihm sein Alter an. »Es ging ihr nicht so gut in den letzten Jahren. Über die Gründe bin ich mir nicht im klaren. Die Pubertät, vermute ich. Wenigstens ist zu hoffen, daß es vorübergeht.« Sie spürte seinen Zweifel. »Patrick bemüht sich sehr um sie. Er ist der einzige, mit dem sie redet.« Wieder dieses schmerzliche Lächeln. »Ihre Mutter und ich sind natürlich das Allerletzte. Aber bei Zwanzigjährigen ist das wohl normal. Oder?«

Er schien ihre Zustimmung zu erwarten, und sie war gerührt, daß er sich an sie wandte, eine sechsunddreißigjährige Frau ohne Kinder.

»Ich weiß nicht, wie ich da helfen könnte«, sagte sie.

»Ich dachte nur«, fuhr er fort, »daß Modge Sie immer bewundert hat – und daß es ihr guttun könnte, Sie wiederzusehen.« Er seufzte. »Sie fühlt sich immer völlig deplaziert bei solchen Partys. Manchmal denke ich, es wäre besser, sie mit den Videos und ihrem Computerkram allein zu lassen. Aber vermutlich hat Debra recht, daß sie sich nicht verkriechen darf.«

Antonia dachte an ihre eigenen Mädchenjahre, als sie verbockt und verheult auf der Treppe gestanden und die Eltern belauscht hatte, die über ihr Schicksal verhandelten. »Aber Evelyn! Wenn das Kind nicht zu dieser verflixten Tennisparty will, muß man sie dann zwingen?« – »Ja, Charles. Sie darf sich nicht verkriechen.«

Alles wiederholte sich. Arme Modge.

Eine Party in der Villa mit Debra, Nerissa und Patrick. Was würde Kate dazu sagen, wenn sie das hörte?

Julian Passmore bemerkte ihr Zögern. »Werden Sie kommen?«

Sie rang sich ein Lächeln ab und hoffte, daß es halbwegs natürlich wirkte. »Natürlich komme ich«, sagte sie.

22

»Ich kann nicht glauben, daß du so dumm bist«, sagte Debra zum hundertsten Mal. »Diese Frau einzuladen, in dieses Haus!«

Sie lief im Bademantel im Schlafzimmer umher, riß die Laken vom Bett und warf sie auf den Fußboden. Das Badezimmer war dem Wäschewechsel unterzogen worden und hatte sich in ein Meer aus Handtüchern verwandelt. Morgen würde das ganze Zeug zur Wäscherei in Mazerans gebracht werden.

Julian sank in einen Sessel und massierte seine Schläfen. Die Priesterin reinigt ihren Tempel, dachte er genervt. Ob auch die Vorhänge den Säuberungsritualen seiner Frau zum Opfer fallen würden? Und was kam danach? Das Wohnzimmer? Eine komplette Renovierung? Wahrscheinlich hatte schon die Erwähnung von Antonia Hunt das ganze Haus entweiht.

»Wir haben alle eingeladen«, sagte er begütigend. »Da konnte ich sie nicht übergehen.«

»Hast du vergessen, was sie unserem Sohn angetan hat? Daß sie ihn als Dieb hingestellt hat?«

»Natürlich nicht.«

»Sie hierher einzuladen! In dieses Haus! Das ist unerhört. Das ist ein Skandal!«

»Nein«, sagte er beherrscht. »Es gehört sich so.«

»Ach, es gehört sich so!« erwiderte sie höhnisch. »Gehört es sich auch für diese Frau, hierherzukommen? Hier in unser kleines Paradies, wo wir so glücklich waren?«

Julian schwieg.

Debra bahnte sich einen Weg durch die verstreute Bettwäsche, setzte sich an den Schminktisch und riß die Schublade auf. »Was hast du dir dabei gedacht? Jahrelang bearbeitest du mich, ich soll drüber hinwegkommen. ›Du mußt drüber hinwegkommen!‹ äffte sie ihn nach und setzte wütend den Lippenstift an. »Und dann lädst du diese Frau ein. Ich hätte geglaubt, selbst du merkst, wie unmöglich das ist.«

Julian musterte ihren stocksteifen Rücken. »Ich dachte, es könnte gut für Modge sein. Sie hat immer für Antonia geschwärmt.«

»Modge hat damit nichts zu tun!«

Er lehnte sich in den Sessel, schloß die Augen und sehnte sich nach Ruhe.

»Du denkst wohl, daß ich überreagiere«, sagte sie nach einer kurzen Pause.

»Ich denke, daß du wütend bist. Das ist meine Schuld, es tut mir leid. Aber deshalb werde ich sie nicht ausladen.«

»Du bist enttäuscht von mir«, sagte sie, als hätte sie ihn überhört. »Du hattest gehofft, ich wäre drüber hinweggekommen.«

»Laß gut sein.«

Sie starrte in ihre Schublade. »Man kommt nie darüber hinweg, wenn man ein Kind verliert.«

»Ich weiß.«

»Nein, das weißt du nicht.« Sie hob den Kopf und betrachtete ihr Spiegelbild mit Mißfallen. Mit dem verschmierten Lippenstift, dem kurzen, feuchten Haar, das in alle Richtungen stand, sah sie lachhaft jung aus. Wie ein kleines Mädchen, das sich am Schminkkasten seiner Mutter vergriffen hat.

Er stand auf und setzte sich neben sie auf den Hocker. »Du mußt ja heute abend nicht teilnehmen. Du bleibst einfach oben. Ich erkläre, daß dir nicht wohl ist.«

Sie hob das Kinn, und ihre Blicke begegneten sich im Spiegel. Mit Erleichterung sah er, daß sie die Fassung zurückgewonnen hatte. »Ich werde in Hochform sein«, sagte sie. »Selbst zu meinen widerlichsten Mandanten muß ich höflich sein. Dann werde ich es wohl auch bei dieser Frau schaffen.« Mit einem Papiertaschentuch entfernte sie den Lippenstift. »Ich werde liebenswürdig sein. Ich weiß, was sich gehört. Ich werde sie sogar anlächeln. Das hab' ich gestern getan, und das kann ich auch heute.«

»So ist's brav.«

Sie zog einen Mundwinkel hoch. »Na warte, du Ganove!«

Er lächelte. »Ich mag es, wenn du mich beschimpfst. Dann komme ich mir böse und gefährlich vor.«

Sie lachte auf. »Geh lieber und kümmer dich um den Partyservice. Ich muß noch in der Kanzlei anrufen, damit die mir keinen Unsinn machen, und die Betten neu beziehen.«

»Ist doch nicht nötig. Wir nehmen heute abend das Gästezimmer, und morgen früh kann Suzanne das in Ordnung bringen.«

Sie nickte besänftigt.

Er hoffte nur, daß es so blieb, wenn die wichtigen Dinge zur Sprache kamen. Aber dann, überlegte er, wäre sie ja nicht die Debra, die ich so liebe und bewundere.

Er massierte sanft ihre Schultern. »Keine Sorge. ›Diese Frau‹ wird morgen abreisen. Sie hat es mir gesagt. So lange wirst du schon durchhalten.«

»Hattest du den nicht schon gelesen?« fragte Nerissa und hielt einen Hardcover-Krimi in die Höhe.

Patrick saß auf dem Bett, umrundet von Faxpapieren, und hielt die Hand über den Hörer. »Ich hab' ihn irgendwo liegenlassen und am Flughafen einen neuen gekauft – Hallo, Ms. Wilkes, sind Sie noch dran?«

Seine Assistentin meldete sich und überschüttete ihn mit ihrem Gejammer. Er atmete tief durch und begann, sie zu beruhigen.

Es war die übliche Wochenendpanik. Die übliche überforderte Angestellte einer großen Londoner Anwaltskanzlei, die sich um eine einstweilige Verfügung kümmern sollte, während ihr Chef auf Skiurlaub fuhr. Alles war gut gelaufen bis zum Freitagnachmittag, als die Gegenpartei eine Breitseite abschoß und in Deckung ging. Eine ganze Ladung neuer Beweise, und plötzlich regnete es Faxe, Mandanten schrien nach Beistand, ein eben noch todsicherer Zeuge bekam kalte Füße. Die arme Ms. Wilkes hatte sich das ganze Wochenende wacker geschlagen, doch nun warf sie das Handtuch, was nichts anderes bedeutete, als daß sie Patrick den Beweisantragsentwurf von hundertfünfzig Seiten Länge »zur Durchsicht« übersenden wollte. Und da sie in vier Tagen und Nächten kaum ein Auge zubekommen hatte, blieb ihm nichts anderes übrig, als den Antrag bis zum nächsten Morgen zu überarbeiten.

So weit, so gut.

Wenn Nerissa ihn in Ruhe ließ, war das kein Problem. Aber sie lief ständig um ihn herum und lenkte ihn ab. Er wußte, daß sie ihn vom Telefon weglocken wollte. Sie war nur deshalb nach La Bastide mitgekommen, weil sie Debra bei der Vorbereitung der Party helfen wollte.

Ein Lichtblitz hinter seinen Augen ließ ihn zusammenzucken. Na, wunderbar. Die Kopfschmerzen meldeten sich zurück. Er tastete nach den extrastarken Tabletten auf dem Nachttisch und griff ins Leere. Jetzt fiel ihm ein, daß er die Packung im Büro vergessen hatte.

Verdammter Mist.

Nerissa mokierte sich über den Rückseitentext des Buches. »Ein gigantischer Versicherungsbetrug in London, steht hier. Ich dachte, davon hast du auf deiner Arbeit schon genug.«

Er hielt den Hörer zu. »Ich habe mit Pharmafirmen zu tun«, erklärte er. »Hast du das vergessen?«

Sie zuckte die Schultern.

Er wandte sich Ms. Wilkes zu. »Klar, Helen. Fax mir den Entwurf. Ich ruf' dann morgen zurück.«

»Antonias Eltern ist das auch passiert«, sagte Nerissa. »Ein Versicherungsbetrug. Hast du das gewußt?«

Patrick warf ihr einen Blick zu und nickte. »Kein Problem, Helen. Ich melde mich später.« Er legte auf, ließ sich zurücksinken und preßte die Hände auf die Augen, um die Blitze zu vertreiben. Vergeblich.

Die Ärzte hatten keine organischen Ursachen feststellen können, und die Therapeutin hatte gemeint, sein Unterbewußtsein wolle ihm eine Botschaft übermitteln, es würde nur ein paar Monate dauern, die Botschaft aus ihm herauszuholen. Worauf er die Therapie beendete.

Wahrscheinlich lag es an diesem verfluchten Prozeß, den er vor sich hatte. Wenn es eine Gerechtigkeit gab, mußte die andere Seite gewinnen, aber sie würde nicht gewinnen, weil die Hammond's Inn eifrig mit der Presse paktierte. Und diesmal ging es gegen vierundzwanzig ältere Frauen, die seit einer Osteoporose-Vorbeugungstherapie an den Rollstuhl gefesselt waren.

Nerissa legte sich zu ihm aufs Bett. »Sie sagt, sie hat was fürs Fernsehen gemacht.«

»Wer?« fragte er abwesend und nahm sich das letzte Fax vor.

»Antonia. Aber sie hat nicht gesagt, was. Ich hab' sie auch nirgends auftauchen sehen.«

Sie kehrte ihm den Rücken zu, und er merkte, daß sie sauer war. Er fühlte sich ein wenig schuldig. In letzter Zeit hatte er sie vernachlässigt. Und aus ihrer Schauspielkarriere schien auch nichts zu werden. Am Anfang hatte sie hart daran gearbeitet, aber als ihr klar wurde, wie schwer es ihr fiel, vor Publikum zu sprechen, war ihr die Lust vergangen. Sie tat zwar so, als würde sie von einem Vorsprechtermin zum nächsten eilen, aber ihr Agent hatte Patrick versichert, daß sie schon seit Monaten keinen Termin wahrgenommen hatte. Er fragte sich, was sie statt dessen trieb. Und ob sie wußte, daß er im Bilde war.

»Vielleicht war das mit ihren Fernsehrollen geschwindelt«, sagte Nerissa.

»Vielleicht«, bestätigte er, streichelte ihren Nacken und las weiter.

»Und hast du gewußt, daß sie wirklich was mit Simon Toynbee hatte?«

Er legte das Fax hin. »Mit Simon?«

Das Telefon klingelte.

Schon wieder Ms. Wilkes. »Tut mir schrecklich leid, ich hatte ganz vergessen ... aber könnten Sie dieses Zuständigkeitsproblem klären? Das macht mich noch ganz verrückt.«

»Klar, Helen«, erwiderte er. »Worum geht es denn?«

Simon Toynbee?

»Simon Toynbee«, wiederholte Nerissa mit Genugtuung. »Sie waren in den Staaten zusammen. Ein Jahr lang. Zumindest hat sie das behauptet.«

O Gott, dachte Patrick und ließ Ms. Wilkes reden. Antonia und Simon Toynbee?

Wenn er sich recht erinnerte, was das dieser Typ mit dem rotblonden Pferdeschwanz, der ständig anderen die Schuld zuschob. Wie kam sie dazu, mit so einem Idioten anzubändeln? Das konnte ja ein schönes Wochenende werden.

Erst der Schock, sie wiederzusehen. Als hätte es die zwölf Jahre dazwischen nicht gegeben. Als wäre kein Tag vergangen, seit sie zitternd im Regen gestanden hatte, um sich von ihm zu verabschieden.

Ihr war es sicher so ähnlich ergangen. Er hatte es ihr angesehen. Sie konnte ihre Gefühle nicht verbergen. Sie hatte keine juristische Ausbildung.

Auch gekleidet war sie fast genauso gewesen, selbst das Gummiband, mit dem sie ihr Haar zusammenhielt, war ihm bekannt vorgekommen. Kein Make-up, nicht mal Lippenstift. Und sie war kaum gealtert. Ihr Gesicht war noch immer blaß und ohne Falten, und auch diese minoische, etwas weltfremde Ausstrahlung war ihr erhalten geblieben.

Trotzdem, irgendwas war anders. Damals bei der Grabung hatte sie sich ständig für irgend etwas entschuldigt, wie um den Nörgeleien ihres Vaters zuvorzukommen. Diese Schwäche hatte sie offenbar abgelegt.

Aber was in aller Welt hatte sie hier zu suchen? Gerade jetzt, nach so vielen Jahren?

Jede ihrer Bemerkung hatte einen versteckten Stachel enthalten. *»Ja, Archäologin. Ich komme gerade so hin.«* Mit anderen Worten: Ich bin mir treu geblieben. Und du? Ein Anwalt! Wie armselig.

Und dann dieses kurze Zögern, als sie hörte, daß er in Debras Kanzlei arbeitete. Als wäre ihm die Teilhaberschaft in den Schoß gefallen. Als hätte er nicht jahrelang verdammt hart dafür arbeiten müssen.

Er war drauf und dran gewesen, ihr zu erzählen, wie es wirklich gelaufen war. Daß er die Passmores nach der Verhandlung jahrelang gemieden, alle ihre Einladungen ausgeschlagen hatte und auf Tramptour nach Südamerika gegangen war. Ganz für sich allein. Er brauchte das. Er brauchte die Entbehrungen und die Gefahren, das Gefühl, auf einem anderen Planet zu sein, unendlich weit von Myles entfernt, von den Passmores, von Antonia.

Und dann, eines Tages, drei Jahre später, war er aufgewacht und hatte sich gesagt: Okay, ich bin noch nicht tot. Was mache ich jetzt? In die USA zurückkehren? Das ist mir zu einfach. Ich fühle mich nur wohl, wenn ich Widerstände überwinden muß. Massive Widerstände. Warum gehe ich nicht nach England und werde Anwalt? Was könnte abwegiger sein als das?

Zu seiner Überraschung macht ihm das Studium Spaß. Und in Debras Kanzlei landete er ohne eigenes Zutun. Der reine Zufall.

Das hatte er Antonia erzählen wollen, aber wozu? Sie hätte ihm sowieso nicht geglaubt. Die üblichen Ausreden, hätte sie gedacht.

Oder war er einfach nur paronoid? Er konnte ihr ja kaum vorwerfen, daß sie sich vom Leben betrogen fühlte. Die Lloyd-Pleite mußte sie hart getroffen haben.

Trotzdem: Was hatte sich Julian dabei gedacht, sie in die Villa einzuladen? Ms. Wilkes gurrte ihm ein tiefbewegtes Dankeschön durch die Leitung. Er verabschiedete sich und legte auf.

Nerissa hatte sein Geschenk für Modge gefunden und hielt es sich mit gespieltem Entsetzen vor: ein T-Shirt mit der Aufschrift X-Files, Größe XL. Als er ihr sagte, es sei für Modge, und sie solle es liegenlassen, verdrehte sie die Augen und legte es mit übertriebener Sorgfalt auf die Kommode zurück. »Ach, für Modge! Ist es auch wirklich groß genug?«

Er überhörte die Bemerkung.

Im Nebenzimmer meldete sich das Fax, und die erste Seite des Entwurfs kam durch.

»Wenigstens eine Person wird sich freuen, Antonia wiederzusehen«, sagte Nerissa. »Modge.«

Oje. Modge. Daran hätte er denken sollen. Wie würde sie auf Antonia reagieren?

Nerissa sah seinen Gesichtsausdruck und verzog spöttisch den Mund. »Wenn meine Halbschwester nicht so verkorkst wäre, müßte ich jetzt eifersüchtig werden.«

Patrick holte sich die ersten Seiten vom Faxgerät, warf sich aufs Bett und griff nach dem Bleistift. »Sie ist unglücklich, das ist alles.«

»Das wäre ich auch, wenn ich so aussehen würde wie sie«, sagte Nerissa.

Modge nahm ein Hemd vom Stapel und zog es über. Dann zwängte sie sich in ihre Leggings und quetschte die nackten Füße in schwarze Stilettos.

So, sagte sie zu ihrem verhaßten Spiegelbild. Jetzt bist du nicht einfach häßlich, sondern phänomenal häßlich. Sie steckte sich so viele Ringe auf die Finger, wie es nur ging, aber ihr Würgehalsband war verschwunden. Na schön. Die Ohrstecker taten es auch. Leider hatte sie nicht den Mut, sich die Augenbrauen piercen zu lassen. Schon beim Gedanken, mit dem Kamm gegen die Ohrstecker zu stoßen, wurde ihr speiübel. Was nur bewies, wie uncool sie war, denn wer sich die Augenbrauen piercte, kämmte sich sowieso nicht.

Sie lüftete das Hemd überm Busen und schnupperte. Gut. Seit einer Woche hatte sie den BH nicht gewaschen, jetzt roch er wie Gorgonzola. Geschah ihr recht.

Als sie Nerissa unten im Flur reden hörte, verflog ihre aufmüpfige Stimmung. Sie setzte sich auf den Fußboden, lehnte sich an die Wand und umklammerte die Knie. Nerissa würde wieder umwerfend gut aussehen. Bestimmt hatte sie den Minirock von Prada im Retro-Look an. In dem sah sie aus wie eine Kreuzung aus Cindy Crawford und Claudia Schiffer. Kein Wunder, daß Patrick auf sie abfuhr.

Sie bedeckte ihr Gesicht mit den Händen und stöhnte. Du bist unmöglich, sagte sie sich. Total lächerlich. Und das mit zwanzig. Mit sechzehn oder siebzehn ist es ganz normal, wenn man sich selbst ankotzt. Aber mit zwanzig? Da müßtest du in Gap-Klamotten rumlaufen, mit nabelfreiem T-Shirt. Oder mit einem coolen Typ auf Rucksacktour gehen oder studieren oder mit einem scharfen Auto rumfahren und Freunde haben. Solche Sachen.

Statt dessen? Guck dich doch mal an, du verheulte Stubenhockerin. Zurückgeblieben, mehrfach durch sämtliche Prüfungen gerauscht, Konfektionsgröße 42. Kein Wunder, daß du noch Jungfrau bist. Eine zwanzigjährige Jungfrau ohne Führerschein. Was für ein Witz!

Warum haue ich nicht ab, irgendwohin mit dem Bus, und mache auf Prostituierte, um Erfahrungen zu sammeln? Nicht mal das schaffe ich. Und wenn doch, schlitzt mich irgendein Zuhälter auf, oder ich komme in den Knast, und Daddy muß mich rausholen.

Und heute abend diese Party. Wo diese Leute dich anstarren, dir ins Gesicht grinsen und hinter deinem Rücken über dich quatschen. An Antonia durfte sie gar nicht denken. Da wurde ihr gleich ganz übel.

Antonia war dabeigewesen, als das Unglück passierte. Modge wußte es von ihrem Vater, sie selbst hatte kaum Erinnerungen an den Tag. Nur, daß sie Myles geholfen hatte, diesen Kelch rauszuholen und die Spur aus Zetteln zu legen. Danach war nichts mehr – bis zu dem Moment, wo sie neben Patrick stand und den Jeep abstürzen sah. Dieser eine Moment. Wie ein angehaltener Film. Der Jeep und die flatternden Papiere vor dem grauen Himmel.

Manchmal versuchte sie, das Erinnerungsloch zu füllen. Ihre Mutter wollte es so. Sie schien die Vergeßlichkeit als Verrat an Myles zu deuten. Myles, der Heilige. Keiner durfte sich erlauben, irgend etwas von ihm zu vergessen.

Hör auf, du blöde Kuh! ermahnte sie sich. Und wenn du noch einmal auf die Idee kommst, mit Antonia zu sprechen, dann denk dran, was sie Mummy angetan hat.

Konnte sie nicht einfach in ihrem Zimmer bleiben, dem einzigen Ort, wo sie sich sicher fühlte? Sie hatte es genauso zurechtgemacht wie ihr Zimmer in der Wilton Row. Schwarze Wände, schwarze Vorhänge, die immer geschlossen waren, eine schwarze Schaumgummimatratze und schwarze Kisten. Ihr Computer warf einen grünlichen Lichtschein auf das einzige Bild, ein lebensgroßes Marilyn-Manson-Poster. Stundenlang konnte sie dasitzen und sich in dieses weiß geschminkte Gesicht mit den toten Augen versenken.

Ihr Vater hatte vielleicht geguckt, als er das Plakat sah. »Marilyn? Das ist doch ein Mädchenname. Das da sieht mir eher wie ein Kerl aus.« Sie hätte sich kringeln können. Aber sie hatte natürlich *Idiot!* zu ihm gesagt.

Danach hatte er ihr Zimmer nicht mehr betreten. Und ihre Mutter kam sowieso nie. Eine bleierne Müdigkeit befiel sie. Sie wollte sich zusammenrollen, einschlafen und nie mehr aufwachen. Vielleicht ist das auch ein Selbstmordgrund, dachte sie. Nicht, weil man sich umbringen will, sondern weil man nie mehr aufwachen will.

Wird das immer so bleiben? fragte sie sich. Bin ich für immer in diesem ekelhaften Körper gefangen? Wird nie jemand für mich da sein außer Patrick, der Nerissa heiraten wird? Werde ich immer dieses Gefühl haben, daß Mummy mich nicht erträgt, daß es ihr lieber ist, ich wäre umgekommen und nicht Myles? Gibt es denn keine Rettung für mich?

Aber ihr war ja nicht zu helfen. Es hatte alles keinen Zweck. Sie konnte noch so sehr hungern, sie konnte schön werden wie ein Model, sie konnte studieren und außerdem noch Autofahren lernen – trotzdem würde Patrick sich für Nerissa entscheiden, trotzdem würde ihre Mutter sie ablehnen, weil sie nicht perfekt, erfolgreich und tot war. Weil sie nicht Myles war.

»*Und Daniel wurde in die Löwengrube geworfen*«, murmelte Antonia, als sie auf der Veranda der Passmores stand. »*Doch er fürchtete sich nicht.*«

Oder so ähnlich. Kunststück! Der hatte ja auch den lieben Gott zur Seite.

Nur noch diesen Abend, beschwor sie sich. Dann muß ich sie alle nie wiedersehen. Im selben Moment ging die Tür auf, Julian Passmore umarmte sie und drückte ihr ein großes Glas Rotwein in die Hand. »Toll, daß Sie gekommen sind! Wollen wir gleich mal sehen, wo Modge steckt.« Sie tauchten in den Partylärm ein, und er geleitete sie durch ein Meer von Gesichtern.

Sie war so spät wie möglich losgegangen, und das Haus war voll von Gästen. In der Menge erkannte sie Vassals junior, die Adoptivtochter des Fleischers und Monsieur Panabière, der ohne seine furchterregende Frau merkwürdig klein und zerbrechlich aussah, und Madame Merou vom *depôt de pain*. Die alte Dame hatte ihr Haar rötlich gefärbt, aber am Mittelscheitel war ein breiter Streifen Grau nachgewachsen, so daß sie lebhaft an einen Dachs erinnerte. An einen auffallend übellaunigen Dachs. Sie musterte Antonia mit scheelem Blick, dann flüsterte sie hinter vorgehaltener Hand mit ihrem Mann.

Antonia fand diese Taktlosigkeit empörend. Waren ihre unguten Gefühle in der Bar-Tabac doch berechtigt gewesen? Jedenfalls machte keiner von den Dorfbewohnern Anstalten, sie zu begrüßen.

Sie probierte einen Schluck von dem Wein. Dann noch einen. Nicht schlecht, die Sorte. Sie hatte schon vergessen, daß Julian Passmore ein Weinkenner war. Und er freute sich über ihr Lob. Sie ließ den Merlot über ihre Zunge fließen, spülte ihn herunter, zusammen mit dem bösen Blick von Madame Merou und dem bitteren Geschmack des Muntermachers, den sie in der Mühle geschluckt hatte.

Debra Passmore nickte ihr von weitem zu und lächelte, stocksteif stand sie in ihrer pflaumenblauen Seidenbluse und der weiten schwarzen Wollhose da. Nerissa winkte ihr zu, und erleichtert stellte Antonia fest, das Patrick nicht zu sehen war.

Julian Passmore konnte offenbar Gedanken lesen. Patrick sei überraschend mit Arbeit eingedeckt worden, erklärte er ihr. Er werde erst später kommen. Sie nahm sich vor, rechtzeitig zu verschwinden und auf Umwegen zur Mühle zurückzugehen, damit es nicht zu einer Begegnung im Mondschein kam.

Sie betraten das Nebenzimmer, das zu Myles' Zeiten eine Müllhalde gewesen war und sich nun in ein ziemlich großes Eßzimmer verwandelt hatte. Aus Anlaß der Party war der Tisch an die Wand geschoben und mit Getränken vollgestellt, die von schmuck uniformierten Kellnern sortiert wurden.

Die Villa war kaum wiederzuerkennen. Schlicht und gediegen, von Grund auf renoviert, in sorgsam abgestimmten Rotbrauntönen, mit sanfter, indirekter Beleuchtung, beruhigenden Tropenpflanzen und großen abstrakten Skulpturen als Blickfang. Der Gesamteindruck war freundlich und einladend.

Ganz bestimmt nicht Debra Passmores Stil, dachte Antonia. Dann fiel ihr ein, wie nett die Frau in der Bar-Tabac gewesen war, und sie schämte sich für ihre Bosheit.

»Da ist sie ja«, murmelte Julian Passmore und zog Antonia in die Ecke hinter einer großen Palme, wo eine füllige, schwarz gekleidete Gestalt aus dem Fenster starrte. Offenbar hatte Modge sie kommen sehen, denn sie drehte ihr demonstrativ den Rücken zu.

Na, fein, dachte Antonia. Noch jemand, der sich wahnsinnig freut, mich zu sehen. Was soll ich bloß mit ihr anfangen?

Auf Julian Passmore konnte sie nicht bauen. Mit der Gewandtheit eines geübten Partymenschen hatte er sich bereits verflüchtigt. Dann drehte sich das Mädchen um, und Antonia wurde von Mitleid überschwemmt.

Es war wie eine Wiederbegegnung mit ihrer eigenen Jugend. Ihr hätte sehr leicht dasselbe passieren können, hätte sie sich nicht in die Arbeit geflüchtet. Sie erinnerte sich nur zu gut an die Zeiten, als sie es gründlich satt hatte und am liebsten alles hingeworfen hätte: *Ich bin dick und häßlich, egal, was ich mache. Dann bin ich lieber gleich richtig dick und richtig häßlich.*

War das der zappelige Gnom, der ihr einmal auf Schritt und Tritt gefolgt war? Jetzt sah Modge eher wie eine Nutte aus. Fette Schenkel in engen Leggings, ein übergroßes schwarzes Hemd mit Make-up-Spuren am Kragen. Ihr Gesicht bleich und verquollen, von Mitessern übersät, die Augen unter den strichdünn gemalten Brauen schwarz umrandet. Das pechschwarz gefärbte, schulterlange Haar war fettig und voller Schuppen.

Antonia wußte noch, wie sehr sie sich in dem Alter über Witzeleien geärgert hatte. »Du bist erwachsen geworden«, sagte sie nüchtern und ohne Umschweife.

Modge blinzelte ihr entgegen. »Kann man wohl sagen«, erwiderte sie in einem näselnden Tonfall, der bei der bessergestellten Londoner Jugend angesagt war. »Du hast dich auch verändert. Wo sind deine bunten Klamotten und die Papageienohrringe?«

»Die hab' ich schon vor Jahren abgeschafft. Ich steh' nicht mehr auf Schmuck.« Antonia entdeckte die billigen Ringe aus Silberdraht, die sich Modge auf die dicken Finger geschoben hatte. Modge bemerkte ihren Blick und hob eine gemalte Braue.

»Zu teuer«, erklärte Antonia. »Ich muß mein Geld zusammenhalten.«

Modge schnaubte verächtlich. »Dad sagt, du willst die Mühle verkaufen.«

»Ich versuche es. Und du? Was ist mir dir?«

»Was mit mir ist?«

»Warum bist du hier? Gefällt es dir hier?«

Modge verdrehte die Augen. »Hat es dir etwa hier gefallen?«

»In deinem Alter hat mir gar nichts gefallen.«

Modge musterte sie mißtrauisch. Machte sich Antonia über sie lustig? Ein peinliches Schweigen entstand. Und plötzlich bekam Antonia Mitleid mit all den armen Leuten, die früher versucht hatten, sie in Gespräche zu verwickeln. Sie hatte keine Ahnung, wofür sich Modge interessierte, und wenig Lust, es herauszufinden. Es würde alles an dieser dicken Mauer aus Mißtrauen enden. Was bildete sich Julian Passmore ein? Sie war doch keine Sozialarbeiterin!

»Hast du schon gewußt«, fragte Modge schon ein wenig lockerer, »daß Myles auch hier ist?«

Antonia hörte es, ohne mit der Wimper zu zucken. Zumindest hoffte sie es.

»Wirklich wahr«, sagte Modge und beobachtete Antonias Gesichtsausdruck. »Mum hat seine Asche in die Schlucht gestreut. Wenn du jetzt in deiner Mühle Staub wischst, wischst du die Asche von meinem Bruder weg.«

Antonia nahm einen großen Schluck Merlot. »Ich wische nie Staub«, sagte sie.

Wieder das verächtliche Schnauben, nur nicht mehr ganz so feindselig.

Julian Passmore hatte es also wörtlich gemeint, als er gesagt hatte, Debra fühle sich in La Bastide ihrem Sohn näher. Myles befand sich in der Schlucht.

Ihr war heiß, und sie rang nach Atem wie kurz vor einer Ohnmacht. Plötzlich war der Partylärm unerträglich, die rotbraunen Wände bedrängten sie.

Ein Kellner bot Getränke an, sie nahm ein Glas für sich und eins für Modge und stürzte das ihre in einem Schluck hinunter. Sie war sauer auf sich, weil Julian Passmore sie emotional erpreßt hatte, und sie es zugelassen hatte. Wer war sie denn, daß sie so etwas mit sich machen ließ? Und was gab all diesen Leuten das Recht, sie wie eine Aussätzige zu behandeln? Hier in diesem Tal, das sie einmal geliebt hatte?

Antonia Hunt? Ist ja famos! Was wollen Sie denn hier? Wie lange wollen Sie bleiben? Das hätten wir nicht gedacht, daß Sie hierherkommen.

Ja, warum eigentlich nicht? Sie hatte dasselbe Recht, hierzusein, wie jeder andere. Hatte sie etwa ein Verbrechen begangen?

Wie von ihren düsteren Gedanken herbeigelockt, erschien Patrick im anderen Zimmer und beugte sich zu Monsieur Panabière herab. Er trug eine Kordhose, ein dickes, seegrünes Polohemd und sah müde aus.

Zeit, zu verschwinden.

Leider war niemand in der Nähe, an den sie Modge abschieben konnte. Sie einfach stehenlassen, das ging auch nicht. Das Gefühl, mutterseelenallein herumzustehen, gehörte zu ihren schrecklichsten Partyerlebnissen.

»Hast du gewußt, daß Mum dich hier absolut nicht sehen will?« sagte Modge.

»Ach, wirklich?« erwiderte sie in dem witzelnden Tonfall, den sie selbst nicht leiden konnte. »Ich wollte sowieso gerade gehen.«

»Ich meine nicht diese blöde Party«, sagte Modge und verdrehte die Augen. »Ich meine das Dorf. Du sollst aus dem Dorf verschwinden.«

Jetzt hatte Modge ihre volle Aufmerksamkeit.

»Die hat vielleicht getobt, das ganze Haus war in Aufruhr! ›Diese Person!‹ hat sie immerzu gebrüllt. Damit warst du gemeint. Ist das, weil du Myles vor Gericht schlecht gemacht hast?«

Antonia blickte in ihr leeres Glas. »Anzunehmen.« Sie nahm ein neues Glas und stürzte es hinunter. In der Bar-Tabac war Debra Passmore katzenfreundlich gewesen. Und dann das.

»Alles ekelhafte Heuchler«, sagte Modge.

»Wer sind die ekelhaften Heuchler?« fragte Patrick und gesellte sich zu ihnen.

»Du nicht«, sagte Modge hastig. »Dich meine ich nicht.« Sie blickte zu Patrick auf und sah sofort zehn Jahre jünger aus. Antonia zuckte zusammen.

Das hat sich also nicht geändert, dachte sie. Modge ist immer noch in ihn verknallt.

Antonia lächelte ihn bemüht zwanglos an. »Du hast offensichtlich einen Sonderstatus.«

Er lächelte nicht zurück. »Hallo, Antonia.«

Sie hatte nie getrunken, aber jetzt schien ihr der Merlot recht gut zu munden. Noch eine Veränderung, dachte er.

Sie hörte zu, wie er Modge mit einem Juristenwitz zum Lachen brachte. Er hat die Kurve gekriegt, dachte sie. Ein Haus in Frankreich, familiäre Beziehungen zur Kanzleichefin, verlobt mit der Tochter eines Richters.

Allerdings hatte Julian gemeint, Patrick hätte sich aus eigener Kraft hochgearbeitet: Einer der hoffnungsvollsten Kandidaten auf seinem Gebiet, hatte er gesagt, mit den besten Aussichten auf die Robe. Was immer das bedeuten sollte.

Sie konnte es einfach nicht glauben.

»Ich kann es einfach nicht glauben, daß du Jurist geworden bist«, sagte sie, als Modge zur Toilette gegangen war. »Du wolltest doch Psychologie studieren, den Menschen helfen. Was ist passiert?«

Er reagierte mit einem schiefen Lächeln. »Ich hab' meine Seele an den Teufel verkauft.« Er schien es nicht nur scherzhaft zu meinen.

»Macht es dir Spaß?«

Er zuckte die Schultern. »Welche Arbeit macht schon immer Spaß?«

»Eine typische Juristenantwort«, sagte sie. »Völlig hohl.«

Er musterte sie ernst. »Warum bist du hierhergekommen, Antonia?«

Schon überrumpelt. Sie hatte vergessen, wie direkt er sein konnte.

»Sagte ich doch. Um die Mühle zu verkaufen.«

»Ist das alles?«

»Natürlich.«

Er nickte.

Sie wurde wütend und konnte nichts dagegen tun. »Ich hatte keine Ahnung, daß du hier bist, wenn du das meinst.«

»Ich war nur neugierig. Mehr nicht.«

Sie lächelte böse und spürte, wie ihr die Kontrolle entglitt – was kaum überraschend war nach so viel Rotwein.

Nerissa kam herbeigeschlendert, lächelte ihr kurz zu und wandte sich an Patrick. »Ist ja schön, daß du's noch geschafft hast. Wenn auch spät.«

»Ich muß gleich wieder gehen«, erwiderte er.

»Was, so schnell?« Sie bedachte Antonia mit dem leidgeprüften Blick einer vernachlässigten Geliebten. »Immer muß er arbeiten. Das ist ja so was von öde!«

»Kann ich mir vorstellen«, erwiderte Antonia und erntete einen strengen Blick von Patrick.

Nerissa schmiegte sich besitzergreifend an ihn.

Antonia kam sich überflüssig vor. Für sie war die Zeit stehengeblieben. Sie hing immer noch an ihren Tonscherben und Muschelhaufen. Aber Patrick und Nerissa hatten sich weiterentwickelt, sie waren seßhaft geworden und befaßten sich mit Heiratsplänen.

O Gott, der Wein. Sie mußte schleunigst verschwinden. Ehe sie etwas anrichtete.

Im selben Moment tauchte die Hausherrin hinter Nerissa auf. »Ich bin ja so froh, daß Sie gekommen sind«, sagte sie zu Antonia – mit einer Wärme, die nicht zu überbieten war. »Da haben wir ja noch Glück, daß es geklappt hat. Wie ich hörte, wollen Sie morgen schon abreisen.«

Hätte Debra Passmore sich diesen Satz verkniffen, wäre alles anders gekommen. Antonia hätte ein paar Höflichkeitsfloskeln von sich gegeben und sich verabschiedet. Am nächsten Morgen wäre sie wahrscheinlich nach England zurückgekehrt und hätte sich nie wieder hier blicken lassen.

Aber es war der Ton, mit dem Debra Passmore es sagte. Diese ruhige Gewißheit. Die Herrin von La Bastide, die ganz gelassen konstatiert, daß die störende Person ohne weiteres Aufsehen das Feld räumen wird.

Plötzlich wußte Antonia, was in Monsieur Panabière vorging, wenn er sein Land gegen imaginäre Eindringlinge verteidigte. Sie verstand seinen Drang, die fremden Eroberer mit der Schrotflinte zu verjagen. Denn genauso war ihr jetzt zumute. »Ich glaube nicht«, antwortete sie auf Debra Passmores Bemerkung. »Ich hab' es mir anders überlegt.«

Patrick erstarrte mitten in der Bewegung. Nerissas Augen wurden zu Schlitzen. Debra Passmore vermittelte den gekonnten Eindruck leichter Verwunderung. »Oh. Dann reisen Sie morgen nicht ab?«

Antonia schüttelte den Kopf. »Da ich schon mal hier bin, kann ich auch ein paar Wochen bleiben«, sagte sie lächelnd. »Vielleicht kriege ich raus, wo Myles den *kántharos* versteckt hat.«

23

Feldlager vor Perusia, Februar, 40 v. Chr.

»Auspeitschen sollte man dich!« brüllte Cassius und versetzte seinem Adjutanten einen Fausthieb ins Gesicht, daß er rückwärts taumelte. Die umstehenden Offiziere wechselten erschrockene Blicke. Es geschah nicht oft, daß der General die Beherrschung verlor. Und noch nie hatte er einen Offizier geschlagen.

Einer wenigstens hat seine Freude dran, dachte Cassius ergrimmt und streckte die Finger seiner schmerzenden Hand.

Quintus Fabius Valens saß im Schnee und blinzelte geschockt. Aus seiner Nase tropfte Blut.

»Du verdammter Narr!« sagte Cassius. »Ich frage mich, warum ich dein Leben geschont habe. Ich hätte dich köpfen lassen sollen, statt dich zu degradieren.«

Er befahl einem Legionär, den Burschen abzuführen, und schlug den Weg zu seinem Zelt ein. Sein zweiter Adjutant, Acilianus, folgte ihm mit unzufriedener Miene. Sicher brannte er darauf, seinem General zu erklären, daß es sich verderblich auf die Männer auswirkte, wenn er einen Verräter schonte. Zumal wenn es sich um einen Offizier handelte, der genau wußte, was er tat.

Cassius unterdrückte ein müdes Lächeln. Fabius und Acilianus waren beide klug, gut erzogen und lachhaft jung. Ständig lagen sie sich in den Haaren. Sie erinnerten ihn an zwei kleine Jungen, die um die Aufmerksamkeit ihres Vaters buhlten.

Beide waren ihm aus unterschiedlichen Gründen sympathisch, daher tat es ihm leid, auf Fabius zu verzichten. Acilianus war streberisch und ziemlich eingebildet, aber er hatte einen scharfen

Verstand und kluge Ideen – wenn er den Mut hatte, sie auszusprechen. Fabius hingegen war für den Soldatenberuf zu weich. Er hatte Sinn für die Romantik des Krieges, aber die rauhe Wirklichkeit hielt er nicht aus. Und als Mannschaftsführer war er nicht zu gebrauchen.

Vor einer Stunde hatte man ihn vorgeführt, ertappt »auf frischer Tat«, wie Acilianus eifrig versicherte, und zwar beim Versuch, seiner Schwägerin in der Stadt einen Brief zukommen zu lassen. Mit Hilfe einer Steinschleuder – ausgerechnet. Der älteste Trick der Welt.

Vielleicht war es gerade dieser Mangel an Einfallsreichtum, der Cassius so wütend gemacht hatte. »Was zum Hades ist dir eingefallen, deine Karriere zu verpatzen?« hatte er gebrüllt. »Dein Leben aufs Spiel zu setzen? Ja, dein Leben, du Idiot! Oktavian hätte dich den Krähen zum Fraß vorgeworfen!«

Er war absichtlich laut geworden, um dem Jungen in Schrecken zu versetzen und ihm ein wenig Verstand einzudrillen. Es hatte nichts genützt.

Fabius hatte ihn stolz und reuelos angeschaut, mit erhobenem Haupt wie ein spartanischer Krieger im Angesicht der Perser. Wahrscheinlich hatte er sich das bei einem Schauspiel abgeguckt. »Tut mir leid, General. Ich hatte keine Wahl. Sie ist die Schwester meiner Frau.«

»Was ist das für eine Entschuldigung?«

»Verzeih, General. Eine stichhaltige, glaube ich.«

»Ach, wirklich?« Cassius starrte den jungen Offizier lauernd an.

»Hättest du je eine Frau gehabt, würdest du's verstehen«, flüsterte Fabius mit gesenktem Blick.

Das hatte Cassius entwaffnet. Da er die Burschen selbst dazu ermutigt hatte, freimütig ihre Meinung zu sagen, konnte er sie schwerlich wegen Unehrerbietigkeit bestrafen. Aber daß sie ein solches Bild von ihm hatten, machte ihn fassungslos. Ein alter Krieger, der sich nie mit Frauen abgegeben hatte?

»Ich habe an deine Frau und dein Kind gedacht«, knurrte Cassius. »Auch wenn du's nicht bemerkt hast: Seit der Belagerung sind die Sitten rauher geworden. Diese Dummheit hätte dich das Leben kosten können.«

Zum Glück für Fabius weilte Oktavian in Spoletum, um das Orakel zu befragen. Nur deshalb war er so glimpflich davongekommen, daß Acilianus nun ganz enttäuscht war.

Cassius musterte den Burschen von der Seite. »Du glaubst, daß ich zu milde war?«

»Ein Kommentar steht mir nicht zu, General«, war die knappe Antwort.

»Doch. Ich bitte darum.«

Verstocktes Schweigen.

»Es war nur ein Brief, Markus. Kein Proviant, keine Waffen oder gar ein Fluchtplan. Nur ein Brief mit dem gutgemeinten Rat an seine armselige Schwägerin, sich die Kehle aufzuschlitzen, bevor wir es tun. Einen Verrat kann ich darin schwerlich erkennen.«

Die lange, spitze Nase des Adjutanten lief rot an. »Verzeih, General. Da du mir befiehlst, meine Meinung zu sagen, muß ich bekennen, daß ich dir nicht zustimmen kann.«

Cassius stöhnte genervt.

Inzwischen hatte die Sonne den Morgennebel vertrieben. Die Mauern der belagerten Stadt glühten in sanften Terrakottafarben, der wuchtige Bau des Etruskischen Tors wirkte beinahe versöhnlich.

Nachdenklich stapfte Cassius durch den knirschenden Schnee auf sein Zelt zu. »Was denkst du über die Belagerung?« fragte er Acilianus. »Kommt sie dir nicht manchmal ein bißchen abwegig vor?«

Acilianus machte ein angewidertes Gesicht. Er konnte es nicht leiden, wenn der General Betrachtungen anstellte, und hatte für diese Art von Zeitvertreib kein Verständnis.

»Nein, General«, sagte er mit fester Stimme. »Überhaupt nicht.«

Cassius erwärmte sich für sein Thema. »Hier sitzen wir nun herum, zwei Provinzler, und dienen dem Patrizier Oktavian, indem wir darauf warten, daß sich ein paar andere Patrizier zu Tode hungern.«

Acilianus schwieg. Schließlich sagte er: »Ich frage mich allerdings, was dabei herauskommen soll.«

Cassius blickte ihn aufmunternd an.

Acilianus wand sich. »Ich meine, wie es dann weitergeht. Nicht nur mit Perusia. Mit allem.«

Cassius schaute zur sterbenden Stadt hinauf. Eine Wolke hatte sich vor die Sonne geschoben, und das Etruskische Tor leuchtete nicht mehr, sondern war nur noch ein düsterer Steinkoloß, der von ein paar Verhungernden bevölkert wurde. »Eins ist sicher«, murmelte er. »Wenn das hier vorüber ist, haben wir keine Republik mehr.« Er überlegte. »Wohl eher einen Imperator.«

Vor dem Zelt reichte ihm der diensthabende Feldwebel einen Brief. »Der ist heute früh gekommen, General. Aus der Stadt.«

»Aus der Stadt?« Cassius zog die Stirn kraus. »Haben wir einen Späherbericht erwartet?«

»Nicht, daß ich wüßte, General.«

Cassius drehte den Brief um und studierte das Siegel.

Plötzlich versank seine Umgebung im Nichts. Alles drehte sich.

Es war ihr Siegel.

Nein, das konnte nicht sein. Unmöglich, daß sie in der Stadt war. In der Stadt, deren Mauern er bald schleifen würde. So dumm konnte ihr Gatte nicht sein. Sicher hatte er sich an ihren Bruder geheftet, der es immer verstanden hatte, sich unbeschadet durch die langen Wirren des Bürgerkriegs zu retten.

Ihm wurde bewußt, daß ihn Acilianus und der Feldwebel neugierig beäugten. Er faltete den Brief, um das Siegel zu verdecken, und fragte den Feldwebel, wer ihn überbracht hatte.

»Der Mann war von einer anderen Kohorte. Oder ein Spion.«

»Haltet ihn fest«, sagte Cassius und öffnete die Zeltklappe.

Acilianus machte Anstalten, ihm zu folgen. »General, ich dachte, jetzt wäre es Zeit, die Listen durchzugehen, die ...«

»Später«, sagte Cassius. »Ich will jetzt nicht gestört werden. Auf keinen Fall.«

»Aber General ...«

»Später«, wiederholte er und verschwand im Zelt.

Sie ist in der Stadt, dachte er. Ich kann es nicht glauben.

Faenio hatte das Feuer geschürt, die Hitze schlug Cassius ins Gesicht, aber sie wärmte ihn nicht. Er fror entsetzlich.

Er fragte sich, ob sie es dort oben warm hatte. Was für ein dummer Gedanke! In einer belagerten Stadt, mitten im Winter, gab es keine Wärme. Das wußte er aus eigener Erfahrung. Er dachte an die verzehrende Kälte, die den Durchhaltewillen zermürbte, und an den Hunger, den nagenden, alles beherrschenden Hunger.

Wie kam dieser Mann, ihr Gatte, dazu, sie einer solchen Hölle auszusetzen? Besser wäre es gewesen, ihr den Tod zu geben.

Er lehnte den Brief an die Dattelschale auf dem Tisch. Noch besaß er nicht den Mut, ihn zu öffnen. Und das Siegel hatte er verdeckt. Es rief zu viele Erinnerungen in ihm wach. Längst vergessen geglaubte Erinnerungen.

Sollte sie doch in den Hades fahren!

Und ihr Gatte gleich mit, der sie in diese Lage gebracht hatte.

Lucius Cornelius Verus. Das letzte Mal hatte er den Mann am Tag ihrer Hochzeit gesehen. Betrunken und versteckt hinter einer lärmenden Menge von Hochzeitsgästen hatte er den Einzug des Hochzeitspaars verfolgt.

Es war eine prunkvolle Hochzeit gewesen, nach bestem Brauch, und es hatte an nichts gefehlt. Das Tempelopfer, die Dinkelkuchen, die Fackelprozession durch die Straßen.

Wie es der Brauch verlangte, wurde sie von zwei Knaben, wahrscheinlich ihren Cousins, an der Hand geführt, und ein dritter leuchtete ihnen mit einer Weißdornfackel. Dicht verschleiert und mit gesenktem Kopf nahm sie den Stab und bestrich die Türpfosten des ehelichen Hauses mit dem rituellen Balsam.

Ihr Gesicht konnte Cassius nicht sehen, nur ihre Hände, als sie die Pfosten mit den obligatorischen Wollfäden umwand. Der lange, feuerrote Hochzeitsschleier bildete einen schockierenden Kontrast zu ihrer blendendweißen Tunika. Wie Blut und Schnee.

Alles lief reibungslos nach dem alten Ritual. Darauf hatten ihre Eltern geachtet. Und wie nicht anders zu erwarten, hatten sie die strengste, unwiderruflichste Form der Ehe für sie ausersehen. Die reinste Sklaverei für eine kultivierte Frau.

Er konnte es nicht fassen. Was ging da in ihr vor? Wie konnte sie sich damit abfinden? Warum ließ sie sich das antun? fragte er sich wieder und wieder.

Der Bräutigam setzte zu einer kurzen Rede an und lud seine

Gäste ins Haus. Ein hochgewachsener, hagerer Mann über fünfzig mit scharfer Nase, dünnen Lippen und einer schütteren roten Haarsträhne, die seine Glatze verdeckte.

Ein rothaariger Bräutigam bedeutete eigentlich Unglück, aber Tacita meinte gewiß, solche Zeichen ignorieren zu können. Cornelius war viel zu reich und aristokratisch, um solche Befürchtungen aufkommen zu lassen.

Cornelius kam zum Ende seiner selbstgefälligen Ansprache, es wurde still. Die Menge bildete eine Gasse, und der Fackelträger warf die brennende Fackel im hohen Bogen die Straße hinab.

Cassius hielt den Atem an. Dem Aberglauben zufolge war dies die letzte Gelegenheit für die Braut, einer ungewollten Heirat zu entfliehen. Wenn sie die Fackel zurückholte und unter das Ehelager schob, würde ihr Bräutigam die Hochzeitsnacht nicht überleben.

Das war natürlich nur eine Altweibermär, ein halbvergessener Zauber aus alten Zeiten, den niemand mehr ernst nahm. Niemand außer Cassius. Er war seine letzte Hoffnung. Vielleicht hatte Tacita jemanden bestochen, der ihr die Fackel zurückbrachte?

Benebelt vom billigen Wein sah er die Fackel auf der Straße liegen. Niemand machte Anstalten, sie aufzuheben. Kein williger Sklave im Sold einer verzweifelten Braut. Schon fingen die Zuschauer an zu scherzen, und sie drängten ins Haus, um das Hochzeitsmahl nicht zu versäumen. Er sah, wie die Fackel langsam verglomm. Beißender Rauch stieg ihm in die Augen und hinterließ einen galligen Geschmack auf seiner Zunge.

Der Bräutigam musterte seine Gäste mit einem säuerlichen Lächeln, dann drehte er sich um und betrat sein Haus. Tacita folgte ihm mit gesenktem Kopf. Cornelius ersparte sich die Mühe, sie über die Schwelle zu tragen. Und dann war sie verschwunden.

Mehr hatte Cassius von jenem Abend und den nachfolgenden Tagen und Nächten nicht im Gedächtnis behalten. Sein guter Freund Bacchus hatte dafür gesorgt. Der packte seinen betrunkenen Schützling beim Kragen und half ihm durch die schlimmsten Phasen der Trauer und der Verzweiflung.

»Warum hast du das getan?« flüsterte er der Glut im Kohlenbecken zu.

Hast du mich je geliebt? Oder war ich nur ein Zeitvertreib für dich, ein ungehobelter Bursche aus den Provinzen? Oder hast du mich als Trophäe betrachtet, als berühmten Namen auf der Liste deiner Eroberungen?

Nein, das konnte nicht sein. So eine Liste hatte sie nicht. Er war der erste gewesen. Das wußte er genau.

Und es hatte sie niemand zur Heirat gezwungen. Tacita war nicht das Mädchen, das man in eine ungewollte Ehe pressen konnte. Sie hatte sich selbst dazu entschieden. Sie hatte es so gewollt.

Hör auf, es ist so sinnlos. Du hast nie verstanden, warum sie das getan hat, und du wirst es auch in Zukunft nicht verstehen.

Er drehte sich abrupt weg und schlug die Zeltklappe auf, um sich vom eisigen Wind zur Vernunft bringen zu lassen. Der erschrockene Wachposten hätte beinahe die Lanze fallen lassen.

Nach einer Weile kehrte Cassius ins Zelt zurück und nahm den Brief in die Hand. Wie schnell die Erinnerungen wiederkehrten! Ein Blick auf das Siegel genügte, und der ganze Schmerz, die ganze Wut waren wieder da.

Und er hatte geglaubt, alles verwunden zu haben. Eines Nachmittags vor langer Zeit hatte er im Bett gesessen – er wußte nicht mehr, wann und in welchem Bett –, sich mit beiden Händen an den schmerzenden Kopf gefaßt und sich befohlen, endlich aufzuhören.

Hör auf, den liebeskranken Narren zu spielen! Du hast sie verloren. Na und? Du bist nicht der erste, der eine Frau verliert. Das ist nicht das Ende der Welt. Reiß dich zusammen, zieh einen Schlußstrich, stürz dich ins Soldatenleben. Dafür wirst du bezahlt.

Nun war er wieder da, wo der ganze Jammer angefangen hatte. Und das alles ihretwegen.

Einmal, vor Jahren, hatte er schon einmal einen Brief von ihr bekommen. Bei einem Aufenthalt in Rom, es war Winter, der Morgen nach einer Lesung, und es kam ein Brief mit ihrem Siegel. Er erkannte es sofort. Ohne den Brief zu öffnen, wußte er, daß sie zu seiner Lesung gekommen war. Sie hatte dagesessen und zugehört, wie er sein Herz offenbarte. Das fand er besonders demütigend. Denn er hatte das Gedicht *Diese Liebe: Ich werde sie nicht los* vorgetragen.

Und sie hatte darüber triumphiert. Also liebt er mich noch immer, hatte sie auf dem Heimweg in der Sänfte frohlockt.

Es kostete ihn keine Überwindung, den Brief ungeöffnet zurückzuschicken, und auch später bereute er diese Entscheidung nicht. Es war der richtige Schritt gewesen, der einzig richtige Schritt. Was im Hades erwartete sie anderes?

Und nun wieder ein Brief, genauso wie der erste. Cassius stand mitten im Zelt und drehte ihn in den Fingern. Und kurzentschlossen erbrach er das Siegel.

Er mußte nicht lange lesen. Der Brief war kurz und offensichtlich in Hast geschrieben. Die unverblümte Bitte, ihr und ihrer Familie aus der belagerten Stadt herauszuhelfen.

Knapp und präzise. Typisch Tacita. Keine sentimentalen Erpressungen wie: »Wenn du mich je geliebt hast, dann hilf mir jetzt«. Dafür war sie zu stolz. Nichts deutete auf das, was zwischen ihnen gewesen war, nur die zwei Wörtchen der Anrede ließen es erahnen: *Mea vita* – mein Leben.

Wie konnte sie es wagen, ihn so anzureden, nach so vielen Jahren? Wut kochte in ihm hoch.

Mea vita. Mein Leben.

So hatte sie ihn genannt, als sie in der alten Gruft an der Porta Capena beieinanderlagen. Flüsternd mit heißen Lippen.

Ihre zärtlichen Hände, ihr warmer Atem. *Mea vita. Mea vita.*

Er zerriß den Brief und warf die Schnipsel ins Kohlenbecken.

24

La Bastide, Anfang Februar

Das war wirklich eine clevere Antwort, dachte Antonia. Sie stand in der Telefonzelle und kämpfte gegen ihren Kater an.

»*Waas* hast du zu ihnen gesagt?« brüllte Kate durch den Hörer.

»Ich war wütend. Und betrunken. Und sie hat sich aufgeführt wie eine Gutsherrin.«

Ihr Gesicht hättest du sehen sollen. Dieses giftige Lächeln.

»Außerdem ist es wirklich Zeit, daß ich selbst einmal nach dem verdammten Kelch suche«, fügte Antonia hinzu.

Kate prustete nur und sagte gar nichts.

»Was soll das jetzt bedeuten?«

»Geht es dir wirklich um einen toten Römer? Oder steckt ein gewisser Patrick McMullan dahinter?«

»Hör schon auf, Kate! Der hat nicht das geringste damit zu tun. Meistens ist er gar nicht hier.«

»Sagtest du nicht, daß sie die ganze Woche bleiben?«

Antonia kühlte die Stirn an der Scheibe der Telefonzelle, um ihre Übelkeit zu lindern. Mußte Kate immer so grausam sein?

»Ich meine nur, wenn du bleiben willst, mußt du dir über die Gründe klar sein«, fuhr Kate schonungslos fort. »Wenn es nur um den Kelch geht und wenn du mit deinem Vater ins reine kommen willst, okay. Wenn du bleibst, um die Passmores zu ärgern, ist es nicht okay.«

»Werd nicht pathetisch«, sagte Antonia und legte auf.

Zwei Stunden später saß sie am Küchentisch, stützte das Kinn in die Hand und starrte unschlüssig auf die rote Mappe mit den

Cassius-Notizen. Die Postkarte mit seiner Büste hatte sie schon an den Kühlschrank geheftet, aber noch scheute sie vor der Mappe zurück.

Was will ich überhaupt mit diesem Zeug? fragte sie sich.

Um Zeit zu gewinnen, machte sie die ganze Küche sauber, mit langsamen Bewegungen, damit ihre Kopfschmerzen erträglich blieben. Dann wusch sie ein paar Slips und BHs im Waschbecken. Am Ende fielen ihr keine Vorschubhandlungen mehr ein. Sie füllte einen Eimer mit Wasser und ging zum Schuppen hinüber – für den Fall, daß das tollwütige Pferd Durst hatte. Auf dem Hof kam ihr Modge entgegen.

Sie trug wieder ihre schwarzen Leggings, dazu Turnschuhe und einen dicken Herrenpullover, ebenfalls schwarz. Sie kniff die Augen zusammen, weil ein scharfer Wind wehte, ihre Haut war bleich und schuppig. »Mum ist total sauer auf dich«, sagte sie und kratzte mit dem Daumennagel am Pfosten.

»Ich bin auch sauer auf mich«, erwiderte Antonia.

Modge musterte sie von der Seite. »Warum?«

»Ich hab' gestern zuviel getrunken und fühle mich scheußlich.«

Modge schnaubte verächtlich. »Patrick ist auch stinksauer auf dich.«

Wenn das stimmte, hatte er sich nichts anmerken lassen. Bei ihrer Ankündigung, nach dem Kelch zu suchen, war sein Gesicht völlig unbewegt geblieben. Ein Wunder an Beherrschung, dieser Patrick.

»Aber der ist schon in Ordnung«, sagte Modge. »Als ich noch zur Schule ging, hat er mir Postkarten aus dem Gericht geschickt. Manchmal mit einer Zeichnung drauf. Der schlafende Richter und solche Sachen. Er sagte, ich bin die einzige, die seine Schrift lesen kann. Er hat eine fürchterliche Klaue, weil er neu schreiben lernen mußte, wegen seiner verbrannten Hand.«

Für Modge war das eine Rede von epischen Ausmaßen. Sie fing Antonias Blick auf und wurde rot. Dann zeigte sie auf den Eimer. »Was willst du damit?«

»Wasser für Hippolyte. Unsere erste Begegnung ist ein bißchen unglücklich verlaufen.«

»Er ist schreckhaft, wegen des Auges.«

»Das sagte dein Vater schon. Ich hab' mich geschämt. Daher will ich dem Pferd was Gutes tun.«

»Ich dachte, du kannst Pferde nicht leiden?«

»Stimmt.« Antonia staunte, daß Modge sich daran erinnerte. »Trotzdem. Das Pferd war vor mir da.«

»Das Wasser kannst du vergessen.«

Antonia warf ihr einen fragenden Blick zu.

»Ist doch wahr! Das Pferd kommt sowieso nicht zurück, solange du hier bist. Und wenn du's wissen willst: Pferdekonfekt ist besser als einfach nur Wasser.«

»Pferdekonfekt?« Antonia war verwirrt.

Modge antwortete nicht. Um das Schweigen zu überbrücken, fragte Antonia: »Magst du Pferde?«

Modge zuckte die Schultern. »Ja, schon. Die kommandieren einen wenigstens nicht immer rum.« Sie schien zu überlegen. »Das würde ich gern machen, irgendwas mit Pferden. Da gibt es ein Gestüt in Newmarket. Aber ich darf nicht.«

»Warum nicht?«

»Mum will, daß ich nach Oxford gehe – genauso wie ihr Heiliger.«

Antonia brauchte einen Moment, um zu begreifen, daß sie von Myles sprach. Myles ein Heiliger? Hatte ihm Debra Passmore nachträglich einen Glorienschein verpaßt? Der arme Myles. Er hätte sich vor Wut zerfetzt.

»Wie war er so?« fragte Modge abrupt.

Antonia biß sich auf die Lippe. Dann sagte sie: »Manchmal konnte er ein richtiges Arschloch sein.«

Modge vergaß ihren abgestumpften Blick und sperrte den Mund auf.

»Aber das Besondere an Myles war, daß er es wußte«, erklärte Antonia. »War er in der rechten Stimmung, konnte er über sich selbst lachen. Er hatte einen unglaublichen Humor. Rabenschwarz.« Sie lächelte. »Das hab' ich an ihm gemocht.«

Modge tat so, als hätte sie nichts gehört, und kratzte wieder mit dem Daumennagel am Pfosten.

Antonia nahm den Eimer auf. »Wo soll ich den jetzt hinbringen?«

»Keine Ahnung.« Modge zuckte die Schultern. »Ein bißchen weg von der Mühle.«

»Zeig mir, wo.«

Modge stöhnte genervt, aber sie ging los. An der Brücke bog Antonia in den Weg zur Quelle ein. Modge blieb stehen. »Da gehe ich nicht hoch«, sagte sie mißtrauisch, als hätte Antonia versucht, sie in eine Falle zu locken.

»Warum nicht?«

»Da gehe ich nie lang.«

Antonia blickte den Weg hinauf. Und plötzlich fiel ihr wieder ein, wie die achtjährige Modge dagestanden und gewimmert hatte. »Tut mir leid, Modge. Ich hätte dran denken können.«

»Wen juckt das schon?« knurrte sie. »Selbst ich hab' es längst vergessen.« Antonia wirkte überrascht, und Modge verdrehte die Augen. »Wieso auch nicht? Ich war ja erst acht.« Etwas leiser fügte sie hinzu: »Ich nehme an, du weißt noch genau, wie es war.«

»Ich ... ich vermeide es auch, daran zu denken.«

»Warum bist du dann hergekommen? Wo ist da der Sinn?«

Antonia dachte nach. Modge hatte recht.

Modge zeigte auf eine Stelle am Wegrand. »Stell den Eimer dorthin. Da ist es gut.«

Antonia lief die zwanzig Meter bergauf und stellte den Eimer ab. Modge war stehengeblieben. »Ich geh' noch ein bißchen weiter«, rief Antonia ihr zu. »Willst du nicht ein Stück mitkommen?«

»Hab' ich doch gesagt!« rief Modge. »Da geh' ich nie hoch.«

Antonia seufzte. Ihr Bedarf an verkorksten Kindern war mal wieder gedeckt.

Sie war schon fast um die Ecke, als ihr Modge von unten nachrief: »Antonia! Hast du das ernst gemeint?« Ihr Gesicht war weiß und verkniffen.

»Was?« rief Antonia zurück.

»Du weißt, was ich meine. Gestern abend. Du hast gesagt, du willst nach dem Ding suchen.«

Antonia blieb stehen. »Ja«, sagte sie.

Gestern hatte sie es ernst gemeint. Aber heute immer noch?

Sie stieg weiter den Berg hinauf, der kalte Nordwind blies ihr ins Gesicht und raschelte im toten Laub.

Kate hatte recht, sie mußte sich darüber klar werden, warum sie blieb – wenn überhaupt. War es ein verspäteter Ehrgeiz, den Kelch zu finden? Oder einfach nur Trotz, weil die Passmores – und auch Patrick – sie von hier forthaben wollten?

Jetzt war sie zu müde und zu verkatert, um das herauszufinden.

Von oben hörte sie Hufe klappern und blieb wie angewurzelt stehen. Da kam schon Monsieur Panabières Pferd angetrabt. Als es sie sah, stemmte es die Vorderbeine vor, blähte die Nüstern und starrte sie mit seinem gesunden Auge bedrohlich an.

Ruhig bleiben, dachte sie, aber das Herz schlug ihr bis zum Hals.

Das Pferd war viel kleiner, als sie es von der ersten Begegnung her in Erinnerung hatte. Der kantige Kopf saß auf einem dicken Hals, die Beine waren kurz und stämmig. Es hob fluchtbereit einen Huf, und obwohl es noch gut zehn Meter entfernt war, sah sie, daß es zitterte.

Es hat Angst, dachte sie. Noch mehr Angst als ich. Und es ist nur ein Pony. Aber es half nichts, sich das einzureden. Auch früher hatte es nicht geholfen.

Sie starrten sich weiter an, und ihr kam alles mögliche in den Sinn. Frau und Pferd, dachte sie, auf dem Weg zur Roßquelle. Schon sah sie sich in einer Mondnacht vor der Höhle stehen und hörte eine belegte Stimme sagen: *Hieß das hier nicht Roßquelle? Paßt irgendwie, der Name.*

Ihre Nackenhaare begannen zu kribbeln. Und in ihrem Bauch machte sich ein merkwürdiges Gefühl breit, das nichts mit dem Kater zu tun hatte. Wo kam das nun wieder her?

Vor drei Tagen war sie schon einmal hiergewesen, nachdem sie sich Mut angetrunken hatte. *Die Vergangenheit hat keine Macht mehr über mich,* hatte sie da gedacht. Wie hohl und leer das jetzt klang!

Keine Macht mehr? Die Vergangenheit ist überall. Unten in der Schlucht, in die Debra Passmore die Asche ihres Sohnes gestreut hat. Hier auf diesem Weg, wo Patrick einmal mit der Hand über meinen Arm strich und sein Atem meine Schläfe streifte, als wir unser erstes gemeinsames Wochenende planten.

Schwankend setzte sie sich auf einen Stein und stützte den Kopf auf die Knie. Sie vergaß das Pony, sie vergaß alles und bebte unter den Schockwellen, die sie plötzlich gepackt hatten.

Sie wußte nicht, wie lange sie so gesessen hatte, als eine Männerstimme sie ansprach.

»Alles in Ordnung?« sagte die Stimme über ihr.

Verdutzt hob sie den Kopf.

Es war Patrick.

Wenn man an den Teufel denkt, fiel ihr automatisch ein. Doch es war nicht der Teufel. Es war der Mann, den sie einmal geliebt hatte und der ihr fremd geworden war.

»Du bist blaß«, sagte er. »Macht dir das Pferd Angst?«

Hippolyte stand noch dort, äugte mißtrauisch herüber und wedelte mit dem Schwanz.

»Ja«, murmelte sie. »Es ist das Pferd.«

Patrick ging hinauf und streichelte Hippolyte die Ohren, sie schaute ihm zu. Hippolyte knabberte an seinem Pullover, doch er schien es nicht zu merken. Er gab dem Pferd einen Klaps. »Verzieh dich, alter Junge. Sie will dich jetzt nicht sehen.« Hippolyte schwenkte den zottigen Kopf, drehte sich weg und stieg den Weg hinauf.

Patrick kehrte zurück und setzte sich auf einen Stein neben Antonia. »Ist dir jetzt besser?«

Sie nickte. Aber es stimmte nicht, und er schien ebenfalls daran zu zweifeln.

Zwölf Jahre lang hatte sie gedacht, es läge alles hinter ihr. Und ein altes Pferd reichte aus, ihre Selbstsicherheit ins Wanken zu bringen.

Der Wind frischte auf. Sie vergrub das Kinn im Mantelkragen. »Nimm's, wie du willst«, sagte sie. »Aber mir tut leid, was ich gestern abend gesagt habe. Ich meine, *wie* ich es gesagt habe. Das mit Myles. Es war so taktlos ... Meinst du, daß seine Mutter eine Entschuldigung akzeptieren würde?«

»Ich würde es nicht mal versuchen.«

»Hab' ich mir gedacht.«

Stumm saßen sie da. Dann sagte er leise: »Ich sehe nur nicht, was du dir von der Suche versprichst.«

Sie schaute ihn an.

»Du glaubst doch nicht im Ernst, daß du das Ding nach so vielen Jahren wiederfindest.«

Ihr fiel keine Antwort ein. Er hatte recht. Im Ernst hatte sie das nicht geglaubt.

»Und warum gerade jetzt? Wenn es so wäre, hättest du es schon vor Jahren versucht.«

Er sprach ruhig und ohne Vorwurf, in dem sachlichen Ton, mit dem er wahrscheinlich die Zeugen vor Gericht ins Kreuzverhör nahm.

»Ich habe jahrelang nicht an das ganze Zeug gedacht. Ich war in den USA.«

»Und was wolltest du dort?«

Wie sollte sie das beantworten? Wie sollte sie ihm begreiflich machen, was ihr widerfahren war? *Antonia Hunt? Ja, eine recht gute Begabung. Aber war die nicht in so eine häßliche Sache in Frankreich verwickelt? Wo es einen Toten gab und ein wertvoller Fund unter mysteriösen Umständen verschwunden ist? Sie hatte die Verantwortung, und das allein zählt. Eine Anstellung an unserer Fakultät kommt da leider nicht in Frage.*

Jahrelang hatte sie das zu hören bekommen. Dann gab sie es auf.

»Ich hab' mich bei der Ausgrabung von Muschelhaufen hervorgetan«, sagte sie betont heiter.

»Das hat ja mit römischer Geschichte nicht allzu viel zu tun«, erwiderte er.

Sie scharrte mit dem Absatz im Sand. »Ich wollte es so.«

Wieder blickte er sie an. »Ich dachte, du wolltest Cassius.«

Allerdings. Plötzlich mußte sie mit den Tränen kämpfen. War das auch eine Folge des Katers? »Ich hab' ihn an den Nagel gehängt. Vor Jahren schon.«

»Wie meinst du das?«

»Die Bücher, die Notizen, den ganzen Kram – ich habe alles verbrannt.«

Sein Gesicht wurde starr. »Wann?«

»Direkt nach dem Gerichtsverfahren. Ich wollte nichts mehr damit zu tun haben.« Sie zwang sich zum Lächeln. »Kindisch. Wie man das eben mit vierundzwanzig macht.«

»Das ist nicht kindisch. Das ist verrückt.«

Sie zuckte die Schultern. »Alles vorbei.«

Ein dünner Regen setzte ein, und bis jetzt hatten weder er noch sie den Unfall erwähnt, obwohl sie nur ein paar hundert Meter von der Absturzstelle entfernt waren.

»Weißt du«, setzte sie vorsichtig an, »ich habe Jahre gebraucht, um einzusehen, daß es ein Unfall war, nichts weiter.«

Er stand auf und ging an den Rand der Schlucht. »Du hast also deinen Frieden mit ihm gemacht«, sagte er tonlos.

»Ich glaube, ja.«

Er drehte sich zu ihr um. »Warum bist du dann hier?«

Sie blinzelte verlegen.

»Was soll das, Antonia? Das ist für uns alle kein Vergnügen.«

Sie zuckte zusammen.

»Wühl es nicht wieder auf.«

»Willst du mir damit nahelegen, daß ich abreisen soll?«

»Ich will dir nahelagen, daß du dir dein Leben nicht versauen sollst. Weil ich dich einmal gemocht habe.«

Weil ich dich einmal gemocht habe.

Wieder fiel ihr die Mondnacht von damals ein. Hatten sie sich mit ihren vierundzwanzig Jahren träumen lassen, daß es einmal so kommen würde, daß sie sich an derselben Stelle als Fremde gegenüberstehen würden?

»Du übertreibst«, sagte sie. »Ein paar Wochen Urlaub in Südfrankreich können wohl kaum ...«

Er hob die Hand. »Laß dich nicht auf einen Clinch mit Debra ein. Das ist keine gute Idee. Glaub mir. Ich kenne sie.«

Sie schluckte.

»Fahr nach London zurück, Antonia. Laß die Vergangenheit ruhen.«

Sie erhob sich von ihrem Stein. »Das hab' ich zwölf Jahre lang getan«, sagte sie. »Jetzt muß ich sie in Angriff nehmen.«

In der Nacht hatte Modge einen Alptraum wie lange nicht. Sie stand auf dem Highgate-Friedhof und war von flatternden Tauben umringt, die sie mit ihren Flügeln fast berührten und ihr panische

Angst einjagten. Der einzige Ausweg war eine steile Treppe in eine unterirdische Kammer, aber dorthin konnte sie nicht fliehen, weil da unten etwas Kleines, Böses auf sie lauerte.

Die flatternden Tauben kamen immer näher, mit einem Schrei wachte sie auf. Mitsamt dem Schlafsack rollte sie sich von der Matratze und trat ans Fenster. Über Nacht hatte sich das Dorf in Wolken gehüllt. Sie sah die Nebelwand die Straße heraufkriechen – eine stumme, heimtückische Invasion aus einer anderen Welt. War sie wirklich wach, oder gehörte das noch zu dem Alptraum?

Sie war beherrscht von der dumpfen Gewißheit, daß sie etwas Schlimmes getan hatte, an das sie sich auf keinen Fall erinnern durfte. Aber was hatte der Highgate-Friedhof damit zu tun? Sie war dort nie gewesen.

Einmal hatte sie nach einem Alptraum ein Buch über Träume gelesen. Träume seien Botschaften des Unterbewußtseins, hatte dort gestanden, und oft würden sie ihre Bedeutung hinter Wortspielen verbergen. Das hatte ihr auch nicht weitergeholfen.

Sie sehnte sich zurück in die Wilton Row. Dort konnte sie hinuntergehen und mit den Hunden kuscheln, bis es hell wurde. So hatte sie es mit acht Jahren gemacht, als sie Nacht für Nacht von Alpträumen verfolgt wurde.

Plötzlich stand ihr ein Bild vor Augen, als hätte jemand ein Dia in einen Projektor geschoben. Eine Erinnerung aus dem Nichts.

Der *kántharos* stand im Schuppen auf dem Tisch. Er fing das Sonnenlicht ein und leuchtete rubinrot, als wäre er mit Blut gefüllt.

Sie rutschte im Schlafsack über den Fußboden und machte Licht. »Was ist denn passiert?« flüsterte sie. In der Stille klang es wie eine Geisterstimme.

Antonia ist wieder da, dachte sie. Das ist es.

Als sie hörte, Antonia sei aufgetaucht, wurde sie sofort von Unruhe gepackt. Zu ihren Füßen brach eine Lavakruste auf, und darunter gärte das Chaos. Irgendwie hatte das alles mit dem *kántharos* zu tun.

Sie hatte dieses Ding von Anfang an gehaßt. Denn kaum hatten Antonia und Patrick es gefunden, waren sie wie verwandelt. Einen

Tag später holte sich Myles den *kántharos* – und stürzte in den Abgrund.

Außer Patrick hatte sie niemandem erzählt, daß Myles den Kelch genommen hatte. Damals im Kinderzimmer. Danach hatten sie nie wieder davon gesprochen. Sie war von der abergläubischen Furcht beherrscht, daß er aus der Welt verschwinden würde, wenn sie den Kelch auch nur erwähnte.

Aber es erfüllte sie mit einer boshaften Genugtuung, daß sie jederzeit zu ihrer Mutter sagen konnte: *Antonia hat die Wahrheit gesagt. Ich weiß es. Ich habe ihm geholfen, das Ding aus dem Schuppen zu holen.* Es war eine gräßliche Verlockung, diese Sätze zu sagen. Wie die Verlockung, von einer Klippe in den Abgrund zu springen. Denn sie wußte: Wenn sie es wagte, würde die Mutter sie für immer hassen.

Der Kelch, der fürchterliche Kelch. Alles hing mit ihm zusammen. Seit Patrick und Antonia ihn ausgegraben hatten, war alles schiefgegangen. Und nun wollte Antonia ihn erneut ausgraben.

Sie wickelte sich fester in den Schlafsack und blickte zum Fenster hinüber. Jetzt hatten die Wolken das Haus eingehüllt und von der Welt abgeschnitten. Der Alptraum bemächtigte sich der Wirklichkeit.

Julian Passmore wurde von dem Schrei im Nachbarzimmer geweckt. Modge hatte wohl wieder schlecht geträumt. Debra rührte sich nicht, aber er wußte, daß sie sich nur schlafend stellte.

Von Rechts wegen mußte sie schlafen wie ein Stein. Nach dem Fiasko vom Sonntagabend hatte sie sich in einen achtzehnstündigen Arbeitstag voller Telefonkonferenzen und Faxkorrespondenzen gestürzt – im vergeblichen Bemühen, dieses arme Mädchen dort unten in der Mühle zu vergessen.

Er stand leise auf, ging auf den Flur und lauschte an der Tür seiner Tochter. Alles war still. Vor zwölf Jahren wäre er hineingegangen und hätte sich bis zum Morgen an ihr Bett gesetzt. Vor drei Jahren hätte er durch die Tür gerufen, ob alles in Ordnung sei. Jetzt war es am ratsamsten, überhaupt nichts zu tun. Sie würde ihn nur als aufdringlich beschimpfen. Vielleicht hatte sie das von ihrer Mutter.

Er ging hinab und setzte Teewasser auf. Die Küche war warm und heimelig, aber die Hunde fehlten ihm. Manchmal kam die Katze der Merous, doch das war kein Ersatz. Julian mochte Katzen, aber er verstand sie nicht, und das merkten sie.

Er stellte sich ans Fenster und blickte ins Tal hinab. In Patricks Fenster brannte noch Licht. Wer weiß, dachte er besorgt, wie er Antonias Auftauchen verkraftet. Es war wirklich nicht besonders klug gewesen, sie zur Party einzuladen.

Was hatte er sich davon versprochen? Modge hatte nicht davon profitiert. Im Gegenteil. Seit Jahren hatte sie zum ersten Mal wieder Alpträume. Und nun wurde auch der arme Patrick um seinen Schlaf gebracht.

Sein »Schwiegersohn«. Wie immer, mußte er bei dem Gedanken lächeln. Obwohl – bald konnte er Wahrheit werden. Sobald sich Patrick zur Heirat überreden ließ.

Als die Verlobung endlich bekanntgegeben wurde, war er überglücklich gewesen. Es war sein heimlicher Wunsch, an dessen Erfüllung er nie so recht geglaubt hatte, weil er tief im Innern wußte, daß Nerissa für Patrick nicht gut genug war. Es kam ihm zwar seltsam vor, so über die eigene Tochter zu denken, aber so war es nun einmal. Er liebte Nerissa, aber er mochte sie nicht. Er hatte sie zu oft beim Lügen erwischt.

Manchmal fragte er sich, ob sie Hilfe brauchte, ob er etwas unternehmen mußte. Aber er ließ es sein. Wenn sie den Anschein erwecken wollte, daß sie ständig zu Vorsprechterminen ging, dann war es ihre Sache. Patrick würde es schon herausfinden und sich auf seine Weise damit auseinandersetzen.

Julian mochte Patrick. Er mochte sein rastloses Wesen, seine Freundlichkeit, seine romantische Art. Für ihn war Patrick kein aalglatter Jurist, sondern immer noch der große Junge, der bei der Beerdigung seines besten Freundes so tapfer mit den Tränen gekämpft hatte.

Er dachte ungern an diesen kalten, düsteren Tag zurück. Jeder war nach der Heimkehr von der Beerdigung für sich geblieben, und keiner hatte gewußt, wie es weitergehen sollte. Da war er zu Patrick hinaufgegangen und hatte ihn einsam und verloren am Fenster stehen sehen.

»Debra ist mit Nerissa weggegangen«, hatte er das Gespräch begonnen, weil ihm in der stummen Gegenwart dieses erschreckend jungen Amerikaners plötzlich beklommen zumute wurde. »Eine Art Naueninitiative. Da können wir wohl kaum zurückstehen. Ich kenne eine kleine Bar, wo sie einen hervorragenden Brandy servieren. Hättest du Lust, mitzukommen?«

Später, im Saldi, hatte er an der Bar einen Blick über die Schulter geworfen und ihn am Tisch sitzen sehen, wie er den Kognakschwenker und die Monte Cristo anstarrte, die der Kellner vor ihm abgestellt hatte. Offensichtlich wußte er nicht, was er damit anfangen sollte. Er sah so verloren, so elend aus, daß Julian Passmore ihn augenblicklich ins Herz schloß. Anders konnte man es nicht nennen.

Er setzte sich zu ihm, zeigte ihm unaufdringlich, wie man die Zigarre beschnitt und riet ihm in bemüht lockerem Ton davon ab, den Rauch zu inhalieren. »Das ist nicht so wie – äh – Haschisch, verstehst du?« Erst später hatte er erfahren, daß man nicht mehr »Haschisch« sagte, sondern »Dope« oder »Ganja«. Und Patrick war so taktvoll gewesen, ihn nicht zu belehren.

Und die »Behandlung« hatte ihm gutgetan. Innerhalb von Minuten kehrte die Farbe in sein Gesicht zurück, seine Augen begannen wieder zu leuchten.

Das Wasser kochte. Julian Passmore wandte sich vom Fenster ab und machte Tee.

Es war alles seine Schuld. Er hatte Antonia Hunt zur Party eingeladen. Er hatte diesen Schlamassel angerichtet, nun hatte Modge wieder Alpträume, und Patrick fand keinen Schlaf.

Wie um Himmels willen konnte man diese Antonia wieder loswerden?

Debra Passmore schreckte hoch, als sie Modge schreien hörte, aber sie dachte nicht daran, nach dem rechten zu sehen. Das Mädchen konnte für sich selber sorgen. Schließlich war sie schon zwanzig.

Mein Gott, dachte sie, als ich zwanzig war, habe ich Myles bekommen. Immer wenn sie ihre Tochter sah, wurde sie wütend.

Immer wurde sie an ihren ersten Impuls erinnert, als sie die Nachricht vom Unfall erhielt. *Warum nicht Modge?*

Ein schrecklicher Gedanke. Welche Mutter war zu so etwas fähig?

Nie würde sie den Moment vergessen, als die Unglücksbotschaft kam. Es war ein Samstagabend. Julian war zu irgendeinem Dinner, und sie konferierte in der Kanzlei mit ihren Leuten. Am Montag sollte ein auf fünf Wochen angesetzter Prozeß beginnen, und die Anwälte hatten die Beweise mal wieder nicht beisammen. Seltsam, wie genau sie sich an alle Einzelheiten erinnerte.

Sie stand am Schreibtisch des Bürovorstehers und putzte am Telefon einen Anwalt der Gegenseite herunter, als sie plötzlich Julian in der Tür stehen sah. Er hatte seinen Smoking an und blickte zu ihr herüber. Sie wußte sofort, daß etwas passiert war.

Später erfuhr sie, daß Patrick im Krankenhaus von Mazerans stundenlang versuchte hatte, Julian beim Dinner zu erreichen, statt direkt in der Kanzlei anzurufen. Er wollte, daß sie es von ihrem Mann erfuhr, nicht von irgendeinem Polizisten oder von einem Amerikaner, dem sie nie begegnet war.

Dafür würde sie ihm immer dankbar sein. Sie hätte es nicht ertragen, wenn ein anderer ihr die Nachricht überbracht hätte. An diesen Moment, als Julian ihr eröffnete, was geschehen war, dachte sie jeden Morgen beim Aufwachen.

Warum nicht Modge?

An die Beerdigung konnte sie sich nicht erinnern, an die Gerichtsverhandlung nur noch vage. Patrick hatte dem Richter versichert, daß Myles sein bester Freund gewesen war. Soviel wußte sie noch. *Sein bester Freund.* Und sie hatte gedacht: *Ich kenne seine Freunde überhaupt nicht. Ich habe meinen Sohn nie gekannt.*

Was hätte ich auch tun sollen? Ich habe nie Kinder gewollt.

Und nie hatte sie geahnt, wieviel Zeit so ein Kind kostete. Die Justiz nahm darauf keine Rücksicht. Sie forderte ganzen Einsatz. Auch von einer Frau mit Kind. Nach einem Monat hatte sie ihn zu einer Pflegemutter gegeben.

Ich habe meinen Sohn nie gekannt.

Und nun tauchte diese Person auf und wiederholte ihre Lügen. Stellte Myles als Dieb hin.

Sie richtete sich auf und strich ihr Haar zurück. Schluß mit der Selbstquälerei, sagte sie sich entschlossen. Jetzt müssen Taten folgen.

Der Wecker zeigte auf fünf. Dann war es in London jetzt vier Uhr morgens. Ihr Bürovorsteher würde entzückt sein, um diese Zeit geweckt zu werden. Aber das brachte der Job so mit sich. Konnte er sich mal nützlich machen, statt ihren Terminkalender zu okkupieren.

Sie rief ihn zu Hause an, um ihm zu sagen, daß er ins Büro fahren und ihr die Adressen der sechs besten Notare Frankreichs durchfaxen sollte. Sofort.

Es war Zeit zum Handeln.

Zeit, diese Person von hier zu vertreiben.

Als Patrick gegen vier aufwachte, waren die Kopfschmerzen noch immer nicht verschwunden. Zum Glück schlief Nerissa fest wie immer. Er zog Jeans und Pullover über und ging hinunter ins Arbeitszimmer.

»Ich hab' den ganzen Cassius-Kram verbrannt … Direkt nach dem Gerichtsverfahren. Ich wollte nichts mehr damit zu tun haben.«

Wie sie ausgesehen hatte, als sie das sagte.

Früher war sie vor Eifer über ihre Worte gestolpert, wenn sie von ihrer Arbeit erzählte. Diese Wärme in ihren braunen Augen. Diese Unsicherheit. Diese Liebesbedürftigkeit.

Sie hatte bunte Bänder im Haar getragen, zwei oder drei Farben zusammen. Und er hatte jeden Morgen versucht zu erraten, welche es diesmal sein würden. Gestern hatte sie nur einen dunkelblauen Schal um ihren Hals gewickelt, der ihr Gesicht noch bleicher machte.

Er ging ans Fenster und sah, wie die Wolken das Dorf einhüllten.

Wenn sie Debra den Kampf ansagte, würde sie sich die Finger verbrennen. Er hatte versucht, sie zu warnen, aber das war nicht gut angekommen.

Natürlich nicht. Wenn Antonia sich auf etwas versteifte, blieb sie dabei. So war sie eben.

Er schaltete die Lampe an und begann im Schreibtisch zu wühlen. Wo hatte er diese Zeichnung hingesteckt?

Endlich fand er, was er suchte, in der kleinen Schublade hinter den Sortierfächern. Er räumte die Arbeitsfläche frei und rollte die Skizze auf, die Antonia von den Reliefs auf dem Kelch angefertigt hatte. In den vielen Jahren war sie kaum vergilbt. Sie sah noch so aus wie damals, als er sie im Schreibtisch verstaut hatte. Zwölf Jahre lang hatte er keinen Blick auf sie geworfen.

Pegasus galoppierte mit wehendem Schweif und erhobenem Kopf auf Bellerophon zu. Das Gesicht des Jünglings wirkte freudig, selbstbewußt, von der Güte und Gerechtigkeit der Welt überzeugt.

Langsam rollte er das Blatt zusammen und legte es in die Schublade zurück.

Er hatte Antonia geliebt. Wenn sie seinen Namen aussprach, hatte er ganz neu geklungen, und Patrick fühlte sich wie ein anderer, besserer Mensch. Und manchmal, wenn sie auf der Terrasse saßen, Modge etwas Ulkiges sagte oder Myles seine Show abzog, gab es diese Momente, wo sich ihre Blicke trafen und er wußte, daß sie dasselbe empfand wie er. Was immer es war – Zuneigung, Ungeduld, Vergnügen –, sie spürte dasselbe. Er war nicht mehr allein.

Abrupt stand er auf und ging in die Küche. Solche Dinge passieren, wenn man jung ist, sagte er sich. Dann wird man erwachsen und läßt die Kindereien hinter sich.

Vier Stunden später kam Nerissa verschlafen die Treppe herunter und fand ihn beim Einpacken der Papiere. »Ich denke, wir sollten heute nach London zurückfahren«, sagte er über die Schulter. »Wenn es dir recht ist.«

»Mir egal«, gähnte sie. »Dann kann ich noch ein bißchen üben fürs Vorsprechen.«

»Schön. Ich buche dann die Flüge um.«

Am Tag nach ihrer Begegnung mit Patrick schob Antonia den Küchentisch an die Wand, schleppte den imitierten Tudor-Schreibtisch aus dem Wohnzimmer herüber und richtete sich einen Arbeitsplatz ein. Voller Tatendrang fuhr sie nach Mazerans und kaufte Vorräte ein. Den Mietwagen hatte sie schon zurückgegeben, aber der junge Vassals bot ihr überraschend seinen alten Citroën an, der jahrlang in der Scheune vor sich hin gerostet hatte.

Die Fahrt nach Mazerans war eine Tortur. Sie hatte die Tücken der engen Straßen und den halsbrecherischen Fahrstil der Einheimischen vergessen. Bleich und zitternd kehrte sie in die gruftartige Stille der Mühle zurück. In dem feuchten Gemäuer herrschte muffiger Mäusegeruch, die trübe Vierzigwattbirne verbreitete Tristesse. Um sich aufzuwärmen, ließ sie heißes Wasser in die Wanne. Aber es floß so langsam, daß es schon wieder abgekühlt war, als die Wanne knapp halbvoll war. Gegen vier schlenderte sie zur Brücke hinauf.

Patricks Haus war dunkel, die Läden geschlossen, der Landrover verschwunden. In der Bar-Tabac hatte sie gehört, daß er mit Nerissa vorzeitig nach London zurückgekehrt war. Auch gut, dachte sie. Dann laufe ich dem glücklichen Brautpaar nicht über den Weg.

Sie beugte sich übers Geländer und blickte in den schäumenden Fluß. Seltsam, dachte sie. Du brauchst Stunden, um rauszukriegen, was du hier eigentlich willst, und dann sagst du Patrick die Wahrheit ins Gesicht, ohne auch nur nachzudenken.

»Weil ich all die Jahre versucht habe, die Vergangenheit zu verdrängen, muß ich sie jetzt in Angriff nehmen.«

Es war tatsächlich so einfach. Sie nahm die Cassius-Postkarte heraus, die sie als Talisman auf die Fahrt nach Mazerans mitgenommen hatte. Sie versenkte sich in seinen ruhig forschenden Blick. Langsam wurde ihr bewußt, was sie verloren hatte, damals, als sie alles im Garten verbrannte. Jetzt fiel ihr wieder das Gefühl der Beglückung ein, das ihre Arbeit begleitet hatte, die Inspiration, die von Cassius ausgegangen war. Dieser übersprudelnde Optimismus. Ihr würde es gelingen, das Rätsel zu lösen, so wie ihr Vater prophezeit hatte. Sie würde den wahren Cassius ans Licht holen und der Welt zeigen, daß Lycaris kein dichterisches Konstrukt war, sondern eine Frau aus Fleisch und Blut, die er von ganzem Herzen geliebt hatte.

Das war ihr Ziel gewesen. Und was hatte sie nun zu bieten? Nichts als öde Muschelhaufen und eine Monographie über Tongefäße, die sie für Professor Edgeware geschrieben hatte. Alles, was ihr wertvoll gewesen war, hatte sie verloren. Sie hatte es geschehen lassen, sie hatte tatenlos zugesehen. Wenn sie jetzt aufgab und nach London zurückfuhr, würde alles beim alten bleiben. Muschelhaufen und Monographien für den Rest ihres Lebens. Sie würde in der Bedeutungslosigkeit versinken. Sie konnte genausogut tot sein.

Hier ging es nicht mehr um die Passmores, auch nicht um Patrick oder das Bemühen, mit ihrem Vater ins reine zu kommen. Dafür war es zu spät. Jetzt galt es nur noch, das Verlorene wiederzugewinnen.

Sie schaute zu dem dunklen, verschlossenen Haus hinüber, das nun Patrick gehörte. Gut, daß er abgereist war. Ohne ihn würde es viel besser laufen.

»Von jetzt an, Cassius, sind wir allein«, sagte sie zu der Postkarte in ihrer Hand. »Nur du und ich.«

25

Nach einer Woche war ihre Hoffnung, den *kántharos* wiederzufinden, auf den Nullpunkt gesunken. Sowohl die Mühle als auch die Höhle hatte sie gründlich durchsucht. Da nun die enge Wahl nicht mehr in Betracht kam, mußte sie den ganzen Gebirgsweg, der dazwischenlag, in ihre Suche einbeziehen. Immer vorausgesetzt, daß er nicht ins Auto gesprungen war und das Dorf verlassen hatte.

Sie schob den Stuhl zurück, ging an den Herd und goß sich die zehnte Tasse Kaffee ein.

Was nun? Kurzentschlossen schüttete sie den Kaffee in den Ausguß, warf die Jacke über und ging hinaus in den böigen Nordwind. Vielleicht machte ihr die kalte Luft einen klaren Kopf.

Um nicht zu frieren, lief sie mit kräftigen Schritten den Berghang hinauf. Als sie über der Mühle war, wurde ihr schwindlig, und sie mußte stehenbleiben, um wieder zu Atem zu kommen. Automatisch suchte sie Patricks Haus nach Lebenszeichen ab, aber es lag verlassen da.

Gut so, sagte sie sich. Du hast jetzt andere Probleme. Der Kelch ist nicht zu finden, und es sieht so aus, als wäre er für immer verschwunden. Was ist in diesem Fall zu tun?

Sie stand vor der schweren Entscheidung, entweder zu resignieren, einzupacken und abzureisen, oder ... Oder was?

Tu das, was du schon immer tun wolltest, sagte die Stimme in ihrem Kopf. Mach dich an die Lösung des Rätsels. Ohne weitere Ausreden, ohne Aufschub. *In poculo veritas.*

Die Wahrheit ist im Kelch.

Sie warf einen neuen Blick auf Patricks Haus. Nach London abzureisen würde bedeuten, daß die Passmores – und Patrick – gewonnen hatten. Also hatte sie gar keine Wahl.

In die Mühle zurückgekehrt, nahm sie die zerlesene Ausgabe der Briefe des Plautius zur Hand und schlug die Stelle auf, die von dem Rätsel handelte.

»*Wir saßen vor seinem Haus in der warmen Frühlingssonne*«, hatte Plautius in einem seiner seltenen stimmungsvollen Momente geschrieben.

Mit dem gleißenden Barbiermesser spielend, verkündete mir Cassius: »Nach meinem Tode sollst du der Göttin ein Trankopfer bringen. Tu dies für mich und Lycaris gemeinsam, auf daß unsere Seelen sich im Tod vereinen. Dies ist mir von größter Bedeutung, mein Freund. Ich muß darauf vertrauen, daß es geschieht.«

Darauf ward ich von heftiger Erregung gepackt. »Wie kann ich das tun«, rief ich, »da du mir nie ihren wahren Namen enthülltest? Soll die Göttin mein Gebet erhören, muß ich ihr den Namen nennen.« Cassius lächelte darob. »Die Schwierigkeit, die sehe ich wohl. Doch, fürchte ich, kann ich sie nicht mildern.«

Gedankenvoll trat er an den Rand der Terrasse, um seinen Lieblingsbaum zu betrachten, einen wilden Birnbaum, der soeben zu blühen begann, und sagte zu mir: »Wohl aber kann ich dir ein Rätsel aufgeben, das ihren Namen erst dann enthüllt, wenn auch sie verblichen ist.«

Er hob sein herrliches neues Trinkgefäß an die Lippen und sagte: »Die Wahrheit ist im Kelch.« Und lächelnd ergänzte er: »Der Sinn mag dir dunkel sein. Doch wenn die Göttin will, wirst du oder ein Nachfahre ihn erhellen.«

Antonia lehnte sich zurück und starrte auf die Postkarte am Kühlschrank. Cassius hatte gewußt, daß der arme alte Plautius – damals schon im achten Lebensjahrzehnt – kaum eine Chance hatte, Lycaris zu überleben und das Rätsel zu lösen. Also hatte er darauf gerechnet, daß der pedantische Jurist seine Worte genau verzeichnete, um das Rätsel der Nachwelt zu überantworten.

»Du wolltest doch, daß es gelöst wird«, sagte sie zu der Postkarte. »*Dies ist mir von größter Bedeutung*, hast du gesagt. Du wolltest, daß irgend jemand irgendwann die Wahrheit aufdeckte und das Trankopfer brachte, um eure Seelen zu vereinen. Werde ich diejenige sein, Cassius? Wirst du mir helfen, dir diesen Gefallen zu tun?«

Die Marmoraugen blickten sie unbewegt an und gaben nichts preis.

»*Die Wahrheit ist im Kelch*. Vielleicht meintest du, sie steht *auf* dem Kelch. Wenn ich dieses verdammte Ding nur hätte, käme ich vielleicht dahinter.«

Sie strengte ihr Gedächtnis an. Am Nachmittag vor dem Unfall hatte sie den Kelch zum letzten Mal gesehen. Im Schuppen auf dem Tisch. Patrick kam herein, sah ihn stehen und fragte: »*War etwas in dem Kelch?*« Sie verneinte. »*Nur Sand. Von wegen ›Die Wahrheit ist im Kelch.‹*« Auf seinen fragenden Blick erklärte sie: »*Das Rätsel des Cassius. Wenigstens glaube ich, daß es so gemeint ist.*«

Sie stand abrupt auf und warf den Stuhl um. Es war atemberaubend, wie genau sie sich an diese Szene erinnerte. Hier geht es nicht um Patrick, ermahnte sie sich. Er stört nur. Mach die Klappe zu. Kümmer dich um den *kántharos*.

Der *kántharos*.

Wie er im staubigen Sonnenlicht geglüht hatte. Wie ein Rubin. Wie frisches Blut. Das wunderbare Relief des Pegasus, der munter auf Bellerophon zutrabt.

Nichts lag näher, als daß Pegasus den Becher eines Dichters zierte. Für die Römer war das geflügelte Roß ein kräftiges Symbol für die Phantasie, den freien Flug der Gedanken. Und Pegasus war auch dem Mond geweiht, woraus sich ebenfalls eine Verbindung zur Quelle ergab.

»Die Roßquelle«, murmelte Antonia.

Konnte der *Fundort* des Bechers einen Aufschluß bringen? Lag da das Geheimnis der Lycaris? Die Quelle hatte als Schrein einer antiken Mondgottheit gedient, mochte es nun Kybele oder die Große Mutter sein – oder eine Kombination aus beiden. Und Kybele war die Schutzgöttin des Cassius gewesen, die seine Seele mit der von Lycaris vereinen sollte. Konnte es sein, daß Lycaris eine

Priesterin der Kybele war? Oder eine Besucherin des Schreins, die er bei einer Zeremonie getroffen hatte?

Das war bloße Spekulation. In seinen Gedichten fand sich kein Hinweis darauf.

Oder, dachte sie plötzlich, ich war die ganze Zeit auf der falschen Fährte – und des Rätsels Lösung heißt Pegasus. Verbarg sich die Wahrheit im Relief? Sie kramte zusammen, was sie über den Pegasus-Mythos wußte.

Bellerophon hatte das Zauberroß gezähmt, und nach vielen gemeinsamen Abenteuern war ein Band der Liebe zwischen ihnen entstanden. Doch als Bellerophon hochmütig wurde und den Olymp stürmen wollte, warf ihn Pegasus auf Befehl des Zeus ab. Fortan zog Bellerophon blind und verkrüppelt durch die Welt und sehnte sich vergeblich nach seinem wundertätigen Gefährten.

Warum sind sie aber dann auf dem *kántharos* vereint? fragte sich Antonia. Moment. Gab es nicht eine andere Version der Geschichte? Ein verschollenes Drama, das nur aus ein paar Zeilen bei Ovid bekannt war und in dem Mann und Pferd nach vielen Jahren glücklich vereint werden?

Fieberhaft durchwühlte sie die Schränke, bis sie eine angemoderte Ovid-Ausgabe ihres Vaters fand. Doch welche Enttäuschung! Die Anmerkungen besagten, daß das Stück in den Jahren vor Christi Geburt entstanden war, also gut dreißig Jahre nach dem Tod des Cassius.

Sie lief aufgeregt um den Schreibtisch. War ihr irgend etwas entgangen? Hatte sie irgendein winziges Detail im Relief übersehen? Dieser verdammte Myles hatte auch ihre Skizze verschwinden lassen. Sonst wäre sie jetzt klüger.

Im Laufen bemerkte sie, daß die Küche sich um sie drehte. Sie setzte sich, und ein paar Sekunden später stand auch die Küche wieder still. Sie schaute auf die Uhr. Es war drei Uhr nachmittags. Hatte sie gefrühstückt? Oder Mittag gegessen? Sie konnte sich nicht erinnern.

Im Kühlschrank lagen ein halber Chicorée, drei Scheiben ältlicher Schinken und ein Ei. Sie machte sich frischen Kaffee.

Wieder versuchte sie, sich den *kántharos* genau vorzustellen. Aber Patrick war ihr im Weg. Er stand da im Schuppen, zwar durch den Tisch von ihr getrennt, aber sie wußte, daß er sie berühren wollte, denn seine Hand strich langsam über die Maserung der Tischplatte. Sie stand auf und ging zu ihm. Berührte sein Handgelenk mit den Fingerspitzen. Folgte den dicken Venen auf seinem Unterarm. Er umfaßte ihren Nacken mit seiner warmen Hand und zog sie näher ...

Das Telefon klingelte, und sie zuckte zusammen. Mit klopfendem Herzen ging sie an den Apparat, den sie erst am Vortag hatte installieren lassen.

Niemand hatte ihre Nummer außer Kate, die gerade unterwegs war und ganz bestimmt nicht anrufen würde. Wer konnte das sein?

Debra Passmore? Nerissa? Patrick?

Zögernd nahm sie den Hörer ab. »Hallo?«

»Donnerwetter!« sagte Simon Toynbee. »Ich dachte, in Europa muß man Monate auf ein neues Telefon warten. Wie hast du das geschafft? Hast du mit dem Monteur geschlafen?«

Sie atmete auf. »Hallo, Simon. Hat dir Kate die Nummer gegeben?«

»Ä-hä.«

Sie hatte schon vergessen, daß er amerikanische Ausdrücke liebte, obwohl er sie ständig damit genervt hatte.

»Also warum das Telefon?« fragte er. »Hast du vor, länger zu bleiben?«

Sie erzählte ihm von Kates Drohung, ihr auf den Pelz zu rücken, wenn sie sich kein Telefon besorgte, und vom Schwager des jungen Vassals, der bei France Télécom arbeitete. Doch sie verschwieg ihm, daß der junge Vassals aus Scham über die Unfreundlichkeit der anderen Dorfbewohner die Strippen für sie gezogen hatte.

Simon sprach von seinem neuen »Projekt«, und sie mußte schnell überlegen, was Kate ihr davon erzählt hatte.

»Er arbeitet jetzt freiberuflich in London«, hatte sie gesagt. »Aber er kämpft um einen Job bei Timescape Productions – als Hilfsproduzent für Dokumentarfilme. Ich fänd's toll, wenn er Glück hätte. Aber er hat immer ein bißchen hoch gepokert.« Hinzugefügt hatte sie: »Er hat nach dir gefragt, was ich nett von ihm fand. Ich meine, weil er dir nicht verübelt, daß du ihn so abserviert hast.«

»Ich hab' ihn nicht ›abserviert‹!« hatte Antonia erwidert. »Ich habe nur gesagt, daß wir uns nicht wiedersehen sollten. Wir waren uns von Anfang an einig, nichts Ernstes anzufangen.«

»Ich bin sicher, daß ihr das ganz vernünftig und korrekt geregelt habt. Trotzdem fand ich's nett, daß er dir nicht böse ist.«

Antonia zwang sich zum Zuhören. Simon redete immer noch von seinem Projekt, und da sie nicht wußte, was er damit meinte, schwieg sie lieber, statt so zu tun, als würde sie ihm folgen. Simon hatte ein scharfes Ohr für mangelnde Aufmerksamkeit.

Wie immer, wenn sie mit ihm sprach, spürte sie ein gewisses Schuldgefühl. In Arizona hatten sie sich zusammengetan, weil sie die einzigen Engländer an der Archäologischen Fakultät waren, er hatte sich um sie bemüht, und sie war so lange allein gewesen, daß sie wissen wollte, ob es überhaupt noch ging. Doch eine wirkliche Gefühlsbeziehung wußte sie zu verhindern. Das war ein bißchen unfair ihm gegenüber, und er beklagte sich darüber, als sie sich von ihm trennte.

Das war nun drei Jahre her. Seitdem hatten sie nur ab und zu miteinander telefoniert. »Ganz vernünftig und korrekt«, wie Kate sagte.

Jetzt hatte er eine Frage gestellt. Irgendwas von einer Konferenz in Bordeaux. »Tut mir leid«, sagte sie. »Die Leitung hier rauscht so. Was hattest du gefragt?«

»Ich sagte, die Konferenz ist in ein paar Wochen. Wenn du dann noch da bist, könnte ich ja mal mit dem Auto vorbeikommen – und wir gehen irgendwo essen und stoßen auf die alten Zeiten an.«

Sie verdrehte die Augen. »Also, ich weiß nicht ...«

Er lachte hohl. »Nicht mal zu einem Essen kannst du dich durchringen? Typisch Toni. Und ich dachte, ich könnte dich mal aus deiner Einsamkeit herausreißen.«

Sie schwieg.

»Was treibst du überhaupt da unten?«

»Dies und das.«

»Kate meint, du jagst wieder diesem komischen Kelch nach. Aber das kann ja wohl nicht sein. Oder?«

»Warum nicht?« fragte sie aus Trotz. *Dieser komische Kelch,* das hatte er nur gesagt, um sie zu reizen.

»Mein Gott, Toni! Ich dachte, diese fixe Idee hättest du schon vor Jahren überwunden.«

»Das ist keine fixe Idee. Und wir können gern ein andermal drüber reden. Gib mir deine Nummer. Ich ruf' dich zurück.«

»Was soll das heißen? ›Ruf mich nicht an – ich melde mich irgendwann‹?«

»Hör schon auf, Simon. Ich muß arbeiten.«

Das brachte ihn zum Schweigen. Er ertrug es nicht, daß sie ihm in irgend etwas voraus war, obwohl er die Archäologie schon vor Jahren aufgegeben hatte. Er gab ihr seine Nummer und verabschiedete sich.

Behutsam legte Antonia den Hörer auf. Na, warte, Kate! dachte sie. Sei bloß froh, daß du unterwegs bist. Sonst hättest du jetzt eine Abreibung gekriegt.

Ob sie ihm von Patrick erzählt hatte? Eher nicht. Simon hatte Patrick nie leiden können und hätte ganz bestimmt eine bissige Bemerkung fallenlassen.

Verdammte Kate. Verdammter Simon. Verdammter Patrick.

»Zur Hölle mit euch!« rief sie.

Zwei Wochen vergingen ohne einen Anruf von Simon. Die Passmores kamen an den Wochenenden, aber ließen sie in Ruhe, Patricks Haus blieb dunkel und leer. Er habe zuviel um die Ohren, sagte Modge, die sie einmal auf der Place de la Mairie traf. Sie sah schlimmer aus denn je – bleich, verquollen und müde. Sie mied Antonias Blick und fragte auch nicht, ob sie mit ihrer Suche weitergekommen war. Antonia beließ es dabei. Außerdem gab es nicht viel zu erzählen.

Sie hatte vor allem ihr Wissen aufgefrischt und alles gelesen, was sie zu Cassius finden konnte, sie hatte die Museen und Bibliotheken von Narbonne, Toulouse und Béziers heimgesucht, sie hatte sich in seine Gedichte vertieft. Und jeden Tag bereute sie von neuem, daß sie ihre ganzen Vorarbeiten verbrannt hatte.

Was ihr jetzt erst deutlicher wurde, war die soziale Kluft zwischen Cassius und Lycaris.

Mit leuchtenden Smaragden und schimmernden Topasen
locken deine Freier.
Ich aber steh' vor dir mit leeren Händen,
und doch: Ich biete dir Unsterblichkeit.

Ja, offensichtlich war Lycaris eine reiche Römerin. Aber welche Art von Römerin? War sie verheiratet, als sie Cassius traf? War sie eine Geschiedene? War sie eine Jungfrau oder eine Edelkurtisane?

»Das erste scheidet aus«, sagte Antonia setzte ihre Runden um den Schreibtisch fort. »Aus den Gedichten geht hervor, daß sie sich trennten, weil sie heiratete – einen älteren und reicheren Mann. Das letzte scheidet auch aus, weil du es nicht verschwiegen hättest. Du hast nie ein Blatt vor den Mund genommen, Cassius.«

Also blieb nur die Geschiedene oder die Jungfrau.

Sie rieb sich die Augen. Es war schon halb zwei, aber ins Bett zu gehen hatte keinen Zweck, sie konnte sowieso nicht schlafen. Sobald ihr Kopf ins Kissen sank, war sie wieder hellwach.

Sie setzte sich an den Tisch und schloß die Augen. Gedichtfetzen kamen ihr in den Sinn. *Ihr Atem mischte sich mit meinem ... Wir waren umkränzt von hellen Flammen ... Mein Herz stieg auf und jubelte gen Himmel ... Wie Pegasus durchstreife ich die Sterne und schreite ab den zauberischen Mond ...*

Sie stutzte.

Moment, da geht was durcheinander. *Mein Herz stieg auf* gehört zu einem anderen Gedicht. Aber ist denn das wichtig?

Ihre Nervosität steigerte sich, und sie wußte nicht, warum. Aufgeregt blätterte sie in den Gedichten, bis sie die Zeile fand. Sie gehörte zu seinem letzten Gedicht. Zu dem Gedicht, das er am Tag seines Freitodes geschrieben hatte. Wie hatte sie etwas so Wichtiges vergessen können?

Und wieder träumte ich des Nachts von dir.
Ein letztes Mal erschienst du mir vor meinen geschlossnen Lidern.
Mein Herz stieg auf und jubelte gen Himmel.
Nun wird mein Tod kein bittrer sein.
Ich werde nicht im dunklen Fluß ertrinken.

Und naht dereinst, Geliebte, deine Stunde,
möge die Göttin erhören unser Flehn,
möge deine Seele in ihrem Hauch
verfließen mit der meinen – in Ewigkeit.

Sein letztes Gedicht, das sich so auffällig von den Gedichten aus der Zeit nach der Trennung von Lycaris unterschied. Es war, als hätte er die Schmerzen und die Trauer von sich geworfen. Als wäre er zu einem Neubeginn vorgestoßen.

»Den meisten modernen Lesern«, hatte ein Altphilologe aus Cambridge geschrieben, »wird eine solche Freude angesichts des nahen Todes unbegreiflich bleiben, aber der Römer empfand anders. Für ihn war der Tod nicht das Ende, sondern die Pforte in ein anderes Leben, dem er in freudiger Erwartung entgegenschritt.«

Ein anderer Altphilologie, diesmal aus Oxford, war zum entgegengesetzten Schluß gekommen. »Sein letztes Gedicht handelt nicht, wie einige Gelehrte irrigerweise behaupten, von der freudigen Erwartung des Todes, sondern vom *Triumph* über den Tod. Es ist die großartige Weigerung, sich in das Ende zu schicken.«

Und was, wenn sie sich beide irren? dachte Antonia. Wenn die Antwort viel einfacher und zugleich viel geheimnisvoller ist?

Wenn Lycaris den düsteren Fatalismus seiner späten Gedichte verursacht hatte, war vielleicht auch die wundersame Erleuchtung dieser letzten Zeilen durch sie inspiriert.

Da war etwas dran. Sie wußte es. Sie wurde von dem prickelnden Gefühl gepackt, das sich immer dann einstellte, wenn sie kurz davor war, einen verborgenen Fund freizulegen.

Irgendwie hatte Lycaris in Cassius einen Sinneswandel herbeigeführt, eine Wendung, die so tiefgreifend war, daß sie ihn zu diesem letzten Gedicht inspirierte. Und dann, am selben Tag, hatte er sich, so Plautius, die Adern geöffnet.

Sein Tod hatte also in direkter Weise mit Lycaris zu tun. Antonia mußte nur herausfinden, warum er sich umgebracht hatte.

Erneut blätterte sie in den Briefen des alten Richters, aber vergeblich. Nicht einmal Plautius nannte den Grund. Er schien zu vermuten, daß sein Freund plötzlich in Ungnade gefallen war und einen ehrenvollen Tod gewählt hatte, statt sich an den Pranger stellen zu lassen.

Das war die römische Lösung. Aber warum? Womit hatte Cassius das Unheil auf sich herabbeschworen? Warum gab es keinen anderen Ausweg für ihn? Nach allem, was sie wußte, war er ein hochbefähigter Offizier gewesen, der die politischen Klippen der sterbenden Republik erfolgreich umschifft hatte. Warum also die Flucht in den Freitod? Das paßte nicht zu dem Cassius, den sie kannte. Und doch mußte sie eine Erklärung dafür finden, wenn sie dem Rätsel auf die Spur kommen wollte.

Angefüllt mit neuer Energie, kochte sie sich frischen Kaffee und begann ihre Notizen der letzten drei Wochen zu lesen. Nun war es schon halb drei. Aber egal. Um diese Zeit war sie wenigstens ungestört.

Mit Überraschung stellte sie fest, daß sie sich nie mit dem Tod des Cassius befaßt hatte – und auch niemand anders, wie sich nun zeigte. Alle hatten sich mit dem Bericht des Plautius zufriedengegeben. Und das war auch nicht weiter verwunderlich. Niemand hatte im Tod des Cassius den Schlüssel zur Gestalt der Lycaris vermutet.

Nach drei Stunden Suche war sie nicht klüger geworden, sie konnte sich nur ganz vage an eine Quellenangabe in ihren verbrannten Notizen erinnern, die in diesem Zusammenhang von Bedeutung sein konnte. Nach angestrengtem Nachdenken fiel ihr lediglich ein, daß sie mit grüner Tinte in ihrem Exemplar der *Strategemata* von Frontinus vermerkt war. Das war ein Handbuch der Kriegslisten aus dem ersten Jahrhundert, in dem Cassius lobend erwähnt wurde. Aber zu ihrem großen Ärger wußte sie nicht mehr, wie die Angabe lautete.

Gegen sechs, als die ersten Hähne krähten, hatte sie ihren Plan gefaßt. Sie mußte ihre Schritte bis zu Frontinus zurückverfolgen und sich erneut mit der römischen Militärtaktik beschäftigen – in der Hoffnung, noch einmal auf dieselbe Spur zu stoßen. Und das ging nur in der British Library.

Sie mußte nach London fahren. Der Überziehungskredit ihrer Scheckkarte reichte gerade noch für das Flugticket, und wenn sie bei Kate wohnte, sparte sie die Heizkosten für ihre Wohnung.

Kate würde nichts dagegen haben. Im Gegenteil, Kate lag ihr ständig in den Ohren, sie solle endlich eine Pause machen und nach London kommen. Kate würde sich freuen.

Kate freute sich nicht, sie war entsetzt.

»Kannst du mir verraten, wieviel Kilo du abgenommen hast?«, fragte sie schon, bevor Antonia eingetreten war. Dann zog sie ohne Umstände Antonias Lid nach unten. »Hab' ich's mir gedacht«, schimpfte sie. »Blutarmut. Kein Wunder, wenn du nur von Brot und Wein lebst.«

»Von wegen«, sagte Antonia, ließ die Tasche fallen und plumpste aufs Sofa. »Ich habe drei Wochen lang keinen Schluck Wein getrunken.« Zwar nur deshalb, weil sie vergessen hatte, welchen zu kaufen, aber das brauchte Kate nicht zu wissen.

Kate hörte gar nicht hin. »Und du willst nur zwei Tage bleiben? Warum kommst du dann überhaupt?«

»Aus Arbeitsgründen«, sagte Antonia. »Ich muß was recherchieren.«

Kate setzte sich in den Sessel gegenüber und verschränkte die Arme über der Brust. »Ich kann einfach nicht glauben, daß du dir von diesem Mann wieder alles kaputtmachen läßt.«

»Ich bin hier, um etwas zu reparieren, was lange genug kaputt war. Und *dieser Mann* hat überhaupt nichts damit zu tun.«

Kate musterte sie mit zusammengekniffenen Augen, dann zuckte sie theatralisch mit den Schultern. »Mach, was du willst. Um das Thema zu wechseln: Gestern ist ein Brief für dich gekommen, per Kurier. Ich vermute, von deinem französischen Anwalt.« Sie griff nach dem Brief. »Ich wollte dich gestern abend anrufen, aber bei dir war besetzt.«

»Hm«, sagte Antonia und machte den Brief auf.

»Na, gute Nachrichten?«

»Hm«, sagte sie erneut. »Du hattest recht. Er kommt vom Notar... Er hat einen Käufer für die Mühle, wie es aussieht.«

»Waas? Das ist ja großartig!«

Antonia nickte und reichte Kate den Brief. Sie lehnte sich zurück und schloß die Augen. Warum war sie nur so müde und abgespannt? Vielleicht hatte Kate recht mit der Anämie. Sie sah ihrer Freundin beim Lesen zu, die wieder und wieder beifällig nickte.

Ein Konsortium von Schweizer Steuerflüchtlingen suchte eine Immobilie, die sich zu einem Hotel ausbauen ließ. Wenn es sich nicht als profitabel erwies, war das nicht weiter schlimm, dann konnten die Verluste steuermindernd abgeschrieben werden. Der angebotene Preis war mehr als großzügig, man würde sie einen Monat lang mietfrei in der Mühle wohnen lassen, damit sie ihre Forschungen beenden könne – für den Fall, daß sie dem Handel sofort zustimmte, wovon der Notar selbstverständlich ausging, denn er hatte den unterschriftsreifen Kaufvertrag gleich beigelegt.

Kate hatte recht. Großartige Neuigkeiten. Ein Angebot, das ihre Erwartungen bei weitem überstieg.

»He, warum freust du dich nicht?« fragte Kate.

»Ich freu' mich doch«, erwiderte Antonia mit geschlossenen Augen.

Kate schnaufte empört. »Ich möchte bloß wissen, was er dir erzählt hat.«

»Wer?«

»Patrick McMullan.«

»Ich sagte doch, der hat nichts damit zu tun.«

»Warum reagierst du dann wie vor den Kopf geschlagen? Das ist das Angebot deines Lebens!«

Antonia blickte genervt an die Decke. Nur kein Kreuzverhör! »Ich möchte in der Mühle bleiben, weil ich das Rätsel lösen will.«

»Aber hier steht doch, du kannst einen Monat mietfrei ...«

»Es könnte länger dauern.«

»So? Dann kannst du in London weitermachen.«

»Kann ich nicht.«

»Warum nicht?«

Antonia unterdrückte ihren Ärger. Nicht einschnappen jetzt, sagte sie sich. Sie ist deine einzige Freundin. »Ich weiß nicht. Ich weiß nur, daß ich dort sein muß.«

Kate schwieg betreten.

In die Stille hinein sagte Antonia: »Also, Kate, wechseln wir das Thema. Reden wir über Simon Toynbee.«

Mal wieder typisch Antonia, dachte Patrick und blickte zu Nerissa hinüber, die sich durch das vollbesetzte Restaurant zwängte.

»Akute Anämie«, hatte diese Verrückte am Telefon behauptet. »Die Arme ist mit ihrer Gesundheit am Boden, und das nur, weil Sie ihr so übel mitgespielt haben!«

Er hatte versucht, ihren Irrtum aufzuklären, aber sehr weit war er damit nicht gekommen. »Ms. Walker...«

»Für Sie immer noch Mrs. Walker! Ich möchte doch bitten!«

»Na, schön, dann eben Mrs. Walker. Ich fürchte, Sie sind da auf dem Holzweg. Ich habe *Miss* Hunt seit drei Wochen nicht gesehen, und als wir das eine Mal miteinander sprachen, habe ich ihr behutsam ...«

»Behutsam?«

»... habe ich behutsam versucht, ihr das auszureden. Es tut mir zwar leid, daß sie krank ist. Aber ich habe damit nicht das geringste zu tun.«

»Das können Sie Ihrem Großvater erzählen«, rief die Verrückte und legte auf.

Nerissa zog die Blicke auf sich, als sie auf seinen Tisch zusteuerte. Zwei Kellner eilten herbei, um sie zu plazieren.

»Wie ist das Vorsprechen gelaufen?« fragte Patrick.

Sie vorzog das Gesicht und schüttelte den Kopf.

Irgendwann würde er vielleicht erfahren, was sie wirklich trieb, wenn sie behauptete, einen Vorsprechtermin zu haben. Nie ergab sich die passende Gelegenheit, sie danach zu fragen. Hatte sie etwa einen Liebhaber? Der Gedanke regte ihn nicht weiter auf. Eher bestärkte er sein Mitleid mit ihr.

Und damit tat er ihr Unrecht. Auch Julian und Debra gegenüber war das nicht fair. Debra war ihre Stieftochter zwar fremd wie ein Marsmensch, aber eindeutig unterstützte sie die Verlobung. Vielleicht strebte sie so etwas wie eine dynastische Zweckehe an.

Eine hervorragende Partie, dachte sie möglicherweise. Und sie hatte recht. Nerissa sah einfach blendend aus, bewegte sich souverän auf dem gesellschaftlichen Parkett und würde ihm hübsche Kinder schenken – ohne ihn allzu sehr von der Arbeit abzuhalten. Er war ein richtiger Glückspilz, wie ihm seine Kollegen gern versicherten.

Plötzlich fühlte er sich müde und erschöpft. Waren die Kopfschmerzen schuld? Der Fall Anderson? Oder Antonia?

Wahrscheinlich Antonia. Warum konnte sie nicht einfach aufhören und nach Hause fahren? Ihretwegen hatte sich Modge noch tiefer in ihr Schneckenhaus verkrochen. Ihretwegen war Debra noch verbiesterter als sonst und machte der ganzen Kanzlei das Leben zur Hölle. Und Julian lief mit hängendem Kopf herum und sah schon genau aus wie seine Labradors.

Nerissa erzählte irgend etwas von ihrem Vorsprechtermin, aber er hörte nicht richtig zu, weil in dem Restaurant der übliche Lärm herrschte.

Er sehnte sich nach der Ruhe und dem Frieden von La Bastide.

Es war Anfang März, und an den zerklüfteten Hängen würden sich als erste Frühlingsboten die grünen Tupfen des gelb blühenden Ginsters zeigen, im Rosmarin würden die Bienen summen, die Mandeln und Mimosen würden in voller Blüte stehen.

Dort zog es ihn hin. Und er mußte sicherstellen, daß es Antonia besser ging.

Zu Antonias großem Verdruß hatte Kate recht. Nicht nur, was die Anämie betraf. Die eingeplante Zeit für die Bibliotheksrecherche reichte bei weitem nicht aus.

Führte Anämie etwa zur Trübung des Verstandes? Sie brauchte zwei ganze Tage, um zu ermitteln, welche Literaturangabe sie an den Rand des Frontinus gekritzelt hatte, und das gesuchte Buch stellte sich als eine obskure deutsche Abhandlung über die römische Militärstrategie heraus, die ihr nicht weiterhalf. Alles, was sie fand, war ein kryptischer Hinweis darauf, daß die Legion des Cassius am Perusinischen Feldzug von 40 v. Chr. teilgenommen hatte, der den Wendepunkt des Bürgerkriegs darstellte.

Aus den Schriften des Plautius wußte sie, daß Cassius in der fraglichen Zeit im Felde war, also auch während der fünf Monate währenden Belagerung der Stadt Perusia und dem anschließenden Massaker, dem dreihundert Republikaner zum Opfer fielen.

Und dann war da noch ein Hinweis auf ein anderes, ebenfalls

obskures deutsches Buch über Belagerungstaktiken, das vielleicht etwas Brauchbares enthielt.

Doch dieses Buch, erklärte ihr die hübsche junge Bibliothekarin, befinde sich in einem ausgelagerten Magazin und würde erst in ein paar Tagen verfügbar sein. Antonia erklärte, so lange könne sie nicht warten. Ihr Billigflug lasse sich nicht umbuchen, ein neues Ticket könne sie nicht bezahlen. Die Bibliothekarin zeigte Verständnis. Für eine geringe Gebühr könne sich Antonia eine Fotokopie nach Frankreich schicken lassen, oder sie könne am Testprogramm für den E-mail-Service teilnehmen. Antonia entschied sich für die Post. Die Stromversorgung der Mühle war alles andere als zuverlässig. Zweimal schon war ihr Laptop abgestürzt.

Inzwischen war es fünf Uhr nachmittags. Sie ging hinaus auf die Charing Cross Road und kaufte Eisentablettten und – einer spontanen Eingebung folgend – einen kleinen schwarzen Nylonrucksack für Modge, dazu zwei große, grün phosphoreszierende Haarspangen. Eine der Spangen steckte sie in den Rucksack, zusammen mit der Notiz: Wenn du die Spange trägst, trage ich sie auch. Vielleicht bekam Modge auf diese Weise Lust, sich die Haare zu waschen.

Nun hatte sie keine Zeit mehr, ein Geschäft zu suchen, wo es Reitbedarf und ähnliches gab, unter anderem auch das Pferdekonfekt, das Modge für Hippolyte empfohlen hatte.

Sie stand mitten im Strom der Passanten, und plötzlich bekam sie einen Anfall von Einsamkeit. Sie kam sich wie eine Zeitreisende vor, jugendliche Touristen starrten mit mürrisch-arrogantem Blick durch sie hindurch, Familienpulks teilten sich, umströmten sie und fanden wieder zusammen. Sie war nichts als ein Verkehrshindernis, einsam, verloren, hoffnungslos. Nie würde sie das Rätsel lösen. Ihr ganzes Leben war sinnlose Sucherei und eine Kette von selbstverordneten Zwängen – und wenn sie ehrlich war, interessierte es außer Kate niemanden, ob sie jemals wieder gesund wurde.

Wo mochte Patrick stecken? Wahrscheinlich machte er Überstunden in seiner Kanzlei, und tagsüber stritt er vor Gericht für die Interessen der multinationalen Pharmakonzerne, um arme alte Frauen zu übervorteilen. Ein trauriger Gedanke, der sie noch unglücklicher machte.

Es war halb sechs, den Trubel bei Kate konnte sie jetzt nicht ertragen, also fuhr sie mit der U-Bahn bis Finsbury Park, um in ihrer Wohnung nach dem rechten zu sehen. Ohnehin brauchte sie etwas zum Anziehen, und der Anrufbeantworter mußte abgehört werden. Kate hatte sie gedrängt, den Apparat anzuschaffen. »Wenn du schon den Hörer nicht abnimmst, sollst du wenigstens wissen, wer dich angerufen hat.«

Kurz vor ihrer Abreise hatte es einen Rohrbruch gegeben, und ein großer Placken Putz war von der Decke in ihre Cornflakes gefallen. Und zu ihrem Ärger war der Schaden an der Decke nun noch immer nicht beseitigt.

»Das ist nicht mehr witzig«, murmelte sie, sank in ihren Sessel und war den Tränen nahe.

Was nun? Sollte sie ein paar Tage länger bleiben und den Handwerkern Feuer unterm Hintern machen?

Das wäre das Naheliegendste gewesen, aber sollte sie hier wirklich ihre Zeit vertrödeln, wenn die British Library die wichtige Kopie nach La Bastide schickte? Sie entschied sich für einen bösen Brief an die Reparaturfirma.

Aber sie fand kein Schreibpapier. In der ganzen Wohnung kein einziges Blatt. Dann fiel ihr ein, daß sie aus Angst vor einem Einsturz der Decke alle Bücher und den ganzen Papierkram auf Kates Dachboden verstaut hatte.

»Das ist nicht mehr witzig«, wiederholte sie und wühlte ihre Tasche durch, in der sich nicht einmal ein Kassenzettel fand. Endlich trieb sie in ihrem alten Aktenschrank einen schmuddligen Block Notizzettel auf. Die mochten angehen. Aber sie kam nicht zum Schreiben, denn bei der Suche war etwas aus den Hängeordnern herausgerutscht. Ein sorgfältig zusammengefalteter weißer Zettel. Sie erkannte ihn sofort.

Es war der Zettel mit Patricks Adresse, den er ihr kurz vor dem Gerichtstermin gegeben hatte. Wegen seiner Verbrennungen hatte er ungelenke Druckbuchstaben mit der anderen Hand geschrieben und trotzdem den Weg genau beschrieben, damit sie sich nicht verlief.

Sie standen auf der Treppe zum Gericht, er griff in die Brusttasche und steckte ihr hastig den Zettel zu, als könnte er seinen Entschluß im nächsten Moment bereuen.

»Ich rufe dich nach der Verhandlung an«, versprach sie ihm und steckte den Zettel ein.

Er nickte. »Gut. Nach der Verhandlung.«

In dem ungewohnten Anzug fühlte er sich sichtlich unwohl. Jung, ernst und viel zu mager. Er musterte sie mit seinen intensiven blauen Augen, und ihr Herz schlug höher, denn da glaubte sie noch, daß alles gut enden würde.

Sie hatte wirklich geglaubt, daß nichts – nicht einmal der Unfall – sie auseinanderbringen konnte.

Sie knüllte den Zettel verärgert zusammen und steckte ihn in die Hosentasche. Sie war so albern gewesen, ihn all die Jahre aufzuheben. Wie dumm, wie sentimental!

Sie kramte ihre Handtasche durch und fand Simons Telefonnummer. Sie rief ihn an und verabredete ein gemeinsames Dinner in La Bastide.

26

Als sie das kleine Restaurant in Mazerans betraten, bereute sie die Verabredung mit Simon schon. Es war nicht seine Schuld. Er war wie immer – geistreich, unsicher, amüsant und intolerant. Aber sie wäre lieber allein geblieben, als ausgerechnet mit Simon essen zu gehen.

Um so schuldiger fühlte sie sich, daß er ihretwegen von Bordeaux herübergekommen war, und sie verdoppelte ihre Anstrengungen, nett zu ihm zu sein. Aber sein arroganter Umgang mit dem Kellner ärgerte sie. Was hatte sie nur für diesen Mann empfunden? Er sah gut aus, und er wollte sie. Reichte das schon aus?

Leute, die ihn nicht kannten, fanden oft, er sähe fast genauso aus wie Vincent van Gogh, nur besser. Er hatte helle, tiefliegende Augen mit blonden Wimpern, einen harten Mund und eine Adlernase. Um die Ähnlichkeit, auf die er heimlich stolz war, zu unterstreichen, trug er einen blonden Bürstenschnitt, der vermutlich auch seine beginnende Glatze kaschieren sollte.

Seine Kleidung war ebenfalls dazu angetan, ihm den Anstrich eines Fanatikers zu geben – schwarzes Hemd, schwarze Jeans und schwarze Schnürstiefel. Wären Mönchskutten in Mode gewesen, hätte er sich ohne Zögern dafür entschieden.

Vor zwölf Jahren hatte Patrick ihn »Großinquisitor« genannt. Der Name paßte immer noch.

»So«, sagte er, als der Wein gekommen, von ihm beanstandet und durch eine genehmere Sorte ersetzt worden war. »Mit wem warst du zusammen, nachdem wir uns getrennt haben?«

»Du bist ja ziemlich direkt.«

Er zuckte die Schultern. »Du kennst mich doch.«

Sie kostete von dem Wein. Nach drei Wochen Abstinenz schmeckte er köstlich, und sie nahm einen größeren Schluck. »Eigentlich mit niemandem.«

Er schien erleichtert. »In drei Jahren? Mein Gott. Mir war wohl keiner gewachsen?«

Sie lächelte matt. Sollte er denken, was er wollte.

Er beugte sich vor. »Es war deine Schuld. Du hattest Angst, dich zu binden.«

Sie hob das Glas zu einem stummen Toast. Dann fragte sie ihn nach seiner Arbeit.

Er erzählte von seinem neuen Projekt – ein grundlegend neues Dokumentarfilmformat, das er bei Timescape unterbringen wollte. »Man könnte sagen, der Tarantino des Bildungsfernsehens.« Aber mehr wollte er nicht preisgeben, denn die Sache sei »streng geheim«. Dann sprach er von der Provinzialität des britischen Fernsehens – niemand in den Staaten würde von »Bildungsfernsehen« reden, da gebe es nur TV, sonst nichts. Aber die Briten müßten alles in Rangordnungen und Kategorien aufteilen. Und unversehens fragte er sie nach dem Rätsel des Cassius.

Warum kann Kate nicht die Klappe halten? dachte Antonia. Aber es gab keinen Grund, ihm etwas zu verschweigen. Also erzählte sie ihm, sie wolle den Tod des Dichters klären, um dem Rätsel auf die Spur zu kommen.

Er musterte sie spöttisch. »Da wirst du wohl nicht weit kommen. Gab es nicht die Theorie, daß er irgendwo beim Mausen erwischt wurde?«

Sie versuchte, ihren Ärger zu unterdrücken. Seine ewigen Sticheleien. Er bezeichnete das als »provokativ«. »Diese sogenannte Theorie«, erwiderte sie, »war schon in den zwanziger Jahren erledigt. Sie stammt von einem gewalttätigen Alkoholiker, der sich als Heidelberger Professor ausgab, aber kein Wort Latein konnte und von Cassius nicht die geringste Ahnung hatte.«

Das kam schärfer heraus als beabsichtigt, und Simons Augen begannen zu glitzern. Verdammt, der Wein stieg ihr schon zu Kopf.

»Mag ja sein«, sagte Simon. »Aber trotzdem. Das wäre ein toller Stoff für ein Feature. Heilige Kühe zu schlachten kommt immer gut.«

»Er ist keine heilige Kuh, sondern ein Dichter.«

»Macht nichts. Da läßt sich was rausholen. Vielleicht schreibe ich ein Treatment. Mal sehen, was es hergibt.«

»Nur zu«, sagte sie und machte sich über ihr *cassoulet* her.

Er grinste. »Dich kann man so schön auf die Palme bringen, Toni!« Er griff über den Tisch und streichelte ihre Hand.

Seine Finger fühlten sich warm an, wie sie merkte, kurz bevor sie ihre Hand wegzog. Nicht mal unangenehm. Es war ewig her, daß ein Mann sie berührt hatte.

Einen Moment lang spielte sie mit dem Gedanken, ihn über Nacht bleiben zu lassen. Mal was anderes anstelle der Wärmflasche.

»*Le contact d'un epiderme sur un autre epiderme.*« Von wem stammte gleich diese Definition für Sex? Von Pascal oder von Voltaire?

Sie starrte auf ihren Teller. *Hautkontakt*. War das schon alles?

Ein neues Glas riß sie aus ihrer Trübsal, und sie konzentrierte sich aufs Essen, während Simon in geübten Wendungen alles und jeden für das Stocken seiner Karriere verantwortlich machte. Seinen Eltern warf er vor, daß sie ihn in Ewell großgezogen hatten – stell dir vor, ausgerechnet Ewell! –, seine Exfrau brandmarkte er als überehrgeizige Anwältin, die ein Verhältnis mit seinem Chef angefangen hatte, Channel Four hatte es versäumt, sein Potential zu erkennen und ihm einen Job anzubieten.

Antonia dachte an Patrick, der sich Dinge vorwarf, an denen er gar nicht schuld war. Warum saß Patrick ihr jetzt nicht gegenüber?

Nein, hör auf damit! ermahnte sie sich. Du willst den Patrick von vor zwölf Jahren wiederhaben. Der Patrick von heute ist Jurist, und er wird Nerissa heiraten.

»Wie man so hört, hast du wieder Kontakt zu Patrick McMullan«, sagte Simon.

Sie zuckte zusammen und verschluckte sich an einer Bohne.

»Ich habe keinen Kontakt zu Patrick«, sagte sie, als der Husten überstanden war. »Vor drei Wochen haben wir uns zufällig gesehen, das ist alles.«

Simon grinste. »Du willst dir wohl unbedingt die Finger verbrennen?«

»Wie meinst du das?« fragte sie gereizt.

Er hob die Hände. »Ist das nicht klar? Der Typ ist doch mit Nerissa verlobt.«

»Danke, das wußte ich bereits.«

»Er war natürlich schon immer scharf auf sie. Schon damals, als ich noch mit ihr zusammen war. Hartnäckigkeit führt also doch zum Ziel.«

Sie griff nach ihrem Glas.

»Ich hab' sie neulich in London getroffen. Sie sah immer noch toll aus. Wie hat er das geschafft, sie rumzukriegen?«

»Mir ist heiß«, sagte sie. »Können wir gehen?«

Wieder grinste er. »Warum nicht?«

Als sie in La Bastide ankamen, stand der Mond am Himmel. Es war eine kalte, klare Nacht, im bleichen Mondlicht sah die Mühle wie verzaubert aus.

»Mir hat der Abend gefallen«, sagte Simon, als sie aus dem Auto stiegen.

»Schön«, erwiderte Antonia.

»Also. Jetzt heißt's entscheiden. Soll ich bleiben?«

Sie blickte zu ihm auf. Das Mondlicht betonte seine markanten Züge. Und in der Mühle war es kalt.

Hautkontakt.

»Ich glaube, das ist keine gute Idee«, sagte sie.

Er verzog spöttisch den Mund. »Was ist los? Hast du schon vergessen, wie es geht?«

Sie zwang sich ein Lächeln ab. Er war verdammt nahe an der Wahrheit dran, und er wußte es.

»Na, macht nichts«, sagte er. »Aber darf ich noch mal auf deine Toilette, bevor ich fahre?«

»Bitte schön.«

Während er sich oben mit der altertümlichen Spülung abplagte, hörte sie den Anrufbeantworter ab.

»Antonia? Hier Kate. Nimm den Hörer ab, ich weiß, daß du da bist. Du gehst nie weg. Bitte, geh ran!« Sie klang aufgeregt und bei weitem nicht so selbstsicher wie sonst. »Hör mal, ich hab' was ganz Dummes gemacht, selbst für meine Begriffe. Ich hab' deinen Exfreund, den Anwalt angerufen und ihm was vorgejammert –

über dich. Ich weiß, das war unmöglich, sei mir nicht bös. Aber er war richtig nett, wenn ich bedenke. Jedenfalls, tut mir leid. Oh, ich hasse diese Dinger. Ruf mich doch zurück. Bitte!«

Das war mal wieder echt Kate. Antonia blickte auf die Uhr. Zehn. Neun in London. Sehr unwahrscheinlich, daß er noch in seinem Büro saß. Sie rief die Auskunft an und ließ sich die Nummer von Hammond's Inn geben. Die Vermittlung meldete sich, sie verlangte »Mr. McMullan«, und zu ihrer Überraschung wurde sie sofort verbunden.

»Antonia, was ist los?« fragte er ohne zu zögern. »Wie geht es dir?«

»Mir geht's gut. Tut mir leid, daß ich dich störe. Ich rufe nur an, um mich für Kate zu entschuldigen. Meine Freundin, Kate Walker. Ich höre, sie hat dir in den Ohren gelegen.«

»Ist wirklich alles in Ordnung mit dir? Sie sagte, du bist krank.«

»Nein, glaub mir. Sie übertreibt immer.«

»Aha.« Er klang nicht überzeugt. »Sie sagt, die Mühle ist so gut wie unbewohnbar.«

»Kommt drauf an«, sagte sie betont locker.

Er wartete auf eine Erklärung, also erzählte sie ihm von dem Boiler-Ungetüm im Keller und von den Gefahren der Dusche, die entweder kochend heißes oder eiskaltes oder gar kein Wasser ausspuckte.

Er lachte, dann war Schweigen.

»Arbeitest du freitags immer so lange?« fragte sie.

»Prozeßvorbereitungen«, erwiderte er.

»Geht es etwa um die Anderson-Klage, von der die Zeitungen ständig schreiben?«

»Ja.« Er klang abwehrend, und das war verständlich. Die Presse hatte sich auf seine Mandanten, die Pharmafirmen, eingeschossen.

Sie hörte Simon die Treppe herunterkommen. »Na, gut«, sagte sie ein wenig zu hastig. »Ich lass' dich jetzt besser in Ruhe.«

»Antonia, hör zu ...«

»Ja?«

»Äh ... Wenn du da unten Hilfe brauchst, ruf mich an. Ja?«

Sie war zu verblüfft, um zu antworten.

»Bitte.« Das klang nicht nach einer Floskel.

»Okay«, sagte sie. »Ich danke dir.«

Als sie auflegte, tat ihr die Hand weh, so fest hatte sie den Hörer umklammert.

Simon stand in der Tür. »Ich nehme an, das war Patrick, mit dem du keinen Kontakt mehr hast«, sagte er trocken.

Sie schwieg.

Sein Mund verzog sich zu einem gekränkten Lächeln. »War das wirklich nötig, mich den langen Weg machen zu lassen? Nur um mich für eins deiner Spielchen zu benutzen?«

Ja, es war etwas dran an dem Vorwurf. Sie fühlte sich schuldig. Worauf er natürlich abzielte. Sie atmete tief durch und zählte bis zehn. Dann sagte sie mit fester Stimme. »Ich glaube, du solltest jetzt fahren. Du hast einen weiten Weg vor dir.«

Stumm gingen sie auf den Hof hinaus. »Weißt du, warum ich wirklich gekommen bin?« fragte er, als sie am Auto standen.

»Um auf die alten Zeiten anzustoßen, hast du gesagt.«

Er schüttelte den Kopf. »Ich habe mir Sorgen um dich gemacht. Kate hat mir von Patrick erzählt, und ich dachte, o Gott, jetzt macht sie's wieder genauso wie Miss Havisham.«

Sie hütete sich, ihn zu fragen, wer Miss Havisham war.

»Denk doch mal nach, Antonia! Du stehst wieder da, wo du ganz am Anfang gestanden hast. Du mühst dich ab, deinen toten Römer zum Helden zu machen, obwohl es Beweise gibt, daß er alles andere war als das ...«

»Beweise? Wie kannst du nur so etwas ...«

»Und währenddessen macht dieser Ami, auf den du immer scharf warst, bei den Eltern von Myles auf glückliche Familie. Selbst seine Exfreundin hat er sich gekrallt. Wie kannst du damit leben? Siehst du nicht, wie sehr du dich isoliert hast?«

»Doch, schon. Aber ...«

»Du bist völlig allein, Antonia. Und das seit Jahren. So kann man nicht leben. Deshalb bin ich gekommen. Ich kann das nicht länger mit ansehen.«

»Das ist alles Blödsinn.« Ihre Stimme zitterte vor Wut. »Du bist nicht gekommen, weil du dir Sorgen um mich machst. Du bist nur sauer, weil ich Schluß mit dir gemacht habe und nicht du mit mir. Du wolltest dich rächen, stimmt's? Mich noch einmal ins Bett zerren und am Morgen in den Hintern treten.«

An seinem Gesichtsausdruck sah sie, daß sie recht hatte.

»Du klebst immer noch an ihm«, sagte er leise. »Das hätte ich wissen sollen.«

»Hau ab«, erwiderte sie.

Als er weg war, knallte sie die Tür mit einer solchen Wucht zu, daß die Scheibe herausflog. Die Scherben fielen auf den Fußboden, ein kalter Luftzug folgte ihr in die Küche. Dann war es wieder still im Haus.

Du klebst immer noch an ihm.

Dieser Idiot.

Jetzt fehlte ihr Kate. Sie goß sich etwas von dem billigen Rotwein ein, den sie am Tag ihrer Ankunft gekauft hatte, und trank ihn in einem Zug aus. Er schmeckte widerlich, nur mit Mühe unterdrückte sie ihren Ekel. Sie füllte den Becher nach, stellte sich ans Küchenfenster und blickte in den dunklen Mühlenhof hinaus.

Der Wind trieb tote Blätter im Kreis über das Kopfsteinpflaster. Vor zwölf Jahren hatte sie draußen auf der Veranda gestanden, im grünen Kimono, und Myles beschimpft, als er mitten in der Nacht mit den anderen auf den Hof gefahren kam. Sie hatte sich lächerlich gemacht. Die nörgelnde Spielverderberin. Die Außenseiterin. Immer auf verlorenem Posten, immer einsam.

Du bist völlig allein, Antonia.

Und Patrick heiratet Nerissa.

Sie kippte den Wein hinter und wandte sich ab. Das trübe Deckenlicht machte alles noch schlimmer.

»Verdammt!« rief sie und warf den Becher an die Wand.

Sie nahm die halbleere Flasche und warf sie hinterher. Es knallte wie ein Schuß, die Scherben spritzten nach allen Seiten, die Wand war von oben bis unten mit Wein bekleckert. Dann riß sie den Kühlschrank auf, nahm eine Flasche Weißwein heraus und warf sie hinterher.

Als sie nichts mehr zum Werfen fand, hielt sie keuchend inne.

Schwarze Punkte tanzten vor ihren Augen. Ihre Hände klebten, ihr war übel und sie war tief verstört über ihren Ausbruch. Sie hatte geglaubt, alles unter Kontrolle zu haben, doch die andere Antonia, die in ihr steckte, war explodiert wie eine Zeitbombe.

Ein heftiger Brechreiz würgte sie. Sie preßte die Hand vor den Mund, rannte stolpernd die Treppe hoch und erreichte gerade noch rechtzeitig die Toilette.

Als es vorbei war, sackte sie zitternd in die Knie. Sie zog ein Handtuch vom Bügel, deckte sich zu und wurde ohnmächtig.

Im Traum war sie mit Simon im Restaurant. Und diesmal saß Patrick mit Nerissa am Nachbartisch. Dann verblaßten Simon und Nerissa, Patrick kam auf sie zu, und sie stand auf. Sie spürte seine warme Hand im Nacken, er zog sie näher und küßte sie auf den Mund. Sie umarmte ihn, spürte seinen kratzigen Pullover, sein weiches schwarzes Haar, aber nicht seinen Kuß, und das ärgerte sie.

Als sie aufwachte, lag sie schluchzend und zusammengekrümmt auf dem Badezimmerfußboden. Sie war steifgefroren, ihr Kopf dröhnte wie ein Dampfhammer. Sie mußte lange im Schlaf geweint haben.

Im Badezimmer war es dunkel, die Leuchtzeiger ihrer Uhr zeigten auf fünf. Wahrscheinlich fünf Uhr morgens und nicht fünf Uhr nachmittags. Aber sicher war sie sich nicht, und das beunruhigte sie am meisten.

Sie breitete das Handtuch über die Schultern und tappte die Treppe hinab. Der Traum verfolgte sie und durchtränkte alles mit seiner Hoffnungslosigkeit.

Die Küche sah aus wie ein Schlachtfeld. Sie wischte Scherben vom Stuhl und wartete mit aufgestütztem Kinn, daß das Wasser kochte. Allmählich ließ das Pochen in den Schläfen nach. Sie fühlte sich schwach und ausgelaugt, in ihrer Brust wühlte ein beständiger Schmerz.

Sie dachte an Patrick in seinem Haus in London. Bald würde er aufstehen, die Lichter würden angehen, die ersten Faxe würden kommen. Nerissa, noch im *peignoir* von Harvey Nicks, würde ihm Frühstück machen, und bei ihrem Anblick würde er die Verrückte von La Bastide vergessen.

Alles wäre anders geworden, wenn sie vor zwölf Jahren einen weiteren Versuch gewagt hätte, ihm bewiesen hätte, daß sie trotz des Unfalls ein Paar bleiben konnten. Wenn sie beide den Versuch gemacht hätten.

Wieder dieser nagende Schmerz in ihrer Brust. Wie ein Eisblock, der mit Gewalt an die Oberfläche drängte.

Vielleicht wären sie dann schon lange verheiratet. Hätten Kinder miteinander.

Das Wasser kochte. Sie stand langsam auf. Es war zwecklos, an so etwas zu denken. Es war zu schnell vorbei gewesen, und sie waren beide an die falschen Leute geraten. Besser gesagt, er hatte Nerissa, sie hatte niemanden.

Sie wärmte die Hände an der Tasse, ging aus dem Haus und zum Fluß hinunter. Schneeregen stach ihr ins Gesicht, das Handtuch war zu klein, um die Kälte abzuhalten, aber sie hatte nicht die Energie, den Mantel zu holen.

Bald würde es hell werden. Die Sterne wirkten kalt und abweisend. Sie holte den Zettel mit Patricks Adresse aus der Hosentasche, knüllte ihn zusammen, warf ihn in den Fluß und schaute ihm nach. Dann ging sie mit schleppenden Schritten ins Haus zurück. Wie eine alte Frau.

In der Küche war es kalt. Nein, eiskalt. Und unheimlich still. Sie brauchte einen Moment, bis sie begriff, daß das vertraute Brummen des Boilers verstummt war. Das hatte gerade noch gefehlt.

Mit Schraubenschlüssel und Taschenlampe bewaffnet, stieg sie in den Keller. Eine halbe Stunde später wußte sie, daß es zwecklos war. Der Boiler hatte den Geist aufgegeben.

Als sie in die Küche zurückkam, fand sie eine Nachricht auf dem Anrufbeantworter.

»Hier Debra Passmore«, sagte die energische, etwas gepreßte Stimme. »Sie werden bald von Ihrem Notar Nachricht erhalten. Damit keine Zweifel aufkommen, habe ich gedacht, ich mache Ihnen noch einmal die wichtigen Punkte klar.« Sie klang freundlich und ruhig, wie bei der Begegnung in der Bar-Tabac. »Es wird Sie vielleicht überraschen, daß ich der Hauptteilhaber der Firma bin, die Ihre Mühle gekauft hat. Wie Sie wissen, endet Ihr Bleiberecht laut Vertrag mit dem 23. März. Danach geht die Mühle in mein Eigentum über. So leid es mir tut, muß ich darauf bestehen, daß Sie die Mühle spätestens bis 23. März, 24 Uhr räumen. Und zwar ohne Aufschub. Vielen Dank und alles Gute.«

Antonia starrte fassungslos auf das Telefon. Der freundliche Ton von Debra Passmore machte alles nur noch schlimmer. *So leid es mir tut, muß ich darauf bestehen …*

Bis zum 23. März waren es noch zehn Tage. Sie konnte von Glück sagen, wenn die Fotokopien der British Library bis dahin eintrafen. Oder irgend etwas Brauchbares enthielten.

Das wär's dann, dachte sie wie betäubt.

Sie drückte die Rücklauftaste und löschte die Nachricht. Dann setzte sie sich auf den Fußboden und fing an zu weinen.

27

Feldlager vor Perusia, 21. Februar 40 v. Chr.

Das kann kein Zufall sein, dachte Cassius und lauschte auf den Nachtwind, der um sein Zelt pfiff. Ausgerechnet am Gedenktag für die Toten war er am Scheideweg seines Lebens angelangt.

War das wieder mal ein Beispiel für den abgründigen Humor der Götter? Oder ein göttlicher Fingerzeig?

Wer sollte das wissen? So waren sie nun mal, die Götter. Wenn sie sich schon einmal vernehmlich machten, sei es durch ein hochseriöses Orakel oder einen schmuddligen Straßenwahrsager, waren ihre Auskünfte immer mehrdeutig. Gewißheiten waren von den Göttern nicht zu erwarten.

Sicher war nur, daß er an einem Kreuzweg stand. Wenn er sich für den einen Weg entschied und Tacita ihrem Schicksal überließ, würde sie in der belagerten Stadt umkommen. Ging er den anderen Weg, konnte er sie vielleicht retten, aber damit wurde er zum Verräter und mußte selbst sterben.

Das hatte sie natürlich nicht ahnen können, als sie den Brief schrieb. Sicher hatte sie gedacht, er als General sei über die Heeresdisziplin erhaben. Konnte sie denn wissen, daß Oktavian in den letzten Monaten die Zügel kräftig angezogen hatte? Die hungernde Stadt war das letzte Hindernis auf seinem Weg zur absoluten Macht, da kannte er kein Pardon.

»Sie sollen alle miteinander sterben«, hatte er mit seiner monoton hackenden Stimme erklärt. »Sie sind Feinde Roms. Kein einziger soll überleben, mein Freund.«

Der Schneesturm nahm an Heftigkeit zu und rüttelte am Zelt.

Cassius blickte um sich. Überall Symbole des Todes. Die Zeichnung des Pferdekopfes auf der Dattelschale, das himmelblaue Tischtuch, selbst sein Siegelring, den er auf dem Feldbett abgelegt hatte, wie immer vor dem Opferritual.

Alle Zeichen deuteten auf Tod. Aber wessen Tod? Tacitas oder seinen?

Der Ärger schnürte ihm die Kehle zu. Welches Recht hatte sie, ihn um so etwas zu bitten?

»Sie hat kein Recht dazu!« brüllte er die Zeltwand an.

Faenio streckte den Kopf herein. »Mein Herr, du hast gerufen?« fragte er munter, obwohl er genau wußte, daß es nicht so war.

Cassius wollte ihn mit einer Kopfbewegung verscheuchen, doch fünfundvierzig Jahre Dienst hatten Faenio furchtlos gemacht. »Darf ich dir wohl einen Happen zu essen bringen?«

»Ich will nichts essen.«

»Nur ein bißchen Haferbrei und Käse, damit du die Kälte besser verträgst. Oder ein paar von diesen Sesamkuchen ...«

»Ich sagte nein!«

Faenio zuckte zusammen.

»Wein«, sagte Cassius. »Bring mir Wein. Und, Faenio, nicht den üblichen. Zapf das Faß mit dem Kalenier an.«

Faenio warf einen neugierigen Blick auf die schwarz glasierte Opferschale, die zwischen zwei kleinen Gebetslampen auf dem Tisch stand.

Cassius konnte dem alten Sklaven von den Augen ablesen, was er dachte. *Zwei Gebetslampen und der beste Wein. Das wird ein ganz besonderes Opfer.*

Aber Faenio war klug genug, sein Erstaunen für sich zu behalten. Kurz darauf kehrte er mit einem Krug Kalenier zurück, einem Wasserkrug und dem *kántharos* seines Herrn.

Cassius wehrte den Wasserkrug mit einer Handbewegung ab. »Der Wein bleibt heute unverdünnt.«

Wieder mußte Faenio staunen. Auf Feldzügen trank Cassius seinen Wein stets mit reichlich Wasser. »Unverdünnter Wein in Kriegszeiten«, lehrte er die jungen Rekruten, »ist der kürzeste Weg zur Niederlage.«

Heute werde ich meine eigenen Gebote brechen, dachte Cassius. Und dem Sklaven bin ich keine Erklärung schuldig.

Faenio wartete irritiert am Ausgang. »O bitte, Herr!« begann er ihm gut zuzureden, wie er es schon bei dem zehnjährigen Cassius gemacht hatte, wenn der seine Mohrrübe nicht essen wollte. »Laß dir wenigstens einen Teller Fladen bringen. Du hast seit dem Morgen nichts gegessen, und jetzt ist es fast Mitternacht. Selbst Acilianus macht sich Sorgen.« Diese Behauptung war unglaubwürdig, denn jeder wußte, daß Faenio, der heißblütige Kreter, den jungen Adjutanten für einen kalten Fisch hielt.

»Ich will nichts, und dabei bleibt es«, knurrte Cassius. »Was Acilianus betrifft, soll er schlafen gehen, er ist nicht im Dienst.« Nach kurzem Überlegen: »Sag ihm, er soll bei Tagesanbruch bei mir sein.«

Bis dahin, dachte er, muß ich mich entscheiden. Bis dahin muß mir die Göttin einen Weg zeigen.

»Und du«, sagte er auf griechisch zu Faenio, damit ihn die Wachen nicht verstanden. »Du kommst zwei Stunden vor Tagesanbruch. Allein. Es könnte sein, daß du zu tun bekommst.«

»Es könnte sein?« Der Sklave blickte ihn fragend an.

»Du hast mich verstanden«, sagte Cassius. »Jetzt verschwinde. Und keine Störung mehr.«

Doch zu seinem Erstaunen wich der alte Kreter nicht und blieb mit ernster Miene im Ausgang stehen.

»Bist du schwerhörig?« fragte Cassius mit wachsender Ungeduld.

Der Sklave schluckte. »Strafe mich, Herr, aber bitte hör mich an.«

»Was soll das?«

Faenio schluckte erneut, dann sprudelte es aus ihm heraus. »Wie immer du entscheidest – ich glaube, du solltest sie ein letztes Mal sehen. Finde heraus, warum sie dich verschmäht hat. Zu deinem eigenen Wohl. Ich glaube wirklich, daß du das tun mußt.«

Cassius erstarrte. »Was zum Hades redest du da?« fragte er mit der sanften, leisen Stimme, die seine Männer am meisten fürchteten.

»Ich ... ich habe ihr Siegel erkannt«, stammelte der Sklave. »Den

Rest konnte ich erraten. Verzeih, ich verdiene die Peitsche. Aber dies ist mir zu wichtig. Ich mußte es vorbringen.«

Cassius stand in der Mitte des Zeltes und senkte den Kopf wie ein Stier. »Die Peitsche, sagst du? Du kannst von Glück sagen, daß ich dir nicht das Genick breche. Jetzt verschwinde endlich. Bevor ich's mir überlege.«

Cassius war wieder allein. Er stand da und ballte die Fäuste.

Du solltest sie ein letztes Mal sehen. Finde heraus, warum sie dich verschmäht hat.

Alles, nur das nicht, sagte er sich. Es wäre zu schmerzhaft. Und welchen Sinn soll es haben?

Aber so kam er nicht weiter. Er ging an den Tisch und goß Wein in die Opferschale. Mit dem Fuß schob er ein Bodenfell beiseite und schüttete einen Teil der rubinroten Flüssigkeit auf die kalte, rostrote Erde. »*Wein für die Große Mutter. Nimm an den Trank, o Göttin. Es ist der beste, den ich habe. Dann sag mir, was ich tun soll.*«

Als nächstes ließ er ein paar Tropfen auf das Häufchen aus Salz, Weizen und grünen Oliven fallen, das er schon am Morgen als Opfer an seine Ahnen neben dem Feldbett bereitgestellt hatte – bevor der Brief von Tacita eingetroffen war.

Wein für die Toten.

Darauf zog er den Stuhl dicht ans Kohlenbecken, hüllte sich in seinen Bärenfellmantel und nahm einen kräftigen Schluck.

Wein für den – Wie soll ich mich beschreiben? Den Todgeweihten, den in Schande Überlebenden?

Ja, sie hatte sich raffiniert ausgedrückt in ihrem unverfrorenen Brief. Die zwangsläufigen Folgen seiner Ablehnung hatte sie geschickt verschwiegen. Es war nicht nötig gewesen, sie auszumalen. Sie standen ihm lebhaft vor Augen. »Laß uns nicht sterben wie Hunde in der Gosse«, hatte sie geschrieben. »Ich weiß, daß es in deiner Macht steht, uns in Sicherheit zu bringen.«

Und wenn du's nicht tust, lautete die Botschaft zwischen den Zeilen, *mußt du mit ansehen, wie wir von deinen Soldaten geschlachtet werden. Du höchstpersönlich mußt mir die Kehle durchschneiden. Alles andere wäre Feigheit.*

Hatte sie tatsächlich die Stirn, ihn vor diese Alternative zu stellen? War er denn in ihrer Schuld?

Und was, kam es ihm plötzlich in den Sinn, wenn ich nur sie rette, ihren Gatten und ihre Kinder dem Tod überantworte? Hatte sie das auch bedacht?

Nein, es war unausdenkbar. Selbst wenn es ihm gelang, dem Schicksal des Verräters zu entgehen – was möglich war, solange es nur um einen gewöhnlichen Frauenraub ging –, war die Sache damit nicht ausgestanden. Sie würde ihm nie verzeihen, daß er ihre Kinder preisgegeben hatte. Und ihr Bruder, dieser Schurke, der sich jetzt als selbstgerechter Patriarch aufspielte, würde niemals dulden, daß seine Schwester zum Konkubinat mit einem gallischen Emporkömmling gezwungen wurde. Um die Familienehre zu retten, würde er sie ohne Zögern vergiften lassen.

Mit anderen Worten: Er mußte die ganze Familie retten, sonst war das Unternehmen zwecklos. Und das wußte sie. Wie raffiniert ihr kleiner, unscheinbarer Brief!

Er warf das Bärenfell ab, stützte die Ellbogen auf den Tisch und vergrub den Kopf in den Händen.

Nein, raffiniert war der Brief nicht. In den hastig hingeworfenen Sätzen verbarg sich keine Arglist. Sie waren nur von Verzweiflung diktiert. Ohne Zweifel liebte sie ihre Kinder, und ihren Gatten möglicherweise ebenfalls. Soviel er wußte, lebte sie in glücklicher Ehe, mit drei gesunden Kindern, weder Scheidungsgerüchte noch Skandale waren ihm zu Ohren gekommen. Und das war schon ein kleines Wunder im Rom jener Tage.

Warum aber, fragte die kleine hartnäckige Stimme in seinem Kopf, hat sie mich *mea vita* genannt? Mein Leben.

»Um mich daran zu erinnern, was wir uns einmal bedeutet haben, du Trottel«, murmelte er. Die Arme steckt in der Klemme, sie will nicht sterben. Das ist alles. Und ich kann es ihr nicht verübeln. Sie ist ... erst neunundzwanzig. Sie war noch so jung. Viel zu jung für all das, was ihr widerfahren ist. Von Anfang an. Das ist das Problem. Ich hätte gar nicht mit ihr anbändeln sollen. Kein Wunder, daß sie nicht die Kraft hatte, durchzuhalten und zu ihrer Familie zurückgeflohen ist. Was willst du von einer Sechzehnjährigen erwarten?

Der Wein durchströmte wohlig seine Adern. Er lehnte sich zurück und schloß die Augen. Jetzt sah er es deutlich vor sich, das vertraute Bild – Tacita am Tag ihrer Hochzeit.

Aber diesmal war es anders, diesmal war seine Erinnerung reicher. Er stand in einem Hauseingang, etwa zehn Meter vom Haus des Bräutigams entfernt. Es wurde schon dunkel, die Gasse war von den Fackeln der Hochzeitsgäste beleuchtet. Sie hatte gerade die Türpfosten mit Balsam bestrichen und gab den Stab an ihre Sklavin weiter. Ihr schneeweißes Hochzeitsgewand war unter den Brüsten mit einer Wollkordel gegürtet, und zum ersten Mal war ihr wunderschönes langes Haar zu einem festen, von sechs hölzernen Haarnadeln durchspießten Knoten aufgetürmt, wie es der Brauch verlangte. An ihnen war der knöchellange Schleier aus flammendroter Seide befestigt.

Die hölzernen Spieße, der starre Haarknoten und der rituelle Schleier ließen sie fremd wirken, ihrer Natürlichkeit beraubt und brutal gefesselt. Cassius bebte vor Zorn. War es das, was sie von Anfang an gewollt hatte? War das der Grund, weshalb sie ihn verschmähte? Wo war der unbändige Freiheitsdrang, von dem sie immer geredet hatte? Was war aus seiner wilden Tacita geworden?

Aber während er heimlich zuschaute, fuhr der Wind unter den kostbaren Schleier und enthüllte für einen Moment ihren zarten, bleichen Nacken. Der Hals eines kleinen Mädchens, ein schlanker weißer Stengel, zur Opferung bereit.

Sein Schmerz und sein Zorn verflogen, und was blieb, war nichts als Mitleid. Sie war zu jung. Viel zu jung für dieses Schicksal.

Ein Windstoß ließ die Zeltklappe flattern. Langsam öffnete Cassius die Augen, und er starrte versonnen in die Kohlenglut. Die Göttin hatte ihm geantwortet.

In den vergangenen dreizehn Jahren hatte er sich nicht ein einziges Mal an diesen Augenblick erinnert, an das kurze Aufblitzen ihres weißen Nackens, der all das Bedauern in ihm ausgelöst hatte. Wie hatte er das vergessen können? Oder hatte er es vergessen wollen? War die Erinnerung zu schmerzlich gewesen?

Er griff nach dem Krug und goß ein wenig Wein in den *kántharos*. Egal, warum er es vergessen hatte. Egal, was sie noch für ihn empfand. Wichtig war nur, daß er sie noch immer liebte. Das allein zählte. Und wenn er sie liebte, mußte er alles tun, um sie zu retten, ohne Rücksicht auf die Folgen.

Er drehte den *kántharos* in den Fingern und vertiefte sich in den matten Glanz der korinthischen Bronze. Dann hob er ihn an die Lippen und trank.

Der Rauch des Kohlenbeckens brannte ihm in den Augen.

Beim ersten Morgengrauen meldete sich Acilianus vor dem Zelt des Generals, ohne zu wissen, was der General mit ihm vorhatte. Faenio, dieser unverschämte Kreter, war nirgends zu sehen, und Cassius selbst winkte ihn herein.

Er sah übernächtigt aus, und als er an den Tisch ging, war sein Hinken auffälliger als sonst. Die Verwundung mußte ihm zu schaffen machen – wie so oft bei schlechtem Wetter.

Der General zog einen Stuhl heran und bedeutete Acilianus mit einer Geste, sich ebenfalls einen Stuhl zu holen.

Verwundert setzte sich Acilianus an den Tisch. Das Erstaunliche war nicht, daß der General seinen Adjutanten zum Sitzen einlud, denn Cassius bestand selten auf dem Reglement, sondern daß er ihn überhaupt mit Freundlichkeit behandelte. Niemand mochte sich für ihn erwärmen. Und er hatte vor langer Zeit mit sich ausgemacht, daß ihn das nicht störte.

»Kannst du griechisch?« fragte der General ohne Umschweife, und Acilianus bejahte verdutzt.

»Gut«, sprach Cassius auf griechisch weiter und erläuterte ihm mit leiser, ruhiger Stimme den Plan, vier Ratherren mitsamt ihren Familien aus der belagerten Stadt herauszuholen. Aufgabe des Acilianus sollte es sein, die kleine Gruppe im Kastanienwäldchen nördlich der Stadt in Empfang zu nehmen und fünf Meilen über Land zu führen – bis zu einem verlassenen Bauernhof an der alten Straße zum Lacus Trasimenus. Damit würde seine Aufgabe beendet sein. An den Absichten des Generals konnte kein Zweifel bestehen.

Auf sein Fingerschnipsen trat ein Sklave ein – nicht Faenio, wie Acialianus mit Verwunderung bemerkte – und brachte Brot, Oliven sowie eine Kanne heißes Wasser für den Wein. Der General entließ den Sklaven, goß Wein in zwei Becher, schob den einen Acilianus hin und bedeutete ihm, Wasser nachzugießen.

Acilianus saß mit hängendem Kiefer da, die Hände zwischen die Knie gepreßt. Sein analytischer Verstand konnte nicht umhin, die Perfektion des Plans zu bestaunen. Es war genau die Kombination von Tollkühnheit und List, für die er Cassius bewunderte. Aber die Absicht selbst! War der General von Sinnen? Hatte ihm die Schlaflosigkeit den Verstand getrübt? Oder hatte das ganze mit dem rätselhaften Brief zu tun, der gestern überraschend eingetroffen war?

Nein, der General sah nicht aus, als wäre er von Sinnen. Er wirkte müde, aber doch merkwürdig aufgeräumt.

Was man von ihm gewiß nicht sagen konnte. »Du machst so ein verdattertes Gesicht, Marcus«, sagte der General. »Hast du meine Befehle nicht verstanden?«

Acilianus schluckte. »Äh ... doch, General.«

»Gut.«

»Aber ...«

»Ja?«

»Aber ... aber General! Was du mir da befiehlst ... was du da planst, das ... das ist ...«

»Das widerspricht unserem Kriegsziel. Ich weiß.« Die grauen Augen ruhten auf ihm. »Die Frage ist nur, ob du den Befehl ausführen wirst.«

Acilianus schwieg beklommen und hob die Schultern. »General, du befiehlst, ich gehorche. Ich werde deine Befehle ausführen.«

»Gut.« Cassius stand auf. Offensichtlich war das Gespräch beendet.

Acilianus rührte sich nicht.

Der General blickte ihn auffordernd an. »Noch Fragen?«

Er biß sich auf die Lippe und wußte nicht, wie beginnen. »Ich ... ich halte es für meine Pflicht, General ... nicht als Untergebener, aber als denkender Mensch, darauf hinzuweisen, daß die Sache nicht lange geheim bleiben wird. Was nicht bedeutet, daß ich sie ausplaudern werde. Ich folge meinen Befehlen, und die sind klar. Aber früher oder später wird es herauskommen. Es kann gar nicht anders sein.«

»Ich bin sicher, daß du recht hast«, bestätigte der General. »Wir können nur hoffen, daß es eher später als früher sein wird.«

»Aber ... siehst du nicht, General? Das wird bestimmt ....« Er tastete nach Worten. »Das wird nicht ohne Folgen bleiben.«

»Allerdings«, sagte Cassius. »Doch ich habe vorgesorgt.« Er griff nach einem Brief, der an der Dattelschale lehnte und händigte ihn Acilianus aus. Der Brief trug das Siegel des Generals. »Dieser Brief enthebt dich aller Verantwortung. Er bestätigt, daß du lediglich meine Befehle befolgt hast, wie es deine Pflicht ist, und daß dir die Personen, die du geleiten sollst, völlig unbekannt sind. Mit diesem Brief bist du geschützt, darauf kannst du dich verlassen. Ich würde dein Leben nicht leichtfertig aufs Spiel setzen, könnte ich selbst diese Mission übernehmen. Aber wenn man mich in der Nähe der Stadt sieht, bringe ich das ganze Unternehmen in Gefahr.« Seine Miene verdüsterte sich. »Und aus bestimmten Gründen darf ich nicht mit den fraglichen Personen zusammentreffen.«

Acilianus verlor die Nerven. »Nein, nein, nein!« rief er. »Ich dachte nicht an mich, ich dachte an dich, General! An die Folgen, die dich treffen werden.«

Wieder ruhten die grauen Augen auf ihm, aber diesmal wirkten sie merkwürdig abwesend. »Was mich betrifft«, sagte der General, »so bin ich mir der Folgen bewußt.«

Normalerweise hätte Acilianus nicht zu widersprechen gewagt. Aber hier war nichts mehr normal. »Verzeih, General«, sagte er gequält, »daran wage ich zu zweifeln. Gestern erst hast du Fabius degradiert – weil er einen Brief geschrieben hat. Wie wird Oktavian reagieren? Dir, General, vertraut er wie kaum einem anderen. Und er bewundert den Dichter Cassius. Aber ich glaube nicht, daß dir das helfen wird.«

Zu seinem Entsetzen lächelte der General. »Oh, dessen bin ich mir sogar gewiß.«

»Es wird ein Tribunal geben. Du wirst verurteilt. Du wirst ...«

»Es wird kein Tribunal geben.« Der General sprach mit ruhiger Gewißheit.

Acilianus blinzelte fassungslos, dann begann er zu begreifen, und er wurde aschfahl.

»Es ist doch sonnenklar«, sagte Cassius gereizt. »Wenn ich weiterlebe, wird man mich zwingen, den Verbleib der Personen preiszugeben, und das ganze Unternehmen wäre sinnlos gewesen.«

»Niemand kann dich zum Reden zwingen, General. Nicht dich.«

»O doch. Mit den Jahren legt man die meisten Illusionen ab. Vor allem die über sich selbst. Ich bezweifle, daß ich unter der Tortur mehr Standhaftigkeit beweise als irgendein anderer.«

»Aber ... was wird geschehen?«

Der General strich sich übers Gesicht. Mit einemmal sah er unendlich müde aus. Ein Mann von sechsundvierzig Jahren, der viele Gefahren durchlebt hatte und sich plötzlich mit dem unausweichlichen Tod konfrontiert sah. »Wenn ich etwas erhoffe, dann nur, daß ich auf meine Güter zurückkehren und von eigener Hand sterben darf. Ja«, sprach er mit leiser Stimme weiter, »das wird er mir wohl gewähren. Wenn nicht mit Rücksicht auf meine Dichtungen, dann mit Rücksicht auf meine Familienehre. Die Familienehre ist Oktavian heilig.«

Nie hatte der General von sich selbst gesprochen. Schüchtern fragte ihn Acilianus nach seiner Familie.

Cassius begann jungenhaft zu lächeln. »Mit einem Stammbaum kann ich nicht aufwarten. Nur mit meiner älteren Schwester, die ich seit Jahren nicht gesehen habe. Und mit zwei stumpfsinnigen Neffen, die ich nicht mag. Aber das wird auf Gegenseitigkeit beruhen.« Er dachte nach. »Es wäre schön, wenn ich in mein Tal zurückkönnte. Ich hab' dort nur ein kleines Gut – nicht viel größer als ein Bauernhof. Aber mit Blick auf den Fluß. Unterhalb der Terrasse wächst ein wilder Birnbaum.« Seine Gedanken schweiften ab. »Du solltest den gelben Ginster blühen sehen. Als würden die Berghänge in Flammen stehen.«

»Ich weiß«, sagte Acilianus. »Ich stamme aus Nemausus.«

»Wirklich? Dann weißt du ja, wovon ich rede«, sagte Cassius erfreut.

Es entstand ein kurzes Schweigen. Acilianus fuhr mit dem Finger über den Becherrand. Er konnte noch immer nicht glauben, was er soeben gehört hatte. Am liebsten wäre er in Tränen ausgebrochen.

Der General betrachtete seine Hand. »Den Tod selbst fürchte ich nicht«, sagte er. Es klang wie eine Beschwichtigung.

»Aber warum sollst du überhaupt sterben?« fragte Acilianus aufbrausend. Warum wurde er so wütend? Vielleicht weil der sinnlose Tod eines begabten Kriegers seinen Ordnungssinn beleidigte?

Aber der Entschluß des Generals schien festzustehen. »He, Markus«, sagte er mit gutmütigem Spott, »du hast mehr mit dem weichherzigen Fabius gemein, als du wahrhaben willst.«

Acilianus spürte, daß er rot wurde.

Der General lachte. Er hatte wirklich die Nerven, laut zu lachen.

»Ich verstehe das alles nicht!« Acilianus war verzweifelt. »Wenn ich doch nur wüßte, warum das sein muß!«

Der General musterte ihn aufmerksam. »Den Grund kann ich dir nennen. Ich glaube, das bin ich dir schuldig.«

Er streifte seinen Siegelring ab und drehte ihn in den Fingern. In den grünen Chalcedon war eine geringelte Schlange eingraviert – ein feines Stück Goldschmiedekunst aus Alexandria. Acilianus hatte den Ring schon oft bewundert. Schlangen konnten vieles symbolisieren: Tod, Wiedergeburt, Heilkraft.

»Vor langer Zeit«, sagte der General, ohne den Blick vom Ring abzuwenden, »hat mich jemand, der mir nahe war, sehr verletzt. Ich habe nie verstanden, warum. Bis heute nicht.« Er zog die Stirn kraus. »Und ich werde es auch in Zukunft nicht verstehen. Das hat mir die Entscheidung ein wenig schwer gemacht.«

Acilianus ahnte, daß er von einer Frau sprach, vielleicht war es die »Lycaris« in seinen Gedichten. Aber da der General offenbar Scheu hatte, ihren Namen zu nennen – wohl um sie zu schützen, wenn sie noch am Leben und verheiratet war –, behielt er seine Vermutung für sich.

»Dreizehn Jahre lang habe ich mit meiner Wut gelebt«, fuhr der General fort. »Ich habe versucht, meinen Haß auf andere zu lenken, aber am Ende habe ich nur mich selbst gehaßt.« Er schüttelte den Kopf. »Vielleicht ist das immer so, wer weiß. Aber gestern ergab sich die unerwartete Gelegenheit, ... die Dinge geradezurücken – so gut es eben geht nach so vielen Jahren.«

Acilianus hielt seinen leuchtenden Augen nur mit Mühe stand.

»Versteh doch, Markus. Ich habe keine andere Wahl. Wenn ich dich von dem Befehl entlaste, werden mir die Gefangenen nach der Erstürmung der Stadt vorgeführt, und ich töte sie mit meinem Schwert.« Er lächelte. »Du siehst, so schwer ist mir die Entscheidung nicht gefallen.«

28

La Bastide, 16. März

Eigentlich hast du hier nichts zu suchen, sagte sich Patrick. Er beugte sich übers Brückengeländer und blickte in die graugrüne Strömung. Das ist nicht fair gegenüber Nerissa. Oder Antonia. Nicht mal gegenüber Debra. Obwohl du nur ihretwegen hier bist. Und das macht die Sache noch komplizierter.

Er rieb seine Schläfen. Die ersten Anzeichen der Kopfschmerzen machten sich bemerkbar. Es war erst fünf an diesem Donnerstagnachmittag, und schon wurde es dunkel. Er klappte den Kragen hoch und machte sich auf den Weg zur Mühle.

Seit Jahren war er nicht dort gewesen, er hatte schon vergessen, wie sehr er diesen Ort verabscheute. Immer wenn er an die Mühle dachte, fiel ihm wieder ein, wie er am Fluß entlanggehastet war, um zum Telefon zu kommen. Die Panik, als er vergebens nach der Notrufnummer suchte. Die Schmerzen in den Händen und im Gesicht. Der süßliche, klebrige Geschmack, der ihm in der Kehle saß.

Wie hielt es Antonia dort nur aus?

Auf dem Mühlenhof stand ein kleiner zerbeulter Citroën, in der Küche brannte Licht, aber auf sein Klopfen antwortete niemand. Zaghaft öffnete er die Tür. Es war niemand zu sehen.

Die Küche sah schlimm aus, als hätten sich Vandalen ausgetobt. Scherben knirschten unter seinen Sohlen, an den Wänden klebte, dem Geruch nach zu schließen, Wein oder irgendeine Reinigungsflüssigkeit. An manchen Stellen hatte jemand herumgeschmiert wie in einem halbherzigen Versuch, die Flecken zu beseitigen.

Im trüben Licht der nackten Glühbirne sah die Küche noch trister aus. Die Decke war voller Flecken, verstaubte Spinnweben in den Winkeln und Nischen. Die Scheibengardinen strömten einen penetranten Kellergeruch aus.

Und es war kalt, so kalt, daß er seine weiße Atemwolke sah. Er legte die Hand auf den alten Heizkörper: eisig. »O Gott, Antonia«, flüsterte er. »Wie hältst du es hier aus?«

Er ging zur Treppe und rief hinauf, aber es kam keine Antwort. Er beschloß, in der Küche zu warten, sie konnte ja nicht weit sein.

Schon vor zwölf Jahren mußte das Haus ziemlich marode gewesen sein, aber da war es ihm nicht aufgefallen. Die meiste Zeit hatten sie im Freien verbracht und die Mühle nur als Zuflucht vor der drückenden Mittagshitze benutzt. Auf dem großen Eichentisch hatte immer etwas zu essen gestanden, nach Feierabend nahm sich jeder, was er wollte, und schlenderte zum Essen hinaus an den Fluß. Er dachte an die langen, hitzigen Diskussionen, bei denen der billige Rotwein in Strömen floß, an die dicken, knorrigen Brotscheiben, die Wildschweinpastete, den sahnigen Bauernkäse und die Aprikosen, die noch warm von der Sonne waren. Sie hatten die Olivenkerne in den Fluß geworfen und verfolgt, wie sich das Abendrot in tiefes Azur und dann in Nachtblau verwandelte, wie die Sterne aufleuchteten und die kleinen braunen Nachtfalter in der Flamme der Propangaslampe verschmorten.

Was war daraus geworden? Er ging an den Kühlschrank, der mit Notizzetteln gespickt war. Mittendrin eine Postkarte mit der Büste des Cassius, der gedankenverloren in die Ferne starrte.

Die Zettel waren mit Antonias zierlicher Handschrift versehen: *Perusia – Standort von C. – von Bed.? Milch, getr. Aprikosen, Pferdekonfekt (wo kriegt man das?), Schokolade.*

Wenigstens mag sie noch Schokolade, dachte er.

Die Pinnwand im Schuppen hatte genauso ausgesehen. Ein wirres Durcheinander aus Einkaufszetteln, Farbtabellen und Dienstplänen, das sich um die Reparaturskizze für die Kybele-Lampe rankte.

Die Kybele-Lampe. An die hatte er seit Jahren nicht gedacht. Jetzt fiel ihm wieder ein, wie er auf der Bank gesessen und Modge ihm mit ernster Stimme die Beschriftung der Funde erklärt hatte. Ihm fiel ein, wie er Antonia bei der Arbeit beobachtet und den Atem angehalten hatte. Wie sie die Bruchkanten der Scherben behutsam mit Klebstoff bestrich. Wie sie die Scherben mit sanftem Druck ineinanderfügte. Er hätte ewig zuschauen können.

Er wandte sich vom Kühlschrank ab. Der Küchentisch hatte ein Bein verloren und war achtlos an die Wand geschoben worden. Hatte sie den etwa allein fortbewegt? Was, wenn er umkippte? War sie so eigenbrötlerisch geworden, daß sie keinen Wert mehr auf Hilfe legte?

In der Mitte der Küche stand jetzt ein wuchtiger, antiker Schreibtisch. Wie sie den dorthin geschafft hatte, war ihm ein Rätsel. Im Unterschied zum Chaos auf dem Küchentisch herrschte auf dem Schreibtisch peinliche Ordnung. Zwei alte Häkeldecken hingen säuberlich zusammengefaltet über der Stuhllehne, die brauchte sie wahrscheinlich, um nicht zu erfrieren. Bücher und Aktenhefter waren säuberlich aufgereiht und nach Themen sortiert. *Der Perusinische Krieg: Ursachen und Folgen. Verzeichnis der gallischen Mosaiken. Römische Staatsverwaltung. Anämie und Wege zur Heilung. Die Seele des Pferdes. Das passende Reitpferd für unser Kind.*

Er griff nach einem Pferdebuch, blätterte im Kapitel »Die Psychologie des Pferdes« und plötzlich stand Antonia in der Tür. Ihr Gesicht war starr vor Staunen. Sie trug eine wattierte Jacke, einen dunkelblauen Schal und offenbar mehrere Pullover übereinander. Doch sie wirkte magerer als beim letzten Mal, und ihre Lider waren gerötet, als hätte sie geweint. Oder war es die Anämie?

»Ich habe geklopft«, sagte er, das Buch in der Hand. »Ich hab' Licht gesehen und dachte, du müßtest in der Nähe sein.«

Sie schloß die Tür und lehnte sich dagegen.

Er fragte, wie lange sie schon ohne Heizung sei.

»Äh. Seit Donnerstagabend. Irgendwas stimmt nicht mit dem Boiler.«

Seit zwei Tagen saß sie hier in der Kälte?

Er mußte ein seltsames Gesicht gemacht haben, denn sie fügte erklärend hinzu: »Ich hatte eine Wärmflasche.«

Er überhörte das. »Soll ich mir den Boiler ansehen?«

Sie schüttelte den Kopf. »Nicht nötig. Es kommt ein Handwerker aus Mazerans.«

Immer vergaß er, daß es ihr schwerfiel, um Hilfe zu bitten. Als Julian aus Versehen Debras »kleinen Anschlag« auf Antonia ausgeplaudert hatte, war Patrick den ganzen Samstag in der Nähe des Telefons geblieben – für den Fall, daß Antonia sich auf sein Angebot besann und seine Hilfe erbat. Sie hatte nicht angerufen, und er war sich wie ein Trottel vorgekommen. Er hätte es voraussehen können.

»Ich dachte, du hast deinen Prozeß in London«, sagte sie.

»Der hat noch ein paar Tage Zeit. Ich bin heute morgen gekommen. Morgen fliege ich zurück.«

Sie nickte, legte den Schal ab und holte ein Notizbuch, einen Bleistift, und zwei gebackene Kartoffeln aus der Tasche. Auf seinen verwunderten Blick erklärte sie: »Das hab' ich in einem Buch gelesen. Sie halten die Hände warm, und hinterher kann man sie essen. Funktioniert gut. Willst du Kaffee?«

»Gern.« Er zog ein Stuhl heran.

»Trinkst du ihn schwarz? Ich hab's vergessen. Milch ist, glaube ich, nicht im Haus.«

»Schwarz ist okay.« Er zeigte auf die bekleckerten Wände. »Was hat der Jackson Pollock zu bedeuten?«

»Ach, das. Das ist vor drei Tagen passiert. Ich ... ich bin ausgerastet.«

Er wartete, aber mehr kam nicht. Es war auch nicht nötig. Nach dem Streich, den Debra ihr gespielt hatte, gab es Gründe genug, um auszurasten.

Mit beklommenem Schweigen warteten sie, daß das Wasser kochte. Antonia stand an den Herd gelehnt und blickte angestrengt zu Boden.

Wie kann sie nur so leben? fragte er sich. Wie lange ist sie hier? Seit drei Wochen? Oder vier? Wie hält sie es hier aus?

Er fragte sie nach den Pferdebüchern, und sie erklärte, die seien von der Tochter ihrer Freundin geborgt. Vermutlich hatten sie irgendwie mit Hippolyte zu tun. »Nach dem Motto: Studiere deine Feinde?«

»In der Art. Jedesmal, wenn ich das Pferd sehe, kriege ich einen

Schreck, und das ärgert mich. Ich dachte, wenn ich ein bißchen besser verstehe ...« Sie zuckte die Schultern.

Typisch Antonia. Bevor sie ein Problem anging, las sie ein Buch darüber. Wahrscheinlich wußte sie alles über die Geschichte der Pferdezucht, aber sie brachte es nicht über sich, einem Pferd über die Nase zu streicheln.

Sie biß sich auf die Lippe. »Die gute alte Antonia, wirst du sagen. Verkriecht sich in ihre Phantasien und schreckt vor dem Leben zurück.«

»Die gute alte Antonia«, sagte er leise.

Sie durchbohrte ihn mit ihrem Blick.

Als das Wasser kochte, gab sie je einen Löffel Instantkaffee in zwei Plastikbecher, an denen noch die Preisschilder klebten. Sie schob ihm einen Becher hin und setzte sich.

»Von Julian habe ich gehört, daß Debra die Mühle gekauft hat«, sagte er.

Sie wärmte sich die Hände am Becher. »Soviel Humor hätte ich ihr gar nicht zugetraut«, erwiderte Antonia.

»Was meinst du damit?«

»Der Vertragstermin – sagt man das so? – ist der 23. März, zwölf Uhr Mitternacht.«

»Ich verstehe nicht.«

»Der 24. März ist der römische Bluttag. Ein hoher Feiertag der Muttergöttin. An dem Tag hat sich Cassius das Leben genommen.«

Erschrocken stellte er fest, daß Tränen in ihren Augen blinkten. Sie lächelte verlegen. »Du mit deinen Pharmakonzernen findest das sicher total abwegig. Aber hier, an einem solchen Ort, packt einen das. Zumindest mich.«

Das würde jedem so gehen, wollte er erwidern. Jedem, der sich in einer Ruine verschanzt und sogar vergißt, sich ordentlich zu ernähren. Aber jetzt war wohl nicht der richtige Zeitpunkt dafür.

»Der Bluttag«, wiederholte er. »Ich glaube nicht, daß Debra über solche Dinge Bescheid weiß.«

»Nein, bestimmt nicht. Es ist reiner Zufall. Aber doch ein bißchen seltsam, meinst du nicht? Man möchte fast an Schicksal glauben.«

Er hielt es nicht länger aus. »Antonia, was treibt du hier eigentlich?«

Sie blinzelte verwirrt.

»Beschäftigst du dich mit dem Perusinischen Krieg? Wie willst du auf diese Weise den *kántharos* finden?«

»Ach, entschuldige, das hab' ich vergessen. Seit du das letzte Mal hier warst, habe ich ... meine Absichten geändert.«

Er blickte sie erwartungsvoll an.

»Ich versuche, das Rätsel zu lösen.«

»Welches Rätsel?«

»Das Rätsel des Cassius natürlich«, sagte sie, als gäbe es kein anderes Rätsel auf der Welt.

»Moment. Verstehe ich recht? Du willst eine Frage klären, über die sich Generationen von Wissenschaftlern den Kopf zerbrochen haben ...«

»Ja. Aber ich glaube, sie haben nicht bedacht ...«

»Und das ganz allein, in dieser ungeheizten Ruine, ohne alle Hilfsmittel. Ist das wirklich wahr?«

Auf ihren Wangen erschienen rote Flecken. Sie lachte kurz auf. »Irgend jemand muß es schließlich machen.«

Er lehnte sich zurück und musterte sie. Und plötzlich erkannte er das Mädchen wieder, in das er sich vor zwölf Jahren verliebt hatte. Die etwas starre minoische Priesterin mit den warmen, dunklen Augen, den kunterbunten Sachen und der seltsamen Mischung aus Mut und Verletzlichkeit.

Sie war sich gleich geblieben, sie war immer noch so wie damals. Wie hatte er das übersehen können?

Ihm fiel ein, daß sie ihre sämtlichen Vorarbeiten vernichtet hatte. Zwölf Jahre lang hatte sie ihrer großen Leidenschaft den Rücken gekehrt – und jetzt hockte sie in diesem eiskalten Loch, um ihre verlorenen Jahre, ihre Fehlentscheidungen wettzumachen, um zu ihrem alten Selbst zurückzufinden. Es war wirklich atemberaubend.

»Wahrscheinlich komme ich dir total verrückt vor«, sagte sie.

Nicht verrückt, dachte er, sondern tollkühn.

»Hör zu. Vielleicht kann ich dir helfen«, entfuhr es ihm.

Das hatte sie am allerwenigsten erwartet.

»Ich meine es ernst«, bekräftigte er. Er beugte sich vor, stützte die Ellbogen auf die Knie und legte die Hände ineinander. Und er sah aus, als hätte er Angst, eine Abfuhr zu bekommen.

Ihre Augen begannen wieder zu brennen. Seit ihrem Wutausbruch am Montag schien sie ständig am Rand der Tränen zu sein. Vielleicht lag das an der verdammten Anämie, aber daß ausgerechnet Patrick ihr gegenübersaß, machte die Sache nicht einfacher.

»Als erstes muß ich mir den Kaufvertrag ansehen«, sagte er und erntete einen verdutzten Blick. »Ich will prüfen, ob es ein Schlupfloch gibt und du die Mühle behalten kannst.«

Weil sie nicht reagierte, sagte er sanft: »Antonia, zeigst du mir die Papiere?«

Sie schluckte. »Ja, natürlich. Sie sind oben. Ich hole sie.«

Auf dem Treppenabsatz sah sie sich im Spiegel. Ihre Augen waren dunkle Höhlen, ihre Wangen eingefallen. Sie sah aus wie eine Hexe. Kein Wunder, daß er sie für verrückt hielt.

»Zuerst muß ich dich aber was fragen«, sagte er, als sie zurückkam. Er blickte ihr in die Augen. »Du denkst nicht, daß ich über all das Bescheid wußte, oder?«

Sie starrte ihn an. »Und? Wußtest du Bescheid?«

»Natürlich nicht.« Er nahm ihr die Papiere aus der Hand. »Ich wollte nur, daß du das weißt.«

Er zog die Jacke aus, krempelte die Ärmel hoch und fing an zu lesen. An seiner Konzentration erkannte sie, daß er ein richtiger Jurist geworden war. Patrick McMullan, der zerzauste, schlaksige Bursche aus Dubois, Wyoming, mit den staubigen Jeans.

Vermutlich stimmte es, was Debra Passmore sagte – am Abend zuvor hatte sie angerufen, um sicherzugehen, daß sich Antonia an den Räumungstermin hielt. »Ich möchte nur vermeiden, daß es irgendwelche Mißverständnisse gibt«, hatte sie gesagt, so ruhig und freundlich wie schon vorher auf dem Anrufbeantworter.

»Danke«, hatte Antonia im selben Tonfall erwidert, »ich glaube, alles ist klar.« Aber ihr Herz klopfte. Hier stand sie und tauschte Höflichkeiten mit der Frau aus, die keinen Moment zögern würde, die Mühle abzureißen, mit Bulldozern zu planieren, das ganze Grundstück zu betonieren und rund um die Uhr bewachen zu lassen – von bewaffneten Kerlen mit Rottweilern. Und alles nur, um Antonias letzte Hoffnungen auf den *kántharos* zu zerschlagen.

Vom Verstand her war ihr klar, daß der Verkauf der Mühle nicht das Ende ihrer Forschungen bedeutete. Mit dem Geld aus dem Verkauf konnte sie so lange in der Gegend bleiben und weiterarbeiten, wie sie wollte. Aber im Herzen wußte sie, daß es nicht funktionieren würde. Unvernünftigerweise glaubte sie immer noch, daß sich der *kántharos* irgendwo auf dem Gelände der Mühle befand. In dem Moment, da Debra Passmore Eigentümerin wurde, mußte sie alle Hoffnungen begraben, den *kántharos* jemals wiederzufinden. Und ohne diese Hoffnung hatte sie auch nicht die Kraft, weiter nach der Lösung des Rätsels zu forschen.

»Gut«, hatte Debra Passmore gesagt. »Wenn das so weit klar ist, möchte ich jetzt über Patrick reden.«

»Über Patrick?« Ihre Handflächen wurden feucht.

»Ich mag den Jungen sehr, müssen Sie wissen. Seine Energie, seine Erscheinung und vor allem natürlich seine Begabung.«

Hätte sie doch nur den Mut gehabt, einfach aufzulegen!

»Sie machen sich keine Vorstellung, wie gut er ist«, redete Debra Passmore weiter. »Sie haben ihn nicht bei Gericht erlebt. Er ist phänomenal.«

»Worauf wollen Sie hinaus?«

»Denken Sie nur, was dieser Junge erreicht hat. Sich aus diesem schrecklichen Kaff am Ende der Welt hochzuarbeiten ...«

Er ist kein Junge, dachte Antonia. Sie soll endlich aufhören.

»... Abschluß mit Auszeichnung, bitte schön. Und in ein paar Jahren kriegt er seine Berufung. Das ist schon sicher. Und Sie müssen wissen, er liebt sein Fach. Das hat mich am meisten überrascht.« Sie holte Luft. »Julian und ich, wir können viel für ihn tun. Machen Sie das bitte nicht kaputt. Werfen Sie ihn nicht aus der Bahn.«

Antonia war so wütend, daß sie Mühe hatte, sich zu beherrschen. »Ich glaube nicht, daß man Patrick aus der Bahn werfen kann, wenn er sich was vorgenommen hat. Ihre Besorgnis in Ehren, Mrs. Passmore, aber ich frage mich, was das soll. Ich meine, was wollen Sie denn noch? Die Mühle haben Sie im Sack, und ich bin hier bald weg. Was bleibt, ist eine unangenehme Erinnerung, die Sie mit Leichtigkeit unter den Teppich kehren können, genauso wie die anderen. Meinen Glückwunsch haben Sie. Ihr Vorgehen war zwar nicht besonders ehrlich, aber das hat Sie ja noch nie gestört.«

»Was meinen Sie mit ehrlich?« flötete Debra. »Woher wollen Sie das wissen?«

An diesem Punkt hatte Antonia den Hörer aufgeknallt.

Patrick hatte sie nichts davon erzählt. Wozu auch? Bald war er Debras Schwiegersohn, Stiefschwiegersohn oder wie auch immer.

Er studierte noch immer den Vertrag, seine Augen huschten hin und her. Der Gedanke, daß er ihr helfen wollte, brachte sie erneut an den Rand der Tränen.

Sie erschrak, als er plötzlich aufblickte. Hoffentlich sah er nicht, wie rot ihre Augen waren.

»Der Vertrag ist leider wasserdicht«, sagte er. »Vielleicht findet dein französischer Notar noch eine Schwachstelle. Aus meiner Sicht ist da nichts zu machen. Ein ganz normaler Kaufvertrag. Keine Hypotheken, keine besonderen Klauseln. Und dein Notar hat auch alle Regeln beachtet. An der Räumung ist also nicht mehr zu rütteln.« Er überlegte. »Du kannst den Vertrag natürlich widerrufen, aber das wird dich eine deftige Strafe kosten. Ich glaube nicht, daß du dir das leisten kannst.«

»Ich auch nicht.«

»Das heißt, du mußt das Haus verlassen.« Er blickte auf die Uhr. »In genau einer Woche.«

Sie preßte den Mund zusammen und nickte.

»Das Gute daran ist: Du bekommst genug Geld, um woanders zu wohnen.«

»Nur nicht da, wo ich will. Nämlich hier.« Sie schüttelte den Kopf. »Nein, sagen wir es so: Wenn ich bis dahin nicht weitergekommen bin, packe ich ein und fahre nach Hause.«

»Wie bitte?« Er sah erschrocken aus. »Das kannst du nicht tun! Die Sache ist viel zu wichtig!«

Hatte er wirklich so viel Verständnis für sie?

»Du kannst dir doch ein Zimmer im Dorf nehmen.«

Sie antwortete mit einem hohlen Lachen. »Ich hab' mich schon erkundigt. Es ist nichts frei. Aber ich glaube, sie haben alle ein bißchen Angst vor der alten Hexe da oben in der Villa les Limoniers. Und wer kann es ihnen verübeln? Sie bringt mit Abstand das meiste Geld ins Dorf.«

Entschlossen klappte er den Hefter zu. »Eins ist schon mal sicher. Hier kannst du keine Nacht länger bleiben.«

Sie wollte protestieren, aber er kam ihr zuvor.

»Mach dir nichts vor, Antonia. Dieses Haus ist eine Ruine.«

»Für mich reicht es aus.«

»Nein. Die Heizung ist kaputt, die Leitungen sind im Eimer, bald bleibt auch der Strom weg.«

»Ich sagte doch, ich hab' einen Handwerker bestellt.«

»Ja. In Mazerans. Ich weiß. Wann wird er denn kommen, dein Handwerker?«

Sie schwieg.

»Hör zu. Die Lösung liegt ganz nahe. Du ziehst in mein Haus.«

Sie sprang auf. »Das ist doch lachhaft!«

»Nein, das ist ideal. Ich übernachte bei Julian und Modge – zum Beispiel, weil mein Fax nicht funktioniert. Und du ziehst sofort um.«

»Und was wird Debra Passmore dazu sagen?« fragte sie wütend. »Von Nerissa ganz zu schweigen.«

»Laß das meine Sorge sein. Und laß dir gesagt sein: Ich fahre nicht nach London zurück, solange du in diesem eiskalten Loch bleibst, obwohl dir ein warmes, trockenes Haus zur Verfügung steht, keine fünfhundert Meter von hier entfernt.« Er wartete einen Moment. »Na los, Antonia. Sag ja!«

Plötzlich war sie tief erschöpft. »Machst du das mit den Zeugen auch?« fragte sie. »Auf sie einhämmern, bis sie nachgeben?«

Er lächelte verlegen. »Keine sehr subtile Methode. Aber sie funktioniert.«

Sie starrte zu Boden. Es gab Dutzende Gründe, es nicht zu tun. Zum einen unterschätzte er die Konsequenzen. Wenn Debra dahinterkam, würde sie ihn sofort entthronen, und da sie die Chefin seiner Kanzlei war, hatte das unkalkulierbare Auswirkungen auf seine Karriere.

Und außerdem war da noch Nerissa.

Nein, in einem hatte Debra Passmore recht: Seine Karrerierechancen standen zum besten, und die durfte sie ihm nicht verderben. Er hatte sich hochgearbeitet, mit unglaublicher Energie. Und wenn sie ihm jetzt ins Leben pfuschte, seine Karriere aufs Spiel setzte, außerdem seine Verlobung in Gefahr brachte, dann ...

Und welche Auswirkungen hatte das auf sie selbst? Alles wurde zehnmal schlimmer, wenn sie in das Haus zog, das er mit Nerissa bewohnte. Unmöglich, auch nur daran zu denken.

Sie sagte ja.

29

»Den Fisch säubern und filettieren«, befahl das Kochbuch.

Modge beäugte mißtrauisch die auftauende Scheibe Steinbutt.

»Behutsam dämpfen, dann beiseite stellen. Während der Fisch abkühlt, Sahne erhitzen und eine helle Grundsoße herstellen, mit Lauch würzen ...«

Sie biß sich auf die Lippe. Das Mittagessen sollte perfekt werden, aber es sah nicht so aus, als ließe sich dieses Durcheinander jemals in Fischklößchen verwandeln.

Sie hörte die Wohnzimmertür – Patrick und ihr Vater kamen die Treppe herunter. Patrick erzählte einen Witz, doch die Pointe verstand sie nicht, weil sie im Gelächter ihres Vaters unterging.

Hier kommen die zwei Menschen, die ich mehr liebe als alle anderen, dachte sie.

Patrick war gestern überraschend eingetroffen, und sie hatten sich beide gefreut, als er erklärte, sein Fax habe den Geist aufgegeben, er wolle deshalb lieber in der Villa übernachten. »Bleib doch das ganze Wochenende«, hatte ihr Vater beim Frühstück gedrängt. »Gib dir einen Ruck, alter Junge. Heute ist Freitag. Was willst du da in London? Arbeiten kannst du auch hier.« Also war Patrick geblieben.

So müßte es immer sein, dachte Modge.

Warum auch nicht? Patrick und Daddy könnten Mummys Arbeitszimmer benutzen und zu den Verhandlungen nach London fliegen, ich würde für beide sorgen. Mummy würde sich auch freuen, sie hätte in London ihre Ruhe und könnte rund um die Uhr arbeiten. Wenn sie mal Zeit hat, kommt sie zu Besuch, und ich hole sie mit meinem neuen Auto vom Flughafen ab.

Ich sitze am Kopf einer kerzenbeleuchteten Tafel und bin so schlank, daß meine Jeans lose sitzen. Patrick schenkt mir Champagner ein und lacht über eine meiner witzigen Bemerkungen. Und Mummy sagt leise: Liebling, diese Fischklößchen sind einfach hinreißend. *Du mußt mir das Rezept geben, bevor ich nach London zurückfliege.* Und Nerissa hat sich aus dem Staub gemacht, denn diesem besonderen Vertrauensverhältnis zwischen Patrick und Modge ist sie einfach nicht gewachsen.

Ihr Vater riß sie aus ihren Träumereien. Er lächelte ihr zu und ging an den Kühlschrank, um eine Flasche Wein herauszuholen. Patrick stellte sich an die Küchentheke und las im aufgeschlagenen Kochbuch. Das schwarze Haar fiel ihm in die Stirn, wie sie es an ihm mochte.

»Rosige Kiemen«, las er laut, »glänzende Schuppen und hervorquellende Augen sind Hinweise darauf, daß der Fisch frisch ist.« Er musterte das weiße Filet auf dem Teller und schüttelte den Kopf. »Sieht aus, als hättest du Probleme«, sagte er zu Modge.

Sie kicherte. »Ich dachte, ich mache doch lieber Sandwiches. Ist das okay?«

»Mir recht«, sagte ihr Vater und goß drei Gläser Côtes de Roussillon ein. »Patrick, was sucht du ihm Kühlschrank?«

»Ich suche Perrier. Möchtest du auch ein Glas?«

»Ganz bestimmt nicht! Trink was Ordentliches, um Himmels willen!«

»Danke, aber heute nachmittag muß ich …«

»Arbeiten«, riefen Modge und ihr Vater im Chor.

Patrick lachte. »Sage ich das immer?«

»Ohne Ausnahme«, meinte Julian und reichte ihm ein Glas.

Modge stützte sich auf die Küchentheke und strahlte.

Weil sie wußte, daß Patrick nur zwei Türen von ihr entfernt war, hatte sie die ganze Nacht ohne einen einzigen Alptraum durchgeschlafen. Zum ersten Mal, seit sie hier war. Kein Highgate-Friedhof, keine flatternden Tauben, keine lauernden Grüfte.

Es wird alles gut, dachte sie. Ein paar Tage noch, dann gehört Mummy die Mühle, und Antonia muß verschwinden.

Beim Gedanken an Antonia bekam sie ein flaues Gefühl im Magen. Sie mochte Antonia und kam sich schlecht vor, weil sie wollte, daß sie abfuhr. Aber anders ging es nicht. Es mußte sein. Seit Jahren war Patrick nicht so gut gelaunt gewesen.

Sie nahm einen großen Schluck Wein. Alles würde gut werden.

Patrick holte eine Flasche Perrier aus dem Kühlschrank und hielt sie mit fragendem Blick in die Höhe. Modge nickte, schob ihm zwei Gläser aus dem Regal hin und kam sich sehr weltgewandt vor, weil sie seine Gedanken lesen konnte.

Siehst du? Wir verstehen uns sogar ohne Worte. Ihr Herz machte einen Sprung vor Glück.

Gegen zehn Uhr vormittags erwachte Antonia aus einem traumlosen Schlaf von fünfzehn Stunden. Sie rollte sich auf die Seite und schmiegte sich in die Wärme der weichen Bettdecke. Durch die Jalousie fiel die Sonne in Streifen auf die Drucke von Mondrian.

Antonia tapste ins Badezimmer und nahm das schönste Wannenbad ihres Lebens. Sie streckte sich wohlig aus und ließ den mandelduftenden Schaum durch ihre Finger gleiten. Oder vielmehr Nerissas Hokusaido Bain Moussant Nutritif, das ihre Haut »reinigte, pflegte und konditionierte«.

Sie wußte, daß es Nerissas Badezusatz war, weil sie und Patrick getrennte Schränkchen hatten. Nerissa besaß eine ganze Galerie von klinisch wirkenden Milchglasflaschen mit japanischen Etiketten. Patricks Angebot war dagegen spartanisch. Nicht einmal Aftershave benutzte er. Aber jede Menge Kopfschmerzmittel.

Warum braucht er die? fragte sie sich und tauchte ins heiße Badewasser ein. War das schön, mal wieder von Wärme umgeben zu sein!

In ein riesiges, flauschiges Badetuch gewickelt, ging sie in die Küche hinunter. Die marmornen Bodenplatten schmiegten sich warm an ihre Fußsohlen. Alles an diesem Haus war schmiegsam und angenehm warm. Versenkte Punktstrahler tauchten die Arbeitsflächen aus Granit in silbernes Licht. Keine Schublade klemmte, und der Inhalt der Schränke sah aus wie frisch von Harrods eingeflogen. Ein Boilergeräusch war nicht zu hören. Vielleicht hatten sie Fußbodenheizung wie die alten Römer.

»Fühl dich wie zu Hause«, hatte Patrick am Nachmittag gesagt und ihr alles gezeigt. Um ihr die Hemmungen zu nehmen, hatte er ein paar Flaschen Crozes Hermitage geöffnet und mit losem Korken auf dem Küchentisch stehenlassen.

Du spielst mit dem Feuer, sagte sie sich. Er schichtete seine Pullover in einen Plastikcontainer. Wenn du noch einmal etwas mit ihm anfängst, verbrennst du dir die Finger.

Was würde Kate dazu sagen, daß sie in Patricks Haus wohnte?

Aber Kate wußte es nicht. Niemand wußte es. Und aus irgendwelchen Gründen enthob sie das jeglicher Verantwortung. Oder war es nur die Bequemlichkeit, die Wärme und die freundliche Einrichtung? Offensichtlich gehörte nicht viel dazu, sie auf Abwege zu bringen.

Sie zog sich an, machte sich Frühstück und trug das Tablett auf die Terrasse.

Es war der erste warme und sonnige Frühlingstag; einer der für die Fenouillèdes typischen Wetterumschläge erlaubte ihr, in Jeans und Pullover am großen Teakholztisch im Freien zu sitzen.

Am Hang hinter dem Haus erwachte La Bastide zum Leben. Hühner gackerten geschäftig, Scharen von Spatzen lärmten im Gebüsch, Fensterläden wurden knarrend aufgestoßen. Der Lautsprecher am Glockenturm von St. Pastou kündigte das Fischauto an, das um drei auf dem Marktplatz halten würde.

Sie stand auf und ging an den Rand der Terrasse. Der Blick war atemberaubend: Unten schimmerte zwischen Zypressen, Wacholder und Rosmarin der Fluß, dahinter erhob sich der Weinhang mit seinem dunkelbraunen Rebstöcken bis hoch zum silbrigen Grün der Garrigues. Die gelbbraun gesprenkelten Höhenzüge waren vom hohen zartblauen Himmel überdacht und erstreckten sich bis zum majestätischen, blendendweißen Gebirgsmassiv der Pyrenäen.

Unterhalb der Terrasse umsummten Bienen die kobaltblauen Blüten des Rosmarin. Die pudrig gelben Kügelchen der Mimosen zitterten im Frühlingswind. Ein Mandelbäumchen erstrahlte in seiner zartrosa Blütenpracht. Die Lärchen zeigten neue Triebe: hellgrün und saftig wie frisches Gemüse.

Sie ging zurück an den Tisch. Vielleicht lag es an dem halben

Glas Wein, das sie getrunken hatte, aber das Essen schmeckte phantastisch. Grobes Bauernbrot mit Monsieur Vassals Wildschweinpastete, garniert mit Knoblauch und ungesund großen Schmalzbrocken. Dann noch eine Scheibe Brot, bestrichen mit dunklem Berghonig, der so fest war, daß sie ihn mit dem Messer schneiden mußte, dazu ein weiteres Glas von dem fruchtigen Wein und hinterher ein Stück von dem cremigen Ziegenkäse, zusammen mit saftigen grünen Oliven. Die Kerne schnipste sie in den Garten, damit die Eidechsen etwas zum Beknabbern hatten.

Die planierte Fläche neben dem Haus war von wilden Birnbäumen umstanden. Patrick meinte, dort würde Hippolyte gern seine Siesta halten. Sie ging an den Rand der Terrasse und beugte sich übers Geländer. Tatsächlich, da sah man die halbmondförmigen Hufspuren in der feuchten Erde.

Es war die Fläche, die ihr unglücklicher Vater als Grabungsstelle auserkoren hatte – um dann festzustellen, daß sich die römische Villa unter der Terrasse befand. Nach zwölf Jahren hatte die Natur die Freifläche zurückerobert: Eichengestrüpp, Rosmarin und Wacholder überwucherten sie in duftender Vielfalt. Ihr fielen Verse von Cassius ein, an die sie seit Jahren nicht gedacht hatte.

Schlicht und bescheiden ist mein Ruheplatz in den Bergen,
doch zeigt er mir den Rebenhang über dem Flusse
bis hinauf zum gelben Ginster,
und auf der Terrasse duftet der frühlingsfrische Rosmarin

Hier könnte er gestanden haben, dachte sie beiläufig.

Sie ging hinein und betrat unter dem Vorwand, einen Bleistiftspitzer zu suchen, Patricks Arbeitszimmer. In den Bücherwänden herrschte peinliche Ordnung, meist handelte es sich um juristische Fachbücher, doch zu ihrer Überraschung fand sie in der einzigen Reihe mit literarischen Werken auch eine gebundene Ausgabe der Gedichte von Cassius.

Der Schreibtisch war eine weite Fläche aus polierter Buche, auf der sich neben dem Flachbildschirm und dem Laserdrucker wenig befand: ein Eingangskorb aus Aluminium, ein Anrufbeantworter, ein Kugelschreiber. Kein Foto von Nerissa.

Neben der Tastatur lag eine Silbermünze, die sie sofort wiedererkannte. Hatte die nicht Myles gehört? Sie drehte das antike Stück in den Fingern. Ja, es war die Münze von Myles. Ein Geschenk seiner Mutter, auf das er heimlich stolz gewesen war. Sie las die Inschrift auf dem Rand: *Fel. Temp. Reparatio.* – Es gibt eine Wiederkehr.

Ob Patrick daran glaubte? Oder sie selbst?

Ein Pullover hing über die Stuhllehne. Seegrün mit bernsteinfarbenen Tupfen. Hatte er den nicht auf der Party in der Villa getragen? Vorsichtig nahm sie ihn in die Hand. Ja. An den sauberen, trockenen Geruch konnte sie sich erinnern.

Das Telefon klingelte. Starr stand sie da, den Pullover in der Hand. Der Anrufbeantworter klickte, und Patricks Ansage ertönte.

»Ich bin's«, sagte Nerissa. »Wo steckst du?«

Antonia zuckte zusammen.

»Deine Sekretärin meint, dein Fax ist kaputt, aber das kann nicht sein. Du hast doch gerade ein neues gekauft. Jedenfalls wollte ich dich nur erinnern, daß wir am Sonntag bei Suki Hemingway zum Lunch sind. Und erzähl mir nicht, du hast zu tun. Ich habe schon zugesagt. Es sollen interessante Leute kommen. Ruf mich zurück.« Sie legte auf.

Antonia atmete tief durch. Und plötzlich schämte sie sich. Nerissa hatte so locker und entspannt geklungen. Sie würden bald heiraten, zum Teufel noch mal! Und hier stand sie, eine alternde Jungfer, und schnüffelte an seinen Sachen.

Sie hängte den Pullover über die Lehne, holte ihren Mantel und ging zur Mühle, um nach der Post zu sehen.

Zehn Minuten später riß sie, zitternd und atemlos, den Umschlag von der British Library auf.

Die Kriegsführung der Römer war eine unerträglich schwülstige Abhandlung über die spätrepublikanische Belagerungstaktik aus dem Jahr 1928, aber die Autoren behaupteten, mehr römische Originaldokumente durchgeackert zu haben als jeder andere. Antonia konnte gut genug deutsch, um sich mit Hilfe des Wörterbuchs, das sie aus der Mühle mitgebracht hatte, zu dem Kapitel durchzublättern, das vom Perusinischen Krieg handelte.

Aus einer Serie von Militärurkunden und Privatbriefen hatten die Autoren rekonstruiert, daß im Frühling des Jahres 40 v. Chr. vier Patrizierfamilien aus der belagerten Stadt geschmuggelt worden waren.

Ihr Herz machte einen Sprung. Sie wußte sofort, wer dahintersteckte – Cassius. Aufgewühlt lief sie auf der Terrasse umher. Langsam fügte sich das Puzzle zusammen.

Lycaris, wer immer sie war, befand sich in der belagerten Stadt, und Cassius hatte Verrat an den eigenen Truppen begangen, um sie zu befreien. Und dann, um dem unvermeidlichen Tribunal zu entgehen oder auch, um sie zu schützen, hatte er den Freitod gewählt.

So konnte es gewesen sein.

Die Frage war nun: Welche Frauen befanden sich unter den Geretteten, und welche von ihnen war Lycaris? Die Namen der vier Patrizier waren genannt, also mußte es möglich sein, die Familien zu identifizieren. Doch ein paar Tage Recherche in Toulouse mußte sie einplanen. Vielleicht konnte sie bei Professor Meriot wohnen, dem alten Freund ihres Vaters.

Ein unwillkommener Gedanke ließ sie zögern. Was, wenn alles gutging, und sie hatte eine Liste von möglichen Kandidatinnen für die Rolle der Lycaris, aber keine Chance, herauszubekommen, welche von ihnen die wirkliche Lycaris war? Sie sank auf den Stuhl. So dicht vorm Ziel zu scheitern, das würde sie nicht aushalten. Hatte es da nicht etwas gegeben? Einen hilfreichen Hinweis? Sie schloß die Augen, um sich zu konzentrieren, aber ihr fiel nicht ein, woran sie gedacht hatte.

Als sie wieder aufblickte, sah sie eine kleine grüne Schlange am Abflußrohr der Terrasse. Sie hatte gerade eine überwinterte Heuschrecke gefangen, und die Flügel, die abstanden wie eine Halskrause, verwandelten die Schlange in einen Miniaturdrachen.

Wieder wurde sie an etwas Unbestimmtes erinnert. Und wieder entglitt es ihr.

Das Telefon klingelte. Sie machte sich auf Nerissas Stimme gefaßt. Aber es war nicht Nerissa. Es war Patrick. »Antonia, ich bin's. Nimm bitte ab.«

Sie griff nach dem schnurlosen Hörer. »Hallo.«

»Hallo.« Eine Pause. »Wie geht's?«

»Gut. Sehr gut sogar.«

»Du klingst ... aufgeregt.«

»Ich hab' eine heiße Spur. Ich bin mir sicher.«

»Das ist ja toll.« Sie hörte an seiner Stimme, daß er sich freute.

»Äh, bevor ich's vergesse«, schob sie ein, in der Hoffnung, ihm nicht die Laune zu verderben. »Nerissa hat angerufen. Ich habe nicht abgenommen. Sie hat eine Nachricht draufgesprochen.«

»Ich weiß schon Bescheid, sie hat hier oben angerufen.«

Es entstand ein beklommenes Schweigen. Antonia fragte sich, warum er sie anrief.

»Antonia ...«, begann er.

»Ja?«

»Ich – äh – treffe mich heute abend mit dem alten Panabière in der Bar-Tabac. Jeden Freitag besucht er das Grab seiner Frau, und hinterher ist er immer ein bißchen niedergeschlagen. Wenn ich da bin, trinken wir dann einen Schluck miteinander. Hast du Lust zu kommen?«

»Ich?« fragte sie verdutzt.

»Ja.«

»Äh, willst du denn, daß ich komme?«

»Klar. Warum nicht?«

»Ich glaube, er mag mich nicht.«

»Klar mag er dich. Aber vielleicht hast du ... Ich meine, vielleicht ist es keine gute Idee.«

»Doch, doch. Ich komme gern.«

»Gut. Ich bin dann gegen sieben bei dir und hole dich ab. Ich glaube, ich hab' vergessen, dir zu zeigen, wie man die Heizung aufdreht.«

Er hatte es nicht vergessen. Aber sollte sie ihm das auf die Nase binden?

»Ich hab' vergessen, dir zu zeigen, wie man die Heizung aufdreht«, sprach Patrick in sein Handy. Er stand im Arbeitszimmer und kehrte Modge den Rücken zu.

Weil sein Faxgerät kaputt war, hatte er auf dem Schreibtisch ihrer Mutter einen Platz für seinen Laptop freigemacht. Jetzt begriff Modge, daß das mit dem Faxgerät gelogen war. Ihre Mutter sollte nicht erfahren, daß sich Antonia in seinem Haus aufhielt.

Sie stand unbemerkt in der Tür. Er lehnte sich ans Fenster und blickte über das Dächergewirr von La Bastide auf sein Haus hinab. »Okay«, sagte er, »Wir sehen uns gegen sieben.«

Modge zog sich auf den Flur zurück und hielt den Atem an. Sie hörte ihn zum Schreibtisch gehen, sein Sessel knarrte, als er sich hinsetzte, dann war es still. Keine Schreibgeräusche, kein Klicken der Tastatur. Sicher starrte er ins Leere. Und dachte an Antonia.

Plötzlich begriff sie alles. Er liebte Antonia. Er hatte Antonia immer geliebt. Sie hatten sich damals, vor zwölf Jahren verliebt, und Myles war dahintergekommen.

Der Gedanke, daß Patrick Antonia liebte, tat weh, viel mehr als das mit Nerissa.

Sie dachte an ihren albernen Wunschtraum, daß sie mit Patrick ... und mußte die Faust vor den Mund pressen, um nicht laut loszuheulen. Wie hatte sie jemals glauben können, auch nur die kleinste Chance zu haben?

Leise schlich sie zur Küche hinunter, holte sich drei Becher Eis aus dem Kühlschrank und ging in ihr Zimmer zurück. Sie schloß die Tür ab, schob das Kissen an die Wand und setzte sich auf die Matratze. Sie bewegte sich mit großer Vorsicht, als wäre sie aus Glas und könnte jeden Moment in tausend Stücke zerbrechen.

Neben der Matratze auf dem Fußboden lag das Kochbuch von Prue Leith, das sie vor zwei Tagen in Mazerans gekauft hatte. Es war gespickt mit kleinen gelben Lesezeichen, dort standen die Rezepte, die sie probieren wollte. Jetzt kam es ihr nur noch peinlich vor. Zum Glück wußte es keiner. Sie würde sich auf der Stelle umbringen.

Sie rollte sich auf der Matratze zusammen, öffnete den ersten Becher und löffelte mechanisch das Kirscheis, ohne den Geschmack wahrzunehmen. Sie kam sich vor wie auf einer dünnen Lavakruste, die langsam unter ihren Füßen wegbrach. Sie und ihre Mutter auf der einen Seite, Patrick und Antonia auf der anderen.

Das würde ihre Mutter ihm nie verzeihen. Sie würde ihn auf der Stelle verstoßen. Und sie, Modge, würde mal wieder auf der falschen Seite stehen, zusammen mit ihrer Mutter, von der sie gehaßt wurde. Und Patrick würde sie nie wiedersehen. Der Schmerz war so schlimm, daß sie die Luft anhielt. Verbissen machte sie sich über den zweiten und dann den dritten Eisbecher her.

Es war der erste milde Frühlingsabend, und wie um dieses Ereignis zu feiern, drängte sich das halbe Dorf in der Bar-Tabac. Die Luft war geschwängert von Kaffeeduft und dem Geruch der Selbstgedrehten.

Patrick telefonierte mit seiner Sekretärin und verstand vor lauter Lärm sein eigenes Wort nicht. Irgendwas vom Termin des Anderson-Prozesses, der näherrückte, obwohl die Klageerwiderung noch nicht eingereicht war. Nichts Neues also.

Er hörte nur mit halbem Ohr zu und fragte sich, warum er Antonia eingeladen hatte, wo es doch sinnlos war, wenn sie sich wiedersahen. Zu viel Wasser war den Bach hinuntergeflossen, jetzt war es zu spät. Allein der Versuch war ihr gegenüber unfair.

Sie saß bei Monsieur Panabière am Tisch und hatte ihn gerade gefragt, wie seine Frau auf den Namen Hippolyte für das Pferd gekommen war. Erstaunlicherweise war der Alte gesprächig. Seine grüne Perücke saß auf verwegene Weise schief, seine hellblaue Strickjacke war falsch geknöpft.

Sie hing an seinen Lippen, denn sein katalanischer Akzent kam immer stärker durch, je tiefer er in die Flasche schaute. Angestrengt, mit geröteten Wangen, hörte sie ihm zu. Patrick war geblendet von ihrem Anblick. Immer wenn sie erregt war, sah sie aus wie eine minoische Priesterin.

Er hoffte, daß ihre Nachforschungen zum Erfolg führen würden, obwohl es ihm völlig unwahrscheinlich vorkam. Sie hatte ihm davon erzählt, als sie auf Monsieur Panabière warteten. Angeblich hatte sie einen Nachweis dafür gefunden, daß im Jahr 40 v. Chr., im Todesjahr des Cassius, eine Gruppe von Republikanern aus einer belagerten Stadt herausgeschmuggelt worden war. »Und ich verwette meinen Kopf darauf, daß Cassius dahintersteckt«, hatte sie gesagt und ihr widerspenstiges Haar mit einer ihm vertrauten Geste zurückgestrichen.

Er räusperte sich. »Woher willst du das wissen?«

Sie breitete die Hände aus, als wäre die Antwort offensichtlich. »Es gibt ein Dutzend Gründe dafür. Er hat einen Teil der Belagerer befehligt. Und die Strategie war genau nach seinem Geschmack. Frontinus nennt sie listenreich und verwegen. Und in der Stadt kannte er jeden Winkel, weil er vor dem Bürgerkrieg dort stationiert war. Er konnte also alles bis ins Detail planen. Und wenn *sie* in der Stadt gefangen war, hat er Himmel und Hölle in Bewegung gesetzt, um sie zu retten. Cassius hätte sie nicht sterben lassen. Und vor allem: So ergibt sich eine treffende Erklärung dafür, warum sein letztes Gedicht so heiter ist.«

»Und du glaubst, daß seine Lycaris in der Stadt eingeschlossen war?«

»Es muß so gewesen sein. Ich weiß nur nicht, wie ich rauskriegen soll, wer sie in Wirklichkeit war.«

Er drehte sein Glas in den Fingern. »Wenn du den Kelch hättest, würdest du's wissen, oder nicht? Irgend etwas würde dich darauf bringen.«

Sie warf ihm einen strengen Blick zu. »Ich erhebe keine Vorwürfe, Patrick. Es ist einfach passiert.«

»Klar.«

Der junge Vassals brachte den Wein, einen kräftigen, fruchtigen Merlot. Als er gegangen war, sagte Antonia: »Ein Jammer, daß der gute Myles auch die Skizze von dem Kelch mitgenommen hat.«

Patrick zuckte zusammen. Beinahe wäre ihm das Glas aus der Hand gefallen. »Die Skizze?« fragte er heiser.

»Die ich von dem *kántharos* gemacht habe. Du wirst dich nicht erinnern.«

»Aber ... was soll sie dir denn nützen?«

Sie hob die Schultern. »Vielleicht würde sie mir helfen, vielleicht auch nicht. Wenigstens gäbe es einen Beleg für die Reliefs.«

Ihm wurde schwindlig. Daran hätte er denken müssen. Was würde sie sagen, wenn er ihr gestand, daß die Zeichnung sicher verwahrt in seinem Schreibtisch lag? *Willst du damit sagen, daß du sie all die Jahre für dich behalten hast?*

In dem Moment war Monsieur Panabière gekommen.

Sein Handy piepste schon wieder. Diesmal war es Julian, der seinen Golfpartner in Antibes besuchte. Er schien in bester Brandylaune zu sein und teilte ihm mit, er werde über Nacht bleiben, statt die lange Heimfahrt zu wagen. Schön, sagte Patrick wie benommen. Kein Problem.

Antonia half dem alten Panabière in die Jacke, und er begann die gewohnte Suche nach dem Schlüssel. Er war sechsundsiebzig und schon recht klapprig, sein Rücken war so krumm, daß er kaum über das Lenkrad seiner *camionette* blicken konnte. Immer wenn sie sich auf einen Drink trafen, drängte Patrick darauf, ihn zu seinem Hof zurückzufahren, und jedesmal bekam er eine Abfuhr.

Patrick leerte sein Glas. Myles hätte an diesem Abend seine Freude gehabt. Zigaretten, Alkohol, eine gemütliche Runde von Dorfbewohnern. Seltsamerweise war er glänzend mit ihnen zurechtgekommen, besonders mit Monsieur Panabière. Vielleicht weil er sich vor dem Alten nicht zu verstellen brauchte.

Armer Myles. Nichtsnutziger, eigensüchtiger, hilfloser, einsamer Myles. Patrick spürte ein unbändiges Verlangen nach seinem alten Freund. *Achilles, alter Knabe,* würde er zu Myles sagen. *Ich stecke ganz schön in der Klemme und weiß nicht, wie ich da rauskommen soll, ohne noch mehr Mist anzurichten. Hast du eine Ahnung?*

Er gab sich einen Ruck und bat um die Rechnung. Zuviel Wein. Es war eine verdammt schlechte Idee gewesen, Antonia einzuladen. Zuviel Wasser war den Bach hinabgeflossen. Es gab keinen Weg zurück.

Fünf Minuten später standen sie draußen und winkten Monsieur Panabière nach, der sich mit stotterndem Motor auf die Heimfahrt machte. Patrick bot ihr an, sie nach Hause zu bringen. Sei's drum. Er hatte so viele Fehler gemacht. Auf einen mehr kam es nicht an.

Es war eine klare und windstille Nacht, und im Mondlicht sah das Dorf am schönsten aus. Aus Anlaß der bevorstehenden *Fête de St. Pastou* waren die Platanen auf der *Place de la Mairie* mit bunten Lichtern behängt, und der grüne Bronzelöwe auf der Rathaustreppe trug ein Halstuch aus Fahnenstoff.

Als sie das Haus erreichten, blieben sie beklommen an der Pforte stehen. Patrick wollte nicht einfach so gehen, aber sich auf einen Schlummertrunk einzuladen, kam nicht in Frage. Sie würde sich dazu verpflichtet fühlen, und von sich aus kam sie nicht auf die Idee.

Statt dessen setzten sie sich auf die niedrige Steinmauer vor dem Haus und sahen den Fledermäusen zu, die durch die sternenhelle Nacht huschten. Es duftete betörend nach Mandelblüten und Kiefernharz. Zum ersten Mal seit Monaten waren seine Kopfschmerzen verschwunden. Er legte die Hand auf den glatten Stein, der zwischen ihnen war. Warum konnte es nicht immer so einfach sein wie jetzt?

Was wäre passiert, wenn nicht alles schiefgegangen wäre damals? Wären wir verheiratet? Hätten wir Kinder? Eine kleine Tochter wie Antonia, mit schwarzen Locken und einer minoischen Nase?

Diese verfluchte Skizze. Er mußte sie ihr geben, und zwar bald. Wie sollte er das erklären? *Hör zu, Antonia. Nach der Verhandlung wollte ich dir die Zeichnung geben, aber dann kam alles anders, und ich hatte keine Gelegenheit mehr dazu. Ich hab's verpaßt. Wie so vieles andere. Das scheint meine Natur zu sein.*

Wie würde sie reagieren? Was würde sie sagen? Kann man etwas ungeschehen machen, indem man sich einfach entschuldigt?

Zur Hölle damit. Was sollte die Zeichnung schon besagen? Ein geflügeltes Pferd, das auf einen Jüngling zuläuft. Weiter nichts.

Und das ist wieder so ein typisches Argument, dachte er, mit dem sich Anwälte aus der Affäre ziehen.

»Antonia«, sagte er leise.

»Ja?«

»Wenn du dich entscheiden müßtest, ob du das Rätsel löst oder den Kelch wiederfindest – was würdest du tun?«

Sie sah ihn verwundert an. »Das Rätsel lösen.«

Das hatte er nicht erwartet. »Warum?«

Sie überlegte. »Erinnerst du dich an die Stelle im Plautius, wo Cassius ein Trankopfer für sich und Lycaris erbittet?«

»Klar. Darum geht es bei dem Rätsel. Stimmt's?«

Sie blickte in die Sterne und nickte. »Nach dem Glauben der

Römer mußten Sterbende von ihrem liebsten Menschen geküßt werden, damit die Seele mit dem letzten Atemzug in den anderen übergehen konnte.« Wieder dachte sie nach. »Cassius wußte, daß Lycaris nicht bei ihm sein würde. Also brauchte er jemanden, der die Göttin bat, ihre Seelen nach dem Tod von Lycaris zu vereinen.«

»Mit einem Trankopfer.«

»Ja.«

Plötzlich dämmerte es ihm. Und die Kühnheit ihrer Idee verschlug ihm den Atem. »Und du willst dieses Trankopfer bringen. Verstehe ich recht?«

Sie zupfte Moos aus der Mauerritze. »Es klingt lächerlich, ich weiß. Aber weißt du, als ich klein war, war Cassius so etwas wie mein Freund. Wenn es mir schlecht ging, war er für mich da. Und ich habe mir immer gewünscht, daß ich ihm auch einen Gefallen tun könnte.«

Es klang, als spräche sie von einem nahen Bekannten, nicht von einem Dichter, der vor zweitausend Jahren gelebt hatte. Das hatte er so an ihr gemocht, daß sie ohne weiteres in die Vergangenheit abtauchen konnte und mit glitzernden Schätzen zurückkam. Es war so schön, so berückend, so unwissenschaftlich. Es war typisch Antonia.

Er dachte an den Abend, als sie gemeinsam den *kántharos* ausgegraben hatten. Eine schwüle Hochsommernacht, verzaubert vom Mond, vom wilden Salbei und vom archaischen Gemurmel der Quelle. Eine Nacht, die aus der Zeit gefallen war. Dann der unfaßbare Moment, als er sie in die Arme nahm, seine Beglückung, als sie ihn wiederküßte. Ihre weichen Lippen, der Minzgeruch ihrer Haare. Die unglaublich zarte Linie ihrer Schulter.

Irgend etwas bewegte sich im Schatten des Nachbargrundstücks.

»Sieh mal«, sagte sie. »Ist das nicht Hippolyte?«

»Ist das nicht Hippolyte?« fragte sie, und schon zuckte sie zusammen. Es klang wie ein plumper Versuch, ihn zum Bleiben zu verlocken. Das wollte sie nun auf keinen Fall. Es war schon ein kapitaler Fehler gewesen, daß sie der Einladung gefolgt war. Er sollte verschwinden.

Wenn es denn so einfach gewesen wäre. Ein Gläschen in Ehren konnte keiner verwehren, alles war ganz zivilisiert zugegangen, und doch hatte sie sich gefühlt, als wäre sie in ein falsches Stück hineingeraten. Nein, sie war nicht Patricks Geliebte. Jetzt nicht und auch in Zukunft nicht. Er hatte es noch nicht begriffen. Und würde es wohl nie begreifen.

Und nun das. Dieser verflixte Gaul. Und er kam näher, so nahe wie nie zuvor. Sie merkte, daß ihr der Schweiß ausbrach, ihr Herz begann zu hämmern wie immer, wenn ihr ein Pferd in die Quere kam.

Verzieh dich, sagte sie stumm zu Hippolyte. *Gönne mir wenigstens einen würdigen Abgang. Reicht es nicht, daß mir zum Heulen zumute ist, wenn ich ihn sehe? Soll er mich auch noch für feige halten?*

Sie hatte gelesen, daß Pferde die Gedanken der Menschen erraten könnten. Sicher würde Hippolyte ihren flehentlichen Wunsch verstehen und sich trollen.

Aber leider zog er es vor, ihre Bitte zu ignorieren. Er löste sich aus dem Schatten der Bäume, lief dicht an ihr vorbei und stupste Patrick mit dem Maul an.

Sie standen auf, und Patrick packte ihn bei der struppigen Mähne. »Nur ruhig, alter Junge«, sagte er, holte mit der anderen Hand ein Stück Schokolade aus der Jackentasche, entfernte die Silberfolie und fütterte Hippolyte.

Kaum war die Schokolade verschwunden, holte er ein weiteres Stück heraus und reichte es ihr. »Traust du dich?«

Sie schüttelte den Kopf.

Er streichelte Hippolytes Hals und schien zu wissen, wie man das macht, denn Hippolyte schnurrte förmlich vor Behagen und warf ihr aus seinem gesunden Auge einen vorwurfsvollen Blick zu. *Siehst du? So wird das gemacht.*«

Verzieh dich, flehte sie stumm.

Aber Hippolyte bettelte Patrick an und beschmierte ihm den Pullover. Wieder hielt Patrick ihr die Schokolade hin. »Na, wie wär's, Antonia?«

»Nein, danke. Nach Therapie ist mir nicht zumute.«

»Ich dachte, da du dem Pferd so nahe bist wie nie zuvor...« Er zuckte die Schultern.

Hippolyte blickte sie erwartungsvoll an.

»Er wittert die Angst, nicht wahr? Er kann jeden Moment ausschlagen.«

Patrick lächelte nur. »Er wittert nichts als die Schokolade. Warum nimmst du sie nicht?«

»Warum sollte ich?«

»Weil ich dann gehe und dich in Ruhe lasse.«

Sie erschrak. Hatte er ihre Gedanken erraten? »Na, wenn es so ist«, stotterte sie. Sie biß die Zähne zusammen, machte einen Schritt auf ihn zu und nahm ihm die Schokolade aus der Hand.

»Stell dich neben mich«, sagte Patrick leise. »Dann wirft er mich um, wenn er weglaufen will, und nicht dich... So ist's gut. Jetzt wickel die Schokolade aus.«

»Da wäre ich auch selbst draufgekommen«, murmelte sie und versuchte, ihre Hand stillzuhalten.

»Entschuldigung.«

Ihre Zähne fingen an zu klappern. »Wie lächerlich! Angst vor einem kleinen Pferd zu haben!«

»Du bist nicht lächerlich«, sagte er leise.

»Hör auf, immer so verständnisvoll zu sein.«

»Leg die Schokolade auf die flache Hand... So ist es richtig. Und halt sie ein bißchen still.«

»Ich tue mein Bestes.« Aber sie zitterte so sehr, daß sie Mühe hatte, die Schokolade auf der Hand zu behalten.

Behutsam nahm Patrick ihr Handgelenk und hielt es still. »So ist es gut«, sagte er sehr dicht neben ihrem Ohr. »Siehst du, es geht doch. Jetzt will er erst mal schnuppern.«

In ihren Ohren rauschte das Blut.

Hippolyte senkte das struppige Haupt, ihre Hand war nicht mehr zu sehen, aber sie spürte den warmen, feuchten Tieratem auf der Handfläche, den würzigen Pferdegeruch, dann das samtweiche Kitzeln der Pferdelippen auf ihrer Haut. Die Schokolade war weg.

Hippolyte warf den kantigen Kopf zurück und trottete von dannen. Patrick ließ ihr Handgelenk los.

Aus unerfindlichen Gründen war ihr zum Weinen zumute.

Patrick, dicht neben ihr, sagte: »Tut mir leid. Ich hab' dich zu sehr gedrängt.«

»Du hast mich nicht gedrängt«, widersprach sie. »Ich hab's gemacht, weil ich es wollte.«

Er erwiderte nichts.

Wenn doch nur dieses Zittern aufhörte! »Reine Nervensache. Mir fehlt gar nichts.«

Er berührte flüchtig ihren Arm. »... sagte die stolze Engländerin.«

Hätte er sie nur nicht berührt. Am liebsten wäre sie an seine Brust gesunken.

»Antonia?« fragte er nach einer Weile.

»Ja?«

»Ich möchte mich entschuldigen.«

»Wofür?«

»Für alles.«

Sie schüttelte den Kopf. »Das ist verjährt.«

»Nein. Ich hab' alles verpatzt. Nach Strich und Faden.«

Sie holte zitternd Luft. »Ich auch. Nach Strich und Faden.«

Stumm standen sie in der Dunkelheit. Er war so nahe, daß sie seinen Atem hörte.

»Glaubst du, daß es einen Weg zurück gibt?« fragte er.

Sie biß sich auf die Lippe. »Ich weiß nicht.« Sie blickte zu ihm auf. »Du?«

Sein Handy piepste.

Hippolyte, der im Rosmarin herumstreifte, wieherte kurz und trabte davon in die Nacht.

Patrick stieß einen Fluch aus. »Entschuldige«, murmelte er. »Ich hab' vergessen, es abzuschalten.«

Zitternd setzte sie sich auf das Mäuerchen und wartete, bis er zu Ende telefoniert hatte. Er rieb sich die Schläfen, als hätte er Kopfschmerzen bekommen. »Es war Modge«, sagte er schließlich. »Die Sicherungen sind durchgebrannt. Sie ist allein im Dunkeln.«

Sie preßte die Lippen zusammen. »Dann solltest du besser gehen.«

Er stand vor ihr und blickte auf sie hinab.

Sie erhob sich und rang sich ein Lächeln ab. »Danke für die Einladung. Und die – äh – Roßkur.«

Er schwieg.

Er ließ sie an der Pforte stehen, umgeben vom schweren Duft der Mandelblüten.

30

Modge sah Patrick am Schreibtisch sitzen, abwesend blätterte er in seinen Papieren. Nein, es gab keinen Aufschub mehr. Sie mußte ihn jetzt fragen.

Sie war so aufgeregt, daß sie kaum Luft bekam. Ob er ihr das ansah? Egal. In seiner Verfassung würde er es gar nicht merken. Als sie ihm vorlog, sie hätte die Sicherungen selbst repariert, hatte er nicht mal mit der Wimper gezuckt. Sein Gesicht wirkte irgendwie aus den Fugen geraten – als wäre er gerade aus einem langen Schlaf erwacht.

He, träumst du? wollte sie ihn fragen. *Bist du immer noch bei der da unten?*

Ihr war schlecht. Alles ging in die Brüche, und sie mußte es mit ansehen. Es muß sein, sagte sie sich. Ich muß ihm die Frage stellen. Dann hab' ich wenigstens Gewißheit.

Sie setzte sich in den großen Ledersessel ihrer Mutter, der neben dem Schreibtisch stand. Der gab ihr Rückhalt und lieh ihr ein wenig von der Macht ihrer Mutter. »Patrick«, begann sie. »Hast du noch die Zeichnung von dem Kelch, die ich dir gegeben habe?«

Seine blauen Augen richteten sich auf sie.

»Ich will sie zurückhaben.« Ihre Stimme klang ganz fest und sicher.

Leise fragte er, warum.

Eine Begründung hatte sie sich nicht zurechtgelegt. Sie wollte einfach nur rauskriegen, ob er sie zurückgeben würde. Wenn nicht, wußte sie, daß sie ihn für immer verloren hatte. »Ist denn das wichtig?« sagte sie. »Sie gehört mir. Myles hat sie mir gegeben.«

»Sie hat ihm nicht gehört. Das weißt du selbst. Sie gehört Antonia.«

Modge krallte sich in die Sessellehne. »Und deshalb hast du sie all die Jahre behalten? Weil sie Antonia gehört?«

Er strich mit seinen schlanken Fingern über den Schreibtisch. »Richtig. Ich muß sie ihr zurückgeben.«

»Nein. Gib sie mir.«

Ihre Blicke trafen sich. So, wie er sie ansah, war sie eine Erwachsene für ihn, nicht mehr Modge-Podge, die kleine Schwester von Myles. Wie tief konnte er in sie hineinschauen? »So leid es mir tut, es geht nicht.«

Die Woge der Verzweiflung schlug über ihr zusammen. »Du liebst sie immer noch«, sagte sie.

»Modge ...«

»Ich heiße Imogen! Imogen, Imogen, Imogen! Früher hast du das gewußt. Warum jetzt nicht mehr? Warum bist du jetzt wie die anderen?«

»Ich ...«

»Du kannst ihr die Zeichnung nicht zurückgeben! Was soll sie von dir denken? Sie wird dir nie verzeihen. Und das weißt du!«

Sie rannte hinaus.

Eine Stunde später hatte sie zwei Packungen Schokokekse, vier Becher Schokoeis und eine Familienportion Reispudding verdrückt. Ringsum häuften sich Packungsreste, ihre Matratze war mit Krümeln übersät. Und sie war einsam. Einsam wie der kleine Prinz auf dem schwarzen Planeten, der völlig verloren durchs Weltall treibt.

Sie versuchte ihren Vater in Antibes anzurufen, aber dort meldete sich der Anrufbeantworter. »Daddy, hier ist Modge. Können wir morgen nach London zurück? Bitte!«

Mit einer Maschine zu reden war schlimmer als mit niemandem zu reden. In ihrer Verzweiflung wählte sie die Nummer ihrer Mutter. In London war es schon tiefste Nacht, aber da am Montag ein großer Prozeß begann, war sie sicher noch wach, wenn sie überhaupt schlafen ging.

»Debra Swynburne«, meldete sich ihre Mutter mit knapper Stimme. Modge stutzte. Sie vergaß immer, daß ihre Mutter unter ihrem Mädchennamen praktizierte. Im Hintergrund hörte sie Telefone klingeln, Tastaturen klappern. Sie schloß die Augen und versetzte sich in die Chefetage von Wilton Row. Computer, Berge von Papier im Licht der schwarzen Halogenlampen, die aussahen wie düstere Kapuzinermönche. Ein ganzes Stockwerk voller Teamwork und Geschäftigkeit, wo jeder genau wußte, was er zu tun hatte.

»Hallo, Mummy«, sagte sie schüchtern. »Ich bin's.«

»Das merke ich. Ist was passiert?«

»Nein«, sagte Modge hastig. »Es ist nur, ich meine ...« Sie suchte nach einer Ausrede. »Ich wollte dir sagen, daß wir früher zurückkommen. Morgen schon. Deshalb wollte ich fragen, ob ich dir was Besonderes zum Abendessen machen kann.«

»Abendessen? Solange der Prozeß läuft, ist an Abendessen nicht zu denken, meine Gute.«

»Ach so. Klar. Tut mir leid.«

»Ist Patrick da?«

»Wie bitte? Ich ... ich glaube, er ist im Arbeitszimmer.«

»Sei so gut und stell mich durch.«

»Können wir vorher miteinander reden? Ich bin irgendwie ...«

Ihre Mutter seufzte. »Ausgerechnet jetzt? Bitte, stell mich durch. Sei ein braves Mädchen.«

Die Vorstellung, von dieser hektischen Welt, wo alles Wichtige passierte, abgeschnitten zu werden, versetzte Modge in Panik. »Kann der Prozeß nicht einen Augenblick warten?« murmelte sie ins Telefon.

»Wie bitte?« Die Stimme ihrer Mutter klang gedämpft. Sie hatte sich abgewendet und redete mit einem Kollegen. »Aber Modge! Ich muß dir doch nicht erklären, daß im Moment jede Sekunde zählt!«

Modge umklammerte den Hörer. »Wenn es um Myles ginge, könnte der Prozeß warten.«

In der nachfolgenden Pause malte sich Modge aus, wie ihre Worte durch die Telefonleitung jagten. Wie kleine knisternde Blitze, die ihre Mutter trafen und nicht widerrufen werden konnten.

»Das habe ich wohl eben überhört«, sagte ihre Mutter.

Modge schloß die Augen. »Tut mir leid, Mummy. Ich hab's nicht so gemeint. Es ist nur ... ich fühl' mich so elend, daß ich ...«

Es klickte, das Gespräch war unterbrochen.

Am Samstagmorgen, nachdem der verkaterte Julian und die verbiesterte Modge abgereist waren, ging Patrick zu seinem Haus hinunter, um die Skizze aus dem Geheimfach im Schreibtisch herauszuholen und Antonia zu überreichen.

Antonia war nicht da. Auch ihre Sachen waren verschwunden. Sie war ausgezogen. Er steckte die Zeichnung ein und ging zur Mühle hinunter, aber auch dort fand er weder sie noch ihr Auto.

Den Gedanken, daß sie kapituliert hatte und nach London zurückgefahren war, verwarf er als ersten. Sie hatte noch sechs Tage Zeit, das Rätsel zu lösen, bis zum Räumungstermin am Donnerstag, 24 Uhr, und sie würde keine Minute davon verschenken. Außerdem war der Anrufbeantworter eingeschaltet, wie er von der Villa aus festgestellte hatte. Er hinterließ seine Bitte um Rückruf und vergrub sich in die Prozeßvorbereitungen.

Am Sonntagmorgen war Antonia noch immer nicht zurück. Dafür bestand Debra in heller Aufregung darauf, er müsse sofort kommen, und Nerissa war nicht für ihn zu sprechen, weil er das Lunch bei Suki Hemingway versäumte. Gegen Mittag, knapp zwei Stunden vor dem letzten Flug ab Perpignan, belud er den Landrover, verschloß beide Häuser und fuhr zur Mühle hinunter. Diesmal stand ihr Auto auf dem Hof.

»Ich muß dich sprechen«, sagte er, als sie die Tür öffnete.

Sie wirkte erstaunt. »Ich dachte, du hättest einen Prozeß?«

»Er fängt morgen an.«

Sie winkte ihn in die Küche und bot ihm Kaffee an. Er nickte und setzte sich an den Schreibtisch.

»Tut mir leid, daß ich nicht zurückgerufen habe«, sagte sie über die Schulter. »Aber ich bin erst vor ein paar Minuten gekommen. Ich war in Toulouse und hab' in der Bibliothek Literatur bestellt.«

»Bist du fündig geworden?«

»Ich weiß nicht. Die Sachen sind noch nicht da. Ich muß morgen wieder hin.«

Verlegen warteten sie, daß das Wasser kochte. »Ich fühlte mich in deinem Haus fehl am Platz«, sagte sie. »Immer die Angst vor dem Telefon.«

Er nickte.

Als er sie an den Kühlschrank gehen sah, dachte er daran, daß er noch vor einem Monat geglaubt hatte, ein zufriedener Mensch zu sein. Guter Job, Familienanschluß, verlobt mit einer Schönheit. Nicht gerade glücklich, aber wer war das schon? Er hatte geglaubt, alles sei in bester Ordnung. Und hätte ihn jemand nach Antonia gefragt, hätte er gesagt: *Ach ja, ich erinnere mich. Aber das ist Ewigkeiten her.* Und hier saß er nun und war drauf und dran, alles aufzugeben. Dabei wußte er nicht einmal, was sie für ihn empfand.

Ich liebe dich, wollte er sagen. *Ich war wie vernagelt. Mit Nerissa mache ich sofort Schluß, wenn ich in London bin. Und wir fangen ganz von vorn an. Was meinst du?*

Aber die Zeit war so knapp. Sein juristischer Instinkt warnte ihn vor übereilten Schritten. *So leid es mir tut, Patrick. Aber es ist zu spät. Es ist zuviel Wasser den Bach hinabgeflossen.* Sein Magen krampfte sich zusammen, wenn er daran dachte.

Er gab sich einen Ruck. »Ich hab' nicht viel Zeit«, begann er. »Aber ich muß dir etwas sagen ... und etwas geben.«

Sie stellte den Milchkarton ab und blickte ihn an.

»Daß ich damals bei der Verhandlung gelogen habe ... das war wegen Modge. Du weißt es.«

»Ja«, erwiderte sie leise. »Das ist vorbei. Hör auf, dir Vorwürfe zu machen.«

»Es ist nicht vorbei. Da ist noch etwas.«

Sie schaute ihn fragend an.

»Etwas, was du nicht weißt. Am Abend vor der Verhandlung hat Modge mir das hier gegeben.« Er nahm die Zeichnung aus der Tasche und breitete sie auf dem Schreibtisch aus.

Sie blickte auf die Zeichnung, dann starrte sie ihn an. Mit offenem Mund.

»Sie hat die Zeichnung von Myles bekommen«, sagte er. »Und hat sie mir gegeben.«

Antonia stand reglos da und starrte auf die Zeichnung. »Vor der

Verhandlung«, flüsterte sie schließlich. »Vor der Verhandlung hast du sie von ihr bekommen?«

Er nickte und sah sie an. »Du hättest sie schon damals bekommen müssen. Es tut mir leid.«

Er wollte, daß sie seinen Blick erwiderte, aber sie tat es nicht. »Warum jetzt?« fragte sie.

»Ich mußte das in Ordnung bringen.«

Sie schwieg.

Er stand auf. »Ruf mich an«, sagte er und ging.

Diesmal flattern die Tauben auf dem Highgate-Friedhof noch bedrohlicher. So bedrohlich, daß Modge etwas tut, was sie noch nie getan hat. Sie flieht hinab in die Gruft.

Sie findet sich in einem muffigen Kellergewölbe wieder. Ihre Füße versinken im Moder. An den Wänden stapeln sich Weinflaschen mit schwarzen Etiketten. Auf einem Tisch in der Mitte steht der *kántharos* und funkelt blutrot im fahlen Licht.

Sie ist gelähmt vor Schreck. Und plötzlich ist der Keller verschwunden. Sie steht im Gebirge. Die Felsen leuchten so weiß, daß ihre Augen weh tun, und sie ist wütend auf Myles, weil er sie weggeschickt hat. Seinetwegen mußte sie stehlen, seinetwegen hat sie sich am Fensterrahmen den Bauch aufgekratzt, und er hat einfach gelacht und sie weggeschickt. Dieses Schwein.

Kochend vor Wut läuft sie zum Jeep. Der steht direkt hinter Monsieur Panabières neuem Aluminiumgatter.

»Geschieht ihm recht«, sagt sie laut und zieht den Stein weg, der das Gatter offen hält. »Wenn er beim Klettern 'runterfällt und sich das Knie aufstößt, um so besser.«

Das Tor läßt sich ganz leicht schließen, und das schöne neue Vorhängeschloß rastet mit einem satten Klick ein.

Soll er doch sehen, was er davon hat.

Jetzt steht sie mit Patrick weiter unten auf dem Weg, sie hören das Geschrei hinter sich und sehen Myles im Jeep, als sie sich umdrehen. Er fährt holpernd rückwärts, und plötzlich hängen die Hinterräder in der Luft, die Felskante bröckelt und der Jeep kippt hinten über in den Abgrund. Er fällt langsam, gräßlich langsam, und ringsherum flattern Papiere. Flattern wie Taubenflügel.

Sie schreit und schreit.

Als sie aufwacht, liegt sie zusammengerollt wie eine Kugel im Bett und hält sich die Ohren zu, um die Schreie nicht zu hören.

Mein Gott, mein Gott, mein Gott! Ich war's, ich hab's getan.

Ich hab' Myles umgebracht.

Es war schon sechs, als Nerissa in das Haus in Cornwall Gardens zurückkehrte, das sie mit Patrick bewohnte. Der Lunch mit ihrem alten Verehrer hatte sich lächerlich lange hingezogen.

Zum Glück war Patrick noch nicht da. Sie wollte den Eindruck erwecken, daß sie das ganze Wochenende nicht aus dem Haus gegangen war. Ein langes, ödes Wochenende ohne ihn. Und nicht zu vergessen die Trumpfkarte, die sie im Ärmel hatte.

Das Lunch war eine Eingebung des Augenblicks gewesen. Kaum hatte Debra aufgelegt, hatte sie den Lunch bei Suki Hemingway abgesagt und Stephen Mackenzie angerufen. Es war alles glänzend gelaufen. Der Champagner hatte ihre Nerven beruhigt und der gute alte Stephen auch.

Am Telefon war Debra geradezu beleidigend kurz angebunden gewesen. Obwohl es unter den Umständen verzeihlich war. Sie hatte gefragt, ob sie wisse, daß Antonia Hunt in ihrem Haus in La Bastide gewohnt habe. Ob sie wisse, daß sie eine Rivalin habe.

Nein. Das wußte sie nicht. Besten Dank, Debra. Und eine Rivalin hatte sie bestimmt nicht.

Sie hatte dem armen Stephen im Restaurant gegenübergesessen, sich in seiner Bewunderung gesonnt und überlegt, wie sie mit Patrick verfahren sollte.

Diese Heirat war ihr gutes Recht. Sie hatte es satt, auf die Hochzeiten ihrer Freunde zu gehen und sich zu fragen, wann sie an die Reihe kam. Seit ihrem vierzehnten Lebensjahr hatte sie immer einen Freund gehabt, aber seltsam: Keiner war auf die Idee gekommen, sie zu heiraten.

Sie hatte sich diesen gutaussehenden und erfolgreichen Mann redlich verdient. Und seine Herkunft war ein gewaltiges Plus. Die gab der Sache das gewisse Etwas. Der Umstand, daß seine Mutter Engländerin war, fiel nicht ins Gewicht, da in solchen Dingen nur der Vater zählte, und der war ein Prolet gewesen. Mit anderen Worten: Patrick kam von ganz unten.

Nerissa verfiel selten in Träumereien, aber einen Gedanken spielte sie immer gern durch, wenn sie während ihrer »Vorsprechtermine« durch die Geschäfte streifte. Sie waren auf Hochzeitsreise und besuchten seine Heimatstadt in Wyoming. Die Bretterpfade waren gesäumt von abgehärmten Frauen mit strähnigen Haaren und kleinen Kindern im Arm, und sie folgten dem eleganten Paar mit ehrfürchtigen Blicken.

Nein, besten Dank, Debra. Ich habe keine Rivalin. Antonia habe ich nie ernst genommen, warum sollte ich jetzt damit anfangen? Andererseits darf man so etwas nicht auf die leichte Schulter nehmen.

Alles lief bestens nach Plan. Als das Taxi draußen hielt, hatte sie geduscht, sich geschminkt und das lange cremefarbene Kaschmirkleid angezogen, das Patrick so mochte.

Sie traf ihn in der Küche, wo er einen großen Whisky mit Wasser auffüllte.

»Du siehst furchtbar aus«, sagte sie und lehnte das Angebot eines Drinks mit einer knappen Kopfbewegung ab.

Er sah natürlich verdammt gut aus. Auf interessante Weise abgemagert, mit dunklen Schatten unter den Augen, als hätte er tagelang weder gegessen noch geschlafen. Aber warum sollte sie ihm schmeicheln?

»Wenn du Hunger hast«, sagte sie, »mußt du dir was kommen lassen. Ich hatte keine Zeit zum Einkaufen.«

»Ich habe keinen Hunger.«

»Ich auch nicht. Mein Agent hat gestern angerufen, seitdem jagt eine Telefonkonferenz die andere.«

Das mit den Telefonkonferenzen war ihr im Restaurant eingefallen, und sie fand die Idee berückend. Wenn sie erst ihre Trumpfkarte ausspielte, würden ihm zwar Zweifel kommen, aber das ließ sich irgendwie ausbügeln. »Das Vorsprechen ist am Mittwoch«, sagte sie, weil sie wußte, daß er dann mitten in der Verhandlung steckte. »Ich hoffe, du kommst mit. Zur moralischen Unterstützung.«

»Nerissa«, sagte er abrupt. »Ich muß mit dir reden.«

Sie leckte sich über die Oberlippe. Den Ton kannte sie. Also würde es doch nicht so glatt gehen, wie sie dachte. »Kann das nicht warten? Ich bin schrecklich müde.«

»Ich fürchte, nein.«

Sie schlug die Beine übereinander und wartete.

»Ich glaube, du weißt, was jetzt kommt«, sagte er. Sie sah, daß es ihn Überwindung kostete. Gut. Dann war er leichter zu handhaben. »Wir haben uns in den letzten Monaten kaum zu Gesicht bekommen«, begann er.

»Wessen Schuld ist das?« fragte sie ruhig.

»Ich weiß.« Er blickte ihr in die Augen. »Es tut mir leid, Nerissa. Ich kann dich nicht heiraten.«

In solchen Situationen kam es vor allem darauf an, keine Zugeständnisse zu machen. Nicht einlenken, immer stur bleiben. Bis es vorbei ist.

Sie setzte sich zurecht. »Ich hab' mir schon so etwas gedacht«, sagte sie schließlich. »Aber dein Timing ist ziemlich daneben.« Da er sie fragend anblickte, erklärte sie: »So kurz vor meinem Vorsprechtermin.«

»Ach so«, sagte er leise. »Der Vorsprechtermin.«

Sie verstand den Unterton und wurde rot. Schon öfter hatte sie sich gefragt, ob er sie durchschaute. »Aber nicht nur das«, sagte sie schnell. »Ich denke auch an deine Karriere.«

Mehr brauchte sie nicht zu sagen. Er verstand sofort. Aber zu ihrer Überraschung zuckte er nur die Schultern und goß sich einen neuen Whisky ein.

»Ich vermute, daß Antonia dahintersteckt.«

Er nahm einen Schluck und musterte sie mit forschendem Blick.

»Simon Toynbee hat mich gestern angerufen«, sagte sie. »Wir haben lange gequatscht. Es gab viel nachzuholen. Du weißt doch, daß sie wieder zusammen sind, nicht wahr? Letzte Woche hat er bei ihr übernachtet. Aber das hat sie dir sicher selber erzählt.«

Patrick zuckte nicht mit der Wimper. Aber sie wußte, daß sie einen Volltreffer gelandet hatte. Jetzt mußte sie ihm Zeit lassen, damit sich die Wirkung entfalten konnte. Und natürlich, die

Trumpfkarte hatte sie noch nicht ausgespielt. Wenn sie die zog, war er erledigt.

Es lief bestens nach Plan.

Als Nerissa ins Bett gegangen war, rief er Antonia an. Wenigstens versuchte er es, aber entweder nahm sie nicht ab, oder sie war weggegangen. Das mit Simon Toynbee war sicher eine von Nerissas üblichen Geschichten – ein bißchen zu vordergründig, ein bißchen zu plump. Normalerweise erregten sie sein Mitleid.

Aber jetzt fielen ihm Antonias verheulte Augen am Freitagnachmittag ein. Die Scherben in der Küche, die Weinflecken an der Wand. »Ich bin ausgerastet«, hatte sie ihm gesagt. Und er hatte gedacht, wegen Debra. Nun begann er doch zu zweifeln.

Aber nicht lange. Wenn sie sich lieber für den Großinquisitor entschied, sollte sie ihm das ins Gesicht sagen. Jetzt brauchte er Klarheit, nichts als Klarheit.

Er lief im Arbeitszimmer auf und ab. Dann rief er sie erneut an. Diesmal hinterließ er eine längere Nachricht. Er teilte ihr mit, er habe sich von Nerissa getrennt, und sie solle sich bitte umgehend melden.

Nach zwanzig Minuten hatte sie noch immer nicht angerufen. Nerissa steckte den Kopf durch die Tür. »Bei all der Aufregung hab' ich's fast vergessen. Ich wollte dich schon heute vormittag erreichen, aber du warst nicht da. Ich nehme an, Debra und Julian haben es auch versucht.«

»Julian?« fragte er scharf. »Warum Julian? Was ist passiert?«

»Gleich«, sagte sie. »Debra ist außer sich. Und Julian ... na, du kannst dir denken.«

Er hatte ihre Spielchen gründlich satt. »Was ist los?« fuhr er sie an, daß sie blaß wurde.

»Modge hat gestern nacht versucht, sich umzubringen.«

31

»Ich bin untröstlich, Mademoiselle«, sagte der Bibliothekar fröhlich. »Aber Sie müssen sich noch ein paar Tage gedulden.«

»Ein paar Tage?« zischte Antonia durch die Zähne. »Was soll das heißen? Mittwoch, Donnerstag? Können Sie mir vielleicht sagen, warum *ich* tagelang warten muß, wenn Sie meine Bestellung nicht richtig lesen und mir die falschen Bücher bringen?«

Der Bibliothekar antwortete mit einem Schulterzucken, das er in Hunderten ähnlichen Fällen perfektioniert hatte. *Nehmen Sie die Bücher oder lassen Sie's sein*, besagte es. *Hauptsache, Sie beeilen sich. Hinter Ihnen warten noch mehr Unglückliche, die ich genauso enttäuschen werde.*

Antonia schluckte ihren Ärger herunter und füllte einen neuen Zettel aus, diesmal mit beleidigend großen Druckbuchstaben und einem Smiley auf jedem I. Sie verabschiedeten sich mit einem höflichen Kopfnicken gegenseitiger Verachtung.

In der Kantine kaufte sie eine Tasse Kaffee und setzte sich an einen Tisch in der Ecke. Sie hatte eine Stinklaune.

Ruf mich an, hatte er gesagt und war gegangen.

Was sollte das heißen? *Ruf mich an, dann wird alles gut?* Oder *Ruf mich an und erteile mir Absolution für meine Sünden, bevor ich Nerissa heirate?* Was hatte er sich dabei gedacht, ihr die Zeichnung hinzulegen und ohne ein weiteres Wort nach London abzudüsen? Sie drehte die Tasse in den Händen, und ihre Empörung verwandelte sich in Verzweiflung. Er würde nie von den Passmores loskommen, weil er glaubte, Myles' Platz einnehmen zu müssen. Er mußte den perfekten Sohn spielen, den perfekten Bruder, den perfekten Verlobten.

Es hatte keinen Zweck, ihn anzurufen. Aber warum, fragte sie sich, hatte er die Zeichnung all die Jahre behalten? Zum zwanzigsten Mal öffnete sie ihre Tasche und holte sie heraus.

Pegasus trabte freudig wiehernd auf Bellerophon zu, mit erhobenem Kopf und geblähten Nüstern, zu seinen Füßen ein Teppich aus Akanthusblättern. Und unter einer Ranke verbarg sich eine kleine, zusammengerollte Schlange.

Die hatte sie sofort erkannt. Die Schlange war das Signum des Cassius. Wie die meisten gebildeten Römer hatte sicher auch er einen Siegelring getragen, mit dem er seine Briefe und seine militärischen Befehle kennzeichnete.

Das erklärte auch, warum ihr beim Anblick der kleinen grünen Schlange auf der Terrasse ein Schauder über den Rücken gelaufen war. »*Schmunzelnd erkannte ich das Signum meines jungen Freundes*«, hatte Plautius in einem seiner frühen Briefe geschrieben. »*Nie war mir eine Viper willkommener.*«

Der Zusammenhang war ihr erst aufgegangen, als sie im Gästezimmer von Professor Meriot lag und die Wasserflecken an der Decke studierte.

Das Signum des Cassius befand sich unter den Hufen des Pferdes. Mußte da nicht auch das Signum der Lycaris unter den Füßen des Bellerophon zu finden sein? Doch wie die hastige Nachprüfung der Skizze ergab, war die Stelle leer geblieben.

Im fahlen Neonlicht der Kantine starrte Antonia auf ihre vergilbte Zeichnung.

Cassius und Lycaris.

Die Wahrheit ist im Kelch.

Welches Zeichen hatte sich auf der anderen Seite befunden? Sie zermarterte sich vergeblich den Kopf.

Und doch wußte sie, daß sie auf der richtigen Fährte war. Nur so ließ sich erklären, warum das Rätsel erst nach dem Tod der Lycaris lösbar werden sollte. Denn die Urnen reicher Römer wurden mit ihren Signa verziert.

Wenn Antonia die Signa der von Cassius geretteten Frauen identifizieren konnte, fiel ihr vielleicht wieder ein, welches von ihnen sich auf dem Kelch befunden hatte. Aber so einfach, wie es klang, war das nicht. Manche Römerinnen behielten ihr Signum nach der Heirat, andere nicht, und wieder andere legten keinen Wert auf ein eigenes Signum. So war es schon ungewiß, ob sie überhaupt eins dieser Zeichen ermitteln konnte.

Die Probleme häuften sich. Aber wenigstens gelang es ihr nach einer ganztägigen Bibliotheksrecherche, die Zahl der fraglichen Frauen auf drei zu reduzieren. Die aus Perusia herausgeschleuste Gruppe hatte aus zwölf Personen bestanden. Anfangs fragte sich Antonia, warum Cassius zwölf Menschen gerettet hatte, wenn es ihm nur um eine einzige Frau gegangen war, doch dann begriff sie, daß es der Tarnung diente. Sollte Lycaris verheiratet gewesen sein, mußte Cassius Sorge tragen, daß ihr Liebesverhältnis nicht enthüllt wurde.

Das Buch über die Kriegführung der Römer verzeichnete, daß fünf weibliche Personen zu der Gruppe gehört hatten, darunter eine Greisin und eine Halbwüchsige. Also bleiben drei übrig, die als Lycaris in Frage kamen.

Die erste, die Patrizierin Aemilia Saturnina, war mit fünfzehn verheiratet worden und zur Zeit ihrer Affäre mit Cassius zweiundzwanzig gewesen. Als Witwe oder als Geschiedene hätte sie sehr gut auch die Geliebte des Cassius sein können.

Dann war da Valeria Atilia, die Tochter eines reichen Weinhändlers aus Südspanien, die im Jahr 53 achtzehn gewesen war und einen römischen Patrizier geheiratet hatte.

Und schließlich eine Tacita Cornelia, mit sechzehn Jahren zur fraglichen Zeit die jüngste von den dreien. Doch das sprach nicht gegen sie, da Römerinnen oft schon mit zwölf Jahren verheiratet wurden.

Und bis jetzt deutete alles auf Aemilia. Es war eine stürmische Liebe gewesen – in den Gedichten hatte Cassius verliebte Balgereien beschrieben, die ihm Kratzer und Bisse einbrachten, und es schien kaum wahrscheinlich, daß ein Teenager schon so respektlos war, den berühmten Dichter in dieser Weise zu malträtieren.

Für Aemilia sprach außerdem, daß es vielleicht möglich war, ihr Signum zu identifizieren. Zufällig war Antonia auf den Hinweis gestoßen, daß ihre Urne im Keller der Kopenhagener Glyptothek lagerte. Sie kannte den Kurator der dortigen Sammlung, und obwohl er gerade eine Grabung vorbereitete, hatte er versprochen, ihr nach Möglichkeit zu helfen.

Aber während sie in der Kantine darüber nachgrübelte, wurde ihr klar, daß sie keine völlige Sicherheit erlangen konnte, selbst dann nicht, wenn sie alle drei Signa ermittelte und sich erinnerte, eine von ihnen zu Füßen des Bellerophon gesehen zu haben. Denn das Gedächtnis konnte täuschen. Wirkliche Gewißheit konnte sie nur erlangen, wenn sie den *kántharos* in der Hand hielt und das Signum zu Füßen des Bellerophon mit eigenen Augen sah.

Was mache ich hier überhaupt? fragte sie sich entmutigt. Ich jage meinen Hirngespinsten nach, während die Studenten um mich herum flirten, Händchen halten, ihr Leben genießen.

Das Klügste war es, zur Mühle zurückzukehren, die Sachen zu packen und nach London zu verschwinden.

Und Patrick McMullan zu vergessen.

»Wie fühlst du dich?« fragte Patrick und zog einen Stuhl ans Krankenhausbett.

Er muß direkt vom Gericht gekommen sein, dachte Modge. Denn anstelle der Krawatte trug er noch die Halsbinde, sein Haar war von der Perücke zerzaust, er wirkte völlig überlastet.

Sie zog die Bettdecke ans Kinn. »Ich komme mir wie eine Hochstaplerin vor«, sagte sie.

Er schaute sie fragend an.

»Ein total alberner Selbstmordversuch. Die Schwestern sagen, bei der Menge Aspirin hätte sich nicht mal das Magenauspumpen gelohnt. Sie behalten mich nur hier, weil Mummy draufbesteht, und das macht sie, weil sie mich zu Hause nicht brauchen kann. Wie läuft der Prozeß?«

»Er läuft so«, sagte Patrick und ließ sich nicht ablenken. »Wie fühlst du dich, habe ich gefragt.«

Sie hatte sich so gewünscht, daß er sie besuchen kam, aber nun wollte sie am liebsten, daß er wieder ging. Wie hatte sie sich nur einbilden können, daß er jemals mehr als nur ein Bruder für sie sein würde? Er sollte verschwinden. Sein Anblick tat ihr weh, wenn sie daran dachte, daß sie in Zukunft ohne ihn auskommen mußte. »Sag ich doch. Wie eine bekloppte Hochstaplerin. Nicht mal umbringen kann ich mich richtig.«

»Du hast es gar nicht versucht.«

»Doch.«

»Nein«, widersprach er mit sanftem Nachdruck. »Wenn du's gewollt hättest, hättest du's geschafft. Halbheiten sind nicht deine Sache.«

Sie dachte darüber nach. »Ich hätte mehr Mut haben müssen.«

»Was du getan hast, war mutiger als Selbstmord. In deinem Brief hast du mehr zur Sprache gebracht als in all den Jahren davor. Und das finde ich mutig.«

Sie musterte ihn mißtrauisch. »Ich wollte, daß Mummy alles erfährt. Alles. Verstehst du?«

»Ich verstehe.«

»Ich habe geschrieben, daß Myles den Kelch gestohlen hat.«

»Ich weiß.«

»Und jetzt wird sie mich ewig hassen.«

»Nein.«

Ihre Augen begannen zu brennen. »Doch«, flüsterte sie. »Ich hab' das Tor zugemacht. Ich hab' ihn umgebracht.«

»Nein. Das hast du nicht.«

»Doch.«

Er beugte sich vor und blickte ihr in die Augen. »Niemand hat Myles umgebracht. Es war eine Verkettung unglücklicher Umstände. Wir alle haben Fehler gemacht, wir alle haben unsere Aktie daran. Aber nur zu einem kleinen Teil. Es war ein Unfall.« Er dachte nach. »Ich habe Jahre gebraucht, das zu akzeptieren. Irgendwann wirst du es auch akzeptieren.«

Sie wischte sich die Augen und schniefte. »Erklär doch das Mummy.«

Er blickte auf seine Hände. »Ich glaube, das kann keiner. Zu der Erkenntnis muß sie selber kommen.«

»Niemals wird sie das.«

»Woher willst du das wissen?«

Aber sie wußte es. Ihr Vater war fast die ganze Zeit bei ihr geblieben, er hatte im Krankenhaus übernachtet und saß jetzt draußen, aber ihre Mutter war nur zur Besuchszeit am Samstag gekommen und keine Sekunde länger als zehn Minuten geblieben. Sie hatte sich auf einen Stuhl an ihrem Fußende gesetzt, ein nichtssagendes Lächeln aufgesetzt und gefragt, ob sie etwas von zu Hause brauchte.

»Hast du meinen Brief bekommen?« fragte Modge.

Ihre Mutter stützte die Hände auf die Knie. »Nur keine Sorge. Darüber verlieren wir kein Wort.«

»Aber ich möchte mit dir darüber sprechen.«

»Besser nicht, Liebling.«

»Mummy...«

»Mach dir bitte keine Gedanken, Liebling. Bald geht's dir wieder gut.«

»Mir geht es überhaupt nicht gut. Seit Myles tot ist. Ich bin zwanzig und wiege achtzig Kilo. Ich hasse alles an mir. Ich hab' das so satt!«

Ihre Mutter preßte die Hände an die Schläfen und machte ein gequältes Gesicht. Modge kannte diese Reaktion seit ihrer Kindheit. *Bitte, Liebling!* besagte sie. *Ich stecke bis über die Ohren in der Arbeit. Sei so gut und mach es nicht noch schlimmer.*

Das funktionierte immer.

Modge blickte auf und sah, daß Patrick sie anschaute. »Warum bist du eigentlich all die Jahre bei uns geblieben?«

Er überlegte einen Moment. »Myles wollte, daß ich mich um dich kümmere. Und, auch wenn du's nicht glauben wirst, ich hab' dich immer irgendwie gemocht.«

Wieder stiegen ihr die Tränen hoch. »Und jetzt willst du dich verabschieden, stimmt's?«

Er musterte sie ruhig. »Für eine Weile. Ich glaube, das ist besser.«

Sie rollte sich zur Seite und drehte ihm den Rücken zu. »Dann geh doch«, flüsterte sie.

Er erwiderte nichts. Nach einer Weile hörte sie ihn aufstehen. Er legte etwas auf ihr Kissen.

»Was ist das?« fragte sie leise. Aber sie wußte schon, was es war. Es war Myles' römische Münze.

Einmal hatte Myles die Münze in die Höhe gehalten und sie danach springen lassen. Und sie durfte sie eine Weile behalten, als sie es geschafft hatte. Aber dann fiel ihr die Münze in die Viehtränke auf der Rue de la Clouette. Und sie fing an zu heulen, weil sie dachte, nun sei das gute Stück verloren. Myles blieb überraschend freundlich. »Modge-Podge«, sagte er mit einem geduldigen Seufzer, »du bist mir ja ein kleiner Trampel.« Und nachdem er die Münze herausgefischt hatte, durfte sie sie den ganzen Tag behalten.

Das fiel ihr erst jetzt wieder ein. Sie griff nach der Münze, dann schob sie sie weg. »Ich will sie nicht«, sagte sie, noch immer mit dem Rücken zu Patrick. »Nimm sie weg.«

»Nein. Sie gehört jetzt dir. Du hättest sie früher bekommen müssen.«

»Ich will sie nicht. Nimm sie weg, oder ich werfe sie in den Müll.«

»Du kannst damit machen, was du willst. Es ist deine.«

»Okay«, sagte sie. Tränen liefen ihr übers Gesicht. Sie warf die Münze in den Papierkorb. »Zufrieden? Jetzt kannst du gehen.« Sie zog die Decke über den Kopf und preßte die Augen zusammen. Geh weg, Patrick. Ich halte es nicht aus.

»Vielleicht rufst du mich mal an, wenn es dir besser geht«, sagte er leise.

»Warum sollte ich?«

»Wir könnten essen gehen. Du kommst von Newmarket, und wir verbringen den Tag miteinander. Wenn dir die Pferde Zeit dafür lassen.«

Sie hielt sich die Ohren zu.

»Es wird so kommen, Imogen. Du wirst deinen Kopf durchsetzen. Ich kenne dich. Und du erzählst mir alles über Newmarket, wenn wir essen gehen.«

»Geh weg!«

Sie hörte ihn zur Tür gehen. »Wir sehen uns dann zum Essen, Imogen.«

Eine ganze Weile später, als sich ihr Weinen in Schluckauf verwandelt hatte, öffnete sie die Augen. Ihr Kopf dröhnte, auf dem Kissen breitete sich ein nasser Fleck aus.

Ob sie mir eine Aspirin geben? dachte sie. Nicht sehr wahrscheinlich nach dem, was ich gemacht habe.

Sie ging ans Waschbecken und spritzte sich kaltes Wasser ins Gesicht. Denn setzte sie sich auf die Bettkante.

Die Münze lag auf einem Berg zerknüllter Taschentücher und halb gegessener Weintrauben, die ihr Vater in der Krankenhauskantine gekauft hatte. Modge blickte lange auf die Münze hinab. Dann holte sie sie heraus und warf sie in die unterste Nachttischschublade, zu Antonias grüner Haarspange, die sie sich von ihrem Vater hatte mitbringen lassen. Ganz hinten hin, damit sie so tun konnte, als wäre sie gar nicht vorhanden.

Als Antonias Anruf am Montagabend ausblieb, machte sich Patrick keine Sorgen. Hatte sie nicht nach Toulouse fahren wollen? Dann würde sie eben am Dienstag anrufen.

Er konzentrierte sich auf den Prozeß, was ihm in der angespannten Gerichtsatmosphäre leichtfiel. Debra Passmore war in ihrem Element, der Sieg war zum Greifen nahe. Sie hatte ständig Blickkontakt mit Patrick, doch über die aufgelöste Verlobung und Modges Verzweiflungstat verlor sie kein Wort. Er wußte, daß sie über Antonia und ihn im Bilde war, Modge hatte in ihrem »Abschieds«-Brief nichts ausgelassen. Aber Debra ließ sich nicht das geringste anmerken.

»Ist sie nicht unglaublich?« staunte einer ihrer Mandanten. »Man würde nicht glauben, daß ihre Tochter im Krankenhaus liegt. Das nenne ich professionell.« Patrick kam es nur grotesk vor.

Auch am Dienstagmorgen blieb Antonias Anruf aus, also griff er zum Telefon. Sie war nicht da. Kurz vor der Abfahrt ins Gericht hinterließ er eine Nachricht auf ihrem Anrufbeantworter. »Antonia? Hier Patrick. Können wir uns treffen? Bitte melde dich!«

Sie rief nicht an. Den Abend verbrachte er mit dem Anwaltsteam in Debras Konferenzzimmer, er beruhigte Mandanten, plauderte mit Kollegen und sprach die Verhandlungsstrategie gegen die Zeugen durch. Er staunte, wie leicht es ihm fiel, sich zu verstellen.

Als er drei Uhr morgens nach Hause kam, fand er einen Zettel von Nerissa auf seinem Kopfkissen. *Vorsprechen findet in Paris statt. Bin wahrscheinlich Donnerstag zurück.* Auf dem Anrufbeantworter – nichts. Kein Wunder, er hatte vergessen, Antonia seine Telefonnummer zu geben.

Am Mittwochmorgen rief er erneut in der Mühle an. Wieder vergeblich, also hinterließ er alle seine Nummern und bat sie um Rückruf. Im Gericht nahm er den Sachverständigen der Gegenseite ins Kreuzverhör, einen auftrumpfenden Zwerg, der sich einbildete, ihn austricksen zu können. Damit verärgerte er den Richter, und Patrick hatte leichtes Spiel. Nebenbei dachte er an die Mühle in La Bastide, und langsam dämmerte ihm, daß Antonia vielleicht gar nicht beabsichtigte, ihn zurückzurufen.

»*Antonia, die verzeiht nie*«, hatte ihm Myles einmal versichert. »*Bei der heißt es no, njet, no way, José!*«

Zur Mittagspause fuhr er mit den Kollegen zum Essen und zur Strategiebesprechung in die Kanzlei zurück. Er benutzte die Gelegenheit, in sein Büro zu verschwinden und noch einmal anzurufen. Er fühlte sich verklemmt wie ein Siebzehnjähriger. Warum fiel es ihm nur so schwer, zu sagen, was er empfand? Anrufbeantworter waren die schrecklichste Erfindung aller Zeiten. »Antonia ... äh ... könntest du mich anrufen ... bitte? Diese Verhandlung, ich meine, der Prozeß, ist bald vorbei. Ich glaube, es kommt zum Vergleich, vielleicht morgen schon. Ich nehme jedenfalls den nächsten Flug.«

Um fünf vor zwei, kurz bevor er ins Gericht zurückging, rief er sein Reisebüro an und buchte ein Ticket für die Morgenmaschine. Verflucht noch mal! Wenn sie nichts mehr mit mir zu tun haben will, muß sie mir das persönlich sagen! Was ist ein Anwalt wert, der nicht einmal seine eigenen Angelegenheiten regeln kann?

Um Viertel vor vier bat die Gegenseite um eine kurze Unterbrechung, dann akzeptierte sie den Vergleich, der ihr am Samstagabend vorgeschlagen worden war – zur großen Freude des Richters, der hastig Schluß machte, um auf den Golfplatz zu kommen. Die Mandanten waren überglücklich. Es wurde schon acht, als Patrick und Debra von ihnen loskamen, und das auch nur gegen das Versprechen, sich später zum Champagner bei Langan's zu treffen.

»Ich muß mit dir reden«, sagte Patrick zu Debra Passmore, als sie in die Kanzlei kamen.

»Es wurde auch Zeit«, erwiderte sie, geleitete ihn in ihr Büro und machte die Tür zu. »Ein Drink?«

Er schüttelte den Kopf und setzte sich so, daß er das Porträt ihres Vaters, das über dem Kamin hing, im Rücken hatte. Lord Justice Swynburne hatte mit seinem Basiliskenblick schon ganz andere Kerle als ihn eingeschüchtert.

»Vermutlich geht es um Antonia Hunt«, sagte sie und goß sich einen großzügig bemessenen Scotch ein. Ihre Miene war undurchdringlich wie bei einem schwierigen Plädoyer.

»Stimmt«, erwiderte er munter. Wenn sie glaubte, ihn überrumpeln zu können, mußte er sie enttäuschen. Er wußte schließlich nur zu gut, daß er es mit einer gewieften Anwältin zu tun hatte. »Vermutlich hat dir Julian schon erzählt, daß ich mit Nerissa Schluß gemacht habe.«

Sie reagierte mit ihrem feinen Lächeln.

Er hatte es Julian beim Frühstück mitgeteilt, kurz vor dessen Abfahrt zum Krankenhaus. Es tat ihm weh, daß es ausgerechnet jetzt sein mußte, aber er hatte keine Wahl.

Julian hörte ihn schweigend an. Dann faltete er bedächtig die *Times* zusammen und legte sie neben den Teller. »Das hatte ich befürchtet«, sagte er. »Ich habe mir gleich gedacht, daß sie nicht die Richtige für dich ist.«

»Sie kann nichts dafür«, erklärte Patrick. »Ich liebe Antonia.«

Wie einfach das klang, wenn man es laut sagte. Und plötzlich ordnete sich alles wie von selbst. Es gab nichts mehr zu bemänteln, die Kopfschmerzen waren wie weggeblasen und das ständige Gefühl, im falschen Film zu sein, ebenfalls.

Dennoch traf es Julian unerwartet. Er wirkte geschockt. »Aber Junge, das kannst du unmöglich tun! Du weißt doch, wie Debra dazu steht.«

»Ich kann es nicht ändern, Julian. Da ist leider nichts zu machen.«

Julian schwieg.

Patrick versuchte zu lächeln. »So schlimm ist es auch wieder nicht. Wir bleiben uns erhalten. Ich gehe schließlich nicht nach Australien.«

Julian nahm die Brille ab, putzte sie mit dem Taschentuch und blinzelte zornig. »Da hast du allerdings recht. Nach Australien gehst du nicht.«

Debra blickte mit verkniffener Miene zum Porträt ihres Vaters auf. Sie sah aus, als würde sie eine Strategie aushecken.

Patrick fühlte sich erschöpft. Warum konnten sie nicht einfach zur Sache kommen?

»Ich muß schon sagen«, begann Debra, ohne den Blick vom Gemälde abzuwenden, »es enttäuscht mich sehr, daß du all die Jahre meintest, mir was vormachen zu müssen.«

»In welcher Hinsicht?«

»Du wußtest, daß mein Sohn dieses Fundstück entwendet hatte, und hast ihn gedeckt. Du wußtest, daß meine Tochter das Tor verschlossen hatte, und hast es nie gesagt. Du ...«

»Von dem Tor wußte ich nichts.«

»Und nun setzt du hinter meinem Rücken deine Affäre mit dieser Person fort.« Sie goß sich Scotch nach. »Offenbar habe ich mich von Anfang an in dir getäuscht. Prolet bleibt Prolet, wie es so schön heißt.«

Patrick überhörte es.

»Ich war also die ganzen Jahre im Irrtum, wie meine Tochter in ihrem kleinen Pamphlet auszuführen beliebt. Mein Sohn war ein Dieb, diese Person der reinste Engel, und ich soll sie mit offenen Armen in den Schoß der Familie aufnehmen.«

»Niemand erwartet das von dir«, sagte Patrick. »Darf ich jetzt reden?«

Sie neigte den Kopf mit übertriebener Höflichkeit.

»Ich fasse mich kurz. Und bevor ich's vergesse: Den Abend mit unseren Mandanten habe ich abgesagt.«

»Warum?« fragte sie scharf. »Der Aufsichtsratsvorsitzende legt gesteigerten Wert auf deine Teilnahme.«

Er blickte ihr ruhig in die Augen. »Weil ich kündige.«

»Du kündigst?«

»Ich ziehe meine Partnerschaft zurück.«

Sie blinzelte verwirrt. »Das geht nicht.«

»Doch. Es ist vielleicht unüblich, aber es geht. Ich habe alles arrangiert. Mein Assistent packt meine Sachen und schickt sie nach Cornwall Gardens. Er hat in letzter Zeit keine neuen Fälle angenommen, und die laufenden sind alle auf dem letzten Stand. Noch heute nacht mache ich das Übergabeprotokoll fertig.«

»Du kannst nicht einfach aussteigen und alles hinwerfen!«

Er staunte. War sie sich seiner so sicher gewesen? »Alles werfe ich nicht hin«, sagte er. »Ich bleibe Anwalt. Aus irgendeinem perversen Grund macht mir der Beruf Spaß.« Er lächelte ironisch. »Aber ich habe vor, die Fronten zu wechseln.«

Sie lachte. »Du? Du willst dich auf die Seite der armen Schlucker stellen? Das glaube ich dir nicht.«

»Warum nicht? Ich weiß jetzt ganz gut, wie man die großen Firmen zu packen kriegt.«

»Vergiß es, Patrick! Wir alle haben von Zeit zu Zeit unsere moralischen Bauchschmerzen. Aber das geht vorbei.«

»Vielleicht. Ich bleibe trotzdem bei meiner Entscheidung.«

Sie fixierte ihn. »Nach allem, was ich für dich getan habe.«

Er hielt ihrem Blick stand. »Ich habe viel von dir gelernt, Debra. Dafür werde ich dir immer danken. Aber was ich erreicht habe, habe ich aus eigener Kraft erreicht.«

Sie blickte angestrengt in ihr Glas. »Geh nicht, Patrick. Ich weiß nicht, wie ich ohne dich zurechtkommen soll.«

Der persönliche Appell. Er hatte ihn erwartet. Vielleicht war er sogar ehrlich gemeint.

Er wandte sich zum Gehen. »Mach's gut, Debra.«

Julian begegnete Patrick auf der Treppe und sah, daß er erschöpft wirkte wie nie zuvor.

»Julian«, rief ihm Patrick von unten zu.

Julian beugte sich über das Geländer. Patrick bemühte sich um ein Lächeln. »Auf Wiedersehen, Julian«, sagte er. »Bis auf ... weiteres.«

Julian spürte einen Stich in der Brust. »Patrick ...«, begann er, aber der war schon weg.

O Gott, dachte Julian. Bitte laß es nicht geschehen.

Debra stand allein im Büro und blätterte die neuen Faxe durch.

»Dachte ich mir doch, daß ich dich hier finde«, sagte er. »Gratuliere dir zum Erfolg.« Er wollte sie auf die Wange küssen, doch sie wich ihm aus. »Ich hab' Patrick gesehen. Er sah schrecklich aus.«

Sie raffte die Faxe zusammen und lächelte ein wenig. »Er ist gegangen.«

Wieder dieser Stich in der Brust. Er kam sich plötzlich sehr alt und müde vor und sank auf einen Stuhl. »Wie meinst du das?«

»Er hat gekündigt, sich zurückgezogen, ist aus unserem Leben verschwunden.«

Mein Schwiegersohn, dachte er wie betäubt. Mein Wunschsohn, mein Ersatzsohn. »Kam es völlig unerwartet?«

»Ich hatte ihn für zuverlässiger gehalten. Offenbar habe ich mich geirrt.«

Er rieb sich verzweifelt die Stirn. »Vielleicht hast du ihm keine Wahl gelassen.«

Statt zu antworten, bot sie ihm einen Drink an, doch er lehnte ab und wartete stumm, während sie ihr Lieblingsglas aus dem Nachbarraum holte.

»Ich komme gerade aus dem Krankenhaus«, sagte er, als sie wieder da war. »Modge scheint es besser zu gehen. Morgen soll sie entlassen werden.«

Sie setzte sich auf die Schreibtischkante und nahm einen kräftigen Schluck.

»Debra«, begann er behutsam. »Gib Modge bitte nicht die Schuld.«

Sie stellte das Glas ab. »Mußte sie das ausgerechnet am Tag vor der Hauptverhandlung machen, als ich ...?«

»Sie kann ihr Leben nicht nach deinem Terminkalender einrichten. Sie hat es getan, weil sie nicht weiterwußte. Und wenn einer schuld daran ist, dann wir.«

»Ich verstehe nicht, wie du zu diesem Schluß kommst.«

Er senkte den Blick und sah, daß er die Hände wie zum Gebet zusammenpreßte. Bitte, mach unserer Tochter keine Vorwürfe mehr. Das reißt uns auseinander. Bitte zwing mich nicht zur Entscheidung, wie du es mit Patrick getan hast. Bitte hör dir an, was ich dir jetzt zu sagen habe, und weise es nicht zurück. Mit leiser Stimme sagte er: »Modge braucht Hilfe. Professionelle Hilfe.«

»Darüber haben wir schon vor Jahren geredet«, erwiderte Debra tonlos.

»Nein. Ich habe es vorgeschlagen, und du hast es abgelehnt.«

»Weil es sinnlos ist.«

»Das glaube ich nicht.«

»Aber ich.«

Er seufzte.

Sie nahm einen weiteren Schluck. »Ich hab' es nicht nötig, mir von einem sogenannten Therapeuten sagen zu lassen, daß ich versagt habe. Nein. Kommt gar nicht in Frage.«

»Es geht nicht darum, ob du versagt hast. Sie muß endlich mit sich ins Reine kommen, was die Sache mit Myles betrifft. Und zum ersten Mal seit zwölf Jahren will sie es selbst. Aber ohne Hilfe schafft sie es nicht.«

Debra schwieg.

Er sah sie auf der Schreibtischkante sitzen, umgeben von Aktenstapeln und Papierkram. Sie war ganz allein. Sie hatte Modge von sich gestoßen, sie hatte Patrick vertrieben. Wenn er sich jetzt auch zurückzog, hatte sie nichts mehr als diese leblosen Papierberge.

»Ich werde dafür sorgen, daß Modge Hilfe bekommt«, sagte er.

»Meine Ansicht kennst du.«

»Und du kennst meine. Ich kann nicht dabeistehen und zusehen, daß meine Tochter denselben Weg geht wie Myles.«

Ihr Kinn wurde hart. »Willst du damit sagen, das war meine Schuld?«

»Natürlich nicht.«

»Du glaubst es aber. Und auch das mit Modge wirfst du mir vor.«

»Zum Teufel noch mal!« rief er. »Es geht hier nicht um dich, es geht um deine Tochter! Begreifst du denn nicht?«

Sie zuckte zusammen, auch er war von seinem Ausbruch erschrocken. So etwas war ihm lange nicht passiert.

»Julian, tu's nicht«, sagte sie schließlich. »Das werde ich dir nicht verzeihen. Nur damit du dir darüber klar bist.«

»Ich kann nicht anders, Liebling. Modge braucht mich.«

»Und ich?«

Er seufzte. »Sie braucht mich dringender.«

Sie musterten sich stumm. Dann stand er auf und wandte sich zur Tür. Im Gehen hörte er das Telefon klingeln.

Nach dem vierten Mal nahm Debra ab. »Debra Swynburne«, sagte sie.

Als Nerissa am Mittwochnachmittag in La Bastide eintraf, wurde sie langsam wütend auf Antonia. Das war nun wirklich zuviel. Diese Frau mußte zur Räson gebracht werden, selbst wenn es eine Reise in diese gräßliche Gegend erforderte. Solche Dinge ließen sich nur in direkter Konfrontation regeln. Sie mußte begreifen, daß Patrick eine Frau mit dem richtigen Hintergrund brauchte, daß er seine Freiheiten nicht übertreiben durfte.

Sie wählte die Nummer, die Debra ihr gegeben hatte, aber entweder war Antonia nicht in der Mühle, oder sie nahm nicht ab. Nerissa fluchte nie, aber jetzt war sie nahe dran. Daß Antonia unauffindbar sein konnte, war ihr nicht in den Sinn gekommen.

Sie trug ihre Tasche vom Landrover ins Haus, schloß wieder ab und lief zu Fuß zur Mühle. Das alte Gemäuer lag im Dunklen, als sie eintraf, und Antonias schäbiger alter Citroën war nicht zu sehen. Nerissa drückte die Klinke. Zu ihrer Überraschung war die Tür nicht abgeschlossen.

Sie betrat die Küche, die noch immer urtümlich aussah, doch neben dem Spültisch stand ein Telefon mit Anrufbeantworter. Antonia hatte vier Nachrichten. Nerissa drückte auf den Abspielknopf.

Als sie Patricks Stimme hörte, schnappte sie nach Luft. Sie hörte sich alle vier Nachrichten an. Alle stammten sie von ihm. »... Ich komme gleich mit der Frühmaschine«, lautete die letzte. »Ich glaube, wir kriegen das hin, Antonia. Das heißt, wenn du willst. Ich bin sicher, du willst es. Ich ... ich liebe dich. Ich glaube, ich hab' nie aufgehört, dich zu lieben.«

Nerissa war fassungslos. So hatte sie ihn nie reden hören. Meinte er es etwa ernst mit der Trennung? Allein der Gedanke, daß sie nun ganz von vorn anfangen mußte, machte sie wütend. Das hatte sie nicht verdient. Sie hatte ein Recht auf diese Ehe.

Sie löschte die Nachrichten und verließ das Haus.

32

Der Landrover stand nicht am gewohnten Platz, als Patrick am Donnerstagvormittag in Perpignan aus dem Flughafen kam. Er starrte ratlos auf den Ölfleck im Asphalt, bis ihm dämmerte, daß Nerissa vor ihm eingetroffen sein mußte. Lag es an seiner Müdigkeit, daß er nicht gleich darauf gekommen war? Das Übergabeprotokoll hatte ihm die Nacht geraubt, dann hatte er seinen Schreibtisch ausgeräumt und ein Taxi zum Flughafen genommen. Nach vierzig Minuten Schlaf im Flugzeug fühlte sich sein Kopf an wie Watte.

Er rechnete zusammen, wie viele Stunden Schlaf er in der letzten Woche bekommen hatte, mehr als zehn wurden es nicht. Irgendwelche Erinnerungen an Astronauten und Schlafentzug flackerten in ihm auf, aber er konnte sie nicht festhalten.

Der Regen, der ihm ins Gesicht wehte, holte ihn in die Gegenwart zurück. Er ging ins Flughafengebäude zurück und nahm einen Mietwagen. Als er gegen halb zwölf in La Bastide ankam, stand der Landrover vor dem Haus. Verdammt. Für einen weiteren Zusammenstoß mit Nerissa hatte er keine Kraft.

Der Anrufbeantworter im Flur war leer, es lagen keine Briefe auf dem Tisch. Keine Nachricht von Antonia. Er fluchte leise.

Nerissa stand in der Küche, sie hatte ihren Mantel an und war gerade damit beschäftigt, ihm einen Zettel zu schreiben. »Ich bin gleich weg«, sagte sie. »Ich wollte nur meine Sachen holen.«

Ihr Gesicht wirkte gelassen. Sie hatte sich wohl damit abgefunden, daß es aus war.

Er setzte sich und stützte die Ellenbogen auf den Tisch. Das Zimmer drehte sich langsam, er kam sich vor wie in einer Raumstation. Nerissa stellte ihm eine Tasse Kaffee hin. »Du siehst absolut schrecklich aus«, sagte sie.

»Es ist nichts. Bin nur ein bißchen müde.«

Der Kaffee war gut, und nach einer Weile kam das Zimmer zum Stillstand. Er informierte sie knapp, daß er aus der Kanzlei ausgetreten war und sich von Modge verabschiedet hatte.

Sie musterte ihn verwundert. »Was soll das? Du machst wohl *tabula rasa*?«

Er versuchte zu lächeln, aber es gelang ihm nicht. Sein Gesicht fühlte sich an wie Pappe.

Sie nahm ihren Schlüsselbund. »Ich parke den Landrover am Flughafen wie immer.«

»Klar.«

Er trug ihre Koffer hinaus und verstaute sie auf dem Rücksitz. Als sie die Wagentür öffnete, sagte sie über die Schulter: »Ehe ich's vergesse: Gestern abend im Dorf habe ich Antonia getroffen. Ich soll dich grüßen.«

Irgendwie gelang es ihm, sich nichts anmerken zu lassen. »Und … hat sie sonst noch was gesagt?«

Nerissa zog ihren Schal zurecht und schüttelte den Kopf. »Sie hatte es eilig, war nur gekommen, um ihren Anrufbeantworter abzuhören, und ist wieder verschwunden.«

Er erstarrte. Gestern abend. Sie war dagewesen, hatte seine Nachrichten abgehört … und ließ ihn grüßen. Mehr nicht.

Deutlicher geht es ja nun nicht, oder? Gute Arbeit, Patrokles. Jetzt hast du sie ein zweites Mal verloren.

Er merkte, daß Nerissa ihn neugierig musterte. »Entschuldige«, sagte er. »Du willst losfahren.«

Mit einem schiefen Lächeln, das er nicht ganz deuten konnte, legte sie ihm die Hände auf die Schultern und küßte ihn flüchtig auf den Mund. »Mach's gut, Patrick. Und viel Glück.« Wieder dieses seltsame Lächeln. »Irgendwie hab' ich das Gefühl, du brauchst es.«

Es war Donnerstag, kurz vor Mittag, als Antonia den Laptop abschaltete, die Tasche schulterte und die Universitätsbibliothek verließ, um einen ordentlichen Kaffee zu trinken. Als sie in dem verräucherten kleinen Café saß, das in den letzten vier Tagen ihr Lieblingsaufenthalt geworden war, widerstand sie der Versuchung, ein Glas Wein zu bestellen, und begnügte sich mit einer Tasse *Café Americain*, um ihre Niederlage in aller Nüchternheit zu überdenken.

In den letzten zwei Tagen hatte sie überraschend viel über ihre drei Kandidatinnen erfahren, aber noch immer nicht genug, um zur Klarheit zu gelangen.

Valeria Atilia, die Tochter des Weinhändlers, schien am wenigsten in Frage zu kommen. Nach Auskunft des Buches *Römische Inschriften in Britannien* war sie in Colchester gestorben, wo ihre Grabinschrift mit dem gängigen Kürzel SVQ versehen war. *Sine una querella* bedeutete das und wies darauf hin, daß sie eine friedfertige Gattin gewesen war – keine also, die ihren Geliebten Bisse und Kratzwunden beibrachte.

Aemilia Saturnia war die aussichtsreichste Kandidatin. Denn obwohl Antonia kaum etwas über sie wußte, hatte ihr Kollege aus Kopenhagen angerufen und mitgeteilt, daß ihre Urne mit einem Relief aus Granatäpfeln verziert war. Der Granatapfel galt den Römern als Symbol für ewiges Leben. Natürlich war die Annahme, es handle sich um ihr persönliches Signum und nicht um einen neutralen Urnenschmuck, ein wenig gewagt. Aber die Granatäpfel paßten gut ins Bild, und Antonia hatte das Gefühl, daß sie mit ihrer Vermutung richtig lag.

Dann war da noch Tacita Cornelia, für die sich Antonia am meisten erwärmte, obwohl sie als Lycaris weniger in Frage kam. Ihr Name tauchte über hundert Jahre später in einem Brief Plinius' des Älteren auf, der sie als Beispiel dafür anführte, daß selbstbewußte und kluge Frauen einen prägenden Einfluß auf ihre Kinder ausüben konnten. »Nach allem, was berichtet wird, war sie ein tapferes Weib von tiefer Empfindung«, schrieb Plinius, »und sie gab diese Tugenden an ihre Kinder weiter.« Diese Kinder waren in Athen aufgewachsen. Einem 1893 erschienenen Katalog griechischer Handschriften hatte Antonia entnommen, daß die Cornelii in späteren Jahren den Halbmond als Signum von der Familie ihrer Mutter übernommen hatten.

Granatapfel oder Halbmond? Weder das eine noch das andere half ihrem Gedächtnis auf. Welches Signum sich auf dem Kelch befunden hatte, blieb nach wie vor im unklaren. Sie war an einem Endpunkt angelangt.

Die Tasse in der Hand, schaute sie den Leuten nach, die draußen in der Frühlingssonne vorbeiliefen. Ein junger Mann umarmte seine Freundin und lachte laut. Vielleicht, weil die Freundin etwas Witziges gesagt hatte – oder nur aus reiner Freude, weil die Sonne schien und sie jung und verliebt waren.

Mein Herz stieg auf und jubelte gen Himmel.

Wie blöd ich bin! dachte Antonia plötzlich. Immer habe ich in dem Rätsel eine Art Denksportaufgabe gesehen und mich geärgert, weil ich es nicht rauskriegte. Dabei ist es gar keine Denkaufgabe, kein Scherzrätsel, sondern es hat eine ernste Bedeutung.

Vor zweitausend Jahren liebte ein Mann eine Frau. Als er sie verlor, sah er sein Leben zerstört. Und Jahre später, als sie in Gefahr geriet, fand er einen Weg, ihr Leben zu retten – und das seine zu opfern. Aber vor seinem Tod tat er alles, um sicherzustellen, daß ihre Seelen eines Tages vereint würden.

Das Rätsel war keine Spielerei. Es war ernst. Er glaubte daran.

Sie fragte sich, ob Lycaris – wer immer sie war – später erfuhr, was Cassius für sie getan hatte. Hatten sie sich wiedergetroffen? Ein letztes Mal? Hatten sie einen Weg gefunden, die Trennung von dreizehn Jahren zu überbrücken, zu überwinden? Oder wurden sie vom Krieg auseinandergerissen, bevor sie die Chance hatten, ein letztes Mal zusammenzufinden?

Auf dem Bürgersteig tanzten die Schatten der grünenden Platanenzweige, und sie dachte an verpaßte Chancen, an die Möglichkeit, Fehler der Vergangenheit auszubügeln. Wann, wenn nicht jetzt? Sie stand auf und rief Patricks Kanzlei an.

Sein Assistent meldete sich und meinte gequält, nein, Mr. McMullan sei nicht im Büro, auch nicht zu Hause, er habe es mehrfach versucht, aber sie könne es im Krankenhaus versuchen, obwohl …

Antonia bekam einen Schreck. »Im Krankenhaus?«

Der Assistent druckste. Offenbar hielt er es nicht für angebracht, ihr weitere Auskünfte zu geben, wenn sie so wenig informiert war. Sie solle sich lieber an Mrs. Swynburne oder Mr. Passmore wenden, meinte er. Doch Mrs. Swynburne befinde sich in einer Besprechung, und Mr. Passmore sei vermutlich zu Hause erreichbar. Die Nummer könne er ihr geben.

Julian nahm beim zweiten Klingelton ab und tat sein Bestes, um seine Enttäuschung zu verbergen, als er ihre Stimme hörte. Es folgte ein kurzer, bedrückender Wortwechsel, den er fast allein bestritt, und als sie den Hörer auflegte, brauchte sie einen Drink, aber diesmal einen richtigen. Der Kellner brachte ihr Rotwein, und sie mußte sich sehr beherrschen, das Glas nicht in einem Zug zu leeren.

Ein Selbstmordversuch? Arme Modge. Sie war wirklich zu bedauern. Und die anderen nicht minder.

Julian hatte zerknirscht geklungen, was kein Wunder war. Und wo Patrick steckte, konnte er auch nicht sagen. Er meinte nur, er sei sehr besorgt um Patrick.

Plötzlich sah sie ihn wieder als jungen Mann die Dorfstraße hinabgehen, umtanzt von der achtjährigen Modge, die unbedingt ein *pain au chocolat* haben wollte. Dann Patrick im Schuppen bei all den Ausgrabungen, wo er geduldig auf der Bank saß, während Modge ihm erklärte, wie man Scherben numerierte.

Sie leerte ihr Glas und bestellte ein neues.

»Schuld hat keiner daran«, hatte Julian gesagt. »Es wird Zeit, daß diese Dinge endlich geklärt werden. Modge hat die Sache ins Rollen gebracht, ob nun im Guten oder im Schlechten. Wir müssen uns damit befassen, das ist sehr wichtig für sie. Und vielleicht auch für uns.«

Sein Bemühen um Optimismus hatte sie tief gerührt.

Der Kellner brachte das zweite Glas. Sie starrte es nachdenklich an und fragte sich, ob sie nicht lieber darauf verzichten sollte. In ein paar Stunden mußte sie ins Dorf zurückfahren, ihre Sachen packen und sich irgendwo Quartier suchen, denn punkt Mitternacht wechselte die Mühle den Eigentümer. Bei dem Gedanken befiel sie eine abgrundtiefe Müdigkeit. Sie wollte einfach nur bei Patrick sein, mit ihm reden, wissen, daß es ihm gutging.

Sie hielt das Weinglas in die Sonne und bewunderte das rubinrote Funkeln. »Ich trinke auf dich, Modge«, flüsterte sie. »Und auf dich, Patrick, wo immer du steckst. *Ein Becher Wein am Nachmittag ...*«

Ein Becher Wein ... Woher kannte sie diese Zeile?

Langsam stellte sie das Glas ab. *Ein Becher Wein* ... Dann wußte sie es wieder.

Myles hatte am sonnenverbrannten Berghang gehockt, die leere Champagnerflasche geschwenkt und ihnen einen hämischen Trinkspruch zugerufen: »*Ein Becher Wein am Nachmittag. Und haltet mir den Wasserkrug fern. Unverdünnt fließe der Bacchus aus diesen Kellern!*«

Und plötzlich wurde alles sonnenklar. Wie konnte sie nur so begriffsstutzig sein? Myles hatte den Kelch im Keller versteckt, dem einzigen Ort, wo weder sie noch ihr Vater gesucht hatten. Niemand betrat je den Keller. Er war zu groß, zu dunkel, zu gefährlich. Und aus diesem Grunde wurde er immer verschlossen gehalten. Aber das war kein Hindernis für Myles gewesen. Im Gegenteil.

Sie schaute auf die Uhr. Es war kurz nach Mittag. Sie hatte knapp zwölf Stunden Zeit, ihre Sachen bei Professor Meriot abzuholen, nach La Bastide zu fahren, den Keller zu durchsuchen – und Patrick in London zu erreichen.

Bevor sie das Café verließ, rief sie noch einmal in der Kanzlei an. Diesmal wurde sie direkt zum Bürovorsteher durchgestellt, der ihr mit steifer Stimme erklärte, nein Mr. McMullan sei nicht im Büro und werde auch nicht zurückerwartet. Mr. McMullan habe gekündigt.

Gekündigt?

Mehr war nicht aus ihm herauszubekommen. Sie wählte seine Privatnummer, die ihr nach einigen Umschweifen und Ausflüchten genannt worden war, aber dort meldete sich der Anrufbeantworter, und sie hinterließ wegen Nerissa keine Nachricht. Dasselbe in seinem Haus in La Bastide. Wo steckte er nur? Sollte sie noch einmal bei Julian anfragen? Nein. Er hatte schon genug Sorgen.

In der Mühle würde sie noch einmal versuchen, ihn zu erreichen.

Es war Mittag, Patrick hatte im Flugzeug das Frühstück verpaßt und hatte Hunger, aber er konnte sich nicht entscheiden. Er gab den Gedanken an ein Mittagessen auf. Essen war unwichtig. Jetzt gab es nur eins: Er mußte Antonia finden.

Er stand mitten in der Küche und versuchte nachzudenken. Aber seine Gedanken schweiften ständig ab.

Na komm, streng dich an. Du mußt jetzt handeln. Wozu bist du Anwalt geworden? Du mußt sie gewinnen.

Ja vielleicht. Aber erst mußt du sie finden.

Nur eins war sicher: Um Mitternacht ging die Mühle in Debras Eigentum über. Und das bedeutete, daß Antonia bis dahin auftauchen mußte, um ihre Sachen zu holen, oder Debras Räumkommando würde alles auf den Müll werfen.

Also worauf wartest du? Geh hinunter zur Mühle! Vielleicht ist sie schon dort!

Er warf die Jacke über und verließ das Haus.

Aber die Mühle lag verlassen da, obwohl die Tür merkwürdigerweise unverschlossen war. Er trat ein. Keine Nachrichten auf dem Anrufbeantworter. Seine letzte Hoffnung, daß Nerissa gelogen hatte, war damit erledigt.

Auf dem Fußboden unter dem Briefschlitz sah er neben anderen Briefen einen Expreß-Umschlag aus Paris. Warum hatte er nicht daran gedacht, ihr aus London einen Eilbrief zu schicken, statt sich blind auf den Anrufbeantworter zu verlassen?

Er ging an den Schreibtisch, riß ein Blatt aus ihren Notizblock und schrieb: *Antonia. Ich stehe zu meinem Wort. Patrick.* Er befestigte das Blatt neben der Postkarte von Cassius am Kühlschrank. Dort mußte sie es entdecken. Dicht neben der Karte sah er einen giftgrünen Sticker. *KATE* stand da in roten Großbuchstaben geschrieben, darunter eine Londoner Telefonnummer. Er steckte das Zettelchen ein und ging.

Wieder in seinem Haus, rief er die Nummer an und war irgendwie erleichtert, daß sich nicht die verrückte Freundin meldete, sondern ein Mann mit seltsam flötender Stimme, der ihm erklärte, er sei der Mann von Kate, und Antonia habe sich seit Tagen nicht gemeldet. Ja, er werde seiner Frau ausrichten, daß Patrick dringend Antonia sprechen müsse, und die Nachricht werde sofort an Antonia weitergegeben, sobald sie sich meldete.

Der Ehemann klang umgänglicher als seine Frau, aber er blieb merkwürdig vage und unverbindlich. Außerdem nannte er Patrick »Mr. Toynbee«, bevor er auflegte.

Wieder stand Patrick mitten in der Küche und wußte nicht weiter. Es war nicht einmal zwei. Es konnte Stunden dauern, bis sie in die Mühle zurückkam. Tatenlos zu warten, hielt er nicht aus. Er warf die Jacke über und ging los.

Trotz des milden Frühlingswetters herrschte auf dem Weg zur Höhle noch die Stille des Winters. Für die Zikaden war es noch zu früh im Jahr, für die Eidechsen war es noch zu kalt. Das Getöse des Sarac drang gedämpft aus der Schlucht herauf.

Während er den Berg hinaufstieg und den harzigen Duft einsog, klärte sich sein Verstand wie jedesmal, wenn er sich der Quelle näherte. Du darfst jetzt nicht aufgeben, sagte er sich. Sonst wiederholst du den Fehler, den du vor zwölf Jahren gemacht hast.

Gegen drei war er am Ziel. Obwohl die Sonne öfter hinter den Wolken hervorlugte, war der Eingang zur Roßquelle schon ein dunkles Loch.

Die Pforte zur Welt der Toten, dachte er. Ob ich Myles dort finde?

Er zog den Kopf ein und stieg in die Höhle. Der Boden war so trocken wie an dem Abend, als sie den Kelch geborgen hatten. Er sank auf die Knie und ließ eine Handvoll Erde durch seine Finger rieseln. Hinten im Dunkel der Höhle sang die Quelle ihr altes Lied, ein geheimnisvolles Plaudern und Murmeln, das sich in zehntausend Jahren nicht geändert hatte.

Er sah Antonia vor sich, als sie mit verklärtem Gesicht vor dem *kántharos* im Staub gekniet hatte.

Sie war noch immer das Mädchen von damals. Warum hatte er das nicht gleich gemerkt? Sie hatte sich genausowenig verändert wie er. Man konnte sich einreden, daß Menschen sich fremd wurden, daß die Zeiten und Gegebenheiten sich änderten, und oft war es auch so. Aber diesmal nicht. Nicht, wenn er seinen Gefühlen gehorchte.

Beim Verlassen der Höhle stieß er mit dem Kopf gegen einen Stalaktiten, und der Schmerz riß ihn aus seinen Träumereien. *Achte auf deine Schritte, mein Sohn,* schien ihn die Göttin zu warnen. *Du bist noch lange nicht am Ziel.*

Sein frohgemuter Optimismus war wie weggeblasen. Kein Wunder, daß Antonia nicht angerufen hatte. Er hätte sie nicht so zurücklassen dürfen – ohne sie spüren zu lassen, was er für sie empfand.

Er taumelte in die Sonne hinaus. Schwarze Punkte tanzten vor seinen Augen, und als er sich an die Stirn griff, waren seine Finger voller Blut. Ernüchtert machte er sich auf den Rückweg. An der kleinen Brücke, die den Ravin de Verdura überquerte, blieb er abrupt stehen. Es war erst halb vier. Wenn er jetzt weiterlief, war er in einer halben Stunde in der Mühle. Was, wenn sie noch immer nicht dort war? Er hielt den Gedanken nicht aus. Um die Zeit totzuschlagen, entschied er sich für den Seitenpfad, der zum Gipfel hinaufführte. Vielleicht traf er sie dann auf dem Rückweg. Antonia würde La Bastide nicht verlassen, ohne sich von der Quelle zu verabschieden.

Der Pfad wand sich durch ein Buchengehölz und war mit einer dicken Schicht bronzefarbenen Laubs bedeckt, das laut raschelte. Wenn er innehielt, um zu verschnaufen, umfing ihn sofort eine unheimliche Stille. Kein Luftzug bewegte die kahlen Zweige. Kein Habichtschrei war zu hören, kein einziger Vogelruf. Er war vollkommen allein.

Der Pfad wurde schmaler und steiler. Stellenweise war das Laub zu kniehohen Haufen zusammengeweht. Laub vom letzten Herbst, dachte er, und Laub aus den Jahren davor. Vielleicht auch aus jenem Sommer, als es geschah. Als Myles in den Abgrund stürzte.

Beim Weitergehen trat er auf eine Wurzel, die sich als loser Ast entpuppte, nach oben schnellte und ihn aus dem Gleichgewicht brachte. Er fing sich und landete auf dem rechten Fuß, doch da schoß ihm ein greller Schmerz durchs Knie, wie er ihn noch nie erlebt hatte. Er sackte zu Boden und rollte sich stöhnend im Laub. Dann lag er schwer atmend auf dem Rücken und sah in das Gewirr der kahlen Äste hinauf. Ausgerechnet jetzt mußte ihm das passieren!

Sein unbeholfener Versuch, aufzustehen, scheiterte sofort. Kaum berührte der Fuß den Boden, durchzuckte ihn der übermächtige Schmerz und warf ihn um. O verdammt, verdammt. Kalter Schweiß trat ihm auf die Stirn. Er biß die Zähne zusammen, um nicht laut loszubrüllen.

Die Wunde am Kopf pochte nun im Verein mit dem Schmerz im Knie. Er zwang sich zum Stilliegen und Nachdenken. Hier konnte er nicht bleiben. Um diese Jahreszeit war auf Touristen nicht zu rechnen, auf Jäger ebensowenig. Klar, er konnte das Handy benutzen, das zufällig in seiner Jackentasche steckte, und den Notruf wählen, aber schließlich war es kein richtiger Unfall, nur ein verstauchtes Knie. Also kam das auch nicht in Frage.

Wie weit war es bis zur Mühle? Etwa drei Kilometer bis zum Hauptweg, dann vielleicht noch einmal drei bis ins Tal. Eine Stunde Weg für einen gesunden Läufer. Auf einem Bein humpelnd und mit provisorischen Krücken würde er drei oder vier Stunden benötigen. Okay, sagte er sich. Dann bin ich spätestens gegen halb acht zurück.

Und dann, sagte eine hämische Stimme in seinem Kopf, ist Antonia über alle Berge. »Halt die Klappe«, befahl er der Stimme und hielt Ausschau nach geeigneten Ästen.

Eine Stunde später, er hatte kaum die halbe Strecke bis zum Hauptweg geschafft, wurde es allmählich dunkel. Die Äste, auf die er sich stützte, waren hilfreich, aber ein wenig kurz, so daß er nur langsam vorankam. Und der Schmerz im Knie war höllisch. Seine pochende Schläfe schlug den Takt mit bewundernswerter Präzision.

Als er innehielt, um zu verschnaufen, merkte er, daß es empfindlich kalt wurde. Er suchte den Himmel ab, ob irgendwo der Mond aufging. Wenn nicht, konnte es kritisch werden.

Doch alles in ihm sträubte sich dagegen, Hilfe anzufordern. Sollte er etwa Antonia anrufen? Etwas anderes kam nicht in Frage, da sein Haus und auch die Villa les Limoniers leer standen. Monsieur Panabière besaß zwar ein Telefon, aber im Dorf witzelte man darüber, daß er nie abnahm. Blieben also nur Antonia und der Notruf. Und den bemühte man nur bei Unfällen.

Er zog das Handy und wählte Antonias Nummer. Nichts. Er versuchte es erneut. Keine Verbindung. Er lachte bitter auf. Soviel zum Thema Kommunikationstechnik, dachte er.

Er rappelte sich hoch und setzte seinen Weg durch das tiefe Laub fort. Nach einer Weile wurde ihm klar, daß niemand wußte, wo er steckte. Nicht einmal, daß er nach Frankreich geflogen war.

Er war nicht ins Dorf gegangen, hatte niemanden getroffen, und da Nerissa den Landrover genommen hatte, war er mit seinem anonymen Mietwagen nicht weiter aufgefallen. Und natürlich hatte er keine Nachricht im Haus hinterlassen, wohin er gegangen war.

Wunderbar. Diesmal hatte er wirklich alles vermasselt. Was hatte er den Städtern auf der Ferienranch eingeschärft, wenn sie ihre Ausflüge machten? *Immer sagen, wohin ihr unterwegs seid, immer ausreichend Wasser mitnehmen und nie allein gehen.*

Vor ihm flackerte das Bild eines Collie auf, der im Laub stöbert und auf seine verwesende Leiche stößt.

Warum ausgerechnet ein Collie? dachte er und mußte lachen.

33

Gegen vier traf Antonia in der Mühle ein und fand die Tür unverschlossen. Ein kurzer Blick auf die Post – kein Brief von Patrick. Schlimmer noch: Auch der Anrufbeantworter war leer.

Sie unterdrückte ihre Verzweiflung. »Ruf mich an«, hatte er gesagt. Warum kam er nicht auf die Idee, *sie* anzurufen?

Dann fiel ihr Modge ein. Er hatte jetzt wirklich andere Sorgen.

Der amtlich aussehende Briefumschlag aus Paris stammte von Debras Anwalt, der ihr mitteilte, daß die Mühle bis zum vereinbarten Termin geräumt werden müsse, anderenfalls finde Zwangsräumung statt. Sie warf das Schreiben in den Papierkorb. War es ihr Problem, wenn Debra Passmore ihr Geld an Anwälte verschleuderte, um mitzuteilen, was ohnehin bekannt war?

Aber im Umschlag steckte eine handschriftliche Notiz, die von Debra persönlich stammte und sie zusammenzucken ließ. Datiert war sie vom Vortag. »*Vielleicht interessiert Sie die Mitteilung, daß meine Tochter einen Selbstmordversuch begangen hat. Ich hoffe, Sie sind mit Ihrem Werk zufrieden. Debra Swynburne.*«

Offenbar hatte Debra den Zettel an ihren Pariser Anwalt gefaxt. Antonia lief es kalt über den Rücken. Welch ein Haß in dieser Frau steckte!

»Nein, Mrs. Passmore«, flüsterte sie. »Ich bin nicht zufrieden mit meinem Werk. Aber keine Sorge. Sie bekommen, was Sie wollen. In acht Stunden können Sie Ihren Sieg feiern, und ich bin draußen.«

Acht Stunden. Was konnte sie in acht Stunden schon erreichen? Eine gründliche Durchsuchung der Kellergewölbe jedenfalls nicht.

Müde ging sie an den Kühlschrank, um eine Flasche Coke herauszuholen, und fand den Zettel, den Patrick neben dem Bild von Cassius befestigt hatte.

War Patrick hiergewesen und hatte eine Nachricht hinterlassen?

Die Schrift wirkte völlig zerfahren. Sie konnte kaum seinen Namen entziffern. *Antonia. Ich stehe zu meinem Wort. Patrick.* Was sollte das bedeuten? Welches Wort meinte er? Wann war er hiergewesen? Und wohin war er verschwunden? Zurück nach London? Oder war er noch in La Bastide?

Sie wurde von Unruhe gepackt. War ihm was passiert? Seine Handschrift sah furchtbar aus. Dann fiel ihr ein, daß er nach den Verbrennungen an der rechten Hand ganz neu hatte schreiben lernen müssen. Das hatte ihr Modge erzählt. Also war das jetzt seine normale Handschrift?

Sie rief in seinem Haus an, aber dort nahm niemand ab. Dann in London, ebenfalls Fehlanzeige. Schließlich versuchte sie es in der Kanzlei, wo man sich schon fast an sie gewöhnt hatte und ihr mit teilnahmsloser Stimme versicherte, nein, sie wüßten auch nicht, wo er sei, aber würden um Nachricht bitten, falls sie ihn irgendwo aufspürte.

Es besteht kein Grund zur Besorgnis, sagte sie sich, als sie den Hörer auflegte. Wahrscheinlich meidet er das Telefon, weil ihm alles zuviel geworden ist – Modge, die Kündigung und überhaupt. Wahrscheinlich sitzt er mit Nerissa in einem teuren Londoner Lokal.

Nicht immer gleich das Schlimmste denken, ermahnte sie sich. Sie schraubte die Gaslampe zusammen, die sie in Toulouse gekauft hatte, und machte sich auf den Weg zum Keller. Sie hatte siebeneinhalb Stunden Zeit. Und niemand, nicht einmal Patrick, konnte sie jetzt bremsen.

Fünf Minuten später kam sie zurück, zog die Jacke über und lief zu seinem Haus hinüber. Sie mußte wissen, ob er noch in La Bastide war.

Als Patrick zu sich kam, leuchteten die Sterne. Er lag auf dem Rücken unter der Eiche, die vor der Höhle stand. Er hatte keine Ahnung, wie er dorthin gelangt war, er wußte nur, daß er gestürzt sein mußte, denn seine Uhr war um einundzwanzig Uhr fünfzehn stehengeblieben.

Einundzwanzig Uhr fünfzehn? Was war in der Zwischenzeit passiert? Vielleicht war die Kopfverletzung schlimmer, als er vermutet hatte. Oder er hatte einfach beschlossen, ein Nickerchen einzuschieben.

Aber ausgerechnet an diesem Ort? Es war kalt, lausig kalt. War er nicht durch dicke Laubhaufen gewatet? Die wären für ein Schläfchen viel geeigneter gewesen.

Ach, sei's drum. Er war viel zu müde zum Nachdenken. Und sein Kopf dröhnte.

Ein wenig später kam Hippolyte zu Besuch und stupste ihn mit seiner warmen Schnauze an. Patrick schickte ihn fort, Antonia zu holen, und gehorsam trottete er davon. Aber Patrick bezweifelte, ob ihn der Gaul richtig verstanden hatte.

Pegasus wäre besser gewesen. Der konnte wenigstens fliegen und war viel schneller als Hippolyte auf seinen kurzen Beinen.

Patrick suchte den Himmel nach dem Sternbild des Pegasus ab. Vor Jahren hatte er in einem Astronomiebuch nachgeschaut und erstaunt festgestellt, daß das Sternbild in der nördlichen Hemisphäre auf dem Kopf stand. Also suchte er nach einem abstürzenden Pegasus, doch auch der fand sich nicht.

Satzfetzen aus dem Astronomiebuch geisterten ihm durch den Kopf: »... *das Zentralgestirn des Pegasus scheint Wandlungen unterworfen ... der Betrachter muß auch mit dem Erlöschen rechnen ...*«

Wahrscheinlich habe ich nicht mit dem Erlöschen gerechnet, dachte er wirr. Dann fiel ihm wieder ein, daß das Sternbild ungeflügelt war. Nur Hals, Nase und zwei ausgreifende Vorderbeine. *Die Flügel muß man sich wohl denken, was?* hörte er sich sagen. Das lag nun zwölf Jahre zurück, er wußte nicht mehr, was Antonia erwidert hatte, nur, daß er sie gleich darauf zum ersten Mal geküßt hatte. Und sie hatte seinen Kuß erwidert.

Ein Pegasus nach dem anderen leuchtete dort oben auf, es wurden immer mehr, sie purzelten alle aus dem Himmel. Er schloß die Augen und schwebte ihnen entgegen.

Ich habe keine Zeit, ich habe keine Zeit, murmelte Antonia vor sich hin, als sie zu Patricks Haus hinaufhastete. Zu ihrer großen Erleichterung sah sie schon von weitem, daß es hell erleuchtet war. Also mußte jemand da sein. Nerissa oder Patrick? Statt des Landrover stand ein blauer Nissan Primera vor der Tür. Das ist zumindest nicht Nerissas Stil, dachte sie.

Sie klingelte, niemand machte auf. Dann sah sie, daß die Tür nicht richtig verschlossen war. »Patrick?« rief sie. »Nerissa?« Vorsichtig schob sie die Tür auf und trat ein.

Auf dem Küchentisch lagen eine Handvoll Kleingeld, verschiedene Schlüssel, ein Flugticket und die zerknüllten Papiere des Leihwagens, die auf Patrick ausgestellt waren. Also war er noch hier. Aber wo steckte er?

Dann stellte sie fest, daß der Kühlschrank offenstand. Und das offenbar seit Stunden, an der Wasserlache erkannte sie, daß er mitten im Abtauen war. Auf der Küchentheke daneben stand ein aufgerissener Milchkarton, eine ungeöffnete Kekspackung und ein Glas Erdnußbutter, in dem ein Messer steckte. Es sah aus, als wäre er an den Kühlschrank gegangen, um sich Essen zu machen, und dann abgelenkt worden. Was war nur mit ihm los? War er mondsüchtig oder betrunken?

Oder er hatte ein besseres Angebot bekommen und das Haus sofort verlassen. Vielleicht war er auf einen Drink in die Bar-Tabac eingeladen worden. Vielleicht fand sie ihn dort.

Sie kritzelte auf einen Zettel, er solle sie anrufen, lehnte ihn gegen den Milchkarton und lief los, hinauf ins Dorf.

Aber er war weder in der Bar-Tabac noch sonstwo zu finden, und nach Auskunft der Stammgäste hatte ihn niemand gesehen.

Es wird ihm nichts passiert sein, beschwichtigte sie sich. Er macht einen Spaziergang und hat die Zeit vergessen.

Es war halb sieben. Wenn sie den Keller durchsuchen wollte, mußte sie schleunigst anfangen. Was Patrick betraf, hatte sie getan, was sie konnte. Jetzt war er an der Reihe, etwas zu tun.

Dreieinhalb Stunden später, sie wuchtete gerade eine schwere Kiste mit alten Einmachgläsern, klingelte das Telefon. Sie stolperte die Kellertreppe hinauf und nahm den Hörer ab, als sich der Anrufbeantworter gerade eingeschaltet hatte.

»Wo hast du nur gesteckt?« brüllte sie in den Hörer. »Ich habe alle zehn Minuten bei dir angerufen. Stundenlang!«

»Aha«, sagte Kate. »Er hat sich also verdrückt.«

»Waas? Wie bitte?«

Schweigen am anderen Ende der Leitung. Dann sagte Kate: »Tut mir schrecklich leid, aber Phil, diesem Trottel, ist erst jetzt eingefallen, daß er schon vor Stunden einen Anruf von deinem amerikanischen Freund bekommen hat. Offenbar war es dringend, also dachte ich, ich rufe dich zurück.«

Antonia umklammerte den Hörer. »Was hat er gesagt?«

»Das hat Phil vergessen.«

»Das kann doch nicht wahr sein!«

»Ich weiß, ich weiß. Er kriegt sechzig Peitschenhiebe von mir. Er weiß nur, daß es dringend war, und du sollst ihn so bald wie möglich zurückrufen.«

»Wann war das? Wann hat er angerufen?«

Geflüster am anderen Ende der Leitung. »Gegen Mittag. Phil hat gerade seine Brote gegessen.«

Mittag. Das war lange her.

»Von wo hat er angerufen?«

Wieder Geflüster. »Das hat er leider nicht gesagt.«

Antonia schloß verzagt die Augen.

Kate seufzte. »Antonia, bitte! So geht das nicht weiter mit dir. Sag mir doch wenigstens, was du auf dem Herzen hast.«

Antonia atmete tief durch. »Ich kann ihn nicht finden! Es klingt albern, und sicher wird sich alles aufklären, aber ich habe ihn überall gesucht. Und er ist hier, ich weiß es. Sein Wagen ist auch da. Die Haustür war offen, und der Kühlschrank ist abgetaut. Ich werde das verdammte Gefühl nicht los, daß ihm was zugestoßen ist.«

Nach kurzem Schweigen schlug Kate ihren pragmatischen Tonfall an. »Hör zu. Ich werde nicht sagen, mach dir keine Sorgen, denn das hilft nicht. Als ich vor Wochen deinen Freund am Telefon hatte, klang er mir sehr robust. Er ist Anwalt, Antonia. Er wird sich schon zu helfen wissen. Und ohne Auto kommt er nicht weit.«

»Das ist wahr«, bestätigte Antonia hoffnungsvoll.

»Trotzdem. Wenn er bis Mitternacht nicht auftaucht, ruf die Polizei.«

Als Antonia aufgelegt hatte, war es um sie sehr dunkel und still. Sie stand am Kühlschrank und wußte nicht weiter. Es war halb elf, und sie hatte kaum mit der Suche begonnen. Der Keller war voll von Kisten und sperrigen Gerätschaften – für Myles ein Paradies. Der Kelch konnte überall versteckt sein. Und sie hatte nur noch anderthalb Stunden Zeit.

Oder, wenn sie sich anders entschied, hatte sie anderthalb Stunden Zeit, in stockdunkler Nacht und eisiger Kälte durch die Berge zu stolpern und sich zum Narren zu machen, während der Mann, den sie suchte, wahrscheinlich mit seiner Verlobten in einem Edelrestaurant dinierte.

Sie setzte sich verzagt an den Schreibtisch und schaute zu Cassius hinüber, der sie mit nachdenklicher Miene musterte.

Aber das spielt doch keine Rolle, sagte sie stumm zu ihm. *Ich muß ihn einfach finden. Und wenn ich damit die letzte Chance verpasse, dir zu helfen, Cassius. Es geht nicht anders.*

Mit dem schmutzigen Handrücken wischte sie sich eine Träne weg. »Tut mir leid, Cassius«, sagte sie laut. »Wir waren kurz vorm Ziel. Ganz kurz davor.« Sie stieß einen tiefen Seufzer aus. »Aber ich muß es tun. Wo immer du bist, du wirst es verstehen. Wer, wenn nicht du. Ich muß wissen, was ihm passiert ist.«

Patrick trieb gerade am Beteigeuze vorbei und hatte größte Mühe, dem Mond auszuweichen, der immer näher kam – eine riesige Silberscheibe, dessen bleiches Licht sich schmerzhaft in seinen Kopf bohrte.

Dann rüttelte ihn jemand an der Schulter, Antonia rief seinen Namen, und der Mond entpuppte sich als Lampe, mit der sie ihm ins Gesicht leuchtete.

»Antonia«, murmelte er und versuchte, sich aufzurichten. Der Schmerz, der sich wie eine Eisenklammer um seinen Kopf legte, belehrte ihn eines Besseren.

»Was zum Teufel hast du hier oben zu suchen!« schrie Antonia und packte ihn bei den Schultern.

»Ich wollte ...«

»Schau dich an! Überall Blut. Und blaß wie eine Leiche. Wie

kannst du denn losgehen, ohne jemandem was zu sagen? Ohne eine Nachricht zu hinterlassen?«

Sie wühlte nach einem Taschentuch und rannte zur Quelle, um es anzufeuchten. Das Wasser war herrlich kühl, aber sie zitterte so sehr, daß ihm fast alles in den Kragen lief. Er wollte ihr das Taschentuch abnehmen, doch sie schob seine Hand weg.

»Was ist passiert?« fragte sie streng.

»Ich hab' mir den Kopf gestoßen«, murmelte er zerknirscht. »Und mein Knie ist irgendwie hinüber. Aber ich freu' mich ja so, dich zu sehen, ich ...«

»Dein Knie?« brüllte sie los. »Ich kann es nicht glauben! Das wolltest du doch schon vor Jahren operieren lassen!«

Er mußte lachen. »Willst du mir das jetzt vorwerfen?«

»Da gibt es überhaupt nichts zu lachen, du Schwachkopf! Ich dachte, du wärst tot! Ich dachte, du wärst abgestürzt! Warum zum Teufel rennst du hier im Dunkeln durch die Berge? Weißt du, wie spät es ist? Es ist Mitternacht durch! Himmeldonnerwetter!«

Sie fluchte wie ein Droschkenkutscher, was sie sonst nie tat, und umklammerte seine Schultern, als wollte sie ihn nie mehr loslassen. Ihr Gesicht, das vom silbrigen Licht der Gaslampe erhellt wurde, war bleich und glatt, in ihren Augen glitzerten Tränen, ihre Lippen waren wie gemeißelter Marmor. Sie sah bezaubernd aus.

Und er ließ es sie wissen.

Sie schniefte und wischte sich mit dem Handrücken über die Nase.

Er streichelte ihre Wange. »Nicht weinen«, sagte er und richtete sich auf, ohne auf den Schmerz zu achten. »Antonia ...«

»Liegengeblieben!« befahl sie und drückte ihn wieder nach unten. »Ich hole jetzt Hilfe. Bleib still liegen. Es dauert nicht lange.«

Er packte ihr Handgelenk. »Warte. Erst muß ich dir was sagen. Etwas Wichtiges.«

»Und was?«

Er suchte nach Worten. Mist, ihm wurde wieder schwummrig. Er wußte, daß es ungeheuer wichtig war, aber was es war, wollte ihm nicht einfallen. Also fragte er, ob sie seine Nachrichten erhalten hatte.

»Den Zettel am Kühlschrank? Was in aller Welt hatte der zu bedeuten?«

»Nein, nein, die anderen. Auf dem Anrufbeantworter.«

Sie starrte ihn fragend an. »Auf dem Anrufbeantworter?«

»O verdammt. Du hast sie nicht bekommen. Deshalb bin ich hier hinaufgekraxelt.«

Wieder blickte sie ihn ratlos an, und er begriff, daß er Unsinn redete. »Ich wollte auf dich warten«, erklärte er. »Du hast nicht auf meine Anrufe reagiert, aber ich wußte, daß du hierherkommen würdest, um dich zu verabschieden. Ich meine, nicht von mir, sondern ...« Er holte tief Luft und begann von vorn. Die Eisenklammern schlossen sich erneut um seinen Kopf und die Sterne rasten wieder auf ihn zu. »Alles, was nur ging, ist mir dazwischengekommen«, flüsterte er. »Das hätte mir nicht passieren dürfen ...«

Er hatte das quälende Gefühl, daß es viel einfachere Worte gab für das, was er sagen wollte. Aber sie kamen ihm nicht in den Sinn.

Dann spürte er ihren Arm, der sich um seine Schultern legte, sie drückte seinen Kopf an ihre Brust, ihre warmen Hände strichen ihm das Haar aus der Stirn, ihr Atem streifte seine Wange. Er sog den Pfefferminzgeruch ihrer Haare ein. »Patrick«, sagte sie sanft. »Es ist alles gut. Ich habe verstanden.«

Er war unendlich müde. »Alles, was nur ging, ist uns dazwischengekommen«, flüsterte er. »Das muß ein Ende haben, Antonia.«

»Ich weiß«, hauchte sie. Seine Lippen streiften ihren Mund, er schmeckte ihre salzigen Tränen. »Das hat jetzt ein Ende. Es wird alles gut, Patrick. Mit uns beiden.«

Er öffnete die Augen und erwiderte ihren Blick. Zum ersten Mal seit zwölf Jahren wußte er, daß es wirklich so war.

34

Umbrien, am Lacus Trasimenus, 1. März 40 v. Chr.

Tacita wußte nicht, was sie tun würde, wenn er ein Treffen mit ihr verweigerte. Sie ging in der Scheune auf und ab und lauschte auf Schritte vom Hof. Aber sie hörte nur das Tropfen des schmelzenden Schnees und ab und zu einen Eiszapfen, der von der Dachtraufe fiel.

Selbst wenn er kam, würde er nicht viel Zeit haben. Im Bauernhaus auf der anderen Seite des Hofes schlief ihr Mann bei den anderen Geflohenen, erschöpft vom nächtlichen Gewaltmarsch durch die Berge. Bald würde es mit der Ruhe vorbei sein.

Warum kam er denn nicht? Jetzt war es wichtiger als je zuvor, daß sie sich sahen. Er mußte die Wahrheit erfahren, bevor ... bevor er starb.

Sie konnte es noch immer nicht fassen. Faenio hatte es ihr nach Mitternacht berichtet, als sie endlich im verlassenen Bauernhof angelangt waren. Der alte Sklave hatte sich nicht mehr beherrschen können. Weinend hatte er ihr alles erzählt.

Sie war zu geschockt, um in Tränen auszubrechen. Wie dumm von ihr, nicht zu bedenken, daß ihn diese Rettungsaktion das Leben kosten würde! War sie wirklich so töricht gewesen, das nicht zu sehen? Oder hatte sie es in ihrer Verzweiflung nicht sehen wollen? Die ganze Nacht hatte sie wachgelegen und sich darüber den Kopf zermartert, während die anderen im Stroh schliefen.

Eine Stunde vor Sonnenaufgang war sie leise hinausgeschlüpft und über den schlammigen Hof in die Scheune gegangen, wo Faenio ein Feuer gemacht hatte. Ja, bestätigte er, er habe seinem

Herrn ausgerichtet, daß sie ihn unbedingt sehen müsse. Aber er wisse nicht, wie er sich entschieden habe. Man könne nur geduldig warten.

Sie hielt das Warten nicht aus. Im Lichtschein des Kohlenbeckens wusch sie sich das Gesicht, steckte ihr Haar hoch und strich ihre Gewänder glatt, so gut es eben ging. Es war eine grausame Parodie auf die hitzigen Frühlingsabende ihrer Jugend, als sie, kopflos vor Verliebtheit, aus dem Haus geschlüpft und durch die Gassen bis zur Porta Capena gerannt war – direkt in seine Arme.

Da hörte sie Schritte im Hof. Er war es. Er stand in der Tür und blickte sie an, mit ausdruckslosem Gesicht. »Du wolltest mich sehen«, sagte er. »Ich kann nicht lange bleiben. Es ist zu gefährlich.«

Ihre Hand fuhr an ihre Kehle. Die Worte entglitten ihr.

Er sah großartig aus. Unter dem Generalsumhang aus scharlachroter Wolle trug er einen Waffenrock aus vergoldetem Leder und mit Schnallen aus polierter Bronze. Seine Halbstiefel waren mit Silber beschlagen. Sie sah ihn hoch zu Roß an der Spitze einer Kohorte. Groß, aufrecht und gebieterisch.

Nachdem sie sich gegenseitig gemustert hatten, fragte er schroff, ob sie Wein zu trinken wünsche. Sie bejahte. Den hatte sie jetzt nötig.

Er ging an den Tisch neben dem Kohlenbecken, und sie bemerkte, daß er stärker hinkte als sieben Jahre zuvor bei der Dichterlesung. Er goß Wein in zwei Bronzebecher, füllte sie mit heißem Wasser aus dem Krug auf und ließ den für sie bestimmten Becher auf dem Tisch stehen. Er will mich nicht berühren, dachte sie, und ihr Herz zog sich zusammen.

Er hielt seinen Becher mit beiden Händen umfaßt und schien ihn mit finsterer Miene zu betrachten. »Deine Kinder«, begann er schließlich, »sind sie wohlauf?«

Sie griff nach ihrem Becher und nahm einen großen Schluck. Der Wein war gut, er schmeckte köstlich im Vergleich zu dem sauren Posca, mit dem sie sich monatelang hatte begnügen müssen. Wohlige Wärme durchströmte sie. »Die Zwillinge sind auf dem Gut meines Bruders«, sagte sie. »Ich habe nur den Ältesten bei mir.«

Er nickte. »Das ist gut. Es wird eine beschwerliche Reise.«

»Gajus ...«

»Ihr müßt euch auf Feldwegen nach Puteoli durchschlagen«, fuhr er fort, ohne sie anzusehen. »Und Spoletum müßt ihr meiden. Dort sammeln sich unsere Truppen zum Sturm. Wenn ihr nach Puteoli kommt, nehmt das nächste Schiff nach Korinth und überquert den Isthmus.«

Tacita stellte den Becher ab und suchte nach Worten.

»Dann nehmt ihr das Schiff nach Athen. Aber denkt daran: Nicht den Isthmus umschiffen. Um diese Jahreszeit wüten die Stürme am Peloponnes am schlimmsten. Und geht nach Athen, nicht nach Alexandria oder Ephesus. Das ist abgelegener.«

Cassius leerte seinen Becher, setzte ihn ab und wischte sich den Mund mit dem Handrücken ab. »Ich gebe euch meinen Sklaven Faenio mit. Er sorgt für eure Sicherheit.« Er zögerte einen Moment. »Mein Vater hat ihn mir geschenkt, als ich noch klein war. Du kannst ihm in jeder Hinsicht vertrauen. Er wird dich nicht enttäuschen.«

Als sie noch in seinen Armen gelegen hatte, es war dreizehn Jahre her, hatte er ihr von den Streichen erzählt, die er ihm als zehnjähriger Knabe gespielt hatte. Glaubte er etwa, daß sie das vergessen hatte?

»Du kannst mir Faenio nicht mitgeben«, sagte sie. »Er war immer dein Sklave.«

»Eben darum«, erwiderte er. »Außerdem werde ich ...« Er brach mitten im Satz ab.

Sie wußte, was er hatte sagen wollen. *Außerdem werde ich keinen Sklaven mehr brauchen.* Sie hielt es nicht mehr aus. »Gajus, das darfst du nicht tun!«

Er blickte sie an. »Was meinst du damit?«

»Ich weiß, was dir bevorsteht. Ich weiß, was du vorhast.«

Sein Mund wurde hart. »Wer hat dir das gesagt? Wer?«

»Das tut nichts zur Sache.«

»Der verfluchte Kreter! Ich habe ihm ausdrücklich verboten, ein Wort zuviel zu sagen!«

Sie rang die Hände. »Ich war so dumm. Das hab' ich nicht gewollt. Du mußt mir glauben. Ich dachte, bei deinem Rang wäre es keine Schwierigkeit für dich. Ich war so furchtbar dumm!« Dann sagte sie: »Ich muß dir etwas anvertrauen.«

»Ich will nicht, daß du ...«

»Du mußt mich anhören!« sagte sie entschlossen. »Du mußt wissen, daß ich nie einen anderen Mann geliebt habe als dich. Ich liebe dich noch immer, Gajus. Das ist die Wahrheit.«

Cassius stand wie vom Donner gerührt. Er setzte zu einer Erwiderung an und zögerte. Dann sagte er leise: »Das habe ich nicht gewußt.«

Sie ging auf ihn zu und nahm seine Hände. Rauhe und zernarbte Soldatenhände. »Nun gut«, sagte sie. »Jetzt weißt du's.«

Seine Hände schlossen sich um ihre Finger. »Tacita. Du hast dich nicht verändert.«

»Du auch nicht.«

Sie standen sich lange gegenüber. Dann endlich nahm er sie in die Arme. Sie legte den Kopf an seine Schulter, schloß die Augen und schmiegte sich an seinen warmen Leib. Genau wie in der Gruft an der Porta Capena. Sie hielt es nicht aus. »Wir hätten glücklich sein können«, sagte sie mit gebrochener Stimme.

»Nein«, flüsterte er in ihr Haar. »Nicht in diesem Leben.«

»Glaubst du, es gibt ein anderes für uns?«

»O ja.«

»Du klingst so sicher.«

»Du hast dich über meine Bauernreligion lustig gemacht. Weißt du noch?«

»Aber du warst nie so sicher.«

»Nein.« Er nahm ihr Gesicht und blickte ihr tief in die Augen. Aus der Nähe sahen seine Augen noch so hell und lebendig aus wie früher, so daß man seinem Blick nicht lange standhalten konnte. »Das, was ich für dich empfinde, gibt mir alle Gewißheit, die ich brauche. Es hat lange gedauert, bis ich das begriffen habe.«

Draußen krachte ein Eiszapfen zu Boden. Beide zuckten zusammen. »Wir haben nicht viel Zeit«, sagte er. »Die anderen wachen bald auf.«

Der Gedanke an die Trennung erfüllte sie mit Panik. Sie hatten sich so viel zu sagen und kaum damit angefangen. Das Wichtigste mußte sie ihm unbedingt noch anvertrauen. Wie sollte sie sonst weiterleben?

Sie legte ihm die Hände auf die Schultern. »Gajus. Ich muß dir etwas sagen. Du mußt verstehen, warum ich dich damals verlassen habe.«

Zu ihrem Ärger schüttelte er heftig den Kopf. »Ich will es nicht wissen. Es ist nicht mehr wichtig, es ...«

»Doch, es ist wichtig. Ich hab' es dir schon einmal mitteilen wollen, aber du ...«

»Ich weiß, ich hab' den Brief zurückgeschickt. Es tut mir leid. Das war schlecht von mir.«

Sie winkte ab. »Ich muß es dir sagen, Gajus. Das ist die letzte Gelegenheit, und du mußt es erfahren. Nicht um meinetwillen, sondern um deinetwillen.«

Verwundert schaute er ihr nach, während sie zur Tür rannte und leise nach Faenio rief. Gleich darauf brachte Faenio seinen Schützling herein und ging wieder hinaus, um Wache zu halten.

Tacita wandte sich an Cassius, der wie erstarrt dastand. Sie strich dem Jungen über den Kopf und sagte: »Das ist dein Sohn Titus.«

Titus ging furchtlos auf Cassius zu und streckte die Hand aus, um dem General für die Rettung zu danken.

Gajus rührte sich nicht. Er ließ die Arme hängen und blickte dem Zwölfjährigen ins Gesicht, in die lebhaften grauen Augen – seine Augen –, die voller Ehrfurcht zu ihm aufschauten.

Dann wandte er sich – über den dunklen Lockenkopf hinweg – an sie, sein Mund ging auf, aber er brachte kein Wort heraus. Er räusperte sich und versuchte es erneut. »Warum ... warum hast du mir nichts gesagt?«

»Wie sollte ich denn? Du hättest versucht, die Heirat zu verhindern. Du wärest verloren gewesen.«

Sie sah, wie es in ihm arbeitete. Er wußte, daß sie recht hatte. Auch mit dem, was sie ihm verschwieg. Hätte ihr Vater entdeckt, daß sie mit dem Kind eines Provinzoffiziers schwanger war, hätte er sie ebenso getötet.

»Und du hast es dir nie denken können?«

Benommen schüttelte er den Kopf. »Natürlich hab' ich es erwogen. Aber ich dachte, ich hätte es erfahren oder irgendwie gespürt.«

Wie ahnungslos intelligente Männer sein können, dachte Tacita.

Titus blickte zwischen ihnen hin und her, er verstand nicht, worum es ging, und zog unwillig die Stirn kraus. Er sah genauso aus wie Gajus, wenn er wütend war. Die gleiche trotzig vorgeschobene Unterlippe, die gleichen Stirnfalten.

»Indem du mich verlassen hast«, sagte Gajus zu Tacita, »hast du mein Leben gerettet. Und deines – und auch das seine.« Er lauschte seinen Worten nach. »Und ich dachte, du hättest es aus Schwäche getan.«

Langsam ging er an den Tisch. Er setzte sich, das versehrte Bein lang ausgestreckt, und hielt fassungslos die Hand vor den Mund.

Titus, neugierig geworden, fragte: »Bist du verwundet, General?«

Gajus musterte ihn staunend und erwiderte: »Das ist vor langer Zeit passiert.«

»Tut es weh?«

»Nur gelegentlich ... Tritt näher, Titus.«

Titus ging auf ihn zu.

Gajus nahm seine kleine Hand und betrachtete sie, als wäre sie ein exotischer und zerbrechlicher Gegenstand, der genaues Studium erforderte. »Titus, du hast Tintenflecken an den Fingern«, sagte er schließlich.

Titus lächelte. »Du auch, General.«

»Stimmt, ich auch. Ich habe bis in die Nacht geschrieben.«

»Da hast du Glück, General. Meine Mutter läßt mich nie aufbleiben.«

Noch immer betrachtete Gajus die Hand seines Sohns.

»Du bist Linkshänder«, bemerkte Titus.

»Und du bist ziemlich schlau.«

»Es war leicht, weil ich auch Linkshänder bin.«

Gajus ließ die Hand los, nahm ihn sanft bei den Schultern und blickte ihm in die Augen. »Und was schreibst du? Etwa Gedichte?«

»O nein, General. Ich schreibe Dramen.«

»Ah, Dramen. Das ist gut.«

»Vater findet das gar nicht. Er sagt, Schreiben ist keine richtige Arbeit, und ich soll Beamter werden, wenn ich groß bin. Aber ich will nicht. Ich werde Dramatiker.«

»Bleib dabei.«

»Das sagt Mutter auch, wenn Vater nicht dabei ist.« Er überzeugte sich mit einem Blick, ob er etwas Verbotenes gesagt hatte.

Tacita nickte bestätigend und lächelte ein wenig.

»Deine Mutter hat recht«, sagte Gajus und tauschte einen Blick mit ihr.

»Ich hätte ihn in Sicherheit bringen müssen«, sagte Tacita. »Zusammen mit den Zwillingen aufs Gut meines Bruders.«

Titus verdrehte die Augen. »Ach, Mutter!«

»Aber ich hab' mich nicht von ihm trennen können.«

»Wirst du's ihm verraten?« fragte Gajus.

»Natürlich. Wenn er sechzehn ist.«

Gajus nickte.

»Was wird sie mir verraten?« fragte Titus.

»Ein Geheimnis«, erwiderte Gajus.

»Warum nicht jetzt?«

»Weil es zu gefährlich ist. Nicht für dich, aber für deine Mutter.«

Titus schob trotzig die Unterlippe vor.

Tacita kannte ihren Sohn. Das bedeutete Ärger. Gajus begriff sofort und fügte hinzu: »Aber statt dessen schenke ich dir was anderes. Auch eine Art Geheimnis.«

Titus schaute ihn erwartungsvoll an.

Gajus zog ein kleines Tintenfaß aus Bronze aus seiner Gürteltasche.

»Oh, sieh nur, eine Eule!« rief Titus.

»Das ist ein Reisetintenfaß«, sagte Gajus. »Wenn du unterwegs bist, wirst du es zum Schreiben brauchen.« Er griff erneut in die Tasche, holte ein fingerlanges Bronzeröhrchen heraus und klappte den Deckel auf. »Und Papier zum Schreiben, natürlich. Ein kleiner Vorrat paßt immer in diese Hülse. Hast du eine Feder?«

Titus nickte eifrig.

»Dann kannst du ja beginnen.« Er legte dem Jungen die beiden Gefäße in die Hände. »Behalte sie immer bei dir«, sagte er mit be-

bender Stimme. »Damit du deine Gedanken notieren kannst. Sonst vergißt du sie wieder. Glaub mir, ich weiß Bescheid.«

Titus blickte zu ihm auf. »Trägst du das Schreibzeug auch immer bei dir, General?«

»Immer.«

Titus nickte befriedigt.

»Das Tintenfaß muß man mit einem Trick öffnen. Komm, ich zeig's dir.«

Tacita schaute zu, wie die beiden die Köpfe zusammensteckten, der eine blond, der andere dunkel, aber beide voller Eifer. Titus zog ein ernstes Gesicht, seine kleine Hand ruhte auf dem Unterarm seines Vaters.

Zwischendurch blickte Gajus zu Tacita auf. Seine Augen glitzerten. Danke, sagte er lautlos.

Sie lächelte gerührt.

»Ich habe alle deine Gedichte gelesen, General«, sagte Titus. »Mutter hat das Buch immer bei sich. Mir persönlich gefällt das über Pegasus am besten.«

»Mir persönlich auch«, erwiderte Gajus mit einem Lächeln.

»Wenn ich groß bin, will ich ein Drama über Pegasus und Bellerophon schreiben, aber das Ende wird anders. Es heißt, daß Bellerophon Pegasus für immer verliert, doch ich wette, das stimmt nicht. Sie finden sich wieder und sind die besten Freunde.«

»Schreib so, wie du es für richtig hältst. Das ist immer das Beste«, sagte Gajus.

Titus nickte weise. »Das glaube ich auch.«

Draußen hustete Faenio. Tacita hielt den Atem an. Es wurde Zeit zu gehen.

Gajus strich dem Jungen über die zerzausten Locken. »Titus«, sagte er.

»Ja, General?«

»Versprich mir, daß du das Drama schreibst.«

Titus blickte zu ihm auf. »Ich verspreche es.« Er biß sich auf die Lippe, dann fragte er: »Wirst du es dann lesen, General, und mir ehrlich deine Meinung sagen?«

Tacita preßte beide Hände vor den Mund.

Gajus blickte wehmütig auf seinen Sohn hinab. Noch einmal

strich er ihm über die Locken. Er zwang sich zum Lächeln, dann sagte er: »Das würde ich gern, Titus. Sehr gern.«

Tacita hielt es nicht mehr aus. Sie ging auf Gajus zu. »Komm mit uns«, sagte sie hastig.

»Au ja!« rief Titus.

»Das geht nicht.«

»Warum nicht?« beharrte sie.

»Es ist unmöglich. Du weißt es.«

»Nein, das ist es nicht.«

»Tacita. Ich würde euch alle in Gefahr bringen.«

Störrisch schüttelte sie den Kopf. Ihre Worte erstickten in Tränen.

Titus nahm sie bei der Hand. »Mutter, warum weinst du?«

»Weil ich traurig bin.«

Gajus nahm sie bei der Schulter. »Weine nicht. So ist es uns bestimmt.«

»Nein, das glaube ich nicht!«

»Doch.«

»Dann ist das unser Abschied?« fragte sie.

»Ja. Das ist der Abschied.« Nach kurzem Zögern fügte er hinzu: »Wenn du nach Athen kommst, sollst du einen Becher zu meinem Gedenken leeren. Dann bin ich zufrieden. Mit dem besten Wein, den du findest. Und auch Titus soll davon bekommen.«

Titus nickte und preßte seine Schätze an die Brust.

Tacita weinte nun, ohne ihre Tränen zu verbergen.

Faenio steckte kurz den Kopf durch die Tür. Gajus hielt Tacita mit beiden Händen. »So ist es uns bestimmt, Tacita. In diesem Leben kommen wir nicht mehr zusammen. Aber diese Begegnung ist mehr, als ich erwartet hatte.« Er dachte kurz nach. »Eines Tages werden wir vereint sein«, sagte er.

»Wie kannst du das behaupten?« stieß sie hervor.

»Weil ich weiß, daß es wahr ist.«

»Aber wie willst du das wissen?«

»Wenn es der Göttin gefällt«, sagte er einfach, »wird es so sein.«

35

Krankenhaus Mazerans, 24. März, 14 Uhr

Patrick stand im Bademantel am Fenster, als Antonia eintrat. Er telefonierte mit ernstem Gesicht. »Ja ... ja ... nein ... schon in Ordnung.«

Als er sie hörte, drehte er sich ungelenk auf seinen Krücken um, ihr verlegenes Lächeln erwiderte er nicht. Offenbar war es kein alltägliches Telefongespräch. Mit seinen Bartstoppeln und dem Kopfverband sah er aus wie ein Seeräuber. Ein bleicher, nachdenklicher Seeräuber nach einer stürmischen Nacht.

Er habe gewaltiges Glück gehabt, hatte der Arzt zu ihr gesagt. Außer dem Kopfverband und den Krücken wies nichts darauf hin, daß er mit einer Schädelprellung und einem Bänderriß drei Kilometer durch den Wald gehumpelt war und die halbe Nacht in der Kälte gelegen hatte.

Er legte den Hörer auf. »Hundesohn«, sagte er kopfschüttelnd.

Antonia erfuhr nicht, mit wem er gesprochen hatte. Schüchtern stellte sie die Tasche mit seinen Sachen auf dem Bett ab. »Dein Rasierzeug und etwas zum Anziehen. Der Arzt sagt, du darfst nach Hause, du hast unglaubliches Glück gehabt.«

Er maß sie mit einem seltsamen Blick, den sie nicht deuten konnte, und humpelte ins Badezimmer. Sie setzte sich auf die Bettkante und hörte ihn fluchen, als irgend etwas scheppernd zu Boden fiel, dann das gleichmäßige Rauschen des Wassers.

Die Ereignisse der Nacht kamen ihr von Minute zu Minute unwirklicher vor. Nachdem sie mehrere Stunden bei Patrick im

Krankenhaus verbracht hatte, war sie in Patricks Haus gefahren, um ein wenig Schlaf zu bekommen. Gegen sechs Uhr morgens hatte er angerufen und sich erkundigt, wie es ihr ging, und benommen vor Müdigkeit hatte sie irgend etwas in den Hörer gelallt.

»Wie ist es in der Mühle gelaufen?« fragte er jetzt aus dem Badezimmer.

»Gut«, erwiderte sie. Das Gegenteil war der Fall, doch das wollte sie jetzt nicht erörtern. Noch in der Nacht waren Arbeiter angerückt, hatten das Haus geräumt und alles auf den Hof geworfen, wo es vom Regen gründlich durchnäßt wurde. Die »guten Stücke«, die Antonias Schwester hatte retten wollen, waren ruiniert, aber zum Glück hatte ein Arbeiter Antonias Laptop und ihre Notizen in einem Müllsack verstaut und in Sicherheit gebracht.

»Ehe ich's vergesse«, sagte sie, »auf deinem Anrufbeantworter war eine Nachricht von Modge. Du sollst sie zurückrufen.«

»Hab' eben schon mit ihr gesprochen.«

Sie war drauf und dran zu fragen, woher Modge seinen Aufenthalt kannte, da fiel ihr Julian ein. Sie selbst hatte ihn am Morgen benachrichtigt, daß sie Patrick im Wald gefunden hatte und daß er außer Gefahr war. Am Abend zuvor hatte er so bedrückt geklungen, daß sie es nicht über sich brachte, ihn im Ungewissen zu lassen. Sie stand auf und stellte sich in die offene Badezimmertür.

Patrick hatte den Bademantel abgeworfen und trug die Jeans, die sie ihm mitgebracht hatte, sonst nichts. Er sah immer noch wie ein Seeräuber aus, aber nun wie ein frisch rasierter.

Wenn er doch wenigstens ein Hemd anziehen würde! Mit belegter Stimme fragte Antonia nach Modge.

»Ich glaube, sie fängt sich wieder. Nach und nach.«

»Was hat sie gewollt?«

Er klopfte seinen Rasierer am Waschbecken ab. Dann erwiderte er ihren Blick im Spiegel. »Wir müssen hinauf zu le Figarol«, sagte er.

»Was?«

Er wiederholte seinen Satz.

Sie verstand noch immer nicht. Hatten die Ärzte seine Kopfverletzung unterschätzt? Hatte er eine Gehirnerschütterung? »Wovon redest du?«

»Wir müssen den alten Panabière besuchen. Und zwar sofort.«

»Sofort? Warum denn? Kann das nicht bis morgen warten?«

Er schüttelte den Kopf. »Heute ist der 24. März. Der Bluttag. Stimmt's?«

Sie hatte jeden Gedanken daran vermieden. Der Todestag des Cassius wäre beinahe auch Patricks Todestag geworden.

Verwirrt half sie ihm ins Hemd. Sollten sie etwa ihren ersten gemeinsamen Tag bei dem alten Panabière verbringen? Patrick gehörte nach Hause, ins Bett. Sie beide hatten das Bett dringend nötig. Und möglichst ein und dasselbe.

Er beugte sich vor und küßte sie sanft auf den Mund. »Mehr kann ich nicht verraten – für den Fall, daß es schiefgeht. Du mußt mir einfach vertrauen. Okay?«

Sie blickte ihm forschend in die Augen. Dann strich sie ihm das Haar aus der Stirn. »Okay«, sagte sie.

Monsieur Panabière hatte eine Ewigkeit in seinem Weinkeller rumort, um nach einem besonderen Jahrgang des Pic-St.-Loup zu suchen, den sie unbedingt probieren sollten. Patricks Genesung hatte er zu seiner persönlichen Angelegenheit gemacht. Antonia war mitten in der Nacht zu ihm gerannt, mit seiner *camionette* waren sie losgefahren, von seinem Telefon aus hatte sie den Krankenwagen gerufen.

Wenn er sich doch nur ein wenig beeilen würde, dachte Antonia. Bald würde es dunkel werden, und ihr grauste vor der Rückfahrt ins Dorf. Die Herfahrt war schlimm genug gewesen, der Citroën war heftig schwankend durch die tiefen Schlaglöcher gerumpelt, und Patrick war beim Bemühen, seine Knieschmerzen zu verbergen, immer bleicher geworden.

Am schlimmsten wurde es, als sie die Abzweigung verpaßte und an der alten Unfallstelle wenden mußte.

»Genau deshalb habe ich gestern abend nicht das Auto genommen«, sagte sie mit zusammengebissenen Zähnen. Knirschend rastete der erste Gang ein. Nur nicht an Myles denken, beschwor sie sich. »Weiß der alte Panabière, daß wir kommen?«

Patrick schüttelte den Kopf. »Ich hab' angerufen, aber er nimmt nicht ab. Du kennst ihn ja.«

»Ist ja toll. Wir wissen also nicht mal, ob er zu Hause ist.«

»Er ist zu Hause. Glaub mir.«

»Das hast du schon mal gesagt.«

Sie bogen in den Hof ein, die Hühner stoben in alle Richtungen. »Versprich mir, daß du Geduld mit ihm hast«, sagte Patrick. »Er hat im Krieg Schlimmes durchgemacht, und seine Frau fehlt ihm.«

»Wozu sagst du mir das?«

Er warf ihr einen beängstigend bohrenden Blick zu. »Hab einfach Geduld«, wiederholte er.

Endlich kam Monsieur Panabière triumphierend aus dem Keller gestiegen, seine olivgrüne Perücke hing voller Spinnweben. In den Armen trug er zwei staubige und sehr kostbar aussehende Flaschen Pic-St.-Loup – *»le meilleur que vous avez jamais gouté«* – und eine große Büchse, die bestimmt aus der Zeit vor dem Krieg stammte: TONIQUE AMIEUX. LE PLUS EFFECTIF DU MONDE POUR RESTITUER LES CHEVEUX.

Mit schwungvoller Gebärde stellte er die Büchse auf den Küchentisch, dann nahm er drei Gläser vom Wandbord und goß ein.

»*Santé!*« rief er.

»*Santé!*« erwiderten sie.

Der Wein war wundervoll – stark und würzig, mit einem pfeffrigen Unterton.

Antonia zeigte auf die Büchse. »Was ist das?«

Patrick und Monsieur Panabière wechselten einen Blick.

»Das«, sagte Patrick, »ist der Grund, weshalb Modge angerufen hat.« Er drehte das Glas in den Fingern. »Es hat sie eine Menge Überwindung gekostet, mir die Geschichte zu beichten.« Er senkte den Kopf. »Und es hat lange gedauert, bis sie so weit war.«

Antonia blickte ihn fragend an. Dann verstand sie. »Mein Gott. Ich hab' im falschen Keller gesucht.«

»Wie bitte?« fragte Patrick.

»Der Gedanke war richtig, nur der Keller war falsch. Ich hab' mich geirrt.«

»Du und dich irren?« Patrick strahlte. »Unmöglich!« Er wies mit dem Kopf auf die Büchse. »Na los. Mach sie auf.«

In der Rückerinnerung kam es Antonia so vor, als wäre es in der Küche still geworden, als sie den Deckel hob. Das schwarze Kätzchen am Ofen hörte auf, seine Pfoten zu lecken, die Hühner auf dem Hof verstummten. Die Sonne schien plötzlich durchs Fenster.

»Er ist noch schöner, als ich ihn in Erinnerung hatte«, sagte sie, als sie den *kántharos* aus der Holzwolle hob. Sie hielt ihn in die Höhe und drehte ihn langsam. Das Licht fing sich in den Reliefs und erweckte sie zum Leben.

Pegasus trabte ausgelassen über einen Teppich aus Akanthusblättern, eine kleine, zusammengerollte Schlange verbarg sich unter einem Zweig. Bellerophon schritt aus wie ein junger Prinz, mit feierlich-heiterer Miene, und streckte der lange vermißten Geliebten den Arm entgegen. Hinter seiner Schulter stieg die Sichel des Halbmonds in den Abendhimmel.

Antonia berührte den Mond mit dem Finger. »Sie hieß Tacita«, sagte sie leise. »Tacita Cornelia.« Sie mußte sich beherrschen. »Nach der Flucht aus Perusia lebte sie bis zu ihrem Tod in Athen. Dort wuchsen ihre Kinder auf. ›Ein tapferes Weib von tiefer Empfindung, und sie gab diese Tugenden an ihre Kinder weiter‹, hat Plinius über sie geschrieben. Ich bin ja so froh, daß sie es war. Sie gefiel mir am besten.«

Vorsichtig stellte sie den Kelch auf den Tisch, dann blickte sie fragend zwischen Patrick und Monsieur Panabière hin und her.

»Denk an dein Versprechen«, mahnte Patrick.

»Ich hab' nichts versprochen«, sagte sie und wandte sich an den Alten. »*Monsieur. Pourqoi ne m'avez vous jamais parlé de ceci?*«

Monsieur Panabière musterte sie mit den Augen eines Mannes, dem nichts Menschliches fremd ist, und der gelernt hat, nichts allzu ernst zu nehmen. Er zuckte die knochigen Schultern. »*Parceque, mademoiselle, vous ne m'avez jamais demandé.*«

Es war halb fünf, als der Citroën die Abzweigung zu le Figarol erreichte. Antonia hatte keine andere Wahl, als dort zu parken, wo sie immer geparkt hatten, wo der Weg am breitesten war, direkt hinter dem Aluminiumgatter.

Schweigend blieben sie sitzen, keine fünf Meter von der Unfallstelle entfernt.

Du hast es geschafft, dachte Antonia. Du hast den Kelch gefunden und das Rätsel gelöst. Was jetzt bleibt, ist das Trankopfer.

Solange sie denken konnte, hatte sie diesen Tag herbeigesehnt. Aber nun, als er endlich gekommen war, fühlte sie gar nichts mehr. Es war einfach zu viel.

Patrick saß neben ihr und sagte kein Wort. Ob er ahnte, wie ihr zumute war? Oder dachte er an Myles?

Sie stiegen aus, Patrick hantierte unbeholfen mit seinen Krükken. Sie öffnete den Kofferraum und nahm die alte Jagdtasche heraus, die Monsieur Panabière gestiftet hatte. Auch die Büchse mit dem Kelch und die andere Flasche Pic-St.-Loup, deren Korken bereits gelockert war.

Sie setzte die Büchse auf der Motorhaube ab und verstaute den Wein in der Jagdtasche. »Es ist kein Kalenier«, sagte sie. »Aber er wird's tun.«

Patrick stand an den Wagen gelehnt, er sah bleich aus. Sie erschrak. Sie brauchte ihn für das, was sie vorhatte. Sie wollte nicht allein damit sein. Aber er war eindeutig nicht in der Lage, zur Roßquelle hinaufzugehen. »Du solltest lieber hier warten«, sagte sie.

Er schüttelte den Kopf. »Ich komme mit. Du sollst nicht allein dort hoch.«

»Ich komme schon zurecht.«

»Das sagst du immer.«

Sie zwang sich zum Lächeln. »Aber es stimmt.« Man mußte es von der heiteren Seite nehmen. »Und die Göttin mag Frauen lieber. Weißt du das nicht?«

Er senkte den Kopf. »Mich hat sie gestern nacht sehr gut behandelt.«

Ihre Blicke trafen sich. Sie wagte nicht daran zu denken, was passiert wäre, wenn sie ihn nicht gefunden hätte.

Er griff nach ihrer Hand und schaute auf ihre Uhr. »Ich gebe dir eine Stunde Zeit, das Trankopfer zu bringen und zurückzukommen. Wenn du länger brauchst, mache ich mir Sorgen und hole dich.«

»Gut«, sagte sie.

Leider war Monsieur Panabières Jagdtasche zu klein für die Büchse. Patrick hielt sie auf, und Antonia hob den Kelch aus der Holzwolle.

Der Tag war mild und klar, die katalonische Sonne stand schon tief. Antonia hielt den *kántharos* in die Höhe, und er leuchtete rubinrot auf.

»Sieh dich vor dort oben«, sagte Patrick.

Sie erwiderte nichts. Irgend etwas am Innenrand des Kelches fesselte ihren Blick. Sie schaute schärfer hin und hielt den Atem an.

»Was ist?« fragte Patrick.

Sie räusperte sich. »Er hat doch nicht so viel dem Zufall überlassen, wie wir dachten.«

»Wie meinst du das?«

»Die Wahrheit ist *im* Kelch«, sagte sie leise. Sie stellte den Kelch auf die Motorhaube und fuhr mit dem Finger über die winzige, kaum sichtbare Inschrift, die sich direkt unter dem Innenrand befand. »*C. et T. et f.*«, las sie laut.

»Was bedeutet *et f.*?« fragte Patrick. Dann begriff er. »O mein Gott!«

»Cassius und Tacita. Und Sohn.«

Erneut strich sie mit dem Finger über die Buchstaben.

Sie wußte, von wem die Buchstaben stammten. Im Unterschied zu der klaren Inschrift unter dem Fuß des Kelches waren sie nur flüchtig eingeritzt, von einem Mann, der nicht die richtigen Werkzeuge besaß.

Cassius hatte den kalenischen Wein am Bluttag getrunken, mit seinem Freund Plautius ein letztes Mahl aus Brot, Salz und Granatäpfeln zu sich genommen und dann seine Adern geöffnet. Antonia malte sich aus, wie er die Initialen in den eigens für ihn angefertigten Kelch aus hartem Sardonyx geritzt hatte, so daß irgend jemand in ferner Zukunft das Trankopfer darbringen konnte, das er brauchte. Sie malte sich aus, wie er die Buchstaben einritzte. Wie ein Junge, der die Initialen seiner Geliebten in die Baumrinde schnitzt.

»*Wir tranken Wein*«, begann die berühmte Passage im Brief des Plautius,

> *und ich folgte meinem jungen Freund hinaus auf die Terrasse. Ich kämpfte vergebens mit den Tränen, doch er begegnete mir fast heiter. »Denk nur, Plautius«, sagte er, »soeben fällt mir ein, daß sich heute der Bluttag jährt.« Und er überraschte mich mit seinem Lächeln. »Welch gutes Omen!«*
>
> *Der Sinn seiner Worte, so fürchte ich, entging mir wohl, auch fand ich nicht den Mut, ihn zu befragen oder gar sein Lächeln zu erwidern. Fortan, so dachte ich verzagt, werde ich weniger Sorge um mein Leben tragen.*

Der Kelch funkelte rubinrot in der untergehenden Sonne. Am Bluttag, zum Sonnenuntergang, dachte Antonia. Die beste Zeit für das Trankopfer.

Dann wieder befielen sie Zweifel. Es war alles zu viel. Ihre Augen begannen zu brennen.

Patrick lehnte sich an den Wagen und zog sie an sich. »Ich komme mit«, sagte er.

Sie schüttelte den Kopf. »Nein, das geht nicht. Dein Knie ...«

»Ich schaff' das schon.«

»Aber ...«

»Du mußt dich langsam daran gewöhnen, daß du nicht mehr allein bist«, sagte er sanft.

Sie wischte sich beherzt die Tränen ab und blinzelte ihn an. »Na, dann komm«, sagte sie.

Nachbemerkung der Autorin

Vielleicht sind hier einige Erklärungen zu den in Rom spielenden Passagen des Buches angebracht. Der Bluttag am 24. März wurde erst einige Jahre nach dem Tod des Cassius von Claudius zum öffentlichen Feiertag erhoben. Doch vieles deutet darauf hin, daß die Feiern und Prozessionen zu Ehren der Kybele schon lange vorher vollzogen wurden, so daß es wohl vertretbar ist, den Bluttag ein paar Jahrzehnte früher stattfinden zu lassen. (Angemerkt sei auch, daß zwischen damals und heute zwei Kalenderreformen liegen, so daß der 24. März aus der Zeit des Cassius nicht mit dem 24. März unseres Gregorianischen Kalenders übereinstimmt. Aber ich glaube nicht, daß sich Cassius oder Antonia daran gestört hätten.)

Nicht ganz einheitlich bin ich mit den Ortsnamen verfahren. Manche, zum Beispiel Siegesberg, habe ich übersetzt, andere, etwa Porta Capena, habe ich im lateinischen Original belassen. Der Grund dafür ist einfach: Ich habe die Bezeichnungen gewählt, die mir am natürlichsten erschienen.

Manche werden darüber staunen, daß Cassius größer als sechs Fuß (1,80 Meter) gewesen sein soll. Waren die Menschen damals nicht viel kleiner? Ja, das waren sie. Aber auch die römische Maßeinheit war einen knappen Zentimeter kürzer als die britische. Cassius war also statt 1,80 nur etwa 1,74 groß, für damalige Begriffe recht stattlich, aber keineswegs riesig.

Ein weiterer Punkt: Warum hat Cassius einen Bart getragen, da sich doch die römischen Männer für gewöhnlich rasierten? Es gab aber auch Ausnahmen, zum Beispiel bei Anhängern des Griechentums und einigen römischen Generälen, die im ersten vorchristlichen Jahrhundert im östlichen Mittelmeerraum kämpften. Da Cassius sowohl ein Griechenfreund als auch General war, fand ich es angebracht, ihn mit einem Bart auszustatten.

Und schließlich: woher die Vorliebe des Cassius für unverdünnten Wein, wissen wir doch, daß die Römer den Wein mit Wasser verdünnten? Hier verweise ich schlicht auf die römischen Dichter, die mehrfach in ihren Texten betonen, daß sie den Wein unverdünnt trinken. Bei Properz und Catull befindet sich unser Cassius in guter Gesellschaft.

Michelle Paver

Catherine Gaskin im dtv

»Gehobene Unterhaltung nach einem geradezu perfekten Rezept: ein Hauch von Märchen, viel Gefühl, ein bißchen historischer Hintergrund und harte Schicksalsschläge.«
Margarete v. Schwarzkopf in der ›Welt‹

Ein Falke für die Königin
Roman
ISBN 3-423-20110-X

Die junge Kirsty kommt nach Schottland: ungebeten, unerwartet und – wie sie ahnt – unerwünscht. Was hält das Schicksal für sie bereit?

Liebe auf Schloß Lynmara
Roman
ISBN 3-423-20124-X

Kann die faszinierende Nicole für sich und ihre Kinder erreichen, wovon sie geträumt hat: ein Heim auf Schloß Lynmara?

Das Erbe der Marquesa
Roman
ISBN 3-423-20184-3

Die Liebe der Marquesa zu einem irischen Lord schlug einst in tödlichen Haß um. Charlotte ist seine Enkelin …

Die Stunde der Wahrheit
Roman
ISBN 3-423-20251-3

Von Männern, die ihr Leben im Glanz der Öffentlichkeit führen, und Frauen, die diesen Ruhm oft teuer bezahlen müssen …

Die Stürme des Lebens
Roman
ISBN 3-423-20282-3

Julia Seymour ist für eine große Karriere ausersehen. Doch zwischen der Küste von Kent und den Künstlerkreisen Londons braut sich ein Sturm zusammen.

Historische Romane im dtv

Elizabeth Marshall Thomas
Die Frau des Jägers
Roman
ISBN 3-423-**12004**-5
»Ein Roman aus der Steinzeit von seltener Tiefe und Schönheit.« (New York Times Book Review)

Robert von Ranke Graves
Ich, Claudius, Kaiser und Gott
Roman
ISBN 3-423-0**1300**-1
Augustus, Livia, Caligula, Nero: eine Chronique scandaleuse, in der die ganze dekadente Welt des römischen Imperiums lebendig wird. »Ein zu Recht berühmtes, meisterhaftes Werk.« (Bayernkurier)

Marguerite Yourcenar
Ich zähmte die Wölfin
Die Erinnerungen des Kaisers Hadrian
ISBN 3-423-**12476**-8
Ein Roman von außergewöhnlicher Feinheit. Yourcenar zeichnet mit Hadrian einen leidenschaftlichen und tatkräftigen Mann, den man betrauert wie einen Freund.

Frans G. Bengtsson
Die Abenteuer des Röde Orm
Roman
ISBN 3-423-**20055**-3
Orm, Mutters Jüngster, verzärtelt und hypochondrisch, wird von plündernden Nachbarwikingern verschleppt. Doch das Schiff, auf dem die Nordmänner zu ihrem alljährlichen Raubzug gen Spanien fahren, kapern die Mauren…

Claudia Groß
Die Runenmeisterin
Roman
ISBN 3-423-**20588**-1
Eine Kriminal- und Liebesgeschichte vor der rauhen Kulisse des Mittelalters.

Elizabeth Harris
Der heilige Stein
Roman
ISBN 3-423-**20253**-X
Bei Ausgrabungen in einem einsamen Kloster in Wales entdeckt man das Skelett eines Neugeborenen. Alles deutet darauf hin, daß sich zu Beginn des 13. Jahrhunderts hier eine Liebestragödie abgespielt hat…

Historische Romane im dtv

Diana Norman
Die Piratenkönigin
Roman
ISBN 3-423-20115-0
Irland im 16. Jahrhundert. Im Dienst der Königin wird die junge Barbary auf die rebellische Insel geschickt. Inmitten von politischen Intrigen, Freiheitskampf und Krieg erlebt sie die Schönheit und Tragik Irlands – und ihre große Liebe.

Rosemarie Marschner
Nacht der Engel
Roman
ISBN 3-423-20286-6
Italien zur Zeit der Renaissance. Die schöne Francesca hat alles, was das Herz begehrt. Und bei Lorenzo de' Medici ist sie ein mehr als nur gern gesehener Gast. Aber es ist auch gefährlich, der Fürstenfamilie so nahe zu stehen …

Asta Scheib
Kinder des Ungehorsams
Die Liebesgeschichte des Martin Luther und der Katharina von Bora
ISBN 3-423-12231-5
»Die vielleicht skandalöseste Liebesgeschichte Deutschlands.« (Klaus Modick)

Jochen Klepper
Der Vater
Roman eines Königs
ISBN 3-423-11478-9
Die »äußere und innere Geschichte« Friedrich Wilhelms I. von Preußen – viel mehr als nur ein historischer Roman: eine Dichtung von unvergleichbarer Prägnanz.

Wolf von Niebelschütz
Der Blaue Kammerherr
Roman
ISBN 3-423-12600-0
Das Inselreich Myrrha im Jahr 1732. König Alphanios ist das Opfer intriganter Minister und Finanzleute. Prinzessin Danae versucht allen Intrigen zu begegnen, um ihrem Land zu helfen.

Eveline Hasler
Anna Göldin. Letzte Hexe
Roman
ISBN 3-423-10457-0
1780. Die schöne, eigenwillige Dienstmagd Anna Göldin wird des Kindsmords und der Zauberei angeklagt. Die Geschichte des letzten Hexenprozesses in Europa.